未
讀

UnRead
–
文艺家

The Ultimate Collection

THE BIG BOOK OF SCIENCE FICTION

100：科幻之书

教科书级别的终极选集

{Ⅲ}

沙王

胡绍晏 耿辉等
——等译——

〔美〕
乔治·R.R.马丁
George R. R. Martin
〔加〕
威廉·吉布森
William Gibson
——等著——

〔美〕
安·范德米尔
Ann VanderMeer
〔美〕
杰夫·范德米尔
Jeff VanderMeer
——编——

北京联合出版公司
Beijing United Publishing Co.,Ltd.

目录

引言 - Introduction

（美国）安·范德米尔 Ann VanderMeer，（美国）杰夫·范德米尔 Jeff VanderMeer

从玛丽·雪莱、儒勒·凡尔纳和 H. G. 威尔斯的时代开始，科幻作品不仅帮助定义和塑造了文学的进程，而且已经超越虚构文学的领域，影响了我们对文化、科学和科技的看法。像电动汽车、星际旅行和可媲美今日的手机的各种先进通信方式，这些点子最先都是通过科幻作品让大众了解到的。在艾丽西娅·亚涅斯·柯西奥创作于 20 世纪 70 年代的短篇小说《IWM 1000》（ *The IWM 1000* ）里，你会发现它明明白白地预言了像谷歌这样的信息时代巨擘的出现。另外，早在尼尔·阿姆斯特朗踏上月球的几十年前，就已经有大量科幻作品表达过人类对于登月的渴望。

科幻作品让我们通过创造对未来社会的愿景，而非偏见或战争，来憧憬更好的世界。像雷·布拉德伯里的《华氏 451》（ *Fahrenheit 451, 1953* ）这样的反乌托邦小说也在科幻作品中占有一席之地，作家会通过这类作品对民主的不公正和危险做出批评。而且通过科幻这个创意的出口，东欧的作家才得以在作品中不涉时政，通过审查。今天，在全球变暖、能源依赖、资本主义的病毒效应和如何利用现代科技等方面，科幻作品继续做出一个又一个假设，同时给读者带来更多古怪而精妙的奇想。

其他任何一种文学形式都不曾与我们的当今社会联系如此紧密，而且还充满了奇思妙想。也没有哪一种文学形式能给人带来如此多的乐趣。迄今为止，几乎没有人尝试编过一本权威的科幻选集，将这一充满活力的类型作品中具有全球影响力和重大意义的小说收录进去，在兼顾虚构作品的类型性和文学性的基础上，让世界各地的作家及其作品都能有所体现。本书按照时间顺序，梳理了整个 20 世纪 20 个国家的科幻小说，从埃德蒙·汉密尔顿的太空歌剧通俗小说[1]到豪尔赫·路易斯·博尔赫斯的文学思考，从 W. E. B. 杜波依斯的早期非洲未来主义到小詹姆斯·提普奇的女性主义第二浪潮，一一呈现，而且精彩不止于此！

本书篇目很可能会令作为读者的你惊喜万分，因为我们在编选之初就感到了莫大的惊喜。

什么是"科幻黄金时代"？

-

即使是没读过科幻小说的人，也听说过"科幻黄金时代"这个说法。科幻黄金时代实际是 20 世纪 30 年代中期至 40 年代中期，不过大众读者常常将其与之前的"通俗小说时代"（20 世纪 20 年代到 30 年代中期）连在一起。"通俗小说时代"的主宰可以说是《惊奇故事》（*Amazing Stories*）的编辑雨果·根斯巴克。他有一张最为出名的照片，照片中，他头戴一个全方位包裹式"隔离头盔"，上面连着一条氧气管和一个呼吸设备[2]。

"黄金时代"则没有什么"隔离头盔"，这一时期伴随着美国科幻杂志的井喷式发展，见证了担任《新奇科幻》（*Astounding Science Fiction*）主编的约翰·W. 坎贝尔的崛起（尽管他晚节不保，后期笃信"戴尼提"[3]那一套伪科学），还发展出了科幻小说的市场雏形（20 世纪 50 年代该市场才趋于成熟）。同样是在这一时期，像艾萨克·阿西莫夫、阿瑟·克拉克、波尔·安德森、C. L. 摩尔、罗伯特·海因莱因和阿尔弗雷德·贝斯特这

---

[1] 又称"纸浆小说"，源于"通俗（纸浆）杂志"，指 1896 年到 20 世纪 50 年代出版的价格低廉的小说，常使用便宜的木浆纸。本卷脚注如无其他说明，均为译者注。

[2] 1925 年 7 月，雨果·根斯巴克发明的"隔离头盔"照片刊登在名为《科学与发明》（*Science and Invention*）的杂志封面上。该头盔外形酷似防毒面具，旨在让办公人员只关注自己眼前的事务，完全与外界的噪声和干扰隔离。

[3] 山达基教创始人 L. 罗恩·贺伯特提出的一套自我心理调节的理论系统。

样的科幻名家迅速成长起来，闻名于世。正是这一时期让大众对科幻形成了这样的认知——让人有"惊奇感"而且对科学和宇宙有"乐观进取"态度的小说。有时候大众的印象来自最直观但也相对幼稚的封面画，封面下的实际内容往往暗黑且复杂。

不过，"黄金时代"开始有了新的解读。在常常被人引用的经典著作《惊奇年代：探索科幻的世界》（*Age of Wonders: Exploring the World of Science Fiction*,1984）一书中，堪称行业标杆的编辑大卫·哈特韦尔宣称："（阅读）科幻的黄金年龄是 12 岁。"[1] 哈特韦尔是科幻领域有着巨大影响力的守门人，他提出了一个重要的观点，成年人对科幻的热爱是从他们很小的时候开始形成的，因为那时候，对他们来说，"每本杂志上的每个故事都是杰作，满是大胆而独到的奇思妙想"。读者们就黄金时代到底是 20 世纪 30 年代、50 年代还是 70 年代一事争论不休。按照哈特韦尔的说法，这是因为读者眼中科幻真正蓬勃发展的年代正是他们年纪尚小，还不足以分清好故事和坏故事、优秀作品和糟糕作品的时候；那时，他们只知道尽情吸收和欣赏故事里美妙的奇景和令人兴奋的情节，所以才会有如此认识。

这是个奇怪的说法，听起来是在找借口。这一说法常常被人们引用，但没人仔细想过，大卫·哈特韦尔，一个发掘出吉恩·沃尔夫和菲利普·迪克等文学大师的才华横溢的选集编辑，为什么在想为科幻正名的同时还会有如此感情用事的言论（或许是无意的？），而且他的观点似乎与整个科幻事业背道而驰（更不用说还严重小觑了 12 岁的读者！）。

也许，你若知道美国与英国的科幻是如何从被视为"世俗艺术"的通俗杂志中崛起的，就不难理解哈特韦尔为什么要摆出这种姿态了。科幻这一类型文学往往带有明显的"文化自卑"，这与一个残酷的事实密不可分——其上不了台面往往让科幻陷入尴尬的境地。因为人们通常只会注意

---

[1] 英语原文中，"黄金时代"即"Golden Age"，而"Age"不仅有"时代、年代"的意思，还有"年龄"的意思。

一栋房子的外观是富丽堂皇还是破败不堪，而不注意房子内部的情况。打个比方吧，一个有着卡夫卡的才华的新锐作家，若他是来自历史悠久的布拉格，那他很有可能会被大众奉为文学界的拯救者；但若他出生于，比如说美国佛罗里达州的克劳福德维尔，那多半不会有什么人追捧他。

此外，要为科幻早期地位尴尬负责的还有通俗杂志的编辑们，他们的编辑工作十分业余，文学品位欠佳，有的甚至没怎么经过正式培训，而且怪癖多得像雀斑一样。就是这样一批人主导着早期的美国科幻圈。有时候，"隔离头盔"已经可以说是最不值一提的了。

说到通俗杂志，有证据显示这些杂志有时刊登的内容比大家通常以为的更有格调。所以说，从某种角度来说，"（阅读）科幻的黄金年龄是 12 岁"这种话低估了这类出版物。此外，它也忽略了那些在通俗杂志以外的平台上发表或出版的有深度的科幻作品。

因此，基于我们能得到的所有证据，我们本着谦虚谨慎的态度得出了一个与大众的看法相反的结论——（阅读）科幻的实际黄金时代是 21（世纪），而不是 12 岁。证据就在这套选集里。我们编纂此书的时候，尽可能地关照到了所有我们认为属于"科幻"范畴的作品，既没有侧重主要科幻类别，也没有摒弃它们。乍一看，这套选集包罗万象，且每一个入选篇目都各具特色，自成一派；但仔细阅读，你可能会发现，这些来自完全不同背景的入选篇目是有共性的，甚至可以说它们之间正在进行有趣的对话。

打造更好的"科幻"概念

-

我们在《引言》开篇提到玛丽·雪莱、儒勒·凡尔纳和 H. G. 威尔斯有着非常特殊的原因。这三位作家都是探讨科幻的有效切入点或者说原点，因为他们距离我们的时代并不久远，对今日的科幻作品依然有着直接且明显的影响，现代人依然熟知他们的名字；还因为直至今日，他们的作品中表现的主题还都流行于我们所称的科幻"类型文学"中。

文字的影响神奇而难以捉摸，彼时有，此时无，一段时间后或又以"润物细无声"的姿态重现，神出鬼没，神秘莫测。因此，我们在谈到这种影响时总是慎之又慎。有时候，文字的影响简单而深刻，一个人有可能忘却童年时读过的某段字句，却又在多年后在潜意识中与它重逢；还有的时候，文字的影响清晰而强烈。至多，我们只能说，尚未写出来或翻译过来的文字无法对人产生影响。或者，我们可以说，文字的影响也许并非产生于其出版之际，而是在作者进入大众想象时出现的——比如说，威尔斯通过乔治·奥逊·威尔斯导演的广播剧《世界大战》(*War of the Worlds*, 1938) 招致民众恐慌一事 [1]；另外，不怕大家笑话，笔者认为由玛丽·雪莱的作品改编成的电影《新科学怪人》(*Young Frankenstein*, 1974) [2] 也是一个例子。

出于这个原因，人们认为"科幻"涵盖的范围其实更广，比如身兼作家和编辑的莱斯特·德尔雷声称，美索不达米亚的《吉尔伽美什史诗》(*The Epic of Gilgamesh*) 是世界上最早有文字记录的科幻故事（他这个观点虽然有些夸张，但也有合理之处），他还认为这一事实有力支撑了 20 世纪 40 年代到 50 年代期间北美地区科幻的地位。

不过，我们前文提到那三位科幻名家，是因为他们分别代表着科幻的不同方向。

最早闻名的是玛丽·雪莱和她的《科学怪人》(*Frankenstein*, 1818)。这部作品反映出现代人对于技术和科学的使用的矛盾态度，同时，在科幻萌芽阶段将其与恐怖作品的思辨结合在一起。于是，"疯狂科学家"这一

---

[1] 1938 年 10 月 30 日，由 H. G. 威尔斯的《世界大战》改编的广播剧由哥伦比亚广播公司播出。该剧讲述了"火星人入侵地球"的故事，而且它的播出形式是模仿新闻播报的，所以很多美国听众信以为真，随即引发了恐慌，美国东北部和加拿大的居民纷纷逃离了家园。以至于除哥伦比亚广播公司外的所有其他广播公司都中断了正常节目的播放，转而安抚群众说这只是一个虚构的广播剧。之后普林斯顿大学的一项调查显示，大约 170 万人相信这是新闻播报，120 万人十分恐慌，从而造成重大的经济损失。

[2] 该电影由梅尔·布鲁克斯导演，获得了奥斯卡最佳改编剧本提名。片中年轻的弗兰肯斯坦误打误撞地创造出来一个"科学怪人"。这个本不应该被创造出来的"人"惹出了无尽的笑料。这是恐怖电影史上一部伟大的影片，也被视为恶搞片的鼻祖。

意象在通俗科幻小说中流行起来，即便在今天的现代科幻作品中，也是如此。此外，玛丽·雪莱还是女权主义科幻的重要代表。

儒勒·凡尔纳则正相反，他开创了探索大千世界的主题，作品气质乐观而充满希望。尽管凡尔纳喜欢为他在书中的"发明"绘出图纸并给出细节描写，比如说《海底两万里》(*Twenty Thousand Leagues Under the Sea*, 1870)中的潜水艇，但其实他更热衷于以他的聪明才智服务于科学浪漫主义精神，而不是"硬科幻"。

H. G. 威尔斯的小说在他生前也始终被大家归为"科学浪漫主义"作品，但其实他的作品是处于这两个焦点之间的。作为科幻小说的教父，威尔斯最有益的特质就是他创作的包容度。威尔斯的世界观体现了社会学、政治学和技术的交集，因而他能够在作品中建立复杂的地缘政治背景和社会背景。威尔斯抛开科幻类型文学后，在之后创作的小说中表现出自己社会现实主义者的立场，集中探讨了社会不公的问题。他有能力在作品中全面而细致地展现未来社会，并深入研究与现代工业化伴生的罪恶。

工业化对我们的生活造成了怎样的影响？科幻作品很早就非常直接地反映了这一主题，比如，卡尔·汉斯·施特罗布尔关于工厂的警世故事《机器的胜利》(*The Triumph of Mechanics*)，还有保罗·希尔巴特戏谑的乌托邦版故事。后者常常被用来反击"现代化"的不良因素(因为他的乐观主义，希尔巴特在第一次世界大战期间去世了，而施特罗布尔的"回报"则是向法西斯主义的堕落——他加入了纳粹党——这也在某种程度上背弃了他在《机器的胜利》中表达的观点)。

此外，科幻作品还从一开始就反映了诸多社会和政治问题，不仅是威尔斯的作品，萝琪雅·谢卡瓦克·侯赛因夫人在《苏丹娜之梦》(*Sultana's Dream*, 1905)中就描绘了一个强大的女权乌托邦。W. E. B. 杜波依斯的《彗星》(*The Comet*, 1920)并不仅仅是一部讲述地球灾难的作品，更是一个关于种族关系的故事，也是一个早期非洲未来主义的故事。此前从未翻译成英语的叶菲姆·佐祖利亚的《首城末日》(*The Doom of Principal City*, 1918)就强调了某些意识形态潜在的荒谬。

这种兼收并蓄的姿态也给科幻下了一个简单而实际的定义，那就是：用非写实和现实主义两种方式描绘未来的作品。除非你有意强调某种类型文学的特殊性，否则科幻作品与其他作品之间其实并没有明显的界限。科幻的生命力在于未来，无论这个未来指的是十秒之后还是像有的故事里写的那样，一个世纪之后的人类造了一架时间机器，只为了能通过时间旅行回到过去。不管是梦境般天马行空的故事，还是带有超现实色彩的作品，抑或是用科技术语和铆钉扎实打造的"硬科幻"，这些都属于科幻。不管上述故事是在展望未来，还是借未来点评过去或当下，都算科幻。

以这种角度来思考科幻切断了科幻带来的实际内容或"体验"与市场对这种类型文学的商业包装之间的联系。这并没有让脱胎于通俗杂志的主流科幻故事凌驾于其他形式的科幻故事之上。但这也没能让后者盖过前者的风头。进一步讲，这个定义消除了或者说绕过了类型文学和主流文学、商业小说与文学小说的地盘之争，也消弭了分水岭一侧（类型文学和商业小说）常常出现的（向怪奇方向发展、无知地跟风的）部落主义，还有另一侧与文学小说有时会出现的伪势力现象（讽刺的是，这种现象的根源正是"无知"）。

在每年编选的《年度最佳科幻作品集》(*The Year's Best S-F*, 1963)第七卷中，才华横溢的编辑朱迪斯·梅里尔这样写道：

"那可不是科幻。"就连我最好的朋友也总是这么说。那不是科幻！有时候他们的意思是，因为这部作品太好了，所以不能归为科幻。有时候，他们觉得作品里没有太空飞船或者时间机器。（宗教、政治或心理学主题的都不是科幻——对吧？）有时候，（因为我的一些好朋友是科幻迷）他们说"那可不是科幻"的意思是——那只是奇幻、讽刺或者类似的作品。

大体上，我觉得自己还是相当有耐心的。我会设法一遍遍地解释（虽然解释的时候确实有些厌倦），告诉他们这本书书名中的"S-F"代表"科幻"，"科幻"的含义是怎样的，为什么这一类涵盖着另一类，但不是只包含那一类。但是，实话实说，每当有人惊呼"你不会真的要选那篇吧？那可不是科幻"的时候，我的耐心都濒临崩溃。

不管站在这类论战的哪一边，都对研究和发展科幻有百害而无一利；那样做的唯一结果就是将探讨或分析引向歧途，让人们陷入关于科幻／非科幻或有／没有内在价值的争论。对于那些厌倦了充斥着各种圈内术语的评论的选集前言的读者，希望我们的定义能为大家之后的阅读减负。

另一个悠久的传统：哲学小说

-

既然我们已经戴上了"隔离头盔"，通过回望 20 世纪 20 年代到 40 年代的美国通俗文学发展历程致敬了"主流"科幻，在回归传统，检阅 20 世纪上半叶反其道而行之的新潮流之前，我们就有必要将目光先集中到一个早期文学形式——哲学小说上来。

"哲学小说"又称为"说理寓言"，在西方，它作为科学家或哲学家展示其新发现的出口，已经存在了几个世纪；写这类小说的包括伏尔泰、约翰·开普勒和弗朗西斯·培根等名流。"哲学小说"往往以想象或梦境做虚构的框架，作者借此阐释科学或哲学的内容。在某种意义上，空想或科幻历险成了一座精神实验室，在这里可以探讨各种发现或者展开辩论。

在美国通俗小说和玛丽·雪莱与 H. G. 威尔斯等人的传统科幻之外，我们发现，其余的早期科幻作品不但对后世的科幻小说有相当的影响力，也与更主流的传统文学相关。

20 世纪早期的科幻小说就充分证明了这一点，如侯赛因夫人的《苏丹娜之梦》。更重要的是，这类故事在推想文学的历史上取得了应有的地位，它颠倒了典型的哲学小说中虚构与非虚构成分的一般比例，但人们并没有将它们视为科幻范畴之外的作品，而是将其视为悠久文学传统的演变的结果。这种模式自然能帮助我们更好地理解儒勒·凡尔纳的小说。事实上，凡尔纳在作品中正是借鉴了哲理小说的标志性主题——虚构的冒险，利用这个形式创造出吸引读者的内容。

说到融合了虚构与非虚构元素的哲学小说，就不得不提豪尔赫·路易斯·博尔赫斯从 20 世纪 40 年代起创作的散文故事。这些故事常常作为形而上学的探索的媒介。在这个背景下，博尔赫斯的作品确实可以被视为完美诠释并结合了他深爱的（通俗类）冒险小说和他讲述故事的智力基础，这往往仰仗于将二者强力压缩进一个故事中（就像把煤炭压缩成钻石），而不单单是进行传统的短篇小说的创作。拉丁美洲的其他同类作品还有艾丽西娅·亚涅斯·柯西奥的《IWM 1000》（1975）。就连斯坦尼斯拉夫·莱姆创作于 20 世纪 60 年代和 70 年代的《星际航行日记》（*Star Diaries*）其实也属于哲学小说的再塑造——而且小说里真的有"航行"情节（这就足够令人兴奋！），但是它也是一个纯粹的输送关于世界的点子的系统。

尽管这一传统在通俗小说中并不常见，但是像 A. 梅里特的《机器人与最后的诗人》（*The Last Poet and the Robots*, 1935）、弗雷德里克·波尔的《百万日》（*Day Million*, 1966）这样的小说都可以视为"推想童话故事"和"哲学小说"的融合，或者单纯是"哲学小说"的变形，即受到了关于幻想的旅行的古老神话的影响后的变形。讽刺的是，这些故事中，有的还加入了"硬科幻"的元素。

如果不以抬高"哲学小说"的地位为目的，仅仅是宽容地阐释，可以说，这一形式渗透了通俗小说，令其成为了"哲学小说"的实体框架，而"哲学小说"本身成为了注入其中的抽象特质——"是什么/为什么/怎么样/如果"。就这样，通俗小说使得这种抽象特质和一些问题变得具体起来，成为了小说中的潜台词。（然而，就分水岭的主流文学一侧来说，小说中的潜台词必须以形而上的形式呈现出来，这才是文学，不然是无法被接受的——不以人物为中心的小说便是如此。）

在这样的背景下，我们发现，不管是作为扭转局势的思想实验，还是作为挑战主流思想模式，或是颠覆性的"真"隐喻构想或形而上学的构想，美国通俗太空旅行小说都退化了。其错误就是把重心放到了传递"哲学故事"的观点的脚手架（或助推器）上，而忽略了科学假设（"如果"类问题）的重要性。这样做岂不是捡了芝麻，丢了西瓜？

美国科幻的定位常常是"点子文学"。可是，如果只能通过筛选过的极个别"输送系统"传达点子，这还算什么"点子文学"？如果我们承认输送点子的表达模式多种多样，那么不管小说中传达的这些点子是好还是坏，是复杂还是简单，我们不都是能从中看到真正的价值吗？要验证"哲学小说"和科幻之间的联系，我们首先要从大局来看，看看这些可供选择的模式——扭曲的、扁平的和不太重要的除外——有多少和主流模式不同，但同样重要、有用且有关联。[以捷克作家卡雷尔·恰佩克为例，他既在20世纪20年代创作了剧作《罗素姆万能机器人》（*Rossum's Universal Robots*），又在30年代创作了疯狂而古怪的小说《鲵鱼之乱》（*War with the Newts*）。]

正如我们对科幻的定义，这种关于科幻的思维方式既适用于从"主流文学"看"类型文学"，也适用于从"类型文学"看"主流文学"。适用的原因就是，这种思维采取的视角或立场来自二者的外部。而且这种思维方式纯粹，没有受到主观意图——"主流文学"或"类型文学"要征服对方或假定自身比对方更高级——的污染。

采取这样的立场来创作（在作品中写在山顶上、飞机上、飞船里、月球上或梦里的感受），整体而言，让读者摸不着头脑的抽象理论少了，反倒是更多"有活力的"且与我们的核心定义毫不相悖的科幻作品将出现在读者视野中。此外，我们在本选集中收录了在这条创作道路上有实际探索的作品和能体现出此类创作思路的作品，因为思考和行动都消耗精力，且二者虽道路不同，但都是一种文学运动形态。

迄今为止，"哲学小说"对科幻的影响依然被严重低估，这是因为美国科幻的主流形式有"文化谄媚"的现象。也就是说，美国的主流科幻一贯遵从主流文学中对短篇小说的要求——故事中一定要有真实立体、令人信服的人物，以此来与主流文学维持联系。即使是反对这一立场的前人文主义科幻作品，其本质上也受到了主流文学的束缚。

不过，讽刺的是，早期的科幻作品中相当一部分在塑造真实立体的人物形象方面都很失败（虽然在其他方面有所弥补）。就这样，随着时间的推移，因为没能符合主流文学的传统标准，科幻类型文学的自我惩罚越来越古怪，甚至到了违反常理的地步，于是产生了像"阅读科幻小说的黄金年龄是 12 岁"这样的借口。如果能重拾"哲学小说"这样的传统，不盲目追求主流文学界的赞许，不为了建立正统性，或按照主流文学的标准得到"概念验证"而重复老套路，那么科幻类型文学的发展情况一定比现在更好。

传统通俗小说的新探索

-

还记得通俗杂志时代和之后的科幻黄金时代（20 世纪 20 年代至 40 年代中期）吗？这一时期的作品成功地在历史上留下了浓墨重彩的一笔，其情节、隐喻和故事结构都已经成了体系。但真正使它们风格化的并非一次次文学运动，而是具有强大影响力的几位编辑，如 H. G. 戈尔德、前文提到的坎贝尔和弗雷德里克·波尔。

很多编辑都想在市场上抢占先机，开疆拓土，建立自己的王国，立下规矩，告诉世人什么是科幻，什么不是。在有些情况下，我们可能的确需要他们这样做，因为那时候还没人知道"科幻"到底是什么，或许也是因为热心读者总是读到与他们认知中的"科幻"有所不同的"新品种"。在自由撰稿人的那个残酷而封闭的世界里，这些规矩对他们的作品内容有着举足轻重的影响。据说，西奥多·斯特金就曾经因为一位编辑的"规矩"停笔了一段时间。

那个时期，因为没有电视或电子游戏的竞争，作家完全可以靠为科幻杂志供稿生活——如果他们听编辑大人的话，按照"规矩"来创作，日子能过得更滋润。即便编辑的品位有失水准，不合乎常理，但是在塑造作品调性和定义类型文学规范方面，他们起到的作用也与文学运动相当，甚至更甚——部分是因为编辑的影响常常在公众视野之外，而且不太受到公开讨论的束缚。

在不少其他情况中，像《怪谭》(*Weird Tales*)这样的杂志通过支持类型混搭的或新叙事模式的小说，成功地塑造出其独特的风格，与他们提供给读者的内容类型形成了高度的统一。在这类杂志中，酷炫的主人公使用酷炫的机器来一段酷炫的历险，这种内容并不常见，在黄金时代中也不普遍。更流行的内容是这样的，酷炫的主人公发生了"酷炫"的意外，来到了危机四伏的外星世界，或者倒霉透顶，不得不面对"酷炫"的可怕选择。

事实上，很多体现着纯粹的乐观主义的科幻作品没能成为传世经典，部分原因是，它们简化了这个非常复杂的世界及宇宙。举例而言，每过十年，随着我们对太空旅行的了解越来越深入，我们就会越清楚，人类走出太阳系有多困难。就连最喜欢写太空殖民题材的作家金·斯坦利·罗宾逊都在 2014 年的采访中承认，这样的旅行可能性微乎其微。

这类科幻作品通常只具有历史价值的另一个原因是，20 世纪爆发了两次世界大战，无数严重的地区冲突，原子弹制造出来了，多种病毒在世界上传播，还有生态灾难，欧洲、亚洲和非洲都发生了大屠杀。

和符合历史潮流的作品相悖的科幻小说似乎永无出头之日。我们需要在小说中逃避现实，因为小说类似于游戏；但是，当小说选择对历史进程或事件视而不见，或者内容与读者关于科学、技术或历史事件的体验脱节太多，读者就很难读下去了。若要提到美国的种族主义制度化——科幻小说长期以来彻底忽略的一个主题，还有 20 世纪上半叶非科幻作品熟练地写过的主题，恐怕黄金时代的科幻小说基本没有写到过，这应该就是本选集未收录太多该时代作品的原因。我们选择的都是具有预言性或复杂程度与当今社会相匹配的小说。

值得回顾的是，在科幻以外的更广阔的文学世界中，作家们始终在努力跟上不断变化的现实生活和技术创新。第一次世界大战后，詹姆斯·乔伊斯、T. S. 艾略特、弗吉尼亚·伍尔夫和其他作家在创作中涉及了时间和身份的性质，这种实验性的写作在当时具有推想小说的风格。这些都是主流文学在作品中加入科学（物理学）元素的尝试，由此，这些作品在 20 世纪 60 年代新浪潮运动期间发挥了影响，成为了科幻传统的一部分。

这场现代主义誓言和其他更近的证据表明，尽管与我们常听说的情况相反，但其实科幻作品并不特别适合用来质问工业化或现代科技——反倒是很多非推想小说在这方面做得很成功——因为要是没有工业化带来的各种产品和发明，科幻文学可能压根不会诞生或崛起。科幻作品中的活力与热情对工业化和科技的依赖是其他类型的文学（如历史小说）无法比拟的。举例来说，宇宙飞船在科幻小说中是一种像出租车一样普遍的存在，它或多或少是读者的关注点，这就是未来在文学中的体现。就连早期科幻作品中大多数"冒险类"通俗故事都会写类似的内容：以华丽的措辞和一种"惊奇感"赞扬展望中的工业化的未来和不断发展的技术，或是通过反乌托邦的题材和反省其造成的过剩，批判其背后的意识形态，为其扼腕叹息。（科幻作品不只提出了"如果……"这样的假设，还提出了"为什么会这样"的质问。在这样的情况下，科幻不该被视为循规蹈矩、逃避现实或非政治性的文学类型。）

传统的通俗杂志小说逐渐成熟，但它从不曾像它给自己定位的那样老套、传统或猎奇，也并不似 12 岁的读者天真记忆中的那副模样。它也并没有封面上呈现的和科幻蜕变成的那样乐观或原始简陋。部分原因是，起初《怪谭》及其他类似的杂志适当地将恐怖风格引入到了科幻中。《未知》（*Unknown*）一类的杂志也常常刊载融合了恐怖和科幻两种风格的作品。正如本选集中收录的早期小说的作者简介中所说的，与20世纪的怪奇小说（如洛夫克拉夫特的作品）密不可分的"触手系怪物的崛起"最初出现于怪奇太空歌剧小说中，这类作品的作家包括埃德蒙·汉密尔顿。在这一时期的相关作品中，很多都描写了深不可测的黑暗世界，认为宇宙的基础其实比我们所知的更复杂。简而言之，宇宙恐怖题材的作品存在的历史要早于洛夫克拉夫特，而且它保持并拓展了科幻的深度。

第二次世界大战后：科幻的突破

-

20世纪50年代有时候被视为过渡期，主要是因为这一时期没有任何文学"运动"；不过，罗伯特·西尔弗伯格有充分理由认为，这一时期才是真正的科幻黄金时代。英美两国的科幻全盛时代就是从这时开始的。部分是因为杂志、小说单行本和选集出版的繁荣给了科幻机会，部分是因为更具有包容性的从业者加入了这个圈子。

20世纪50年代，一批受过高等教育的、经验丰富的作家在科幻创作中崭露头角，获得广泛认可，如弗里茨·莱伯（其作品多为奇幻和恐怖小说）、詹姆斯·布利什和弗雷德里克·波尔。这不仅是因为出版环境更加友好，作家由此得到了鼓励和支持，也是因为他们都有"未来派"的背景。未来派是一个科幻社团，在它的培养下，成员们有着广泛的兴趣，并不仅仅局限在类型文学的创作上。

布利什的《表面张力》（*Surface Tension*, 1952）展示了关于人类改造外星球的绝妙主意产生的成果。菲利普·迪克也在20世纪50年代早期开始发表小说。在他的处女作《天外的巫伯》（*Beyond Lies the Wub*, 1952）中，他描写了一个光怪陆离、荒诞且反正统的太空世界，后来他又写了类似背景设定下的其他经典作品，如《尤比克》（*Ubik*, 1969）和《流吧！我的眼泪》（*Flow My Tears, the Policeman Said*, 1974）。

阿瑟·克拉克是黄金时代的作家，但是他在20世纪50年代转型，写出了像《星》（*The Star*, 1955）这样的经典的黑暗故事。罗伯特·海因莱因也一样。雷·布拉德伯里也创作出了精彩的小说，以《火星编年史》（*The Martian Chronicles*）延续了他的成功。这个时期的罗伯特·西尔弗伯格也颇为多产，不过本选集中收录的他的作品是之后才发表的。

不少被低估的作家也在这个时期出版了他们最杰出的小说，这些作家有詹姆斯·H. 施米茨、威廉·泰恩和查德·奥利弗。汤姆·戈德温以他的《冷酷的方程式》（*The Cold Equations*, 1954）在科幻圈掀起了波澜，但这篇好故事并没有收录在本选集中。而且，该小说后来引起了人道主义科幻作家们的争论，其中有些人还对小说结尾进行了改编。泰恩的《地球的解放》（*The Liberation of Earth*, 1953）是一部经典的讽刺小说。达蒙·奈特也以《异站》（*Stranger Station*, 1956）这个关于外星文明接触的不同寻常的故事在科幻文学中获得了一席之地。C. M. 考恩布鲁斯（他也是"未来派"的一员）在这一时期发表了他最知名的几部作品，即《愚蠢的季节》（*The Silly Season*, 1950）和《征途中的傻瓜》（*The Marching Morons*, 1951），不过这些小说没能成为传世经典。该时期的其他著名作家还有罗伯特·谢克里、艾弗拉姆·戴维森和朱迪斯·梅里尔（她后来成为了著名的选集编辑）。

虽说是后见之明，但也许20世纪50年代最独特也最重要的科幻作家要数考德维那·史密斯了，他的绝大多数科幻作品都是在50年代中期出版或发表的。他的故事背景多设定在遥远的未来的地球和周围的宇宙空间，完全架空，而且不会清楚地交代故事前情。在《扫描人的徒劳生活》（*Scanners Live in Vain*, 1950）和本选集中收录的《龙鼠博弈》（*The Game of Rat and Dragon*, 1955）中，史密斯让太空歌剧类科幻作品焕发出了新的活力——他的科幻创作同时受到了博尔赫斯和阿尔弗雷德·雅里的影响。就算到了今天，史密斯的故事依然独树一帜，就好像来自平行空间一样。

在独树一帜的风格上，西奥多·斯特金几乎可以与史密斯相媲美。前者的作品有一种近乎任性的文艺腔调，还体现出了作者的同理心，不过在读者看来更像是多愁善感。但是，在他最好的作品——如《失去大海的男人》（*The Man Who Lost the Sea*, 1959）中，斯特金写出了科幻非常需要的悲怆。同时，斯特金还勇于探索令人恐怖的或容易引起争执的主题。他每发表一个新故事，就将科幻的边界推向更远处，更方便后来者追随他的脚步。

另一个有趣的作家是詹姆斯·怀特，在《星际病院》（*Sector General*, 1957）等系列故事中，他以当时标准的冲突情节为背景，写了一座银河系的医院中发生的种种医疗奇事。怀特的故事中常常既没有恶棍，也没有英雄——这使得怀特的故事情节显得新鲜而不同。其中写得最好的一篇"医院"故事里讲述了一个外星孩子，他长得像巨大的活石头一样，有着和人类孩子截然不同的饮食需求。无论史密斯还是怀特，他们的名气都不如阿瑟·克拉克这样的作者大；但是，他们的作品在当时的科幻环境下有如鹤立鸡群，新颖而不失关联性、娱乐性和现代性。

50 年代还有许多才华横溢的女性作家崭露头角，如凯瑟琳·麦克莱恩、玛格丽特·圣克莱尔和卡罗尔·艾姆什维勒。她们三者的作品的共同点就是其中描写的推想社会或极端的心理状态引人入胜，而且都塑造了独一无二的女性角色，常常使用有别于传统通俗小说的故事结构。麦克莱恩在社会描写和所谓的软科幻创作方面尤其突出。在当时，人们认为这种与"硬"科幻截然不同的作品相当具有先锋性。与此同时，圣克莱尔广泛涉猎恐怖、奇幻和科幻文学，其作品既幽默又骇人，同时还发人深省。从她最杰出的几部作品中，我们可以看出来，她是在探索我们人类世界与动物世界的关系。这三位作家不仅为 20 世纪 70 年代的女权主义科幻爆发铺平了道路，还有力地为更多不同寻常的叙事方法拓展了空间。

在当时世界的另一片土地上，博尔赫斯正在继续创作精彩绝伦的小说；此外，墨西哥作家胡安·何塞·阿雷奥拉写出了《幼儿发电机》(*Baby HP,* 1952)和其他微小说，在其中成功融入了传统科幻、民间故事和讽刺小说的元素。法国作家杰拉德·克莱恩则刚刚开始发表小说，他经典的早期作品有《怪物》(*The Monster,* 1958)。他出道之后，世界上又涌现出一系列有趣的法国科幻作品。另外，尽管直到 20 世纪 70 年代《路边野餐》(*Roadside Picnic,* 1979)和其他作品被译成英文后，阿卡迪·斯特鲁伽茨基和鲍里斯·斯特鲁伽茨基（斯特鲁伽茨基兄弟）才蜚声国际，但他们早在 1958 年就已经在苏联发表了像《造访者》(*The Visitors*)这样精巧新潮的外星接触类小说。

20 世纪 50 年代的科幻作品并没有一个统一的模式或主题，这对于众多有鲜明特点的作家来说是一件好事，也使得他们拥有了自由创作的空间。显然，这一时期为科幻作家在世界文学高峰上攀至更高的位置扫清了障碍。

但是，从某种程度上讲，他们不得不推翻前人的作品。

新浪潮和女权主义科幻

-

20 世纪 60 年代最重要的科幻大事莫过于"新浪潮"的崛起。最初支持"新浪潮"的是英国杂志《新大陆》(*New Worlds*)，其主编是迈克尔·摩考克；后该文学运动又随着哈兰·埃里森策划的《危险影像》(*Dangerous Visions,* 1967)和《危险影像重临》(*Again, Dangerous Visions,* 1972)两部选集在美国登陆。

新浪潮小说的形式和意识形态多种多样，但内核往往是实验性的，而且带给了科幻作品主流文学的技巧和严肃性。实际上，新浪潮的目的是尽可能拓宽创作的疆域，同时在很多情况下体现了 20 世纪 60 年代反主流文化的思想。

新浪潮小说具有反正统的特质，对黄金时代的作品和通俗小说投以冷眼，有时候甚至对 20 世纪 50 年代的作品也同样不屑，因为新浪潮作家在创作上的尝试十分大胆先锋。

但是，这种对立往往是反对者们强加于"新浪潮"的。对于通俗杂志的传统创作体系下成长起来的和 20 世纪 50 年代科幻出版繁荣发展时期的一般科幻作家，尤其是美国图书市场的作家来说，大西洋彼岸的他们的"生态系统"的一切都遭到了质疑，哪怕只是暗示，他们也一定有一种被人打了一闷棍的感觉。本质上的对立的存在是因为，尽管 20 世纪 50 年代涌现出许多新声音、新突破，但也同时夯实了人们对许多黄金时代标杆作家的集体印象。

进一步说，新浪潮作家要么就是一直在阅读完全不同的另一套文本，要么就是以完全不同的方式阐释了这些文本，总之新浪潮和非新浪潮作家之间有一道鸿沟，二者的交流接触可以与人类和外星人的"第一次接触"相类比。二者彼此间语言不通，也不知道对方的那一套规矩。就算是那些本应该找到共同目标或者与对方达成共识的作家，如弗雷德里克·波尔和詹姆斯·布利什，也都站在了新浪潮的对立面。

不管怎样，无论作者和编辑们对新浪潮是反对、包容，还是摆出利用它创造有趣的作品的姿态，新浪潮——包括同时及之后诞生的女权主义科幻——都是科幻史上最具影响力的运动。

令人惋惜的是，新浪潮过后，许多作家都被世人遗忘了，如兰登·琼斯、巴林顿·J. 贝利（二者的作品都收录于本选集中）、约翰·斯拉德克，还有一些文学大师，如迈克尔·摩考克、J. G. 巴拉德、M. 约翰·哈里森和布莱恩·奥尔迪斯（他其实属于早一代作家，但却是这场运动的不速之客）。英国几家行事大胆的出版机构，如萨沃伊（Savoy），也起到了助推作用。

新浪潮作家的事业发展获得了两方面的支持，其一是非类型文学作家（如库尔特·冯内古特和威廉·S. 伯勒斯）创作的作品与新浪潮小说有呼应、有共鸣，而且持续受到读者的欢迎；其二是类型文学领域内的、多次获得雨果奖和星云奖的作家对他们十分支持，如哈兰·埃里森。埃里森本人的作品就恰好符合新浪潮的审美，而且他通过策划编选的几部选集来鼓励和支持创作意识超前的先锋新老作家，打造了无可置疑的北美新浪潮阵地。像卡罗尔·艾姆什维勒和索尼娅·多尔曼这样的其他作家也多少算是意外踏入了新浪潮这片尚未成熟的文学领域，埋头创作了一些作品，然后离开了该领域，境遇既没有变好，也没有变差。至于大卫·R.邦奇这样的怪咖，随着时间流逝，他的"摩德兰"系列故事越来越体现出预言性来；当时，要不是有大胆的编辑和新浪潮的背景支持，他们的作品压根就无法出版。（值得一提的是，本选集中收录了他的"摩德兰"系列故事之一，这是近二十多年来他的作品首次得到再版。）

与上述作者同样重要，甚至比之更重要的是塞缪尔·R.德拉尼作为圈内的重要人物出现了，他创作了数篇与《没错，还有蛾摩拉》（*Aye, and Gomorrah*, 1967）相似的大胆而不同寻常的故事，由此与新浪潮小说结缘。他与埃里森在这个时期获得星云奖的次数不相上下，而且不仅在创作人物丰富的精致推想小说方面是其他作家的榜样，还在相当长一段时间里是这个领域中唯一的非洲裔美国人，甚至可以说是唯一的非白人作家。尽管像《达尔格伦》（*Dhalgren*, 1975）这样的畅销书取得了巨大的成功，延长了新浪潮运动持续的时间，促进了科幻中成熟的（和实验性的）小说的发展，但它似乎并没能为科幻带来典型的差异性。

1972年，特里·卡尔在《年度最佳科幻作品集》第一卷的《引言》中写道：

"新浪潮"来了又去，这期间的故事都体现出了自身的价值……作家们意识到了一切艺术的真正基础：他们的创新有着十分积极的作用，打开了一扇又一扇大门；但这些前卫的作品造成的破坏多于创造，而且将会快速地导致自身的消亡……我个人认为，"新浪潮运动"顶峰时期的大多数作品都是拙劣的科幻作品；如果非要说它们给我带来了什么不同，那就是，

有时候我得更认真地读一个故事才能发现我并不喜欢它。

特里·卡尔是一位优秀且具有影响力的编辑，他一直与时俱进，却在这件事上判断失误了。不过，当时似乎任何人都不清楚新浪潮是怎么从根本上改变了科幻圈的创作环境的。尽管 20 世纪 70 年代中期之后新浪潮的影响力有所削弱——部分是因为好莱坞科幻电影（如《星球大战》）产生了巨大的影响，新浪潮对科幻类型文学整体而言有着持久的影响，并且创造出了流行文化巨擘，如 J. G. 巴拉德（20 世纪 70 年代后在各种科技和社会话题中被引用最多的作者）。

事实上，特里还犯了另外一个错误，新浪潮运动与另外一个有重要意义的发展——女权主义科幻的崛起在时间上有交叠，因此可以说，这场革命其实并未结束。从某种角度说，它才刚刚开始，尚有许多工作要做。除了关注女性权利问题引起的社会矛盾，图书文化圈还推出了数条平装产品线，其中出版的作品主题都是"妇女的解放"将如何带领全人类进入反乌托邦未来，以这种讽刺的姿态迎合读者的厌女倾向。

如果说此举使得女权主义科幻"崛起"有点用词不当，那是因为这样说是简化了一个复杂的情况。这场斗争为有积极正面的女性角色的科幻作品争取了更多空间，但仍需反复斗争才能取得成果；而且，女权主义科幻中的论战、活力和推动力的目的是展示女性力量——为女性作家创造空间，无论她们写的是什么。另外，给一个作者贴上"女权主义"的标签（就像贴上"新浪潮"的标签一样），会让大家把关注点集中在读者们是如何接触到并探索该作家的作品的。这种对女权主义科幻的初期关注并不能给与之形成交叉的种族问题或流性人问题带来更多关注。

金斯利·艾米斯在"新浪潮运动"之初出版的颇具影响的科幻作品《地狱新地图》（*New Maps of Hell*, 1960）中指出："尽管我不想承认，但我不得不说，（男性）科幻作家显然对性别现状是满意的。"鉴于男作家很少写出复杂或有趣的女性角色（西奥多·斯特金和约翰·温德姆的部分作品除外），他提出的这种现象似乎确实存在。

到了20世纪70年代，乔安娜·拉斯等作家开始发出大胆而坦率的声音，就科幻作品中对女性的呈现发表意见。拉斯在她的文章《科幻作品中的女性形象》(*The Image of Women in Science Fiction*, 1970)中指责科幻作品是"想象力的失败"和"社会展望的失败"，提出科幻作品中缺少复杂的女性角色，是因为作家们在毫无思考或分析的情况下就接受了社会对女性的偏见和刻板印象。这和德拉尼在种族刻板印象方面发表的意见遥相呼应。

长期以来许多作家的作品中的女性人物原型（如圣母／娼妇、大地母亲）没有独立个性。正如永远目光敏锐、才华横溢的厄休拉·勒古恩在她的文章《美国科幻及其他》(*American SF and the Other*, 1975)中所写的，"妇女运动让我们大多数人意识到一个事实，那就是科幻要么就是完全忽略了女性，要么就是把女性写成让怪物强奸得吱吱叫的玩具娃娃，或者写成有着过于发达的大脑，但已经失去性特征的老处女科学家，或者，最好的情况下，写成高大全的男主人公身边的忠贞的妻子或情人"。

人人都该意识到，消除科幻作品中有厌女意味的描写这件事有多讽刺。因为科幻历来是探讨"如果"的类型文学，它受现实主义的影响极小，是描写梦想的文学，传达最纯粹的各种各样的想象的文学；但在很多情况下，它依然选择让女性充当作品中二三流的角色。在这样的环境下，没有革命，无论男性、女性还是流性人，谁能清楚地看到一个不存在这类偏见的未来呢？

因此，女权主义科幻的崛起其实指的是独特且有影响力的作家的崛起，他们的作品带有明显的女权主义色彩，但同时书写女权并不是他们的唯一兴趣。像小詹姆斯·提普奇（爱丽丝·谢尔登）、拉斯、约瑟芬·萨克斯顿、勒古恩这样的作家及其他作家成为了新浪潮运动的中坚力量，他们的作品一改黄金时代作品的肤浅片面，将社会学、人类学、生态学的问题以及更多内容以前所未见的方式带给了读者。这类小说的视野并不狭隘，而是立足于探索整个世界——而且英美科幻圈有时候对此是非常抗拒的，这更从侧面说明了这类小说的难得。

世界科幻小说的重要作用

-

有时候，退后一步，以不同的视角来检视人们对于某个时期作品的狂热是十分有益的。新浪潮运动和女权主义科幻主要存在于英语国家，而世界上其他国家又有各自的潮流。这种潮流并不总是与英语国家的相悖。以拉丁美洲国家为例，那里的女性作家通常要付出双倍的努力才能取得当地男性作家的地位。因此，即便到了今天，依然有一些 20 世纪 50 年代到 70 年代期间首次出版的拉丁美洲女性作家的推想小说第一次翻译成英文。这些障碍不容小觑。未来的科幻选集应该以发掘我们目前尚无缘得见的这些精彩作品为己任。

弗雷德里克·波尔、朱迪斯·梅里尔和达蒙·奈特这三位不仅是杰出的作家，而且是同样有影响力的优秀编辑，尤其在将国际新声音引入英语国家的科幻圈方面做出了贡献。包括大卫·哈特韦尔在内的此类引路人对各国科幻作品有着浓厚的兴趣，因此，20 世纪 50 年代至 80 年代期间的非英语国家的科幻作品翻译成英文并出版的数量较多。不过，值得注意的是，被选中并翻译成英语的大多数作品都是符合英语国家价值观和出版市场口味的。

"世界"科幻也许是个没多大意义的词儿，因为它将那些本应被正常看待的作品异域化了，同时还将这些本应放到各国的背景下探讨的作品一概而论，等同视之。尽管我们的选集容量有限，只能收录个别故事，但大家有必要了解，就在英美两国的新浪潮运动如火如荼和女权主义科幻崛起的同时，非英语虚构作品也在悄然发展。举例来说，20 世纪 60 年代，日本科幻创作愈发活跃起来，荒卷义雄和筒井康隆的作品尤为突出，此外还有许多才华横溢的作家。

20 世纪 80 年代，麦克米伦出版社推出了英译苏联科幻短篇小说集和长篇小说单行本，其中少不了西奥多·斯特金和斯特鲁伽茨基兄弟的支持与贡献。正是因为这一系列图书，英语国家的读者才接触到 20 世纪 60 年代和 70 年代的苏联科幻小说。从 20 世纪 60 年代到 70 年代中期，西方读者不太熟悉的一些作家出版了不少引人入胜且富有深度的科幻作品。本选集就收录了这批作品中部分短篇小说的新译本。

举例而言，瓦伦蒂娜·朱拉维尔尤瓦发表了《宇航员》(*The Astronaut*, 1960)，因为错综复杂的结构和字里行间透露出对执行太空任务时遭遇突发事件的人员的同情，该作品并未成为苏联太空计划的广告。相当多产的德米特里·比连金的作品有多篇被译为英语，其中有个短篇名为《两条小径交会之处》(*Where Two Paths Cross*)，是一个生态主题的故事，放到今天来看依然独特而不落伍。也许，当时最不可思议的苏联作家要数瓦季姆·谢夫纳了，他的小说文笔优美，给人一种轻松简单的假象，这些特点都集中地体现在了短篇小说《谦逊的天才》(*A Modest Genius*, 1963) 中。

不过，该时期最棒的苏联短篇小说家应是塞弗·甘索夫斯基，他创作的好几篇具有强大感染力的作品都足以收入本选集。我们最后的选择是他的《复仇之日》(*Day of Wrath*, 1964)，该作品仿佛升级版的威尔斯的《莫罗博士岛》(*The Island of Dr. Moreau*)，但百分之百是原创。甘索夫斯基并没有像斯特鲁伽茨基兄弟那样有创见——后者的《路边野餐》(*Roadside Picnic*) 一直是英美国家中得到最多关注的苏联作家作品，不过，他作品的直接、明晰、精巧和透出的勇气都有效地弥补了其他不足。

20 世纪 60 年代与 70 年代的拉丁美洲的科幻作品许多都还没有翻译成英语，因此，那段时间的拉美科幻创作全景我们尚不清楚。我们知道博尔赫斯和奥坎波出版了一些带有推想性质的作品，类似的还有著名的阿根廷作家安杰丽卡·高罗第切尔。阿道夫·毕欧伊·卡萨雷斯则偶尔发表科幻小说，如《咎由自取》（*The Squid Chooses Its Own Ink*, 1962），本选集中收录了重译本。巴西的科幻大师安德烈·卡尔内罗则在1965年发表了他最著名的短篇故事《黑暗》（*Darkness*），这部作品当之无愧是那个时代最佳科幻小说之一。艾丽西娅·亚涅斯·柯西奥的《IWM 1000》（1975）是同时期拉丁美洲科幻作品中的又一篇佳作。

如上所述，我们读过的、由其他语种翻译成英语版本的科幻作品不足以让我们得出全面的结论。我们只能说，在这部选集中，入选的非英语国家的篇目展示出了与20世纪60年代和70年代的英语国家科幻作品有共鸣或分歧的地方，这对关于科幻的对话有着巨大的价值。

赛博朋克、人文主义以及更多

-

新浪潮和女权主义科幻的崛起的风潮很难延续，因为这一时期出现的大师充满智慧而自由任性地表达自我，而后大步流星地消失在读者视野的尽头。不过，这两个运动与20世纪80年代和90年代的赛博朋克、人文主义息息相关，前者对后者有着各种直接或间接的特别影响。

"赛博朋克"一词是编辑加德纳·多佐伊斯普及开来的，不过它首次出现是在布鲁斯·贝思克创作于1980年的小说《赛博朋克》（*Cyberpunk*）中，之后该作品于1983年刊发在一期《惊奇故事》杂志上。后来，布鲁斯·斯特林在他的杂志《廉价的真相》（*Cheap Truth*）中撰写专栏，成为赛博朋克蓝图的主要建筑师。20世纪80年代，威廉·吉布森的故事出现在杂志《奥秘》（*Omni*）上，其中包括《整垮铬萝米》（*Burning Chrome*）和《新玫瑰旅馆》（*New Rose Hotel*），而他的长篇小说《神经漫游者》（*Neuromancer*, 1984）则让这个词在读者的头脑中有了具体而深刻的印象。斯特林编选的选集《镜影》（*Mirrorshades*, 1986）则是"赛博朋克"类作品中的王牌。

赛博朋克常常是以技术发达的近未来为背景，有着懦弱的政府和罪恶的企业的暗黑故事，其中还融合了黑色小说的桥段，为传达信息时代元素赋予了新的质感。此外，有些作家还将音乐领域的朋克运动的些微元素运用到了小说的创作中，如约翰·谢利。

有些新浪潮和女权主义科幻作家（如德拉尼和提普奇）努力在作品中构筑与传统的黄金时代科幻元素或桥段相比更"真"的现实主义场景；和他们一样，赛博朋克作家也努力在作品中通过偏执妄想的人物和大阴谋情节，描绘计算机技术的进步，这可以视为菲利普·迪克式的未来愿景的自然延伸。约翰·布伦纳的《震荡波骑士》（*The Shockwave Rider*, 1975）有时候也被人们视为赛博朋克的开山之作之一。另外，约翰·布伦纳作品中与之有着同样地位的人文主义小说则是《航向桑给巴尔》（*Stand on Zanzibar*）。

像鲁迪·拉克、马克·莱德劳、刘易斯·夏纳和帕特·卡迪根这样的作家也发表或出版了重要的赛博朋克故事或小说；而卡迪根之后主编的《终极赛博朋克》（*The Ultimate Cyberpunk*, 2002）不仅收录了早期有影响（但不一定成功的）的赛博朋克作品，还收录了后赛博朋克作品。

"人文主义科幻"常常看起来只是提倡在科幻作品中塑造立体的人物，有时候更侧重所谓的软科幻，如社会学主题的科幻作品。但是，卡罗尔·麦吉尔克在杂文《小说 2000》（*Fiction 2000*, 1992）中提出了有趣的一点，她注意到 20 世纪 50 年代流行的"软科幻"对新浪潮、赛博朋克和人文主义科幻有着深远的影响；而且，她指出，从某种程度上来说，这些类型的科幻全都脱胎于那时候的"软科幻"。区别是新浪潮和赛博朋克的源头是更残酷、更黑暗的文学流派，反乌托邦的特质十分突出；而人文科幻的源头则是描写以人为中心、科技服从于人类的乐观世界的另一个流派。（这就好比亲兄弟、亲姐妹也常常争吵打架。）

人文主义科幻的实践者〔有时候也会被贴上"滑流"（Slipstream）作

家的标签——这个概念是斯特林提出的），包括詹姆斯·帕特里克·凯利、金·斯坦利·罗宾逊、约翰·克塞尔、迈克尔·毕晓普（他有时也被归为新浪潮作家）和南希·克雷斯。当然，凯伦·乔伊·富勒的作品也展现了同样的人文主义特质，但是她的作品题材多样、风格各异，很难被细分入某一类，而且她已经悄然成为了曲高和寡的文学界标杆人物之一。

一开始，人文主义科幻被置于赛博朋克的对立面上，但实际上，两个分支很快就成长起来，都产生了可以撕掉刻板标签的独特作品。也许在这个明显的矛盾冲突中，最有趣的一面就是，赛博朋克作家似乎沉浸在自己的小世界中，基本不在意主流的想法。这可能是因为他们通过流行文化接触到了更广泛的受众。从另一方面来说，人文主义科幻作家通常被归于核心科幻类型作品的作者，但他们想突破局限，吸引主流读者，让这些读者领略科幻的文学价值。有趣的是，人文主义科幻得到了达蒙·奈特和凯特·威廉的直接或间接的支持，他们的号角科幻与奇幻写作工坊（Clarion Science Fiction and Fantasy Writers' Workshop）和西克莫山写作工坊（Sycamore Hill Writers' Workshop）为培养人文主义科幻作家做出了卓越的贡献。

批评家称，与20世纪60年代的新浪潮的激进主义和70年代的女权主义科幻崛起相比，赛博朋克和人文主义科幻的作品是倒退和保守的。以赛博朋克为例，这种类型的科幻作品盲目迷恋技术，尽管谴责了大企业，但是削弱了政府的作用。从事计算机产业工作的读者指出，吉布森在《神经漫游者》中体现出他缺乏对黑客文化的了解，因此在描写中有瑕疵。相当一部分赛博朋克作品中塑造的性别角色都更加传统，给女性作家留下了较小的创作空间。

1985年，安杰丽卡·高罗第切尔创作了犀利的女权主义短篇科幻《紫罗兰独一无二的香味》（*The Unmistakable Smell of Wood Violets*）。在同一时期，美国一位自成一格的作家在作品中描写了与之相反的世界，即米莎·诺卡的《红蜘蛛白网》（*Red Spider White Web*, 1990）——本选集中收录了该作品节选。这部杀入阿瑟·C.克拉克奖决选名单的小说描绘了一个噩梦般的未来，在那个世界里，艺术家不仅被商品化，而且有性命之忧；其中非但没有对科技的盲目迷恋，还全方位地刻画了未来的社会阶层。小说还塑造了一个与当时的性别刻板印象相反的、独特而坚强的女主人公。从这个角度来说，诺卡这部有开创性的小说指明了赛博朋克类型小说中更女权的方向。

同时，对人文主义科幻的批评集中在这类作品采取折中的方式和中产阶级的价值观，将新浪潮和女权主义科幻高雅化了。（当前更激进化的第三次浪潮女权主义科幻其实与20世纪70年代的新浪潮更贴近，尽管前者的实验性无法与后者相媲美。）不管真相如何，事实上，最优秀的那批人文主义作家要么随着时间逐渐成熟，要么在这个领域短暂亮相后就走上了其他的创作道路。

20世纪80年代和90年代最具影响力的科幻作家有奥克塔维娅·巴特勒、金·斯坦利·罗宾逊·威廉·吉布森、布鲁斯·斯特林和特德·姜。他们用各自不同的方式改变了流行文化的面貌，也改变了读者们对于科技、种族、性别和环境的看法。特德·姜的影响力只局限在科幻类型文学中，但是根据他的作品改编的电影上映后，这种情况可能会得到改变。至于凯伦·乔伊·富勒通过她的非推想小说，如探讨动物智慧和我们与动物之间的关系的《我们都发狂了》（*We Are All Completely Beside Ourselves*, 2013），开始产生同样的影响力。

卓越的作品是怎样出现的？富勒的例子或许给了我们一条线索，那就是作品的点子或故事要突破类型文学的核心。举例而言，尽管吉布森和斯特林可以说是赛博朋克的奠基人，但其实是因为他们的作品——包括虚构和非虚构的——超越了最初的赛博朋克时代，对现代社会和科技时代的质问的范围更广阔，程度更犀利，才有了今天的至高地位。

巴特勒的作品再度流行，这是因为其中的主题让新一代的作家和读者产生了共鸣，他们看重多样性，而且对殖民时期之后的种族、性别和社会问题的探索研究有着浓厚的兴趣。（同样也是因为她的科幻作品精彩独特、精巧成熟，与同类型的其他作者截然不同。）坚持在类型文学框架内创作的作家中，只有罗宾逊取得了突破性的成功；他出版了一系列开创性的长篇科幻小说，常常以气候变化为背景，对读者有着强大的吸引力。（在他之后，只有保罗·巴奇加卢皮的影响力可以勉强与之相媲美。）

不过，赛博朋克和人文主义并非这一时期唯一重要的科幻潮流。同时期的非英语国家中还涌现出了其他科幻潮流，并延续到了 21 世纪。举例来说，20 世纪 80 年代，英美读者通过吴定柏和帕特里克·D.墨菲主编、弗雷德里克·波尔作序的《来自中国的科幻》（*Science Fiction from China*, 1989）读到了郑文光的《地球的镜像》和其他有趣的中国科幻故事。另外，韩松也是一位卓越的中国科幻作家，他的作品具有经久不衰的感染力，而且独树一帜。最后，还有刘慈欣，他以获得雨果奖的长篇小说《三体》（2014）闯入西方读者的视野，取得了口碑和商业上的双重成功。他的短中篇小说《诗云》（1997）收录在本选集中，这部作品精彩绝伦，积极地融入了许多科幻流派的元素，并让这些元素重获新生，令人赏心悦目。

在芬兰，莉娜·克鲁恩是最受读者欢迎与推崇的科幻作家，她在 20 世纪 80 年代和 90 年代（直至今日）创作了一系列迷人的推想小说，包括《泰纳伦》（*Tainaron*, 1985）、《世界毁灭》（*Pereat Mundus*, 1998）和《数学生物》（*Mathematical Creatures*, 1992），我们从上述最后一篇中节选了《戈尔贡兽》放在本选集中。约翰娜·西尼萨洛也是一位创意十足、精力旺盛的作家，她获得了星云奖提名的作品《儿童玩偶》（*Baby Doll*, 1992）就收录在本选集中。其他优秀的芬兰作家还有安妮·莱诺宁、蒂纳·雷瓦拉、哈努·拉亚涅米、维维·许沃宁和帕西·伊尔马里·耶斯凯莱伊宁。

其他国家的科幻小说中，比较突出的还有加纳推想小说家科约·拉因的《职位空缺：耶稣基督》(*Vacancy for the Post of Jesus Christ*)、塔吉亚娜·托尔斯塔亚的《斯林克斯》(*The Slynx*)。在英语国家为主导的科幻文学世界之外不断涌现的精彩作品中，它们具有高度的原创性，而且不属于非典型的作品。

加拿大作家玛格丽特·阿特伍德虽然创作了《使女的故事》(*The Handmaid's Tale,* 1985)，但她并未被归入写反乌托邦小说的科幻作家。她还著有《疯癫亚当》三部曲 (*MaddAddam* trilogy, 2003—2013)，这部作品经得起时间的考验，或许是在探讨近未来的生态灾难和生态改建主题的最重要的小说了。这些作品为主流文学接纳科幻起到的重要作用不可低估。尽管科幻已经征服了流行文化，但是没有阿特伍德这个榜样，如今科幻作品作为主流文学出版的潮流还是不太可能出现。这样的定位通常有助于让科幻作品获得更多更广的读者，同时也能扩大科幻小说的文化影响。

21 世纪的科幻圈越来越凸显出多样性。此外，世界各国的科幻文学蓬勃发展，主流文学界对科幻文学的认可度也越来越高。这一切都为未来十年科幻文学登上活力四射、生机勃勃的世界舞台铺平了道路。

本选集编纂原则

-

在编纂《100：科幻之书》的过程中，我们认真思考了向读者呈现从 1900 年至 2000 年这一个世纪的精华短篇（少数篇目面世时间在这段时期之外）的意义。思考的结果是，我们希望本书精准地收录具有代表性和启示性的篇目，在核心和边缘的类型小说的选择上达成平衡；而且，我们并非想收录一般的"边缘"类型小说，而是那些思想比之前的文学作品更贴近科幻内核的小说。此外，我们认为有必要放眼各国的科幻作品；没有国际视野，编选任何类型文学的集子都是狭隘的，只能局限于某个地域，无法达到世界高度。

具体编选指导方针或思路如下：

◇ 避免收录名作（拷问经典）；

◇ 一丝不苟地考察以前出版的此类选集；

◇ 甄别并排除以前被视为教科书级别作品的仿作；

◇ 摒弃"门户之见"（收录不因科幻闻名的作家写出的绝妙科幻故事）；

◇ 消除无意义的分歧（不在意一个故事属于"类型文学"还是"纯文学"）；

◇ 让边缘回归内核（认可邪典作家和更多实验性文本的地位）；

◇ 雕琢更完整的科幻谱系（认可超现实主义和其他核心类型文学之外的作品对科幻的贡献）；

◇ 展现科幻全景（如前所述，我们要探索英语国家之外的科幻作品，让它们通过翻译为大众所熟知）。

同时，我们希望尽可能多地收录不同类型的科幻作品，包括硬科幻、软（社会）科幻、太空歌剧、架空历史、世界末日、外星人接触、近未来反乌托邦、讽刺故事等等。

在这样的编选框架下，势必会有一些此处提过的时代、潮流和运动之外的作家的作品未能收录，对此我们其实不太担心。因此，大多数读者肯定会发现本选集遗漏了他们最爱的篇目或作者……不过，同样他们也会发现以前没读过的佳作，这些佳作将成为他们新的"最爱"。

考虑到大多数捧起这本选集的人都是一般读者，而不是专业学者，我们也在入选篇目的历史重要性和故事可读性上做了一番权衡。同样也是出于这个原因，我们着重选择了一些幽默轻松的故事，这类作品深深扎根于传统科幻文学，数量丰富；这样就可以与占绝大多数的沉重的反乌托邦故事取得平衡。另一方面，因为自我指涉性太强，笑话故事和大多数太过曲折的故事（尤其是只针对资深科幻迷的作品或硬核科幻）我们未曾收录。

因为生态和环境问题愈发严重，如果同一位作者有两篇同样精彩的作品，我们优先选择这类主题的（挑选厄休拉·勒古恩的作品时我们就遵循了这一原则）。遗憾的是，我们未能收录约翰·布伦纳、弗兰克·赫伯特等作家的作品；因为众所周知，就他们所著的此类主题的作品而言，长篇比短篇更加精彩。

考虑到科幻的定义之广，我们必须设下一些条件。对我们来说，大多数蒸汽朋克小说都更贴近奇幻，而非科幻；此外，那些设定在科学与魔法无异的遥远的未来的故事也与奇幻更近。因为后者，杰克·万斯的"濒死的地球"（Dying Earth）系列、M. 约翰·哈里森的"魏瑞柯尼厄姆城"（Viriconium）系列以及类似的作品会收录在未来的选集中。

为了让选集具有国际性，我们（基于之前来之不易的经验）选择了一条较为便利的路。举例来说，我们比较熟悉或更容易了解苏联时期和某些拉美国家的科幻作品。呈现某一文化背景下比较完整的作品线似乎比尽可能收录更多国家的代表作价值更大。此外，因为我们致力于打造有国际视野的选集，若是面对质量相当的（常常也是探讨同一主题的）佳作，只不过一篇的作者来自美国或英国，另一篇的作者来自其他国家，那么我们将选择后者。

关于译本，我们遵循两条准则：大胆收录之前没有英语版本（但高质量）的小说；对于现有英语版是二十五年以前甚至更早的作品，或者我们认为现有英语版中有谬误的作品，我们会重新翻译。

本选集中收录的（此前从未以英语版本公开发表或出版过的）新译本有卡尔·汉斯·施特罗布尔的《机器的胜利》（1907）、叶菲姆·佐祖利亚的《首城末日》（1918）、安杰丽卡·高罗第切尔的《紫罗兰独一无二的香味》（1985）、雅克·巴尔贝里的《残酷世界》（Mondocane, 1983）和韩松的《两只小鸟》（1988）。

重译的故事有米格尔·德·乌纳穆诺的《机械之城》（Mechanopolis, 1913）、胡安·何塞·阿雷奥拉的《幼儿发电机》（1952）、斯特鲁伽茨基兄弟的《造访者》（1958）、瓦伦蒂娜·朱拉维尔尤瓦的《宇航员》（1960）、阿道夫·毕欧伊·卡萨雷斯的《咎由自取》（1962）、塞弗·甘索夫斯基的《复仇之日》（1965）和德米特里·比连金的《两条小径交会之处》（1973）。

面对编选工作中的所有资料，我们意识到，无论怎样写《引言》都无法真正传达一个世纪的科幻作品的深度和广度。出于这个原因，我们做了一个战略决策——增加作者简介，其中也包括关于每个故事的信息。这些介绍有的像简传，有的像提供一般背景信息的文章，还有的介绍引用了其他作家或评论家的话，为读者提供第一手的回忆。研究这些作者简介期间，我们很幸运地与《科幻百科全书》——关于部分作者的信息的现存最佳资料来源建立了合作，得到了其创作者——约翰·克鲁特、彼得·尼科尔斯和大卫·兰福德的鼎力相助。本书对《科幻百科全书》的引用详情参见《授权声明》。

最后，因为版权问题，有些短篇故事无法收入本选集——或任何选集中。这些故事应视为本选集的延续：A. E. 范·沃格特的《武器店》（*The Weapon Shop*, 1942）、罗伯特·海因莱因的《你们这些回魂尸——》（*All You Zombies—*, 1959）、鲍勃·肖的《其他日子的光》（*Light of Other Days*, 1966）。此外，因为篇幅有限，我们未能收录以下作品：E. M. 福斯特的《大机器停止》（*The Machine Stops*, 1909）、古斯塔夫·勒·鲁日的一部关于人类前往住着吸血鬼的火星上执行任务的小说（1909）的节选和多丽丝·莱辛创作于 20 世纪 70 年代的科幻小说的节选。

我们编纂的这部选集的价值如何，这一点我们交由大家来评判。不过，我们认为，此选集的价值集中在三方面：（1）我们热爱各种类型、各种形式的虚构作品，尤其是科幻小说；（2）我们与各国文学界有着广泛（而且越来越广泛）的接触，因此可以获取许多独一无二的内容；（3）我们编纂本选集的思路与其他大多数编辑不同，并非从类型文学的核心作品着手。

我们不属于科幻圈的任何派系或小团体，与业内的任何在世或已经仙逝的作家都没有特殊的敌友关系。

我们无意于和那些与推想小说毫无关联且有时候地位被过分抬高的主流文学编辑一较高低，也无意于以此选集捍卫科幻的正统性。如果有哪个愚蠢的人认为科幻毫无价值，那是他自己的损失和问题（这也适用于那些愚蠢到声称科幻是一切的人）。

在为编纂本选集付出的三年时光中，我们出于"分类学"的原因留下了一些遗憾，所以不得不劝自己放下执念（未能收录某些篇目在所难免，但这并不能成为我们得到安慰或幸福的理由）。同时，我们也承认这个成果有着与生俱来的不完美；当然，这必然导致我们永远无法接受这份不完美或者与之妥协。

现在，我们只希望各位能把这篇长长的《引言》放在一边，沉浸在这部奇妙而精彩的科幻选集中。选集中的作品不仅数量够多，而且确实惊艳，有的篇目甚至有一种暗黑的美感。

来自梵蒂冈的喜讯 - （1971）-Good News from the Vatican

（美国）罗伯特·西尔弗伯格 Robert Silverberg —— 著　敬雁飞 —— 译

罗伯特·西尔弗伯格（1935—　）是一名富有影响力的美国科幻奇幻小说作家、编辑。就读哥伦比亚大学期间，他开始探索科幻。在六十年漫长而杰出的职业生涯中，他曾多次荣获星云奖、雨果奖。1956 年，他首次获得了雨果奖最佳新人奖。除了写作，他还编辑了数量惊人的作品，独立与合作编辑的作品超过七十部。即便西尔弗伯格不从事写作，光是编辑这些合集也是值得称道的重大成就。西尔弗伯格常常支持新人作家与非传统作家。他于 1999 年入选科幻与奇幻名人堂，于 2004 年获得美国科幻奇幻作家协会大师奖。据西尔弗伯格本人估计，在 20 世纪 50 年代后期，他每年要写作上百万字，多数是为各类杂志与双 A 出版社（Ace Doubles）执笔，直到他因为所谓的市场不景气而短暂休笔。但在 60 年代中期，他回归科幻文坛，带来了包括《向下去地球》（*Downward to the Earth*）、《内部世界》（*The World Inside*）、《将死之心》（*Dying Inside*）等作品，在外界看来，这些比他写于 50 年代的作品更加优秀、成熟。70 年代晚期，由于甲状腺出了问题以及家中发生火灾，西尔弗伯格再度休笔。80 年代，他则携大受欢迎的"马吉坡尔星球"系列（Majipoor series）回归，该系列的第一部，即《瓦伦丁君王的城堡》（*Lord Valentine's Castle*）。科幻这一类型文学经历了新浪潮运动、女性主义、赛博朋克、人文主义等流派的兴起，而西尔弗伯格是为数不多的始终适应了这些变化的作家。

《来自梵蒂冈的喜讯》荣获了 1971 年的星云奖。这篇嘲弄宗教权力机构的幽默故事中，罗伯特·西尔弗伯格展现了他常常被忽略的讽刺天赋。

　　对于这天早晨，所有人期盼已久，因为机器人枢机主教终于要当选教皇了。这个结果已经是板上钉钉。在该选米兰的枢机主教亚斯西乌嘉，还是热那亚的枢机主教卡尔西奥弗这个问题上，教皇选举秘密会议已经僵持数天了。有消息说，他们正在商议折中的方案。现在，各方都一致同意选举机器人。今天早上，我在《罗马观察报》上读到，梵蒂冈的计算机本尊参与了商议，之前是他一直在强烈地敦促赋予机器人候选者身份。我想，看到机器对彼此的忠诚，我们没什么好意外的。我们也不必为这事苦恼。我们绝对不能为此苦恼。

　　"每个时代都有适合它的教皇。"今天的早餐桌上，菲茨帕特里克主教有点闷闷不乐地评论道，"当然了，适合我们时代的教皇是个机器人。在未来某个时候，人们心仪的教皇也可能是一条鲸鱼、一辆汽车、一只猫或者一座山。"菲茨帕特里克主教足足有两米高，通常挂一脸病恹恹的悲伤表情。因此，我们无法判断他的发言究竟是在表达实实在在的失望，还是心平气和的接受。许多年前，他曾是圣十字冠军赛篮球队的明星选手。他之所以来罗马，是为了给义人圣马塞勒斯的自传做点研究。

　　我们总是坐在距离圣彼得广场好几个街区的户外餐馆，观望教皇选举这出闹剧的进展。对我们所有人而言，这是此次罗马假日的一个意外收获：前任教皇身体硬朗是众所周知的，人们原本没理由在这个夏天就选举他的继任者。

　　每天早晨，我们都从酒店打计程车过来，在"专属"的桌子前按各自的固定位置坐下。从我们坐的地方，刚好能清晰地看见梵蒂冈的烟囱，显示选举结果的烟雾会从那里升起：若是冒出黑烟，就代表没能选出教皇；若是白烟，则意味着秘密会议有了成果。路易吉，这家餐馆的老板兼领班自动给我们端上了各自喜欢的酒水：菲茨帕特里克主教的菲奈特·布兰卡[1]，穆勒拉比的金巴利苏打鸡尾酒，哈尔肖小姐的土耳其咖啡，肯尼斯和比弗莉的柠檬果汁，以及我的加冰潘诺酒。我们一般轮流买单，除了肯尼斯，自从我们开始天天围观选举以来，他连一次钱都没出过。昨天哈尔肖小姐付账时，她掏空了钱包，发现还是少三百五十里拉；除了一百美元面值的旅行支票，她就没别的钱了。我们都故意看着肯尼斯，可他只是从容不迫地啜着他的柠檬果汁。紧张的氛围持续了片刻，然后穆勒拉比掏出一枚五百里拉的硬币，颇为气愤地将沉沉的银币拍在了桌面上。穆勒拉比素以暴脾气与真性情闻名。他今年二十八岁，照惯例穿着时髦的格子呢神职人员长袍，戴着银边太阳镜，常常炫耀自己从未给教区会众——他的教区位于美国马里兰州的威科米科县——做过犹太受戒礼。他认为犹太成人仪式粗俗、过时，所以向来都把教区的仪式外包给一个专门收费举办这类活动的特许经营组织，其组员都是流动的神职人员。穆勒拉比是天使学的权威。

在该不该选机器人当新教皇这个问题上，我们发生了分歧。菲茨帕特里克主教、穆勒拉比和我都表示赞成。哈尔肖小姐、肯尼斯和比弗莉则表示反对。我注意到，有意思的是，我们的两名天主教神职人员，一位颇有年纪、一位相当年轻，都支持这个大大偏离了传统的动作。然而我们当中的三个"新潮男女"反倒不赞成。

我说不清自己为什么会站在革新人士的一边。我已经步入成熟的年纪，行事相当稳重；也没怎么关心过罗马教廷的事务。我不熟悉天主教的教义，对教廷内部近期的思想潮流也一无所知。然而，自打教皇选举会议开启，我就一直希望他们能选中那个机器人。为什么？我也想知道。是因为一尊金属造物坐在圣彼得大教堂的皇座上，这个画面刺激了我的想象力，满足

---

[1] 意大利最有名的比特酒之一。

了我对不谐调美的偏好吗？或者，更多的是出于我精神上的懦弱？我是不是偷偷地觉得，这么做就能够收买机器人群体？我是不是私心希望，让他当教皇，也许他们暂时就不会想要别的东西了？不。我不能相信自己竟是如此不堪。我之所以支持机器人当选，很可能是因为我这人对他人的需求格外敏感。

"如果他当选，"穆勒拉比说，"首先，他打算立即与希腊东正教的首席程序员交换互惠插件。我听说，他也会让泛基督教主义对犹太教伸出橄榄枝，这些我们当然都乐见其成。"

"我相信教廷组织的惯例和标准做法都会有许多改进。"菲茨帕特里克主教表示，"比方说，我们可以期待一下更好的信息采集技术，因为梵蒂冈的电脑将在教廷中扮演更加重要的角色。我给大家举个例子……"

"这想法简直太恐怖了。"肯尼斯说。他是个花哨的年轻男人，长着一头白发，双眼充血。比弗莉要么是他老婆，要么是他姐妹。她几乎不说话。肯尼斯唐突无礼地画了个十字，喃喃道："以圣父、圣子与圣自动机之名。"哈尔肖小姐咯咯笑起来，但一见到我不满的表情，便把笑声噎了回去。

菲茨帕特里克对被打断有些沮丧，但根本没理会他，而是接着说："我给大家举个例子，就说说我昨天下午获得的一些数据。我在 *Oggi* 报上读到天主教使团的发言人说，过去的五年间，南斯拉夫的信徒从 19381403 人增长到了 23501062 人。可是政府去年进行的人口普查显示，南斯拉夫的总人口才 23575194 人。这意思是说，只有 74132 人信仰其他宗教或者不信教了。我知道南斯拉夫有庞大的穆斯林人口，所以怀疑这份公开发表的数据有失准确，于是咨询了圣彼得的电脑。结果他告诉我——"主教稍做停顿，掏出一份长长的打印文件，在大半个桌面上铺开，"这是南斯拉夫信徒数量的最新统计数据，完成于一年半前，里面的数字是 14206198 人。发言人给的数字夸大了 9294864 人。这很荒谬，而且他的话会被永久保留下来。这太可恶了。"

"他长成什么样？"哈尔肖小姐问，"有人知道吗？"

"就和他的同类一个样。"肯尼斯说，"一个闪闪发亮的金属盒子，下头是轮子，上头是眼睛。"

"你又没见过他，"菲茨帕特里克主教打岔，"我觉得你这么猜测不太合适……"

"他们全都一个样。"肯尼斯说，"你只要见过一个，就等于见过全部了。都是些闪闪发亮的盒子。有轮子，有眼睛。声音都是从肚子里冒出来的，就像机器在打嗝一样。里头不过是些齿轮和零件。"肯尼斯轻轻地耸了耸肩，"对我来说，这有点儿太难接受了。要不咱们再喝一轮吧？"

穆勒拉比说："其实，我碰巧亲眼见过他。"

"你见过他？"比弗莉惊呼道。

肯尼斯对她怒目而视。路易吉给所有人端来了新的一轮酒。我给了他一张五千里拉的钞票，穆勒拉比取掉了太阳镜，朝流光溢彩的反光镜面哈了口气。他长了双水汪汪的灰色小眼睛，有严重的斜视。他说："去年在黎巴嫩首都贝鲁特召开的世界犹太人大会上，那位枢机主教正好是主讲嘉宾，演讲题目是《当代人类的机械神经学泛基督教主义》。我当时在场。我可以告诉你，枢机主教阁下身材高挑、鹤立鸡群、声音悦耳、笑容文雅。他的言谈举止间由内到外散发出一股忧郁的气质，很是让我联想到咱们面前的这位主教朋友。他的举手投足都很优雅，而且才思敏捷。

"可他底下是轮子，对吧？"肯尼斯锲而不舍。

"是履带。"拉比回答，用杀气腾腾的暴躁目光看了肯尼斯一眼，然后重新戴上了太阳镜，"是履带，就像坦克的那种。但从精神的层面来讲，我不认为履带逊双脚一筹。或者，像你提到的，逊轮子一筹。假如我是天主教徒，有那样一个人来担任教皇，我会备感自豪的。"

"他不是人。"哈尔肖小姐插嘴道。不论什么时候和穆勒拉比搭话，她的语气中都带着一丝轻佻。"是个机器人。"她说，"不是人，记得吗？"

"那我就为那样一个机器人担任教皇而感到自豪。"穆勒拉比说，为她的纠正耸耸肩。他举起酒杯，"敬新教皇！"

"敬新教皇！"菲茨帕特里克主教喊道。

路易吉从餐馆里头匆匆跑了出来。肯尼斯挥手让他回去了。"等一下，"肯尼斯说，"选举还没结束，你们怎么这么肯定？"

"《罗马观察报》，"我说，"这报纸说今早的会议会敲定一切。卡尔西奥弗枢机主教已经同意退出选举，条件是明年的教会议会上重新分配电脑的实时使用时间时，要多分给他一些。"

"换句话说，他被贿赂了。"肯尼斯说。

菲茨帕特里克悲伤地摇了摇头："你把话说得太难听了，孩子。我们已经有整整三周没有教皇了。我们应该有教皇，这是上帝的意志；教皇选举秘密会议一直没能从卡尔西奥弗枢机主教和亚斯西乌嘉枢机主教中做出决断，从而阻碍了上帝的意志。所以，必要情况下，我们必须根据当下的现实做出一定的调整，以免上帝的意志继续受到阻碍。教皇选举会议里旷日持久的政治斗争已经成为一种罪孽了。卡尔西奥弗枢机主教在个人抱负方面做出的牺牲，并不像你说的那样是出于谋取私利。"

肯尼斯继续抨击着可怜的卡尔西奥弗枢机主教退出选举的动机。比弗莉时不时地为他的粗野攻击喝喝彩。哈尔肖小姐则宣布了好几次，倘若教会要选台机器当领导，她就不愿意继续当他的教徒了。我觉得这场争论十分令人不快，于是把椅子从桌前转开，以便更好地观赏梵蒂冈的风景。此时此刻，枢机主教们正在西斯廷教堂里议事。我多希望自己也在场啊！在那间昏暗华丽的房间里，他们正制定着多么辉煌而神秘的决策啊！每一位教会亲王[1]此刻都坐在各自的小型王座上，头顶是紫色的华盖。每个王座前的桌子上，都有从下到上越来越尖细的油脂蜡烛在闪烁着微光。司仪们

---

[1]　枢机主教的俗称。

肃穆地穿过巨大的厅室，手持银盆，里面端放着空白的选票。银盆被放在了圣坛前的桌上。枢机主教们一个接一个地走到桌前，取走选票，回到自己的桌后。然后，他们抬起鹅毛笔，开始书写。

"我＿＿枢机主教，选举＿＿枢机主教阁下为最高祭司、最可敬的领主。"

他们会填上谁的名字呢？卡尔西奥弗？亚斯西乌嘉？会不会是某个来自马德里或者海德堡，名不见经传、形容枯槁的高级教士，之所以写上他的名字，只不过是反机器人阵营在最后关头的绝望之举？抑或，他们会不会填上机器人的名字？教堂里，笔尖划过纸面的声音格外响亮。枢机主教们填完选票，将其首尾相粘地封好，对折，对折，再对折，然后拿着选票走向圣坛，投进巨大的黄金圣餐杯。这么一来，他们就又一次完成了随着选情僵持不下，数日以来的每个早晨、每个下午他们都在重复做的事情。

"前几天我在《先驱论坛报》上读到，"哈尔肖小姐说，"艾奥瓦州有两百五十名机器人组成了代表团，就在得梅因机场里守着选举新闻。他们已经包了机，一旦自己人当选，就立即起飞去梵蒂冈，请求做第一批朝拜圣父的信众。"

"毫无疑问，"菲茨帕特里克主教表示认同，"他若当选，会让许许多多拥有人造背景的人士投入教会的怀抱。"

"同时也会逼走很多有血有肉的人！"哈尔肖小姐尖声说。

"我不觉得。"主教说，"当然，一开始我们当中会有一些人感到震惊、沮丧、受伤、失落。但这都会过去的。新教皇与生俱来的优点，正如穆勒拉比刚刚提及的那些优点，会获得大多数人的欢心。我同样相信，全球各地具有科技思维的年轻人都会受到鼓舞，加入教会。不可抗拒的宗教冲动会在全世界范围内苏醒。"

"你能想象两百五十个机器人吭吭当当地走进圣彼得广场吗？"哈尔肖小姐质问。

我想象着远处的梵蒂冈宫。今晨的阳光灿烂夺目，可齐聚一堂的枢机主教们被隔离在了尘世之外，无法享受它怡人的光彩。现在，他们已经都投过票了。三名通过抽签被选为监票人的枢机主教已经站起身来。其中一人端起圣餐杯，摇了摇，好将选票混匀。然后他将它放在了圣坛前的桌子上，另一名监票人则取出选票，开始计数。他要确认选票数量与在场的枢机主教人数一致。这时，选票被转移到了一尊有盖的圣杯当中。这是一个高脚杯，通常是做弥撒时用来盛放圣饼的。第一名监票人取出一张选票，将其打开，阅读上面的文字，然后递给第二名监票人，他会再读一遍，接着递给第三名监票人，他则大声念出这个名字。是亚斯西乌嘉？卡尔西奥弗？其他人？还是机器人？

穆勒拉比在谈论天使："然后我们有座天使，希伯来语又叫作 arelim 或 ophanim。座天使共有七十名，主要以坚定的品质著称。他们当中有犹菲勒、奥菲涅、萨布基列、约尔伯、安比勒、提查嘉、巴拉勒、克拉米亚、帕斯查、波勒和拉姆。其中一些已经不在天堂，而是位居地狱的堕天使之列了。"

"他们可真够坚定的。"肯尼斯说。

"接下来，还有……"穆勒拉比接着说，"御前天使。他们显然一出世就行了割礼。他们当中有米迦勒、梅丹佐、沙利叶、尚达奉、乌列、萨拉卡、亚斯坦非斯、法奈尔、约何尔、撒格撒迦、耶菲法艾与阿卡特列。但我觉得自己最喜欢的一组还是欲望天使，犹太法典《创世拉比解经》[1] 中提到他们共有八十五位，当犹大打算经过……"

此时他们已经计完票了。圣彼得广场上已经聚起了人山人海。阳光照得许多钢皮脑壳闪闪发亮，没有上千个也有数百个。对于罗马的机器人群体而言，今天一定是美妙的一天。可广场上汇集的大多还是血肉之躯：穿黑衣的老妇，憔悴的年轻扒手，带着小狗的男孩，卖香肠的圆胖摊贩，以及一群由诗人、哲学家、将军、议员、游客和渔民构成的大杂烩。计票结果如何

---

[1] 犹太教对《圣经·创世记》部分进行解读的布道书。

Robert Silverberg

呢？我们很快就会知道答案。如果没有候选人得到多数票，他们就会将选票与湿秸秆混合在一起，倒进教堂的火炉，这样烟囱就会冒出翻涌的黑烟。但是，如果他们选出了教皇，就会用干燥的秸秆，如此一来烟就会是白色的。

　　这个体系散发着宜人的气息。我喜欢它。我从中感受到了人们通常会从完美无瑕的艺术品中获得的满足感，比方说，就像特里斯坦和弦 [1]，或者博斯的《圣安东尼的诱惑》[2]。我极度聚精会神地等待着结果。我对结果已经胸有成竹：我已经能够感觉到不可抗拒的宗教冲动在体内苏醒了。我也莫名感到了一股对有血有肉的教皇的缅怀之情。明天的报纸上，不会出现采访圣父住在西西里的年迈母亲的新闻，人们也不会采访教皇住在旧金山的满怀自豪的弟弟了。另外，这般宏大的选举仪式，未来还会再度举行吗？即将即位的新教皇如此容易修复，将来我们还会需要重新选举教皇吗？

　　啊，白烟！结果揭幕的一刻来临了！

　　圣彼得大教堂正面的中央阳台上，出现了一个人影，撒开了一片金色的布料，然后消失了。耀眼的光线照射在这块织物上，令人目眩。它有些让我联想起月光冰冷地亲吻着卡斯特拉马雷的海岸，甚至是圣约翰岛的加勒比海上反射出的刺眼的正午阳光。又一个身影出现在了阳台上，他被包裹在貂皮白与朱砂红之中。"枢机总执事。"菲茨帕特里克低语道。已经有人晕厥了。路易吉站在我旁边，听着一台小小的收音机播报最新的进展。肯尼斯说："大局已定了。"穆勒拉比冲他嘘了一声，让他安静。哈尔肖小姐开始啜泣。比弗莉则轻声背诵着《效忠誓词》[3]，不停地比画着十字。对我而言，这是妙不可言的一刻。我想，有生以来，这是我经历的真正最具有时代性的一瞬间了。

---

[1]　一种特殊的和弦结构，因 19 世纪德国作曲家瓦格纳在歌剧《特里斯坦与依索尔德》的开头使用而得名。

[2]　15 至 16 世纪尼德兰画家希罗尼穆师·博斯的代表作之一，该画家常被视为超现实主义画的创始人。

[3]　美国人在升国旗、向美国致敬等仪式中念诵的誓词。

扬声器中，枢机总执事喊道："我满心欢喜地向你们宣布，我们有教皇了。"

欢呼声随之响起，且当枢机总执事向全世界宣告，刚刚当选的罗马教宗正是那名枢机主教时——他高贵而卓越，忧郁而严肃，他入主罗马教廷是我们渴盼已久的结果——欢呼声越发沸腾了。"他为自己命名为——"枢机总执事说。

他的声音淹没在了欢呼声中。我转向路易吉："谁？叫什么？"

"西斯都七世。"路易吉告诉我。

是的，就是他。教皇西斯都七世，从现在起，我们必须这样称呼他了。一个闪闪发光的人影穿着金银相间的教皇袍，向人山人海伸长了双臂。没错！阳光在他的脸颊上闪烁，他那高高的额头上，打磨得锃亮的钢铁反射着光芒。路易吉已经双膝跪地。我也在他身边跪下了。哈尔肖小姐、比弗莉、肯尼斯、甚至包括穆勒拉比，全都跪了下来，因为毫无疑问，这是奇迹般的盛事。教皇走上了阳台。此刻，他将按照传统向全城、全世界发出罗马教皇的赐福。"我们得帮助……"他庄重地宣布。他启动了双臂之下的悬浮喷气机，即使在如此遥远的距离之外，我也能看见两道细烟从那里喷出。又是白烟。他开始升空。"是在乎倚靠造天地之耶和华的名。[1]"他说，"愿全能的上帝，圣父、圣子、圣灵，保佑你们。"他的声音威严地朝我们翻滚而来。他的影子覆盖了整个广场。他越升越高，直到消失在了视野之外。肯尼斯轻拍路易吉，"再来一轮酒。"他说着，将一张面额超大的钞票塞进了餐馆老板胖乎乎的手掌中。菲茨帕特里克主教在哭泣。穆勒拉比拥抱了哈尔肖小姐。我想，新教皇已经给他的任期开了个吉利的好头。

---

[1] 出自《圣经·诗篇》124：8。

改变之时 - (1972) -When It Changed

（美国）乔安娜·拉斯 Joanna Russ —— 著

许子颖 —— 译

乔安娜·拉斯（1937—2011）是一名极具影响力的美国作家与学者，其作品曾多次获奖。她于纽约市布朗克斯区长大，并在高中时入选了美国西屋科学天才奖（Westinghouse's Science Talent Search）的十强。拉斯于康奈尔大学获得英文学士学位，在那儿教授创意写作课程，并于耶鲁大学获艺术硕士学位。2013 年，她入选科幻奇幻名人堂。

和卡罗尔·艾姆什维勒一样，拉斯在很多文学平台发表过不同体裁的小说，例如《曼哈顿评论》（Manhattan Review）和达蒙·奈特的系列选集《轨道》（Orbit）。她从 1959 年开始发表科幻小说，处女作《不腐烂的习俗》（Nor Custom Stale）发表于《奇幻与科幻杂志》（The Magazine of Fantasy and Science Fiction），1967 年到 1980 年，她为该期刊贡献了大量有影响力的文学评论。《雌性男人》（The Female Man, 1975）是一部引人注目的女性主义科幻小说，也是其最具影响力的代表作，受到了高度评价，至今仍给很多读者和作家以震撼和启发。她的短篇集长期处于绝版状态，其中包括《桑给巴尔之猫》（The Zanzibar Cat, 1983）、《（多余的）普通人》[（Extra）Ordinary People, 1985] 和《月亮的隐藏面》（The Hidden Side of the Moon, 1987）。她的短篇作品在质量上可与安吉拉·卡特和雪莉·杰克逊等标志性作家的作品相媲美，其完整的作品集也亟须出版。

拉斯的非虚构作品同她的虚构作品一样发人深省、精巧而锐利，其科幻小说批评荣获 1988 年的朝圣者奖。其散文集包括：《如何抑制女性写作》（How to Suppress Women's Writing, 1983）、《女性主义散文：魔法的妈妈、颤抖的姐妹、清教徒和性变态者》（Magic Mommas, Trembling Sisters,

Puritans and Perverts: Feminist Essays, 1985）。评论家约翰·克鲁特表示："和塞缪尔·R. 德拉尼一样，她是个睿智的知识分子，所以她写下的每一个字，都基于丰厚的实践基础，无论是虚构作品还是非虚构作品。尽管如此，或者说正因为如此，她才如此有说服力。她的故事中常出现一些让人难以接受的事实，她却把它们包装成一个纯粹的故事，一个供人赏玩的玩笑。"总的来说，和小詹姆斯·提普奇一样，她的作品改变了当时科幻小说的基调，重新强调了小说中最为重要的部分。

《改变之时》首次收录于哈兰·埃里森主编的短篇小说集《危险影像重临》（*Again, Dangerous Visions*, 1972），并获得了星云奖。埃里森表示，这个故事"指出了不同性别间的能力和态度的显著区别，同时抹去了我们很多根深蒂固的思想。这是一篇最好的、最有力的女性解放小说，同时，通篇却对这一主题只字未提"。

本篇延续了《雌性男人》中的设定，故事中的"怀乐维"是一个女性主义乌托邦的世界，而《改变之时》讲述的是一艘满载男人的星际飞船抵达这个乌托邦之后的故事。

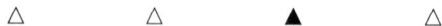

△   △   ▲   △

凯蒂开起车来总像个疯子，转弯时，我们的时速绝对超过了一百二十千米。当然，她的技术很好，非常好，我曾目睹她在一天之内把一整辆车拆开，再重新组装回去。我的出生地怀乐维到处是慢腾腾的农用机械，所以即便她挂到五挡，飙到这种要命的速度，我也不愿意去管。就算是在深夜的弯道上，或是在只有我们这种地方才有的路况糟糕的乡间公路上，凯蒂的车速也不曾吓到我。

不过，我的妻子有一点很有意思：她不愿意带枪。她曾只身去 48 度纬线以上的森林徒步，不携带任何武器，一去就是好几天。这着实吓到我了。

我和凯蒂有三个孩子：一个是她的，两个是我的。年纪最大的是我的——百合子，她躺在后座睡着了，和很多刚发育的十二岁女孩子一样，或许正做着关于爱和战争的梦：逃向大海，去北方狩猎，梦到那些奇怪而美好的地方，那里住着奇怪而美好的人们。一切这个年纪的孩子特有的美妙的胡思乱想。也许过不了多久，她会和其他人一样，突然消失数周，然后灰头土脸地回来，满脸骄傲地炫耀她狩猎的第一只美洲狮，射杀的第一头熊，身后还拖着些恶兽的尸体。如果真是这样，我将永远不会原谅发生在她身上的一切。百合子说，凯蒂开的车让她想睡觉。

作为一个经历过三次决斗的人，我很害怕，非常非常害怕。我正在变老，我对妻子说。

"你才三十四岁。"她说。一针见血，话题迅速归于沉寂。她打开车内灯，仪表板显示还能跑三千米，路况却越来越糟糕。偏偏是在这么个乡下。车两旁的树发出人工的绿光，接连闯入我们车前灯的范围内。从我用螺栓固定在车门上的储物板上，我拿起来复枪，放到我的膝盖上。身后的百合子一个激灵醒了过来，她和我一样高，长着和凯蒂一样的眼睛和脸。汽车发动机陷入了一片死寂，连后座的呼吸声都听得见，凯蒂说。消息传来的时候，百合子正一个人待在车里，热情地破译莫尔斯电码（在内燃机附近装高频无线电收发机确实不明智，但怀乐维现在主要还是使用蒸汽机）。我这个瘦小却爱显摆的女儿跑出车，用吃奶的劲儿大喊起来，所以我们不得不带上她。殖民地成立以来，直到殖民地被废除，我们一直都在做心理准备，但这次不一样。这次太糟糕了。

"人！"百合子猛地跃过车门，喊了起来，"他们回来了！真正的地球人！"

在他们的飞船着陆点附近，农舍的厨房里，我们见到了他们；窗子敞开，夜风柔和。在停车的地方，我们看到了很多种交通工具——蒸汽拖拉机、货车、内燃牵引车，甚至还有自行车。莉迪亚是分区生物学家，她一反北方人沉默寡言的常态，上前采集了血样和尿样，现在正坐在厨房角落摇着头，对结果惊讶不已；她甚至迫使自己（非常努力，但十分害羞，面红耳赤，看着甚至有些痛苦地）去翻阅旧的语言手册，试图和他们交流。我是个语言达人，在梦里也能说以前的语言，但她似乎不打算向我求助。不过这也正常，莉迪亚和我们合不来；我们是南方人，太聒噪了。厨房里有二十个人，都是来自北大陆的精英。菲利斯·斯派特似乎是乘滑翔机过来的。百合子是这儿唯一的孩子。

然后我看到了他们四个。

他们体格比我们大，肩膀也更加宽阔。我净身高有 180 厘米，已经算是相当高了，可其中两个人比我还要高。显然，他们和我们是同一物种，又有一种不可名状的陌生感，我不可置信地看着这些外星人的宽阔身形，但不敢去触摸他们，虽然其中一个（听着像是）讲俄语的人想握手——我想这大概是以前的某种习俗吧。我只能说，他们像是长着人脸的猿猴。他试图表示出友好，我却打了个寒战，几乎要退到厨房的最后面去。然后我抱歉地笑了笑——试图树立一个好榜样（为了星际友好，我想），最终，我们还是"握了手"，重重地握了手。他们和驮马一样沉，发出模糊而低沉的声音。百合子悄悄地躲在大人中间，张着嘴，吃惊地盯着这些人看。

他偏过他的头去，用糟糕的俄语说道（某些词语已经在我们的语言里消失了六个世纪）：

"那是谁？"

"我女儿，"我说道，并（用一种精神错乱的时候才会有的失去理智的礼貌）补充道，"我女儿，百合子·珍妮特森。我们这儿随父姓。按你们的说法是随母姓。"

他不禁放声大笑起来。百合子大声喊："我还以为他们会长得好看呢！"似乎对他们的样子十分失望。菲利斯·海尔格森·斯派特——这个我迟早会杀掉的人——从房间另一头投来一个冰冷、平静而恶毒的表情，仿佛在说：说话小心些。你知道我会怎么做的。你知道，我人微言轻，但是如果总统女士继续视这种星际间谍活动为无伤大雅的玩笑，我、她和她的下属都将陷入大麻烦，就像祖先的书里记载的那样，战争和战争的谣言将卷土重来。我将百合子的话翻译成这人的该死的俄语，明白意思后，这个人再次大笑起来。

"你们其他人呢？"他主动聊起来。

我继续进行着翻译，并密切注意着房间里其他人的表情：莉迪亚（和平时一样）一脸尴尬，斯派特阴险地眯缝起眼睛，凯蒂则是脸色苍白。

"这里是怀乐维。"我说。

男人仍旧一脸不解。

"怀乐维，"我说，"还记得吗？你们有记录吗？怀乐维曾发生过一场瘟疫。"

他有了一点儿兴趣。我将头转向房间的后方，瞥了一眼当地的专业议会代表；每个早上，我们都会在这里召开镇民大会，所有的地区核心小组成员都会到场。

"瘟疫？"他说，"那真是不幸。"

"是的，"我说，"很不幸。一代人中，一半都丢了性命。"

他似乎很受触动。

"怀乐维很幸运，"我说，"我们有庞大的初始基因池，被选进基因池的都是精英人士，我们拥有高端的技术，剩下的成年人中，每个人都是两到三个领域的专家。这里土壤肥沃、气候宜人，总人口近三千万。我们的工业呈滚雪球式的发展——你能理解吗？——再给我们七十年时间，我们会拥有不止一个大城市、很多工业中心、全职的职业——无线电报员、机械师，七十年后，每个人不再需要在农场度过三分之一的人生。"我接着试图解释，在年轻的时候，我们很难从事全职的艺术职业，只有少数老人，在获得自由之后才能做到，像我跟凯蒂一样。我接着说到政府，说到我们有两院，分别由职业和地域划分；我还提到，分区核心小组处理的议题过于宏大，不适用于底下的城镇。怀乐维尚未人满为患，不过只要给我们时间，人口的控制可能会成为政治问题。现在，我们处于较为敏感的历史时期：我们需要时间。没有必要牺牲生活质量，来满足工业化的疯狂膨胀。我们有自己的步调，给我们点时间。

"你们其他人呢？"那个偏执狂再次发问。

我意识到，他指的并不是"人们"，而是特指**男人**，一个怀乐维上消失了六个世纪的词语。

"他们死了，"我说，"我们已经有三十代没有男人了。"

他吃了一惊，并努力平复着情绪。他似乎想从椅子里站起来，将手放在胸前，整个人散发着诡异的敬畏和略带遗憾的关心；然后，他郑重而严肃地说：

"这可真是场巨大的悲剧。"

我怔住了，不知道他是什么意思。

"是啊，"他说，再次调整呼吸，脸上仍旧挂着诡异的笑容，那是一种大人哄小孩式的笑容，告诉我们，我们一直被蒙在鼓里，并终将迎来鼓励与喜悦，"一场巨大的悲剧，幸好已经结束了。"他再次用最奇怪的方式环顾所有人，好像我们是残疾人一样。

"你们的适应能力真是惊人。"他说。

"适应什么？"我说。他看上去有些尴尬，而且无比愚蠢："在我的家乡，女人们不会穿得这么朴素。"

"像你一样，"我说，"穿得跟个新娘似的？"这些男人从头到脚都是一身银色。我从未见过如此花哨的服饰。他试图回应，显然以为我在夸奖他，并越发沾沾自喜，再次大声嘲笑我一番。他的神情带着一种诡异的兴奋——似乎我们是幼稚而可爱的孩子，似乎他们在帮我们一个大忙似的——他猛吸一口气，说道："不过没事儿了，我们来了。"

我看着斯派特，斯派特则看向莉迪亚，莉迪亚又看向阿马利娅：当地城镇会议的负责人，而阿马利娅看着某个我不认识的人。我的喉咙一阵疼痛。我觉得本地啤酒太烈了，不懂为什么农民们都咕咚咕咚地往胃里灌，好像她们胃里有铱涂层一样，但我还是从阿马利娅（停车处那辆自行车好像就是她的）那里拿了一杯，将它一饮而尽。这花了好一会儿。"好了。"我说，笑了笑（感觉自己像个傻子一样），并认真思索着，这些地球男人跟地球女人的思维方式是否相同。不过要真是这样，这个物种估计早就灭绝了。我们的无线电通信网能接收到星球周围的新闻，还有另一个俄国接线员正在从瓦尔纳飞来的路上；男人传阅着他妻子的照片，她看上去像个神秘的女祭司，我决定视而不见。他还向百合子提问，我只好不顾她的强烈抗议，把她塞进了后面的房间，再从前廊出来。我不在的那段时间，莉迪亚正试图解释"孤雌生殖"（这词很简单，每个人都能正确发音）跟我们的做法——"卵细胞结合"的区别。这就是为什么凯蒂的孩子看上去会像我。莉迪亚解释了"安斯基过程"，然后介绍了一下凯蒂·安斯基——我们的博学天才，也是凯瑟琳[1]的曾曾曾（我已经不知道有多少代了）祖母。

外屋里的一台莫尔斯码电报机正发出微弱的声音。操作人员在线上调着情，说着笑话。

廊下站着一个男人，另一个高个男人。我盯了他几分钟——我能悄无声息地移动，而不被别人发现。所以当我刻意暴露自己之后，他立刻停止对脖子上的机器说话。然后，他用流利的俄语平静地说："你知道地球上已经重建性别平等的社会了吗？"

"你才是真正的头目，"我说，"对吗？另一个只是个幌子。"终于理清了眼前的这一切，我松了一口气。他愉快地点点头。

"作为人类，我们的处境的确不太乐观，"他说，"我们的基因在过去

---

[1] 和"凯蒂"是同一人，"凯蒂"是"凯瑟琳"的昵称。

几个世纪里遭到了太多的破坏：辐射、毒害。所以我们需要怀乐维的基因，珍妮特。"看得出他是想努力表示亲近，因为陌生人是不会对另一个陌生人直呼其名的。

"你们有数不清的细胞，"我说，"自己繁殖去。"

他笑了笑："我们并不想么做。"在他身后，我看到凯蒂走到遮阳门前的荧光灯下。他继续说着，还是一副谦卑有礼的样子。我想，他应该不是在嘲笑我，这种有钱和有势力的人总是很自信，他大概从没见过二等人和乡下人。这很讽刺，就在前天，我还是二等人和乡下人最精准的代言人。

"我在跟你说话，珍妮特。"他说，"我猜，你大概是这里最受欢迎、最有影响力的人。你跟我一样清楚，孤雌生殖文化有很多固有缺陷，如果我们有法子是不会想着利用你们的。对不起，我不该用'利用'这个词。但是，你大概也清楚，你们的社会是不正常的、反自然的。"

"人类这个物种本就是反自然的。"凯蒂说。她把我的步枪夹在左臂下。她的头顶如绸缎般柔滑，还不到我的锁骨，但她像钢铁一样坚强。他晃了晃身子，仍旧带着那种诡异而恭敬的微笑（和先前他的同伴一样）。凯蒂利索地让枪沿着体侧滑下来，抓住握把，就好像之前总这么做似的。

"我同意，"男人说，"这我早就知道，人类本就是反自然的。我牙齿里嵌着金属，这里也有金属针。"他碰了碰肩膀。"海豹是后宫动物，"他又说道，"男人也是；类人猿是滥交动物，男人也是；鸽子是一夫一妻制，男人也是；还有独身主义的男人，喜欢男人的男人，肯定也会有喜欢同性的奶牛。但是怀乐维，它缺少了点什么。"他发出轻微的干巴巴的笑声。他定是有些神经质，才会这样笑。

"我没什么好遗憾的，"凯蒂说，"除了不能永生。"

"你是……"男人说，将目光从我身上转向她。

"我是妻子。"凯蒂说，"我们结婚了。"干巴巴的笑声再次响起。

"合理的经济分工，"他说，"一方工作，一方照顾孩子。如果你们的

　　　　　　　　　　　　　Joanna Russ

后代也能顺应这一模式，对于随机遗传来说，也是个不错的安排。但是想想看，凯瑟琳·米凯拉森，你们的女儿呢？你们能为她提供更好的保障吗？我相信，你们都没有成为机械工的天分，对吗？我想你是主厨或者警察。你们心知肚明，你们这儿的物种是不完整的，只能算一半。男人必须回到怀乐维。"

凯蒂什么都没说。

"我想，凯瑟琳·米凯拉森，"那人温和地说，"如果男人回来了，这里的所有人当中，你会是最大的受益者。"他经过凯蒂的来复枪，走到遮阳门附近的灯光下。我想他注意到了我的伤疤，只有光线从侧面照过来的时候，人们才能看见那道疤痕——一条从太阳穴延伸到下巴的细线。大多数人甚至都不知道这件事。

"这条疤是怎么回事？"他说。我不由得咧嘴笑了，回答道："上次决斗留下的。"然后我们站在原地，像两个脊毛倒竖的对峙的野兽（这有点荒唐，但当时确实如此）。过了几秒钟，他转身走进屋里，关上了纱门。凯蒂尖声说："你这个傻瓜，我们被侮辱了，你没听出来吗？"说着端起来复枪，想隔着纱门朝他开枪，但她还没瞄准，我就阻止了她；最后，她的子弹射偏了，把门廊的地板射出一个洞来。凯蒂在发抖，不停地低声念叨："这就是为什么我不敢碰枪，我知道我迟早会杀人的。"第一个男人——第一个和我交谈的男人，他还在屋内喋喋不休地谈论着这项伟大的殖民运动，将如何重新找回地球失去的一切。而我们也会获得好处：贸易、思想交流、教育。他同样提到，地球上已经重新建立起性别平等。

凯蒂是对的，我们早该在他们着陆的地方就烧死他们。男人要来怀乐维了。如果一方有强大的武装，另一方几乎是手无寸铁，那么文化碰撞的结果不难预见。男人也许迟早都会来的。我愿意去相信，也许几百年后，我的曾孙女们可以抵御外敌，但那可能性不大；我这辈子都会记得我第一次见到的这四个男人，他们的肌肉像公牛一样发达，让我——哪怕只是一瞬间——感到自己的渺小。这不过是暂时的神经症性反应，凯蒂说。我记得那天晚上发生的所有事情：记得车内的百合子是如何兴奋，记得回到家时凯蒂撕心裂肺的哭泣声，记得我们做爱，她和平时一样表现得蛮横，却让人感到宽慰。我记得在凯蒂睡着后，我裸着一条手臂，在走廊射进来的光亮下来回踱步。她前臂的肌肉像是金属棒，和她拿来驱动和测试机器的金属一样。有时我会梦见凯蒂的手臂。我记得我刚进入婴儿室那会儿，我抱起妻子的孩子，把她放在腿上，传来的温度那么强烈，令我感到惊诧。我打了个盹，然后回到厨房，看到百合子给自己准备了消夜。女儿吃起东西像一只大丹狗一样。

"百合子，"我说，"你觉得自己会爱上一个男人吗？"她大声嘲笑道："男人？你是说那种三米高的大蛤蟆吧！"我那机智幽默的孩子说。

但是男人终将登陆怀乐维。后来，我常常彻夜难眠，担忧着即将抵达这座星球的男人们，担心我的两个女儿和贝塔·凯塔琳森，担心凯蒂和我，还有我的人生将发生的变化。我们祖先的日记是一部血泪史，所以我本该庆幸当下的生活，但我无法将六个世纪的历史抛在脑后，即使是短短三十四年（我最近发现我才三十四岁）也不能。有时候，想到那四个男人面对我们这些穿着牛仔背带裤和款式简单的衬衫的乡下人，一整晚都在闪烁其词，却从未问出那个问题：你们当中谁扮演男性的角色？我真忍不住笑话他们。听他们的意思，好像我们非得有他们一样的"男性"才行！至于他说的地球上实现了性别平等，我对此持怀疑态度。我不愿想自己遭到了嘲笑，凯蒂觉得自己弱小，百合子认为自己无足轻重，甚至傻乎乎的，不愿想我的其他孩子失掉完整的人性或成为完全的陌生人。我怕自己的成就会失掉其原本的样子，最后沦落成人类中不怎么有趣的猎奇对象，成了书背后常见的故意吸引人眼球的字句，成了并非因为本身令人惊艳、着迷或实用，而是稀奇、罕见才招人大笑的玩意儿。

我发现这种痛苦和担忧无法言喻。你大概会说，一个三次赢得决斗并杀掉了对手的女人，居然会陷入恐慌，这很荒谬。但是即将到来的对手如此强大，我没有足够的勇气去迎击；用浮士德的话来说：停一停吧，你是如此美好！（请保持原样，不要改变。）

有时，在夜晚，我会想起这颗星球最初的名字。后来我们的第一代祖先将它改成了怀乐维，因为在男人们死后，充满好奇心的女人们觉得真名总会勾起她们伤心的往事。我觉得这事十分有趣，但也很糟糕，因为一切都反了过来。所有美好的事物都有终结的那一天。

夺走我的生命可以，但不要剥夺我生命的意义。

哪怕只是一会儿。

我醒来发现自己在寒冷的山坡上 - (1972) -
And I Awoke and Found Me Here on the Cold Hill's Side

（美国）小詹姆斯·提普奇 James Tiptree Jr.——著 刘淑苗——译

爱丽丝·黑斯廷斯·布拉德利·谢尔登（1915—1987）是美国心理学家，曾长期使用笔名"小詹姆斯·提普奇"和"拉克那·谢尔登"创作具有开创性的科幻小说。迈克尔·斯万维克曾为她的小说《烟雾永远升腾》（Her Smoke Rose Up Forever, 2004）作序并写道："最奇怪的是，在谢尔登的家里，有三个书桌，每个书桌上面都有不同的打字机、文具和彩墨。一个书桌是小詹姆斯·提普奇专用，一个是拉克那·谢尔登专用，还有一个是爱丽丝·谢尔登专用。她是科学家、艺术家、报纸评论家、战士、女企业家，同时也是前中央情报局官员，她会根据自己的身份在不同的书桌上工作。"1991年，作家凯伦·乔伊·富勒和帕特·墨菲创立了小詹姆斯·提普奇奖，每年为试图拓宽或探索人们对性别的理解的科幻和奇幻小说颁发此奖。

提普奇起初用笔名是为了保护她的文学作品，但科幻界关于她性别的猜测引发了争议，大家为此常常进行激烈的讨论。关于提普奇的身份的认知的演变也很值得玩味。1972年，弗雷德里克·波尔在《最佳科幻小说》（Best Science Fiction）中写道："我从未见过小詹姆斯·提普奇，我觉得我们可能没有机会见面了，因为每次我说我们出来聚聚喝一杯吧，他就会说自己那一周在婆罗洲、布鲁克林或斯威士兰休假。"在为收录于《年度最佳科幻小说·第三辑》（Best Science Fiction of the Year #3, 1974）的提普奇的《男人没有看见的女人》（The Women Men Don't See）写的题记中，编辑特里·卡尔写道："正如文学的其他分支一样，科幻小说反映了当代思维的趋势。去年，乔安娜·拉斯的女权主义故事《改变之时》获得星云奖，今年小詹姆斯·提普奇以男性的视角审视相同的话题。但正如你所想，这两个故事除了基本主题外几乎没有任何相似性。"提普奇的真实身份为众人所知的一两年后，厄休拉·勒古恩在对《接口：推理小说集》（*Interfaces: An Anthology of Speculative Fiction*）中收录的提普奇的《慢音乐》（*Slow Music*, 1980）的评论中写道："'小詹姆斯·提普奇'只是个笔名。'他'其实是女人，拉克那·谢尔登也是她的笔名。她是一位有卓越洞察力的实验心理学家、一个能力非凡的作家，还是一名博学、慷慨且魅力四射的女性。"

提普奇起初只写短篇小说，仅出版了《在世界的围墙之上》（*Up the Walls of the World*, 1978）这一部小说。她的创作风格多样，经常将硬科幻和软科幻（如社会学和心理学）的素材相结合。提普奇的小说至今依然受众很广，很多人甚至会重读，因为他们觉得很不容易理解。提普奇小说中的角色也不都是思想潮流的代言人，她的小说结构区别于传统结构，这使其更加神秘和耀眼——在一定程度上和 20 世纪 50 年代到 60 年代早期卡罗尔·艾姆什维勒以及玛格利特·圣克莱尔的小说结构相似，这些小说可以称为超现实精神世界的先驱，而提普奇的科幻小说大多是这个风格。

《我醒来发现自己在寒冷的山坡上》这篇小说中融入了太空旅行的惊异感，同时又通过描绘在逼真的反乌托邦未来与外星人接触的画面，将这种惊异感反复演绎。之前很少有小说设法描述这种情况的复杂性。多数这种文化冲突表明了 20 世纪 60 年代和 70 年代小说是如何描写一个更"真实"的现实，而这段时间正处于新浪潮时期和新浪潮刚刚过去。提普奇的小说主题与塞缪尔·R. 德拉尼的《没错，还有蛾摩拉》相似，都是对经典科幻小说其他假设的激烈拷问。

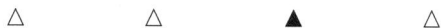

△　　　　　△　　　　　▲　　　　　△

他一动不动地站在检修口处，盯着我们上方的猎户座飞船对接舱。他身穿一件灰色的制服，锈色的头发剪得很短。我带他来这里是为了让他做空间站的工程师。

这对我来说没有任何好处。新闻工作者严格来讲不属于大枢纽站，但到这里的前二十个小时，我没有发现任何可以拍到外星飞船的地方。

我转动全息摄像机，露出大世界媒体的徽章，开始记录《这对家乡的人们意味着什么》，这是他们付钱让我来这里的目的。

"……先生，这对你来说可能是日常工作，但我们应该让他们一起欣赏……"

他的脸开始变得悠闲而严肃，目光从一个特殊的距离穿过我。

"……这些奇景和戏剧性的事件。"他冷静地重复着。他的眼睛盯着我："你这个彻头彻尾的大傻瓜。"

"你能告诉我哪个种族会到这里来吗，先生？要是我能看上一眼——"

他招手让我到舱门。我慌忙调整镜头，对准蓝色的舱体，这个舱体足长到挡住了星空。我可以看到舱体外面一艘黑色和金色飞船的一部分。

"那是一个运输孔，"他说，"另一端有一艘来自贝利的货物船，你可以叫它大角星。但现在没什么货可运。"

"先生，从我到这里为止，你是第一个对我说了两句话的人，那些彩色的小太空船是什么？"

"普罗卡人。"他耸耸肩，"到处都能看到他们。像我们人类一样。"

我的脸贴着船舱的泡沫玻璃凝视，舱壁发出了当啷声。空中某处外星人正降落在他们位于大枢纽站的私有领域中。那个人瞥了一眼他的手腕。

"你在等待时机出去吗，先生？"

他咕哝着说，可能并不是在回答我。

"你从地球哪里来？"他不经意地问。

我开始告诉他，但突然发现他已经忽略了我的存在。他的眼睛哪里都没看，头开始慢慢向前倾靠着船舱的门框。

"回家吧。"他低声说。我闻到了一股很浓的油脂味道。

"喂，先生！你怎么了？"我抓着他的胳膊；他在发抖。"站稳，兄弟。"

"我在等……等我的妻子。我最爱的妻子。"他短暂苦笑了一下，"你从哪里来？"

我又跟他说了一遍。

"回家吧，"他嘟哝着，"回家生几个孩子吧，趁还来得及。"

早期糖皮质激素受体受害者中的一个，我这样想着。

"你就知道这些吗？"他吵吵嚷嚷地大声说。"傻子。穿着跟他们一样风格的服装，Gnivo（是服装品牌？）的西装，听 Aoleelee（是歌手的名字还是音乐风格未知）的音乐。对了，我看到你的新闻播报了，"他冷笑道，"尼西党。一年的工资收买一个非法在各选区投票的人。伽马辐射？回家吧，读读历史。《圆珠笔和自行车》——"

他开始从中间慢慢向右侧下滑，天啊，这是我唯一的消息提供者。我们慌忙地挣扎着，他不肯吃我的清醒片，但我终于将他沿着维修走廊拖到了空装货间的一个长凳上。他摸出了一个真空暗盒。正当我帮他打开的时候，一个穿着过浆白衬衫的人将头伸进了这个装货间。

"有什么需要帮忙吗？"他睁大眼睛看着我，他的脸上都是带着斑纹的毛。这是一个外星人，一个普罗卡人！我刚要跟他说谢谢，但这个红头发的男人打断了我的话：

"迷路了吧。出去。"

这个生物退了出去，我看到他的大眼睛湿润了。这个男人的小拇指卡在暗盒中了，之后他将盒子放到了鼻子上，用横膈膜大口喘气。他看着自己的手腕：

"现在几点了？"

我告诉了他。

"新闻，"他说，"焦急渴望的地球人发来了一条消息，关于那些可爱的外星人的消息。"他看着我："惊讶吧，对吗？报童。"

我现在知道他的想法了——一个排外者，认为外星人试图占领地球。

"啊，天啊，他们完全不在乎。"他又大口喘气，然后战栗着，试图挺直腰，"这些无知的地球人。你刚才说几点了？好吧，我告诉你我是怎么知道的。过程真的很艰难。在我们等我妻子的时候，你也可以把你的小录音机从袖子中拿出来，不时放给自己听……在一切都为时已晚的时候。"他窃笑着。他开始变得健谈起来——用一种有教养的声音："你听过超常刺激吗？"

"没有。"我说，"等一下，是白糖吗？"

"差不多。你知道华盛顿的小枢纽吧吗？应该不知道，你说了你是澳大利亚人。好吧，我来自内布拉斯加州的伯恩德巴恩。"他吸了口气，整理了一下混乱的思维，"十八岁的时候，偶然的一次机会，我进入了小枢纽吧。不对，不能说是偶然，人们可能会说自己偶然的一次机会注射了海洛因，但我不能说是偶然进去的。

"我进去是因为我对那个地方已经向往了很久，可能从我还是个孩子开始，就一直梦想着可以进去，还为此收集各种信息和线索，当时小枢纽吧在伯恩德巴恩。你可能不知道，一旦离开伯恩德巴恩，就再也没有机会进入小枢纽吧了，就像海中的蛙船虫永远无法到月亮上去一样。

"我当时进去的时候口袋里装着一个新身份证，用来喝酒。因为到那里时还早，一些人的旁边还有空位。小枢纽吧不是大使馆酒吧，这个你知道吧。后来我在几个高种姓外星人出来的时候发现了他们所在的地方。那里叫作新里夫，在乔治城码头的幕墙里。

"他们向来来去独往。噢，偶尔他们会和其他不友好的外星人夫妇以及一些道貌岸然的地球人进行文化交流。他们和人类之间的分界线是一个3米长的杆，就是这个杆才让银河系这么平静友爱。"

"小枢纽吧是下层社会的人经常去的地方，职员和司机去那里寻找刺激。我的朋友们也会去那里，当然还有一些变态，他们只是为了在人类中寻找上床的对象。"

他轻声笑着，又闻了闻自己的手指，但没有看我：

"是啊，在小枢纽吧，每个晚上都是银河系的大团结。我要了一杯……什么来着？玛格丽特。因为我不敢跟那些凶悍的酒保点外星人喝的酒，而且那么做真的很傻。我尽量不动声色地盯着每个地方。我记得那里有一些

James Tiptree Jr.

白人傻瓜——对了，是天琴星人。还有一些人戴着绿色的面纱，我觉得他们一定是来自其他星球的生物。突然，我从酒吧的镜子中看到一些人盯着我，目光很不友好，但是我不明白他们是什么意思。

"突然一个外星人挤到我旁边，在我还没反应过来的时候，听到一个模糊的声音：'你喜欢足球吗？'

"一个外星人跟我说话了，外星人啊，来自其他星球的生物，在跟我，说话。

"天啊，我没有时间讨论足球的话题，但我说我对折纸和哑声猜词游戏很感兴趣——因为我想让他继续跟我说话，所以就尽量找话题。我问他，他的星球上有什么运动。我还坚持要请他喝酒。我全神贯注地听他结结巴巴地说一项我从未看过的比赛现场。好像叫粮食湾大比拼，对，就是这个名字。然后我隐隐地感觉到了在我的另一侧有一些人来找我的麻烦了。

"突然有个女人——我现在应该说女孩儿——有个女孩儿大声说了什么并拿起她的高脚椅甩在我拿酒的胳膊上。我们一同转身。

"天哪，我看见她了。我的第一个感觉是，哇，与众不同。她简直太完美了——容光焕发，美丽动人。

"接下来我觉得自己仅仅是看着她就已经硬了。

"我蜷缩着，这样就可以用大衣遮挡住身体而不至于被发现。我的酒溢出来了，慢慢流了下来，这让事情更加糟糕了。她用手轻轻蘸着溢出的酒，喃喃自语着。

"我盯着她想弄清楚到底是什么让我突然性兴奋起来。这只是一个普通的人，她的脸上有一种淡淡的渴望，眼神却充满满足感。她真的无比性感。我还记得她脖颈上凸起的筋脉，她用一只手摸着自己的围巾，然后从肩膀上滑下来。我看到那里有一处瘀青，立即意识到这瘀青可能是在床上弄的。

"她的目光穿过我的头看向后方，脸就像是雷达接到了信号一样，然后发出了'啊'的一声，但并不是被我吓到了，因为她紧紧地抓住我的前臂，就像是抓着栏杆一样。她身后的一个男人笑了起来，然后她用滑稽的声音说：'告辞。'就从我身后溜走了。我转身跟在她身后，这让刚才想和我讨论足球的朋友差点怒了，然后我就看到一些天狼星人进来了。

"那是我第一次见到真的天狼星人，虽然我每天都在新闻上看到他们的照片，但我并没有准备好真的见他们。他们身材高大，形容枯槁，还有那种外星人特有的傲慢，咄咄逼人。皮肤是那种象牙色的蓝。两个男人甚至带着干干净净的金属齿轮。接着，我看到了一个女人，她的皮肤是象牙靛蓝色，玲珑剔透，坚硬的嘴唇上似乎永远带着一种淡淡的微笑。

"刚刚走的那个女孩儿招呼他们坐在一张桌子旁边。我觉得自己像一条狗一样，特别想跟着他们。他们坐在拥挤的人群中，不再那么显眼了，透过人群我看到有一个男人也加入了他们，跟他们坐在了一起。这个男人身材硕大，着装华贵，脸上一副有心事的表情。

"之后音乐响起，我不得不坐回我的座位向那个满身是毛的朋友道歉。塞丽丝的舞者出来跳舞了，而我也和这个无趣的朋友开始进行自我介绍式的闲聊。"

红头发的男人沉默了一分钟，沉浸在自怜中。而我在想着他刚才说的那个有心事的表情，正是他现在的样子。

他重新打起精神：

"首先，我想告诉你那个晚上我通过观察明白的唯一一件事。在这里，大枢纽站，都是一样的人。除了普罗卡人，人类会和外星人在一起，对吧？很少有外星人和其他外星人在一起的情况。从未见过外星人主动和人类在一起的情况。总是地球人想要和外星人在一起。"

我点点头，但他并不是在对我说。他说话的时候异常流畅，像是嗑了药一样。

"好了，这就是我的塞丽丝人，我的第一个塞丽丝人。"

James Tiptree Jr.

"其实，外衣下的他们并不是十分强壮，他们没有强健的身材，而且腿特别短，但他们走路的时候仿佛飘过去一般。

　　"其中有一个飘到聚光灯下，用紫色的绸缎将自己隐藏在地上。你只能看到一把黑色的头发和窄长脸上的流苏，很像一只野鼠，而且是鼠灰色的。他们颜色各异，全身上下的毛像天鹅绒一般；眼睛、嘴唇和其他几处的颜色却与其他各处的截然不同，可能是私处？天啊，对他们而言，那不叫私处。

　　"她开始跳舞，我们称之为舞，但那根本不是舞，像是身体自然的摆动。就像在对我们微笑和说话。音乐渐渐进入高潮，她的手臂朝我扭动着，让外衣一点一点敞开。外衣下的她原来是赤身裸体。聚光灯下可以透过外衣缝隙看到她身上的斑纹。她的胳膊伸开时，我看到了越来越多的斑纹。

　　"她身上的斑纹非常奇特，而且盘绕在一起，但是并不像人体彩绘——反而像是有生命的微笑，我觉得用微笑来形容比较合适。就像是她的整个身体正在充满性欲地笑，那笑容引诱着我、向我暗送秋波、催促着我，她同时又向我噘着嘴撒娇，还在说些什么。你看过经典的埃及肚皮舞吧，哦，不对，我不该拿这两个对比，肚皮舞跟任何塞丽丝人当时跳的舞都无法相比。这个舞蹈成熟性感又近在眼前。

　　"她的手臂举起来，那炽热的柠檬色曲线跳动着，跟着音乐摆动、翻转、收缩、颤动进而演化成了难以置信的热情和刺激。好像在说，来啊，来和我融为一体吧，就现在，就在这里，现在就来。你基本上看不到她其他的部位，眼睛只是被她邪恶的嘴吸引。每个在场的人类男性都巴不得让自己现在就进入那个令人疯狂的身体中。这种感觉让人很痛苦，其他外星人很安静，只有一个天狼星人在责备服务员。

　　"她的舞跳到一半我已经精神失常了……接下来的事更加精彩；这曲舞结束前我们还打了起来，我被刺伤了。第三天晚上我花光了所有的钱，之后她就消失了。

　　"然而，不幸中的万幸是，我没时间去弄明白塞丽丝的周期，那之后就回到了学校，然后发现需要固态电子学的学位才可以申请到外星工作。我是医学预科生，但是我拿到了那个学位，然而这个学位只能让我到第一枢纽站。

"啊，天啊，在第一枢纽站，我还以为自己到了天堂——那里外星人的飞船可以进去，我们的货运船可以出去。我可以看到所有的东西，但都是些外来植物和工人。即使是在那里你也只能在一个周期看到其中一些外星人，即使在这里也是一样，却永远看不到艾瑞尼人。"

"回家吧，伙计，回到你的伯恩德巴恩吧……"

"我看到第一个艾瑞尼人的时候，我丢掉了所有的东西，跟在他的身后像一只饥饿的猎犬，能感受到的只有呼吸。当然，你已经见过他们的照片了。那种感觉就像是失落的梦境。男人陷入了爱情，爱上了消失的东西……那是一种味道，无法猜测。我跟着那个味道直到进入这个废弃的船舱。我等了半个周期才将他们称为星球眼泪的酒送给了这个生物……但后来发现这是个男人，但这并没有让我的感觉有任何变化。

"我们不能和他们交配，你明白的，无论怎样，就是没有办法。他们通过光还是其他什么东西繁衍，没有人知道到底是什么。我听过一个传言，说一个男人抓住了一个艾瑞尼的女人，想要跟她交配。他们把他的皮剥了。不过这仅仅是传言——"

他开始四处走动。

"酒吧那个女孩儿呢？你后来见过她吗？"

他又回到了原来的地方：

"是的，我后来还见过她。她正在和两个天狼星人交配。天狼星人的男性总是两个一起交配。据说对一个女人来说这样才是完整的过程，不过她是否能忍受他们对她的伤害，这我就不知道了。他们完事儿之后，她跟我说过几次话，但对我来说没什么意义。她后来就开车离开了P街大桥……那个可怜的男人居然想要用一只手就让天狼星女人开心起来。有钱的话会有帮助，但并不会持久。我不知道他后来怎么样了。"

他又盯着他手腕上戴手表的地方。我看到那个地方很苍白，于是告诉了他时间。

"这就是你想要向地球人传达的信息吗？永远不要爱上外星人？"

"永远不要爱上外星人——"他耸了耸肩，"是啊，不对，天啊，你还没明白吗？每个从地球出去的人或者其他东西，都没有再回来。就像那个可怜的波利尼西亚人。我们正在毁掉地球，用原材料换来垃圾、外星人身份象征、磁带放送机、可口可乐、米老鼠手表。"

"好吧，你担心这场交易不平衡。这就是你想传达的信息吗？"

"交易平衡？"他讽刺地翻了个白眼，"我怀疑波利尼西亚人有没有这种表达。你还是不明白，对吗？好吧，你为什么会在这里？我是说你的私心是什么。你将多少人踩在脚底下才来到这里——"

他变得警惕起来，听着外面的脚步声。普罗卡人的脸出现在拐角处，满怀希望地看着我们。这个红头发的男人朝他咆哮着往后退。我开始制止他。

"噢，你不要管我，这个愚蠢的骗子喜欢这种方式，这也是我们唯一可以娱乐的方式了……你还不明白吗？伙计，他们的下场就是我们以后的下场。我们就是用这种方式看他们，看这些真正的外星人。"

"但是——"

"而现在在我们得到的是便宜的 C 驱动，我们会像普罗卡人一样完蛋的。之后就会像猴子一样被运走成为枢纽站人员的玩物。对了，这些漂亮的外星人，他们很欣赏我们这个创造性的小型服务站。他们不需要这些，你知道吗？这些就是为了娱乐。你知道我拿两个学位在这里做什么吗？我在第一枢纽站用拖把做管道清理，有时候还要更换配件。"

我喃喃自语。他开始不断地自怜自艾：

"你觉得我大材小用吗？兄弟，其实这是个好工作。有时候可以跟他们中的一些人交谈。"他的脸都变形了，"我妻子的工作是——噢，该死，你不会知道的。我曾做过交换，哦，不对，我已经将地球给我的一切都进行了交换，只为了一个机会，去见见他们，和他们说说话，偶尔可以抚摸他们。或许久了之后会找到一个特别低贱特别变态的外星人想要抚摸我……"

他的声音逐渐弱到听不到了，突然又大声说起来：

"你也会这样的！"他盯着我，"回家吧！回去告诉他们放弃吧。关上舱门，烧掉每一个被上帝抛弃的外星生物，趁现在还不算太迟！波利尼西亚人没有这样做，看他们现在的下场。"

"但是，能确定的是——"

"但是个屁，什么都确定不了！什么交易平衡——是生命平衡，兄弟。我不知道我们的出生率现在是什么情况，但那不是重点，我们的灵魂正在遗失。我们正在失血而死！"他喘了口气，平缓了一下语气，继续说："我想告诉你这是个陷阱。我们已经达到超常刺激的水平了。人类现在异族通婚——我们的所有历史驱使我们寻找发现并孕育陌生物种，或被陌生物种搞怀孕。这个理论对女人来说也行得通。男人会想上任何不同颜色、不同鼻子、不同屁股和哪怕有一点不同的女人，如果不行，他们会誓死进行尝试。这是一种驱动力，你知道吗？这是我们的本能。因为这个本能任何时候都存在，只要对方是地球人。数百万年来，这个本能让我们的基因得以延续，但现在我们遇见了外星人，我们不能和他们交配，所以我们会拼死进行尝试的……你觉得我可以抚摸我的妻子吗？"

"可——"

"你想象一下，如果你给一只鸟一个假蛋，这只蛋跟它自己的蛋很像，但是更大、更漂亮，它会将自己的蛋踢出鸟巢而孵那个假的吗？这就是我们现在正在做的事。"

"我们到目前为止一直在讨论交配的事，"我想掩饰自己的不耐烦，"虽然也还不错，但我希望听到的故事是——"

"交配吗？不，我们说的事比这个要严肃。"他用手按着自己的头想要从药物作用中清醒一些，"交配只是其中的一部分，还有更多。我见过地

James Tiptree Jr.

球上的传教士、老师、性冷淡的人。老师们禁止我们吸毒、禁止我们逼自己抑郁，但他们自己却吸毒成瘾。他们留下了。我见过一个很漂亮的老女人，她是 Cu'ushbar 小孩的仆人。这是多大的一个耻辱——这个小孩的同类都宁可让他去死。那个废物居然还去擦他的呕吐物，就像那是圣水一样。兄弟，我讲得很深刻……一些蠢货崇拜人类的灵魂。我们天生喜欢做关于外太空的梦，他们都在嘲笑我们，他们不会这样。"

旁边走廊里有走动的声音。人们开始吃晚餐了。我需要摆脱他，去吃晚餐的地方；可能我能找到一个普罗卡人。

有个侧门开了，一个人影朝我们走来。起初我以为是个外星人，但随后我看到这是个穿着笨拙人壳的女人。她看起来有些一瘸一拐，我看到她身后去吃晚餐的人群经过这个开着的门。

她走进舱门的时候这个男人站了起来，但他们没有打招呼。

"这个空间站只雇用幸福的已婚夫妻，"他跟我说，脸上露出奸笑，"我们可以让彼此……满足。"

他拉起她的一只手，将她的手放在他的手臂上时，她躲了一下，然后让他把自己转过来，她没有看我。"请原谅我没有给我的妻子介绍你。她看起来很累了。"

我看到她的一个肩膀伤痕累累，简直不可思议。

"告诉他们，"他说着准备离开，"回去告诉他们。"然后他扭头不耐烦地对着我轻轻地补充道："离赛耳底服务站远些，不然我会杀了你。"

然后，他们离开向着走廊走去。

我一边看着经过这个房间的人，一边赶紧更换录音带。突然，在人群中我看到了两个光滑的猩红色身体。这是我第一次见到真的外星人！我啪的一声将录音机关闭，钻进人群跟在他们身后。

两条小径交会之处 - （1973） -Where Two Paths Cross

（苏联）德米特里·比连金 Dmitri Bilenkin —— 著

（英国）詹姆斯·沃马克 James Womack —— 英译

梁宇晗 —— 中译

德米特里·比连金（1933—1987），苏联著名科幻小说作家、科普作家。据称，他对自己的黑色大胡须颇感自豪。20 世纪 50 年代后期，他加入了莫斯科国立大学的地理研究所，随后参与了数次前往苏联偏僻地域的地质勘查行动，其中包括西伯利亚。1959 年，比连金成为一名科幻小说作家，此时他担任《共产主义青年团报》（Komsomolskaya pravda）编辑，后来又担任了《环游世界》（Vokrug sveta）杂志编辑。他出版的故事集有《火星海浪》（The Surf of Mars, 1967）、《走私之夜》（Smuggled Night, 1971）、《智力测试》（Intelligence Test, 1974）以及《奥林匹斯山的雪》（The Snows of Olympus, 1980）。另外他还写了科普书《关于神秘行星的讨论》（The Argument Over the Mysterious Planet）。他于 1963 年加入苏联共产党，自 1975 年起成为苏联作家协会会员。1988 年，比连金被追授伊凡·耶福莱莫夫奖。

比连金的作品被翻译成多国文字，包括英语、德语、法语和日语。在美国，他大多数的作品译文收录在 20 世纪 80 年代的麦克米伦出版社选集之中，其中就包括《火星海浪》的英译版，该篇作品于 1981 年收录在弗拉基米尔·加科夫编辑的《世界之春》（World's Spring）中，当时被认为是经典之作。比连金曾与安纳托利·阿格拉诺夫斯基、雅罗斯拉夫·戈洛瓦诺夫、维·诺·科马洛夫以及画家巴维尔·普宁共同使用笔名巴维尔·巴戈利亚科，并撰写了系列短篇侦探小说和长篇小说《蓝色人》（Blue Man）。

《两条小径交会之处》写于 1973 年，本选集予以重新翻译，最初于 1984 年被斯特鲁加茨基兄弟选入《外星人、旅行者以及其他陌生人》（Aliens, Travelers, and Other Strangers）。

这篇有关接触外星人的绝妙小说讲述了在一颗遥远的行星上，人类与外星生物互相误会的故事，风格黑暗荒谬。正如同本选集中的许多其他故事，特别是厄休拉·勒古恩的那些作品一样，这篇小说中写的外星生命及环境的生态学基础在今天看来尤为重要。

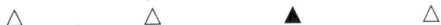

△　　　　△　　　　▲　　　　△

和往常一样，曼戈们在恰当的时机预知到飓风的迫近，尽管周遭似乎并无任何明确的线索。

如果曼戈能用语言来表达它们的感受，那么它们最有可能会说的就是大自然实在太不合情理，面前的餐桌上摆满美食，但还来不及吃它们就被赶走了。然而它们并没有语言和思想。它们只是急匆匆地将根脚从土里拔出来，顺着风向扬起黑紫色的檐篷，就像拉紧的帆。残酷的进化无情地给曼戈灌输了游牧民族的理念：凡是在飓风来临时动作缓慢者都会遭遇极大的死亡风险，即使紧紧地抓着土地也是如此。

按照地球时间算，仅仅不到一刻钟之后，一大群黑色的风帆在平原上越来越快地移动着，其推动力不仅来自风力，也来自数以万计的像是触手一样的腿。曼戈们依照从不出错的直觉，沿着最佳的路径奔向一个风暴无法到达或至少不会马上到达的地点，一个它们或许可以安全进食的地方。

与此同时，在距离曼戈们数百千米的地方，在高远的宇宙空间里观察着一切地球人——拥有多种机械的全部力量的人类——正试图解决同样的问题。

由电流和激光编码而成的信号，以一种非但曼戈们无法理解，连人类都无法理解的高速搜索着整个极地地区，分析多个风暴的弧形轨道、狂暴的涡流、气流导致的狂风，整个大气环流就像一个难解的谜题，套用地球上的数学模型几乎无法计算出任何结论。这一切只有一个目标：在这颗行星的表面上找到一个登陆队可以降落，而不会遭到迥异于地球的自然环境突然打击的地点。

鉴于真理本身是一个客观事实，因此使用完全不同、几乎没有可比之处的方法最终得出了相同结论，这一事实想来也不值得奇怪了：地球生物的登陆艇匆忙赶向曼戈不久之前赶往的同一个地点。

曼戈们到达那个可以安全进食的山谷之后，立刻就停止了移动。它们的"帆"被卷收起来，它们平躺在地面上，以便尽可能接收从遥远太空传来的一点儿可怜的微光；它们的触手伸入土壤之中，寻找有用的盐分，以供养它们摊开后面积足有数公顷之广的身体。

现在没有人会说曼戈像游牧民了；它们看起来就好像一直生长在这座山坡上，并且将永远停留在这里。其他依靠曼戈而生存的生物（曼戈不能离开它们独自生存）也在此地停留下来，并且和平常一样生活。

天空中传来由尖锐逐渐变成低沉的啸声，一阵狂风毫无预兆地吹在曼戈们的身上，迫使它们更用力地抓住土壤。一艘呈透镜形状的飞行器喷出火柱，从云层中飞了出来，慢慢地落在地面上。

曼戈的感受器接收到了有关人类到达它们星球一事的几乎全部细节，当然也包括最终的一刻：飞行器降落在小山的顶端。

风停了下来，它们也变得冷静了。刚刚发生的事并不是一阵突然的、能伤害它们的飓风，就算是这样，那阵飓风也已经移动到另一边的别的什么地方去了。它们对外界刺激很少有所反应，这一次也不例外。曼戈们继续安宁地进食，享受着它们的太阳送来的微弱光照，享受着它们的食物以及眼下的安全。对于人类的到来，它们远远未意识到自己该为此做些什么，而尽管它们生命的路径已经与人类的发生了交叉，但对于它们而言，一切都与没有交叉的时候一样。

人类也同样没有意识到两条路径发生了交叉，不过他们早已得知曼戈的存在，并且还对它们很感兴趣。古怪的是，两者对于对方的看法是相近的：对于曼戈来说，人类并不存在，而人类只是把曼戈当成一个谜题——某颗行星上的生命形式，其具体细节在外太空又怎能了解呢？他们无非只是注意到在天气恶劣的时候，某些显然是植物的生命形式或是改变了颜色（这是传统的假说，因此也被认为是最准确的），或是在地上挖洞，或是以某种人类无法理解的方式移动到其他地方。由于极其暴烈的大气活动，以上假说都无任何实际证据，派出的无人探测器也都在狂风之中像秋天的叶子一样凋落了。

话说回来，曼戈究竟又有什么意义？它们只是人类迈向星空的伟大征程之中的鹅卵石，或者一粒微尘。当然，是一粒在路过时值得仔细注意的微尘，但也仅此而已。

当登陆艇最终降落的时候，它的底部向两旁展开，从中伸展出数只锚腿，它们立刻深深地钻入土壤，以防未预料到的飓风袭击。尽管人类从未像曼戈那样实际经历过这里的飓风，他们却也相当了解这里的飓风是什么样子的。但是在关于飓风何时在何地出现的问题上，曼戈能够坚定地相信它们的直觉，而人类却无法如此坚定地相信他们的计算。

尘埃落定后，又过了一个小时，一道舱门打开，一辆全地形车从斜坡上直冲而下。人类再次踏足于另一颗行星之上。

全地形车冲上一座小山的顶部，于是，人类第一次近距离地看到了曼戈。更准确地说，他们并没有看到曼戈，只是看到了一种对于他们来说十分熟悉并且容易理解的事物：一片灌木丛。当然，这些灌木的形态不太寻常，但是所有的灌木都是同一种类，它们的树冠低矮，生长着密密麻麻的裸枝，大多数枝条的末端上长着呈扇形散开的长圆形黑色树叶。它们的表面与太阳射来的光线完全垂直。自然，人类绝不会认错这东西，于是驾驶员开着全地形车从灌木丛中穿过。

履带将茂密的枝条"垫子"碾平，没有遭遇到任何抵抗。最外侧的叶片被碾到尘埃里；全地形车继续向前移动，在身后留下一大片木屑。

"确定好的停留点是在这片植物的中心，"生物学家说道，他的双眼始终未曾离开过视频镜头，"我们需要进行扫描，近距离地研究这些灌木。"

但他们的旅程将会比他们预计的更早结束，并且不是出于他们自己的意愿。

当全地形车从曼戈身体的边缘向内切入的时候，曼戈感到一阵疼痛。但是曼戈并没有很快做出反应：它们的生命就是一场挣扎求存的长期战斗，它们知道应该采取什么行动，也知道什么时候才适合采取行动。当那个怪物到来的时候，它们马上就注意到了。鉴别只花了一小会儿。曼戈在来者身上没发现什么新东西：它们认为这是它们的宿敌奥尔班发动的一次普通袭击。无数世代的奥尔班都以曼戈为食，因此挑起了残酷的战斗，而无数世代之中，有些曼戈取得了胜利，没能取胜的也就在战斗中死亡了。死去的个体能力上不足，更为聪明狡猾的个体则会存活下来，并且杀死能力较弱的奥尔班个体。如此，双方都得以改进自己最薄弱的地方：不死不休的宿敌之间永无止境的战斗正是两者能够持续得以进化的保障，奥尔班的不断改进引领了曼戈的不断改进。

当然，悬架很低、个体又十分巨大的全地形车从外形上来说与奥尔班相似度极小，但它们的表现是一致的，而这也是最重要的：它在发动攻击。因此，履带的运动激活了整个用于抵抗这类碾压型巨怪的防御机制，正如同曼戈的外表让观察它的地球人以为自己在看一丛灌木一样。

而且，若是曼戈具有推理能力的话，它们将会满意地发现，正在攻击它们的敌人巨大又鲁莽，同时也十分愚蠢，因此它们将毫无疑问地打赢这次与奥尔班的战斗。

但它们不具备推理能力，因此它们开始行动了。

Dmitri Bilenkin

全地形车平稳地左右摇摆着。如此平稳，如此柔和，因而任何不寻常的因素都将更容易地引起注意。然而，车上没有任何一个人发现了什么。

曼戈无意识中完成的计算任务即使是由人类的计算机来完成，也可以称为是计算机科学的骄傲。在最合适的时机，使用最合适的力度，就像执行命令那样，一大批根脚从土里伸了出来。只要全地形车穿过这片区域，那些隐藏在枝叶下面、无法看到的根脚就会轻轻地搭在车的底盘上。这个存疑的奥尔班无法感受到这种接触，但是曼戈则得到了一个宝贵的信息：它们的敌人的重量。

全地形车突然剧烈地摇晃了一下。与此同时，它的速度急剧减慢，车里的人不由得往前一冲。驾驶员几乎是下意识地踩住了刹车。全地形车很快平稳下来。然而，尽管人们面前并没有任何障碍，并且——只要快速地瞥一眼深度定位器的示数就可以得知——附近的地面也没有裂缝，于是驾驶员在惊讶之中重新启动了引擎。

但是全地形车一点要移动的意思也没有。人们能看到车的履带在转动，也能听到引擎的轰鸣声，但仅此而已。正如刚才踩下刹车时一样，驾驶员下意识地用力踩下油门。全地形车抖动起来，引擎愤怒地轰鸣，似乎没有任何东西可以阻挡它。然而，车子却还是一动不动。

它当然无法移动，因为曼戈已经抓住了车的底面，并将它稍微举起了一点，因此履带是在空转。

如果曼戈有感到惊奇的能力的话，它们一定会对敌人那缓慢的反应感到惊奇的。一切都非同寻常地顺利：它们那倒霉的敌人被从地面上举了起来，失去了移动的能力，从而其毁灭也不过是一个时间问题了。

曼戈感到满足：这正是它们确实能够体会到的少数几种感情之一。

"你好，这里是全地形车。我们遭到了攻击，攻击我们的是……听起来会显得有点奇怪……攻击我们的是一些灌木。"

"你能否描述得更详细一些？"

"履带在空中转动，那些'灌木'把车给举起来了。它们的树枝是可以动的——或许称之为触手更合适。它们用树枝把车全都包了起来，所以我们无法开门或者使用武器。"

"你们现在有危险吗？"

"眼下没有。那些'灌木'似乎不打算使用其他手段，但我们现在的处境有点无能为力了。我们成了俘虏，而且我们甚至都不知道是什么东西抓住了我们。目前看来我们找不到离开这里的方法。"

"明白了。在大约十分钟之内，我们会对你们所在的灌木丛发起攻击。"

"生物学家说有问题：我们没有第二辆全地形车，而如果就这样发动攻击的话，可能会有风险，因为我们还不知道我们敌人的天性。"

"你们还有什么有用的信息需要补充吗？"

"你们应该对那些'灌木'进行扫描，弄清楚我们面对的是怎样的生物。"

"我们正在这么做。你确定在此期间不会发生什么事吗？"

"不，我当然不能确定，但我需要再说一遍的是，'灌木'已经停止了攻击。显然它们也不知道该拿我们怎么办。"

"好的，那么开始执行我们的计划。坚持住。"

人类认为曼戈不知道该拿一个被抓住的怪物怎么办，这个想法是错误的。同样，他们认为曼戈没有尝试使用其他手段，这也是错误的。曼戈按照它们惯常的方式行动着，就在上面的对话进行的同时，它们正在努力让全地形车爆炸，正如同它们让落入它们掌控的奥尔班个体爆炸那样。

当然，它们没有成功，因为有些事情不大对头：它们的敌人没有试着从束缚它的枝条之中挣脱；如果这样做的话，曼戈就会在这个过程中除掉

　　　　　　　　　　　　　　Dmitri Bilenkin

奥尔班暴露在稀薄空气中的危险利爪。

这一现象不仅使得曼戈甚为困惑，就连人类也是如此。他们不解地注视着车窗外不停挥舞的大量触手。这能有什么意义呢？在最初的惊讶过后，曼戈的各种反应即使不能完全为人类所理解，在一定程度上也仍然是可以理解的，只有这一点例外。这种攻击行为没有明显的理由，从而使得人们开始设想最糟糕的情况：它代表着前方有一个极为险恶的陷阱。

留下一人看守飞船，三名士兵迅速爬到小山的顶部。他们装备着电浆步枪，一种能爆发出无穷能量的武器。但，正如逐渐清晰的事实所展示的那样，即便有了此等武器的帮助，期望能快速取得胜利仍然有些过于乐观。甲壳厚重的怪物反而较为容易对付——如果打得够准的话，电浆步枪只需一枪就能把这种怪物打成两截。但一丛浓密的灌木则是另一回事了，而要与被困的车辆会合，他们所需要面对的就是这个。

但是，电浆步枪毕竟是人类用以在所有其他行星上清除障碍的强大武器，一丛灌木在这种武器面前又能有何作为呢？

在确信它们无法让被捕获的敌人爆炸之后，曼戈改变了策略：它们的枝条更加用力地攥住全地形车，任何一个奥尔班的个体都将无法在这样的力度之下生存。

然而，全地形车以长石制成的外壳对这种力度毫无反应，而车内的人也完全没有注意到曼戈正在为挤碎他们而付出的卓绝努力。

灌木需要一米接着一米地逐渐予以烧除，攻击者们富于耐心地采取了恰当的方法。他们对于最终取得成功不抱有任何疑问。

当然，曼戈也注意到了这些小小的身影正从远处对它们的身体造成伤害，并且他们显然与被捕获的大型怪物有着某种联系。它们遇到了一种新的敌人，事情就是这样。它们此前从来没有遇到过远程攻击的敌人，但对于未知的恐惧——或者说任何种类的恐惧——都不在它们的认知范围之内。鉴于它们还没有遭到太大的伤害，它们能够、也应该继续战斗下去，当它们不能再继续战斗的时候，它们就会像数百万年来的斗争经验告诉它们的那样，在战斗中死去。

人们满意地发现，最初的几枪便使得灌木开始撤退。整片灌木丛都撤退了，但它们把全地形车也一起带走了。

敌人撤退了就要追击！这是自上古以来捕猎的规矩。与此同时，人们除了追击也根本不能去做别的事情，因为他们的武器在距离过远的时候就会失去作用。他们开始追逐。

曼戈们对于"伏击"这一抽象概念一无所知。但它们设下了一次伏击，因为这是它们常用的一种战术策略。

在它们撤退的时候，它们没有完全撤退。一部分根脚脱离了整体，钻入土壤之中并且留下，等它们感受到敌人的脚踩在它们上面再做行动。

即便是一场与灌木的战斗也能给人类带来激情澎湃的感受。人们不断地向树冠发起射击，并没有对脚下那被他们的武器烧焦的土壤给予多少注意力。

电光石火间，伏击发动了。当人们的腿被从地下钻出的触手紧紧攫住的时候，他们根本无法理解发生了什么事。一瞬间之后，他们的身体就被吊在了空中，另外一些触手抓住了他们的手。

奇怪的是，在被举到空中的一瞬间，人们仍有可能使用武器解除自身的窘境，但他们错过了这一宝贵的时机。

当然，正如人们有可能预料到的那样，曼戈立即开始用力紧紧攥住刚刚被它们捕获的猎物，但脱离了整体的根脚虽然很好地完成了捕获敌人的任务，却没有足够的力量去压碎厚重的太空服。

对于人类来说，这只是死刑的暂缓期而已。射击停止之后，曼戈的整体立即向三名被吊在空中、孤立无助的俘虏扑来。

他们立刻就明白自身已经处于危险之中了。他们的武器、连同他们的手臂都被以古怪的方式抓住，其中两人只有手腕还可以活动。在这样的位置上，要挪动身子非常不便，但像一丛灌木这样的目标是不需要瞄准就可以击中的。因此曼戈又一次遭到了雷霆般的打击。

这其实只是绝望之下的行动，人们本以为那些触手会立刻把他们抓得更紧，并且大力挤压，将武器破坏。但让他们惊奇而又欣慰的是，这种事情并没有发生——那些触手一动都没有动。

曼戈的前锋部分在火力之下死去了。人类立即停止了射击——在新的形势之下，每次射击的机会都是非常宝贵的。

曼戈重整态势向前扑来。

人类再次射击，曼戈停止攻势。

这样的事情重复发生了数次。

最终，人类从他们的梦魇之中解脱，曼戈也不再尝试向前进攻了。

尽管曼戈从生物形式上来说相当原始，它们仍然懂得学习。但它们的能力是有限的。最初的几次射击激活了一些条件反射，但后来事情变得越来越复杂。曼戈发现自己似乎掉进了一个大坑，如果可以如此形容的话。因为这场战斗不是按照"规矩"进行的。

因此，当它们的直觉已经无法再提供更多选择的时候，它们就开始进行反复的试错。

"来人做点什么啊！"

耳机中传来绝望的呼喊声。仍然在全地形车内部的人小心翼翼地避免眼神接触。他们的处境相当糟糕，虽然受到车辆外壳的保护，却也无力做出任何行动，因此不得不眼睁睁地看着那些来拯救他们却反被俘虏的朋友遭受痛苦。

他们的朋友们肯定会死，只是早晚的事。就算维持现在的形势不变，灌木不再做任何事情，太空服中储存的氧气也绝对等不到另外一艘飞船从最近的行星那里飞来。

还有最后一个地球人能够自由行动：看守飞船的人离开了他的岗位，如今，他孤单的身影出现在山脊上。但他不能射击——他无法在不伤到同伴的情况下击断触手。走到近处使用斧子？那风险太大了。

突然间，全地形车摇晃起来。它剧烈地倾斜，车上的人只能极为勉强地抓住扶手。不，曼戈并没有忘记它们最初的敌人。它们把它给颠倒过来了。

为什么？人类不知道。曼戈也是一样。

就算把全地形车给颠倒过来，曼戈仍然不能对它造成任何伤害。但是对于不在车内的人，它们至少可以用三种方式杀死他们：把他们狠狠地摔在地上，用力扭曲他们的身体破坏太空服，或者，按照它们对全地形车所做的那样，把他们颠倒过来。

第二个选择是存在于曼戈世代相传的记忆之中的，但对于人类来说幸运的是，它们已经对全地形车尝试过这种方法并且失败了，所以它们没有再次尝试。更准确地说，曼戈原本有着"做你一直在做的事"的直觉，但由于此前的失败，这一直觉已经弱化为"做不同的事"。而由于这些能释放出雷电的生物以及全地形车似乎是另外一种不同的敌人，它们开始试着对他们使用不同的方法：触手全力分泌它们用于分解土壤中矿物的汁液。

同时，它们也开始用力摇晃被俘的地球人，就像它们想要打散土壤时那样。

被用力摇晃的感觉恐怕不能称之为愉快，但至少这并不能伤到他们。然而，人类对于从他们太空服外表上流下来的白色液体感到十分惧怕。敌人非常迅速地抓住了他们，看起来拥有相当高的智能，并且具备狡猾与精于算计的天性。

幸运的是，这些推测并不全都是事实。

尽管遭受了不少磨难，但身处全地形车之内的地球人仍有机会进行思考。

此前发生的一切，经过他们习惯性的比较与分析，结论慢慢浮到眼前。这一过程基本上是下意识地完成的，这是人类文明在接触各种各样出乎意料的生物并取得胜利、从而得出的丰富经验的成果，如果人类失去了面对新情况时的创造力，那么人类也就没有了希望。

起初的习惯性思维使得他们陷入了误区，他们现在需要的是避免再犯同样的错误。他们集中精力思考着。生物学家早已确定他们正在与一种尽管并不寻常、但仍旧相当原始的生物打交道，但由于此前这些灌木表现出了一定程度的智能，生物学家的这一想法被动摇了。其实这个结论并不能说有欠考虑，因为它是根据进化的基本规律得出的，那就是功能决定形式。事实表明，灌木并未解除其俘虏的武器，也没有找出高效地杀死无助的地球人的方法，这也打消了人们仅存的疑虑。他们面前的敌人并没有智能，但也不愚蠢，正如不能用聪明或是蠢笨来形容地球上的植物一样。它们只是完美地适应了它们所处的环境，仅此而已。

一旦人类明白了这一点，他们只是又用了一点点时间就发现了从这一看似不可能解决的情势中脱离的方法。

线索一直都是看得到的。当战斗不很激烈时，曼戈的叶子就继续平稳地吸收着阳光。而在射击停止之后，就会出现一些模样像是巨大木虱的生物，匆忙而又无所畏惧地穿过密集的枝条，甚至停下来吃掉叶子。

当然，在注意力被周围发生的各种事件占据的时候，这一如同田园牧歌般的情景并未得到仔细观察，但它仍留存在人们的记忆之中。为了让从这一情景衍生出来的各种想法能够被考虑得更加全面，人们仍需要摆脱一些残存的思维定式影响。特别是，人们需要意识到，人类的无穷力量不是来自他强壮的躯体，不是来自他操纵的各种强大能量，也不是来自他掌控的精巧机器……甚至也不是来自人类的智慧。人类的无穷力量来源于人类思维的灵活性、广泛性，以及独到的远见。另外一个需要破除的思维定式：用了一千次都有效的策略在第一千零一次使用时未必一定有效。还有一个：人们必须从自己的脑海中彻底扫除"人类一直都是理性的"这种想法，事实上只有在人类可以掌握新的事物、重新建立起他们对于世界的理解，并且根据实际情况调整自己的行为的时候，人类才会是理性的。

这一切思考都是在生物学家的下意识之中完成的，也因此，他避开了所有这些障碍。于是他明白了应该怎么做。

然而就在他想清楚的那一瞬间，一声绝望的尖叫从所有人的耳机里传了出来：

"这种液体正在溶化我的太空服！"

因而，最关键的时刻开始了，生物学家也意识到他的发现现在已经毫无用处，因为没有时间解释了。事态的发展已经超出了他的思考速度。

尽管如此……

"你怎么知道那种植物汁液可以溶化硅酸盐？"

"最上面那一层已经开始剥落并且掉下去了！"

植物汁液是在半个小时之前就喷上去的，生物学家立刻想了起来。而太空服有三层……

"别动手！"他喊道，"我们还有时间，一定有办法可以解决的！"

但已经太晚了。小队中唯一一个仍能自由活动的成员已经大步跑到被俘者身边，斧头的刃闪着光……

Dmitri Bilenkin

在第二根触手被斧子砍断之前，小部分触手放开了被它们抓住的人，转而抓住了对它们进攻的勇敢者。尽管他已经对这种攻击做好了准备，但它们的速度奇快无比，他根本无法做出反应。一秒钟之后，他就和其他同伴一样动弹不得了。

生物学家和其他人一样陷入了恐慌，但他仍旧发现自己的推论之中最弱的一环现在已经得到了间接的证明。现在他确信他们可以成功。当然，如果灌木又做出了新的行动，那又另当别论了。

其实人类并不需要过于恐惧。曼戈知道它们的根分泌的液体有效，只是比较缓慢，所以它们并不急于采取其他的手段。至于它们最初的敌人，那辆全地形车，由于它始终一动不动，它们认为它已经死了。因此只需要等待这些特别坚硬的奥尔班的外壳被溶化变软就可以了。这场战斗与通常的战斗有很大的不同，但至少一切都是按照它们的计划在进行。

全地形车的底部舱门向内打开。生物学家成了第一个从全地形车里走出的人。在他出去之后，门立刻关上了：尽管他对于自己的理论很有信心，但没有必要拿其他人的生命冒险。

曼戈把全地形车颠倒过来的行为反而使得人类的计划更容易得以执行，因为现在人类有了很多可以行动的空间，如果底部舱门还是在车底下的话，就没办法这么容易出来了。

生物学家缓慢地爬行着，尽可能不去碰那些触手，最终他从全地形车的外壳上滑到地面，继续四肢着地爬行，整个身体扭曲着，穿过纠结的灌木枝叶。

即使只是观看着他的行动也能感受到其中的困难程度。对于生物学家本人来说，最可怕的事情就是碰到苍白而又油腻的触手，因为他知道这些触手毫不费力就能够抓住他并且把他碾碎。无论如何，他的想象力不知不觉间征服了他的理性，而理性正是在通常情况下克制住直觉冲动的东西。它们怎会不把他当作敌人呢？

然而在曼戈看来，这个正在爬行穿越它们的枝叶的生物显然不会造成任何伤害，甚至可能是对它们有利的。从来没有其他生物曾经出于意外而进入到曼戈身体组织的正中心并在那里爬行——有害的生物会在进入曼戈的边缘时就被识别并且消灭。曼戈并不知道自己的身体内部有什么生物在活动；它们对于那些吃掉它们生病的叶子、捕捉对它们有害的昆虫或者靠死掉的组织为生的动物从不加以任何注意。就连人类本身，如果不是靠着外来的帮助也都无法发现在他们的身体里还居住着很多无害的生物。因此，生物学家现在的处境并不危险，就和在公园里散步没什么区别。

很快，所有人就都清楚地了解到了这一现实。

目前生物学家可能会面临的危险只有两种，而他也已经仔细考虑过应对的方法。他没有直线前往被困者的所在地，因为那样的话就需要经过被电浆步枪攻击过的部位，从而有可能引起曼戈的疼痛反应，这当然就会引起其防御行为。虽然要多走很多路，他还是选择从曼戈未受攻击的那些部位绕行。另一方面，自从他从车里出来之后，他就没有站起来过，更没有奔跑，因为他十分清楚他的对手已经学会了将直立行走的人类形象与危险联系在一起。

全地形车上的其他乘员完美地跟随着他的动作。如果说他们没有浑身发抖的话那就不太客观了，但他们还是取得了成功，而且相当及时。

正如生物学家所预料的那样，被俘者的太空服仍然在抵抗着植物汁液的酸蚀。他们还有一点时间……

与触手的战斗在消沉的情绪中结束了，它再次证明了生物学家一开始的猜测是正确的。抓住人类的那一团触手已经耗尽了所有的能量。它们疲

Dmitri Bilenkin

惫不堪，甚至无法把最后一个被抓的人举离地面。也许它们还可以再对付一两个敌人，但现在有四个人参与了战斗。其他的曼戈无法构成危险：它们对于人类武器所造成的"电浆反射"仍然记忆犹新。

从这以后发生的所有事情都让人联想到拉奥孔[1]雕像的故事，只不过这一次是真实发生的。

现在他们只需要将全地形车解救出来就可以了。尽管这些仍然神秘的灌木现在已经暴露了弱点，因而失去了防御的能力，但人类仍旧不敢对其进行大规模的杀戮。于是他们急切地得出结论：一旦曼戈感受到飓风袭来，它们必定会将全地形车抛弃。

这一次他们错了。原始的冲动使得曼戈不肯放弃它们的战利品，当飓风袭来时，它们把全地形车带走了。

这对于它们来说是致命的误判。全地形车并不像奥尔班的个体那样会被粉碎，而它的重量又使得曼戈难以移动，它们没能逃离飓风圈。

而这颗星球上的飓风使得曼戈变为半植物、半动物的游牧型生物。很快，人类就通过散落在方圆数英里范围内的全地形车的残骸了解到了飓风的可怕。

---

[1] 拉奥孔是希腊神话中人物，因触怒天神而遭大蟒蛇缠死。

立女 - （1974）-Standing Woman

（日本）筒井康隆 Yasutaka Tsutsui——著

（美国）达娜·刘易斯 Dana Lewis——英译　罗妍莉——中译

筒井康隆（1934—　），日本作家，因为他的荒诞主义科幻作品及关于媒体形势的评论文章，他与星新一和小松左京并称 20 世纪日本推想小说三巨头。首先，他被视为回应 20 世纪 60 年代和 70 年代的新浪潮运动日本代表作家；其次，人们认为他在某些方面可与罗伯特·谢克里、诺曼·史宾拉德和库尔特·冯内古特等社会讽刺作家相媲美；第三，他的晚期作品奠定了日本科幻小说后现代主义流派的基础。

筒井于 1957 年毕业于京都同志社大学，其硕士学位论文与精神分析学和超现实主义有关。毕业后，他在野村设计所的一家分所工作过几年，并用所获奖金筹办了科幻同人杂志《空值》(Null, 1961—1964)。《空值》吸引了日本科幻群体中的许多年轻成员，其中包括平井和正与眉村卓，不过出到第 11 期之后，杂志便夭折了，因为筒井的精力投入到了其他事务上。他协助举办了第三届日本科幻大会，为《SF 杂志》(SF Magazine) 供稿，还为系列动画片《来自未来的少年》(Super Jetter, 1965) 撰写剧本。他与科幻作家小松左京的交往渐密，后创作了《日本以外全部沉没》(Everything Apart from Japan Sinks, 1973)，并于 1974 年被评为日本科幻界最受尊崇的奖项之一——日本星云奖的最佳短篇。

筒井在其职业生涯中不断引发争议：他先是对政治正确宣战，后因为他的作品《无人警察》(Unmanned Police, 1968) 在角川书店出版的一部文集中遭到裁撤，1993—1996 年间自发封笔。不过，在远离传统出版界那段广为人知的封笔期内，筒井在数字媒体上却表现极其活跃，于 1994 年为日本电脑 PC-9800 系统出版了第一本"数字图书"——《筒井康隆四千字剧场》(Yasutaka Tsutsui's Four-Thousand-

Character Theater）。动漫电影《穿越时空的少女》(*The Girl Who Leapt Through Time*, 2006）和《红辣椒》(*Paprika*, 2009）也都是根据他的小说改编而成。

《立女》是一篇经典的超现实主义科幻小说，英语版于 1981 年首次刊登在《奥秘》(*Omni*) 杂志上，其后多次再版，包括被收录于《最佳日本科幻小说集》(*The Best Japanese Science Fiction Stories*, 1997）。

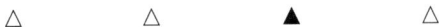

△　　　△　　　▲　　　△

我彻夜未眠，终于写完了一篇四十页的短篇小说。这是一篇无足轻重的消遣之作，既无害，也无益。

"这年头，兴许会有害或者有益的故事你可不能写啊：那样一来可就没辙了。"我一面用回形针将稿子别起，放入信封，一面在心中这般告诫自己。

至于自己究竟有没有本事写出兴许有害或有益的东西，这个问题我尽量不去想。万一我想试试看呢。

匆匆套上木屐，拿着信封离家时，朝阳刺痛了我的双眼。最早那趟邮便车还得再过一阵才到，于是我拔脚往公园方向走去。所谓公园，其实是拥挤的住宅区内一方仅有八十平方米的空地，早晨这个时候，没有小孩会去。公园很宁静，所以我晨起散步必定会来此走走。现如今，在这座超大都市里，即便是仅仅十数棵树木赐予的稀疏绿意，也成了无价之宝。

真该带点面包来的。我心想。我最喜欢的那株犬柱就矗立在公园的长凳旁。这株犬柱模样十分和善，一身浅黄色毛皮，对于杂种狗来说算是相当高大了。

我到公园的时候，液体肥料车才刚走；地面还湿着，能闻到一股淡淡的氯味。我在此地常常见到的那位年长绅士正坐在犬柱旁的凳子上，拿着似肉饺的东西饲喂着那根浅黄色柱子。犬柱的胃口一般都特别好。或许是液体肥料通过深深扎入地底的根部得到吸收，再经由腿部向上运送，留下了某些可以期冀的东西。

不管你喂什么，它们都吃得掉。

"你给它带东西来了？我今天给忘了，没带面包过来。"我对那位老者说。

他温和的视线移到我身上，露出和煦的微笑：

"啊，你也喜欢这家伙吗？"

"是啊，"我挨着他坐下，"它跟我从前养过的那只狗一模一样。"

犬柱抬起头，漆黑的大眼睛望向我，摇了摇尾巴。

"其实，我自己也养过一只狗，跟这家伙差不多。"那男子抚摸着犬柱脖颈上的毛说，"它三岁那年，被做成了犬柱。你没见过吗？就在滨海路上那间男装店和冲洗店之间。那儿不是有根犬柱，看起来跟这家伙挺像的吗？"

我点点头，补充道："这么说，那根就是你的？"

"是啊，它是我们养的宠物，名字叫八公。现在它已经彻底植物化了，一棵美丽的犬树。"

"你这么一说，我倒是想起来了，那棵树和这家伙确实像得很。说不定就是同一窝的呢。"

"那你养的那只狗呢？"老者问我，"种在哪儿？"

"我家那只狗叫阿黄，"我摇头答道，"它四岁那年，给种在了市区边上那座墓地入口旁边。那只小可怜，一种下去，它就死了。肥料车不怎么往那个方向开，那地方又太远，我没法每天给它捎吃的过去。也说不定是他们栽种得不好。它还没来得及长成一棵树，就死掉了。"

"然后就被弄走了？"

"没有。幸好是种在那个地方，臭不臭倒也没多大问题，他们就任凭它杵在那儿，风干了。所以现在它成了骨柱。我听说，附近小学上科学课，它倒成了不错的材料。"

"挺好。"老者拍拍犬柱的脑袋，"这儿的这个家伙呢，我很好奇它变成犬柱之前叫什么名字。"

"不得以原名称呼犬柱，"我说，"这条法律不是很怪吗？"

那人用锐利的目光扫了我一眼，才又随口答道："那不就是把针对人类的规定推及狗身上了吗？所以变成犬柱之后，它们就没名字了。"他用手挠着犬柱的下巴，点着头道："不光是从前的名字不准叫了，新名字也不准起啊。因为没有准确的名词适合植物。"

为什么呢？当然了。我心想。

他目光移向我手中的信封，上面写着"内有稿件"。

"请问，"他说，"你是作家？"

我感觉有几分尴尬：

"嗯，算是吧。就写些无关紧要的东西。"

那人仔细看了看我，又转身去拍犬柱的头："我从前也写的。"

他勉强挤出笑容："有多少年没写过东西了！感觉挺长时间了。"

我紧紧盯着那男子的侧脸。听他这么一说，这张脸好像确实原先在哪儿见过。我张嘴想问他的名字，犹豫了一下，又沉默了。

老者突然开口道："在这世上，当个作家变得挺难的了。"

我垂下眼帘，为自己感到惭愧，因为在这么个世道上，我居然还在写。

看到我突如其来的窘相，他匆忙向我道歉：

"失礼了，我不是在批评你。我才应该没脸见人呢。"

"不，"我飞快地环顾了一下四周，这才对他说，"我没法收手不写，因为我没那个勇气。收手不写！为什么呢？说到底，那不成了反社会的姿态吗？"

那老者继续拍抚着犬柱，良久才又开口：

"很难受啊，突然就收手不写了。如今成了这种状况，我当初还不如接着写下去，大胆地写批判社会的文章，然后被抓起来呢。我有几回也会这么想。可我只不过是个半吊子，从来不懂人间贫苦，只渴望着和平的梦。我想舒舒服服地过日子。我自尊心很强，受不了暴露在世人眼前，被他们笑话。所以我从此就不写了。这是个可悲的故事。"

他笑着摇摇头："不不，我们别再说这个了。就算是在马路上，你也不知道听你说话的说不定都有谁。"

我换了个话题："你住在这儿吗？"

"你知道主路上的那家美容院吗？就在那儿拐弯。我叫桧山。"他冲我点点头，"有空就过来。我结婚了，不过……"

"多谢。"

我也把自己的名字告诉了他。

我不记得有哪个作家是叫桧山的了。他无疑是用笔名写作的。我也无意去他家拜访。现今这世道，哪怕只有两三个作家聚在一起，也会被视为非法集会。

"邮便车也该来了。"

我煞费苦心地看了看表，站起身。

"我恐怕得走了。"我说。

他朝我转过脸来，露出悲哀的笑容，略微躬了一躬。我轻轻拍了拍犬柱的头，离开了公园。

我走到主路上，可只有几辆车经过，少得简直荒唐；行人几乎没有。人行道边种着一棵猫树，大约三四十厘米高。

有时我也会路过猫柱，它刚刚种下，还没来得及长成猫树。猫柱望着我的脸，喵呜一声，或是哭起来。不过那些四肢都被埋进土里的都已经植物化了，绿油油的脸表情僵硬，双眼紧闭，只有耳朵还会时不时动上一动。还有些猫柱身上会生出树枝，长出一簇簇叶子。这些在心理状态上似乎也都完全植物化了——连耳朵都不会动一下。就算还能辨认得出一张猫脸，还是称之为猫树更为妥当。

我心想，兴许把狗种成犬柱倒更好些。食物耗尽以后，它们就变邪性了，甚至还会攻击人。可他们为什么非得把猫也种成猫柱呢？流浪猫太多了吗？还是为了改善食物状况，哪怕就一丁点儿？或许是为了城市绿化……

街角那座大医院旁边，高速公路交叉的地方，有两棵人树，树边并排杵着一根人柱。人柱身穿邮递员的制服，看不出双腿已经植物化到什么地步了，因为有裤子遮着。是个男性，三十五六岁，挺高的，后背略微佝偻着。

我向他走去，和往常一样递过信封：

"挂号信，特快专递，劳驾。"

人柱一声不响地点点头，接过信封，从兜里掏出邮戳和挂号单。

付过邮费，我飞快地四下里瞥了一眼。周围没别的人。我决定试试跟他说话。我每隔三天就交封信给他，但还一直没机会跟他聊聊。

"你原先是干吗的？"我低声问。

人柱愕然看着我。他先拿双眼四周巡视了一圈，这才臭着脸答道："跟我扯这些废话没用。而我呢，也不该回答。"

"我知道。"我直视着他的眼睛说。

见我不肯走，他深吸了一口气："我就说了句工资低，而且被上司听见了。因为邮递员的工资实在是低。"他脸色阴沉地冲身边那两棵人树猛地甩了甩下巴："这两个人也一样。也就是一不小心说漏嘴，抱怨了一句工资低。你认识他们吗？"他问我。

我指向其中一棵："这个我记得，因为我交过很多封信给他。另外一个我不认识，我们搬过来的时候，他就已经是棵人树了。"

"那一个是我朋友。"他说。

"另外那个不是组长或者科长什么的吗？"

他点点头："没错，是组长。"

"你不会肚子饿或者觉得冷吗？"

"感觉不太强烈。"他仍是面无表情地回答。凡是被制成人柱的人，很快就都面无表情了。"就连我也觉得自个儿变得跟植物差不多了。不光是感觉，想法也一样。一开始，我还挺伤心，可现在就无所谓了。我原先还真挺饿的，可听人说，不吃东西的话，植物化的速度就会更快。"

他晦暗无光的双眼紧盯着我。多半他正盼着早点儿变成人树吧。

"听说，对那些有极端思想的人，他们在把这些人变成人柱之前，会先施以额叶切除术，不过我也没做这手术。就算是这样，给种在这儿过了一个月以后，我也不再生气了。"他瞥了一眼我的手表，"好了，你最好现在就走吧，邮便车就快到了。"

"是啊。"可我还是迈不动腿，心神不定地犹豫着。

"你，"人柱说，"最近有你认识的什么人被做成人柱了，是不是？"

我被戳中了痛处，盯着他的脸看了一会儿，缓缓点头：

"其实，是我太太。"

"唔……这样啊，是你太太啊。"他饶有兴味地注视了我好一会儿，"我就说吧，到底是不是这么回事，要不然谁会费这个劲来找我说话呢？那她干什么了，你太太？"

"有一回，家庭主妇们聚会的时候，她抱怨物价太贵了。要光是那么说也就罢了，偏偏她还批评了政府。我身为作家正要搞出点名堂来，我觉得她当时之所以那么说，正是因为急于要当个名作家的太太。参加聚会的一个女人告发了她，她被栽到了路边，从正对礼堂那车站看去的左手方，挨着那家五金店。"

"哦，那个地方啊。"他微微眯起眼，仿佛是在回忆那片区域的建筑和商店的情形。"挺安静的一条街。那样不是更好吗？"他睁开眼，探究地望着我，"你不会去看她的，对吧？最好别去得太勤。这样对她对你都好，你们俩都会忘得更快。"

"我知道。"

我垂下头。

"你太太呢？"他问，话音里略带了点同情，"有人把她怎么着了没？"

"没有，目前还没有，"我答道，"她就只是立在那儿。可即便是这样——"

"嘿，"充作邮筒的人柱闭起下巴，好吸引我的注意，"来了，邮便车。你快走吧。"

"你说得对。"

我犹如被他的话音推着走似的，摇摇晃晃地迈了几步，又停下来向后望去："你就没有什么未了的心事？"

他脸上艰难地浮起一个笑容，摇了摇头。

红色邮便车在他身边停下。我经过医院，继续往前走去。

我心中想着要去最喜欢的书店看一眼，于是拐进了一条鳞次栉比挤满商店的街道。我的新书随时都有可能推出，可这种事现在已经半点也不能让我觉得快乐。

同一排店里，就在书店前面一点，有家小小的廉价糖果店，这家店前的路边，是一根马上就快变成人树的人柱。年轻男性，已经栽了足有一年。那张脸已经变得棕里带绿，双眼紧闭，修长的后背略有点弯曲，微微向前伛偻着。隔着早被风吹雨打成一片褴褛的衣服，双腿、躯干和双臂依然清晰可见，已经彻底植物化了，处处是抽出的枝丫。臂端上萌发的嫩叶高过了肩头，仿佛一对扇动的翅膀。这具躯体已经完全变成了一棵树，就连脸也不再动了。那颗心已沉入了宁静的植物世界中。

我想象着我太太也会有变成这副模样的那一天，心又抽痛起来，想要遗忘。这是试图遗忘的痛苦。

如果我在糖果店这里拐弯，然后直走，我心想，就能走到我太太立着的地方。我可以看到我太太。但是去了也没有用，我告诫自己。谁也说不准哪些人会看到你：要是当初告发她的那女人质问你的话，就麻烦了。我在糖果店前驻足，向路的那头凝望。人流一如往常。没关系。你要只是站着说说话，谁都不会注意。就说一两句。内心有个声音高喊着"别去！"我却置若罔闻，沿那条路快步走去。

我太太她脸色苍白，立在五金店前的路边。她的腿还没什么变化，似乎只有脚踝以下的双脚被埋进了泥土里。她面无表情，瞪视着前方，仿佛努力什么也不要看见，什么也不想感觉到。跟两天前相比，她的面颊似乎略见凹陷。两个路过的工厂工人冲她指指点点，讲着下流笑话，然后哈哈大笑地从旁边走过。我朝她走去，提高了声音。

"道子！"我对着她的耳朵大喊。

我太太看着我，血涌上面颊，抬起手捋了捋乱糟糟的头发：

"你又来了！这可真不行啊。"

"我忍不住。"

五金店的女店主正在打理铺子，她看见了我，装出一副无动于衷的样子，移开了视线，退回到店铺后面去了。我对她的善解人意感激涕零，又朝道子身前挪了几步，与她面对面：

"你已经挺习惯的了？"

她用尽全力，在僵硬的脸上挤出一个明艳的笑容："嗯，我已经习惯了。"

"昨晚下了点雨。"

她乌黑的大眼睛仍凝视着我，微微点了点头："请别担心。我几乎什么也感觉不到。"

"我一想到你，就睡不着觉。"我垂下头，"你就一直立在这儿，我这么一想，根本就没法睡。昨晚我甚至还在想，该给你送把伞来。"

"请你别那么做！"我太太眉头稍皱，"你要是干出那种事来可就糟了。"

一辆大卡车从我身后驶过，我太太头发和肩膀上覆了薄薄一层白色尘土，可她却似乎不为所扰。

"立着其实也没那么不好。"她故作轻松地说，努力想让我别担心。

较之两天前，我在我太太的神情和言辞中察觉到了一点细微的变化。她言语间似乎失却了几分细腻，神色变化也略显贫乏。我知道她从前是什么样——反应机敏、开朗活泼、表情丰富，像如今这样旁观着，眼看她渐渐变得越来越面无表情，我心中备觉凄凉。

"这些人，"我双眼扫过五金店问道，"他们对你可好？"

"嗯，当然了。他们心肠挺好的。只不过有一回，他们问我还有没有什么心愿未了，不过还什么也没替我做过。"

"你不会饿吗？"

她摇摇头：

"还是不吃好点。"

这样啊。她忍受不了当人柱吧，巴不得哪怕能早一天变成人树也好。

"所以请别给我捎吃的。"她盯着我道，"请忘了我吧。我觉得，我肯定什么劲也不用费，就会忘掉你的。我很高兴你来看我，可这一来又要伤心那么久。我们俩都一样。"

"你说的当然没错，可是——"我唾弃着自己，竟然连自己的太太也半点帮不上，又垂下了头，"可是我不会忘记你的。"我点了点头，泪水夺眶而出，"我永远也忘不了你。"

我抬起头，重新望向她，她正定定看着我，眼中已失了些光彩，整张脸庞上绽出模糊的笑容，如同雕成的佛像一般。我从来没见她这样笑过。

我如中梦魇。不对，我对自己说，这已经不是你太太了。

她被捕时穿的那身套装已经脏得不像样了，到处皱巴巴的。可我当然也没法给她带身换洗衣服来。我的目光落到她裙子一处黑乎乎的污渍上：

"是血吗？出什么事了？"

"哦，这个啊。"她迷惘地低头看看裙子，支支吾吾道，"昨晚有两个醉汉在我身上搞的恶作剧。"

"这些浑蛋！"我对这种野蛮行径不由勃然大怒。你要是跟他们理论，他们就会说，反正我太太已经都不算人了，他们干了什么都无所谓。

"他们不能这么干！这是违法的！"

"没错，可我基本上没法申诉。"

当然了，我也一样不能去警察局申诉，要不然就该被看成个刺儿头了。

"浑蛋！他们干了……"我咬住下唇，心痛欲碎，"流的血多吗？"

"唔，就一点儿。"

"疼吗？"

"已经不疼了。"

道子，从前那么骄傲的她，脸上只流露出些许悲哀。我为她的变化感到震惊。一群年轻男女一边从我身后走过，一边用尖刻的话对比着我和我太太。

"你会被人看见的。"我太太焦急地说，"我求你了，别自暴自弃。"

"别担心。"我朝她露出淡淡的笑容，满心瞧不起自己，"我没那个勇气。"

"你该走了。"

"当你变成人树的那一天，"临别时我说，"我会上书请愿，让他们把你移栽到咱们花园里。"

"能行吗？"

"我应该能办到。"我慷慨地点点头，"我应该能办到。"

"你要能办到，我会很高兴。"我太太面无表情地说。

"好，回头再见。"

"你要是不再来倒好些。"她垂下眼，嗫嚅着说。

"我知道，我也这么想。可是不管怎么样，我多半还是会来。"

我们俩沉默了几分钟。

然后我太太蓦地开口：

"再见。"

"嗯。"

我迈步走开。

转过街角时，我回头，见道子正目送着我，仍然如佛像般微笑着。

我迈着步子，心似乎快要裂作两半。突然，我发现自己已经走了出来，走到了车站前。我无意识地又回到了平常散步的路线。

车站对面是家小咖啡馆，名叫庞击，我平常老去那儿。我走进去，在角落里的隔间坐下，点了杯咖啡，没加奶也没加糖。原先我都是加糖的。无糖无奶的咖啡那股苦涩穿透了我的躯体，我受虐般品着那滋味。从今天起，我只喝黑咖啡。我这般下定了决心。

旁边的隔间里，三个学生正在议论着一个批评家，他刚刚被抓起来，做成了人柱。

"我听说他被直接杵在了银座的中心位置。"

"他爱国，一直住在国内。所以他们才把他安排在那么个地方。"

"好像他们对他施了额叶切除术。"

"还有那些企图在'节食'期间使用暴力，来抗议他被捕的学生——他们全都被抓走了，也要做成人柱。"

"不是差不多有三十个吗？这么多人他们可栽到哪儿去呢？"

"他们说是要栽在那些学生念的大学门口，沿着叫'学生路'的那条街两边排开。"

"那他们就得改个路名了，改成'暴力林'什么的。"

三个人窃笑起来。

"哎呀，还是别说这个了。咱们可不想让谁听见。"

三人闭上了嘴。

离开咖啡馆，往家中走去的时候，我俨然自觉仿佛已经变成了人柱。我嘴里低声念着流行歌曲的歌词，继续往前走着：

我是路边人柱。你呢，也是路边人柱。去他的吧，我们两个，在这世上，干枯的草地上，花儿永不开放。

IWM 1000 - （1975）- The IWM 1000

（厄瓜多尔）艾丽西娅·亚涅斯·柯西奥 Alicia Yánez Cossío —— 著

（美国）苏珊娜·卡斯蒂略 Susana Castillo （美国）埃尔茜·亚当斯 Elsie Adams —— 英译　　杨文捷 —— 中译

艾丽西娅·亚涅斯·柯西奥（1929—　）是一名记者、小说家和文学教授，被广泛认为是厄瓜多尔 20 世纪最著名的文学大师之一。她的诗歌和小说在本国的地位都很高；而跟厄瓜多尔许多作家不一样的是，她的作品近年来也逐渐在国际上崭露头角。她是首位赢得胡安娜·伊内斯·德拉克鲁兹纪念奖（1996）的厄瓜多尔人。2008 年，她的文学成就获得了厄瓜多尔的最高文学奖项——欧根尼奥·埃斯佩霍奖。她著有三部长篇小说：《布鲁娜姐妹都市夜行记》（*Bruna, soroche y los tíos*, 1970）、《我售出了一双黑眼睛》（*Yo vendo unos ojos negros*, 1979）和《大腹便便的处女》（*La cofradía del mullo del vestido de la virgen Pipona*, 1985）。

柯西奥的作品中经常出现的主题有：腐败、社会不公、女性地位、过度消费导向的社会和科技的危险性。她笔下许多故事还描述了生活在厄瓜多尔中部安第斯山人，他们一方面深受殖民地的历史传统影响，另一方面又挣扎于现代社会的物质化趋向所导致的人文关怀的匮乏。

总而言之，柯西奥深深地关注着现代社会中人们的自我定位，以及他们为了让自己和身边的人过上更好的生活而对传统文化做出的取舍。柯西奥后期在滑稽文学和讽刺文学也有涉足。

她创作的科幻小说不多，但她对于科技弊端的探讨却跟许多科幻作家无不相同。这篇《IWM 1000》的创作远远早于谷歌的崛起，行文机智而富有远见。它沿袭了传统拉美科幻文学的"传奇"风格，跟西尔维纳·奥坎普和胡安·何塞·阿雷奥拉的作品（本卷也有收录）有所相似。本文在 1975 年首次发表于她的小说合集《吻》（*El beso y otras fricciones*）。

△　　　　△　　　　▲　　　　△

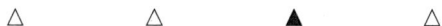

一个人的所知决定了他是谁。

——弗朗西斯·培根

从前，世上所有的教授都消失不见，被一个新的系统吞噬消化后取而代之。学校也被一一淘汰，只好休业。原有的场地摇身一变，成了住宅区，生活着许多充满智慧、井井有条但失去了创造力的人。

知识成为了一件商品。一台叫作 IWM 1000 的仪器诞生了。这项终极的创造为之前的时代画上了句号。IWM 1000 尺寸很小，只有一个复古的公文包那么大。它的操作也很简单，且轻巧价廉，任何想要获取知识的人都能拥有。它装载了人类所有的知识；从古至今的图书馆里能找到的任何信息，机器里也应有尽有。

再没有人需要费力去学习任何东西了，因为这台既可随身携带又可嵌在家具里的机器可以为所有人提供一切信息。它的机制是如此完美，输出的资料又是如此精确，以至于没有人敢提出任何异议。它的操作简单到连孩子都愿意拿它玩耍。它成为了人脑的延伸。许多人连在进行最为隐秘的私人活动时，都拒绝跟它分离。人们越依赖这台机器，就变得越有智慧。

由于信息唾手可得，大多数人没有碰过 IWM 1000，也不对它抱有任何好奇。人们都不识字，连许多基本的常识也没有，但这对他们来说无关紧要。他们乐得清闲，只顾享受着其他科技带来的便利。有了 IWM 1000，大家都可以轻而易举地创作文学、音乐和美术。艺术也逐渐不复存在，因为任何人只要有足够的时间和耐心，都能创造出类似——甚至超越——以前的艺术家的作品，而且在这个过程中，他们不需用脑，也不用产生任何情感起伏。

有些人会以用 IWM 1000 获取信息作为消遣，因为这能满足他们要知道点什么东西的快感。此外，也有人为了躲避窘况问它问题——更有甚者，只是想要有谁对自己说说话，哪怕内容仅仅是他们那无趣而浅薄的世界中的东西罢了。

"什么是 Etatex？"

"杂交是什么意思？"

"巧克力蛋糕是怎么做的？"

"贝多芬的《田园曲》有怎样的含义？"

"这个世界上到底有多少居民？"

"比利亚图斯是谁？"

"地球离木星有多远？"

"怎样祛除雀斑？"

"今年发现多少陨石？"

"胰腺有什么用处？"

"上一次世界大战是什么时候？"

"我的邻居多大了？"

"倒数是什么意思？"

声音被转换为调制信号，接到一块灵敏度极高的电膜上，输入机器的大脑。顷刻之间，它就能立刻计算出问题对应的答案。答案并不是单一的，因为它能辨认出提问语气的不同，并依此决定答案的繁简。

有时候，当两个有智慧的人在讨论中发现彼此想法有悖的时候，他们便会各自请教自己的机器。他们只需表明自己的立场，剩下的讨论就可以交给机器们来完成了。他们继续针锋相对，可大多时候论点并不由人提出，倒是机器们在试图说服彼此。这场讨论的两个始作俑者只用默默听着，直到听累了，他们才会开始考虑哪台机器里的电可以撑得更久。

恋人们会让机器来替他们想出"爱"的所有说法，他们自己则负责听听浪漫的歌曲就好。一切的行政工作也由 IWM 1000 代为完成，人们只需提前录好指令即可。许多人养成了只跟自己的机器说话的习惯，这样一来自己说的话就不会遭到异议，因为他们知道机器会怎么作答。并且，他们相信，机器无法威胁自己的地位，也不会指责自己的狭隘无知——毕竟，人类可以提出任何问题。

IWM 1000 还成了夫妻之间吵架的渠道——两位选手会指示自己的机器向对方用最高的音量甩出最难听最恶毒的咒骂。握手言和也因此变得格外简单，毕竟当初骂人的是 IWM 1000 而不是自己。

渐渐地，人们开始感觉很糟糕。他们就此问题请教了 IWM 1000，被告知人体已经无法再承受更多的兴奋剂了。此外，计算过后，机器还指出自杀率正在逐渐升高，人类必须立即改变自己的生活方式。

人们想要回到过去，但已为时过晚。有些人试着抛开 IWM 1000 独立生活，可无助感却挥之不去。人们又请教了机器：这世上有没有一处地方没有 IWM 1000？机器给出了一个叫作塔肯迪亚的偏远地区的详细资料。人们开始幻想塔肯迪亚的美好景象。他们把自己的 IWM 1000 送给了一些只有 IWM 100 的人。随后，他们开始了一连串的奇怪举动。他们开始去博物馆，并被图书区里展出的音节表深深吸引，无法自拔。他们本能地想要捧着这些支离破碎的音节表，慢慢地学习该怎么念出那些音节，就像从前的地球人一样——只不过，那个年代的人会在孩童时期专门去一些叫作"学校"的地方学习这些知识。那一个个的符号叫作"字母"，而字母会产生"音节"，音节还分为"元音"和"辅音"。音节还可以被连在一起，产生"单词"。单词可以被读出来，也可以被写下来……当人们都重新熟悉了这些概念之后，许多人再次感受到了快乐，因为这些知识是由他们自己习得，而不是 IWM 1000 告诉他们的。

许多人不满足于博物馆里展出的残缺音节表，开始去为数不多的古董店里苦苦寻觅更多的音节表。因此，尽管它们售价昂贵，却依然供不应求。他们拿到音节表之后，开始一点点地解开音节的秘密：a-e-i-o-u, ma me mi mo mu, pa pe pi po pu——其实一点也不难，而且还很有意思。这些人会识字了之后，又开始到处搜罗残存的书籍。人类的书所剩无几，但还是有几本的：有《叶绿素对植物的影响》、雨果的《悲惨世界》、《100 道家常菜》……他们开始读书了。当他们终于会自己获取信息之后，立马感觉好了很多，也不需要吃兴奋剂了。他们试图把这些感受讲给身边的人听，那些人却认为这是无稽之谈，说他们都是疯子。于是，这些人只好迅速买了去塔肯迪亚的机票。

飞机降落之后，他们先是搭船走了段水路，后来又换乘了一只小木筏。走了很远的路之后，他们终于来到了塔肯迪亚。他们发现当地人看上去都十分可怕，身上连一块遮羞布都没有。他们生活在树顶上。由于还不会用火，他们依然茹毛饮血。他们的身体上甚至还有用植物染料画出的图案。

这些跋山涉水来到塔肯迪亚的人意识到，这是自己平生头一次跟真正的人类相处，而这一点让他们十分高兴。他们跟当地人交朋友，跟他们一样大声喊话。然后，他们学着像当地人一样赤身裸体，将衣服扔到了树丛里。接下来的几分钟内，塔肯迪亚的原住民却不再理会这些新来的访客，只管转头把他们脱下的衣服抢了个一干二净。

慈悲分享者之所 - （1977） - The House of Compassionate Sharers

（美国）迈克尔·毕晓普 Michael Bishop —— 著　秦鹏 —— 译

迈克尔·毕晓普（1945—　　）是一位有影响的美国科幻、奇幻作家。1969 年，他在《银河科幻》（Galaxy Science Fiction）上发表了处女作《矮松倒下》（Pinon Fall），之后在几乎跨越半个世纪的写作生涯中，有多部长、短篇小说获奖。这些作品包括 1983 年星云奖最佳长篇小说《除却时间没有敌人》（No Enemy but Time），1982 年星云奖最佳短中篇小说《加速》（The Quickening），1989 年获创神奇幻文学奖的《独角兽山》（Unicorn Mountain）和 2008 年雪莉·杰克逊奖最佳短篇小说《堆》（The Pile，该故事创作灵感来源于他在已故的儿子吉米的计算机上发现的笔记）。他还曾四次获得轨迹奖，多次获得雨果奖提名。

毕晓普的数部短篇小说集包括迈克尔·哈钦斯主编的《舱门射手和其他危险的奇妙航行：回顾集》（The Door Gunner and Other Perilous Flights of Fancy: A Retrospective, 2012）和《其他援手：佐治亚州故事集》（Other Arms Reach Out to Me: Georgia Stories, 2017）。毕晓普还编辑了七部选集，包括 1985 年轨迹奖最佳选集《光明年代与黑暗年代》（Light Years and Dark）、《跨越世纪的十字架：关于基督的二十五则想象故事》（A Cross of Centuries: Twenty-Five Imaginative Tales About the Christ, 2007）。他出版的最新作品是与斯蒂夫·厄特利共同编辑的故事集《冒充人类》（Passing for Human, 2009）。

毕晓普还写过一部面向年轻人（"不管他们年龄多大"）的小说《勇士乔尔 - 布洛克和无畏的孩童们》（Joel-Brock the Brave and the Valorous Smalls），漫画家奥瑞昂·赞加拉为该书绘制了钢笔画插图。从 2012 年开始，费厄伍德出版社（Fairwood Press）与毕晓普在该社旗下的子品牌葛根星球（Kudzu Planet Productions）合作，以差不多每年两次的频率发行他的小说的修订版。这些修订版包括《脆弱回合》（Brittle Innings）、《亘古常在》（Ancient of Days）、《谁制造了斯蒂夫·克莱？》（Who Made Stevie Crye?）、《盖格伯爵的蓝调》（Count Geiger's Blues）、《火眼葬礼》（A Funeral for the Eyes of Fire）和《菲利普·迪克死了，唉》（Philip K. Dick Is Dead, Alas）。

关于《慈悲分享者之所》，毕晓普写道："在《银河科幻》《奇幻与科幻杂志》和《如果》上发表过作品之后，我开始关注达蒙·奈特的精装系列选集《轨道》，以及西尔弗伯格的《新维度》（New Dimensions）和特里·卡尔的'宇宙'（Universe）系列。因为我格外欣赏奈特的短篇小说《面具》（Masks, 1968），我就以它为基础创作了《慈悲分享者之所》，它和我当时正在读的一些日本文学作品也有渊源：川端康成、远藤周作、三岛由纪夫等等的作品。"奈特迅速拒绝了毕晓普所谓的"我以达蒙的注解为指导，修改并重构的扩充版本"。当毕晓普在大卫·哈特维尔主编的新刊物《宇宙》（Cosmos）上发表了修订版之后，四本不同的年度最佳选集都收录了这篇小说，毕晓普称之为"我其他的作品都没能做到的'帽子戏法'"。

这里收录的是毕晓普在《宇宙》版本基础上，经过多次修改而得的最终版。它发表于 1977 年，现在读来依旧超越时代、独树一帜、扣人心弦。最后一次修改删减了约八百个单词。

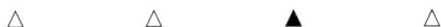

△　　　　　△　　　　　▲　　　　　△

在依兰纳尼港医疗中心，我在被迪德瑞茨称为黑馆的房间里醒来。我是一部引擎、一套系统、一系列肌电和神经机械组件，而造成这次艰苦卓绝的肉体化过程的事故已经过去了两个 M 年。今天早上好像是个纪念日。到这会儿我应该已经习惯了。我确实习惯了。我已经完全适应了自己。你可以说我自恋。这是问题所在。

"多里安！多里安·洛尔卡！"

这是联盟医师迪德瑞茨的声音，即便是从穹顶的黑色帘布连接着的金属扬声器里传出来，声音里也听得出湿乎乎的气息。我仰望着围成一圈的帘子。

"多里安，今天是目标日。请回答。"

"我在这儿呢，我的医师。"我站起身来，聆听着自己活动时有如音律一般的棘轮转动声，那声音仿似一串小铃铛，又像是咕咕噜噜的小矿车。它回响在我赖以保持完整的瓷板、金属脊椎和高分子骨骼之间，除了我没人能听得到。

"鲁梅依来了，多里安。可以让她进来吗？"

"如果我同意，我想她可以进来。"

"见鬼，多里安，不要觉得见她是什么荣誉的要求！最近这几个星期我们一直在努力让你做好恢复正常人际接触的准备。"迪德瑞茨开始列举，"应变性治疗、全息替代、刺激反应疗法。你应该希望鲁梅依来看你，多里安。"

应该。我的大脑是——仍然是——我自己的，但是迪德瑞茨和其他联盟医师赋予我的身体有它自己独特的"直觉"和"倾向"，其样板的来源是机械性而不是生物性的。

按照人类的标准我应有的感觉，以及我作为一副全套假体的真实感觉，彼此之间的相似之处差不多就像血液和油一样。

"你想让她进来吗，多里安？"

"是的。"我确实想。在经历了所有那些生化和精神准备之后，我想亲眼见证自己的反应。因为药物的作用，我仍然动作迟缓，我不知道鲁梅依的到来会对我造成什么影响。

距离我的沙发两三米远，房间帷幔的一个开口处，我的妻子鲁梅依·蒙迪斯出现了。她的衣服由一层层泛着亮光的黑色乳胶片交叠而成，仿佛一身锁子甲，只露出她的手、脸和头发。鲁梅依的衣服是迪德瑞茨的欺骗手段，或者说"准备工作"之一：他希望尽量减少我眼中的鲁梅依与我之间的区别，让我觉得她也是个组装与合成之物，正如同已经变成机器的我。但是她的手、脸和头发——好吧，没有什么可以掩饰它们的原始人类属性，厌恶感像潮水一般席卷了我。

"多里安！"还有她的声音：湿乎乎的，靠气息从湿润的双唇中间排出来。

我看向别处。"不行。"我对头顶的扬声器说，"不管用啊，我的医师。我浑身上下都在呼喊着反抗这个。"

迪德瑞茨什么也没说。他还在那儿吗？或者他想给鲁梅依和我一点我并不想要的隐私？

"拆开我，"我催促他道，"把我连接到一艘三角洲船舶的控制系统上，让我永远离开米洛斯泰吧。你并不希望在你们当中有个僵尸，迪德瑞茨——一个闷闷不乐的机械人。你们完全是在折磨我！"

"而你也是在折磨我们。"鲁梅依说。我面向她。"你很清楚，多里安，你很清楚……牵着我的手。"

"不。"我没有退缩，我只是在拒绝。

"来，牵住。"

我强忍着自己的恶心抓住了她的手，把它扭了过来，给她看手背："瞧瞧。"

"我看到了，多尔。"我弄疼了她。

"表面，你只能看到表面。看看这个粉瘤。"我掐了掐那个凸起，"这是皮脂，油乎乎的物质。还有气味，你要是能——"

鲁梅依缩回手去，我尝试着平息精神上几乎和后悔一样严重的恶心……从米洛斯泰出走似乎是唯一的答案。我希望我身边围绕着机械——嗡嗡作响的机械——以及无菌无光的真空。我想变成探测船多里安·洛尔卡号，这对我米洛斯泰总督王夫的身份来说，将是一次明显的提升。

"让我出去。"鲁梅依向依兰纳尼港医疗中心的主管吩咐道，迪德瑞茨让她离开了大厅。我再次独自一人待在一座外科诊疗中心为数不多的私人诊室里，该中心存在的目的是让民团团员适应我们这颗麻风病盛行的星球上乌烟瘴气的矿井。当民团团员们胸部和肺部的肌肉受到植入呼吸器的损伤，萎缩得几乎无法恢复的时候，他们也会接受医疗中心的修修补补。

在我写下这些文字的这一年，包括管理人员、联盟舰队官员，以及在矿上工作的民团工人在内，超过一百万人居住在米洛斯泰上。迪德瑞茨负责所有没被分配到边远地区的人的健康。

如果我不是米洛斯泰第一任总督的丈夫，他也许会任凭我与那十七个"消耗品"一同死去。他们和我一起游览费特耐区的时候，哈夫特佩卡尔矿区的顶棚塌了。但鲁梅依明白无误地向迪德瑞茨交代了他的职责，而我成为现在的我，是因为我们在依兰纳尼港拥有资源，而迪德瑞茨服从了他的总督。

我独自一人在房间里举起手，听到小铜铃的一声脆响。

接近一个月之后，我在闭路电视里看到鲁梅依、迪德瑞茨和一个陌生人坐在一间医疗中心会议室里。那个陌生的女人头上只留了一撮头发，其他地方都光秃秃的，金色的丝质马裤令她看上去像个小丑，而上身的绿色瓦楞纹夹克衫又奇怪地颠覆了这个印象。即便是通过显示器，我也能看到他们的房间里充满了明亮的阳光。

"这位是科发看守。"鲁梅依对我说。我通过麦克风跟她打了招呼，并尝试用微笑检验迪德瑞茨同事们的美容工作。"她来自地球，多尔，她来这里是应联盟医师迪德瑞茨和我的要求。"

"四十六光年。"我说。我又感动又生气。一直是你朋友们关注的焦点，哪怕他们还有更加紧急的事务，要么会导致腐蚀心灵的愤世嫉俗，要么会造成同样有害的低调和谦逊。

"我们想让你乘坐明天晚上启程的'尼扎米号'，和她一起回去。"迪德瑞茨说。

"为什么？"

"科发看守大老远飞来和我们谈话。"鲁梅依说，"作为你最后一个阶段的治疗，她希望你去拜访她在地球的机构。如果这次失败了，多尔，我就要放弃你了。如果这是你的希望，我可以放手。"今天，鲁梅依穿着一件黄色的围裙，戴着红橙相间的修女头巾。说话时，她把目光从监视器上移开，凝视着高高的窗户。我忍不住欣赏她清瘦而美好的轮廓。

"机构？什么样的机构？"我仔细观察着那个小个子女看守，但是从外表上看不出任何信息。

"慈悲分享者之所。"迪德瑞茨说，"位于地球的西半球，北美洲，被毁掉的丹佛市核心区西南二百千米处。人们去那里需要从马尼托港走轨线。"

"好。我到那里没问题。可是这个神秘的所在是做什么的？"

科发看守说："我希望等我们安然抵达它的几层房顶之下，洛尔卡先生，你能从我这里发现它的性质和目的。"

"它是妓院吗？"这个问题像块石头一样落在了我和对话者之间。

"不是。"鲁梅依终于说，"它是一个独特的诊所，用于治疗独特的情绪障碍。"她瞟了一眼看守，担心自己说得太多了。

"有些人称之为妓院。"科发看守嘶哑地承认道，"地球已经变成了一个不称职者和机会主义者的避风港，星系联盟影响力和贸易的交叉路口。如果仅仅满足那些经历了罕见的感觉分离的人，那个所在并不会繁荣起来。因此，一些频繁光顾的人是大权在握而口味挑剔的联盟骨干。但我把他们看作例外，蒙迪斯总督，联盟医师迪德瑞茨。他们算是我为了完成当初建造它时旨在完成的工作而做出的妥协。"

片刻之后，鲁梅依说："你明天晚上走，多尔。迪德瑞茨和我将在三个月之后再次见到你。"她披上斗篷，走了。

"再见，多里安。"迪德瑞茨说着站了起来。

科发看守犀利的目光让人感觉很不安："那么，就明天了。"

"明天。"我表示同意。在我的监视器里，医师和科发看守一起离开了会议室。在它高高的窗户外面，米洛斯泰的太阳在柠檬色的天空吟唱着。

我在"尼扎米号"上有一个私人舱位。我利用我的"夜晚"（因为睡眠对我来说已经没有意义）在舰载机械不禁止乘客进入的部分逡巡。虽然不能进入指令舱，但我可以进入计算机环绕的观察塔和几排维持连续探测场所需的附加设备。在这些地方，我思考着与联盟舰队的某一艘星际护卫舰建立脑／神经连接的可能性。

我的身体是一次测试。迪德瑞茨早就对我说过它——我仍然"有性能力"。但我没有检验过这个承诺，也不想检验。经受着表现人体内脏、人体排泄物和人体腐烂的生动图像的狂轰滥炸，我被他们用金属、陶瓷、塑料重建了，就好像重生在这些无机材料模仿的那些物质——皮肤、骨头、毛发、软骨——之中。我是一个矛盾的人，一个几近永生的人，伪装成一只从自己短命的群体中解脱出来的蜉蝣。矛盾的是，我对有机的厌恶也是一种人类（有机的）情感。所以我热切地想要离开。在米洛斯泰上的一年半多时间里，我一直希望鲁梅依和其他人会意识到自己的错误并将我放逐，不仅使我离开他们，更使我离开总在让我想到自己与他们全然格格不入的身体。

但鲁梅依不肯放弃她的爱，于是自从哈夫特佩卡尔爆炸和塌陷以来，我就一直在依兰纳尼港医疗中心做个囚犯——只不过有个令人寒心的缓刑。如今归于一位新看守的治下，我在"尼扎米号"搪瓷包裹的引擎里沉思着，好奇慈悲分享者之所会是个什么样的监狱。

一部单轨车从马尼托港冲了出去，科发看守坐在我身边靠窗的座位上。我仍在沉思。恐人症。洛尔卡，我对自己说，练习自我控制。我也是这么做的。从马尼托港出发，我们乘着这枚圆滑的子弹穿过崎岖不平、人烟稀少的乡村，冲向狼奔峰。我保持着清醒。

"你以前从来没有回过'家'？"科发看守问道。

"没有。地球不是我的家。我出生在联盟星球殆-汉，看守。年轻的时候，我曾作为殖民行政官旅行到米洛斯泰，在那里——"

"你重生了。"她说，"但这是我们开始的地方。"

群山的影子在全景玻璃窗上滑过，单轨系统雄伟的白色桥塔如同巨人的腿似的一闪而过——仿佛巨大而赤裸的人躲在白杨树和松树林子里。

"我来到了鲁梅依·蒙迪斯所在的地方，我想说的是，那是我结婚并在一个嫁给了权力的官僚的生活中安顿下来的地方。你抢了我的话，看守。"我没有说现在地球和米洛斯泰对我来说已经同样陌生了：探测船"尼扎米号"很可能会认为我忠于前者。

一条从狼奔峰伸出来的轨线从我们身边横扫过去，伸向马尼托港。这个景象很令我欣快；轨线的嗡嗡声充满同情地在我耳边流连，我不再说话，尽管看守显然想把我从之前的生活中拉出来。我无处可逃，无法解脱。当然，她需要知道的事情都已经从迪德瑞茨和鲁梅依那边问到了。我越来越恼火。

"你很安静，洛尔卡先生。"

"我对沉默没有天生的仇恨。"

"我也没有，洛尔卡先生，除非是空洞的沉默。"

我把手放在膝盖上，发着生物电流似的颤音，轻蔑地研究着我的监护人："若不能剥离它不言而喻的意义，有些人便无法沉默。"

女人笑了："你其实没有这么武断，是不是？"她嘴唇上露出一丝苦笑，望着疾驰的乡野，没有再说什么，直到我们在狼奔峰下车。

联盟舰队军官和行政体制内的成员经常来马尼托港的度假村。民团人员在树林里建造了俗丽不堪的城堡，还在小村庄的上方设计了两个坡道，一年到头都可以供人滑雪。"这里面，"科发看守指着狼奔峰主旅馆平台下面的人群解释道，"许多人都在谢伊斯山里的光探港附近工作，他们的设施原来是用来跟踪卫星和探测导弹发射的。现在他们监控联盟舰队轨道飞行器和航天飞机展示板，他们编制巡航和下降路线。其他一些人是人口和野生动物管理员，负责尽可能高效地重新殖民地球。那都是些烦琐的工作，洛尔卡先生，所以他们来这里消遣。"我们经过从旅馆下面经过一条无釉玻璃泡沫小路。狼奔峰的一些游客三三两两地盯着我，也许是因为在我的外衣袖子里，我正勇敢无惧地面对着春寒。也许他们盯的是我的监护人……

"这些人当中有多少光顾你的房子，看守？"

"请原谅——我不能透露。"但她回头瞥了一眼，好像认出了某个人。

"他们在你的房子里找到了什么马尼托港没有的东西？"

"我不知道，洛尔卡先生。我看不穿别人的心思。"

为了从狼奔峰抵达慈悲分享者之所，我们沿着一条狭窄的小路跋涉，虔心走入了山的侧翼——接近两个小时的徒步之旅。我难以相信这段距离以及科发看守的耐力。她摆动着胳膊，僵硬的腿迈着颠簸的步伐，心意坚决地下了山。一路上我们都没有遇到其他徒步旅行者，最终来到一片空地上，可以看到一条长满了松树的陡峭峡谷：一个岩洞在我们的脚下一级级地伸向苍白而光滑的天空。但是看守向下指着枝繁叶茂的树林。

"那里，"她说，"慈悲分享者之所。"

我只看到了被阳光镀上了一层金的白杨树、蜷伏在植被下面的石头，以及树木之间摇摆不定的隧道。我眯着眼睛，终于看出来一座短程线结构的建筑，其材料正是来自森林的木头。

仿佛山间的魔幻，又似摇曳的海市蜃楼，那所房子在我的视野里进进出出，时隐时现：一系列不规则的圆顶，就像水蒸气一样飘忽不定。但是在几只红翅黑鹂吵闹着飞过最高的塔楼之后，房子倏然呈现出它光秃秃的外貌。

"要是有人把它的百叶窗摇开，"科发看守说，"它就会更加显眼一点。那样彩色玻璃窗会像龙眼一样闪闪发光。"

"我想看看那个样子。现在，它好像被遮住了。"

"这是有意为之，洛尔卡先生。来吧。"

最后走到下面时，我终于看清了房子庞大的体积：它在松针的围簇当中高高耸立，相互交错的多边形合力拱向天空。途经的直升机里面没有人能看到它，一想到这一点便感觉很奇怪。科发看守带我走上一段木板楼梯，对着一扇门说话，把我引入了一间接待室里。这里的朴素让我想到了军营而不是妓院。天花板和墙壁是蜂窝状的，天然材质的地板散发着和外面一样的味道。我的守护不见了，回来时已经脱掉了大衣，然后带我进入一个状似锥形井的房间。她手摇曲柄，打开百叶窗：多彩的光线从倾斜的窗叶之间涌入。脚下的厚垫子踩上去总是发出沙沙的摩擦声，掺杂着噼啪的脆响，我们在上面相向而立。

"现在做什么？"我问。

"只管听好了：分享者们出于自己的意愿来到这里，洛尔卡先生。在接到我们的工作请求之前，他们大部分在银心方向的联盟外世界生活、工作。决定来这里的那些人接受了邀请，来把自己奉献给像你这样的人。"

"我？他们都是设计失当的机器吗？"

"不妨说分享者提供的服务范围很广。我跟你说过，有些访客把分享者当作满足古怪变态口味的方便手段。至于其他人，他们的风格就更加接近大多数人了。我们接受来向我们求助的任何人，免得让分享者闲着，或者房子空着。"

"只要这个'任何人'拥有财富和影响力？"

她思考了一下："倒也不假。但这不在我们的掌握之中。我是星系联盟的雇员，因为我的移情能力而被选中。我不制定政策。我没有房子的所有权。"

"但你确实是这里的鸨母，或者说是它的'看守'。"

"是的。过去二十二年里一直是。我是在这里工作过的唯一的女看守，洛尔卡先生，而且我爱分享者——因为他们对那些拜访者的脆弱心智做出了贡献。不过，尽管我在这里待了很长时间，我还是并不完全了解他们超乎寻常的关注从何而来。这就是我想告诉你的。"

"你认为我有'脆弱心智'吗？"

"对不起——不过你人在这里，而你显然四肢健全，对不对？"看守笑了，"我还想要求你，在治疗开始之时，抑制你比较残酷的冲动。"

我站起身走开了。我是怎么忍受她这么久的？

"请不要误解我的要求。它并非专门针对某个人。我对来这儿的每个人都这么说。我们这里有个不成文的规矩，仅仅由三条规则构成。你愿意听听吗？"

我烦躁地耸了耸肩。

"首先，一旦进入谈话室，就不得离开。第二，听到我的召唤要立刻出现。"

"第三呢？"

"不要杀死分享者。"

我一直在压抑的各种恶心此刻已经达到了极限，我又痛苦地将其压了下去。必须有条规则才能防止来宾谋杀他的伙伴吗？简直不可思议。看守明显地出汗了，甚至耳垂都闪着怪异的光亮。

"这里有针对富有的、有影响力的客户的房间吗？私人房间。"

"当然，"她说，"我会带你看的。"

它有一面大镜子。我脱去衣服，站在它面前。只有在米洛斯泰上的第一个"调整期"期间，我才花过很多时间看自己变成了什么样子。后来，回到依兰纳尼港医疗中心之后,迪德瑞茨不让我接触到任何能反光的表面、黑暗的窗户、镜子、金属勺子。我的面容苍白的倒影让哈夫特佩卡尔事故之前另一个多里安·洛尔卡的样子仿佛笑话一般。我现在是一个外观上的仿制品,隐约得像具尸体,以华而不实为典型特色。我是人,又远非人。在科发看守的房子里,非人的方面更加突出。我用一根手指划过手臂内侧,研究一条血管的走向,因为在它里面流淌着一种叫作血碱素的血清:一种"免维护"血液代用品,防疲劳,防感染,每六个月才需要更换一次。只要有充足的血碱素和一套塑料再循环装置,我就能自己更换。不过那天晚上,一臂距离之外,镜子里我那条高高隆起的静脉看上去比神迹还要吓人。我被吓得闭上了眼睛。

后来,科发看守手持一根蜡烛和一套刺绣礼服找到了我。她让我在她面前穿上礼服。长袍背部的图案繁复而富有象征意义,我穿着它跟随看守从一楼大厅走上了一道似乎通往所有房间的粗陋楼梯。穹顶中包含着许多小圆顶和五六段楼梯。没有其他人进来。

在看守蜡烛的照耀下,房子的内部空间让我想到了埃舍尔式的画作。画中竖直和水平颠倒了方向,从某个角度看在拾级而上的人从另一个角度看又似乎是在下行。很快看守和我站在了一眼上下颠倒的楼梯井顶部的一处平台上(尽管还能隐约看出上方更多的楼梯),朝下看时,我体验到一种令人心神不宁的视角逆转感:眩晕。迪德瑞茨为什么没有为我植入一个微小的陀螺仪来消除这个人类特有的弱点呢?我抓住了一根栏杆,不肯放手。

"你不会掉下去的。"科发看守说,"这是一种幻觉:建筑师们的奇想。"

"这扇门后面也是幻觉吗?"

"哦,分享者倒是千真万确的。拜托,进去吧。"她鞠了一躬,拿着蜡烛走了。于是我进门走向了我的约会对象,门自动锁上了。我握着门把手,感受着屋内夜色的浓重。唯一的光源是对面墙边的炉床，头顶那些环环相扣的多边形仍然被百叶窗挡在外面。各处都不见蜡烛，反倒是铺展着被子的炉床下方的明胶门里，红色的余烬正在幽幽发光。分享者正在炉床上等待着。

外面的风在树林里发出竖琴般的声响。我颤抖着，就像鲁梅侬在大厅探望我的时候。虽然我的眼睛已经适应了，我还是感觉很难视物。我拖延着时间，打量起穹顶来。从它的最高处吊下来一个笼子，里面的一只鸟正被我的闯入吓得跳来跳去。笼子在绳子上摇晃着。

继续吧，我对自己说。

我走上高台，向一动不动的分享者俯下身子。我把双手放在他头的两侧，支撑着自己。他的身影无力地动了一下，我撤回了身子。但是由于分享者没有继续活动，我恢复我之前的姿势：像是一个情人，又像是在被要求确定一个血肉模糊的尸体的身份。但我识别不出什么身份，床下的余烬发出的光太微弱。在这样的黑暗中，哪怕情人的吻也会偏离目标。"我要触碰你了，"我说，"可以吗？"

分享者安静地躺着。

于是我把所有的感觉集中到指尖，摸到了分享者的脸：坚硬、光滑、冰凉。

我的手指从一边滑到另一边，坚硬、光滑、冰凉持续不断地流动。这个物体感觉就像一个骷髅，一个地球人的头盖骨：是骨头，而非金属。我的手指辨别了这些可能性，确定了是骨头。我在慌乱中推断，我在一个智慧生物的头骨上画了个弧形，他的每一块骨头都长在外面，就像一层钙质的盔甲。如果是这样的话，这个有机体——这个东西——怎么能表达同情呢？我抬起了一根手指，令其顶端发出嗡嗡声的压力消失了，化作一丝温暖。一个活死人的头颅……

也许我笑了。不管怎样，我登上平台跨坐在分享者身上，轻轻地闭上了眼睛。"分享者，"我低声说，"我还不认识你呢。"我的大拇指碰到了那个生物的眼睛，深陷在光滑外骨骼上的眼窝；两个大拇指回馈给我的，是显然来自金属的坚硬和冰冷。分享者没有退缩——尽管我认为触摸他的眼睛，别管多么轻柔，都会引起不由自主的反应。然而分享者还是安静地躺着。

为什么不呢？我想，你的眼睛是两个精密的光学设备。

是的，两个合成图像的感光单元，在我拇指附近的眼窝里面盯着我，哪怕是在这样的黑暗中，视觉比我敏锐的分享者也能洞悉，我正茫然地盯着下方，徒劳地试图用双手获得的信息创造出一幅图像。我睁开眼睛，只能看到阴影，但我的手指感觉到了箍在分享者感光眼球周围的冰冷金属环。

"一个电子生物结构，"我说着坐回到自己的脚后跟上，"一个没有灵魂的机器人。如果我说得没错，动动你的头。"

分享者仍然不动弹。

"好吧，一个被人工系统替换掉眼睛的有知觉生物。老天，那么我们是兄弟了吗？"

我突然有一种直觉：分享者很老，是一个凭借假体、移植和层叠硅器官维持生命的老人。那些小器物延长而不是拯救了他的生命。我向分享者求证这个直觉。他那个头盔似的骷髅头，连同他的假眼和年迈慈悲的头脑，缓缓地动了。我刻薄地认为自己遭到了分享者或者科发看守的欺骗。毕竟，这里躺着一个选择延长而不是逃避其生命的生物，他愿意采纳迪德瑞茨用来拯救我的材料和手段。

"你可能已经死了，"我对他说，"太依赖这些新鲜玩意儿，分享者，你会失去自杀这个选项。"我再次前倾，让我的手从分享者骨质的脸上移到他的喉咙。那里有一层软骨铠甲，向上延伸到下颌，向下潜入了体表那层丝绸般顺滑的塑料皮肤里。皮肤包裹着一切，除了那个目空一切的头颅；一个男人的身体，顶着一副骷髅。

我受不了了。我从炉床上起来，系好我的长袍，走到房间的另一边。

房间里除了那张床没有其他家具，于是我盘着腿在地上坐了一夜，拒绝做梦。迪德瑞茨曾说，我需要通过做梦来回避幻觉和疯狂。在依兰纳尼港医疗中心，他曾经每天给我用药，并用一台 ARC 机和一支脑电图专家团队监控我的睡眠周期。但我的梦却转变成了噩梦，陷入了弧光灯照耀的停尸房。我更喜爱发疯的风险。也许有人会怜悯我，然后爱惜地将我一块块拆开。另外，我仅靠小憩已经支撑了两周的时间，然而我的灰质还在，脑袋没有掉下来。

我双手相扣。

过了很长一段时间，科发看守猛地打开了门——已经是早上了。外面房间里刚打开的百叶窗透进来极强的光。整个室内噼啪作响，我看到了红色的壁挂、红紫相间的石头地板和一堆色彩夺目的猩红色被子。摇晃的笼子里面，是一只红翅黑鹂。

"这东西是哪儿来的？"

"你的措辞可以友好一点。"

"这人？男人还是女人？你希望我怎么说，科发看守？"

"你可以把这位分享者当作男性，洛尔卡先生。"

"我可从来没有过那种性倾向。"

"你的性倾向根本无关紧要，除非你把这里当作妓院而不是诊所，把分享者当作娼妓而不是治疗师。"

"昨晚我听到两三个人穿着靴子上楼梯的声音，还有一个女人刺耳的笑声。"

"那是一个客户，洛尔卡先生，不是分享者。"

"我不认为她是一个分享者。但是听到那种噪声的时候，很难相信自己是在一家诊所里。"

"我已经解释过了。这是没有办法的。"

"好吧。我的心理医生是哪儿的人？"

"内部的一颗星球。但是他的来历影响不到你的治疗。我根据你的需要匹配了他，而且你很快就会回到他身边。"

"好在地上再蹲一夜？"

"你不会再那样做了，洛尔卡先生。你不用担心。你的反应与许多新来的人相似。"

"厌恶？厌恶疗法？"

"我认为你不像你所说的那样反感。"

"哦？为什么呢？"

"因为你跟分享者说话了。你对他说话，不是一次而是好几次。很多客户在第一次治疗时到不了这一步。"

"跟他说话？"我思考了一下，"也许吧。直到我发现了他是什么。"

"啊，直到你发现了他是什么！"身穿沉重的绿色上衣和瑟瑟作响的马裤的小个子女人转身离开了。

我困惑地盯了她一会儿。

我的第一次治疗后的第三夜，我与科发看守谈话的那天晚上，我回到了分享者的房间。什么都没有改变，除了穹顶的百叶窗半开着，月光如霜一般洒在马赛克瓷砖上。分享者还是以横卧的姿势等着我，红翅黑鹂让它的一根栖木摇晃起来。

我倔强地决定不跟分享者讲话——但我还是走近了炉床，朝他俯下身去。你好，我想着，差一点说出来。我跨坐在分享者身上，借着朦胧的月色研究他。他看上去完全符合之前我靠触觉得出的结论——像个骷髅，却被压扁、扭曲成了奇怪的样子，连接着一个人的身体。尽管在他床下还有化学余烬在闪烁，但是分享者的身体并没有暖意。为了更充分地了解他，我再次开始用手指摸索他。

每一个可以辨别出的压力点上，都有一个微小的疤痕，或者植入电极的尖端，而那些埋着电线的微小管道形成了他四肢内部的脉络。在他的胸骨下有一个大约八厘米宽的凹面盘，就像一枚不锈钢胸针，里面既没有仪器也没有其他显著的特征。我用指甲在它周围划过时，它发出嗡嗡的声音。

这是干什么用的？这是什么意思？

我滚向墙边，在分享者身旁躺下。也许他动不了。在我上次访问时，他移动过那个磷光微显的头颅，只不过毫无力气。也许他的静止缘自机械故障。

我不说话的决心动摇了——我用手肘把自己撑了起来："分享者……分享者，你能动吗？"

他的头微微转向我，示意……什么？

"你能站起来吗？试一下。用你自己的力量离开这个台子。"

奇迹发生了：分享者把一条被子推到地上，挣扎着站了起来。

环形眼眶里的视觉单元闪烁着月光，使他弯曲、细长的身体有如茵霍德勒夫时代来自联盟外世界格拉帕克斯的一座粗陋的雕塑作品。

"非常好。现在告诉我你要和我分享什么。我们之间的共同点可能并没有看守认的那么多。"

分享者伸出双臂张开拳头。在他的手掌中，有两件我在触觉检查中没有注意到的东西。我接了过来——一块小金属盘和一个薄壁金属圆筒。金属盘使我想到了他胸口那个镜子似的碗状物体，那个圆筒像一只手电筒。

我心不在焉地把拇指放在手电筒头上。一根脊状的金属鞘伴随着我的拇指移开，露出一个幽灵般的红色光点，光点一直延伸到圆柱体里。我将这个装置指向墙壁、我们的床、分享者，但是没有光束射出来。

我又把手电筒放在手腕上，结果还是一样：在我的手臂边缘，哪怕是一丝红晕也没有出现。手电筒的光存在于其内部，光束在它的两端之间来回传送。从其顶端拔下鞘并没有断掉它的自生电路，我惊奇地盯着那条红色的隧道。

"分享者，这个是做什么用的？"

分享者从我的另一只手里拿走了被我忽略的盘，放在自己胸口那枚更大的圆盘上。它显然卡在了上面，因为我看不见它了。这样做了之后，分享者再次变成了一座静止的雕像，一只胳膊静止在自己身前，手依旧停留在小盘消失的凹陷圆盘边缘处。他看上去没有了生机，正在自我纪念。

"天哪！你做了什么，分享者？把你自己给关了？"

被关闭的分享者没有理我。

我觉得非常疲倦。我无法待在这个台子上，让这个来自另一个太阳的神秘生物站在我面前俯瞰着我，就像个从我的种族潜意识里跑出来的黑暗天使。我想到了把他搬到房间的另一边，但又不想触摸那具骨骼和金属构成的身体，便打消了这个念头。科发看守也不会帮助我，即使我尝试喊她来。你想让我体验的就是这个，鲁梅侬？试图设计自己的"治疗"的挫败感？我透过圆顶上一尘不染的多边形寻找着御夫座，但又意识到我认不出来它，哪怕它就在我的视野里。

"你显然挺漂亮。"我用手电筒指着分享者的胸部说。然后我往后拉它的鞘，"砰。"

一条光束在我手中的设备和他胸口的圆盘之间歌唱起来。光束立刻又消失了（我只注意到了它的亮度，没记住颜色），但是圆盘仍然发着残光。分享者放低了他的手臂，采取了一个更散漫、更开放的姿态。我又用手电筒指着他，等待另一束光的运行。仪器的内部仍在燃烧，但是外星人身体里的圆盘没有被再次点燃；不过它仍然朦胧地发着微光。我挥舞着手电筒。

"你又活过来了，是不是？"

分享者歪着他的头。

"请原谅，不过既然你又能动了，到那边去怎么样？"我指着对面的墙，"请不要盘桓在我上面。"

分享者听从了我的话，但是动作很奇怪，好像是在一张看不见的垫子上后退——他的腿在动，但速度并不足以让他很快地穿过房间。到了对面的墙边之后，他就采取了手电筒"激活"之后的静止而开放的姿态。他对自己的动作仍有一定程度上的控制，因为他放松了枯骨般的手指，还在笼罩着他的月华中诡异地点着那颗骷髅头。但他确实只会根据我的语音命令和用手电筒做出的手势活动。那是什么意思？

　　也许分享者已经把自己身体的控制权移交给了人形机器多里安·洛尔卡，仅仅保留那些让被操纵者认为自己还有自主权的动作。这是一种绝佳的卖淫，即便科发看守听到我这么说会皱眉头。但是我很高兴。这使我无须去满足什么人工的情欲需求，无须推断别人对我的期望。分享者会服从我最细微的动作和最简短的话语。我只需要使用他其实已经交出的控制权。

　　这几乎无限的权力是鲁梅侬会理解其价值的一种治疗：一次苛刻的评估，不过手中握着手电筒的我也像一个木偶……在我的能力范围内，我开始理解分享者的运作原理。首先，他胸前的盘中之盘显然打破了通常让他能够施展其老年之力的连接。其次，手电筒的光束还原并增强了他的力量，但又转交给了手执手电筒的人。

　　在地球的探测船码头，有成批的电子仿生工人在劳作，它们被设计用来组装和焊接。一位主管只需一个手电筒和一副麦克风，就可以指挥十五到二十台配备了接收机的劳动者。

　　"分享者，"我命令道，"去那儿……不，不，抬起你的脚，行进。这就对了……正步走。"尽管科发看守的第三条规则在我脑海里挑战性地聒噪着，在接下来的几个小时里，我还是一直玩弄着分享者。我让他做体操或者跳舞，他服从了，动作比我预料的更优雅。这里——那里——再回来，缺少的仅仅是伴奏音乐。每隔一段时间我都要休息一下，但又总会被手电筒吸引回去，再次扮演傀儡师。

　　"够了，分享者！"天空中晨曦乍现。看到头顶的鸟笼时，我有一种无法抗拒的冲动。我用手电筒指着他说："起来，分享者，向上，向上，向上。"

分享者离开了地面，飘向天花板的拱顶：美妙的空中漫步。没有借助缆绳、支架或者翅膀，他悬浮在了半空，悬在炉床上方——事实上是所有东西的上方——来到笼子前面，双手触摸到笼门上的铁质卷动机构。我垂下手看着。不过，我把圆柱体握得很紧，指节就好像四个漂白过的微小头盖骨。

时间在流逝，分享者在冰冷的空气中端着架势，等待指令。晨光从多边形窗户照了进来。"取出那只鸟，"我说着挥舞了一下手电筒，"把鸟拿出来并杀了它。"这个命令似乎是针对鲁梅侬、迪德瑞茨、看守以及房子第三条规则的简单而间接的回击。没有任何道理地，我希望那只红翅黑鹂死去，而且我想让分享者杀了它。黎明让我看清了他身上年龄的痕迹，并充分领教了他的假骷髅的恐怖。他看上去像是被处死的。当他的手伸到笼子那里时，并没有打开它的门，而是把它从钩子上摘下来，把它系到吊索上，这时他失了手——是意外，我相信。

笼子跌落下来，横着落地，弹起来，又弹起来。分享者用他银圈环绕的鼓眼泡朝下看，双手仍然保持着张开的姿势，好像仍然抱着他刚刚丢掉的东西。

"洛尔卡先生，"科发看守重重地敲门，"洛尔卡先生，怎么回事？"

我从炉床上起身，把被子扔到一边，整理好我的长袍。看守又敲了起来。分享者在昏暗的光线里摇摆着，仿佛一把利剑，一把断离之器。这一夜过得很快。

意图坚决的敲门声再次响起。

"来了。"我厉声喊道。

摔扁的笼子里一片绯红。静寂。然后传来一片令人忧郁的拍打声。我猛地丢开我的手电筒。它撞到墙上的时候，分享者摇晃了一会儿，但没有

Michael Bishop

下降一厘米。敲门声继续响。"你有钥匙,看守。开门便是。"她开了门,站在门口查看屋内情形。她目光炯炯,但并无责难之意,我从她身旁经过,因为羞愧和虚张声势而窘迫不已。

那天我睡觉了,睡了一整天。自打我离开自己的世界,那是第一次。我还做了梦,梦见自己被连接到一部机械上,这部机械正在隆隆运转着,远离哈夫特佩卡尔矿区的边缘,并将致命的气体从矿井里抽出来,它与我共享着同一套反馈电路的泵循环。在绿松石色的暮色里,在阵阵风沙的袭扰中,机械持续不停地运行着。醒来时,我举起双手,打算用指甲在自己脸上留下疤痕。但是和我预料的一样,镜子里的我是一个完全泰然自若的多里安·洛尔卡……

"我可以进来吗?"

"在这里我是客户,看守。所以我想你可以进来。"

她进了房间,感受了一下我的心情,在离我很远的地方站住了:"你睡了一觉,是不是?还做了梦?"

我没说话。

"你做梦了,有没有?"

"一场噩梦,看守,但和我以前在米洛斯泰做过的那些不同。"

"这是个开始。你在梦里活下来了,是吗?很好。一切都在向好。"

我走到房间唯一的窗户前,透过深蓝色的六角形窗格,我什么也看不见:"你把他弄下来了吗?"

"弄下来了。还把鸟笼放回了原来的地方。"她的小脚在硬木上蹀步,"那只鸟安然无恙。"

"看守,这一切是什么意思?你为什么要我与这位分享者配对?"我转过身来,"有什么意义?"

"疏远你的不仅有你的妻子,洛尔卡先生。你……"

“我知道。我早就知道了。”

“我意识到了。相信我……你也知道,”她接着说,“你自己也在疏远你,身体和灵魂不和睦。”

“是的,该死!我的每一个伪器官和电路都吵得热火朝天!”

“拜托,洛尔卡先生。这种内部的争论其实是一种隐喻,用来表达迪德瑞茨完成了他的操作后你采取的态度。而隐喻是可以被解构和解释的。”

“像机器一样。”

“如果你喜欢,”她又踱了几步,“列清单,洛尔卡先生,你就必须以已经清点过的为基础。你到外面去为的是重新进来。”她停下来,咧着半边嘴唇,带着一本正经的微笑盯着我。

“所有这些都是清楚的。认识你自己,迪德瑞茨如是说。古希腊人也这么说过。好吧,如果说我的知识起到了什么作用的话,那就是增加了我对我自己,乃至其他人——不仅对其他人,而且对使我们能够产生的这种现象感到不安。”我脑子里闪过了一幅画面:水急浪凶的拦河坝上,双鳃暗红的鲑鱼在冲向上游。“我所知道的还没有治好过任何东西,看守。”

“没错。所以你来这里——为了扩展你的知识,并加入到要求你认可他人以及你自己的关系中。”

“就像与被我留在半空中的分享者的关系?”

“是的。一开始有距离感合情合理,也许是不可避免的。你不必感到内疚。一两天以后,你会回到他身边,到时候我们再看吧。”

“只有这一位分享者将与我——共事吗?”

“我不知道。这取决于你的进展。”

但是除了科发看守、红色穹顶下的分享者,以及午夜时分我未曾谋面的喧闹客户,我有时认为自己是房子里唯一的住客。我隔绝于世的想法,虽然算不上讨厌,但也只是一个隐士的幻想。在我旁边的房间里,那些被出卖的生命进行着神秘的勾当,难以想象的人形生物在喘息;而一旦那些

Michael Bishop

人形生物的样子进入了心灵，驱赶它们便更加困难。科发看守把她的爱献给了多少生物、何种生物？

我别无选择，只能问。我听到外面的台阶上传来迫切的踏步声，然后前厅响起了低沉的话语。

"谁来了？"我问。

看守挥手让我沉默，打开了我的门。"等一下。"她喊道。但她沙哑的声音传得不够远，来人开始在每扇房门前出言不逊，而且不停叫嚷着看守的名字。"我最好和他们谈谈。"她带着歉意说。

"那是谁呀？"

"某些能靠语音编码进来的人。没什么可担心的。"她走到走廊，门关上之前，我闻到一股云杉针叶的气味，瞥到了一根粗雕的橡木。

我站起来跟了出去。看守在外面与两个仪表堂堂的人面对面站着，那两个人看起来一模一样，只不过一男一女。他们都长着令他们好像惨兮兮的突出下巴，眼睛上面盖着浓密的眉毛。他们穿着粗呢上衣和滑雪裤，毛帽上别着星系联盟的互渗星系徽章。我判断他们快四十岁了，E 级，但是他们都有着官僚体系中高级退伍军人那种跛扈的气质。我也曾经是一名带着同样气质的官员。

那个男人的低吼被打断了，他尝试笑一笑："啊。啊。看守，看守。"

"我没想到你们今晚会来，"她说，"我们因为提前完成了萨鲁斯的蓝图，得到了一个假期，"女子解释道，"于是从马尼托港赶上了一趟晚间的轨车。我们在黑暗中徒步赶来。"她举起一盏手提灯给我们看。

"我们接受了这个假期，"那个男人说，"尽管我们上周刚来过。这也是我们应得的。"他告诉我们，萨鲁斯负责召集剩余的土著人，将他们用于所谓的综合治疗。"大平原很快将成为我们的妓院，看守。明白了吧？你看，你和我们奥哈家做的是同样的买卖……至少在他们让我们督管一些更加平淡的事务之前是这样的。"他把他的手套拍在一起看着我："你是新来的。你拜访谁？"

"对不起，"看守疲惫地说，"你们两个今晚要谁？"

那个男人看着他的伙伴："克莱瓦？"

"没有嘴巴的那个，"克莱瓦说，"最好先用点药。"

"跟我来，二位。"看守领他们进了自己的公寓，然后进入房子的中庭。他们在那里消失了，不过我能听出来他们在登高。过后不久，看守回到我的房间。

"双胞胎？"我问。

"克隆人：克莱瓦·奥哈和克莱拉奇·奥哈，全面融合管理专家。他们用计算机规划土著居民和外来人口的战略迁移——所以他们了解这所房子并拥有访问许可。"

"他们总是一起出现吗？一起上楼？"

看守的沉默显然代表了肯定的回答。

"有点离经叛道，不是吗？"

她生气地看了我一眼，意思是让我闭嘴，然后说："只有他们俩是一起来。既然他们拥有共同的成长经历、相同的遗传物质、相同的生化指标，那么他们的性取向不谋而合也就不值得惊讶了。有人告诉我，在马尼托还生活着第三个克隆体，已经结婚了。我在这里或狼奔峰都没有见过她。即使在克隆的兄弟姐妹之间也存在一定程度的多样性。"

"这两个经常来吗？"

"前几天你在房子里听到的就是他们。"

"这么说他们经常有假期？"

"上一次只待了一夜，他们早上就回马尼托港了，洛尔卡先生。这次他们要待上几天。"

"为了治疗？"

"你在套我的话。"她刚才在用手指梳理自己已经开始花白的头发，现在她把一缕头发贴在了右侧的脸颊上。尽管她全部心思都在奥哈兄妹那边，这个姿势却让她立刻显得年迈而无辜。

"'没有嘴的那个'是谁，看守？"

"晚安。我回来只是为了对你说晚安。"然后她离开了。

自从我来到这所房子的第一个下午，我还不曾允许自己与她交谈那么长时间，乘坐从马尼托港开出的那列逼仄得让人恐惧的轨车之后，我也从未在有她在场的情况下坐这么长时间。哪怕是把自己包裹得像粽子、言谈粗俗得像牛蛙的奥哈兄妹也没有让我觉得完全无法忍受。我没穿上衣也没戴帽子，在房子下面的峡谷里走了走，触摸了每一棵在风中摇摆的树，仿佛是为了唤起鲁梅侬笑容的鲜明记忆。

"性作为武器。"我对炉床上躺在十来条红色被子当中的分享者说，"作为米洛斯泰总督王夫，我没有其他的武器。鲁梅侬将我用作间谍、分享者———个特务、礼宾官，随时满足国事的需求。我接待星系联盟来访的代表，调解依兰纳尼港医疗中心的争端，每年去费特耐和弗拉克区的矿巡视两次。我差不多什么都干，分享者。"

随着我的行走，分享者用一种可怕但并未让我不安的专注目光打量着我。他胸部的空腔暴露出来了，当我从他身边走过时，偶然的金属光泽引起了我的注意。我对他讲述了我与依兰纳尼港移民部一位低级官员的瓜葛。那是个年轻的女人，我只叫过她胡玫，她娘家的姓。除了她之外，我也有过其他的女人，但我只讲述了胡玫的故事——因为在我所声称的"情人"当中，我唯独没有和她上过床。我从未有过那样的念头。

相反，令胡玫极其困惑的是，我送给她戒指、手镯、耳环、胸针、项链和模切珠宝。那都是我从米洛斯泰总督鲁梅侬·蒙迪斯的收藏中偷出来的，都是独特得可以让我妻子一眼认出来的东西。然后，在需要鲁梅侬出席的场合，我让胡玫也参加。我有时候亲自陪着她，有时候在指派给我的单身男助手中找一个陪护。我总要确保鲁梅依看见了胡玫，不是在接待线中，就是在正式的退场仪式中。之后我会要求对我的意图懵然无知的胡玫退还她戴的首饰。她总是照做。然后我会在我妻子确认其"被盗"之前，把那些首饰放回她的檀香盒里。我觉得我就是想明显地表现出自己的不忠。

和胡玫最终分手的时候，我把弗拉克区某位工匠打造的一枚珠宝送给了她。后来，我得知她在谈论完全无关的另一件事情时，向我的某个助手炫耀了一番我送给她的这件小礼物，其间好几次提起了我的名字。最后（两天后），她被随意地调往了雅各梅，弗拉克区的前沿行政中心，我再也没有见过她。

"后来，分享者，当我梦见胡玫时，我眼中的她成了一个有着珍珠母颜色的肉体和红宝石般的眼睛的女人。在我的梦里，她成了我试图用来煽动我妻子性嫉妒的那些珠宝。其实在我煽动的同时，我也在让我妻子变得麻木。"

分享者用严厉但并不冷漠的眼神看着我。

为什么？我问。为什么我梦中的胡玫会变成珍奇的发条机器人，身上镀着金、镶嵌着宝石、涂着一层无害的珐琅？而我又为什么那么强烈地期望鲁梅依的嫉妒？

分享者的沉默让我想要忏悔。

遭遇了哈夫特佩卡尔事故（我一边踱步一边继续说着）并接受了迪德瑞茨给我安装的全身假体之后，我的噩梦经常以那个被放逐到雅各梅的女人为主角。虽然在依兰纳尼港，我从未与胡玫有过涉及肉欲的接触，但在我能记住的噩梦里，我常常陷入地下墓穴或采石场，强迫自己接受已经成为披挂着珠宝的自动机器的她，但是总也无法成功。胡玫总是在地下等着我，用清脆的笑声将我回绝，在我的噩梦中，我意识到我对胡玫的欲求远远赶不上居住在已经被她当作家园的地下的愿望。引领我下去的聚光灯总是会跟着我回来，于是胡玫留在地下好几千米处，在黑暗中狂喜。

分享者站起来，在房间里绕起了圈子，肩膀上的被子松松垮垮地搭在胸前。他从来没有按照自己的意愿移动过那么远，我坐下来观看。他明白我的意思吗？我跟他讲话的样子好像认定了他肯定理解——但也许他所有的"反应"都是我自己含混的希望的投射。他最终回来的时候，伸出了布满沟槽的手臂，伸开了拳头。双手当中是盘和手电筒：一次奉献，一次慈悲、无私的奉献。有那么一会儿，我困惑地盯着它们。分享者、科发看守和其他派我来这里的人想要什么？我怎么才能赢得他们的宽容或者我的自由？通过选择力量而不是无能？通过操纵？

我犹豫了。

分享者把小圆盘放在他胸骨下面那个较大的圆盘里。然后像以前一样，无数神秘莫测的连接断绝了，他僵住了。在伸向我的那只手里，微微发光的手电筒看上去马上就要从他没有知觉的手中滑落。我接过它，拉开了它头上的鞘，凝视着它那红光通明的空腔。我松开鞘，把灯对准他胸口的圆盘。如果我把鞘再拉回来，他就会变成一个体外假体——就像我自己的异类双手一样，任由我支配。

"不行。"我说，"这次算了。"我把手电筒扔到房间另一边，远到不再构成诱惑的地方。我用指甲把小圆盘从分享者心脏上的电磁固定处扣了下来。

他变回了他自己。

就像我变回了我自己……就像我一样。

一天后，正午过后不久，我在房子的中庭遇到了奥哈兄妹。我在走廊仰望的时候，他们从一扇高大而倾斜的门里出来，走近了我。一男一女肩并着肩，随着他们的前来，镜中的映像沿着串联成带的阶梯间次而下。

"第一次来的客人。"克莱拉奇·奥哈在最低一级对他的妹妹说。"我们见过你。"

"短暂地见过，"我说，"你们从马尼托港到这儿度假的那天晚上。"

"记性真好，"克莱瓦·奥哈说，"你来的那天我们也看见了你。你和看守从狼奔峰出发。克莱拉奇和我在滑雪小屋下面坐着看。"

"你没穿外套。"为了解释他们的兴趣，克莱拉奇说。两个人都盯着我。我在房子的天井里也没有穿外套——尽管气温只有零上几度，我们呼出的气息在我们面前像鬼魂一般飘散……

我的沉默令他们紧张，也口无遮拦起来。

"没穿外套，"克莱瓦重复道，"在一个吐口唾沫都会冻上的日子里。'你瞧那个人，'克莱拉奇说，'他以为自己是头北极熊呢。'然后我们就笑了，小硬汉。"

我的怒火烧到了嗓子眼。我想远离奥哈兄妹令人恶心的幽默。他们都是聪明人；否则也不会有人克隆他们，但是面对着他们有瑕疵的皮肤和张扬的性欲，我觉得我的宽容储备像座积木塔似的行将坍塌。

"这个月房子里似乎只有我们几个。"克莱瓦提到，"上个月看守不在，分享者们都放假了，我们只能在马尼托港靠血亲肛交来满足自己。"

"克莱瓦！"男人笑着抗议。

"这是真的。"她转向我，"那只小母羊——我是说科发——甚至不肯告诉我们那个关门的标识为什么在外面挂了那么长时间。"

"是啊，"克莱拉奇说，"那个女人很可气。在她面前你得小心，别惹她不耐烦。我真希望有一天能搞清楚她为什么这个样子！"

"她是一个喜欢受虐的苦行僧，老哥。"

"我不知道。这所房子里有许多房间，克莱瓦，其中有几间她不肯给我们看。为什么？"他挑逗似的扬起一边眉毛，就像克莱瓦经常做的，奥哈兄妹两人的表情完全一样。

克莱瓦转而问我："你觉得呢？我们的看守是在床上干某个分享者呢，还是独自一人躺着，身上盖着一张没加工的麋鹿皮？"

"我真没想过。"我抑制着自己的愤怒，打算离开，"失陪了，奥哈克隆人。"

"等等，等等，等等，"克莱瓦装腔作势地说，"你知道我们的名字，那你也得报一下大名，小硬汉。你要是不说可别想离开。"

我愤愤地说了我的名字。

"从哪里来？"克莱拉奇问。

"殖民地星球星系联盟十一号，又名米洛斯泰。"

奥哈兄妹恍然大悟似的互相看了一眼，然后克莱瓦抬起细眉嘲讽地说："啊，谜团解开了。我们的看守出去了一趟，所以关闭了她的房子。"

"欢迎，洛尔卡先生。欢迎。"

"我们要去狼奔峰醒醒酒。你也来吧。爬山对你这样的小硬汉来说只是小事一桩。瞧啊，克莱拉奇，肌肉疙瘩多么清晰，凹凸有致。"

我拒绝了。

"你和谁在一起？"克莱拉奇不肯放过我，"我们和一个来自某个联盟外世界的人在一起，那颗星球叫绰普，本地名字。不管怎么说，一百光年以内不会有其他那样的人了。"

"那张脸吸引了我们。"克莱瓦解释道，省却了我的回应。她伸出手，用一根手指向下抚摸着我的胳膊："看啊，连个鸡皮疙瘩都没有。克莱拉奇，你和我都要受到各种鸡毛蒜皮的困扰，但洛尔卡先生却能保持着泰然自若。"

克莱拉奇被克莱瓦的前言不搭后语激怒了，又开始问他的问题。但是她仔细研究着我，明白了怎么回事，便反驳他："洛尔卡先生不会跟你讨论他的分享者，克莱拉奇。他不是房子的常客，他不想违背常客们的信任。"

我目瞪口呆，什么也没说。

克莱瓦领着她哥哥经过我，进入了房子的前厅。然后奥哈克隆人走了出去，开始了前往狼奔峰的漫漫攀爬。

怎么回事？克莱瓦·奥哈看出来我是人机结合体了。从这一认识出发，她做出了一个合乎逻辑但却是错误的推理——就像来自绰普的"没有嘴的那位"，我也是这所房子的奴隶。

我与分享者的又一次幽会期间，我花了一个小时或者更长的时间讲述鲁梅依令人恼怒的耐心、她的尊严、她安详的热情。通过对胡玫，以及在她之前与我只有肉体关系的那些人做出空洞的承诺，我令她表现出了这些品质。然而，在我妻子的关注中，我扬扬自得而又闷闷不乐，我的索取超出了鲁梅依——或者任何处在她位置上的女人——的权力能够给予的。我想让她知道，我的需要至少和我们这个世界的需要一样迫切。在某一次这种令人疲惫的遭遇结束的时候，鲁梅依似乎既承认我的诉求是正当的，又批评它们的过分：她从自己喉咙那里取下一枚温暖的坠子，放在我的手掌上，就像是一种谴责。

"一周之后，"我对分享者说，"我们考察了哈夫特佩卡尔的矿区。"

说完这些事情之后，我在看守的房子里实现了一项第一次：我在分享者的照看下睡着了。我的梦不再是噩梦。它们栩栩如生，充满了光明和在沙漏里平和流下的沙子。在席卷着我的画面中，发着光晕的胳膊和腿被盛放在一系列旋转着的黄色、橙色和红色圆盘里。流沙在这些画面背后的呜咽将死亡的祝福赋予了他们，我觉得那是很好的。

我在一股冰冷的空气中醒来，发现自己孤身一人。分享者的公寓门对着楼梯间敞开着，当中的空旷之处隐约传来愤怒的语声。

我无力地躺在炉床上看着门口，方形的黑影把寒意送进了房间。

"多里安！"一个沙哑的声音叫着，"多里安！"

是科发看守的声音，因为距离和恐惧而显得有点含混。一扇门打开了，她的声音再次向我召唤，更加响亮。然后那扇门又砰的一声关上了。房子里的每一个声音都变得隔膜起来。

我站起来，拽着被褥来到楼梯间里狭窄的门廊上。稀薄的星光透过天花板上的百叶窗照进来。然而，我一段又一段楼梯地看过去，不知道看守躲在哪一扇门后面。因为那些交错的平台之间没有楼梯，我唯一的选择就是下楼去。我一步跨过两级台阶，几乎是直冲而下。

在最下面，我发现我的分享者双手紧握着外楼梯栏杆，浑身颤抖。事实上，他看上去就要把自己晃散架了。我把手放在他的肩膀上，那震颤在撼动他的系统的同时也威胁到了我的系统。谁会先分崩离析？

"上楼去，"我告诉分享者，"快他妈上去！"

看守又喊了，她的召唤很难定位。

分享者不能或者不愿听我的。我哄他、骂他、激他，没有任何作用。呼唤我的看守无意间把分享者当作了我的代理人，他拒绝交还他篡夺的角色。他那个轮廓优美的流线型脑壳转向我，戴着那双不锈钢眼眶。他身体的这些部分没有发抖，但也无法抵消撼动着他的震颤。他的外表虽然是那么非人和生硬，却传达着鲜明的恳求。

我跪下来摸着他的腿，从两个口袋似的切口中取出了手电筒和圆盘。然后我站起来使用它们。"帮我找到科发看守，分享者。"我指着高处的窗户。

分享者沿着房子中庭的阶梯飘了起来。他在星光下微微摇晃着，穿过一段弯曲的楼梯，来到一个他突然变得清晰可见的地方。

"哪扇门？"我用手电筒指着楼梯井周围好几个不同的平台，"告诉我是哪一个。"

我的话阵阵回荡。晃荡着双腿的分享者转了半个圈，然后指着一扇几乎看不到的门。我悄悄地穿过楼梯井，找到了一个似乎很可能通往那里的楼梯，没去想要做什么就爬上去了。科发看守没有大声叫，但是微弱而模糊的嘟哝声再次传来——奥哈兄妹。几声柔和的女性笑声使我确信了这一点，我在平台上犹豫了。

"好吧，"我对分享者说，用手腕运动使他转了个身，"回家吧。"

他穿过下面一段环状的楼梯，找到了我们房间的门廊，像个笨拙的木偶似的坐在上面。我把手电筒放在礼服的口袋里，敲响了奥哈兄妹的房门。

"进来，"克莱瓦·奥哈说，"不管怎样，分享者洛尔卡，进来吧。"

房间的每一个表面都如蜂蜡一般温润。木器闪闪发光。在我见到的其他房间里，几乎所有的梁和椽子都是粗糙的，在这里却平整光滑，没有一丝毛刺。檀香的气味弥漫在空气中，门对面有一扇雕刻的屏风遮住了炉床。一盏高高的木灯照亮了家具，以及在光亮区域的边缘像塑像一般矗立的身影。

"欢迎。"克莱拉奇说，"不过邀请你的人是看守，不是我们。"他身上只有一条丝质马裤，用一根绳子系在腰间。他的右前臂压在科发看守的喉咙上，限制了她的行动，但没有切断她的呼吸。

他那个肮脏的克隆同伴穿着和我身上差不多的礼服，盘腿坐在垫子上摆弄着一把上蜡的短剑。她双眼圆睁，目光灼灼，就像她哥哥一样，这副德行是过多的药物、过多的狼奔小麦芽和奥哈兄妹本身卑鄙性情的产物。克莱瓦嗑了药又喝了酒，心中恶意已经到了一定程度。克莱拉奇看起来还没那么出格，但他只要用前臂勒住看守的气管就足以扼死她。我感觉很不舒服，好像没有腮而游在刺痛的盐水中。

"科发看守——"

"她没事，"克莱瓦对我说，"一点事都没有。"她仅用右眼凝视着，突然爆出听起来很疯狂的笑声。

"放了看守。"我对克莱拉奇说。

令人惊讶的是，他看起来很害怕。"洛尔卡先生是一个机械人。"他提醒克莱瓦，"你清理指甲用的那个开信器——对他来说什么都不是。"

"那就放了她吧，克莱拉奇。马上。"

克莱拉奇放开了看守，看守按摩着她的喉咙匆忙跑向炉床。她在屏风旁边停下，示意我过去："洛尔卡先生，拜托……你先照看他好吗？求你了。"

"我要回狼奔峰。"克莱拉奇说着穿上了晚间外套，然后收拾好衣服离开了。克莱瓦仍旧坐在垫子上，头向后仰着，好像在喝一杯毒药。我盯着她走到看守那里，绕过木屏风，看到了她的分享者。

躺在那儿的绰普人很苗条，几乎称得上纤细，嘴应该在的位置有一道肉脊。他的眼睛是一种有机的晶体：神秘而深不可测的石头。其中一块白兰地色的石头已经被克莱瓦的"开信器"撬出了眼眶。尽管奥哈兄妹没有将它撬下来，绰普人却已经血流满面。这些血迹流到他瘦长的头下面的被褥上，令他看上去像是战争画里面的土著人。他没有外生殖器的身体手脚摊开地平躺在被子上，因此腿和下腹部的烧伤就像他的脸一样强烈地吸引着注意力。

"甜蜜的光，甜蜜的光。"科发看守吟唱着。她此刻在我的怀里，在她心爱而惨遭屠戮的分享者上方紧紧抓着我。

"他没死。"克莱瓦坚称，"规则……规则说不许杀他们，哥哥和我遵守了规则。"

"我能做什么，科发看守？"我抱着她低声说。

她靠在我身上，反复地唱那支安慰的歌谣。因为担心这个长着宝石眼睛的生物会死，我们拖延着时间，科发看守身上散发出我曾认为自己不可能得到的温暖。

我看出来了，她也是一个慈悲的分享者，一如炉床上这位流血的绰普人，或是那个用布满电极的身体和闪光的骷髅嘲讽我但没有生命的机械身体的生物：在远离鲁梅侬的过程中，我把自己的死亡变成了神。面对着这一认识，我对奥哈兄妹的厌恶变成了某种新的情感：一种感知模式，一种适应手段。

我有了一个答案，不容易接受，但还是很简单：我也可算是一名慈悲分享者。怪物、机器、机械人，名称已经不重要了。不管我去哪里，我都会永远生活在这个女人的某个房间里——这就是我的命运，无法逃避，确定无疑。

看守挣脱了我，跪在绰普人旁边。她从自己外衣上撕下一块布，一边擦着分享者脸上的血一边说："我在楼下听到他的呼喊，洛尔卡先生，通过脑电感应。我尽快地赶来。克莱拉奇试图阻止我。我只能呼唤你。然后，甚至连呼唤你都做不到了。"

她的手抚摸着分享者的烧伤，停留在那只伤眼的上面，凭借对身体的神秘知识四处移动。

"我们没能把它弄出来，"克莱瓦·奥哈笑着说，"它就是不肯出来。克莱拉奇试了一次又一次。"

我找到了女克隆人的粗呢上衣、绑腿和束腰大衣。然后我抓住她的手臂，领她下楼。这时，她温柔地辱骂着我。

"至于你，"她猜测道，"我们是永远都得不到的。"

她猜对了。我再回到慈悲分享者之所的时候，已经是多年之后。而且，了解到他们对一位护工的残暴虐待之后，马尼托港当局永久性地禁止奥哈兄妹的访问。毕竟，分享者是一种昂贵的商品。

但我确实回来了。回到米洛斯泰与鲁梅依共度了她四十二年的余生之后，我申请去所里做见习生。如今我住在这里。

无论事实上还是在比喻意义上，我都已成为一个分享者。

我的脑细胞在死亡，我无法阻止时间的掠夺。但我的身体就像是一个年轻人，我在里面活动自如。

访客向我寻求安慰，就像我曾经不情愿地在这里寻求安慰，我努力满足他们——哪怕是那些对分享者所做的事情只有误解的访客。我的斗争并不是针对那些不快乐的人，而是针对我日益严峻的衰老（一个我不愿意承认的事实）和回忆的突袭，我的记忆力还在——对一个这把年纪的人来说，还非常可靠。

科发看守死于十七年前，迪德瑞茨死于二十二年前，鲁梅依死于两年前。因此如今我还在不停得分。死亡也带走了宝石眼睛的绰普人，还有那位把真正的多里安·洛尔卡从他误认为是他自己的人造皮囊里拽出来的分享者。

我打算在这里待久一点。我最近住进了一个房间，那里的灯发出耀眼的白色光辉，令人回想起米洛斯泰的沙子或狼奔峰的雪。这都是有好处的。

不管怎样，你瞧，我都会死在家里。

危险游戏 - (1979) -Sporting with the Chid

（英国）巴林顿·J.贝利　Barrington J. Bayley ── 著　孟捷 ── 译

巴林顿·J.贝利（1937—2008），这位被低估的、魅力非凡的英国科幻作家和20世纪60年代与70年代的新浪潮运动密不可分。迈克尔·摩考克任《新大陆》杂志主编时，贝利经常给这份杂志供稿，两人结为好友。后来《新大陆》出作品选集时，摩考克在许多集子里都选用了贝利的作品，他一直是贝利的忠实支持者。不久以后，贝利的二十多篇小说发表在《中间地带》（Interzone）杂志上。小说选集《明天的选择》（Tomorrow's Alternatives）和《可能性索引》（An Index of Possibilities）也收入了贝利的作品。贝利写作科幻小说的方法影响了M.约翰·哈里森、布赖恩·史特伯福特、布鲁斯·斯特林、伊恩·M.班克斯和阿拉斯泰尔·雷诺兹。

自从出版了第一本书《星球病毒》（The Star Virus）以后，贝利又陆续出了十几部长篇小说，包括《灭绝因子》（Annihilation Factor）、《时空碰撞》（Collision with Chronos）、《两个世界的帝国》（Empire of Two Worlds）、《时空之轮的坠落》（The Fall of Chronopolis）、《大水合》（The Great Hydration）、《巨轮》（The Grand Wheel）、《永恒之柱》（The Pillars of Eternity）、《机器人的灵魂》（The Soul of the Robot）、《太阳风向》（Star Winds）等。然而，贝利影响最深远的领域仍然是短篇小说，尤其是他于20世纪70年代创作的短篇。贝利的两本小说集《领土的骑士》（The Knights of the Limits, 1978）和《恶魔的种子》（The Seed of Evil, 1979）因为概念丰富巧妙、风格幽默活泼而成为标志性作品。其中一些故事在内容和形式上都相当具有实验性质，另一些故事虽然采用典型的科幻概念或常见主题，运用传统的故事结构去讲述，但最终却完全颠覆了这些概念或主题。

像"变异星球""空间探索"和"知识蜜蜂"这些概念——灵感来自 C. 戴维斯和 W. G. 佩克的数学作品——如此奇特,虽然可能被其他人写过了,但也同样精彩。

布鲁斯·斯特林这样评价贝利的作品:"(贝利)让我想到,英国新浪潮运动的强大力量正是源于它具有纯粹的梦想家热情。"克里斯·埃文斯在《向量》(*Vector*)杂志中评价道:"贝利是最善于创新和最具有个人风格的科幻作者之一;尤其是他的短篇小说,如此与众不同……情节紧张,动作场面丰富,对于人类世界和太阳系的命运给予同等的关注——但他的主题远远超越了低俗类型的限制。"

《危险游戏》是小说集《恶魔的种子》中的主打故事,同时也有贝利小说典型的风格:活泼、幽默,具有独创性。然而,贝利从来不用肤浅的方式来表现独特的想象。"游戏"也许很有趣,但它也阴暗复杂,给你意想不到的一击。

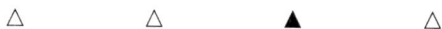

△   △   ▲   △

"可你看看他,都烂成什么样了。"布兰德抗议道,"这样做毫无意义。"

芮格哼了一声,低头看着同事的残尸。一团糟,没错,血肉模糊,令人作呕。他们追捕的那条镰刀猫几乎将威瑟尔切成丝。然而,被毁坏的尸体内还残留着大量血液,因为他的心脏在胸腔被猫撕裂的瞬间停止了跳动。因此,芮格认为还有希望。

"我们不能干站着什么也不做啊!"芮格说。他抬头看了看那只猫在枪林弹雨中逃走时留下的痕迹。威瑟尔的枪躺在地上,那只动物用可怕的刀爪发出的第一击就毁坏了威瑟尔的枪。一想到这只野兽比人类更厉害,芮格就感到愤怒。他想知道为什么他们射出的毒镖没起作用。也许毒镖刺进了它厚厚的皮肤,毒药正在缓缓扩散。那样的话,应该能在不远处发现猫的尸体。

"大脑没被损坏。"芮格固执地说,"快来,照我说的做:在尸体开始腐败前，把他快速冷冻起来。"芮格有着一张宽大粗糙的脸；说话口音短促清晰，语调硬邦邦的，布兰德一直没听出这是哪儿的口音。

布兰德犹豫了一下，然后顺从了对方更积极的态度。他靠近死去的威瑟尔，鼓起勇气去面对血肉散发出的令人作呕的腥味。他跪在地上，打开医药箱，拿出一个蓝色圆筒。淡紫色的雾气从圆筒里飘出来，停在尸体上方，仿佛朝尸体里飞去，尸体像海绵吸水一样吸收着这些雾气。"没有特殊设备，你不可能冷冻人体。"布兰德对芮格说，"冷冻水使所有身体细胞结晶并破裂。这玩意儿可以让威瑟尔保鲜，但只能维持 12 小时。它将生物组织暂时维持在极寒状态，从而阻止化学反应的发生。"

"他没有被冷冻起来吗？"

"没有。"布兰德直言道，"你意识到问题所在了吗？最近的有全套冷冻设备的医院离这里还有六星期的路程。我觉得，即使我们到那儿，外科医生也无能为力了。如果他真能活下来，那他下半辈子也是个残废，可能会瘫痪。也许他不想那样。"

芮格望向天空，好像在计算星际距离，然后回答道："如果去大陆另一端的奇德人营地呢？你知道他们以什么闻名。"

布兰德愤怒地用力关上医药箱，说："你疯了吗？你很清楚我们不能去惹奇德人。"

"闭嘴，帮我把他抬上雪橇。"他们在沉默中进行着这项不愉快的工作。雪橇上抬着的本来应该是镰刀猫，芮格心想，但他强压住内心的欲望，没去追那只动物并证实它已经死了。另一种更强烈的欲望征服了他：他是个讨厌承认失败的人，即便还有机会作战；而且威瑟尔是个好同志。

雪橇在粗硬的宽叶片草地上滑行了半米左右。这颗行星上大部分干燥的地表都覆盖着这种草。他们步履艰难地走回飞船，芮格又一次抬头望向天空。太阳还没浮出地平线，然而这个地方并没有真正的夜晚——这里是 N4 星团，太阳们紧密聚集，足以把深夜变成地球上宜人的秋日傍晚。在这里，五彩缤纷的光芒永不消逝；不仅夜晚，而且整个白天它都弥漫在空中，为原本有些苍白无力的太阳增光添彩。

N4 星团聚集了——如果分布在这么大一片区域也能叫聚集的话——许多自由勘探者，他们在这里寻找一切带回文明社会能卖个好价钱的稀有物品或新奇玩意儿。异星动物的皮毛、前所未知的宝石、异星独有的化学物质或矿物、不明特性的药物——在这个年代，越罕见的东西越珍贵。只要一样东西是新发现的，最好是罕见的，并且能派上用场，那它就值钱。例如刚才那只镰刀猫的毛顶多够一打贵妇用来装饰她们的衣橱。

并非所有勘探者都是地球人。N4 星团本土有几种智慧种族，但 N4 星团也吸引了大量其他种族的注意，他们被这里的财富吸引而来，或在这里从事隐秘的交易。规则是，不同种族之间谨慎地互相忽视，通常情况下芮格会衷心遵守这个惯例。对于人类了解的那些外星种族——外星种族如此之多，人类对大部分只能做最粗略的筛查——可以与之轻松沟通。但对于人类不了解的那些种族，就要十分小心了。

还有一些种族，用人类标准来看，他们的习性和心态令人费解，中央政府严格禁止任何人在任何情况下与这些种族的成员有任何来往。

奇德人就是这样的种族。

回到飞船上，芮格拿出政府官方发布的外星人手册。和其他手册一样，奇德人的词条下有一个副标题：任何情况下绝对禁止接触。这条信息后面几乎没有文字作为补充说明，但芮格读得非常仔细，就像还有别的文字一样。在给出奇德恒星的位置并描述奇德人的势力范围之后，有非常少量的社会学信息，这些信息明显是基于某个独行探索者的一面之词，这位探索者访问了母星，随后志愿向外星事务管理部门讲述他的经历。可是，芮格知道，奇德人和人类的后续见面强化了人类对奇德人的印象——反复无常、难以相处。

"奇德人的非凡之处，"芮格念道，"在于他们的医学才能。复杂的外科手术对他们来说是居家技能；即便是地球上最训练有素的外科手术医生，也会被普通奇德人轻易打败，自古以来，奇德人就以自己的外科手术能力为傲，就像人类以汽车维修技能为傲一样。奇德人的外科手术技能如此普及是完全有可能的，因为这是奇德世界里发展起来的第一项技术，甚至早于火的发现。

"甚至早在原始社会，外科手术在奇德人的知识体系中就已地位显著，古代勇士迦特的传说中有一个事件就证明了这一点。迦特发现自己被敌人围困在城内，于是他命令自己的随从将自己肢解，然后以碎片的形式运出城外，'每一片的大小都不超过指关节'。之后，迦特被重新组合起来，继续解放被奴役的人民。

"奇德人热爱运动和游戏，并且痴迷于赌博。除此之外，奇德人的心智几乎没有哪方面表现出适合与人类相处。恰恰相反，奇德人的心理过程对人类来说完全陌生，因此呈现出巨大的危险。任何人一旦与奇德人正面相遇，决不要尝试与其有任何交往，因为只要你尝试与他交往，就几乎一定会误解他的意图。相反，你要做的是立刻撤退，与他保持距离。"

芮格缓缓放下手册。

飞船外，布兰德坐在那儿凝视夜空。"我们就去奇德。"芮格斩钉截铁地说。

布兰德激动起来："你清楚我们要承受的风险吗？"

芮格点点头："与被禁止的外星人打交道，将会面临扣除两万劳工信用分的惩罚，或在工作监狱中监禁两年，或者两种处罚一起受。"政府对这种事抓得很严。

"我更担心的是，"布兰德说，"奇德本身。那些法律是为了保护我们。也许我们正在陷入无法脱身的麻烦事。"

芮格的声音耿直而坚定："我的祖先是荷裔南非人。他们这群人学会的是，不惜任何代价也要留住一条命。我也这样认为。只要是性命攸关的事，就值得一搏。"

芮格最后看了一眼那片空地，他内心仍有一丝遗憾，没时间去追捕那只镰刀猫了。"继续在这儿逗留也没意义。我们前进吧。"

"在我看来，"当他们从黄褐色的大陆上飞过时，芮格说，"拥有如此外科知识的种族，不可能坏到哪里去。他们能治愈伤病——我觉得这不是什么令人费解的事。也许政府部门太急于写上'不得入内'的标志。"

布兰德没有回应他。很快，奇德营地就出现在视野中。营地位于平原的边缘，耸峙在六百米高的悬崖上，下方是尖利的岩石和波涛汹涌的大海。营地只有三个特征：有一座五角形的棚屋，屋顶似乎是用当地的蕨类植物做的；有一艘奇德人的飞船，看起来特别像地球上的有轨电车；有一片阴暗的小树林，位于椭圆形的洼地里。芮格觉得这片树林不是自然生长起来的。他心想，也许是奇德人用当地的植物和树布置出这片树林，当作花园或公园。

芮格和布兰德把飞船降落在可以勉强当作营地边界的地方。他们一言不发地在控制室里坐了一会儿，通过显示屏监视地面。一开始，地面没有任何生命迹象。大约半小时后，两个高高的奇德人从棚屋出来，漫步走向树林，完全没理会旁边的地球飞船。

芮格和布兰德不安地监视着。终于，奇德人再次出现，他们拨开树叶，从潮湿的树林深处走向日光中。他们漫不经心地缓缓走回覆着蕨类植物的棚屋。

"看起来他们大部分时间都待在棚屋里，而不是飞船中。"布兰德总结道。

"除非飞船里有更多奇德人。"

"飞船不是特别大，装不下多少奇德人。"

"嗯，对。"芮格咬着自己的指关节，"他们故意无视我们。"

"他们真聪明。如果他们降落在我们附近，我们也会这样做。我们甚至可能会搬走。至少他们还没那样做。"

"嗯，第一步取决于我们。"芮格抬头看着布兰德。两人都感到紧张得胃疼。"我们出去吧，看看他们能帮上什么忙。"

他们把随身带的枪塞进T恤里，这样从外表看上去他们没有携带武器。威瑟尔胶冻的尸体仍然躺在雪橇上。他们小心翼翼地把雪橇移出舱门，在热带草原似的草地上行进了一小段距离，就来到了奇德人的棚屋。

从外面看上去，棚屋很原始，还不如野蛮人建造的。他们停在离门几米的地方，门和墙面一样是用当地树木的枝条和蕨类植物混合编织而成。

芮格得出结论，用手势交流也许会比较有利。如果只传达最简单和最明显的需求，误解的空间就大大减少了。

芮格把大拇指扣在腰带上，大喊道："你好！你好！"

再来一次："你好！我们是地球人！"

门朝内打开。屋里光线昏暗。芮格迟疑了一下。他走进屋内，嗓子发干，布兰德推着雪橇跟在后面。"我们是地球人。"芮格重复道，心里感觉有些荒谬，"我们遇到麻烦，需要你们的帮助。"

当芮格看清屋内的场景时，他想说的所有话都噎了回去。他刚才见过的那两个奇德人转动眼珠看着他。其中一个奇德人懒洋洋地靠在沙发上，姿势看起来像一具被随意扔在那儿的尸体，手脚胡乱摊着，脑袋下垂，几乎快挨着被踩平的泥土地了。另一个奇德人身体前倾、半佝偻着腰，两只手臂无力地悬吊在双头吊索上，吊索挂在屋顶的橡条上。他的头向前耷拉着，两条腿拖在身后。

两个奇德人的姿势都诡异得令人难受。不过，芮格认为，奇德人只不过在自我放松而已。

奇德人的体型比人类高大，外表瘦长、柔软。他们的皮肤灰中带绿，透着淡淡的橙色。他们的服饰简洁，由短裤、护胸和背带组成。和许多人

Barrington J. Bayley

形种族一样，奇德人的脸很像漫画中的人类表情——奇德人回应的是呆头呆脑和咯咯傻笑。重要的是，芮格心里明白，千万不能被这种肯定完全错误的印象影响。

地板上散乱地堆放着看不出用途的器皿，芮格把目光转向屋内其他地方。他打了个寒战。墙面上挂着一块块生肉，像极了史前肉店的置物架——各种陌生生物的四肢、脏腑、各种体内器官和其他无法辨认的有机组织。显然，解剖也是奇德人的一大兴趣。除了蔬菜的组成部分，还有动物的组成部分、树枝、插条、水果、条状纤维，等等。空气中弥漫着湿润和淡淡的腐烂味，芮格分不出这味道是来自那些恐怖的陈列品还是来自奇德人本身。

布兰德找不到一块能放雪橇的空地，于是让雪橇悬在空中。芮格指着威瑟尔的尸体。他希望他们的来访目的能不言自明。

"这是我们的同事。他受了重伤。我们来这儿是想请你们治好他。"

悬挂在吊索上的那个奇德人缓缓地左右摇摆。"维里——维里——维里——维里……"他说，或者在芮格听来像是说的这几个字。他突然住口，然后开口说出几乎完美的英语，让两个地球人大吃一惊。

"客人们从远方的平原来拜访我们！或许，是为了来和我们一起玩？"

"我们来这儿是为了请你们出手相助。"芮格回答道。他再次指向雪橇，"我们的朋友受到镰刀猫的攻击——那是在这片大陆上发现的一种危险动物。"

"我们用极寒溶液暂时中止了他身体的有机过程。"布兰德打断道，"一旦极寒溶液失效，他就会死，除非能在这之前修复他身体的损伤。"

"奇德人的外科手术能力声名远播。"芮格补充道。

奇德人从吊索上抽回双臂，缓步靠近雪橇，边走边把散落在地上的金属工艺品踢到一旁。芮格自动向后退去。这奇异的场景令他感到害怕，很难相信这些人的医学有那么发达。

Sporting with the Chid

奇德人在雪橇前弯下腰，用长长的手指戳了戳威瑟尔毫无生气的躯体。他发出咯咯的笑声：声音刺耳，像短号的嘟嘟声。

"你可以帮助他吗？"芮格问道。

"可以啊。这很容易。只是很简单的切伤。神经、肌肉、血管、淋巴管、皮肤——你们甚至看不出缝合的痕迹。"

两人长长地松了口气。"那你马上开始吗？"芮格催促道。

奇德人直起身子，直接盯着芮格。他的眼睛——现在芮格能近距离观察——好可怕，像两个煮鸡蛋。"我听说地球人可以离开自己的肉体并四处游荡。是真的吗？"

"假的。"芮格说。他花了一阵子才弄明白奇德人说的是什么，"你是说，地球人的灵魂可以离开肉体。但这不是真的。这只是一种宗教信仰。你知道宗教是什么吗？就只是个故事而已。"

"要是能离开肉体四处游荡，那多美妙啊！"奇德人似乎陷入了沉思。"你们是来这里玩的吗？"他突然问道，"你们喜欢赛跑吗？"

"我们只想帮我们的朋友身体康复。"

"噢，但是你们应该和我们一起玩游戏。"

"等我们的朋友好起来，"芮格缓缓地说，"你们想玩什么都可以。"

"太棒了，太棒了！"奇德人咯咯笑起来，音量比之前还大，声音刺耳，令人不安。

"我们能相信你吗？"芮格催促道，"这要花多长时间？"

"用不了多久，用不了多久。别在这里打扰我们。"

"也许我们应该留在这里看着？"

"不行，不行。"奇德人好像生气了，"这不合适。你们是客人，请出去！"

"好吧。"芮格说，"那我们什么时候回来？"

"等他好了，我们会把他送出来。也许明天早上吧。"

"好吧。"芮格犹豫地站在原地。他很想走出去，但不知为何又不愿意

Barrington J. Bayley

离开。

沙发上的那个奇德人在他们刚进来时看了他们一眼，之后就彻底无视他们。这会儿他仍然躺着一动不动，像死了一样。

"那就明天早上。"

"明天早上。"

芮格和布兰德生硬别扭地退到屋外。芮格得出结论，与人类的情感相比，奇德人的情感好像不太稳定。他们给人的印象是神经质、古怪、令人紧张。但这也许是错误的印象，就像他们呆头呆脑的面部表情一样。

回到飞船上，芮格说："嗯，目前为止，一切进展顺利。如果奇德人信守诺言，那我们没什么好担心的。"

"但那些关于运动和游戏的谈话，"布兰德不安地说，"他们对我们有什么期望呢？"

"不管那个了。一旦我们接到威瑟尔，并且他没事，我们就立刻起飞。"

"我们欠了他们。他们可能会阻止我们。"

"我们有枪。"

"是……你知道吗？我觉得我们会没事的，但威瑟尔呢？那个棚屋看上去不太像手术室。不知怎的，我很难相信他们能帮上忙。"

"他们的方法和我们不同。但每个人都知道他们能创造奇迹。你等着瞧。不管怎样，这对威瑟尔来说是一次机会。他之前可没这样的机会。"

两人陷入沉默。

过了一会儿，芮格变得坐立难安。刚才横跨大陆时，他们追上了太阳落山的步伐，现在又是傍晚，还要等 8 个小时才到黎明。芮格不想睡觉。他建议布兰德和他一起去散个步。

布兰德犹豫了一会儿才答应。一来到飞船外，他们就漫步走向奇德人的树林，两人都好奇里面有什么。他们绕着树林所在的洼地前行，因为他们觉得奇德人可能在观察他们并且不喜欢陌生人进入他们的私人花园，如果这是私人花园的话。

他们几乎确信这片树林不属于这颗行星。它和大面积覆盖这片大陆的灌木完全不同。当地的植物花哨而且颜色偏浅，都是黄褐色、橙色和黄色，但这片树林看起来阴暗、压抑，杂乱地挤成一团，有着不自然的寂静。树皮光滑，呈橄榄绿，闪闪发光，而树叶却几乎是黑色。

等到走出奇德人棚屋的视野范围后，芮格拨开遮着树林内部的齐肩高的植物，走进去站在两根又细又高的大树干中间。

两人安静小心地在树林里闲逛了好几码远。光穿过头顶的树木，变得暗淡而弥漫，营造出一片与外界隔绝的小环境。虽然树林内部长满了植被，但还是没有外围的树那么密，芮格开始觉得外围是屏障或者外壳。树林里也有潮湿和腐烂的味道，和芮格在奇德人的棚屋里闻到过的一样。空气湿润，而且出乎意料地热；芮格推测这片树林能以某种方式聚集热量，或者被人为加热了。

地面向树林中心倾斜，地表覆盖着某种苔藓，或者烂泥，让人脚底难受。这地方死一般的寂静让芮格感到震惊。没有一片树叶在动，没有一丝微风。他们沿着斜坡蹑手蹑脚地向树林深处走去，很快他们就发现植被种类与之前看到的不同了。除了又细又高的树木以外，熟悉的植物比之前少了。长着宽大叶子的植物肆意生长着，叶片下垂，流出黄色的液体。巨蟒般的匍匐植物与空中的树枝相互缠绕，节奏规律地轻轻颤动着。恶心的寄生植物像一簇簇巨大的葡萄藤或癌瘤，粘着覆鳞的树干唐突地向下生长着，有时甚至吞没了整棵树。

这片树林更像一个微小而繁茂的外星丛林，而且不再宁静。树林里有声音——不是树叶在簌簌作响，也不是风吹过树枝的呼啸声，而是令人讨厌的"吧嗒吧嗒"的舔食声。芮格面前污浊的地表覆盖物突然快速飞向空中，他吓得停下了脚步。一团灰粉色的内脏从那块覆盖物中出来，快速爬上旁边的一棵树，与挂在空中的寄生植物展开搏斗。那些寄生植物显然具有极寒特性；这两团东西摇晃颤动着，像一团可怕的胶冻。

"看。"布兰德低声说。

芮格沿着他的目光看过去。一个小家伙正在从树干基部附近的灌木丛里爬过。它完完全全就像一个中等体型的哺乳动物——比如狗或老虎——的脑子，后面还拖着脊髓神经。

他们一直盯着它，直到它从眼前消失。他们又往前走了几码，来到一片空地。这片空地只有一棵树——与树林外围的那些树不同，这棵树的树干很粗，呈梨形，像心脏一样有节奏地收缩着。

树顶戴着个花冠，花冠四周延伸出细树枝编织而成的网。当他们走进这片空地时，这张网突然朝他们喷出一阵红色的飞沫。

他们迅速离开空地。芮格检查了一下外套、头和手掌上的液滴。这种液体黏糊糊的，像血，或胆汁。

两人厌恶地擦掉皮肤上的液体。

"我看够了。"布兰德说，"我们出去吧。"

"等等。"芮格坚持道，"我们不妨逛完这里。"

他们越来越靠近树林的尽头，芮格猜那儿也许有什么特别的东西。浓郁的腐臭味道越来越强烈，两人几乎快要窒息了，但他们还是继续往前走了几码，穿过一丛又湿又黏的卷须植物，就看到了它。

四周的树都以保护的姿态向它弯曲，伸展的树枝在它上方形成一个顶篷：这是一片小小的血湖。芮格确定这玩意儿是血：它看起来像血，闻起来也像血，虽然味道和人血不太一样。几十种小生物聚集在岸边啜饮：有龙虾大小的节肢动物，有他们之前见过的像动物脑子的生物，有一堆管子组成的生物，有静脉和动脉组成的生物。树木也伸出自己的吸管，这些管子从树上蜿蜒而下，穿过灌木丛，伸进池子里。

芮格和布兰德看呆了。芮格心想，难道这就是奇德人心目中宜人的小天堂吗？他的目光离开反射着微光的猩红的湖面。这片树林地表覆着烂泥，生长着表皮光滑的树木和突起的植物，还有既不像动物也不像植物的巨蟒般的管道在搏动，这看起来不再像地球上的树林。这种完全与世隔绝、自成体系的状态让芮格产生一个念头，这很像自己的身体内部。

芮格一边用肘推布兰德，一边嘀咕："我们走吧。"他们缓缓前行，爬上碗形的斜坡，朝一览无余的星光下走去。

他们回到飞船，几分钟后，奇德人送来了第一份礼物。

当时他们并不知道这是一份礼物，即使他们知道，也不清楚该拿这份礼物怎么办。那只动物从奇德人的小屋出来，在地球人的飞船前面又蹦又跳。它长得有一点像狗，和大丹狗的体型差不多，黄皮肤，没毛。

芮格将外部扫描器对准这只动物，放大图像。这只动物的身体上有一些缝隙，它运动时，这些缝隙会张开，露出里面的内部器官。

布兰德觉得恶心，转身离开了。

那只动物在船舱门口一边低吠，一边跳来跳去，持续了好一会儿。"我在奇德人的屋子里没见过这只野兽。"布兰德说。

"也许是奇德人造出来的。"芮格一直在观察那只动物，现在它明显厌倦了自己的行为，于是沿着来路大步跑回去，消失在那个小屋里。

"我累了，"芮格说，"我想去睡会儿。"

"好的。"

可是布兰德却睡不着。他坐立不安。他冲了一壶咖啡，定了定神，然后注视着外部观察器。

时不时地有其他动物从那间小屋出来，向飞船靠近。它们全都不像外星生物，除了一点：它们运动时都会露出内部器官。其中一个有点像猪，有一个像没毛的羊驼，还有一个像袋鼠。也许它们全都是同一个动物，从同一堆碎片里一次又一次拼凑而成？

奇德人最好别用这种方式治愈威瑟尔，布兰德大胆地猜测。他怀疑，

Barrington J. Bayley

奇德人是不是期待他和芮格对这些动物做出反应。但是在不知道对方意图的情况下，什么都不做会更安全。

星星在天空中缓缓移动，照亮大地，没有一丝影子。暗淡的太阳升起后不久，芮格慌慌张张地跑进来。

"有状况吗？"

布兰德递给他一杯咖啡，跟他讲了那些动物。芮格坐下来，一边盯着显示屏，一边小口地喝着咖啡。

这时布兰德虽然觉得累，但他的忧虑丝毫没有减少。"你觉得没问题吗？"芮格担忧地问布兰德。

"当然没问题。"布兰德没好气地说，"不用担心那片树林。也许整个奇德星球都是那样。"

这是两人第一次提到那片树林。"听着，"布兰德说，"我一直在想那些他们不断送来的动物……"

芮格大叫一声。显示屏上，威瑟尔出现在奇德人棚屋的门口。他犹疑地站在那儿，跟着向前迈了一步。

"他在那儿！"芮格欢呼道，"他们送来了他们的承诺！"

芮格从座位上跳起来，冲出房间。布兰德跟着他走出舱门，来到粗硬的草地上。威瑟尔向他们走来。但他走路的姿势和往常不同。他不是大步流星地走，而是拖着缓慢沉重的步伐，动作懒散笨拙，双臂无力地下垂着，表情呆滞。

尽管如此，芮格和布兰德还是大步跑过去迎接他。等他们靠近后，芮格脸上的笑容凝固了。威瑟尔的眼窝里空空如也。眼睑下面什么都没有，连眶骨都被摘除了。这时，布兰德才意识到，无眼威瑟尔并不是在走向飞船。他在走向悬崖，而且就快到了。

"威瑟尔。"布兰德轻声叫道。接着，另一样东西吸引了他的注意。在威瑟尔身后几码远处，一个灰色圆形物体在缓缓爬行，它顶多和威瑟尔的靴子一样大。那东西的表皮起皱且有沟回，背后有一道深深的缝隙向下延伸，外表裹了透明胶状物一般闪闪发亮。

那家伙靠一只类似脚的东西撑着，像蜗牛一样移动。它一副很努力的样子跟着威瑟尔，恰好能赶上威瑟尔古怪的步调。布兰德和芮格哑口无言地注视着这一幕。这个爬行的家伙前端托着一对白色的球体，白色中间有一道道齐整的彩色圆圈。这对白色球体明显是人的眼睛，就是威瑟尔眼眶中不见了的那双眼睛。那个灰色的物体——无论听起来有多么不可思议——毫无疑问就是威瑟尔的脑子，从它运动的方式来看，虽然它没有身体，但却是活的。

突然，那具被切除了脑子的身体跌倒了。脑子似乎很渴望获得身体。身体还没来得及爬起来，脑子就追上去，爬上腿部。等身体重新开始走动时，大脑像水蛭一样挂在身体上，并开始向上爬。

身体蹒跚地走向悬崖，脑子费力地攀登身体。脑子攀登的进度令人印象深刻。它成功越过臀部，爬上背部，到达肩膀，在那儿小憩了一会儿。然后，威瑟尔的后脑勺张开了，露出空空的洞穴。脑子小心地进入空空的头颅，像寄居蟹慢慢挤进被弃的贝壳，又像一只灰色的老鼠消失在洞里，等它完全进去后，头合上了。

威瑟尔的身体骤然停下脚步。他浑身战栗了一下，然后静静地站在那里，面朝大海。

布兰德和芮格对视一眼。

"天哪！"芮格尖叫道。

"我们该怎么办？"

他们一边互相对望、寻求支持，一边小心翼翼地靠近威瑟尔。威瑟尔的眼睛现在已经归位了，正从眼窝里向外张望，眼睛有点充血。他可能会被当成正常人，除了他看上去非常、非常茫然以外。

芮格愤怒地拔出手枪，瞄准奇德人的棚屋。"不能放过那些外星杂种。"

他说，"他们得让一切恢复正常。"

"等一下。"布兰德抬起一只手。他转向威瑟尔。"威瑟尔，"他低声说，"你能听见我说话吗？"

威瑟尔眨了下眼睛。"当然可以。"他说。

"你恢复意识有多久了？"

没有回答。

"你能动吗？"

"当然可以。"威瑟尔转身，朝他们走了几步。芮格蹒跚着后退，他觉得面前是个不干净的东西。可是布兰德没有后退。

"你能走回飞船吗？"布兰德问。

"我觉得可以。"

"那我们走吧。"

威瑟尔和布兰德一起往前走，步伐比刚才自然多了。他们慢慢走向闪闪发光的星际飞船。

芮格再次朝奇德人的棚屋狠狠瞪了一眼。然后，他收起手枪，跟了上去。

进了飞船，他们让威瑟尔在起居舱就座。他被动地坐下，没有主动做出任何动作，没有看向任何地方。

布兰德吞了口唾沫。"你记得自己离开身体的时候吗？"他问。

"记得。"

"那是怎样的感受？"

威瑟尔用呆板的单音调回答道："还好。"

"你就只会说这些吗？"

威瑟尔沉默了。

"你想吃点什么或者喝点什么吗？"

"不想。"

"你能认出我们，是吗？"

"我当然能。"

布兰德担心地看向芮格，然后朝门那边扬了扬头。

他们把威瑟尔留在那里，退回到控制舱里。"嗯，我不知道怎么回事。"布兰德说，"也许他会没事的。"

"没事！"芮格感到难以置信，他气得脸都涨红了，"天哪，看看都发生了什么！"

"他这会儿是晕乎乎的，但脑子已经和身体拼合了，一切都在掌控中。你注意到了吗？——没有伤疤，没有缝接痕迹。简直太棒了。"

"简直可怕、怪异、变态——"芮格垂头丧气，"我不懂你。你竟然可以坦然接受。"

"我们被警告过要小心奇德人。"布兰德指出，"他们的生活方式和我们不同。也许这种事对他们来说只是一个小玩笑，没有任何恶意。况且，威瑟尔现在完整无缺。他身体无恙，恢复了健康。"

芮格叹了口气。他似乎被打败了："你爱怎么说就怎么说吧。反正我不相信眼前所见。这是不可能的事。"

"你的意思是你无法接受脑子离开身体后可以独立存活？"

芮格点点头。

"这并没有那么不同寻常。我在地球上的医院里见过放在玻璃缸里的活的脑子。"

"没错，但那是在医疗环境中，有各种设备支持。在这儿……"

"在这儿，"布兰德不自然地咧嘴一笑，"由两个外星人在茅草屋里完成，四周环绕着泥土和垃圾。而且脑子竟然可以四处爬行。"

"就是这点让我困惑。也许这根本不是威瑟尔的脑子。也许是奇德人在捉弄我们。"

"我认为这就是威瑟尔。而且我认为我们应该接受这种奇怪的状况。奇德人不需要医院或无菌环境，因为他们已经解决了我们还没解决的各种

Barrington J. Bayley

技术问题。至于能活动的脑子——只需要一些简单的肌肉组织，并持续供养它——只要你疯狂到想这么做，这事可能并没有听起来那么难。"他若有所思地停顿了一下，"你知道吗？我认为奇德人不像我们这样把身体看成一个单元。我们去过的那片树林，让我萌生了一个想法，在那里，脑子、胃、消化系统以及身体的各个部分都独立地四处移动。似乎奇德人很喜欢赋予身体器官独立自治的权利。"

"器官动物。"芮格嘟哝道，"好恶心，是吧？"

"对我们来说是恶心。"

两人陷入漫长的沉默中。终于，芮格说："好吧，那我们现在怎么办？"

"最安全的策略可能是立刻起飞。但我觉得我们应该再等一会儿，看看威瑟尔会不会有好转。他可能正处于术后休克中。我希望他离开自己的身体时不是真的神志清醒。试想一下那是什么情况。"

"在他表现出康复的迹象之前，我们不会起飞的。"

"我们不该等太久。奇德人很快就会来收这笔交易的账。毕竟，他们已经救了威瑟尔一条命。我们自己的人也许能搞定后续的一切问题。"

"噢，不。"芮格轻轻拍了拍手枪，"如果奇德人对我们做了坏事，我们就要好好招呼他们。"

"希望我们能在太阳下山之前起飞。"布兰德说。

当天下午，威瑟尔又从头骨中出来了。

这就发生在布兰德面前，他当时正坐在威瑟尔旁边，密切注视着威瑟尔。整个下午，威瑟尔大部分时间都平静地盯着墙面，两人都没有说话。

然后，他的头突然打开了，这次是从前面，他的脸毫无预警地裂开了。头里面，脑子连接着眼球，表面仍然有一层凝胶状的保护膜，像一只潜伏的动物露出来。脑子的脚毫不迟疑地抓住威瑟尔的下巴，开始向外爬，一边爬一边流出淡粉色的液体。

布兰德尖叫起来，芮格立刻跑出来。当芮格进入房间时，脑子似乎第一次意识到有人在观察它。它的眼珠转动；脑子原路返回，内疚地退进头骨洞穴里。脸合上了；眼珠暂时消失了一会儿，然后轻轻摇晃着回到眼眶里。

威瑟尔再次面无表情地盯着墙面，无视这两位昔日的朋友。刚才他的脸张开的地方现在没有一丝接合的痕迹。

布兰德目瞪口呆地站在那儿。"嗯？"芮格厉声说道，"你还觉得他没事吗？"

芮格去柜子里拿出两杆来复枪。"我们要再去拜访一次。"他一边把来复枪递给布兰德，一边粗暴地说，"这次我们要留在那里监视手术过程。让我们瞧瞧这些外星人在枪口下还能耍出什么花招。"

布兰德不假思索地跟在芮格后面。威瑟尔似乎也没有抵抗或争论的意愿。他听从指令，和他们一起走出飞船，穿过草地，来到奇德人的小屋。

一到那儿，芮格就踢开门闯进去。

腐烂的味道侵入鼻孔。屋内还是和他们之前看到的一模一样：一个奇德人摊着四肢躺在沙发上，另一个奇德人懒洋洋地悬挂在双头吊索上。只有后者对他们的闯入做出反应，他抬头注视着芮格。

"我们的朋友回来了！"他咯咯笑道，"他们送来了承诺的游戏！"

沙发上的奇德人用略微嘲讽的语气回答。"没错。"他说，"但他们不理会我们送去的器官礼物就不太礼貌了。"

布兰德和威瑟尔跟在芮格身后进了屋。芮格端着来复枪随时准备着，口齿不清地张嘴说话：

"你们用可怕的方式虐待了我们的朋友。他的脑子没有固定在他的身体里！"

奇德人望向屋顶："啊，能离开自己的身体！这是每个地球人的心愿——这是我从地球人的宗教里学来的。"

Barrington J. Bayley

"你不懂……"

这时奇德人从吊索上下来，芮格突然住嘴了。在这个狭窄的小屋中，奇德人高大的身躯显得挺笨拙，但也莫名的威风凛凛。他伸手从墙上取下一个箱子，上面连着背带，像高尔夫球手的手提箱。箱子里装着数不清的金属工具，其中许多带有闪闪发光的刀刃。

第二个奇德人像蛇一样从沙发上溜下来，伸了个懒腰："我们应该为他们的不礼貌感到生气吗？"

"不。我们应当体谅他们是外星人。即便如此，我们还是必须为这样的无礼获得补偿。我们安排一场大脑赛跑好吗？这既不会伤害我们的客人，又能带来一场受欢迎的比赛。你怎么下注？"

"我赌这家伙赢。"第二个奇德人边说边指向芮格。

另一个奇德人大笑起来："我赌他们没一个能撑到最后。"

芮格感到一阵紧迫的危险。他想说话，但却说不出。他想用来复枪射击离他最近的奇德人，但他做不到。他完全无法动弹。两个奇德人比他高，他们正在用鸡蛋一般的大眼睛观察他。他们仍在继续交谈，明显是在讨论赌注和赔率。然后他们把手伸向手术工具。

接下来发生的事，芮格的大脑无法恰当地感受。一开始，他感觉自己像个被强大的成年人掌控的婴儿，这种奇怪的感觉使他意识模糊。他感觉不到任何疼痛，即使奇德人用一把简单的外科手术刀沿着中线切开他的头盖骨和脸，把他的鼻子一分为二，把头骨撬开成两半，他也感觉不到痛。当他的脑子被撬出来的那一瞬间，他再也感觉不到自己是一个拥有手臂、腿和躯干的地球人了。他是个灰色的圆团，背上有一条缝向下延伸，后面拖着像犰狳一样的尾巴。

之后是一小段昏迷期。当芮格再次苏醒时，他已经完成了转化。

有点像蜗牛。他可以靠身体下方像脚一样的东西四处移动。他表面覆盖着一层凝胶状物质，用来保护脆弱的组织。他能看见东西。但他听不见声音，没有任何感觉，也闻不到气味。不管怎样，那个像脚一样的东西供养着其他小器官，这些小器官组成了一部分生命维持系统。他能呼吸，也能勉强进食，但吃的食物有点特别。

他被放在奇德人的棚屋外，周围是粗硬的宽叶草。他看见离他不远处有另一个像他一样的器官动物。他知道这是布兰德。而在他们前方，两个地球人的躯体靠着退化的运动机能正在大步走向悬崖。一个是布兰德的，另一个是他自己的。

芮格强烈地渴望着那个正在逐渐走远的身体。他知道自己能再次拥有它，可是为此他必须在它跌落悬崖前追上它，于是他出发了，并且用尽全身微弱的力气避开地面崎岖之处。

他意识到，这就是奇德人的大脑赛跑。奇德人在他和布兰德身上下了赌注——布兰德也刚努力前进了没多远——赌谁先重新获得自己的身体。芮格已经快要追上自己的身体了。只要它摔倒一次，芮格告诉自己，他就能追上它。

但几分钟过去了，身体没有摔倒。相反，芮格自己被一团草缠住了。等他挣脱出来的时候，已经太迟了。他绝望地向前冲，只看到自己的身体带着被草划伤的痕迹径直走向悬崖边，跌向下方的岩石和大海。

没了，他的身体没了。芮格对失败没有感觉，他转了个方向。布兰德的身体也消失了，而且布兰德的大脑也不见踪迹。芮格看见奇德人的棚屋。威瑟尔漠不关心地站在棚屋附近，他的脑子又离开了头颅，像个巨大的鼻涕虫一样挂在脖子上。除此之外，芮格还模糊地看见奇德人的太空飞船，就在离小树林不远的地方。

他也看见了自己的太空飞船，但它现在对他没用了。芮格注视着那片小树林。那片阴暗的区域，那片静止的矮林，就像黄褐色矮树丛中的一座岛屿。奇怪……他已经忘了拥有身体的感觉……那种灼热的渴望消退了，他的人性仿佛已经消失了几十年，而不是几分钟，那片小树林不再显得可

Barrington J. Bayley

怕怪异。对于像他这样的器官动物来说，那是个茂盛、温和、隐蔽的地方。在树林里，他能够活下去——勉勉强强地活下去。而生命——他隐约记得——值得花任何代价去把握。

太阳和星星正在炙烤着他。在这样的野外，他赤裸而无助。他在这里活不下去。继续前进，他在坚硬的草中努力爬行，一边爬一边想着那一池热情好客的血，想着那些被围起来的黑色植物，想着那搏动的活力，他缓缓爬向那片寂静、阴暗的洼地。

乔治·R. R. 马丁（1948— ）是一位很受欢迎的美国作家，他的恐怖小说与科幻小说颇具影响力，但最著名的作品还要数全球畅销的奇幻系列小说《冰与火之歌》（ *A Song of Ice and Fire* ）。自从 HBO 开始播放根据马丁的奇幻小说改编的剧集《权力的游戏》，他的著作更加广为流传。《时代周刊》称马丁为"美国的托尔金"，并将他列入 2011 年"时代百大人物"，亦即"全世界最具影响力的人"之一。他曾多次获得雨果奖、星云奖、布莱姆·斯托克奖和世界奇幻奖。2012 年，马丁获得了世界奇幻奖的终身成就奖。

马丁在创作生涯中涉猎极广，曾创作出各种类型小说的经典。举例来说，《夜行者号》（ *Nightflyers*, 1980 ）是一部精彩的恐怖科幻，而《梨形男》（ *The Pear-Shaped Man*, 1987 ）则是一篇令人不安的现代怪谭。他在数十年间产出的诸多优秀中短篇故事均收录于《梦歌》（ *Dreamsongs* ）中。马丁虽然常写奇幻与恐怖，但早年作品中有一批科幻小说，都发生在一个被称为"千星"或"人境"的世界设定中。

1979 年，小说《沙王》发表在《奥秘》杂志上，这是他唯一一篇同时获得雨果奖和星云奖的作品。马丁写作《沙王》的灵感始于跟一位朋友共同观看恐怖电影。那朋友养了一缸食人鱼，观影过程中，他不时把金鱼扔进鱼缸里，"仿佛是某种诡异的幕间休息"。最开始，马丁想将《沙王》作为一系列故事的开端。它被改编成《外星界限》（ *The Outer Limits*, 1995 ）中的一集，《辛普森一家》（ *The Simpsons* ）、《飞出个未来》（ *Futurama* ）和《南方公园》（ *South Park* ）中均有对其戏仿的桥段。20 世纪 80 年代末、90 年代初的一支英国摇滚乐队也以"沙王"命名。尽管《沙王》经常被流行文化借用，但它依然是一篇令人震撼的恐怖科幻小说，并带有少许政治隐喻。

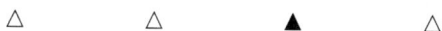

△　　　　△　　　　▲　　　　△

西蒙·克莱斯独自住在一座占地广阔的庄园中，周围是一片干旱的岩石山地，距离城市五十千米。因此，当他意外因公务外出时，没有邻居可以帮忙照顾他的宠物。食腐鹰不是问题；它住在废弃的钟楼上，通常总是自给自足。克莱斯将跛行兽直接赶到室外，让它自己去捕食；那小怪兽会吞食蜗牛、鸟类和岩鼠。然而鱼缸里的纯种地球食人鱼却很麻烦。最后，克莱斯只能将一条牛腿扔进巨大的鱼缸。假如他耽搁得太久，食人鱼总是会互相吞食，这种事以前曾发生过，他觉得很有趣。

不幸的是，这一回，他耽搁得实在太久。等到他终于返回时，所有的鱼都死了。食腐鹰也死了。跛行兽爬上钟楼，把它给吃了。西蒙·克莱斯很恼火。

第二天，他驾驶飞行车前往两百千米外的阿斯加德。阿斯加德是博德星上最大的城市，并拥有历史最悠久、规模最庞大的星际港口。克莱斯喜欢向朋友们炫耀有趣而昂贵的稀有动物。阿斯加德正是购买这类动物的地方。

这一次，他运气不佳。异星宠物店关门了，宠物商泰特兰试图哄骗他再买进一只食腐鹰。奇异水族馆里除了食人鱼、闪光鲨和蜘蛛乌贼，也没什么更特别的东西。这些克莱斯全都养过，他想要新鲜货。

接近傍晚时分，他沿着彩虹大道行走，寻找未曾光顾过的店家。此处距离星港很近，街道两侧排列着许多卖进口货的商铺。大型商业中心拥有高耸大气的橱窗，一件件珍奇昂贵的外星物品安置在毡垫上，并衬以暗色调的挂帘，使得商店内透着一股神秘感。大商店之间还有一些旧货铺——狭窄丑陋，展示区里塞满各种来自异世界的杂乱古玩。这两类商店克莱斯都逛过，但仍无法得到满足。

接着，他偶然遇到一家与众不同的店铺。

它距离港口非常近，克莱斯从没来过。这家店占据了一栋不太大的单层平房，两侧分别是一家气氛欢闹的酒吧，和一座神秘姊妹会的神庙兼妓院。在这偏僻的角落里，彩虹大道趋于破旧失修。但那店铺本身很特别，也很引人注目。

橱窗玻璃上结满雾水，不停地变换着颜色，有时呈淡红色，有时像真正的雾气那样呈现出灰白色，有时则闪着金色的微光。雾气时而浓，时而淡，不停地回旋盘绕，并在屋内光线的映衬下微微闪烁。克莱斯隐约看到橱窗里的物品——有机器，有艺术品，也有他认不出的东西——但无法完全看清。那些物品笼罩在优美缭绕的雾气中，时隐时现，令人十分好奇。

他发现雾气开始凝成文字，文字逐个显现。克莱斯驻足观看。

沃与协德进口贸易公司主营手工艺品、艺术品、生命体等各类产品

文字不再出现，克莱斯看到雾气之中有点动静。但广告里"生命体"几个字就足以让他产生兴趣。他将斗篷往背后一甩，走进了店里。

进去之后，克莱斯感觉有点蒙。这家店的门面不太大，室内却比他想象中宽敞得多。屋里的光线柔和而黯淡，天花板上映出一片黑色的星空，包括旋涡状的星云，非常逼真，也非常漂亮。所有的柜台都微微发光，清楚地展示出其中的货品。走廊地面上缭绕着一层雾气，随着他的步伐在脚边打转，有些地方几乎没及膝盖。

"需要帮忙吗？"

她就像是从雾气里升起来似的，又高又瘦，肤色白皙，身穿实用的灰色连体服，一顶奇怪的小帽子扣在后脑勺上。

"你是沃还是协德？"克莱斯问道，"或者是销售助理？"

"我是佳拉·沃，随时为您服务。"她答道，"协德不见客户，我们也没有销售助理。"

"你们的店铺挺大啊，"克莱斯说道，"真奇怪，我以前从没听说过。"

George R. R. Martin

"我们刚刚在博德星上开店，"那女子说道，"不过在其他星球有不少连锁店。您想买什么？艺术品？您看起来像收藏家。我们有来自诺塔鲁希的水晶雕塑。"

"不，"西蒙·克莱斯说道，"水晶雕塑我已经有了。我是来找宠物的。"

"生命体？"

"对。"

"外星球的？"

"当然。"

"我们有一只仿人猿，来自西利亚行星。聪明的小猴子，不仅会学说话，到最后，它还会模仿你的声音、语调、姿态，甚至面部表情。"

"很讨人喜欢，"克莱斯说道，"但也很常见。那不是我想要的，沃。我需要特别的东西，不太常见的。也不要讨人喜欢的，我对讨人喜欢的动物很厌恶。我现在养着一头跛行兽，从克索引进的，价格可不便宜。我时不时会喂它一窝没人要的小猫。这就是我所理解的讨人喜欢，明白了吗？"

沃露出神秘的微笑。"你有没有养过会崇拜你的动物？"她问道。

克莱斯咧嘴一笑："哦，时不时会有。但我不需要崇拜，沃。只要有趣就行。"

"您没明白我的意思，"沃依然带着古怪的笑容，"我是说真正的崇拜。"

"那是什么意思？"

"我想我有适合您的东西，"沃说道，"跟我来。"

在模拟的星空下，她带着克莱斯绕过发光的柜台，沿着一条雾气弥漫的长廊行走。他们穿过一堵雾墙，来到商店的另一片区域，在一个大塑料缸跟前停下脚步。水族箱，克莱斯心想。

沃向他招了招手。他走近观看，发现自己想错了。那是个旱地饲养箱，里面有一片大约两平方米的小沙漠，在微弱的红光下，显得黯淡而苍白。还有各种石头：玄武岩、石英、花岗石。饲养缸的每个角上都矗立着一座城堡。

克莱斯眨了眨眼，仔细观察，然后纠正自己：其实只有三座城堡仍然矗立着，第四座已成为倾侧崩塌的废墟。另外三座虽然粗糙，但完整无缺，由沙石雕筑而成。城墙垛上和圆形的门廊前，有许多小动物爬来爬去。克莱斯把脸贴到塑料缸上。"昆虫？"他问道。

"不，"沃答道，"比昆虫复杂多了，也更加聪明。比你的跛行兽要聪明得多。它们叫作沙王。"

"其实就是昆虫吧，"克莱斯一边说，一边从饲养缸边退开，"我才不管它们有多复杂。"他皱起眉头，"请不要拿聪明之类的话来蒙我。这些动物太小了，只可能有最原始的大脑。"

"它们拥有群体思维，"沃说道，"以城堡为单位。事实上，这饲养缸里只有三个生命体。第四个死了。你看，它的城堡已经倒塌。"

克莱斯再次望向饲养缸。"群体思维，呃？有意思。"他又皱起眉头，"但这仍然只是个超大号的蚂蚁窝。我还想要更好的东西。"

"它们会打仗。"

"打仗？唔。"克莱斯又看了几眼。

"请注意看颜色。"沃对他说道。她指向最靠近的城堡，那些生物成群结队地在城堡上涌动，其中一只正沿着缸壁爬行。克莱斯仔细观察。他仍觉得那只不过是昆虫，长着六条腿，长度仅相当于他的指甲，六只眼睛分布于全身。他也能看到，一对模样狰狞的大颚不时地互相撞击，纤细的触角在空中有规律地挥舞摆动。触角、大颚、眼睛和腿是纯黑色，但它浑身上下的甲壳呈鲜亮的橙色。"这就是昆虫。"克莱斯重复道。

"不是昆虫，"沃平静地坚持道，"沙王长大时，会蜕去外壳，假如它长大的话。在这种尺寸的饲养缸里，它不会长得更大。"她挽着克莱斯的胳膊，带他绕过饲养缸，来到另一座城堡旁，"看这里的颜色。"

他又看了看。颜色不一样。此处的沙王拥有鲜艳的红色甲壳，而触角、大颚、眼睛和腿是黄色。克莱斯望向饲养缸另一侧。第三座活体城堡里的居民呈灰白色，辅色则是红色。"唔。"他说道。

"就像我说的，它们会打仗，"沃告诉他，"甚至还会谈判和结盟。这饲养缸里的第四座城堡就是被联盟摧毁的。黑色的数量太多，于是其他颜色联合起来把它们灭了。"

克莱斯依然不太信服："这无疑很有趣，但昆虫也会打仗。"

"昆虫可不会崇拜人。"沃说道。

"嗯？"

沃微笑着指向城堡。克莱斯注目凝视。最高的塔楼上刻着一张脸。他能看出来，这是佳拉·沃的脸。"这……怎么可能？"

"我连续几天将自己的脸用全息影像投射到饲养缸里。你瞧，这就是我的脸。我给它们喂食，我随时都在附近。沙王有一种原始的超能力，一种近距离的心灵感应。它们能感觉到我，然后用我的脸装饰建筑，以此来崇拜我。你瞧，所有城堡上都有。"的确如此。

城堡上佳拉·沃的脸平静祥和，跟真人很像。如此精巧的技艺，让克莱斯感到很惊奇："它们怎么雕刻的？"

"最前面的腿相当于手臂。它们甚至有类似于手指的构造：三条灵活的小触须。无论是建筑还是战斗，它们都能很好地协作配合。要记得，所有相同颜色的活体同属于一个大脑。"

"再跟我多讲讲。"克莱斯说。

沃露出微笑："饲母住在城堡内。那是我给它取的名字。那家伙既是母体，又是消化器官。雌性，大小类似于你的拳头，无法移动。事实上，沙王这名字有点不太恰当。活动的个体是农夫和战士，真正的统治者则是它们的女王。但这样的类比也有缺陷。整体而言，每座城堡都应被视为一个雌雄同体的生物。"

"它们吃什么？"

"活动的个体只吃流质——预先经过消化的食物，来自城堡内部，饲母需要花费好几天来准备。它们的胃无法处理其他东西，所以如果饲母死了，它们也活不久。至于饲母……饲母什么都吃。你不需要额外的花销。吃剩的饭菜就足够了。"

"那活的食物呢？"克莱斯问道。

沃耸耸肩："是的，饲母也吃来自其他城堡的个体。"

"我很有兴趣，"他承认道，"如果它们不那么小就好了。"

"你可以让它们长得更大。这些沙王比较小是因为这饲养缸太小。它们似乎会限制自身的生长，以适应实际可用的空间。如果我把它们移到大缸里，它们又会开始长大。"

"唔。我饲养食人鱼的水缸有这个两倍大，现在正好空着。可以把它清理一下，填入沙子……"

"沃与协德公司可以负责安装，那将是我们的荣幸。"

"当然，"克莱斯说道，"我想要的是四座完整的城堡。"

"没问题。"沃说道。

他们开始讨价还价。

三天后，佳拉·沃来到西蒙·克莱斯的宅邸，带着休眠的沙王和一队负责安装的工人。沃的助手是外星人，但跟克莱斯熟悉的都不同——粗壮结实的两足生物，长着四条手臂和鼓凸的复眼。他们的皮肤粗糙坚韧，浑身上下时不时长出扭曲突兀的角刺。但他们非常强壮，是很好的工人。沃用音乐般的语言指挥他们，克莱斯从没听过这种语言。

一天之内，安装便已完成。他们将食人鱼缸挪到宽敞的客厅中央，两侧摆上沙发，以便更好地观察。鱼缸被擦洗干净之后，又填上三分之二的沙子和石块。接着，他们安装了特殊的灯光系统，既能提供沙王喜欢的暗红色照明，又能将全息影像投射到缸内。他们又装上结实的塑料顶盖和配套的喂食装置。"这样你不需要取下顶盖就能给沙王喂食。"沃解释说,"你得小心,别让那些个体逃出来。"

顶盖也包含气候控制系统,可以让空气保持恰当的湿度。"你得让它比较干,但又不是太干。"沃说道。

最后,一名长着四条手臂的工人爬进饲养缸,在四个角落里挖出深深的洞穴。其同伴将休眠的饲母从冰冻运输箱里一个个取出,交到他手里。它们很不起眼,在克莱斯看来,只不过像是色泽斑驳、近乎变质的生肉,只不过长着一张嘴。

外星工人将它们分别埋入饲养缸的四角。等到把饲养缸完全封闭起来之后,他们就离开了。

"热量会唤醒休眠的饲母。"沃说道,"不到一个礼拜,个体就会开始孵化,钻出地面。确保给它们充足的食物。它们需要许多能量才能彻底安顿下来。我估计大约三个礼拜后,你就能看到城堡建起来。"

"我的脸呢?它们什么时候会刻我的脸?"

"大约一个月后打开全息影像。"她建议道,"耐心一点。如果有问题,请联系我们。沃与协德公司随时为您服务。"她欠了欠身,然后离开了。

克莱斯信步走回饲养缸旁,点燃一支欢乐棒。沙漠里平静而空旷。他皱起眉头,不耐烦地用手指敲打塑料缸。

第四天,克莱斯感觉沙子底下隐约有一些动静。

第五天,他看到了第一只孤零零的白色个体。

第六天,他数了一下,已经有十二只,包括白的、红的和黑的。橙色的迟迟没有出现。他倒进去一碗接近变质的残羹剩饭。那些个体立即察觉到了,向食物涌去,并开始把碎渣拖回各自的角落。每一种颜色的群落都组织有序。它们没有打斗。克莱斯有点失望,但决定多给它们一点时间。

橙色的个体直到第八天才出现。与此同时,其他沙王已经开始将小石子扛回去，搭建起粗陋的工事。它们仍然没有开战。此时，它们只有克莱斯在沃与协德公司看到的一半大，但他感觉它们长得很快。

到第二周中期，城堡开始建起来了。整齐有序的一群群个体将沉重的砂岩和花岗石拖到角落里，其余个体则用大颚和触须堆放沙子。克莱斯买了一副放大眼镜，因此无论它们在饲养缸的哪个方位劳作，他都能看得到。他一边绕着高耸的塑料缸壁转圈，一边观察。太有趣了。城堡比克莱斯期望的略简单一点，但他有个主意。第二天，他将黑曜石和彩色碎玻璃跟食物一起倒进去。几个小时后，它们就被镶到了城墙上。

黑城堡首先完工，然后是白色和红色的城堡。橙色的照例又是最后一个。克莱斯将食物端进客厅，坐在沙发上吃，以便同时可以观察。他预期第一场战争随时都会爆发。

但他很失望。日子一天天过去，城堡越来越高大壮观，克莱斯除了上厕所和接听重要的业务电话，很少离开饲养缸。但沙王没有开仗。他变得焦躁起来。

最后，他停止了喂食。

残羹剩饭不再从沙漠的天空中落下。两天后，四只黑色个体围住一只橙色个体，并将它拖回去给饲母。它们先将它肢解，扯下大颚、触角和腿，然后扛进迷你城堡幽暗的大门。它再也没有出现。不到一小时，四十多只橙色个体穿过沙地，攻击黑色一方的角落。但从地下深处涌出的黑色个体数量占优，战斗结束后，攻击方全军覆没，死亡和濒死的个体被拖下去喂给饲母。

克莱斯很高兴，庆幸自己天赋聪明。

第二天，当他把食物投入缸里，为争夺其拥有权，爆发了一场三方面的战斗，白色成为最后的大赢家。然后，战争一场接着一场。

佳拉·沃送来沙王将近一个月之后，克莱斯打开了全息投影，他的脸出现在饲养缸里，缓缓地一圈圈转动，依次注视着四座城堡。克莱斯感觉这影像跟自己很像——顽童般的笑容，宽阔的大嘴，饱满的脸颊。他的蓝眼睛闪闪发光，灰色的头发小心翼翼地梳理成流行的侧分发式，眉毛纤细而精巧。

很快，沙王就开工了。克莱斯的影像从天空投射下来，与此同时，他也慷慨地投喂食物。战争暂时停止了。一切活动都是为了对他施行崇拜。

他的脸出现在城墙上。

一开始，所有四幅雕像都差不多，但随着工程的进展，克莱斯通过仔细观察，能分辨出技术和手法上的微妙区别。红色的最具创造力，会用细小的石屑往他头发里添加灰色。白色沙王的神像看上去年轻俏皮，而黑色沙王塑造的脸则睿智而仁慈——尽管线条基本都一样。一如往常，无论是速度还是质量，橙色依然排在最后一名。战争对它们不利，它们的城堡跟另外几座相比显得十分可怜。它们雕刻的画像很粗糙，就像是漫画，而且似乎也没打算改进。当它们不再继续改造那张脸，克莱斯很生气，但他其实也没办法。

等到所有沙王都已完成克莱斯的脸部雕像，他关掉了投影，并决定办一次聚会。他的朋友们一定会觉得很厉害。他甚至可以安排一场战争给他们看。他一边愉快地哼着小曲，一边开始列宾客名单。

聚会极其成功。

克莱斯邀请了三十人，包括少数跟他关系密切并拥有共同爱好的朋友，再加上几个从前的情人，除此之外，还有一批生意和社交上的竞争对手，他们不敢忽视他的邀请。他知道，沙王会让有些人不舒服，甚至感觉受到冒犯。那正合他的意。西蒙·克莱斯一贯认为，如果没有一个宾客愤怒地夺门而出，他的聚会就算是失败。

他一时兴起，将佳拉·沃也加进宾客名单中。发出邀请时，他加了一句："也可以带上协德。"

她接受了邀请，让他略有点惊讶。"可惜协德没法出席，他不参与社交活动。"沃补充道，"至于我自己，我很希望有机会看看你的沙王怎么样了。"

　　克莱斯为大家预订了丰盛的餐食。最后，交谈声逐渐停止，大多数宾客在红酒和欢乐棒的作用下变得傻呵呵的。他亲自将桌上剩余的食物拨进一只大碗，让人们颇为惊讶。"大家跟我来，"他说道，"我要介绍最新的宠物给你们看。"他捧着碗，将众人带进客厅。

　　沙王的表现完全符合他的期望，他非常满意。他预先饿了它们两天，因此它们斗志高昂。克莱斯想得很周到，给宾客提供了放大眼镜，让大家围着饲养缸观看。沙王为争夺食物残渣，打了一场精彩的大仗。争斗结束后，他数了数，有近六十只个体死亡。红色和白色最近已结成联盟，它们夺走了绝大多数食物。

　　"克莱斯，你真恶心。"凯特·穆雷恩对他说道。两年前，她曾与他短暂地同居。最后，她的多愁善感差点把他给逼疯。"我真傻，居然会回到这里。我还以为你变了，想要道歉。"当年，她很喜欢一只狗崽，那小狗特别可爱，却被他的跛行兽吃了，她一直都没原谅他。"你再也别邀请我了，西蒙。"在现任情人的陪伴下，她大踏步地走了出去，引起一阵哄笑。

　　其他宾客有许多疑问。沙王来自何处？他们都想要知道。"沃与协德进口贸易公司。"他答道，并礼貌地朝着佳拉·沃比了个手势。整个晚上，她几乎都安静地躲在一边。

　　它们为什么用你的肖像装饰城堡？"因为所有好东西都是我给的，你们一定能理解吧？"这引发了一阵咯咯的轻笑。

　　它们还会再打仗吗？"当然，但今晚不会。别担心，我还会办聚会。"

　　嘉德·拉齐斯是一名业余异星生物学家，他开始谈论社会性昆虫和它们的战争："沙王很有意思，但其实没什么大不了。比如说，你真该读一读有关地球兵蚁的书。"

"沙王不是昆虫。"佳拉·沃尖锐地说道，但嘉德依然口若悬河说个不停，根本没人留意她。克莱斯对她笑了笑，耸耸肩。

马拉德·布莱恩建议下次观战聚会时搞个赌局，所有人都很赞成。接着，众人热切地讨论起规则与胜率。讨论持续了将近一个小时，终于，宾客们开始离去。

佳拉·沃是最后一个。等到只剩他们俩时，克莱斯对她说道："你瞧，我的沙王似乎很受欢迎。"

"它们的状态很不错，"沃说道，"个头已经比我自己的要大了。"

"对，"克莱斯说道，"除了橙色的。""我也注意到了，"沃答道，"它们数量很少，城堡也很寒酸。""嗯，总得有人输吧，"克莱斯说道，"橙色的最后一个出现，最后一个建立巢穴，所以吃了亏。"

"抱歉，"沃说道，"但我能问一下吗？你有没有给沙王充足的食物？"

克莱斯耸耸肩："它们偶尔才进食，因此变得更加勇猛。"

她皱起眉头："你不必让它们挨饿。假以时日，它们会出于自己的理由挑起战争。这是它们的天性，然后你就能观察到微妙而复杂的冲突，那才有意思。如果是因饥饿而不停地战争，就会比较缺乏技巧与品位。"

面对沃紧锁的眉头，西蒙·克莱斯感觉很有趣："你来到我家里，沃，就该由我来评判品位。我按照你的建议喂养沙王，它们并没有开战。"

"你得有耐心。"

"不，"克莱斯说道，"毕竟我是它们的主人，是它们的神。为什么要等它们的本能起作用呢？我觉得它们的战斗太少，于是纠正了这一状况。"

"我明白了，"沃说道，"我得跟协德讨论一下这件事。"

"这不关你的事，也不关他的事。"克莱斯厉声说道。

"那我只能告辞了。"沃无奈地说。但当她穿上外衣准备离开时，又谴责似的凝视着他。"看看你的肖像，西蒙·克莱斯，"她警告道，"看看你的肖像。"等她离开后，他疑惑地走到饲养缸旁，注视着那些城堡。跟往常一样，他的脸仍在城墙上。只是——他抓起放大眼镜戴上。即便如此，他依然很难看清。但他肖像上的表情似乎有细微的变化，他的笑容略有些扭曲，带着一点邪恶。不过这变化太微妙了，很难说是否真的存在。最后，克莱斯将其归咎于自己太容易受暗示的影响，并决定不再邀请佳拉·沃参加聚会。

　　随后的几个月，克莱斯和十来个最好的朋友每周都要聚会。他称其为"战争游戏"。如今，克莱斯不再像最初那样对沙王充满强烈的兴趣，他在饲养缸边待得少了，时间更多地花在业务和社交上，但他仍喜欢偶尔跟朋友们一起观看战斗。他让参与战争的各方长期处在饥饿边缘，以保持其战斗意志。这对橙色的沙王产生了严重影响，它们的数量明显减少，克莱斯开始怀疑，它们的饲母是否已经死了。但其他沙王的状况还不错。

　　有时候，克莱斯晚上无法入睡，便会拿着一瓶葡萄酒，来到黑乎乎的客厅里，那片微缩沙漠中的黯淡红光是唯一的光源。他一边喝酒，一边独自观察。通常，某个角落里总是会有战斗，如果没有的话，他只需丢进少许食物，就能轻易地引发一场争斗。

　　正如马拉德·布莱恩所建议的，他们每周都会对战斗结果下注。克莱斯押白色沙王，赢了许多钱。它们是饲养缸里最强大、数量最多的群落，城堡也最为壮观。有一次聚会时，他移开饲养缸的顶盖，将食物投在白色城堡附近，而不是像通常那样落在战场中央。于是其他沙王只有攻击白色要塞才可能获取食物。它们的确有过尝试，然而白色沙王的防御非常精彩。克莱斯赢了嘉德·拉齐斯一百标准币。

　　事实上，拉齐斯每周都在沙王赌局中输很多钱。他装作非常了解它们的习性，声称第一次聚会之后就仔细研究过，但下注的时候，却总是运气不佳。克莱斯怀疑嘉德的话只不过是空洞的吹嘘。空闲时，出于好奇，他也研究过沙王。他想在图书馆中查这种宠物产自哪个星球，然而任何资料中都没有提起它们。他想要联系沃，问问她这件事，但他还有其他事要操心，所以总是忘记。

嘉德·拉齐斯在一个月里总共输了一千多标准币。最后，他胳膊底下夹着一个塑料小盒子来参加战争游戏。盒子里是个类似蜘蛛的动物，浑身披覆着金色细毛。

"沙地蜘蛛，"拉齐斯宣布道，"来自迦塔戴。我今天下午从宠物商泰特兰手里买的。他们通常会摘掉毒腺，但这一只是完整的。你敢试试吗，西蒙？我要把钱赢回来。我押一千标准币，沙地蜘蛛胜沙王。"

克莱斯仔细查看塑料囚笼里的蜘蛛。他的沙王已经长大——正如沃所预料的，有她的沙王两倍大——但跟眼前这怪物相比，个头仍然太小。而且它有毒液，沙王没有。不过它们的数量多得吓人。另外，沙王之间无休无止的战争已经开始有点无聊。这一新奇的比赛激起了他的兴趣。"好。"克莱斯说道，"嘉德，你可真蠢。沙王会不断涌上来，直到你那只丑陋的怪物死掉。"

"你才蠢呢，西蒙。"拉齐斯微笑着回应道，"迦塔戴沙地蜘蛛一向以躲藏在裂隙中的穴居动物为食——你瞧着吧——它会直接闯进城堡，吃掉饲母。"

在一片哄笑声中，克莱斯皱起眉头。他没想到这一点。"快开始吧。"他恼火地说。他又去倒了杯酒。

那蜘蛛太大，不容易从喂食的隔笼里放进去。另外两人帮助拉齐斯把饲养缸的顶盖略微移向一侧，马拉德·布莱恩将盒子递给他。他晃了一下，把蜘蛛倒出来。蜘蛛轻轻地落在红城堡跟前的小沙丘上。一时间，它迷惑地站在那里，嘴不停地嚅动，腿脚威胁似的阵阵抽搐。

"快点。"拉齐斯催促道。人们全都聚集到饲养缸周围。西蒙·克莱斯找到自己的放大眼镜戴上。如果他真要输掉一千标准币，那至少也得看个明白。

沙王发现了入侵者。城堡上的一切活动都停止下来。那些鲜红色的小个体一动不动地观望着。

黑洞洞的城门预示着希望，蜘蛛开始朝那里移动。塔楼上，西蒙·克莱斯的肖像面无表情地注视着下方。

红色沙王立刻行动起来。最靠近的个体排成两个楔形阵列，在沙地上向着蜘蛛推进。同时，更多战士从城堡里涌出，在入口处集结起三道防线，守卫饲母居住的地下洞穴。负责侦察的个体翻越重重沙丘，被召回参与战争。

战斗开始了，沙王发起进攻，包围住蜘蛛，大颚紧紧咬住它的腿和腹部不放。红色的个体纷纷沿着金色的腿爬上入侵者的背部。它们不停地咬啮，其中一个找到一只眼睛，并用纤细的黄色触须将它掰了下来。克莱斯一边微笑，一边指点。

但它们太小了，而且没有毒液，蜘蛛并未停下，它伸开腿将沙王踢到两侧，锐利的毒颚也咬得许多沙王残缺不全，全身僵硬。十几只红色个体很快就被放倒，濒临死亡。沙地蜘蛛依然继续前进。它直接跨过了城堡跟前的三排卫士。防守队伍围拢过来，疯狂地发起攻击，覆盖住它的全身。克莱斯看到，有一队沙王咬断了蜘蛛的一条腿。守卫者从塔楼顶端跳下，落到那庞大而不断扭动的身躯上。

蜘蛛遭到沙王围攻，却仍跟跟跄跄地闯入黑暗的地洞中，消失了踪影。

嘉德·拉齐斯长出一口气。他看上去脸色苍白。"太棒了。"另一人说道。马拉德·布莱恩的喉咙里发出低沉的笑声。

"看！"伊迪·诺地安拽着克莱斯的胳膊说道。

他们太专注于这个角落里的战事，没人留意饲养缸中其他地方的动向。但此刻城堡平静下来，沙地上只剩下死去的红色个体，于是他们都看到了：三支队伍来到红色城堡跟前，橙色、白色和黑色的沙王整整齐齐地排列着，几乎纹丝不动，等着看地底下会钻出什么来。

西蒙·克莱斯露出微笑。"隔离带。"他说道，"看看其他城堡吧，嘉德。"

拉齐斯发出一声咒骂。成群结队的沙王个体正在用沙子和石块封堵城门。即使那蜘蛛在对抗中幸存下来，也无法轻易进入其他城堡。"我应该带四只蜘蛛来，"嘉德·拉齐斯说道，"但我还是赢了。我的蜘蛛现在就在地底下吃那该死的饲母。"

克莱斯没有回应。他在等待着。阴影中有一些动静。

忽然间，红色个体纷纷从城门里涌出来。它们爬上城堡，各就各位，开始修补蜘蛛造成的破坏。其他颜色的队伍也解散了，开始撤回各自的角落。

"嘉德，"西蒙·克莱斯说道，"我想你大概没搞清楚到底是谁在吃谁。"

往后的那一周，拉齐斯带来四条银色小蛇。沙王没费多大力气就把它们消灭了。

接着，他又带来一只黑色大鸟。它吃掉了三十多只白色个体，而其拍击与冲撞也几乎毁掉了城堡。然而到最后，它的翅膀变得疲惫无力，无论它停落在何处，都会遭到沙王的攻击。

再往后，是一盒甲虫，模样跟沙王差别不大，但非常非常愚蠢。橙色与黑色的联军冲破它们的阵形，将它们分割消灭。

拉齐斯开始给克莱斯打欠条。

大约就是在此期间，克莱斯再次遇到了凯特·穆雷恩。那天晚上在阿斯加德，他去最喜欢的餐厅吃饭。他在她餐桌前短暂地停留了片刻，向她描述战争游戏，并邀请她一起参加。她涨红了脸，然后控制住情绪，态度变得冷冰冰的。"得有人制止你，西蒙。我觉得这事我必须管一管。"她说道。克莱斯耸耸肩，然后愉快地吃了一顿晚餐，并不把她的话当回事。

一周后，一名矮小结实的女子来到他家门口，并向他出示警察腕带。"我们接到投诉，"她说道，"你是不是养了满满一缸危险的昆虫，克莱斯？"

"不是昆虫。"他恼怒地说，"过来，我给你看。"

看到沙王之后，她摇了摇头："这可不行。你了解这些生物吗？你知道它们来自哪个星球吗？它们有没有获得生态管理局的批准？你有没有准饲养证？我们接到报告，它们是食肉性的，可能很危险。报告里还说，它们是半智慧生物。你究竟是从哪儿搞来这些怪物的？"

"沃与协德公司。"克莱斯答道。

"没听说过。"那女人说道，"也许是偷运进来的，他们很清楚，我们的生态学家决不会批准。不，克莱斯，这样可不行。我得没收饲养缸，然后把它销毁。而你也得交一点罚款。"

克莱斯提出给她一百标准币，让她彻底忘记他和这些沙王的事。

她说道："现在，我还得给你加上一条企图行贿的罪名。"

他一直将价码提升到两千标准币，才把她说服。

"要知道，这可不容易，"她说道，"需要修改许多表格，抹除许多记录。另外，伪造生态学家出具的准证也很费时间，更别提还要应付投诉人了。假如她再来问怎么办？"

"把她交给我来处理吧。"克莱斯说，"让我来处理。"

他思索了片刻。当天夜晚，他联系了几个人。

首先，他接通宠物商泰特兰。"我要买只狗，"他说，"一只狗崽。"

圆脸的商贩惊讶地看着他："狗崽？那可不是你的风格，西蒙。不如你来看一看？我有很有趣的货色。"

"我需要一只符合特定要求的狗崽，"克莱斯说道，"我来描述它的特征，你记一下。"

然后，他拨通伊迪·诺地安的号码。"伊迪，"他说道，"我想要你今晚带着全息设备过来一次。我打算摄录一场沙王的战斗，送给一个朋友做礼物。"

那天晚上，他们录下了战斗。西蒙·克莱斯迟迟未睡。他在全感系统上看了一部有争议的新片，然后给自己弄一点小吃，抽了一两支欢乐棒，又打开一瓶红酒。他手握酒杯，得意扬扬地信步走入客厅。

灯没有开，饲养箱里的光使得屋内的影子泛出深邃的暗红色调。他走到自己的领地跟前。他很好奇，不知黑色沙王修补城堡的工程进展如何。那小狗把城堡弄得一片狼藉。

修复工作进行得不错，但当克莱斯通过放大眼镜观察时，正巧看到那张脸，把他吓了一跳。

他往后退缩，眨了眨眼，咽下一大口酒，再次仔细观瞧。

城墙上的脸仍然是他，但扭曲变形，感觉完全不对劲。他的脸颊鼓鼓囊囊，就像是猪，他的笑容狰狞狡诈。他看上去充满恶意，简直令人难以置信。

他不安地绕着饲养缸转圈，察看其他城堡。它们略有差别，但本质上都一样。

橙色沙王的画省略了大部分细节，但结果依然显得恐怖而野蛮——冷酷的嘴，无情的双眼。

红色沙王的画则赋予他魔鬼般扭曲的笑容，嘴角的形状既丑陋，又古怪。

他最喜欢的白色沙王塑造出一个残忍而愚蠢的神。

西蒙·克莱斯愤怒地将酒杯扔向房间另一头。"好大的胆子，"他低声说道，"浑蛋，现在你们一个礼拜别想吃东西……"他的声音在颤抖，"我得教训教训你们。"他想到一个办法。他大踏步走出房间，返回时手里拿着一把古老的铁制掷剑。它有一米长，尖端依然锋利。克莱斯微笑着爬上去，将饲养缸顶盖移开一点点，露出沙漠一角，刚好让他有足够的操作空间。他俯身用剑戳刺下方的白色城堡。他把剑来回舞动，击毁了塔楼、城垛和围墙。沙石纷纷崩塌，埋没许多到处乱爬的个体。他手腕一甩，削去了沙王塑造的那幅充满侮辱与讽刺的肖像。然后，他将剑尖对准黑乎乎的洞口，用尽全力刺向饲母所在的地底洞穴。他听见咯吱一声，手上感觉到阻力。所有个体一阵战栗，无力地摊倒下去。克莱斯满意地抽回了剑。

他留意观察了片刻，不知饲母是否已被杀死。掷剑的尖端黏糊糊的。最后，白色沙王又开始动起来。虽然缓慢而虚弱，但它们仍能活动。

他正准备将盖子移回去，然后继续捣毁第二座城堡，却发现手上有东西在爬。

他尖叫一声，扔下剑，将沙王从皮肤上拂落。等它掉到地毯上之后，他又用脚后跟将它踩死。尽管那只沙王已经死了，他仍把它彻底碾得粉碎。在他踩踏之下，沙王发出清脆的碎裂声。他一边颤抖，一边迅速将饲养缸再次封上，然后赶紧去冲澡，并仔细检查自己的身体。他把衣服浸在水里煮沸。

稍后，在灌下数杯红酒之后，他回到客厅。他有点羞愧，一只沙王竟把自己吓成这样。但他不打算再打开饲养缸。从此往后，盖子得永远封闭起来。然而他仍需要惩罚其他沙王。

克莱斯决定再来一杯酒，润滑一下滞涩的思维。喝完之后，他又有了灵感。他微笑着走到饲养缸旁，调节了一下湿度控制。

等到他手握酒杯在沙发上入睡之后，沙城堡开始在雨中溶化。

一阵愤怒的敲门声将他吵醒。

他醉醺醺地坐起来，感觉脑袋阵阵疼痛。宿醉总是最难受的，他心想。他跟跟跄跄地来到门厅。

门外是凯特·穆雷恩。"你这个恶魔，"她浮肿的脸上带着泪痕，"我哭了一整夜，你这浑蛋。但一切到此为止，西蒙，到此为止。"

"慢一点，"他扶着脑袋说道，"我昨晚喝醉了，头好疼。"

她咒骂着将他推开，闯进室内。跛行兽凑过来，躲在角落里看热闹。她朝着它啐了一口，然后走进客厅。克莱斯无可奈何地跟在后面。"等一等，"他说，"你要去哪儿……你不能……"他突然惊恐地停顿下来。她的左手握着一把沉甸甸的锤子。"不要啊。"他说道。

她径直向沙王的饲养缸走去："你很喜欢这些可爱的小家伙是吗，西蒙？那就跟它们一起生活吧。"

"凯特！"他尖声呼叫。

她双手握锤，用尽全力砸向缸壁。撞击声令克莱斯头疼欲裂，他发出一声绝望的呜咽。但塑料没有碎。

她再次抡起锤子。这一回，随着咔嚓一声响，缸体上出现网状的裂纹。

她正举起锤子准备砸第三下，克莱斯扑到她身上。他们挥舞着胳膊滚倒在地。她的锤子从手中掉落，她想要掐住克莱斯的脖子，但他奋力挣脱，咬了她胳膊一口，鲜血流淌出来。他们俩同时喘着气，晃晃悠悠地站起来。

"你该看看自己的模样，西蒙。"她冷冷地说，"嘴里滴着血，就跟你的宠物一样。你觉得味道怎么样？"

"滚出去。"他说道。他看到昨晚扔下的剑仍在原地，于是一把将它抄起来。"滚出去。"他一边重复，一边挥舞着剑，以加强效果，"别再靠近饲养缸。"

她朝着他大笑起来。"你不敢。"她说道，然后弯腰去捡锤子。

克莱斯嘶喊着向她猛刺。他还没回过神来，铁剑就穿透了她的腹部。凯特·穆雷恩困惑地看了看他，又低头看了看剑。克莱斯呜咽着退缩回去："我没打算……我只是想……"

她仿佛被钉在原地，鲜血直流，显然必死无疑，然而她没有倒下。"你这个恶魔！"她努力说道，但满嘴是血。令人不可思议的是，剑还在她身体里，她却猛一转身，用尽最后一点力气砸向饲养缸。早已遭受破坏的缸壁爆裂开来，塑料碎片和泥浆如同雪崩一般埋没了凯特·穆雷恩。

克莱斯发出一声短促的惊呼，手忙脚乱地爬上沙发。

沙王从客厅地板上的泥沙里冒出来，覆满了凯特的尸体，其中有几只试探性地爬到地毯上，然后数量越来越多。

他看到沙王排成翻腾扭动的阵列，抬着一件黏黏糊糊的不明物体离开饲养缸。那玩意儿有人的脑袋那么大，就像一块生肉，并阵阵脉动。

于是，克莱斯惊慌失措地逃跑了。

直到傍晚时分，他才鼓起勇气返回。他驾着飞行车来到五十千米外，那是距离最近的一座城市。他几乎吓出病来，然而一旦安全脱身，他便来到一家小餐馆，喝下数杯咖啡，吞了两片醒酒药，吃了一顿丰盛的早餐，逐渐冷静下来。

那是个令人恐惧的早晨，但反复回忆其细节无法解决问题。他又点了杯咖啡，带着冰冷的理性思考自己的处境。

凯特·穆雷恩死在他手上。他要不要去自首，并辩解说这是意外事故？不太可行。毕竟他扎穿了她的身体，而且他也告诉过那名警察，要自己来对付她。他得把证据销毁，但愿她不曾告诉过任何人今天早上的去向。她很可能没有说过。她一定是昨天深夜才收到礼物。她说哭了一整夜，而且礼物送达时，没有其他人在场。很好，他只需要处理一具尸体和一辆飞行车。

剩下的就是沙王了。它们可能有点难对付。毫无疑问，此刻它们已经全都逃跑了。他的房子里到处都是沙王，它们爬到他的床和衣服上，钻进他的食物——他感到毛骨悚然。一阵战栗之后，他压制住强烈的憎恶感。要杀死它们应该不太难，他提醒自己。他不需要考虑每一只个体，只要消灭四只饲母就行了。这应该可以办到。它们个头很大，他见过。只要找到并杀死它们就行了。

西蒙·克莱斯回家前买了一些物品，包括一套能从头到脚覆盖全身的人造皮肤，几袋毒杀岩鼠的药丸，一罐强度超标的非法杀虫剂。他还买了磁力拖曳钩。

降落后，他开始有条不紊地进行清理。首先，他通过磁力钩将凯特的飞行车与自己的车连接。他搜查了那辆车，结果运气不错。前座上有个水晶芯片，正是伊迪·诺地安拍摄的沙王录像。他本来对此还颇为担心。

等到准备好飞行车之后，他套上人造皮肤，进屋去找凯特的尸体。

她不见了。

沙子干得很快，他小心翼翼地在沙了中戳来戳去，但毫无疑问，尸体不见了。她会不会自己爬走？不太可能，于是克莱斯到处搜寻。在房子里匆匆找过一圈之后，他丝毫没有发现尸体和沙王的踪迹。他没时间彻底搜查，因为门口还有一辆可以作为罪证的飞行车。他决定稍后再试。

克莱斯家以北约七十千米处，有数座活火山。他拖着凯特的车飞往该处。在最大的一座圆锥形山体上方，他松开磁力钩，看着那辆车消失在下方微微闪光的岩浆中。

等他回到家，已是日暮时分。他犹豫不决。他想飞回城里住一晚，但否决了这个念头。这里还有活要干。他还不安全。

他将毒药丸撒在房子外围。没人会怀疑，他一直需要对付岩鼠。然后，他准备好杀虫剂，再次回到室内。

克莱斯逐一巡视每间屋子，打开所有灯，直到被耀眼的人工照明所包围。他停下来清理客厅，把沙子和塑料碎片铲回破裂的饲养缸里。正如他所担心的，沙王全都消失了。克莱斯早先制造的降水使得城堡坍塌扭曲，而剩余的废墟也随着水分的蒸发崩溃瓦解。

他皱起眉头接着搜索，肩膀上斜挎着杀虫喷雾罐。

在最底层的酒窖里，他找到了凯特·穆雷恩的尸体。

她趴在陡峭的楼梯底下，四肢扭曲，就像是滚落下去的。四周到处是白色的沙王个体，克莱斯看着尸体一顿一顿地在硬泥地上移动。

他笑出声来，将灯光调到最亮。远处角落里，在两个储酒柜之间，可以看到一座低矮的土城堡和黑黝黝的洞口。酒窖墙壁上有他的脸，虽然轮廓粗糙，但克莱斯能认得出来。

尸体又动起来，朝着城堡移了几厘米，克莱斯仿佛看到白色饲母正饥饿地等待着。它的嘴也许能吞下凯特的脚，但仅此而已。这太荒谬了。他又笑出声来，并开始走下地窖，喷雾管缠绕在右臂上，手指扣住开关，做好准备。沙王——数百只个体行动整齐划一——扔下尸体，在他和饲母之间构筑起防线，排成一片白色的阵列。

克莱斯突然又有个主意。他微笑着放下准备喷射的手。"凯特一直都是难啃的骨头，"他说道，他为自己的机智感到得意，"尤其是对你们这么小的个头来说。来吧，让我帮你们一把。毕竟我是你们的神啊！"

他退上楼梯，很快又带着一把砍刀回来了。沙王耐心地等待，看着克莱斯将凯特·穆雷恩劈剁成容易消化吸收的小块。

那天晚上，西蒙·克莱斯披着人造皮肤过夜，杀虫喷雾罐就放在手边，但并没有用到。白色沙王满足地留在酒窖里，他也没看到其他颜色的。

第二天早晨，他完成了客厅的清扫工作。除了破碎的饲养缸，客厅里没有其他的打斗痕迹了。

他稍稍吃了点午餐，便继续寻找失踪的沙王。在白昼的光亮下，这并不太难。黑色沙王搬到他的假山庭院里，建造了一座含有大量黑曜石和石英的城堡。他发现红色沙王在长期废置的游泳池底部，那里有经年累月被风吹进来的沙土。他看见这两种颜色的个体在他的地皮上到处游荡，其中有不少正将毒药丸扛回去给饲母。克莱斯决定不用杀虫剂。没必要冒险跟它们缠斗，让毒药来解决问题就行。到晚上，这两只饲母就应该死了。

剩下的只有橙色沙王还不知去向。克莱斯绕着自己的家转了几圈，逐渐向外扩大搜索范围，但仍没发现它们的踪迹。等到人造皮肤底下开始冒汗——今天又干又热——他断定这并不重要。如果它们在外面，多半也会像红色和黑色的沙王一样吃下毒药。

他走回屋里，一路上踩扁了几只沙王，心情颇为满足。他脱掉人造皮肤，安稳地享用了一顿美餐，然后终于放松下来。一切都在掌控之中。两只饲母很快就会死亡；第三只位于安全之处，等到它完成使命，也可以处理掉，而且他一定也能找到第四只。至于凯特，所有她来访的痕迹都已被抹除。

视频电话的屏幕开始闪烁，打断了他的思绪。那是嘉德·拉齐斯，他炫耀地说，今晚会带食肉蠕虫来参加战争游戏。

克莱斯已经忘记这件事，但他很快就恢复了镇静："噢，嘉德，真抱歉。我忘了告诉你，我已经感到厌倦，把沙王都处理掉了。丑陋的小怪物。对不起，今晚没有聚会。"

拉齐斯很恼火："那我的虫子怎么办？"

"放进水果篮，送给你的情人。"克莱斯说着挂断了线路。他赶紧联系其他人。沙王成群结队地在他宅院里出没，他不希望此刻有人来到家门口。

克莱斯在给伊迪·诺地安打电话时，意识到这是个令人恼火的疏漏。屏幕逐渐清晰起来，说明另一头有人接听。克莱斯切断线路。一小时后，伊迪准时到达。发现聚会取消，她十分惊讶，但也很乐意单独跟克莱斯共度一晚。他向她描述凯特看过他俩共同制作的那段全息录像之后有何反应，这令她非常愉快。同时，他也成功劝说她答应，不向任何人提起这桩恶作剧。他满意地点点头，再次往他俩杯中添酒。瓶里只剩一点点了。"我得再去拿一瓶新的，"他说道，"跟我去酒窖，帮忙挑一瓶陈年好酒。你的鉴赏能力一直比我强。"

她顺从地跟了过来，但当克莱斯打开门，示意她先进去时，她在楼梯顶端驻足不前。"怎么没有灯？"她说道，"还有这气味——这古怪的气味是怎么回事，西蒙？"

他用力一推。惊吓之下，她尖叫着滚落楼梯。克莱斯关上门，并开始用木板、钉子和气动铆钉枪把门封死，这些都是他先前特意留在此处的。等到快完工时，他听见伊迪的呻吟声。"我受伤了。"她说道，"西蒙，这是什么？"她突然提高嗓门。很快，尖叫声开始了。

那尖叫持续了几个小时，为将其屏蔽，克莱斯在全感系统里点了一部轻松诙谐的喜剧。

等到克莱斯认定她已经死了，便将她的飞行车也拖到北方的火山口销毁。事实证明，那磁力钩是很有价值的投资。

第二天早上，克莱斯下去查看，酒窖门后面传来窸窸窣窣的怪声。他不安地听了一阵，心中寻思，也许伊迪·诺地安还活着，此刻正在抓门，想要跑出来。这似乎不太可能。一定是沙王。但那意味着什么，克莱斯不愿去想。他决定让门继续保持封闭，至少暂时如此。他拿着铲子跑出去，打算把红色和黑色的饲母掩埋在各自的城堡里。

他发现它们依然活得好好的。

黑色的城堡由闪烁的火山岩晶体构成，上面爬满了沙王，不断对其修补改进。最高的塔楼已抵达他的腰间，并镶嵌着他那丑陋的面部肖像。当他靠近时，黑色个体停下劳作，组成两个杀气腾腾的方阵。克莱斯回头一瞥，看到还有其他个体截断他的后路。他惊慌失措地扔下铲子，飞奔逃离包围圈，脚下又踩死了几只个体。

红色的城堡沿着泳池壁攀升，饲母安全地待在坑洞里，周围尽是沙石水泥和防御工事。游泳池底下爬满了红色沙王。克莱斯看着它们将一只岩鼠和一只大蜥蜴抬进城堡。他从泳池边退开，惊恐中，感觉踩碎了什么东西。他低头一看，三只个体正爬上他的腿。他把它们掸下去踩死，但其他个体迅速赶来。它们比记忆中要大，有的几乎跟他大拇指差不多。

他赶紧逃跑。等到安全地返回屋内，他气喘吁吁，心脏怦怦直跳。克莱斯迅速地关门上锁。房子里应该没有讨人厌的害虫，他应该很安全。

一杯烈酒过后，他的情绪稳定下来。看来毒药对它们不起作用，他心想。他应该想到的。沃警告过他，饲母什么都吃。他必须用杀虫剂。克莱

George R. R. Martin

斯又喝下一杯酒，然后套上人造皮肤，背起药罐。他打开门。

沙王正在外面等候。

面对共同的威胁，两支军队已联合起来，一起对付他，而且数量比预料的多。该死的饲母，生育速度就跟岩鼠一样快。到处都是沙王，仿佛一片翻腾的海洋。

克莱斯举起喷雾管，拨动开关。最靠近的沙王阵列被一阵灰雾笼罩。他的手来回晃动。

雾气所到之处，沙王在剧烈的挣扎抽搐中死去。克莱斯露出微笑。它们不是他的对手。他在身前大幅度来回喷洒，充满自信地向前踏步，跨过一堆黑色与红色的尸体。沙王的军队往后退去。克莱斯继续前进，意图杀出一条路来，直取饲母。

突然，它们不再撤退。上千只沙王朝他涌来。

克莱斯料到会有反击。他没有退缩，只是将那迷雾之剑在身前反复地来回挥舞。它们不断冲上来送死。有少数几只突破进来，因为他不可能同时喷到所有地方。他感觉到它们沿着双腿爬上来，大颚徒劳地咬啮着高强度塑料人造皮肤。他不予理会，继续喷雾。

接着，他开始感觉头部和肩部受到轻微的撞击。

克莱斯一阵战栗，转身望向上方。他的房子正面爬满了涌动的沙王，都是黑色和红色，多达数百只。它们纷纷朝着他飞跃下来，落在他身边四周。其中一只掉到他面罩上，大颚在他眼前晃动，他赶紧惊恐地将它拨下去。

他举起喷雾管，向着空中和房屋喷洒，直到发动空袭的沙王死亡殆尽。喷雾回落到他身上，呛得他阵阵咳嗽。他一边咳，一边继续喷洒。等到屋子跟前的沙王被清理干净，克莱斯才将注意力转回地面。

它们已将他团团围住，而他身上也有数十只在匆匆爬行，更有数以百计的个体快速向他袭来。他将喷雾对准它们，但管子里没东西出来。克莱斯听到吱的一声响，一大团致命的雾气从肩膀后面升起，笼罩着他，让他喘不过气来。他的双眼受到刺激，视线一片模糊。他伸手去摸管子，结果手上沾满濒死的沙王。喷雾管被它们咬断了。他的周围全是杀虫剂，眼睛也看不清。他发出一声尖叫，一边跟跟跄跄朝着房子奔逃回去，一边拍打身上的沙王。

到了屋里，他封住大门，瘫倒在地毯上，然后来回滚动，直到确信已把它们全都碾死。此刻，药罐已经空了，无力地嗞嗞作响。克莱斯扒下人造皮肤，冲了个澡。喷头里的热水烫得他皮肤又红又疼，但也不再感觉有东西爬来爬去。

他紧张不安地抖开自己最厚的工作裤和皮衣，穿到身上。"该死，"他不停地嘟囔，"该死。"他的嗓子很干。经过一番彻底搜查，他确信门厅是干净的，这才坐下来喝了一杯。"该死。"他重复道。倒酒时，他的手在颤抖，酒洒到了地毯上。

酒精让他的情绪安定下来，但无法冲走恐惧。他又喝下一杯，然后悄悄来到窗口。沙王正在厚实的塑料窗户上挪动。他一阵战栗，退回到通信台跟前。必须求助，他激动地想。他打算给政府部门打电话，警察会带来火焰喷射器，然后……

西蒙·克莱斯拨到一半停了下来，发出一声叹息。他不能联系警察。他必须告诉他们地窖里有白色沙王，然后他们就会发现尸体。也许饲母已经吃掉了凯特·穆雷恩，但一定还没吃完伊迪·诺地安。他甚至没把她给切开。另外，骨头也会剩下。不，联系警察只能是最后的办法。

他坐在通信台前，皱起眉头。他的通信设备占据了整堵墙，能够联系到博德星上任何一个人。他有很多钱，而且足智多谋——他总是为自己的足智多谋感到骄傲。他能处理好这件事。

他考虑给沃打电话，但很快否决了这个主意。沃知道得太多，她会提问题，而且克莱斯也不信任她。不，他需要一个既不会问问题，又能按照他吩咐行事的人。

George R. R. Martin

他的愁容舒展开来，渐渐转变为微笑。西蒙·克莱斯认识很多人。他拨了一个很久都没用过的号码。

一张女人的脸在屏幕上逐渐成形：白发，长长的鹰钩鼻，表情淡漠。她的嗓音干脆利落。"西蒙，"她说道，"生意如何？"

"生意还不错。莉桑德拉，"克莱斯答道，"我有个活儿要交给你。"

"清除工作？比起上一次，我的价格涨了，西蒙。毕竟已经有十年了。"

"价钱不会亏待你，"克莱斯说，"你知道我很慷慨。我需要你干一点除虫的活儿。"

她露出淡淡的笑容："不需要说得这么隐晦，西蒙。线路是安全的。"

"不，我是说真的。我这里闹虫害，危险的虫子。帮我解决它们。不要多问。明白吗？"

"明白。"

"很好。你需要……哦，三四个助手。穿上耐高温的人造皮肤，带上火焰喷射器、激光枪之类的装备。到我家之后，你就能看到问题所在。许许多多虫子。在我的假山庭院和旧游泳池里有城堡。把它们捣毁，杀死里面的所有东西。然后来敲门，我会告诉你还有什么需要清理。你能马上过来吗？"

她的脸上毫无表情："我们一小时内出发。"

莉桑德拉信守承诺，她驾着一辆轻便的黑色飞行车到达，还带来三名助手。克莱斯安全地从二楼窗口观察。他们全都套着黑色的塑料人造皮肤，看不见脸。其中两人背着便携式火焰喷射器，第三个带有激光加农炮和炸药。莉桑德拉什么都没拿。克莱斯是通过她发号施令的姿态认出来的。

一开始，他们的飞行器从低空掠过，察看形势。沙王变得狂躁起来。鲜红与乌黑的个体到处乱爬，无所不在。克莱斯居高临下，看到假山庭院里的城堡有一人高。城墙上爬满黑色的守军，源源不断的队列一直延伸至地下深处。

莉桑德拉的飞行车停落在克莱斯的车旁，助手们跳出来，准备好武器。他们看上去不近人情，致命而危险。

黑色的军队挡在他们和城堡之间。红色的——克莱斯忽然意识到，他看不见红色的沙王。他眨了眨眼：它们去了哪里？

莉桑德拉一边指点，一边叫嚷，两台火焰喷射器分头朝着黑色沙王开火。他们的武器发出沉闷的突突声，然后喷吐出长长的火舌，蓝色与猩红的火焰袭向前方，将沙王烤成焦尸。助手们交错地来回喷火，效率很高。他们小心翼翼地向前推进。

黑色的军队在烧灼下瓦解，沙王个体四散奔逃，有的跑回城堡，有的奔向敌人，但都无法接近操作火焰喷射器的助手。莉桑德拉的手下十分专业。

接着，其中一人脚下一绊。

至少看起来他是绊了一下。克莱斯仔细观察，发现那人脚下的地面发生了塌陷。隧道。他一阵战栗，心中满是恐惧——隧道、坑洞、陷阱。周围的地面突然像是炸开了锅，喷焰手陷了下去，沙子一直埋到腰间，浑身覆满鲜红色的沙王。他丢下火焰喷射器，开始疯狂地在身上乱抓。他的嘶喊声十分恐怖。

他的同伴稍一犹豫，然后掉转喷射的方向。一阵猛烈的火焰同时吞没了人和沙王，尖叫声骤然停止。第二名喷焰手满意地再次转向城堡，往前又跨出一步。他的脚陷入沙地，直没至脚踝。惊恐之下，他试图撤退，但周围的沙子全都塌陷下去。他一个趔趄，失去了平衡，双手拼命摆动，一边挣扎，一边打滚，但到处都是沙王，数量庞大，仿佛沸腾的开水般将他淹没。他的火焰喷射器被丢在一边，毫无用处。

克莱斯使劲敲打窗户，大声呼叫，以吸引注意力："城堡！摧毁城堡！"

George R. R. Martin

站在后方飞行车旁的莉桑德拉听到了他的喊叫，于是比了个手势。第三名助手用激光炮瞄准射击。光束越过地面，削去了城堡的顶端。然后他猛然切向下方的沙石城垛。塔楼倒塌崩溃，克莱斯的脸碎裂开来。激光射入地面，来回搜寻。城堡已经崩塌成一堆沙子，但黑色个体依然在动。饲母埋得太深，难以触及。

莉桑德拉再次发令。她的助手扔下激光炮，拿着炸药向前冲去。他跳过仍在冒烟的第一个喷焰手的尸体，落在假山庭院坚实的地面上，然后掷出炸药。圆球状的炸弹稳稳地落在黑色城堡的废墟上。爆炸掀起一大团沙子、岩石和沙王个体，炽烈的强光照得克莱斯睁不开眼。一时间，沙尘遮掩了一切，沙王和它们的碎尸如雨点般落下。

克莱斯看到黑色的个体全都死了，不再动弹。

"泳池，"他透过窗户向下呼喊，"摧毁池子里的城堡。"

莉桑德拉立刻就明白了。地面上布满一动不动的黑色个体，但红色沙王正迅速撤退，准备重新集结。她的助手犹豫不决，然后伸手掏出另一颗炸弹。他往前跨出一步，但在莉桑德拉的招呼下，又向她跑了回来。

接下来的事很简单。他来到飞行车旁，莉桑德拉载着他升空。克莱斯奔到另一间屋子的窗口望出去。他们低低地掠过泳池，助手安全地从车里朝着下方的红色城堡投掷炸弹。四轮过后，城堡已难以辨识，沙王也不再动弹。

莉桑德拉办事十分周详稳妥。他们又分别将两座城堡轰炸了几轮，然后，助手用激光炮有条不紊地来回扫射，直到这一小块土地下绝不可能再有任何完整的活物。

最后，他们来敲他的门。克莱斯绽出狂喜的笑容，让他们进屋。"干得漂亮，"他说道，"干得漂亮。"

莉桑德拉脱下人造皮肤的面罩："这次你得付不少钱，西蒙。死了两个助手，更别说我自己也冒着生命危险。"

"当然，"克莱斯不假思索地说，"我会支付一大笔钱，莉桑德拉。不管你要多少，快把剩下的活儿干完。"

"还有什么活儿？"

"你得把我的酒窖清理干净，"克莱斯说，"那底下也有一座城堡，而且你不能用炸药。我不想把整栋房子都弄塌。"莉桑德拉朝着助手挥挥手："出去把拉吉克的火焰喷射器拿来，那个应该没坏。"

他默默地带着武器返回，做好准备。克莱斯领着他们走下去，来到酒窖边。

跟他离开时一样，那厚实的门依然钉得死死的，但略微向外鼓出，仿佛是在巨大的压力下发生弯曲。另外，此处寂静无声，更让克莱斯感到不安。莉桑德拉的工人移除钉子和木板时，他站得离门远远的。"这东西在室内安全吗？"他指着火焰喷射器嘟囔，"要知道，我也不想房子着火。"

"我有激光，"莉桑德拉说道，"我们用激光杀虫子。火焰喷射器可能用不到，但我也要以防万一。有些事比着火更可怕，西蒙。"

他点点头。

最后一块木板从地窖门上脱落，底下依然没有动静。莉桑德拉命令手下退到她身后，并将火焰喷射器对准门口。她再次戴上面罩，提起激光炮往前走，然后拉开那扇门。

没有动静，没有声音，下面黑漆漆的。

"有灯吗？"莉桑德拉问道。

"就在门里面，"克莱斯说，"右手边。小心点，楼梯很陡。"

她踏入门内，将激光炮交到左手，伸出右手去摸灯的开关。毫无反应。"我摸到了，"莉桑德拉说，"但好像没……"

她发出尖叫，跟跟跄跄地退回来。一只硕大的白色沙王附在她右手腕上，大颚咬穿了人造皮肤，鲜血不断涌出。那沙王足有她的手那么大。

莉桑德拉惊恐地在屋里乱窜，手往身边的墙上猛砸，发出一下又一下沉闷扎实的撞击声。最后，沙王掉落下来。她呜咽着双膝跪倒。"我的手指大概断了。"她轻声说。她的血仍流个不停，激光炮被丢在地窖附近的地板上。

"我不下去。"她的助手坚决而清晰地宣告道。

莉桑德拉抬头看着他。"不用下去，"她说道，"就站在门口，把它烧掉，全部烧成灰。明白吗？"

他点点头。

西蒙·克莱斯闷哼了一声。"我的房子。"他说道。他的胃里一阵抽搐。那白色沙王个头如此巨大，也不知底下还有多少。"不，"他继续道，"别管它了。我改主意了。别管它了。"

莉桑德拉理解错了。她举起那只手，上面覆满鲜血和青黑色的黏液："你的小伙伴把我的手套咬穿了，你也看到了，要摆脱它有多难。我才不管你的房子，西蒙。无论那底下是什么，都必须杀死。"

克莱斯没怎么留意她的话。他似乎看到酒窖门内的阴影里有动静。他想象着一支白色的军队蜂拥而出，每一只都像攻击莉桑德拉的沙王那么大。他仿佛看见自己被上百条细小的胳膊抬起，拖入黑暗之中，而饲母正饥饿地等待着。他很害怕。"不要。"他说道。

但他们不予理会。

莉桑德拉的助手正准备喷火，克莱斯冲上前，用肩膀撞击他的后背。他哼了一声，脚下不稳，跌入前方的黑暗中。克莱斯听着他滚落楼梯。接着是一阵嘈杂的声响——窸窸窣窣的爬行声，啪啪的咬合声，以及轻微的嘎吱声。

克莱斯转身面对莉桑德拉。他浑身浸满冷汗，但心中有股病态的兴奋感，甚至有点像性爱。

莉桑德拉镇静冷酷的眼睛透过面罩看着他。"你要干什么，"她问道，"西蒙？"克莱斯捡起她扔下的激光炮。

"求和。"他咯咯笑道，"它们不会伤害神，只要神对它们慷慨仁慈。我太残酷了，让它们挨饿。你瞧，现在得弥补一下。"

"你疯了。"莉桑德拉说道。这是她最后的遗言。克莱斯在她胸前烧出一个窟窿，足够让他的手臂穿过。他沿着地板拖曳尸体，并将它推落地窖的楼梯。底下的声音更加嘈杂——有甲壳的撞击与摩擦，也有黏湿的回音。克莱斯再次把门钉死。

逃离时，他心中充满强烈的满足感，仿佛糖浆一般裹在恐惧之外。他怀疑这不是自己的情绪。

他计划离开家，飞往城里，找个房间住一晚，或者住一年。但克莱斯开始喝酒。他自己也不清楚原因。他不停地喝，然后剧烈地呕吐到客厅地毯上。不知何时，他睡着了。等到醒来时，屋内一片漆黑。

他畏缩在沙发里，听见一种噪声，四面八方的墙壁里有东西在挪动。他的听觉特别灵敏。每一阵轻微的响动都是沙王的脚步声。他闭上眼等待着它们那可怕的触探。他不敢动，以免碰到沙王个体。

克莱斯在哭泣，他一动不动，但什么事都没发生。

他再次睁开眼，打了个激灵。阴影开始变得柔和，逐渐消退。月光透过高高的窗户照射进来。他的眼睛开始调节适应。

客厅里空荡荡的，什么都没有，只有他的恐惧和醉意。

西蒙·克莱斯定了定神，站起来去开灯。

什么都没有。房间里安静而颓废。

他仔细倾听，依然什么都没有。墙壁里没有声音。那都是出于他的想象和恐惧。

他不由得回忆起莉桑德拉和地窖里的东西。他感到既羞愧又愤怒。为什么他要这样做？他本可以协助她烧毁这一切。为什么……他知道为什么。是饲母影响了他，让他感到恐惧。沃说过，即使是很小的饲母，也具有超能力，而如今它已经长到那么大。它吃了凯特和伊迪，现在那底下又有两

George R. R. Martin

具新尸体。它将继续生长。而且已经尝到了人肉的滋味，他心想。

他开始颤抖，但努力控制住自己。它们不会伤害他。他是神。白色沙王一向是他最喜欢的。

他仍记得自己用掷剑戳刺它的情形。那是在凯特来访之前，这家伙真该死。

他不能留在此处。饲母将会再次感到饥饿。它现在个头那么大，用不了多久就会饿的。它的胃口大得惊人。到那时，它会怎么办？他必须趁着它仍困在酒窖里赶紧离开，安全地回到城市。那底下只有石灰和硬泥地，沙王会挖掘地道。一旦它们获得自由……克莱斯不愿多想。

他到卧室里整理打包。他带了三个包。他只需要一套替换衣服，其余的空间填满了贵重物品，包括首饰、艺术品等不容丢失的东西。他没打算回来。

跛行兽跟着他走下楼梯，眼睛闪闪发光，憎恶地瞪视着他。它非常瘦。克莱斯意识到已经很久没给它喂食。通常它都能照顾好自己，但最近显然猎物很少。它试图抱住他的腿，他大声斥骂，将它踢走。它充满怨气地跑开了。

克莱斯狼狈地提着包溜到门外，然后带上门。

一时间，他倚着自己的房子，心怦怦直跳。他和飞行器之间只隔着几米远。他不敢走过去。月光很亮，房子前面仍是屠杀的场景。两名喷焰手的尸体依旧躺在原地，一个被烧得扭曲焦黑，另一个肿胀充气，埋在一大堆沙王的死尸下面。四周到处都是红色与黑色的个体，他必须努力提醒自己，它们已经死了。因为它们以前也总是像这样静静地等待着。

荒唐，克莱斯告诉自己。这又是酒醉引起的恐惧。他已看到城堡被炸裂。它们死了，而白色饲母还困在地窖里。他使劲深吸了几口气，朝着遍地的沙王走去。它们在脚下嘎吱嘎吱地碎裂。他使劲把它们踩到沙地里。它们没有动。

克莱斯露出微笑，一边缓缓地穿过战场，一边聆听。

咔嚓。嘎吱。咔嚓。代表安全的声音。

他将包放到地上，打开车门。

有什么东西从阴影中爬出来，飞行车的座椅上有个苍白的影子，跟他的小臂差不多长。它的大颚轻微地互相撞击，并用遍布全身的六只小眼睛看着他。

克莱斯尿在了裤子里，他缓缓地往后退。

飞行车里有更多东西在动。他没关上车门。沙王从车里钻出来，谨慎地向着他前进。其他沙王也跟了上来。它们早就钻入车座的装饰面料里，一直躲在座位底下，但现在都爬了出来。它们在飞行车周围排成一个参差的圆。

克莱斯舔了舔嘴唇，转身向着莉桑德拉的飞行车快速奔去，但还没跑到一半就停了下来。那辆车里也有动静。月光下，巨大的白色身影若隐若现。

克莱斯哼哼唧唧地朝着房子退回去。在大门前，他抬头观看。

十来个长长的白色身影正沿着建筑物外墙来回爬动。其中四只聚集在废弃的钟楼顶上，就是先前食腐鹰的巢穴那里。它们在雕刻一张脸，一张非常熟悉的脸。

西蒙·克莱斯尖叫着奔进屋里。

喝下大量的酒之后，他很快便如愿以偿地昏睡过去。但他现在醒了。但他还是醒了。他头疼得厉害，身上臭烘烘的，而且感到饿，非常非常饿。他从没有过如此饥饿。

克莱斯知道，这不是他自己胃里的感觉。

一只白色沙王从卧室的梳妆台上看着他，触角微微晃动。它就跟昨晚飞行车里那只一样大。他非常口渴，干得就像一张砂纸。他舔了舔嘴唇，逃离房间。

George R. R. Martin

房子里到处是沙王，他落脚时必须小心。它们似乎都忙着自己的事，在墙壁里钻进钻出，改造他的房子，到处雕刻。曾经有两次，他在意想不到的地方发现自己的肖像正直勾勾地看着他。雕像的脸歪斜扭曲，充满恐惧。

他走到外面，想要用院子里腐烂的尸体平息白色饲母的饥饿。两具死尸都不见了。克莱斯记得，沙王个体可以轻而易举地搬动比自己重许多倍的物体。

即便如此，饲母仍然感到饥饿，这实在是很可怕。

克莱斯重新回到屋里，一队沙王正蜿蜒地走下楼梯，每一只都扛着一块跛行兽的碎尸。那脑袋经过他身边时，仿佛怨恨地瞪视着他。

克莱斯清空了冰箱和橱柜，把家里所有吃的都堆在厨房地板中央。十来只白色沙王等着搬运食物。它们扛走了所有东西，只是避开冰冻食品，让它们留在原地解冻，流了一地的水。

等到所有食物都被搬完，克莱斯虽然什么都没吃，却感觉饥饿略有减轻。不过他知道缓解只是暂时的，饲母很快又会感到饥饿。他必须给它喂食。

克莱斯知道该怎么办。他来到通信台跟前。"马拉德，"第一个朋友应答后，他轻松地说道，"我今晚要搞个小聚会。我明白这实在是很仓促，但希望你能来。真的。"

接着，他又打给嘉德·拉齐斯等人。最后，有九个人接受邀请。克莱斯希望那应该够了。

克莱斯在屋外迎接客人——沙王个体很快就把场地清理干净，地面看上去跟战斗前几乎没有分别——带着他们走到大门跟前。他让他们先进去，自己却没有跟进门。

等到有四个人进屋之后，克莱斯终于鼓起勇气。他在最后一名客人身后把门关上，惊呼声很快转变成语无伦次的尖叫，但他不予理会，朝着那人开来的飞行车疾奔而去。他安全地溜进车内，拨弄启动面板，然后爆出一串咒骂。当然，根据程序设定，只有主人的指纹才能让它升空。

下一个到达的是嘉德·拉齐斯。他的飞行器一降落，克莱斯便跑了过去。拉齐斯刚刚爬出来，就被他拽住胳膊。"回到车里去，快，"他一边说，一边推搡，"带我去城里。快，嘉德。快离开这儿！"

但拉齐斯只是瞪着他，不愿挪动："出什么事了，西蒙？我不明白。你的聚会怎么办？"

然后一切都太迟了，周围的散沙扰动起来，许多红色的眼睛凝视着他们，大颚咔嗒作响。拉齐斯发出一声呜咽，意图回到飞行车里，但一双大颚咬住了他的脚踝，突然间，他已跪倒在地。沙子沸腾起来，地底下似有大量活动。嘉德一边挣扎，一边发出恐怖的呼喊，最后，他被撕成了碎片。克莱斯几乎不忍直视。

他没有再尝试逃跑。等到一切都结束之后，他将酒柜里的存货全都清理出来，喝得酩酊大醉。他明白，这是最后一次享受这种奢侈。家里其余的酒都藏在酒窖底下。

克莱斯一整天都没碰过一口食物，但那强烈的饥饿终于得到平息，于是他在饱腹感中睡了过去。坠入噩梦连连的睡眠之前，他还在思索明天能叫谁来。

第二天早晨干燥而炎热。克莱斯睁开眼，看到梳妆台上又有一只白色沙王。他赶紧闭上眼，希望梦境离他而去。这不是梦，他也无法再入睡。很快，他发现自己凝视着那怪物。

看了五分钟，他才意识到其中的怪异之处：那只沙王没有动。

当然，沙王个体可以保持一种异样的静止。他曾经无数次看到它们静立守候。但它们总会有一点点小动作——大颚互相咬合，腿微微颤动，细长的触角摇摇摆摆。

然而梳妆台上的沙王是完全静止的。

克莱斯站起身，屏住呼吸，不敢奢望。它死了吗？有谁把它杀了？他穿过屋子。

它的眼睛黯淡无光。这家伙的身体似乎有点肿胀，仿佛内部发生了腐烂，充满气体，向外推挤着白色的甲壳。

克莱斯颤抖地伸手触摸。

它是热的——甚至有点烫——而且越来越热。不过它没有动。

当他收回手时，沙王的白色外壳有一小块掉落下来。底下的肉是同样的颜色，但似乎更加柔软，有点胀鼓鼓的，好像还在阵阵脉动。

克莱斯往后退开，奔向门口。

走廊里也有三只白色个体，状态跟卧室里的那只相同。

他奔下楼梯，跃过一只只沙王。它们全都没有动。房子里到处都是沙王，也不知是死了，还是在昏睡。克莱斯不在乎它们出了什么问题，只知道它们无法动弹。

他在自己的飞行车里又找到四只，并逐一将它们扔到尽可能远处。该死的怪物。他钻回车里，坐到被咬得破破烂烂的椅子上，按下启动面板。

没有反应。

克莱斯一次次地尝试。一点反应都没有。这不公平。那是他的飞行车，应该能够启动。他不明白为什么飞行车无法升空。

最后，他下车查看，已做好了最坏的打算。他找到了原因，沙王撕裂了重力网栅。他被困住了。他还是被困住了。

克莱斯神情阴郁地回到屋里。他来到收藏室。杀死凯特·穆雷恩的掷剑旁边还挂着一把古老的斧子。他找到那斧子，开始行动起来。即使他将沙王劈成碎片，它们也没有动。但当他劈下第一斧时，沙王的身体几乎崩裂开来，四散飞溅。里面的东西非常恶心，仿佛半成形的古怪器官，伴有黄色的脓水，还有一种红色的黏液，看起来有点像人血。

捣毁了二十个沙王之后，克莱斯意识到这没有用。那些个体其实算不上什么，而且数量如此庞大。就算他劈砍一天一夜，也无法将它们全都杀死。

他必须到酒窖底下去，用斧子对付饲母。

他坚定地走下楼梯。看到门之后，他停了下来。

这不再是一扇门。墙壁已经被咬开，门洞是原来的两倍大，而且变成了圆形。这根本就是一个巢穴。黑漆漆的洞口已经没有迹象表明，此处曾经是一扇钉死的门。

下面似乎还有一股令人作呕的恶臭飘上来。

墙壁湿漉漉的，带有血迹，并覆盖着一片片白色真菌。

更可怕的是，它在呼吸。

克莱斯站在对面，感觉到一股呛人的暖风向他袭来，等到气流掉转方向，他逃了出去。

回到客厅后，他又捣毁三只个体，然后浑身瘫软下来。这是怎么回事？他不明白。

然后他记起来，只有一个人可能会知道。克莱斯再次走到通信台跟前，匆忙中又踩到一只沙王。他狂热地祈祷通信设备仍能正常工作。

佳拉·沃应答之后，他几乎精神崩溃，把一切都告诉了她。

她让他一口气说完，中间没有打断。她那瘦削苍白的脸上除了略略皱眉之外，毫无表情。克莱斯讲完之后，她只是说："我应该把你留在那儿不管。"

克莱斯开始哭号："不，帮帮我。我会付钱……"

"我应该把你留在那儿，"沃重复道，"但我不会。"

"谢谢，"克莱斯说，"噢，谢谢——"

"安静，"沃说道，"听我说。这是你自己造成的。如果你善待沙王，它们会成为典雅威严的战士。然而你用饥饿与折磨让沙王变得扭曲变态。你是它们的神。它们的特性是由你塑造的。地窖里的饲母陷入了病态，你对它造成的伤害仍没有消除。它多半是疯了。它的行为……不正常。

"你必须赶快离开。那些个体并没有死，克莱斯。它们处在休眠状态。我告诉过你，它们长大时会蜕壳。事实上，外壳脱落通常应该更早。我从没听说过它们长到像你的白沙王那么大却依然处在昆虫形态。我猜那也是你伤害白色饲母的结果。这不重要。

"重要的是，你的沙王正在变形。你瞧，随着饲母逐渐长大，它会变得越来越聪明。它的超能力会增强，思维越来越复杂，野心也更大。当饲母的个头很小，感知力仍未完全成形时，披着甲壳的个体就够用了，但现在它需要更好的仆人，需要能力更强的躯体。你明白吗？所有个体都将孵化成一种新的沙王。我说不准究竟是什么样。每个饲母都有不同的规划，以适应自身的需求。但它一定有两条腿、四条胳膊，还有与其他手指处在相对位置的大拇指。它能制造和操作先进的机器。沙王个体没有感知，但饲母的的确确是有感知的。"

西蒙·克莱斯瞠目结舌地看着屏幕上沃的图像。"你的工人，"他费劲地说，"来我这儿……安装饲养缸的……"

佳拉·沃挤出一丝笑容。"协德。"她说道。

"协德是沙王。"克莱斯麻木地重复道，"你卖给我一缸……一缸……婴儿，啊……"

"别说得这么荒诞，"沃说道，"初始阶段的沙王更像是精子，而不是婴儿。战斗能调节和控制它们的天性。只有百分之一的沙王长到第二阶段。只有千分之一能达到最终的第三态，变成像协德那样。成年沙王对小饲母没什么感情。它们数量太多，而其个体就像是讨厌的害虫。"她叹了口气，"说了这么多都是浪费时间。白色沙王很快就会完全恢复意识。它不再需要你。它恨你，而且会非常饥饿。变形需要消耗精力。饲母在变形前后都要大量进食。所以你必须离开，明白吗？"

"我没法离开。"克莱斯说，"我的飞行车被毁了，也无法启动其他人的。我不知道如何重新设置程序。你能来接我吗？"

"可以，"沃说道，"我和协德马上出发，但从阿斯加德到你家有两百多千米。而且，为了对付你制造出的变态沙王，我们需要准备一些设备。

你不能等在那儿。你可以用两条腿走，尽量朝着正东方走，越快越好。那片区域相当荒芜。我们从空中很容易搜索到你，而你也能安全地远离沙王。明白吗？"

"好的，"西蒙·克莱斯说道，"好的，噢，好的。"

等他们结束通话，他迅速走向门口。走到一半，他听到一声响——有点像撕裂声，又有点像爆破声。

一只沙王裂了开来。四只小手从缝隙中伸出，上面覆盖着介于粉色与黄色之间的血液，并开始用力将死皮撑开。

克莱斯奔跑起来。

他没想到天气如此炎热。

山地崎岖而干旱，克莱斯竭尽全力快速逃离宅邸，直到胸口胀痛，气喘吁吁。然后他开始走，但一旦恢复过来，就又开始奔跑。在炙热的太阳底下，他连跑带走，赶了将近一小时的路。他汗流如注，后悔没想到要带一点水。他望向天空，希望看到沃和协德。

他的身体无法承受如此剧烈的运动。天气太热太干，他的健康状况并不好，但他仍继续前进。他记得饲母的呼吸。此刻，那些扭动的小怪物一定已经在他的房子里到处乱爬。他希望沃和协德知道如何对付它们。

对于沃和协德，他还有个计划。克莱斯认定，这都是他们的错，因此他们得受到惩罚。莉桑德拉死了，但他还认识她的同行。克莱斯已经暗暗发誓一百遍，他要复仇。他一边冒汗，一边挣扎着往东走。

至少他希望那是东方。他辨识方向的能力并不强，而且在最初的恐慌中，也不知是朝哪个方向奔逃的，但自那以后，他一直按照沃的建议，尽量往正东方前进。

他跑了几个小时，却依然没有救援者的踪迹。克莱斯开始确信，自己走错了方向。

又是几个小时过去了，他开始担心。假如沃和协德找不到他怎么办？他会死在野外。他已经两天没有进食，既虚弱，又害怕，而且嗓子很疼，需要喝水。他无法继续前进。此刻，太阳快要下山了，在黑暗中，他将完全迷失方向。出了什么差错？沙王把沃和协德吃了吗？他再次充满恐惧，并感到无比强烈的干渴与饥饿。然而克莱斯仍继续往前走。他试图奔跑，但脚步踉跄，摔倒了两次。第二次，他的手在岩石上擦破了，流出血来。他一边走，一边吮吸伤口，担心受到感染。

太阳在他身后的地平线上。地面变得有一点点凉意，克莱斯感到很庆幸。他决定一直走到日光彻底消失，然后睡一晚上。他已经距离沙王足够远，显然是安全的，沃和协德明天早上就能找到他。

当他登上又一座山丘的顶端，看到前方有一栋房子。

虽然不如他自己的宅邸，但那房子也相当大。有住家就代表安全。克莱斯呼喊着朝它奔去。他必须补充养分，补充食物和水，他仿佛已经尝到餐食的滋味。他饿坏了。他跑下山坡，奔向那栋房子，一边挥舞双臂，一边呼喊屋里的居民。天差不多已经黑了，但他仍能看到五六个孩子在暮光中玩耍。"嘿，"他喊道，"帮帮我，帮帮我。"

他们朝着他奔来。

克莱斯突然止住脚步。"不，"他说道，"噢，不。噢，不。"他倒退回去，却在沙地上滑倒，然后爬起来继续跑。他们很容易就逮住了他。这群可怕的小怪物长着鼓凸的眼睛和暗淡的橙色皮肤。他奋力挣扎，却毫无用处。他们个头不大，但都长了四条胳膊，而克莱斯只有两条。

他们扛着他朝那栋屋子走去。那是一幢破败寒酸的房子，由松散的沙土构成，然而黑洞洞的门却相当大，并伴有呼吸的气流。这当然很可怕，但并非西蒙·克莱斯尖叫的原因。他之所以尖叫，是因为有更多的橙色孩子从城堡里爬出来，面无表情地看着他经过。

他们全都长着跟他一样的脸。

太太们·(1976)·Wives

（美国）丽莎·塔特尔 Lisa Tuttle ——著

杨文捷——译

丽莎·塔特尔（1952— ）是一位影响力颇广的美国科幻作家。她的作品往往带有恐怖元素。塔特尔长期居住在英国，拥有英美双重国籍。她曾数次获奖，其中包括1974年的约翰·W.坎贝尔奖的最佳新人奖和1982年的星云奖（她因反对另一位获奖者的宣传活动而拒领该奖）。她的首部短篇小说集《鬼魂与其他的情人》（Ainsi naissent les fantômes）在法国出版，赢得了2012年的法国幻想文学大奖。

塔特尔多产而善创新，著有十几部长篇小说，其中包括《熟悉的精神》（Familiar Spirit, 1983）、《加百利》（Gabriel, 1987）、《失落的未来》（Lost Futures, 1992）、《精灵迷踪》（The Mysteries, 2005）、《银枝禁果》（The Silver Bough, 2006）以及《梦游者与灵知小偷的奇遇》（The Curious Affair of the Somnambulist & The Psychic Thief, 2016）。她的小说被收录于数本短篇小说集，还著有数篇非小说作品，其中包括女权主义的参考书《女权主义百科全书》（Encyclopedia of Feminism, 1986）。她还参与编辑了选集《灵魂之肤：女性创作的新一代恐怖小说》（Skin of the Soul: New Horror Stories by Women, 1990），也曾在《星期日泰晤士报》（The Sunday Times）等报刊上撰写书评。1973年，塔特尔还跟霍华德·沃尔德罗普和布鲁斯·斯特林等作家一起组办了"土耳其城市作家研讨会"。塔特尔与乔治·R. R. 马丁联手创作的《风港暴雨》（The Storms of Windhaven）于1976年获得雨果奖提名。后来，这篇作品被扩写为长篇小说《风港》（Windhaven）。

塔特尔的数篇短篇小说都被视为经典。其中，《替代品》（Replacements, 1992）曾被收录于乔伊斯·卡罗尔·欧茨编著的《美国哥特传奇》（*American Gothic Tales*, 1996）和《怪谭：奇异与黑暗故事精选》（*The Weird: A Compendium of Strange Dark Stories*, 2011）。短篇小说《太太们》则是女权主义科幻中的经典，是一个讲述与外星人接触的故事，色调阴暗，引人深思。此篇与本选集中查德·奥利弗所著的《有房可依》放在一起相得益彰。当塔特尔谈起这篇写于 1976 年的小说时，她表示："我年轻的时候想借这篇故事讲述从前那些性别歧视、暴力、疯狂殖民掠夺的历史。可令人遗憾并沮丧的是，如今的社会中，这样的故事却依然并不鲜见。"

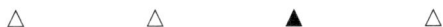

△　　　　△　　　　▲　　　　△

空气里传来一股幽微的硫黄味。这天早上，男人们都走了，太太们都还躺在床上睡得香甜。她们脸上带着笑意，呼吸平稳，沉沉地坠入更深的梦境。

杰克的太太醒了。她睁开眼睛，小小的鼻子抽了抽，发现在硫黄味之外还有一丝别的味道。男人们在场时，她已经习惯了不去注意这股味道。但现在没关系——她们现在可以想干吗就干吗，只要她们把卫生打扫完并在男人们回来之前归回原位即可。

杰克的太太叫苏茜。她起床的动作过于迅速，身上的紧身衣勒住了肌肉，痛得连连皱眉。她瞄了一眼梳妆台上的镜子，发现自己不小心露出了尖利的牙，看上去像是只困兽一般。这景象让她笑了起来，因为她可以轻而易举地挣脱这些束缚。

她用剪刀把紧身衣剪开，粗鲁地把它撕成碎片。紧身衣多得是，她并不在意。光是她自己就还有整整一箱，就放在走廊柜子里那盒圣诞节装饰品的后面。她也没耐心去像那些年长的太太一样，慢慢地用热水浴把它泡掉，留下一身酸痛的肌肉和残缺的破布——不，这身束缚可禁锢不了她那么久。

她低头看向自己身上惨白的皮肤，心中一阵厌恶。她细瘦的胳膊也软弱无力地耷拉在胸部下方的空穴里，动弹不得。她伸出大拇指在胳膊上按压着，几分钟后，痛感传来，她这才感觉到它们的存在。

沐浴之后，她就着沐浴油按摩自己刚刚恢复知觉的身体。脱下紧身衣之后，这自由又裸露的感觉让她感到恐惧。她再次抽了抽鼻子，空气中那熟悉的麝香味极为撩人，催得她情欲暗涌。

她小跑着穿过房子，在路上发现杰克养的宠物蜘蛛正在啃食客厅的沙发。又到了筑巢结茧、播种繁殖的季节了，她雀跃地想；是同样的力量让她跟这蜘蛛一样躁动不安。

外面灰尘遍布，一股寒意顺着她赤裸的脚底传来。她感觉到尘土被风卷了起来，裹在她温暖的身体上。等她走到隔壁屋子的门口时，已经满身都是浅黄色的灰尘了。这座房子就是那股奇异味道的来源。这里面住了个欲求不满的太太，时刻等待着有人来找她交配。

苏茜甩了甩头，头发里的尘埃往上扑成了一朵小小的云。她抬头盯着奶白色的天空，再环视了一圈周围由男人们修建的房子。街对面房子的窗户后面有人影，她朝那边挥挥手。那人也朝她挥了挥手。

可怜的玛姬，苏茜想。她年老色衰，体态臃肿，不被人爱，也不是任何人的太太。她只是个管家，替两个不幸彼此相爱的男人做事。

可此时的她并不想浪费时间想什么太太和男人的事情，也无意为谁感伤。她像个男人一样，大胆地敲响了眼前的门。

门开了。"啊，苏茜！"

苏茜笑得明媚，上下打量着眼前这位惊讶的太太。她看上去压根不像太太们独守空房时放松的样子。这位名叫多丽丝的太太打扮得一丝不苟，像是个新婚宴尔、正在极力取悦丈夫的妻子一般。苏茜觉得她此刻的样子比真正的女人还女人。

多丽丝穿的紧身衣比苏茜之前穿的还要紧，外面罩着一袭低胸裙。她的三只乳房被小心翼翼地挤压成两个，固定在应在的地方；她注满硅胶的双腿上是图案醒目、颜色鲜艳的丝袜，脚上笨拙地蹬着一双三厘米的高跟鞋；她脸上的妆容精致，脖子、手腕和手指上都戴了金制的首饰。

苏茜不再去看她，因为此时自己嗅觉上受到的冲击更为惊人。那股味道越发浓烈，她几乎可以感觉到自己的肚袋因寂寞而肿胀。

多丽丝肯定也有所察觉，她眼珠一转，看向别处。

"怎么了？"苏茜问道。她的声音比平时男人们在的时候要高出好几度，嗓音也显得格外粗粝，"你家男人没跟大家一起去打仗吗？他是不是生病了待在家？"

多丽丝咯咯地笑了起来："哎，我有时候倒真是希望他会待在家呢！没有啦，天还没亮他就出门了。"

是在出征前特意去会情人了吧，苏茜想。她知道多丽丝对于自家男人身边的莺莺燕燕一直心有芥蒂。毕竟这里粥多僧少，男人显得格外珍贵；更何况她家的那位又是格外的色迷心窍。

"冷静点，多丽丝。你看，反正你家男人又看不见你现在什么样。"她抚摸着多丽丝的手，"为什么不把你身上这奇怪的裙子和紧身衣给脱掉呢！我知道，你现在肯定被挤得很难受。跟我一起解放一下自己吧。"

苏茜看见多丽丝盛妆背后的脸沉了下来，苏茜迅速把她试图抽回的手握得更紧。

"拜托，别这样。"多丽丝说。

"没事的。"苏茜喃喃道。她伸出手爱抚多丽丝的脸颊，指尖下的妆面厚重又滑腻。

"别……拜托……我一直想要控制我自己，真的。可我再怎么锻炼也没有用，香水也盖不住我身上的味道。我哪怕像现在这样他都不会跟我睡的。他觉得这一切都很恶心。确实很恶心。我好害怕他会离开我。"

"可他现在并不在这里呀，多丽丝。你现在可以做自己了。他不在的时候就不要再去想他了！这里很安全，没事的，你可以顺着自己的意愿行事——我们可以想干吗就干吗，没人会知道的。"她可以感受到多丽丝的颤抖。

"多丽丝。"她一边轻声唤道，一边用自己的脸颊用力蹭弄着多丽丝的脸。

对方终于顺从地倒在她的怀里。

苏茜帮着多丽丝脱掉了她的衣服。她又撕又咬，把破碎的衣裙、紧身袜和内衣裤扔得满院都是。鞋子和首饰也都被丢得远远的。

可当多丽丝与她一样浑身赤裸之后，苏茜反倒开始感觉羞涩，甚至有一丝恐惧了。在男人们修建的地方交媾让她感觉不适，这既不妥又危险。她们一定要去别的地方才行。只有这样，她们才能暂时摆脱太太的身份，光明正大地顺从自己的本能。

她们来到了人类殖民地最北角一处由石头堆砌起的地方。它年代久远，苏茜和多丽丝都不知道它到底是在太太们还是不是太太的时候修造的，还是自然形成的。她俩都觉得这里是个神圣的地方——在那巨石投下的阴影里交媾似乎是合适的。

那是一场盛宴，是涅槃重生之后属于生命的狂欢。她们探索着彼此的身体，感受着它的气息、纹理和味道。男人们以为对她们的身体了如指掌，可只有她们自己才懂得品味其中的独特与奥妙。她们身体纠缠，完全已将自己"太太"的身份置之脑后，也忘记了自己的姓名和与人类沟通时使用的语言。

去除了紧身衣的束缚，她们沉浸在深刻的自由和欢愉中。此刻的她们不再是两个陌生的个体，而是一对肌肤相亲的伴侣。这体验酣畅淋漓，完全不同于与人类交媾时的痛苦和敷衍。

她们一直缱绻到日暮四合都没分开。终于，直到三轮明月跳着轻快的华尔兹从云朵里露出了头，她们才沉沉睡去。

"三个月之后我们就可以……"苏茜仿佛在梦中一般呢喃道。

　　　　　　　　　　　　　　　　　　　Lisa Tuttle

"三个月之后我们什么都不会做。"

"为什么？如果男人们都走了的话……"

"我饿了，"多丽丝用手臂环抱住自己，"还很冷。而且我浑身都疼。我们回去吧。"

"再陪我待一会儿吧，多丽丝。我们来计划一下。"

"没什么好计划的。"

"可是三个月之后我们必须一起把他孕育出来。"

"你疯了吧？到时候谁来怀胎呢？这样一来，我们其中就有一个人不能穿紧身衣了。你觉得我们俩谁的丈夫会让我们四个月都不穿紧身衣？况且，就算他生了下来，我们又该怎么把他藏起来？男人们不想生孩子，也不愿意别人生孩子。他们杀掉婴孩就像杀掉敌人一样。"

苏茜知道多丽丝说得对，可她仍不愿意就这么扼杀掉自己刚刚萌芽的梦想。"说不定我们可以把他藏起来呢？"她说，"在男人面前藏个东西也不难。"

"别说傻话了。"多丽丝嘲讽地说道。苏茜发现多丽丝的脸上还有之前残留的妆，有一些还蹭到了自己的脸上，像是片片瘀青，又像是斑斑血迹。"跟我一起回去吧。"多丽丝的声音软了下去，"忘了这一切，忘了这个孩子。以前的一切都不复存在了，我们现在是太太了，不能再孕育孩子。"

"可或许有一天战争会结束。"苏茜说，"那时，所有的男人就会回到地球，把我们留在这里。"

"如果真的有这么一天，我们就能获得新生。那时我们才有可能去孕育孩子。"

"或许那就已经太迟了。或许这一天根本不会到来。"她的目光越过多丽丝，盯着远方的地平线。

"跟我回去吧。"

苏茜摇了摇头："我得好好想想。你走吧，我没事。"

等多丽丝走了她才意识到，其实自己也是又累又饿，浑身酸痛。可她并不后悔自己留在了这片石头地。她需要在这样原始的地方多待一会儿，远离人类殖民区的种种干扰。她觉得有什么东西在自己的记忆中呼之欲出。

一只炭灰色的蜥蜴从石块旁边的洞里爬了出来，苏茜翻身过去，用双手将它扣住。可蜥蜴很快便滑溜溜从她手里逃脱了，像是从指缝里穿过的风、淌过的水或是吹过的烟尘一般，消失得不留痕迹。苏茜心里涌起浓浓的失望感；忽然之间，古老的记忆浮现出来，她想起了那蜥蜴该是什么滋味的，也想起了它喉间的皮肤在自己的牙齿间被撕咬开来是怎样的感受。她舔了舔发干的嘴唇，坐了起来。她想，从前，我抓过好多蜥蜴呢。可现在已经不是从前了。她从前熟知的东西和技能现在都随着那些日子一并逝去了。

我已经不再是从前的我了，她想。我现在是一位"太太"，是被男人们按照一种被他称之"女人"的东西所生造出来的物种。

她想着，回到殖民地之后，就该把自己裹进新的紧身衣，要配上合适的衣裙和鞋子，好让回家来的杰克看了开心。她想着，自己要在脸上化妆，还要在手指上戴上戒指。她想着，之后还要把好端端的食物又煮又烧，搞成杰克爱吃的一堆怪东西，还得杀几条宽眼睛的"咖啡鱼"，提炼出鱼油给他做那种会让人上瘾的饮料——"咖啡"。她想着，自己要看着杰克，听他说话，时时刻刻想着他想要什么，会要求什么，会做些什么；一定要顺了他的心意，才会得到赞美，不被责骂。她还想着，自己还要让自己被他"干"，要戴上他给自己带来的那些丑陋的首饰，喷上难闻的香水。

苏茜哭了起来，泪水一滴滴流进逐渐笼罩的夜幕。她实在是想不通自己为什么会变成一个"太太"，可她无法继续忍受下去了。

她想要恢复自己的天性——虽然她已经不记得自己的天性是什么了。她只知道自己没法再继续做"苏茜"。她不想做任何人的太太。

"今天早上，我想起来自己的名字了。"苏茜的语气里有隐隐的骄傲，她打量了一圈自己所在的房间。多丽丝盯着自己的双手，手指在膝盖上拧来拧去。玛姬垂着眼，像没睡醒似的。而另外两位太太看上去则是又无聊又紧张。苏茜不记得她们的名字了，她刚刚才从马路上把她们带回来。

"你们不明白吗？"苏茜继续说道，"如果我能想起来这个，那以后一定也能想起来别的东西。我们每个人都可以。"

玛姬抬眼："那又能给我们带来什么好处？恐怕只会让我们大家都跟你一样心存不满、躁动不安罢了。"

"好处？这还用说吗？如果我们都能想起来以前的事情，我们就能过上以前的生活了——属于我们自己的生活。那样我们能不再做太太，而是做我们自己。"

"真的吗？"玛姬不无酸涩地说，"你觉得那些男人会轻易地放我们走吗？他们难道会就这么让我们离开他们，不加阻拦？你不是想起以前的事情了吗？那你难道忘了他们来的时候是什么样的情景？你忘了当时的血流成河了吗？你忘了为什么我们会成为太太吗？我们之所以能活下来，就是因为我们变成了太太，把他们伺候得开开心心。只有这样他们才不会认为我们是敌人，才会放过我们。如果我们不继续这样，他们一定会把我们赶尽杀绝，反正这世界上大多数东西都被他们赶尽杀绝了。"

其他人一言不发。苏茜猜想，玛姬说的大概也是她们所想。

"可是我们还是会死啊。"她开口道，"我们现在这样当着所谓的太太，难道不算是死了吗？我们失去了自我，可我们还能把它找回来。如果我们愿意，我们是能把我们自己的世界和自己的生活找回来的。我们作为一个种族如今不也已经是奄奄一息了吗？当着这行尸走肉般的太太只不过是在给这死亡延期罢了。"

"没错。"玛姬语带嘲讽，故意把尾音拖得很长，"那又怎样？"

"我们为什么要这样听任他们的摆布呢？我们可以躲起来，可以逃离这片殖民地，躲得远远的。再不济，我们还能拼死反抗。"

"我们不该做这种事。"玛姬说。

"那我们到底应该怎样？"苏茜咄咄逼人地问，"难道我们就这么任由他们毁掉我们吗？他们已经毁掉了我们的文化和我们的历史了，谁还能说自己知道该怎么做？我们现在仅仅是被男人们塑造出来的替代品。等他们走了——如果有朝一日他们会走的话——我们也就完了。到那时候，我们什么都没了，要再想记起自己是谁就为时已晚了。"

"已经太晚了。"玛姬说。苏茜突然对她的言辞和态度刮目相看。她一直怜悯的玛姬——这个又老又孤单的太太，也许曾几何时是她们族群的领袖呢。

"你记得当时我们为什么没有反抗或者躲起来吗？"玛姬问，"你还记得当时我们是怎么达成共识，要改变自己的生活方式吗？你现在口口声声想让我们改变的现状，正是我们那时所做出的最好的选择。"

苏茜摇摇头。

"那你回去再好好回忆一下吧。你要记得，人类侵入时，我们不得不做出选择，而现在我们必须为这个选择负责。你要记得，我们当时所做的一切都情有可原，为了活下来我们别无他选。现在想要去改变已经太迟了。逝者如斯，何苦要再苦苦去追呢？这世界早已天翻地覆，我们只能认命。过去的都过去了，可这也未尝不是一件好事。我们现在有了全新的生活。平静一下你躁动的内心，回去吧。认真当好杰克的太太——他也是以自己的方式爱着你的。知足常乐，回家去吧。"

"我做不到。"她说。她环视四周，大家都无精打采，没有几个人想要听她说下去，他们敢从家里溜出来已经算是豁出去了。苏茜对着玛姬，也对着大家说："他们在慢慢地杀掉我们。反正到头来都是死，与其坐吃等死，我宁愿奋力一搏，跟他们鱼死网破。"

"也许你是真的想死，但我们不。"玛姬说，"可如果你反抗了，死的就不只是你一个，你还会拖累我们大家。他们要是看到了你暴力狰狞的样子，就会幡然醒悟，意识到我们大家也跟你一样，是凶猛的野兽、危险的怪物，而不是什么温柔可人的太太。他们已经忘了我们跟他们不一样，也愿意继续忽略这个事实，让我们平平安安地活下去。可这一切的前提是我们必须安分守己，做到自己太太的本分。"

"我单枪匹马是打不过他们的，没错。"苏茜说，"可如果我们联合起来，就还有希望。我们可以趁其不备，用他们自己的武器偷袭他们，对不对？他们是万万想不到的，说不定就能成功呢。当然了，牺牲是难免的，可我们之中的大多数一定可以活下去——不只是活下去，我们能够再次拥有自己的生活，夺回自己的世界。"

"想法很好，可我们以前也不是没有试过。"玛姬说。她素来平和的声线中带有一丝不耐，"你可能不记得以前的事情了，但我记得。我记得人类第一次到来的时候是怎样的一番景象，也知道我们如果再次激怒他们的后果将是什么。就算我们真的能把他们全部杀掉，也还会有更多的地球人乘着飞船从天而降，把我们赶尽杀绝。到那时，说不定他们会直接放一把火，把这里的一切全部烧成灰烬，什么也不留下。你真的想让我们走向这必然的灭亡吗？"

苏茜的双眼直直盯着她。这些话在她的记忆中激起了轻微的波澜。从天而降的战火，大火肆虐的田野和残暴的杀戮……这些画面似近又远，她无法确定它们的真实性。就算是冒着生命的危险，她也决意要结束自己扮演"太太"的生活。

"我们可以躲起来呀。"她放低姿态，"我们跑得远远的，躲到野外去。人类可能会认为我们死了，一定没多久就会忘掉我们的。就算他们一开始会来找我们，我们也可以躲起来。毕竟这儿是我们自己的地盘，我们能去的地方他们不一定去得了。这样一来，很快我们就可以恢复原来的生活，忘掉人类的侵入了。"

"别白日做梦了。"玛姬说，"我们永远也没法恢复原来的生活了。我们都已经忘了从前的生活方式、从前的环境和属于从前的记忆——很明显，你已经忘了以前的事情了，不是吗？属于我们的生活方式现在只剩一种，那就是与人类和平共处，做好他们的太太。至于别的，都早就没有了。就算他们不来追杀我们，我们也早已失去了自我生存的能力，迟早会饿死在外面。"

"或许我不记得以前的生活方式了，可你还记得啊。你可以教我们。"

"我能记得的只有一件事，那就是过去的都过去了，我们永远都回不去。相信我。仔细想想吧，苏茜，你可以……"

"别叫我苏茜！"

她的吼叫在四周的沉寂中不断回荡。没有人开口说话。苏茜看着她们，觉得自己身体里的最后一丝希望也消失殆尽了。她们不能理解她的感受，而她也无法说服她们。她一言不发，转身离开，回到了自己的家里。

她在这里等她们来杀掉自己。

她知道她们一定会来，也知道自己必须死。玛姬说得没错，一个叛徒足以毁掉她们所有人。只要有一个太太反抗，所有的太太都会跟着遭殃。到那时，人类对她们的所有爱意都会变成憎恶和毫不留情的杀意。

苏茜压根没有想过逃跑——像她为自己的族人设想的那样远走高飞。她无意独自存活下来。无论如何，她都是属于这个族群的一部分，她不想把大家逼上绝路，也不想割舍自己跟她们的羁绊。

她们是一起来的。这个殖民地里所有的太太都来了。这个判决是属于大家的决定，因此她们大家必须一起背负这重担。她们对苏茜无冤无仇，苏茜也不憎恨她们，可总得有人心狠一些。

苏茜走到外面，让她们更方便杀死自己。她丝毫没有挣扎，感觉这样一来自己也参与了这次集体行动。她把自己身体最脆弱的部分送到她们的手上和齿间，只求能死得更快一些。到了最后一刻，她清楚地感觉到了身

Lisa Tuttle

体的重压和战栗，以及别的太太是怎么把她撕扯开来的。她并不介意这些肉体上的疼痛，反倒因自己终于又重新回归了这个集体而满足地死去了。

　　她死了之后，一位之前闲置的太太顶替了苏茜的名字，搬进了她的家。她做的第一件事就是把那只蜘蛛巨大的蛋壳给扔掉了。杰克大概着实喜欢自己这足球一般大的宠物，可再过几个月就会有好几百只鹅卵石大小的小蜘蛛从蛋壳里冒出头来。随后，她仔仔细细地把家里打扫了一遍，毕竟男人回家来理应看到一个干干净净的家。

　　几天以后，男人们从战场回来了。苏茜的男人——杰克——发现家里一尘不染，空气里都是自己最爱的食物散发出的香味，还有一个穿着火辣、满面微笑的太太等着自己。

　　"亲爱的，你想吃晚饭了吗？"她问。

　　"再过一会儿吧。"他露出豺狼般的笑容，"我现在想躺在床上喝杯咖啡。你就在旁边陪我。"

　　她眨巴着自己的假眼睫毛，凑近一些，好让他搂住自己。

　　"这儿的女人有三个奶子，咖啡也美味无双。"他一边满足地感叹道，一边捏了捏她胸前紧紧束起的肉团，"就为了这，打再多的仗也是值得的呢。"

约瑟芬·萨克斯顿（1935—　）是一位英国作家，与新浪潮运动和女权主义科幻小说的崛起关联尤为密切。她的小说《国之女王》(*Queen of the States*, 1986) 曾入围阿瑟·C. 克拉克奖，惜败于玛格丽特·阿特伍德的《使女的故事》。她发表的首篇科幻小说是《墙》(*The Wall*, 1965)，刊载于《科学幻想》(*Science Fantasy*) 杂志第 78 期。她最早的三部小说——《山姆和安史密斯的圣婚》(*The Hieros Gamos of Sam and An Smith*, 1969)、《七的矢量：艾米莉亚·莫蒂默太太和她的朋友们的世界观》(*Vector for Seven: The Weltanschaung of Mrs. Amelia Mortimer and Friends*, 1970) 和《群宴》(*Group Feast*, 1971) 迅速树立了她作为风格独特的超现实主义作家的地位，在作品中投身于寓言和人物的内心世界。通常，这些早期的作品都表现为探索性的尝试，要么加以笨拙的添补，要么则以失败告终。

20 世纪 80 年代，萨克斯顿出版了《圣女简的难题》(*The Travails of Jane Saint*, 1980)、《意识机器》(*The Consciousness Machine*, 1980)、《圣女简与抵抗：圣女简再遇难题》(*Jane Saint and the Backlash: The Further Travails of Jane Saint*, 1989)。"难题"和"再遇难题"两部作品后来都以增订版发行，加入了其他相关故事。《国之女王》——其中"国"可以被解读为美国，或者也可能指各种精神崩溃的状态——非常接近一种野蛮的还原论：女主人公的科幻/奇幻冒险故事始终被默认为一种幻觉，因为她被囚禁在精神病院。1966 到 1985 年间，萨克斯顿大部分短篇小说都收录在《时间的力量》(*The Power of Time*, 1985) 中。《地狱之旅：美食与假日荒诞录》(*Little Tours of Hell: Tall Tales of*

读过乔姆斯基的蛇 -（1981）- The Snake Who Had Read Chomsky

（英国）约瑟芬·萨克斯顿 Josephine Saxton —— 著　罗妍莉 —— 译

Food and Holidays, 1986）一书并未收录科幻小说，但的确包括一些恐怖作品。她最近的一本书《兔子洞下的园艺》（*Gardening Down a Rabbit Hole*, 1996）则是有关她园艺经历的回忆录。

从 20 世纪 80 年代开始，萨克斯顿的作品中便贯穿了一种深刻的理解，在女权主义的意义上而言，便是对于将女性束缚在男权现实中的那些限制的理解。同样呈现出的还有作者对自身潜意识的信任，以及对小说创作中诞生自潜意识的那些形象的信任。她的长短篇小说都极其桀骜，较之安吉拉·卡特的作品，远没有那么风格鲜明、形式正规，但有着同样的狂野和不可预见性。萨克斯顿显然对遵循安全或既定的结构、情节或人物塑造的方法不感兴趣，而且在探索中，她经常想出不拘一格的方式来讲述故事。同时，萨克斯顿还对家庭主题加以非家庭化处理，以一种与朱迪斯·梅里尔和凯特·威廉相似的方式来描写普通女性和她们的生活，但姿态却不那么现实，风格也更为梦幻。

萨克斯顿《时间的力量》一书的编辑罗兹·卡文尼把萨克斯顿的作品描述为"超现实主义、神秘主义、女权主义和一种充满血腥的中部英格兰风格的混合，而且相当精彩"。约翰·克劳利从萨克斯顿的作品中获得灵感，写了一篇爱情故事——《异族通婚》（*Exogamy*），其中有推理元素，尤其深受《山姆和安史密斯的圣婚》影响。

《读过乔姆斯基的蛇》是萨克斯顿的经典之作：这是一次对生物技术实验不择手段的测试，也蕴含了对极端堕落的资本主义社会的讽刺。它尖锐、深刻、黑暗而别出心裁，是这位作家才华横溢、能力却被低估的绝佳证明。

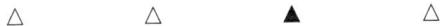

△　　　　△　　　　▲　　　　△

凡是本职工作以外的工作时间和业余时间，他们几乎全都扑在实验室里划拨给他们专用的那片区域。虽然地方并不大，但已经够用了；要解开核酸链，并不需要舞厅和拱廊。他们非常满意塞利准许他们获得机器人帮助，以及使用计算机、亚电子显微镜、化学分析仪，还为他们提供了需要

The Snake Who Had Read Chomsky

的所有动物。

"没错，当然了，玛雯、亚诺斯，如果你们想研究动物行为中与遗传相关的某些方面，那么我很乐意加以鼓励，前提是你们在这里的工作不受影响。"他们很注意，并没有对本职工作造成影响。他们的业余工作固然并不完全如他们所说的那样，但差别非常之小，足以骗过一个谨慎小心而不过分窥探的观察者。虽说比研究猫的行为还多上那么一点点，但即使是对他们自己，他们对信息也保持着不偏不倚的态度，只知道自己想知道的内容。

他们用到了老鼠，还有一条叫"圈圈"卢普斯的蟒蛇，它享有独一无二的吃鼠权，玛雯把很大一部分老鼠用在她的实验中，而没有喂给它吃，卢普斯对此兴许十分不快。

"让信息将其自身与所有细胞类型相连是最后的关键。"亚诺斯说，他看了看在低温下正在冬眠的一些老鼠，尽管它们属于并不冬眠的品种，"这些老鼠正在冬眠，但它们永远不会蜕皮。"亚诺斯非常希望借这项研究能让自己一举成名。如果一切顺利的话，他的余生就将如愿以偿。

玛雯瞥了他一眼，掩饰着心中的轻蔑："在这个阶段，蜕皮并不重要，对吧？如果坚持我们现在这条路线，几周之内，我们就可以进行最终测试了。"她心平气和地对他说，这可得费点劲才能办到。在这样近的距离之下，和一个人共事这么久，并不利于保持彼此尊敬，而雪上加霜的是，还令人几乎掩饰不住糟糕的感觉。她得煞费苦心才能保持良好的礼貌。她同样想因为这件工作而赢得全世界的褒奖，也不打算让亚诺斯独占这份荣誉，正如她所怀疑的那样，他很愿意这么做。对于项目的这一方面，他们从未加以讨论，那么做肯定会很无礼；而是保持了一种默契：就像所有的科学家一样，他们将分享荣誉。可以肯定的是，他们俩对工作都同样全神贯注、专心致志，一分钟也没有浪费在闲聊上。他们有充分的理由不浪费机会，因为借此也可以向讨厌的塞利报仇。他们绝不会允许那个油腻肥胖的单身汉分享从中衍生出的任何荣耀。他那不堪入目的模样让他俩恶心难受了这么久，本来打算报复他的。他们已经下定决心，哪怕冒着被发现的风险也值得；这计划简直令人无法抗拒。一想到这事，他们就会一起大笑；但想到各自的计划时，两人就变成分头暗笑了。

塞利很少到他们的地盘上来找他俩；他晚上就回家，谁都知道他回去干吗：孤零零地待在他那间单身公寓里。塞利臭得跟旧袜子似的，白得像牛脂，不过要软和一点，一副讳莫如深的样子，老是怒气冲冲的。但是他很聪明，这一点他们很是尊敬。

这也是他们在这个实验室的原因之一，塞利的聪明众所周知。他们原先希望向他学习，而且在许多方面，他们的确也学到了。虽然他的社交活动近乎没有，但他已经接近社会顶层了。大家都知道，他有点像隐士，在论证其思想的时候，他所展示出的天赋和独创性也为大家所熟知。

塞利曾想要证明，在鸟类的飞行模式中，顺光荷尔蒙也发挥了作用，他还曾让一只云雀歌唱着潜入被光照亮的深水中。观众们认为这非常有趣。让人不舒服的是，那小东西想要发出婉转啁啾，最后在微弱的灯光中淹死了，看到这幅情景，塞利竟笑成那个样子。

在为世界上过剩的人提供食物方面，他也曾做过一些有益的事情。他培育出了一种红花菜豆，含有 50% 的一流动物蛋白。这些物质可以依靠石油副产品来成长，有能力在自己的新陈代谢中进行化学变化，还具备一种有益的能力，可以通过分泌一种可生物降解的溶剂来净化土壤。说真的，塞利在工作上确实很有才能。

说到玛雯和亚诺斯在塞利的工作中所起的作用，他们正协助他培育一种 2 千克重的老鼠，最初会被用于工厂的汤羹用肉，而后经过充分宣传，则会用于制作烤肉。到目前为止，这些家伙还没等到屠宰的时候，就已经死掉了，因此在增强这些小巨人的心脏肌肉方面仍有工作要做。这些动物是用加工过的石油副产品喂养的。自从极地冰盖融化后，化石燃料就大量存在。他们工作的实验室是一座过剩的原子能发电站里的一部分，这十分理想，因为它既与世隔绝，又易于进出，有地铁通往生活区域，他们只需五分钟就能返回到另一个世界。在大楼内一个更大的中心区域，他们曾复制了一处典型下层阶级家庭废弃的定居点。当然了，实际的工作就是由下层阶级的一帮工人干的。要是能证明这些定居点适合饲养老鼠，那其中有些就能派上用场，因为从自杀成风以来，这样的鬼城有很多。拿真实的废弃定居点来做实验却并不现实，那些地方离文明社会都太远了。他们面临的主要问题是获得正确的明暗周期，因为即便天棚遮盖了远古的天空，光照与黑暗之间的差别如此微小，但动物们却仍都保留着残存的生物钟。所有上流社会的人都沐浴着人造的日光月华，日月按照人工控制的节律出没，因为有证据显示，这对大脑的化学反应有重要的心理作用，但是对下层阶级来说，这些都可有可无，他们生活在阴暗的地狱边缘，单调而沉闷。

作为对食物的伴随研究，他们正在培育一种马铃薯，其中含有每一种已知营养元素，并遵循正确的配比，可用以维持人类的生命。这比预想的要困难一些，因为存在于同一种植物中时，一些维生素会破坏其他成分。但在塞利的指导下，他们会成功的。这样一来，下层阶级的菜谱就会变得相当乏味了，但这并不重要。塞利原本也可依赖这样的食物生存，因为他在食物方面跟在生活中其他方面差不多，都相当没有品位。这让他们觉得厌恶。塞利并不懂得享受生活，他只享受关于生活的想法。他曾在一个难得的亲密时刻吐露过这一点："有一种心灵的生活，我还几乎没有接触过。"他们本可以四处散播这句话的，但他们选择了沉默。

在某些方面，塞利完全还不成熟，这种状态完全不值得崇拜。在她看来，他并不适合住在他们位于上流社会定居点那美妙的建筑环境中；他简直让人目不忍睹。他们的公寓都很小，但已经是现有最好的专家定居点之一了。上流社会需要有趣环境的刺激，而这里无论在视觉上还是在动力上，都极尽可能做到有趣。他们的定居点以其消融性的建筑而著名，阳台随时

Josephine Saxton

可能会消失，让人们摔下去死掉。这种情况不会太多，以免人们觉得单调，但发生的频率又足以令生活在此显得刺激。玛雯想，在历史上，那些生活在断层线上的人一定也有过同样的兴奋。生活在下层阶级功利主义的大杂院里，这得有多可怕啊！既然人类劳动基本没有存在的必要，那社会难道就永远找不到一种人道的方式，来摆脱这些多余的人吗？玛雯由衷地希望如此：他们就像锚一样，而人类文明需要拔锚起航。

塞利即便只在马铃薯方面取得成功，他也会成为一名非常高阶的上流社会人士。他们认为他完全不适合这种可能的身份，因为他粗俗不堪。但无论他们怎么想，都有必要对他大加奉承。他总是容易受到影响。

"塞利，今天我忍不住要表达对您工作方法的钦佩。对于像您这样的资深人士而言，这些工作肯定感觉很单调，可您的工作却干得这么漂亮。我真希望也能养成您那种自制力。"玛雯透过具有镶钻效果的隐形眼镜，温柔地向他微笑。那种闪闪发光效果惊人，还能隐藏真实的情绪。塞利对女性魅力往往视若无睹，但在他的基因构成中，仍然有某处必定曾经对美有过反应，因为有一次，就那么一次，他伸出手来摸了摸玛雯的头发，她一卷卷闪耀的头发动个不停，一直变换着形状，就像一堆缓缓舞动的蛇。严格地说，她这种优雅已经超越了她所处的社会阶层，但有时，美是一种会被宽恕的社会错误。因为她制成了这么美的模型，所以她成功地设法免费将其做成了实物，但是她不得不在只有局部麻醉的条件下，把所有活性芯片植入她的头骨里。

"谢谢你，玛雯。我很高兴你能理解单纯把日常工作做得很好和用真正具有美感的方法来做单调工作之间的区别。我可以给你一些这方面的指点。"

"塞利，您要能指点我一下，我就太感激了。我要是能仿效您……"

"玛雯，这全是内在的工作。一个人必须完全控制自我，才能正确地控制诸如优雅和关怀之类的东西。"他真不具备什么优雅，她想，他成天没精打采的。

"玛雯，如果你每天都跟自己对话，每天早晨都将自己全副精力灌注到自己工作的那一部分体内，你就能在工作中更具风采。"这种完全居高临下的言辞是塞利的典型做派，让她很生气。她已经每天早晨都在做这种司空见惯的练习了。她风度翩翩，自己对此也心知肚明，她习练自己的姿态，正为准备着有一天，能向社会最高阶层中也注入优雅。等到玛雯研究完成的那一天，她不仅会把可怕的塞利放倒，而且还能拥有一种武器，可以一劳永逸地消灭入侵者，预防战争，并且或许能让下层阶级即便不被清除，也永远不会无事可做。她会被人们所铭记。

他们已经有了既能搞定塞利又能测试工作成效的方法，但是为了大规模使用，他们需要一种不会出错的简便传播方式，能够自行平均分散到人群中，根据每个人体重和类型的不同，在所有地方都能完全平均分布。他们要是能拿几个人来实验一下的话，那现在工作早就完成了；但目前对于人体实验仍有太多反对意见，一时还无法普及，而且在没有经过当事人书面同意的情况下，使用人类进行实验是违法的，这一条甚至对于下层阶级也同样适用，法律在这一领域的规定早就过时了。通过这项工作，他们希望能为人体实验的合理性张目，从而赢得世界各地科学家的感激，因为他们的工作同样也因缺乏合适的实验材料而受到阻碍。

塞利就是一个理想的实验对象，因为他的生活习惯完全固定不变，也没有亲密的朋友。塞利可不想费心跟朋友们在一起。当然了，他偶尔也会安排一些社交活动，在某座异国情调的建筑里花钱为自己办一场晚宴，但这些场合只是为了维持他的大名不被人遗忘，给那些有影响力的人留下深刻印象。为了得到资助，总是需要维系那些人欢心的。他是个理想的实验对象，因为出现的任何显效必须仅限于被他们二人观察到，直到他们希望众人皆知的时候为止。

"你知道的，玛雯，"亚诺斯慢吞吞地一笑，露出他那口普通到乏味的细牙，要是放在一个性格更强势的人身上，他这种笑容会显得完美至极，"我不得不佩服塞利不依赖于他人的独立性，尤其是对女人。"

"那有什么好的？"她冷冰冰地问，眼睛里闪着火光，"我看不出孤身一人哪儿有风采了。一个孤独的人谁来欣赏他呢？我们需要他人的意见。"

亚诺斯对她的愤怒听而不闻，就当是一阵耳旁风。他回答说："如果你自己足够好，而且心里也清楚，那就没人会比你自己更觉得你好了。"他的声音里有股毫不留情的好辩劲头，她曾经觉得很有吸引力，认为这是自信。可以肯定的是，全世界再没有谁比玛雯和亚诺斯二人更喜欢他俩自个儿的了。玛雯还要整个社会尽快来钦慕她。亚诺斯当然也是，他正自我陶醉地滔滔不绝。他并不知道这一点，虽说多年来她从没说过他一句好话，可他还是做到了。

"我不得不反对。个别意见是无效的，尤其是当主体无法从外部看到自我的情况下，那种成就相当罕见。你怎么可能真的知道你给别人留下了什么印象呢？"

"我练习过投射自我，打个比方，用我的想象力来了解我给人留下的印象。不是每个人都这么做吗，玛雯？"

"当然是，但这是个程度和技巧的问题。这仍然会是非常主观的结果。"他显然不喜欢这个主意，"如果你执意要发表对我的否定意见，我就只好对你不客气了。"

这个正式的警告相当偏激，所以她知道自己说得过分了。他风度并不好，而且倾向于，但凡负面言论都会损及他的声誉。他一定是对什么事感到内疚，她想。

"我道歉。我无意发表否定意见，仅仅是反对而已。"

他朝她点点头，那是一种和解的姿态，用来掩饰气氛，但他总是摆出一副屈尊的嘴脸，破坏了和解的效果。她必须想个漂亮的办法来对付他，而且确实也在为此而努力。

The Snake Who Had Read Chomsky

另一个问题是染色体干扰的可逆性问题。也许答案就在她设想之处，在于电子控制，但这在针对大量受众的情况下就会带来问题。对于一个实验对象来说这并不难，而且总得循序渐进。她决定不匆忙行事。过了一会儿，亚诺斯似乎已经从刚才的尴尬中恢复正常，因为他突然提出，明晚他们可以花钱给自己办场晚宴。他提议说，要是运气好的话，说不定可以在哪座时髦建筑里办，也许在凯恩斯，或是亨堡套间？这正好说明他确实需要众人的赞赏，但她却放过了这个攻击他的机会，反而称赞了这个好主意。两人开始列宾客名单，在工作时间内，他们这么做可不寻常。

他们的圈子里已经有了些深受欢迎的人，也不乏几位短短一晚兴许愿意纡尊降贵前来的人物。他们的熟人全是生物工程师：除了同一领域的人以外，很少见任何人；时间不够。这是有天赋的人都必须付出的代价，但利大于弊。作为褒奖，他们在青年时期得到了知识嵌入和记忆强化移植，提高了他们的天赋才华和应用能力。每个人都宁可活得辛苦些，也不愿接受沦为下层阶级那种恐怖的可能性——那些人除了限定的娱乐之外，几乎谈不上有什么生活可言。他们几乎没有空闲时间，所以他居然提出要花些时间和她在一起，她应该觉得这是一种优待，不过因为一般没有异性来共同主办的话，宴会就不算完整，所以她也没把这事看得有多重。她喜欢当女主人，也知道自己精于此道。劳累过度的上流社会人士放松的时候，总会尽量搞得特别一点，不会每次都一成不变地令人震惊。这么说，他想到什么主题了呢？

"动物。奇装异服。"她微笑起来，流露出夺目的欣喜之情，她的头发似乎也表达着精神的振奋。可现在到明晚就剩这么点时间，不可能每个人都来得及搞到一套参加化装舞会的衣服。他露出气恼沮丧的神色，他可不想推迟这场宴会。

"为什么不能就搞些动物，用不着服装——让每个人来模仿呢？"

经过了几次紧张时刻，他脸上勉强流露出喜悦之情。有趣，却不会太

Josephine Saxton

过引人注目。他们决不能被指责为自我炫耀。他们发出了所有的邀请，得到了大家肯定的回复，又命令亨堡套房收拾成 22 世纪动物园的模样，那时候动物还没现在这么稀罕。食物会盛在喂食盘里，饮料则拿重力喂食器来装。

让他们尤其高兴的是，塞利也答应了要来。他们俩花了钱，能让塞利在众人面前表演动物，这会给他们添些乐子。他会模仿什么动物呢？他们肯定能猜出来。为了养精蓄锐，好为宴会做准备，他们提前回家了，也没再回来加班。

实验室一片宁静，模拟的月光下，"圈圈"卢普斯盘绕在它的模拟树枝上，朝自己微笑，这几个月来，它不是每天晚上都在偷听他们的谈话吗？

宴会办得相当圆满。整体上气氛很亲切，有许多难忘的时刻。有两位著名的农学家，作为让真的动物皮毛在塑料板上生长的研究团队而功成名就，在宴会上表演了一对努比亚山羊，这一幕值得纪念。他们似乎可以愉快地模仿交配长达几个小时，而不显得庸俗。尽管他们的长相很有创造性，但表演却颇具说服力。他们都没什么毛发，长着金色的眼珠、牙齿和指甲，而演技却相当令人信服，演得没几个人需要开口问模仿的什么动物。

亚诺斯演老鼠演得也很像。他一点点地啃着食物，兴奋地抽动着一些想象中的胡须。他毫不出众的外貌似乎也符合老鼠的形象。他从没随便装饰过自己，连文身都没弄过，就像那些下层阶级那样，按法律要求只准穿制服，禁止任何形式的与众不同的标志。亚诺斯，一只灰溜溜的小老鼠，以坚定的决心，一点点地啃噬着通向名誉之路。

而伟大的科学家塞利扮演的正是她希望的：一只猫。他用猫的方式在人们的腿上蹭来蹭去，大家把零碎的食物扔给他，朝他又是拍又是摸，尽管有人开玩笑地把他当成了实验猫，模仿着实验中那样，要朝他头骨上打洞。他甚至于还跳到别人的膝盖上，想蜷缩起来，他那庞大的身躯弯下腰来，让猫儿的特性显得很滑稽。胖乎乎的、心满意足、自鸣得意、舒舒服服、没精打采的塞利。挺适合他的。他可以发出呼噜噜的声音，用手腕背后来洗脸，他的手表就嵌在那儿，嵌在他腕骨上。这个仪器不仅显示天文信息、经纬度、时间和日期，还能提供他的脑电波、血糖和去甲肾上腺素的状态。现在几乎没有人还往身上嵌这些玩意儿，因为在此后的岁月里，许多人早已亲身证明，嵌着这些确实很难受。玛雯抚摸着塞利猫，对他说，他是只多么可爱的猫咪。

"这次宴会太美妙了，玛雯。我很久都忘不了。"怪猫咕噜道。

"我也是，"被塞利压在屁股底下的那个人气喘吁吁地说，"这是个绝妙的主意，我要告诉每一个人。"此刻玛雯高兴得面带光彩，她心想，要是大家谈论此事的时候都表示褒扬的话，那他们费这番周折就物有所值。即使是最有才气的上流社会人士，如果不加以传播，也一样得不到资金。

玛雯觉得自己应该再多演两下蛇。她开始给跳到她身边的一只雌蛙催眠，青蛙蹲在她脚边，鼓着腮帮子，茫然瞪着眼睛。玛雯慢慢绕着这家伙盘了一圈，青蛙仿佛面临危险那样，用前爪挡住双眼，这挺聪明。玛雯的极限瑜伽课让她具备足够的柔韧，可以绕着另一个人的身体盘上一圈，也能模仿出把青蛙缠得半死的模样，她和这青蛙的比例让人看这出双簧时也不会出戏。每个人都似乎被逗乐得恰到好处。

一头犀牛，或者说一位平时都是无脊椎动物的工程师，过来祝贺她。

"你具备的天分既能当女演员，也能做科学家。"他一面嘟哝着说，一面晃动着长在那大脑袋上的一根看不见的犄角，小眼睛窥视着她，眼中充满了愚蠢的恶意，其实是一种智力渗透的目光。她喜欢这个犀牛人，他的成就和创造使她眼花缭乱。他最著名的项目是一种混合箭毒的培养，这种有毒物质以孢子形式通过人类皮肤吸收，成熟时能长到 6 米长，能钻透骨头，无疑可以除去任何一个捡起了那些看不见的孢子的倒霉敌人。当然，他同时也开发了一套针对这些入侵者的免疫系统。而他为改善世界所做的一切还不止于此。他写了整整一系列关于宇宙寄生虫的论文，并提出了最具争议的千年理论之一。他是进化的权威，曾经阐释过——对很多人来说这就算结论了——智人远不是一连串事件产生的最高级产物，而本该是另一个事件链中最低的一种，但是在此次演进中的关键时期，太阳系被孤立起来，以便将其隔离，以致这一命运并未实现。毕宿五上的苹果人并不想要寄生虫，事实上，所谓人类的实际结局是变成一种蛆虫，钻过硕大的水果这种观念，并不是每一个地球人都对此津津乐道的。

一出悲剧令晚会得以圆满收场。严重事故或死亡总是给宴会平添趣味。对一部分人来说，晚上的主要游戏就是步行回家，建筑物在夜间更为活跃。某级台阶在脚底塌陷，或一个阳台直接消失，让一个人只能在死亡边缘摇摇欲坠，除了跳下别无选择，这样的风险要高得多——没有救援系统；否则游戏中概率这一要素就被剥夺了。也有少数人不喜欢这种娱乐，但人们因此不可能与之交往，他们的怯懦令人厌恶，常常被贬入安全的下层阶级建筑里去生活。于是，有个勇敢的女人一整晚都在模仿鸽子，她直接摔下去，死在了下方相距甚远的玻璃地板上，表明她还模仿不了真正的飞行。玛雯和亚诺斯沉浸在兴奋中，步行回家，一路友好地沉默着。第二天，一切重新恢复正常，塞利和他们自己的工作都继续稳步推进。

他们已取得了很大进展，玛雯知道，正是她的洞察力使得控制实验对象这一步得以实现。还得再给塞利下更大的"剂量"，以便给他们提供确凿的证据。不过必须承认的是，他们是从塞利的原创设想中提取出这条线索的。他与间谍活动有关联，他曾认为，如果能让一个人在所有方面都暂时表现出外星人的模样，包括本能行为，那么在其他星系开展的情报活动中，这个间谍就不可能被揭穿。这当然只适用于那些外表与人类极为相似的外星人。有几个重要的"人类"文化与智人有着完全不同的新陈代谢方式，在很多方面的表现都与人类有差异。例如威尔金斯星球上那一族，他们智力发达，其文明自然也极为先进（在某些方面胜于人类），但他们四脚并用，跑得飞快，而且每隔那个星球上的四年才有一次交配季节。

塞利的研究因缺乏实验对象而陷于停滞，尽管他曾申请过志愿者，但他并不相信，如果解释了需要人作为实验对象的原因，当局会为他的研究保密，而这又是必不可少的。但玛雯和亚诺斯却领先于塞利。所有这一切都依赖于塞利没怎么见过的一种东西，即通过亚电子 RNA 聚合酶的 B／B 血清素通路。

他们拥有那种药剂，能让织工波顿变得像蠢驴一样，虽然他们从来也没听说过这人。塞利服下之后，就会变成他在宴会上非常乐于扮演的那只猫。她送过他一份糖果作为礼物，里面装有更多必需剂量，还安上了精细自控装置，只要她愿意，就可以随时激活。

她所有这些点子都是一边与"圈圈"卢普斯对话，一边想出来的。她经常在那里闲逛，和它聊天；这有助于她进行思想投射。这是她的秘密；另外两个人可能会以为她是不是有点疯了，但她相信自己在缜密思考控制之下的直觉。"圈圈"卢普斯似乎把她需要知道的事情都告诉了她。

"告诉我，卢普斯，你知不知道，我怎么才能控制塞利最近改变的本能，让他行事不要始终受到新干扰因素的影响？"她问那条巨蛇，此刻，它正盘绕成几圈，得意扬扬地躺在地上，肚皮撑得饱饱的。

"这再简单不过了，"蛇似乎说，"你制作一个监控器，留在自己手里，用来发送脉冲信号，抑制或者释放你所干扰的代谢途径。"

其实还真就那么简单，尽管要生效很难。一种极其精密的无线电控制形式。漂亮！她拥抱了它一下，以示感谢，因为她知道，这是她自己的主意。蛇没有脑子。不过，当玛雯独自一人时，就连植物有时也会和她说话。孩提时代她就发现了，你跟什么东西都可以说话，它们也会回答你。后来，她听说了思想投射这回事，从此便对此闭口不谈，免得被聪明人瞧不起。

亚诺斯正在整理论文，这些全都是他用手写的，这可不寻常。每篇论文都只此一份；为了保险起见，他把论文放到了保险箱里。玛雯正在观察

Josephine Saxton

老鼠。它们经过重新生物编程之后变成了狗，她观察的时候，看到一只小公鼠翘起一条腿，朝竖起的柱子上撒尿，另一只正在埋一块骨头，还有两只母鼠用完全不像老鼠的方式一起玩。太有趣了！

她认为亚诺斯的想法有生态保护之美，因为如果他成功地让世界得以摆脱过剩的人，让动物完成仅剩的那些需要人类劳动的工作，那么就可以叫它们互相吞食，而人类却不能，至少做起来无法具有这样的美感。

那天晚上，两人到实验室碰头的时候，塞利正待在划拨给他俩的那片区域里，他们虽然讨厌他的入侵，却什么也没说。

"我来了解一下，你们的老鼠为什么这么吵。"他笑着说，显然有些尴尬。他给他们每人一支烟作为安抚，他们没有推辞，尽管他就剩最后几支了；他说还有一包。他们默默地一起抽着烟，然后塞利说声要走，就走了。亚诺斯立刻检查了一下论文，但似乎完全没有被碰过的痕迹。塞利是来窥探他们的吗？找不到证据。玛雯觉得累，就先离开了，她没走多久，亚诺斯就信步走进了蛇屋。

那条巨蟒懒懒盘着，像是睡着了，只有那双眼睛炯炯有神，似乎紧盯着他的一举一动。亚诺斯不喜欢从这蛇身上采样；他心中暗自害怕，嘴上却宁死也不肯承认。他往蛇皮上仔细喷了一通渗透性局部麻醉剂，用注射器从蛇头后面抽取了一管脊髓液。他双手颤抖着，猜想那条蛇也知道他在害怕。

"那个，'圈圈'卢普斯啊，你不讨厌这个吧，对不对？"他虚伪地柔声低语。那条蛇完全无视了这句明显就是安慰的话。它属于一种巨蛇，在"大自然"中长大，具有野生动物的所有本能和特性，而实验室里长大的那些在过了几代之后，早已没了如此强烈的表现。亚诺斯希望有一天能去"大自然"看看——就是那个大型动物园，从前曾被称为澳大利亚。蛇动了起来，跟一摊油似的，沿着树枝向他滑过来。他怔怔地看着它，就跟让咒语镇住了似的，发觉它移动的时候可以毫不干扰周围的一切。多么热烈，又多么优雅。他回过神来，突然跑开，安全地把门关上。这些生物有多原始，与他相隔了多少代啊。他颤抖着，把样品塞到旁边，才突然注意到塞利就站在一旁，正盯着他看，吓得他差点瘫倒在地。

塞利抱着一只老鼠，抚摸着它，尽管他并不喜欢动物。冷淡的月光照亮了那张胖乎乎的脸，仿佛人造的月亮女神赛琳娜的镜像一般，圆圆的脸正对着发抖的亚诺斯微笑，后者就其社会地位而言没有资格发脾气，他也控制住了自己。

"我忘了点东西，回来有一会儿了。"塞利说，"要是吓到你了，那我很抱歉。"

"一点关系也没有。您知道的，我向来尊重您对细节的关注。"

塞利将那只老鼠放回到饲育室内，它原先被放在一座小岛上，一直在试着从岛上造一座桥，到达这个世界的边缘地带，坚果和精挑细选过的残羹冷炙正在那儿诱惑着它。他们一起看着那只老鼠忙忙碌碌，都没发表任何评论。塞利点点头，亲切地表示赞许，心不在焉地挠挠耳朵，又摇摇头。看到这种相当恶心的动作，亚诺斯很不舒服，接着他才毛骨悚然地意识到，塞利的行为恰似一只猫。当然了，原先这个猥琐男有时候也免不了在自己身上挠两下子。他寻找着玛雯一直在鼓捣的那个监控器，却没找到。她是不是已经搞好了？是不是没带他玩，自己单独行动来着？她在塞利身上悄悄实验了多久，根本没让他知道？亚诺斯看见塞利正盯着那只老鼠瞧，这家伙都流口水了。

他气得发抖，离开去找玛雯。她就在那儿，在实验室外面，一直在透过玻璃门观察他俩。她跟他说一直在找他，想给他个惊喜。他困惑地说，他已经知道怎么回事了。

"可你瞧瞧这个。"她拇指和另一根手指拈着一个小盒子，挥动着。她指指塞利。他俩入神地看着塞利慢慢脱下每一件衣服，缓缓四处踱步；接下来，他虽胖，却臀部着地蹲下，噗噗吐着气，身体起伏着，终于还是成

Josephine Saxton

功把一条腿绕到了脖子后面，高高翘起，指向天花板，脚像舞蹈演员一样拉伸着。他慢慢俯身向前，伸出舌头，大胆地试着去舔自己的私处，又停下来，啃咬着大腿上不知什么捣蛋的东西。亚诺斯心想，我会终生铭记这一刻。这是我们有幸见证的了不起的科学时刻之一。

他们都获邀参加另一次宴会，这非常令人兴奋，主人是著名的罗阿尔德，他曾取得过突破，把海豹带回到陆地上，并作为家庭宠物饲养。迷你海豹是许多家庭的最爱，它们懒洋洋地靠在沙发上，鼻子上顶着东西。以这种方式逆转进化是一项可观的壮举，可能会产生出更多有用的海豹品种。塞利期待不已。

"这会是一场游泳派对。这个人可真有幽默感啊！"亚诺斯高声大笑，他很少这样，一般觉得好笑的时候，都是用咝咝地大声吐气来表示。他之所以高兴，是因为他游得很好，有机会一展身手。玛雯就没这么高兴了，因为她向来游得就不怎么样，对水没有信心。水池里还有海豚，她也不喜欢，怕它们会咬人，猜想它们能读懂她的心思。她知道海豚不咬人，可她还是害怕，恐惧隐藏在她那澄净的眼底。

"我可以穿着水上运动服去，"亚诺斯说，"如果可以穿衣服的话。"玛雯很怕说不定只有海鲜吃，她可受不了。

"我希望能有海鲜吃。"塞利说，"如果说我喜欢什么的话，那就是很多很多鱼。"但最值得高兴的是，他们很荣幸能登罗阿尔德的门，因为他身居高位，而且他们自己也才刚刚办过一场宴会没多久，这么一来就可以继续给人留下好印象。固然，每个人都更愿意单独一个人出名，但一起出名总比没名可出强些。

工作继续着，没有进一步的讨论，亚诺斯记完笔记以后，就统统锁起来，把钥匙藏好。

他们到的时候，聚会进展得很顺利，他们颇受欢迎，并被介绍给了在场的重要人物。他们都对自己颇有信心，玛雯已经推辞不去水里献丑；她垂挂在游泳池边，勇敢地把晚餐扔给海豚，而海豚似乎也确实能读懂她的心思，因为它总是在她扔出食物前一瞬间就跳了起来。

亚诺斯在旁边摆着造型，明显相当开心地大吃着虾和蛤蜊。他打算等到泳池里没有多少人游泳的时候，纵身跳入池中，表演一场优美的水上舞蹈。他要是没当科学家的话，原本可以成为一名了不起的水上运动员的。塞利正跟罗阿尔德本人从容自在地聊着天，旁边站了几个重要人物，等着和这位伟人聊上几句。突然间，玛雯意识到，自己的机会来了：要是塞利在这儿出了丑，他就会难堪一辈子。她激活了他的新行为模式。

塞利冷不丁臀部着地蹲下来，摆出了一个复杂的姿势，让自个儿能舔到大腿后面的位置。这么说，效果立竿见影——好！如果他是在上回的动物模仿秀上这样做的话，应该能赢得众人的掌声，但人绝不会重复表演，也不会做任何与既定的气氛不合拍的事。罗阿尔德无法置信地瞪眼看着这骇人一幕，似乎一头雾水，而其他重要人物则尽量对塞利视而不见，每个人都尴尬不已。

亚诺斯吓坏了。她为什么要在这儿这么干？难道她不知道，这会给他们三个人都带来负面影响吗？真是缺心眼！他决定试着引开大家的注意力，便迈步向跳板跑去，同时恨恨地瞅了玛雯一眼，而后者正毫不掩饰地流露出对塞利这幕闹剧的喜悦。他让自己平静下来，准备跃入泳池，开始一场极其优雅的表演。

塞利正摆出一副猫的样子，这对他来说似乎半点也不奇怪，这时，他注意到了手腕上的监控器，因为他这种扭曲的姿势正好把监控器凑到他眼前。他的脑电波读数和去甲肾上腺素都呈现出异常，当然了，对猫来说则是正常的。知道了这一点以后，各种各样的领悟也随之而来——正是这些让他咆哮、嚎叫，让他的血变冷。他大可立刻加以报复，而无须卖弄权力，也不做任何解释。他要把他们俩都干掉——如果他得完蛋，那也得拉上垫

Josephine Saxton

背的。他相信这事肯定是亚诺斯干的，因为他在打探的时候，读过亚诺斯写的许多笔记。但是他发现之后，也想办法采取了些非常相似的措施。他原先还不信两人竟敢冲他下手，但他一直在等待时机，好拿亚诺斯做实验。

他的手很不听使唤，因为他的拇指不愿意拧过来，爪子要以一种最难受的方式缩回，原因是他并没有爪子。塞利终于成功控制住了自己，考虑到大家都正盯着他，就跟他发了疯似的，他激活了针对亚诺斯的控制装置。

亚诺斯准备好了开跳。他低头看了看，估计了一下高度，看到水的时候，却被一波接一波扎心的恐惧所压倒。水！他走错路了。他转身后退，剧烈摇晃着，在他所知的跳水技巧和属于老鼠的对水彻底的陌生感之间摇摆不定。他凭借意志力，拿小小的前爪紧紧抓着自己，用后腿保持着平衡。人们看在眼里，却只见一个胆小的男人犹豫着不敢跳进水里。他正以一种完全不讨好的方式，分散着众人的注意力，但啮齿类动物的本性却让他发着抖站在那里。有一两位不礼貌的客人发出了奚落的笑声，罗阿尔德先是瞪了他们一眼，然后又瞪向亚诺斯。于是他硬着头皮跳了下去，掉进泳池里，溅起了一阵丢人的水花，不由自主地吓得尖叫起来。他四处翻腾着，想游起来，但一只实验鼠却对这种运动没有任何概念。他完全惊慌失措。

玛雯回过神来，不假思索地滑入水中去救他。她游得很好。亚诺斯激活了她身上蛇类的本能，从而确保她面对池水时信心有所增强，尽管这肯定不是蛇身上她最喜欢的要素。旁观者们不知不觉对玛雯留下了深刻的印象，但她却模糊地意识到，自己刚才做的这件事令人惊诧，不合常理。丢尽了脸的亚诺斯被带去穿衣服，让人受不了的塞利则被护送到另一间屋子里躲起来，她小小地出了一阵风头。等到她忽然升起一种奇怪的渴望，想要滑到一件家具底下去的时候，她才猜到了自己是怎么回事。她大张着嘴，带着爬虫类的盛怒。现在她明显有什么地方不对劲，于是大家都不再搭理她了。三个人都出够了丑，说明他们不再有什么可取之处。玛雯心里清楚，所有的工作都快要泡汤了，在上流社会中另外获得良好地位再也不可能了。

她对那两个同事恨得快要冒火了。他们窃取了她的工作成果,用来对付她!
她恨不得把他们俩都杀掉。她觉得自己可以一边慢慢把他俩勒死,一边告
诉他们为什么要这样做,然后再把这两人囫囵吞下去,从她被毁于一旦的
世界中除掉。

　　罗阿尔德小心翼翼地向她暗示,请她带着塞利和亚诺斯离开。他们把
这场宴会搞砸了。她默许了,不忘保持优雅的尊严,滑着步子走开的时候,
她直勾勾地盯着主人看了一眼,那目光在他看来杀气腾腾。反正全完了,
又有什么关系呢?然后三个人在夜幕中离开。谁都没说话;谁也不敢开口,
那硬邦邦假惺惺的礼貌之下,压抑了太多的愤怒。亚诺斯的上唇危险地抽
搐着,塞利微张着嘴,一边发出无声的咆哮,一边恶狠狠地盯着亚诺斯,
脸上露出饥渴的神情,让亚诺斯感到威胁,他全身似乎已被一阵麻痹感所
制。玛雯从他们身边溜走了,打断了他俩的凝视,两人跟了上去。

　　塞利悄无声息地双脚弹跳着,大步向前跑,又很快折回来,动作虽快,
却不慌不忙,绕着两人转了一圈,又像个影子似的小跑而去。然后玛雯迅
速滑步走着,头抬得笔直,目光定定地盯住亚诺斯,他则焦虑地小跑着,
头埋进双肩。他们周围,城市的幻境闪耀着:灯火辉煌的塔楼、阳台、楼
梯和露台,都那么美,到处都是玻璃,无论哪一面的设计都让人感到诧异
有趣。

　　玛雯首先开口:"亚诺斯,我要杀了你。我要报复你破坏了我的生活。
你什么都做不了,你要死了。"他紧张地死死盯着她,在一段蜿蜒楼梯的
最后一级绊倒了。这座楼梯通向一座开阔广场,这是他晚上散步最喜欢的
地方,因为它高踞深渊之上,风景美得超乎想象。楼梯的梯级中空,里面
装满了各种各样小巧的外星生命。亚诺斯一直很喜欢在这儿散步,他总是
会停下来,看一看蜥蜴人,或是美得耀眼的蝴蝶人,它们都被放置在模拟
的母星环境中。如今,他倒宁肯付出巨大的代价,好变成这种关在瓶子里
的囚徒,跟这些拥有高度智慧的标本一样;现在玛雯和他之间除了空气什

么也没有，无论怎样都比这样强。

突然，她伸手过来抓他，他跳起来，飞快地跑上楼梯，却看到塞利正堵在他面前，四肢着地蹲伏着。胖乎乎的塞利蹲踞着就要弹起，那副丑陋的模样差点让他失控，忍不住就要歇斯底里地狂笑，尖叫出声。在盲目的恐慌中，他呜咽着，转身向下跑去。玛雯追上了他，差一点就捏住了他的脖子，此时塞利刺耳地尖啸一声，跳了过来。三人下方的楼梯突然间无影无踪，玛雯攀附在一根栏杆上，身子牢牢地盘在上面，只能听到自己惊恐的嘶声尖叫，她看着那些小小的蝴蝶人从土崩瓦解的监狱里逃出。他们活不了多久。亚诺斯输掉了这场夜战，他在一朵精致的翅膀云中坠地而死。

塞利跳到中途改变了方向，一个筋斗翻到空中，划出一道绝妙的弧线，然后落到下方两段楼梯之下，轻轻松松双脚着地，在一处不可思议的阳台上站定。他蹲在那里，因身体所受的巨大冲击而呻吟起来，低头俯视着亚诺斯摔在结实的玻璃上。然后他抬起头，看着玛雯，她的头发正疯狂盘卷着。

"我们都得死。我要亲手杀了你。我们现在全都没命了。"

"我们已经一道走了这么远。"

"可算不上一道。"

"如果你愿意，我就把控制器关了。我们难道希望搞成这样吗？"这似乎是她自己，又不是她自己，这条她觉得像是自己的蛇。

"不，你是一条蛇。你本性就该是蛇。肯定是亚诺斯朝你下的手。"

多半是吧，可现在已经无所谓了。然后她跑起来，疯狂地跑着，不是往家里跑，而是朝着位于地下的实验室跑去，穿过闪闪发光的拱廊，知道塞利正紧随在自己身后。要自杀吗？该从哪儿来那种勇气？蛇是怎么自杀的？她又回到了自己最熟悉的环境里，站在一堆笼子中间，举棋不定。她伸手进去，揪住一根老鼠尾巴，把它提起来，吊在自己张开的大口上方，老鼠踢腾着。塞利来了，他大笑着，发出可怖的嚎叫，伸出一只爪子来夺那只老鼠。那小东西被撞到一边，瑟瑟发抖地跑到一堆老鼠垫和几堆碎纸片里躲起来，纸片上仍然看得出写满了亚诺斯的笔记。然后她也大笑起来，因为他太粗心了，现在什么也剩不下了，曾经的研究内容荡然无存。这两个人陷入了一场笨拙的打斗，玛雯体重不够，塞利却太胖了，她两只胳膊箍不过来，他拿手掌拍打着她。

他背后的凳子上有解剖刀，她伸出手，抓住了其中一把。她把那刀从他喉咙侧面插进去，割啊，割啊。他又肥又壮，当他沉重的身子松弛下来，滑落在地上一大摊血泊中时，她简直不敢相信他已经死了。她在他腰包里找到控制器，关掉，带着一种超然的好奇查验了一下，看看仿造得好不好。她现在感觉不一样了，更好动，浑身也绷得紧紧的，但更像她自己。她差点吃掉一只老鼠，真恶心。他们的发现可真是厉害。她在脑海里翻找着，看有哪些办法可以利用这一发现，为自己创造出崭新的生活。这是一种强大的控制武器。如果她独自把这项研究完成，可能还会出名。现在再也没有人拖她的后腿，残害她的审美风格了。她转身从一片狼藉中走开，漫步进了蛇屋。

"玛雯，我一直在等你。""圈圈"卢普斯高兴地笑着说。它正在跟她说话的幻觉太强了。她方才不得不忍受的各种干扰已经打乱了她的心理平衡。"玛雯，乔姆斯基说得对。那场古老的辩论胜负已定。语言是天生的，你知道。"她盯着它，心里很清楚蛇的声带这么……

"塞利在把他的本能赋予我时，非常好心地把语言表达能力也给了我。你不知道他在做这样的尝试，对吧？"

"你又不会说话。"她说，显然指望着它做出解释。

"亲爱的，你是不是听到一个声音呢？我是用心灵感应的方式传送给你的，当然了，我和其他蛇交流一般都是用这个方法。"

玛雯浅浅一笑："有时我还真挺能想象的。亲爱的卢普斯，那你过来，再给我讲讲。从我自己的脑子里给我答案。"但她并没读过乔姆斯基的著作。它向她滑过来，飞快地盘在她身上，蛇头朝下，紧紧缠住。

"玛雯，我想跟你交配。我需要找条雌蛇，这已经有段时间了，但我却被残酷地关在这里，没有那个条件。蛇比人类所以为的更有激情，塞利也有他的激情。他心里悄悄想要你，想要得很，亲爱的。"她一声又一声地尖叫，恳求它放开；它却紧紧攫住她，绝望、沮丧而痛苦。它越缠越紧，她的骨头慢慢地折断，喘不上气，再也尖叫不出来了。最后，它费了好大的工夫，把她囫囵吞了下去，用它伸缩自如的漂亮蛇皮覆盖了她破碎的身体，只有用这个办法，它才能占有她。

逃掉的那只小老鼠很忙。它正忙着释放其他狱友，它们不仅对此深表感激，还说出了感谢的话。

玲子的箱宇宙 - （1981）-Reiko's Universe Box

（日本）梶尾真治 Kajio Shinji —— 著

王小伟 —— 译

梶尾真治（1947—　）是一名以非同寻常的方式走进科幻及幻想领域，且屡获殊荣的日本作家。梶尾一边经营着祖上继承下来的连锁加油站一边进行创作。几十年来，他维持着这一微妙的平衡，直至 1984 年他放弃了他的加油站产业转而成为一名全职作家。梶尾赢得过日本 SF 大赏和日本星云奖三次。

电影《黄泉归来》（Yomigaeri: Resurrection, 2002）就改编自他的同名小说，讲述了一系列原因不明的死者复活的超自然神秘案件。在日本，他也被誉为幽默科幻小说大师，经常被人模仿，但鲜少有人能达到同等的高度。他的小说富有想象力且情节曲折生动有趣，但无论如何变化，在这些小说的核心深处，它们总是严肃的发人深省的故事。他和鹤田谦二合作创作了漫画《回忆爱玛侬》（Omoide emanon），鹤田谦二也曾为该系列画过插画。漫画改编自他的同名短篇小说。1991年，他的小说《歼灭火蛇怪》（Salamander senmetsu）为他赢得本年度的日本 SF 大赏。最近，他已跻身日本主流畅销作家之列。

从中学开始，梶尾便已成为科幻圈的一员。当时，他参与了柴野拓美主编的著名同人志《宇宙尘》（Uchujin）的编写。他的处女作就发表在该杂志上。1970 年《早川书房 SF 杂志》（Hayakawa's SF Magazine）转载了他曾刊载于其上的《献给美亚的珍珠》（Pearls for Mia）。这一美丽动人的爱情故事至今仍深受日本许多读者的喜爱。然而，他最出名的是他的"爱玛侬"（Emanon）系列。1979 年，他发表了这一著名系列的第一篇故事，这确立了他在日本科幻圈中的领导人地位并使爱玛侬成为文学天地中一名永恒的角色。自此以后，梶尾持续不断为这一系列添砖加瓦，使之涵盖的主题及思想的范围广阔得令人难以置信。并且这一系列至今仍在俘获新粉丝的内心。

他的稍稍有些脑洞大开且异常愉悦的短篇故事《玲子的箱宇宙》最初以日文发表于 1981 年，其后，英文版在选集《推理日本》（*Speculative Japan*, 2007）上发表。

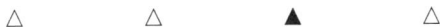

△　　　　△　　　　▲　　　　△

装在包装纸里的是装饰有各种形状的星云，并用缎带漂亮地包装起来的边长大概四十厘米的立方体。

"这个，是谁送的啊？"

在庆祝结婚的礼物里混进了感觉不合时宜的箱子。

"真奇怪呢。连送的人的名字都没写。是不是送错了啊？"

衣服都没换，玲子就把箱子拿起来看了。和看上去不同，箱子意料之外的轻，轻到让人怀疑它是不是一个空箱子的地步。

"祝贺新婚的礼品的检查明天再做吧。真没想到新婚旅行这么累人。"

丈夫郁太郎坐在扶椅里，疲倦地说道。

"但是……只有这个，我可以稍微打开来看看吗？"

露出真拿你没办法的表情，丈夫点头了。玲子微笑着回应丈夫，解开了缎带。

"至少把外套脱了吧。"丈夫说着，进了厨房。

包装纸里，是白色的箱子。

即使是放着大型花卷蛋糕也不会让人觉得不可思议。在表面，用金箔的艺术字写着：宇宙·箱／飞升登社谨制

"好奇怪啊，里面也没有写送的人的名字。"

丈夫递给玲子一杯咖啡。刚才去厨房烧水，就是为了这个吧。

"哎，镇静下来喝上一杯吧。那个赠送的人，看来是个相当粗心的家伙啊。"

说着，丈夫把一封贺电拿了起来。

心急的玲子喝着咖啡就打开了白色的箱子。除去外面包裹的发泡塑料，里面是一个透明的立方体箱子。

从透明的表面往里看去，是延伸开来的无限黑暗。仔细凝视的话，在黑暗中能看到一些光点。

"哎，看啊。箱子里有个宇宙哟。"

玲子把箱子拿到丈夫面前。

"嗯，室内用的装饰品啊。大概是新产品吧。用玻璃纤维、比重不同的泡沫蜡之类做成的室内装饰品。估计就是这种类型的商品吧。但是，咱们这种小公寓没放的地方啊。在搬到更大的地方前，先收拾起来的话会比较好吧。"

看起来不怎么感兴趣的郁太郎，把目光从箱宇宙移到了手上的贺电上。

若是结婚前的话，他应该会更认真一点地听我说话的吧。玲子脑海里飘过这样的念头。

白色的箱子里，还留着一张纸。

宇宙·箱说明书

这个箱子里，有着真正的宇宙。请作为室内装饰品使用吧。另外，这个宇宙箱是利用超越人认知的动力运作的，因此没有必要补充能量。

注意：请不要碰箱子表面下部的刻度盘。这个刻度盘是用来调整箱内宇宙时间的流逝的。

万一出现缺陷品的话，还请麻烦您送回鄙社技术开发部进行更换。

飞升登社

即使出现缺陷品，也没办法送回去啊。玲子自言自语道。因为要送回的飞升登社的地址哪里都没有写。

"稍微借我一下。"

丈夫郁太郎说完，把箱宇宙拿到手里，在箱子的表面用手上拿着的白色油性笔潦草地写上：纪念我们的结婚……郁太郎和玲子。"这下子，看到这个箱宇宙，就能想起今天的事了。"

丈夫把自己写的字展示给玲子看，满足了一般，露出了自以为是的笑容。

"那么，玲子已经看过箱子里面，心里舒服了吧。已经可以把它收拾起来了。明天不得不早早地去给周围照顾过我们的人打招呼呢。快点休息吧。"

玲子仍没有脱下外套，凝视着手上的箱宇宙，重重地点了一下头。

丈夫郁太郎在商业公司的营业部工作。因为公司来往的关系，郁太郎在玲子的公司里时有露面。

主动提出邀请的是郁太郎。

他拥有着营业能手特有的强势。他自然表现出的幽默不知多少次逗笑了工作中的玲子。

郁太郎有着温柔的眼睛和褐色的皮肤。因为学生时代踢过足球，所以有着宽厚的胸膛。

这个人不是个坏人呢……玲子想。

所以她答应了郁太郎的邀请。

玲子在那之前都没回应过其他男人的邀请。

并不是十分小心谨慎，也不是对男人的选择基准很严格之类。

只是单纯的没有遇到感兴趣的男人的邀请罢了。

玲子不是那种能主动提出邀请的女性。

她是等待的那一种。

所以，受到不是坏人的郁太郎的邀请的时候，玲子接受了。因为，他也是玲子遇到的第一个"白马王子"。

第一次约会，两人去看了电影。郁太郎如玲子所愿，去看了恋爱电影。对玲子来说，那也是个无聊的电影：很久很久以前，男孩与女孩相遇，两人一起经历了各种老套的艰难险阻的考验，最终走到一起，从此过上了幸福的生活。剧终。就是这种类型的东西。玲子偷看了郁太郎的反应好多次。郁太郎没在打瞌睡，但也没有感到有趣的样子，只是呆呆地看着画面。

电影结束后，郁太郎请她去吃饭。在那里两人进行了一个小时不合拍的对话。在最后的五分钟里，两人奇迹般地找到了共同话题。两人偶然都在小时候看过迪士尼的一部叫《小飞象》的电影。围绕着《小飞象》，两个人又谈了一个半小时。

约好了下次的约会，两人互相分别了。

第五次约会是两个月之后。郁太郎在第五次约会的时候求婚了。

那真是非常直接的表达。在求婚的台词中，也是最王道的那一类。

"请和我结婚吧！"

郁太郎这么说道。真是既突然又笨拙。

玲子对于自己是否爱郁太郎，并不确定。但是，这个男人这样地爱着自己的话，也许，自己是不是也是爱着郁太郎呢？现在，即使自己并不爱郁太郎，但是被郁太郎这样爱着的话，总有一天自己会爱上郁太郎的吧。玲子这样设想着。但是，一切都是不确定的。玲子为自己的心神不宁感到急躁。

两天后，玲子在郁太郎打来的电话里答应了结婚。

至少，玲子对郁太郎的感觉还不坏。

玲子是个随波逐流的女人。

"因为是在跑业务，所以我回家的时间并不固定。关于这点还请做好准备。这都是为了守护玲子啊。"

丈夫这样说了。在结婚之前这样说了。只有一点也好，为了让玲子变得幸福，为了让生活更加宽裕，不得不比别人加倍地工作。他是这种意思。

结婚后的三个月里，丈夫用电话告诉玲子正确的回家时间。

那个电话，从一天两次，渐渐变成了一天三次。

即使这样，玲子仍每天做完晚饭等丈夫回来。

丈夫想要个孩子。

深夜，回家的丈夫总是向玲子寻求这个。

但是，到现在为止还没有怀孕的征兆。

"我回来得太晚的话，你就先睡吧。"丈夫这么说了。

但是，玲子并没有那种念头。

等着丈夫回家的时候，玲子也没看过电视，也没有看书的念头。

某天夜里，玲子决定试着去阳台看看。不知怎么的，就生出了那种念头。

玲子他们的房间在公寓的三楼。从阳台往下看的话，能看到从公交站台到玲子他们公寓的那条路。

时间刚过午夜零点。玲子倚着被夜露打湿的栏杆，托着腮，百无聊赖地等着郁太郎回来。

"那个人，身体大概很疲劳了吧，毕竟每天都回来得这么晚。应该很累了啊。"

眼下路过的行人很少，像是为了勾起思绪一般，不时会有车通过。

有一辆出租车在玲子的公寓旁停了下来。走下来的男人的身影，玲子立刻就认出来了。

郁太郎全身飘着酒臭。

"你还醒着啊？"

只说了这些，丈夫害羞地钻进了被子里。

五分钟不到，丈夫就睡熟了。

丈夫的精神疲劳，是不是快要到界限了呢？带着对丈夫的担心，玲子收拾起了饭桌。

从那之后大概一周，丈夫持续着晚归的日子。对此，玲子没有发任何牢骚。那是玲子反而对郁太郎感到愧疚的缘故。

"今天要陪重要的新客户。那个资材科长是个非常喜欢打麻将的家伙。"

上班前，丈夫如此辩解道。

那天晚上，玲子也在阳台上等着丈夫回来。不知为何，那晚她泪流满面。玲子左思右想流泪的原因，仍没有想到确实的理由。但是，有一个绝对没错的理由在心里浮现出来。

她好寂寞。

忍着泪水，玲子望向天空。

"没有星星呢。"

离上一次仰望夜空，已经过了好久了。玲子并不知道，由于烟雾的关系，现在的夜空，已经看不见星星了。

玲子对没有看到星星感到惊讶。她一边擦去眼泪，一边进了房间。

她想起了箱宇宙。"它"还在那里，在壁橱的一角，落满了灰尘。毫不犹豫地，玲子从箱子里取出了"那个"。

玲子明白了许多一开始看到它时没注意到的事。立方体的透明面板里……确实有着宇宙。只有在那个箱子里面，与玲子所处的房间的亮度无关，漫延着漆黑的黑暗。

玲子试着挨近了脸。

因为是四十厘米左右的透明箱子，所以应该能看到箱宇宙对面的房间。但是，在那里面，果然只有与寂静同在的无限黑暗。

是不是某种全息影像呢？她想。

在箱子的中央，有一颗与众不同的巨大的星星孤零零地飘浮着，直径七厘米左右吧，闪耀着白色的光辉。在这颗星星的周围，还围绕着十来颗星星，它们以慢慢的速度移动着。

"好漂亮啊。"

玲子忍不住发出赞叹。持续凝视着箱子的话,总觉得心情放松下来了。

那天晚上,玲子直到丈夫回来,都一直在凝视着箱宇宙。

第二天,玲子少见地上了街。一般来说,附近的超市对于备齐日用品来说足够了。去书店看看吧,玲子想。不上街的话,附近是没有书店的。

玲子去了商品比较丰富的中央街的书店,买了本《你也有必要知道的不可思议的宇宙》。玲子第一次对宇宙产生了兴趣。她觉得,她选了本初学者最容易看懂的书。箱宇宙里发生的事,她想了解得更加详细一点。

回家后,玲子如饥似渴地看起了书。然后,视野像开阔了一般,对至今不知道的有关星星的知识更加感兴趣了。

那天晚上,在等着丈夫回来的时间里,玲子一直看着箱宇宙。

把箱宇宙放在矮脚饭桌上,玲子毫不厌烦地注视着。

中央那个巨大的星星,是像太阳那样的恒星吧。因为散发着白光,估计是白巨星吧。搞不懂啊。至少是像太阳那样上了年纪的恒星吧。这样来看的话,在周围围绕的星星是行星吧,像地球那样的。

一点一点地,玲子看到箱中的宇宙起着变化。以肉眼可见,又几乎不可见的速度,米粒般的行星群在恒星的周围移动着。

"那些行星,是不是各自都有像月亮那样的卫星环绕着呢?"

玲子瞪大眼睛观察着。那样的影像,好像看到了,又好像没有看到。

"能不能看到流星呢?"

这个时候,玲子还不知道,流星是在地上看到的陨石与大气摩擦燃烧产生的现象。对玲子来说,流星单纯只是等待着郁太郎陪伴的她许愿的对象而已。

丈夫回来后,在吃饭的时候,向玲子搭话。但玲子看着箱宇宙入迷了,到了不知不觉就忘了回应郁太郎的地步。郁太郎露出了苦笑。晚归的他,方才感到自责了吧。

玲子被箱宇宙的魅力迷住了。

某天晚上，玲子偶然想到一件事。

那是在她把箱宇宙放在矮脚饭桌上，托腮注视时想到的。她立刻行动起来。

试着关掉了灯，拉上了窗帘。这下，屋里只剩下箱宇宙散发着神秘的光。

在黑暗里，玲子坐到了箱宇宙前。

什么声音都没有，只有恒星的光安静地浮动着。

凝视着箱宇宙，玲子不禁产生了自己也是这个迷你宇宙的一部分的错觉。

但是，玲子想，这与其说是箱宇宙，不如说是为我存在的宇宙。

就在这时，拖着白色尾巴的气态物飞过了玲子的眼前。

"是扫把星啊！"

箱宇宙里，慢慢地拖着长长的尾巴的彗星渐渐被恒星吸入并消失了。

这是玲子第一次在箱宇宙中目击到的戏剧性的一幕。

玲子终于找到了实感。

"这个宇宙，是活着的！"

凝视着星星，玲子想，自己为什么会变得这样喜欢宇宙呢？

她已经不再寂寞了。

偶然，玲子想，要不要给这些星星都取一下名字呢？

中央那个最亮的恒星，取了丈夫名字的一个字，叫作"郁之助[1]"。然后，郁之助周围的行星叫"太郎""二郎""三郎"……这样按顺序来。在行星之中，太郎的个头也是非常大的，大概有郁之助的三分之一那么大。所有的行星白天的部分都明亮地闪耀着，而夜晚的部分都隐藏在暗影里。

玲子都没有注意到丈夫已经回来了。

"喂，在做什么呢？灯都关上了。"

---

[1] 原文一开始写作"郁之助"，但后面写成"郁之介"。两者读音一样，因此翻译时统一成"郁之助"。

玲子不由得眯起了眼，因为丈夫把房间的灯打开了。她感到自己被拉回了现实。

"又是宇宙箱！你可不可以适可而止啊？"

丈夫的声音里好像带着怒火。玲子对此没想做任何回应。

"肚子饿了，有什么吃的吗？"

丈夫把头伸进了冰箱。那天，玲子并没有做晚饭。

"没有。"

凌晨一点的时钟敲响了，干瘪的钟声的余音久久地回响着。

"是吗？那么，就睡觉吧。"

郁太郎露出责备的表情说道。

"快点，睡吧，睡吧。明天还得早起呢。"

听着丈夫睡熟的声音，玲子又凝视了箱宇宙三十分钟左右。

玲子啃掉的天文学方面的书已经超过了十本。从这些书中，玲子吸收了各种各样的知识。

宇宙的诞生。星体的进化。各种各样的星云。各种各样的星体。中子星。黑洞。类星体。客星 [1]。双星。以前一直都不知道的宇宙方面的词汇不断地印入玲子的脑海里。

"这个箱子里的宇宙是不是也是大爆炸产生的呢？"

看着书，玲子嘟哝道。

电话响了。

五回，六回……铃声执拗地响着。

玲子慢吞吞地拿起了听筒。

是没听过的女人的声音：

---

[1] 中国古代钦天监对彗星、新星或超新星的称呼。（摘自维基百科）

"郁太郎，在吗？"

女人说出了丈夫的名字。她的声音有些沙哑。玲子告诉她，丈夫还没回来。

"你是，夫人吗？是玲子吧。"

没听过的声音的女人用锐利的语调说道。

"是的。"

玲子答道。

"嗯哼……"

女人突然粗暴地挂断了电话。

玲子放好听筒，继续看起了与天文学相关的书。

那天晚上，丈夫也晚归了。

那天晚上，对在黑暗中凝视着箱宇宙的玲子，丈夫什么也没说。

玲子在潜意识里想，明明离丈夫这么近，但心就像在箱中无限黑暗的尽头那样，也许在非常遥远的地方。

依然穿着西服，丈夫就那样连续吸了三根烟。也许是有话想说吧。

但是，丈夫最终什么都没说就上了床。

那晚，两人一句话都没交谈。

玲子没有发怒。电话里的女人的事，随便怎样都好。最终，玲子只是确认了自己谁都不依赖而已。

玲子没有找到向丈夫搭话的话题，也没有这个兴趣了。

那天晚上，箱宇宙里，只有寂静支配着一切。

星期天的早上，丈夫大叫道：

"你平时都吃的什么？"

他打开冰箱：

"这不是什么都没有吗！"

这样说的话，已经好久没有做饭了。玲子想道。最近都是从便利店买点心面包，然后稍微吃点。

"要洗的衣服堆了这么多，天花板的角落都有蜘蛛网了。你究竟是怎么了？"

玲子什么都没回答，也没把脸转向丈夫，只是单纯地凝视着宇宙。

丈夫的声音开始听起来很空虚，就像远方的犬吠。

不知什么时候，丈夫换上了出门的衣服，站到玲子身后：

"我稍微出去一会儿。"

说完，丈夫出了门。

宇宙里，十几个行星排成了一列。

以郁之助为中心，在它的右边，太郎、二郎、三郎、四郎串联在一起。

"呀，这是行星的'连珠'呢。"

玲子禁不住赞叹道。这是小小的宇宙里，色彩斑斓的宝石般的行星们只为玲子一人展示的秀。

真是不可思议的景象啊。

玲子站起来拉上周围的窗帘，创造出完全黑暗的环境。这样的话，自己也产生了自己正浮游于那个宇宙里的感觉。

凝视着整齐排列的行星群，玲子发现自己正在想一件可笑的事。

郁之助周围的行星里，会不会也有像地球一样有着生物存在的行星呢？

就是这样简单的疑问。

可能有呢。那个行星上是不是也和地球一样住着人类呢？

肯定住着人……玲子下了这样的结论。

那些地球人里，是不是也有像我这样凝视着箱宇宙的人呢？那个箱宇宙里，也有像地球一样的行星，也有像我一样凝视着箱宇宙的人；那个箱宇宙里，也有像地球一样的行星，也有像我一样凝视着箱宇宙的人；那个箱宇宙里，也有像地球一样的行星，也有像我一样凝视着箱宇宙的人……

玲子一直持续嘟哝着。

丈夫很晚才回来。看到凝视着箱宇宙的玲子，他内心的焦躁好像增强了。

他走到玲子眼前，把一盒火柴抛给了她。那是可疑的宾馆的火柴。

"我啊，至今为止，一直都在那里啊。"

玲子仍沉默着继续凝视着箱宇宙。

"什么话都没有吗？什么都没想吗？"

玲子什么感情都没表现出来。总感觉，一切都像是遥远的世界里发生的事一样。

"你总是这样。比起我，你更重视那个宇宙。为什么不责备我？我见异思迁对你来说也没什么吗！那种东西，要是早点儿扔掉就好了。"

玲子什么反应都没有。丈夫感到自己的自尊受到了践踏：

"我说话的时候，看着我啊！"

"……"

"什么啊。这种玩意儿！"

丈夫发作了，他把箱宇宙打飞。箱宇宙从矮脚饭桌上滚落，碰到墙壁才停下了。这是郁太郎第一次使用暴力。

慢吞吞地，玲子像是要把箱宇宙抱住一般把它拾了起来。但是，她没注意到，在落下的那一瞬间，箱宇宙下面的刻度盘转动了。

箱宇宙里的时间流逝飞快地加速了。

玲子像抱着婴儿一样抱着箱宇宙，朝里面看去。

郁之助……那个白色的恒星停止发光了。不，是恒星从视野里消失了。

"箱宇宙坏掉了。"玲子说道，语气平淡。

"很好！"郁太郎吼道。

"一切都结束了。"玲子接着平淡地说。

　　　　　　　　　　　　　　Kajio Shinji

从那之后，丈夫什么话也没说。两人就那么沉默地相对。

郁太郎不知连持续吸了第几根烟了。

玲子持续凝视着箱宇宙的黑暗。郁之助周围围绕的行星现在也淹没在黑暗里。

这个时候，起了变化。

玲子发现，那个恒星周围围绕的行星中的一颗好像要被黑暗吸进去了一样，就好像那个恒星还飘浮着一样。

周围的星星要被不断地吸进去了。

"箱宇宙还活着。'郁之助'变成黑洞了呢。箱宇宙的恒星肯定是收缩到史瓦西半径[1]了吧。"

玲子这时想起了在天文学方面的书上读到的知识。

箱宇宙的黑洞吸收着周围的行星，质量不断增加。它在成长着。在本来的宇宙的话，是没有办法看到这种现象的，而想象当然也是绝对需要时间的。但是，在时间流逝加快的箱宇宙里，以非常快的速度，数个彗星、流浪星，以至于巨大的恒星，都朝曾是郁之助的黑洞飞去。

桌子上放着的宾馆的火柴也嗖的一声通过透明的面板被吸了进去。

"什么！发生什么了？"

丈夫吓了一跳，大叫起来。

他吸过的香烟也被箱宇宙吸了进去。

矮脚饭桌发出咔嗒咔嗒的声响，开始微微震动起来。报纸、茶杯、钟表，不断被箱宇宙吸了进去。

散发着白色光辉的恒星郁之助，经由时间加速，变成了黑洞。并且，由于它的超重力，箱宇宙里的星星都被它吞噬，从而使质量增加了。即使

---

[1] 1916 年卡尔·史瓦西首次发现了史瓦西半径的存在，这个半径是一个球状对称、不自转又不带电荷的物体的引力场的精确解。该值的含义是，如果特定质量的物质被压缩到该半径值之内，将没有任何已知类型的力（如简并压力）可以阻止该物质自身的引力将自己压缩成一个奇点。（摘自维基百科）

这样，它仍不满足，把影响范围扩展到了玲子他们的房间。

丈夫紧紧抱着柱子，大声哭喊着。他完全不知道自己现在能做什么。电视机、收音机、冰箱，就像被放到了魔法包里，一个接一个，被箱宇宙吸收了。

玲子完全没有感到恐惧。这是箱宇宙对丈夫的审判。

她是彻底这么想的。

看到丈夫被吸了进去，连细小的悲鸣都没留下，玲子像跳进去一般，飞向了箱宇宙。

被箱宇宙吸进去的时候，玲子想，这会不会是在很早以前就预定好了的呢？

太阳系。

在地球曾经存在的地方，飘浮着一个小小的箱子。

那个箱子是边长大概四十厘米的立方体，表面用白色的文字这样写着：纪念我们结婚……郁太郎和玲子。

那个箱子里，当然也存在着宇宙。

群 - （1982） -Swarm

（美国）布鲁斯·斯特林 Bruce Sterling———著

阿古———译

迈克尔·布鲁斯·斯特林（1954—　）是一位颇有影响力的美国科幻小说作家，他与威廉·吉布森一起，开创了赛博朋克流派。通过合著《差分机》（The Difference Engine），吉布森和斯特林又开创了蒸汽朋克风格。在 1984 年到 1986 年间，斯特林创办了幻迷杂志《廉价的真相》，在上面发表了一系列雄辩文章，通过批评像金·斯坦利·罗宾逊这样的人文主义者，为赛博朋克设定了基调。从那时起，两位作家以截然不同的方式，都为我们理解现代社会贡献了重要观点。罗宾逊成了世界上最重要的气候变化小说家，而斯特林作为一名敏锐的科幻小说家，不断用新颖犀利的作品，批判分析着这个鲍德里亚式的后资本主义世界，他对当代世界的理论贡献，是无法估量的。

斯特林的科幻小说，除了两次获得雨果奖，还获得过海川图书奖、阿瑟·C.克拉克奖、轨迹奖和坎贝尔奖。斯特林的论述文章，也同样创想巧妙，引人入胜。他参与编辑过一部影响深远的年度选集《镜影》（Mirrorshades, 1986），为一代读者定义了赛博朋克。斯特林在得克萨斯州奥斯汀城，建立了著名的火鸡城作家工作室，并创造了一个新词"滑流"，描述那些不易归入既定流派的跨流派小说。斯特林还创造了其他一些著名词语："灾衰"（wexelblat），用来表述自然灾害导致的人类技术文明的二度衰落；"废管"（buckyjunk），用以描述未来纳米科技风行，造成的难以回收的消费类碳纳米管垃圾。

斯特林的著名长篇小说有《网络群岛》（Islands in the Net, 1988）、《恶劣天气》（Heavy Weather, 1994）、《卡亚提兹》（The Caryatids, 2009）等。他的短篇小说创作也异彩纷呈，其中的经典名篇，如经常被重印的《我们的视角不同》（*We See Things Differently*），被收录于著名年度选集《符号文本》[*Semiotext(e)*, 1989] 中。

但他最著名的故事设定，当属变形者/机械者宇宙。故事讲述了在殖民太阳系的太空时代初期，人类社会分裂成了两个主要的敌对派系：擅长使用电子机械技术的机械者和精通跨物种基因工程的变形者。随着时间推移，通过与诸多外星文明的交流和接触，两极对立的局面更加复杂化，人类种族中分裂出许多后人类亚物种。变形者/机械者系列故事，刊登在科幻小说选集《水晶快车》（*Crystal Express*）和《分裂矩阵增补本》（*Schismatrix Plus*）中。

《群》是这些系列故事中的一篇杰作，于 1982 年首次发表于《奇幻和科幻小说杂志》，曾获得雨果奖、星云奖和轨迹奖提名。在这个故事中，西蒙·阿弗雷尔的任务，是考察一种鲜为人知的，据说并不具备智能的生命形式——群。和斯特林的所有小说一样，故事情节创意迭出、引人入胜、发人深思，绝对是一篇引领后赛博朋克风格的名作。

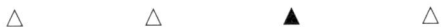

△   △   ▲   △

外星人说："在接下来的旅程中，我会怀念和你的交谈。"

上尉-博士西蒙·阿弗雷尔把双手叠放在胸前，用嘶嘶作响的外星语说："和你道别，我也很遗憾。少尉，跟你交谈，使我受益良多。感谢你和我无偿分享了这么多知识，我本该付给你酬金的。"他身着绣金背心，双手戴满了珠宝饰物。

"那些只是信息，我们投资者交易的是能源和贵金属。奖励和追求纯粹的知识，是一种不成熟的种族特征。"外星人说着，竖起小耳孔后面那道棱纹褶边。他的明亮眼睛，被遮蔽在厚厚的瞬膜后面。

"毫无疑问，你是对的。但是，对其他种族来说，我们人类还是孩子，所以保有某种不成熟的特质，也挺自然。"阿弗雷尔嘴上说得堂皇，心中却暗生鄙意。他摘下太阳镜，抹了一下鼻梁。这艘星际飞船内蓝光炽亮，紫外线很强烈。这是投资者最偏爱的光照环境，他们可不会为了区区一个人类乘客，做出什么调整。

"你们人类还不赖。"外星人宽宏大量地说，"我们挺喜欢和你们这样的种族打交道：年轻、有活力、有可塑性，喜欢尝试各种各样的商品和体验。我们应该早点儿和你们接触，但你们的技术还是太弱了，无法给我们带来利润。"

阿弗雷尔说："现在情况不同了。我们能让你们挣大钱。"

"的确，"投资者说着，细鳞脑袋后面那道褶边飞快震颤起来，看来他心情很是愉快，"在 200 年内，你们将变得非常富有，足以从我们手中购买星际飞行的核心技术。或者人类中的机械派，将通过自行研究，发现这个秘密。"

阿弗雷尔有点不耐烦，作为变形派的一员，他可不喜欢外星人夸赞敌对的机械派。他说："不要太相信纯粹的技术知识。我们变形者有很强的语言天赋。我们这个阵营，是你们更好的贸易伙伴。要知道，在机械派看来，所有的投资者都长得差不多。"

外星人迟疑了一下。阿弗雷尔微微一笑。看来他最后一句话，已经触动了这个外星人的个人野心，外星人已经明白了他的暗示。机械派总是在这一点上一错再错。他们试图一视同仁地对待所有投资者，每次都启用相同的接待程序。他们太缺乏想象力了。

阿弗雷尔认为，必须对机械派采取措施。在小行星带，在冰块丰富的土星环，双方的飞船有时会狭路相逢，发生小型对抗，互有伤亡，但这远远不够，两派都在不停谋划，贿赂对方最优秀的人才，实施伏击、暗杀，派遣工业间谍，想给对方一个永久性致命打击。

上尉 - 博士西蒙·阿弗雷尔是一个精通格斗和渗透的间谍大师。这就是为什么变形派会向投资者支付数百万千瓦能源，为他安排了这一次搭乘。阿弗雷尔拥有生物化学和外星语言学双博士学位，并拥有磁武器工程硕士学位。他 38 岁，已按照自己的喜好和当时的时尚，对身体进行了变形重塑。他的激素水平进行过微调，可抵消长时间处于失重状态下引发的不良副作用。

他没有阑尾；心脏结构被重新设计，以提高供血效率；大肠也被改造过，能自行分泌通常由肠道细菌合成的维生素。遗传工程，加上童年的严格训练，使他的智商高达 180。他并不是环带中最聪明的人，但他是精神最稳定、最值得信赖的人之一。

"这简直是一种耻辱，"外星人说，"像你这样的人才，居然要在这个毫无利润可赚的糟糕前哨站里空耗两年。"

阿弗雷尔说："这两年不会被白费。"

"但你为什么要去研究群呢？它们不会说话，教不了你任何知识。它们没有工具和技术，不愿开展贸易。它们是唯一能够进行太空航行的非智慧种族。"

"仅此一点，就说明它们值得学习。"

"那么，你们是想模仿它们吗？你们会把自己也变成怪物的。"少尉停顿了一下，"也许你们能办到。但是，这可不利于开展贸易。"

飞船扬声器里传出一阵奇怪的外星音乐，然后是刺耳的投资者话音片段。绝大部分音都太尖锐，阿弗雷尔的耳朵根本听不到。

外星人站起身来，镶满珠宝的裙摆，扫了一下像鸟爪一样的脚尖。他说："群的共生生物已经到了。"

阿弗雷尔说："谢谢。"少尉一打开舱门，阿弗雷尔就闻到了群的使节散发的气味；这个生物浑身发出一股温热的酵母味，迅速弥漫进飞船内部的循环空气。

阿弗雷尔掏出一面口袋镜，迅速检查了一下自己的堂堂仪表。他往脸上补了一点粉妆，把戴在齐肩红金长发上的天鹅绒圆帽扶正。他的耳垂上闪耀着一颗开采自小行星带、拇指指节般硕大的璀璨红宝石。他的齐膝大衣和背心都是金色锦缎裁剪而成，衬衫上则用红金细线绣出繁密豪华的纹理。他的着装，给投资者留下了深刻印象，投资者就喜欢和奢华豪富的客户打交道。怎么才能给这个新来的外星人留下深刻印象呢？也许可以用气味。于是，他又喷了一点香水。

在星际飞船的第二道气阀旁，那个群共生生物正和飞船指挥官喳喳交谈。这位指挥官年龄较大，举止困慵，体型是大部分船员的两倍。她的巨大脑袋上，戴着一顶镶着珠宝的头盔。一双迷离的眼睛，正像照相机一样频频闪光。

共生生物以6条后肢着地，用4条前肢缓缓比画着。这艘飞船的人工引力，只有地球重力的三分之一，却似乎让它备感困扰。它头上耸起两个眼柄，顶端悬着一对退化的眼睛，牢牢紧闭，躲避着飞船内的强光。阿弗雷尔暗想，它肯定习惯生活在黑暗中。

指挥官正用共生生物语言与它酬答。阿弗雷尔面露苦色，他曾经希望这个生物能说投资者语。现在看来，他不得不学习另一种语言，一种为没有舌头的生物设计的语言。

又一阵激烈交谈之后，指挥官转向阿弗雷尔，用投资者语对阿弗雷尔说："共生生物对你的到来并不满意，显然，最近有一些地球人给它们制造了麻烦。但经过我的斡旋，它已经允许你进入它们的巢穴。本次事件已被记录在案。当我返回你的母星系时，将向你的派系索取此次外交服务的酬金。"

"谢谢你，长官，"阿弗雷尔说，"请向共生生物转达我个人最诚挚的愿望，在下绝无恶意——"突然，共生生物冲了过来，在他左小腿上狠狠咬了一口，打断了他的侃侃而谈。沉重的人工重力并没有妨碍阿弗雷尔的速度，他猛地向后一跳，摆出一个防守姿势。这时，只见共生生物安静地蹲俯在地，口中衔着一长条被撕下的裤腿，正起劲地咀嚼着。

指挥官说："它会把你的气味和化学成分传达给巢穴同伴，这是必要措施。否则你会被视为入侵者，被群的战士当场杀死。"

阿弗雷尔迅速放松下来，伸手压住伤口，止住流血。他只希望自己刚才的动作没有引起投资者们的注意，一个普通研究人员，似乎不应该有这么敏捷的身手。

"我们很快就会重新打开气闸。"指挥官说着，用粗壮的爬虫类尾巴抵住地面，身体向后一倚。共生生物继续咀嚼着碎布。阿弗雷尔仔细观察着这个生物的脑袋，没有脖子，有口和鼻孔，眼柄上有两个球根状萎缩眼睛；两侧各有一排铰链板条，可能是无线电接收器；顶部有三个甲壳质圆盘，从中突起两排密密麻麻的细小触角，正不停扭动，结构非常古怪，完全猜不透到底有什么功能。

气闸门打开，一股浓重的烟味涌进了对接室。这味道，似乎让在场的六位投资者感到不适，他们很快就离开了。"按照协议，我们将在人类时间六十天内返回。"指挥官说。

"谢谢你，长官。"阿弗雷尔说。

"祝你好运。"指挥官用英语回了一句。阿弗雷尔脸上露出了微笑。

共生生物扭动着多体节的身体，爬进了气闸。阿弗雷尔跟着它。气阀门在他们身后关上了。这个共生生物一言不发，继续大声咀嚼着。第二道门开了，共生生物往里一跳，跳进了一条宽阔的圆形石质隧洞，立刻消失在黑暗中。

阿弗雷尔摘下太阳眼镜，放进上衣口袋，又拿出一副红外眼镜，绑在头上，走出了气闸。人工引力消失了，取而代之的是一种几乎无法察觉的微弱重力，这是由群的小行星巢穴造成的。阿弗雷尔笑了，这是几周以来他第一次感到舒心。成年后的大部分时间，他都生活在土星环的变形者殖民地上，在失重状态中度过。

在隧洞旁的一个暗洞里，蹲伏着一个体型如大象的毛茸茸动物，脑袋呈圆碟形。它浑身散发着热量，在红外眼镜中清晰可见。阿弗雷尔可以听到它的呼吸声。它耐心等待着，直到阿弗雷尔飘过它身旁，更深地进入隧洞，它才挪到隧洞尽头，拼命吸入空气，直到膨胀的头部牢牢堵住出口。它伸展开许多条腿，深深地陷进墙上的插孔里。

投资者飞船已经离开。猎户星座参宿四是一颗红超巨星，四周盘绕着数百万颗小行星，小行星旋盘的总质量，大约是木星的五倍。阿弗雷尔进入的，正是其中一颗小行星的内部。作为一处潜力无限的矿藏资源，参宿四旋盘使整个太阳系相形见绌。这个行星系的主宰者，应该是群。至少，在投资者的记忆中，没有任何种族，能挑战群的地位。

阿弗雷尔凝视着隧洞。隧洞似乎空无一物，没有其他生物投射的红外热源，他无法看得很远。他踢了一下墙，犹犹豫豫地向隧洞深处飘去。

这时，他听到一个地球人大喊："阿弗雷尔博士！"

他赶紧回道："米尔尼博士！我在这儿！"

他先是看到一对年轻的共生生物轻盈飘来，爪子几乎很少在洞壁上借力。在它们身后，跟着一个戴护目镜的女人。她很年轻，很有魅力，身体经过基因重塑，身材苗条，曲线玲珑。

她用共生生物语言尖叫几声，它们停了下来，等待着。她向前冲来，阿弗雷尔也迎了上去，抓住她的胳膊，熟练地抵消了她的速度。

"你没带什么行李吧？"她焦急地问。

他摇了摇头："在我被派出之前，我们及时收到了你的警告。所以，我只穿了这一身衣服，只在口袋里带了一些小东西。"

她挑剔地看着他："环带居民现在就流行这种衣服？看来时尚变化比我想象的还快。"

阿弗雷尔瞥了一眼身上的锦缎大衣，大笑起来："这是出于外交考虑。投资者更喜欢和一个盛装打扮、看上去财大气粗的地球人谈交易。现在，所有变形者使节都得穿这样的花哨衣服。我们赶超了机械派一大步，他们还在穿那些连体工作服。"

他犹豫了一下，不敢贸然提问，怕无意间冒犯她。伽利娜·米尔尼的智商将近200。智力超群的人，有时会情绪不稳，反复无常，遇到挫折时，很容易退缩回自己的幻想世界中，或者陷入一种奇怪的矛盾心理，在密谋狙击和容忍退让之间不停打转，令人难以捉摸。为了争夺人类社会的文化主导地位，变形派选择了高智商作为一种发展策略，尽管偶尔会发生一些事故，他们还是不得不坚持下去。他们曾尝试过培育智商超过200的超智人，但很多超智人叛离了变形者殖民地，这个特殊培育项目已被叫停。

"你一定在纳闷我这身衣服是哪儿来的。"米尔尼说。

阿弗雷尔微笑道："你的衣服真的非常新奇。"

"这是用茧丝编织的。"她说，"我原来的衣服，在去年一次麻烦中被一名拾荒者吃掉了。我平时都是赤身裸体，我穿着衣服来见你，是不想显得太过亲密，让你尴尬。"

阿弗雷尔耸耸肩。"我自己也经常裸体，衣服并没什么用，口袋倒是挺有用。我会随身携带一些工具，但大多数工具都不重要。我们是变形者，我们的工具在这儿。"他轻轻拍了一下自己的脑袋，"你能不能给我找一个安全的地方，来存放衣服……"

她摇了摇头。她戴着护目镜，他无法看到她的眼睛，无法辨认她脸上的表情。"博士，你已经犯了第一个错误。这里并不存在什么我们自己的地方。机械派特工犯过同样的错误，这个错误，也差点让我丧了命。这里没有隐私或财产的概念。这里是巢穴。如果你占据巢穴的任何一处空间，用来储存设备，用来睡觉，你就会成为入侵者，成为敌人。两个机械派特工——男一女——占了一个空腔室，建立起电脑实验室，战士们打破门，闯进去把他们吃掉了。拾荒者吃光了他们的设备：玻璃、金属……所有的东西。"

阿弗雷尔冷冷一笑："把这些物料托运到这里来，一定花了他们一大笔钱。"

米尔尼耸耸肩："他们比我们更富有。他们有大型机器，能大量采矿。我猜想，他们计划悄悄杀了我，尽量避免暴力场面，以免激怒那些战士。他们有一台电脑，学起弹尾语来，比我快多了。"

阿弗雷尔说道："但你活了下来，你的录像带和报告——尤其在早期，当大部分设备还在时，你录制并发送的情报——都非常珍贵。管理局一直非常支持你的行动。在你离开的这段时间，你已经成了环带名人。"

"是啊，如我所愿。"她说。

阿弗雷尔有点困惑。"这两只共生生物是不是有什么缺陷？"他小心翼翼地说，"我的研究领域，正好是外星人语言学。"他匆匆指了一下陪她前来的两个共生生物，"看来，你和共生生物的交流已经取得了很大进步，要知道，这些共生生物似乎都听命于群。"

她用一种难以琢磨的表情看着他，耸了耸肩。"这里至少有 15 种不同的共生生物。这两只跟着我的，叫作'弹尾'。所有的共生生物，都只听命于自己。博士，它们是野蛮生物，之所以引起投资者关注，仅仅是因为它们还能说话。它们曾经能在太空中远航，但现在已经遗忘了星际航行技术。它们发现了巢穴，被巢穴吸收，变成了寄生虫。"她在一只弹尾的头上敲了一下，"我驯服了这两只，因为论起偷窃和乞食的本领，我可比它们强多了。它们现在和我在一起，保护我不受那些更大型共生生物的侵害。共生生物嫉妒心很强，会相互攻击。要知道，这些共生生物已经在巢穴中生存了大约一万年，依然没能彻底融入群生态链。它们仍然能思考，有时也会纳闷。过了一万年浑噩的寄居生活，共生生物仍然能做简单思考。"

"它们的确是野蛮人，"阿弗雷尔说，"我完全同意。在飞船里，其中一只就咬了我。这样的生物，似乎不太适合充当外交使节。"

"是的，我提醒过它，你会来巢穴找我。"米尔尼说，"它不太喜欢你的到来，但我用食物贿赂了它。希望它没有弄伤你。"

"只是擦伤，"阿弗雷尔说，"应该不会感染。"

"当然不会，除非你身上本来就有细菌。"

"绝无可能，"阿弗雷尔有点生气了，"我身上没有细菌。我绝不会随随便便把微生物带进一个外星生态圈。"

米尔尼把头扭向一旁："你身上可能会有一些经过特殊基因变异的细菌……我们现在可以走了。在前面的大洞室里，弹尾会通过口部触碰，把你的气味传播出去。几个小时内，就会传遍整个巢穴。一旦气味抵达女王那里，传播速度就会迅速加快。"

她蜷起双腿，在一个年轻弹尾的硬壳上猛地一踹，借着反弹力，向隧洞深处飘去。阿弗雷尔赶紧跟上她。巢穴中空气温暖，他身披厚重华服，身体开始不停冒汗，幸好他的汗水有抗菌功能，不会散发异味。

他们来到一个巨大洞室，横截面大致呈圆形，直径约 20 米，蜿蜒了 80 米。里面挤满了巢穴生物。

有成百上千只。大多数是劳役者，八条腿，毛茸茸，像大丹狗那么大。四处散布着一些战士，它们是毛茸茸的怪物，体型和一匹马差不多，口中伸出巨大的獠牙，整个脑袋，像极了一把鼓起来的椅子。

在几米之外，两名劳役者背着一名传感者。这个传感者有一个巨大扁平的脑袋，连接在一个萎缩的躯体上，躯体大部分都是肺。传感者长着板状巨眼，体表伸出许多由毛状甲壳素构成的弯曲长天线，随着劳役者们的移动，弯曲天线也一颤一颤。劳役者们伸出长着钩子和吸盘的脚，紧紧地贴在洞室墙壁上。壁石中的碳素已被汲取完，布满了疏松的小洞。

突然，一个怪物穿过臭气熏天的温暖空气，从他们头顶划过。它的末肢膨大，犹如两块桨片；头上无毛，没有五官；整个口部就是一个镶嵌钝甲的酸液喷口，还向外突出许多可怕的尖牙。米尔尼说："这是一个掘隧者，它能带我们更深入巢穴内部，快跟上。"她向它飘去，攀上了多节的毛茸茸后背。阿弗雷尔和两个尚未长大的弹尾，也跟着攀了上去，弹尾用前肢紧抓住掘隧者的臀部。掘隧者的茂密体毛又油腻又潮湿，散发出一股暖烘烘的恶臭，让阿弗雷尔浑身一颤。掘隧者继续在空中飞行，八只脚像阔叶桨板，如翅膀般扇动着空气。

"肯定有成千上万个巢穴生物。"阿弗雷尔说。

"在上一份报告中，我说有 10 万只，但那时我还没有探索遍整个巢穴。即使到现在，还有很多我没见过的长岔洞。巢穴生物的数量肯定接近 25 万。这颗小行星的体积，和机械派最大的基地谷神星差不多。内部仍然含有丰富的碳质材料，远远没有开采完毕。"

阿弗雷尔闭上了双眼。要是没有红外眼镜，他只能用手摸索着穿过这成千上万头不停拥挤、抽搐、扭动的怪物。"这么说，数量还在增长？"

"当然，"她说，"事实上，这个群很快就会发射一个交配子群。在女王房附近的一个腔室里，正在培育三打有翼型繁殖个体，雌雄都有。一旦被发射出去，它们就会交配并构造新的巢穴。到时候，我会带你去现场看发射盛况。"她停顿了一下，"我们马上就要进入一个真菌花园。"

一只年轻弹尾悄悄往前挪动几步，用前肢抓紧掘隧者的皮毛，伸嘴向前，啃咬起阿弗雷尔的裤腿边来。阿弗雷尔扭过头狠狠踹了它一脚，它缩了回去，眼柄晃个不停。

等他回过头来，他们已经进入了第二个洞室，比第一个大得多。洞室的每一寸墙壁，都覆盖着大量真菌。最常见的是这几种：臃肿桶身顶着一个圆盖；一丛密密麻麻的枝丫；一团弯曲缠绕的线条，在腥臭的微风中轻轻摇曳。一些桶状真菌旁，还弥漫着一团孢子迷雾。

米尔尼问："看到真菌下面那一堆堆生长介质了吗？"

"看到了。"

"我不确定这是一种植物形态，还是某种复杂的生化淤泥。关键是，如果移到小行星外部，照射到阳光，它就会生长，这是一个能在真空中生长的食物源！想象一下，如果能带回环带，这东西将会产生什么样的价值。"

阿弗雷尔说："价值惊人，完全无法用语言描述。"

她说："这东西本身不能吃，我试着吃过一小块，像在嚼塑料。"

"你在这里平时吃得好吗？"

"挺好。人类和群，有着相似的生物化学结构。这些真菌完全可以食用，但经过反刍之后，会更有营养。在劳役者的后肠内发酵一番，能增加不少营养价值。"

阿弗雷尔目瞪口呆。"你会习惯的，"米尔尼说，"以后我会教你如何从劳役者那里获得食物。只需有节奏地轻轻拍打某个部位——和它们大多数行为一样，只是一种简单的反射性反应，不受信息素控制。"她抹了一下脸，把一长绺脏头发拨到脑后，"希望我寄回的信息素样品，对得起那么高昂的运输成本。"阿弗雷尔答道："哦，绝对值得。信息素的化学结构很奇妙。我们成功合成了绝大多数化合物。我本人就是研究团队的一员。"他犹豫了。他能信任她到何种程度？到现在为止，他还没有向米尔尼透露他和上级制订的那个实验计划。她只知道，他和她一样，只是一个普通的科考研究人员。变形者科学界对从事军事工作和间谍活动的少数人心存戒备。

投资者向人类透露，在银河系中还生存着其他 19 个外星种族。作为对未来的投资，变形派决定租用投资者的飞船，向外星种族居住的星球派遣研究人员。这种大规模的外派，让变形派耗费了数十亿瓦特的宝贵能源，和大量稀有金属及同位素。大多数派遣团，有两到三个研究人员；有七个派遣团，只有一个研究人员。伽利娜·米尔尼被选中，前往群进行考察。她平静地接受了使命，相信凭借高超智慧和坚韧性格，她应该能保住性命和理智。那些做决策的上级官员，也无法确定她是否能取得某种有用或重要的发现。他们只知道，只要有可能获得某种具有压倒性优势的技术或发现，即使孤身一人，即使装备不足，也必须赶在其他派系行动之前，把她派遣出去。米尔尼确实取得了重大发现，引起了环带安全局的重视。于是，阿弗雷尔来到了这里。

"你们合成了那些化合物？"她说，"为什么？"

阿弗雷尔平静地笑了："也许只是为了证明我们能办到。"

她摇了摇头："请别糊弄我，阿弗雷尔博士。我跑这么远，部分原因就是躲避这类政治把戏。请告诉我真相。"

阿弗雷尔盯着她，可惜有护目镜遮挡，他看不到她的眼睛。"好吧，"他说，"告诉你也无妨，环带管理局命令我，来这里进行一项实验，这个实验可能会危及我们两人的生命。"

米尔尼沉默了一会儿："这么说你是安全局特工？"

"我的军衔是上尉。"

"我懂了……那两个机械派特工出现时，我就已经明白了。他们那么彬彬有礼，那么多疑，要不是还指望能通过贿赂或酷刑，从我口中套出点秘密，他们一见面就会宰了我。他们把我吓得半死，阿弗雷尔上尉，你也吓到我了。"

"我们生活在一个可怕的世界，博士。这件事，关系着派系安全。"

她说："在你们这些家伙眼里，所有事情，都关系着派系安全。我不应该再带你往前走了，也不应该再给你看任何东西了。这个巢穴，这些生物，它们没有智能，上尉。它们不能思考，不能学习。它们天真无邪，混沌未开。它们不会分辨善恶。它们对任何事情都一无所知。发生在几百光年外的人类社会的权力斗争，和它们毫不相干，你绝对不应该利用它们。"

这时，掘隧者已出了真菌室，在温暖的黑暗隧洞中缓缓划动。一群古怪的生物，像一群扁平的灰色篮球，从反方向飘浮过来。其中一个伸出细长的鞭形触角，钩住阿弗雷尔的衣袖。阿弗雷尔轻轻一掸，脆弱的触角就断裂了，喷出一细串腥臭的红色液滴。

"我自然在原则上同意你的观点，博士，"阿弗雷尔说，"但请想想那些机械派。他们中的一些极端派系，已经把大部分身体置换成了机器。你难道还指望他们能遵从人道主义准则？他们冷酷、冷漠，是没有灵魂的生物，他们可以把一个活生生的人切成碎肉，他们永远不会感受到受害者的痛苦。其他绝大多数派系都恨我们。他们说我们是种族主义超人。你难道愿意让这些异端分子在科技研发上赶超我们，用新式武器对付我们吗？"

"这是空话。"她扭头看向别处。在他们周围，到处都是满载着真菌的劳役者，嘴里塞得满满的，肚子也塞得鼓鼓的。它们正在向巢穴各处扩散，有的匆匆爬过他们身旁，更多的则消失在通向各个方向的分支隧洞里。阿弗雷尔抬起头，发现在头顶上面的洞壁上，有一只生物很像劳役者，但只有 6 条腿，正匆匆忙忙向他们后方窜去。这肯定是一种寄生模仿体。他有点纳闷，要花多长时间，才能进化成这样？

"难怪环带会有这么多背叛者。"她悲伤地说，"如果人类真像你描述的那么愚蠢，只会陷入极端思维，那最好还是与人类社会断绝任何关系，独自生活，别去助长疯狂的蔓延。"

阿弗雷尔说："这种谈话只会让我们丧命。派系制造了我们，我们必须效忠派系。"

"告诉我，上尉，"她说，"难道你从来没想过，抛下所有这些人和事，抛下所有的责任和约束，逃到一个遥远的地方，去反思一下这个世界，反思一下你扮演的角色吗？从孩提时代起，我们就接受了那么艰苦的训练，接受了那么多不容置辩的命令。难道你不觉得，他们这样做，就是为了让我们迷失真正的自我吗？"

阿弗雷尔断然说道："我们生活在太空中，太空是一种不自然的生存环境，需要超越自然的人，经过非自然的努力，才能获得成功。我们的思想是我们的工具，哲学必须退居其次。我当然体验过你提到的这些冲动。这些冲动只是另一种需要提防的威胁。我坚信，人类必须构建和维护一个有序社会。科技会释放巨大的破坏力量，使社会分崩离析。必须有某个派系从斗争中胜出，整合整个人类社会。我们变形者有智慧，有克制力，能以人道态度去推进全人类的整合。这就是为什么我会加入安全局。"他停顿了一下，"我不指望能活着看到胜利那一天。我希望能在一场残酷的战斗中战死，或者被暗杀。能够为这个事业壮烈牺牲，对我来说就足够了。"

她大喝一声："你太傲慢自大了，上尉！你的生命非常渺小，你的牺牲也很琐碎！如果你真想实现你的人道主义，实现完美的秩序，看看眼前这个群吧。这里就是你的理想天堂！这里总是这么温暖、黑暗、气味芬芳，食物唾手可得，一切物质都在无穷无尽地循环，被完美地重复利用。唯一丢失的资源，只是交配子群的个体，还有一点点空气。像这样的巢穴，可能会在数十万年，甚至上百万年里，保持不变。我问你，再过一千年，还有谁，还有什么东西，会记得我们，记得我们这个愚蠢的派系？"

阿弗雷尔摇了摇头："这是一种无效对比。我们并不需要这么长远的远见。再过一千年，我们要么成为机器，要么成为神。"他摸了摸头，丝绒帽子不见了。毫无疑问，有个东西此刻正在吃它。

掘隧者载着他们，继续深入小行星内部的蜂窝状失重迷宫中。他们路过培育幼体蛹的腔室，无数苍白的幼虫裹在丝茧中，轻轻蠕动；一连串宽阔的真菌花园，许多处墓坑，在墓坑里，尸体腐败分解，散发出燠热，一群有翼型劳役者悬浮在空中，不断拍打着翅膀，扇动着腐臭的空气；尸体被腐蚀性黑菌分解成粗糙的黑色粉末，再由浑身被熏黑的劳役者运走，那些劳役者的躯体，有四分之三也已中毒僵死。

之后，他们脱离了掘隧者，继续飘行。米尔尼早已习惯了巢穴生活，她飘行得灵巧娴熟；阿弗雷尔跟在她身后，则不时和劳役者们磕磕碰碰。隧洞中有成千上万只劳役者，攀附在天花板、墙壁和地板上，不停地四处聚集，到处爬动。

他们还参观了培育有翼型繁殖个体的腔室，这是一个高耸的圆拱室，有翼型繁殖个体长达 40 米，蜷着腿，被吊在半空。它们的金属质身体分成多个体节，胸节上本该长翅膀的地方，分布着许多有机火箭喷嘴。光滑的后背上叠放着一排雷达天线。它们看起来根本不是生命体，更像是正在建造中的星际探测器。劳役者不断给它们喂食。它们的螺旋形腹部膨胀得鼓鼓囊囊，储满了压缩氧气。

米尔尼向一个路过的劳役者讨到了一大块真菌，她巧妙地拍打其触角，激起了它的反射性动作。她把大部分真菌给了两个弹尾，它们一边贪婪地吞吃，一边眼巴巴地看着她。

阿弗雷尔盘起双腿，鼓起勇气，把真菌放进嘴里。口感很柔韧，但味道却很好，很像熏肉——这种美味他只尝过一次。在殖民地，烟雾的味道，意味着灾祸临头。

米尔尼已经沉默了好一阵。

阿弗雷尔讪讪问道："食物没问题，我们睡哪里？"

她耸耸肩："随便睡哪里……到处都是空荡荡的壁洞和隧洞。接下来，你应该很想去看女王房吧。"

"求之不得。"

"我得多准备一些真菌。那里有战士守卫，必须用食物来收买它们。"

她从另一名劳役者那里收集了一堆真菌，然后他们继续向前飘行。阿弗雷尔早已没了方向感，无数腔室和隧洞，构成了一座庞大迷宫，让他眼花缭乱。最后，他们进入一个巨大的黑暗洞穴，女王的巨大身躯，散发着明亮的红外光。这里就是巢穴的中央工厂。尽管女王是由温暖柔软的肉体构成，其本质却是一台大型工业制造机。大量经过预消化的真菌营养糊，源源涌入女王光滑的盲口。圆滚滚的柔软肉体，不停蠕动、吮吸、起伏，消化着、转化着，发出有节奏的噗噗声、汩汩声。在女王的尾端，像传送带一样，源源不断产出一粒粒卵，每一粒卵上，都包裹着一层厚重黏稠的荷尔蒙润滑液。劳役者们贪婪地把润滑液舔干净，然后把卵送往养育所。每一粒卵，都有人类躯干那么大。

这个过程持续不断地进行着。在这颗小行星的中心，暗无天日，不分昼夜，这些巢穴生物的基因中，早已不存在任何昼夜节律的编码。生产流

Bruce Sterling

程源源不息，简直就是一个不停运作的自动化矿井。

"这就是我来这里的原因，"阿弗雷尔敬畏地说，"瞧瞧这个，博士。机械派拥有的电控式采矿机械比我们先进好几代。但是，在这儿，在这个无名小世界的肠道里，存在着一种神奇的基因技术，这个体系，能自我喂养、自我维持，能有效地、无意识地不停运转。这是一种完美的有机机械。一个派系，如果能利用这些不知疲倦的劳役者，就能使自己成为工业巨头。我们变形者的生物化学知识，在人类社会遥遥领先。我们将完成这个壮举。"

米尔尼发出了疑问："你打算怎么做呢？你必须把一个受精的女王搬运到太阳系。即使投资者同意放行、愿意承运，我们也承担不起运费。而且，他们根本不会同意我们这么做。"

阿弗雷尔耐心解释说："我并不需要一个完整的巢穴，只需一个受精卵中的一点遗传信息，环带实验室就能克隆出无数的劳役者。"

"可如果没有巢穴信息素，劳役者们就没有任何用处。它们需要化学线索，来触发不同的行为模式。"

阿弗雷尔说："完全正确，的确是这样，但我恰好拥有浓缩的合成信息素。我现在要做的，就是对合成信息素进行测试。我必须证明，我可以用合成信息素控制劳役者们的行为模式。一旦证明可行，我将获得授权，把必要的遗传信息偷运回环带。当然，投资者不会批准。这牵涉到道德问题，但投资者的基因技术并不发达，他们不会察觉。等创造出了丰厚利润，我们可以收买投资者，获取他们的事后认可。最重要的是，我们可以后来居上，在采矿竞争中击败机械派。"

"你把信息素带到了这里？"米尔尼追问，"投资者发现信息素的时候，难道没有起疑？"

阿弗雷尔平静地说："现在，轮到你犯错误了。你真以为投资者无所不能？你错了。缺乏好奇心的人，将永远无法穷尽每一种可能性，而好奇心正是我们变形者的强项。"阿弗雷尔拉起裤腿，露出右小腿，"瞧瞧我小腿上的曲张静脉。这种血液循环问题，在长时间处于失重状态的人身上很常见。但是，这段静脉被人为阻断，并减少了渗透作用。在静脉里，存放着 10 种不同的细菌群落，经过特殊基因改造，每一种细菌，都能生产一种特殊的群信息素。"

他笑了："投资者搜查得很彻底，动用了射线。但在射线下，我的静脉是正常的，而被存放在静脉隔间里的细菌，是无法侦测的。我随身携带了一个小医疗包，里面有一个注射器。我们可以用注射器提取信息素，来进行测试。当测试完成后——我确信测试一定会成功，事实上我把自己的事业全都押在了这次行动上——我们会清空血管中的所有隔间。细菌一接触空气，就会死亡。我们可以提取一个发育胚胎中的卵黄物质，填充进那段血管。这些细胞可能在旅途中存活下来，但即使死了，因为无法接触到任何降解媒介，所以不会在我体内降解。回到环带，我们可以模拟自然选择过程，激活和抑制不同的基因表达，来产生不同等级的群生物。我们将拥有数百万劳役者，如果需要，我们也将拥有大量战士，甚至对有翼型个体进行改造，生产出有机火箭飞船。如果我成功了，你认为谁会记住我？谁会记住这个傲慢自大的我，记住我的渺小生命和琐碎牺牲？"

她愣愣地盯着他，即使笨重的护目镜，也无法掩饰她的敬畏："这么说，你真打算这么干？"

"我牺牲了大把的时间和精力，当然期望获得结果，博士。"

"但这是绑架。你是在计划培育奴隶种族。"

阿弗雷尔耸了耸肩，不屑一顾："你这是在玩弄辞藻，博士。我绝对不会损害这个群。当它们遵守我的化学命令时，我可能会偷走其中一些劳役者的劳动时间，我并不否认犯下了这一丁点的盗窃罪。我承认谋杀了一个卵，但这个罪过，只相当于人类的一次堕胎。盗窃一种遗传物质，算得上'绑架'吗？我认为算不上。至于培育一个奴隶种族的可耻想法，我完全否认。这些生物本来就是基因机器人。如果它们算奴隶，那激光钻和货船，也得算是奴隶了。在最坏的情况下，它们也只能算作人类的家畜。"

米尔尼只稍稍考虑了一会儿："没错。一个普通劳役者不会仰望星空、渴望自由。它们只是没有智能的无性动物。"

"没错，博士。"

"它们只会工作。不管是为我们工作，还是为群工作，对它们来说没什么两样。"

"我发现你已经抓住了这个创意的美妙之处。"

"如果成功了，"米尔尼说，"我们的派系将获得数不尽的利润。"

阿弗雷尔脸上露出了微笑，他并未意识到，自己接下来这一番真诚话语，包含着极其冷冽的自我讽刺。"还有个人利益，博士……第一个测试这项技术的人，将获得珍贵的专业知识。"他的声音柔和下来，"你看过泰坦星上的氮雪吗？我想在那里建造一个只属于我的居住地，比历史上任何城市都要大。一座真正的城市，伽利娜，在那里，一个人可以彻底抛下所有的规则和纪律，那些塑造了他……"

"现在谈论背叛的可是你，上尉。"

阿弗雷尔沉默片刻，努力挤出一点笑容，说道："你摧毁了我的完美梦想，说实话，我所描述的，只是一个有钱人闲适的退休生活，并不是一个叛逃者自我陶醉的隐居生活。两者存在明显的差别。"他停顿了一下，"我斗胆问一句，你是否有意愿，参与到我这个项目中来？"

她呵呵一笑，伸手碰了碰他的胳膊。她的低笑声透着一丝诡异，但立刻就淹没在女王巨肠中传出的有机轰鸣声里。"你难道希望在今后两年里，我一直和你争论不休吗？我还不如现在就让步，免得和你起摩擦。"

"好极了。"

"毕竟，你不会对巢穴造成任何伤害。它们永远不会知道发生了什么事。如果人类能在环带成功培育它们的基因序列，就没有理由再来打扰它们了。"

"没错。"阿弗雷尔说，然而，他的脑海里，立刻闪过了蕴藏在参宿四小行星旋盘中的巨大财富。终有一天，人类将会满怀激情地向星际空间大规模移民，这一天终将到来。仔细打探每一个可能成为对手的外星种族，绝对是必要的。

"我会尽我所能帮助你。"她说完，沉默了片刻，又问，"你看够这个地方了吗？"

"是的。"他们离开了女王房。

"我起初不太喜欢你，"她坦率地说，"现在倒有点喜欢你了。你似乎有一种幽默感，绝大多数安全人员都缺乏这种幽默感。"

"这不是一种幽默感，"阿弗雷尔悲伤地说，"这是一种伪装成幽默感的讽刺。"

巢穴中一团漆黑，时间无尽流逝，不分时日。只有定期涌起的困倦，会暂时打断这延绵的时间，起先他们还会定时睡眠，之后，就不时在失重状态下搂抱在一起，陷入无序的昏沉长眠。身体相拥，皮肤紧贴，那种发自本能的性吸引力，成了他们保持人性的唯一维系，远离人类社会 640 光年，他们身上的人性渐渐分裂、磨灭，已经不再有任何意义。此时此刻，生存在这个挤满怪异生物的温暖隧洞里，他们就像悬浮在血管中的两个细菌，随着脉搏涨落不住漂移。几个小时漫长得像几个月，时间本身也变得毫无意义。

信息素测试非常复杂，但并非不可能完成。10 种信息素的第一种，是一种简单的聚集指令，通过触角传播之后，能聚拢起一大群劳役者。劳役者们聚集之后，会等待进一步指令；如果长时间没有进一步指令，它们就会分散。为了达成控制效果，必须把不同信息素混合或串联使用，就像计算机指令。例如，第一种聚集指令信息素，结合第三种转移指令信息素，能驱使一群劳役者清空任何给定的腔室，并将其中的物品转移到另一个腔室。第九种信息素，进行工业化应用的可能性最佳。这是一种建筑指令，能命令劳役者们聚集起一批掘隧者和清道者，并遣送它们去挖掘隧洞。其他的信息素就有点恼人了：第十种信息素会触发清洁行为，劳役者们一哄而上，用毛茸茸的触角，把阿弗雷尔身上剩余的衣物剥扯个精光。第八种信息素，会命令劳役者们去采集小行星表面的物质，劳役者们急切地想要完成指令，蜂拥而出，差点把两位人类探索者也裹挟进了太空。

他们不再害怕战士。第六种信息素，会命令劳役者们赶去照料卵，也能命令战士们急忙奔去保护那些卵。米尔尼和阿弗雷尔充分利用信息素的威力，命令一群被化学劫持的劳役者挖了一个腔室，并命令一个被劫持的气阀守卫堵住洞口，建立起了自己的秘密腔室，他们在自己的花园里培育了真菌来循环腔室空气，并储备了最喜欢吃的真菌，有一名劳役者被关起来专门发酵真菌。由于不断进食和缺乏锻炼，这只劳役者的身体肿胀不堪，挂在墙上，像一颗巨大的葡萄。

阿弗雷尔很累。最近，他已经很久没睡过觉了，究竟有多久，他也不清楚。他的身体节律，并没有像米尔尼那样经过微调，他很容易抑郁和愤怒，不得不努力抑制自己的情绪。他突然冒了一句："投资者很快就会返回这里。"

米尔尼无动于衷。"那些投资者。"她刚说了个开头，又用弹尾语嘟哝了半句，他没能听懂。尽管阿弗雷尔受过外星语言学训练，但一直达不到她对弹尾语的那种熟练程度。他的专业训练几乎成了一种负担；弹尾语已严重退化，零碎、晦涩，简直就是一种混杂语，没有语法规则，没有固定搭配。他现在的水平，只能给它们下一些简单命令，还好他能用信息素遣走战士，获得了一定威信，让两只弹尾挺怕他。有了足够的食物，米尔尼驯服的这两只幼兽，已经长得非常壮硕，现在，轮到它们作威作福，去欺凌那些欺负过它俩的年长同类了。阿弗雷尔太忙了，手头上有太多实际问题要解决，没有认真研究过弹尾或其他共生生物。

"要是他们来得太早，我可能无法完成手头的研究。"她用英语说。

阿弗雷尔摘下了红外护目镜，紧紧地箍在脖子上。"伽利娜，你的记忆力是有限度的，"他说着，打了个哈欠，"没有设备辅助，你只能记住这么多数据。我们只能先返回，等下一次再来。希望投资者看到我时，不会太过震惊。我那一身衣服，可花了一大笔钱。""自从交配子群发射之后，巢穴里就没发生过什么新鲜事。要不是有翼型培育房又有了动静，我可要无聊死了。"她伸出双手，把油腻的头发梳向脑后，"你想睡觉吗？"

"想，要是能睡着的话。"

"你不和我一起去看看吗？我一直对你说，这次培育很重要。我认为是一个新种，绝对不是普通的有翼型。它的眼睛像有翼型，但却紧紧地依附在墙上。"

"可能根本就不是巢穴成员，"他话音疲惫，半开玩笑地说，"很可能是一种寄生虫，一种有翼型模仿体。你想看就去吧。我在这里等你。"他看着她离去。他摘了红外眼镜，眼前也并不是完全漆黑，腔室里热气腾腾，长势苗壮的真菌，会发出一种非常微弱的光芒。那只用来储存食物的劳役者在墙上微微晃动，发出阵阵沙沙声和咯咯声。过了一会儿，他就睡着了。

当他醒来时，米尔尼还没有回来。他并不担心。首先，他去那条气阀隧洞转了转，投资者就是在那里把他卸下的。他有点过虑了，投资者一向都忠实履行合同。但他还是担心，如果投资者突然抵达，看不到他人影，也许会不耐烦，撇下他径直离开。其实，即使一时看不到他，投资者也会耐心等待。到时候，米尔尼会拖住他们一段时间，他会趁机快速赶赴养育室，从一个受精卵中抽取一点活体细胞。采集的卵细胞越鲜活越好。

之后，他开始进食。他正在秘密腔室外咀嚼真菌，那两只驯服的弹尾突然冒了出来。"你们想要什么？"他用弹尾语问道。

"喂食者不妙，"更大的那只尖叫着，兴奋地胡乱挥舞着前腿，"不工作，不睡觉。"

"不动弹。"第二只补充道，又满怀希望地追问一声，"能吃它吗？"

Bruce Sterling

阿弗雷尔分给它们一些真菌。它们懒洋洋地嚼着，显然没什么食欲，这让他感到不安。他命令道："带我去找她。"

两只弹尾立刻向外跑去；他很轻松地跟上它们，熟练地穿行过一群群劳役者。它们带着他在隧洞网络里穿行了几千米，来到有翼型培育腔室前。两只弹尾很是困惑。"不见了。"大的那只说。

培育腔室里空无一物。阿弗雷尔从没见过这么空荡荡的培育腔室，群从来不会浪费这么大的空间，这很不寻常。他担心起来，赶紧命令道："寻找喂食者。追踪气味。"

弹尾知道他没有食物，没有及时的奖励，它们就不太愿意做任何事情。最后，它们还是嗅起了气味，也许只是在假装，它们爬上培育腔室的天花板，钻进了一个新的隧洞入口。

空腔室里没有足够的红外光，阿弗雷尔只觉得眼前依然漆黑一片，他赶紧纵身一跳，向弹尾追去。

突然，他听到一声战士的大吼，接着是一声弹尾的尖叫。只见一只弹尾从隧洞口飞了出来，一股浓稠液体从破裂的头部喷射而出。它不停翻滚着，撞上了远处的墙壁，发出一声闷响。它已经死了。

第二只弹尾立刻尖叫着逃走了，叫声里夹杂着悲伤和恐惧。阿弗雷尔降落在隧洞口，轻轻往下一蹲伏，止住了身形。他能闻到愤怒战士发出的刺鼻气味，这是一种非常浓烈的信息素，就连人类都能闻到。几分钟甚至几秒内，就会有几十只战士赶到这里。他听到，在愤怒战士的身后，一群劳役者和掘隧者正在忙碌地挖掘和砌固岩石。

他也许能控制一个愤怒的战士，但别提 20 个，就算是两个，也已超出他的能力范围。他在洞壁上一蹬脚，向远处飘去。

他开始搜寻另一只弹尾，他觉得自己肯定能认出它，因为它的体型比其他弹尾大得多——但他找不到。弹尾嗅觉敏锐，只要它愿意，就能容易躲开他。

米尔尼没有回来。又不知过了多少个小时，他又睡着了。醒来后他返回有翼型腔室，那里有战士守卫，它们对食物不感兴趣，当他走近时，它们挥舞着巨大的锯齿状尖牙，似乎要把他撕碎；散发着微弱臭气的侵略信息素，像薄雾一样笼罩着这个地方。在这些战士身上，他没有发现任何一种共生生物。有一种共生生物，体型像一只巨大蝉虫，只依附在战士身上，但现在，就连这种蝉虫也不见了。

他钻进自己的秘密腔室，等待着，思索着。米尔尼的尸体并不在垃圾坑里。当然，也可能是被什么东西吃了。要不要从静脉隔间中提取剩余的信息素，再闯一回有翼型腔室？他怀疑，米尔尼或者她的残尸，仍然在那个弹尾遇害的隧洞里。他从未探索过那条隧洞。这种未知隧洞，还有成千上万条。

他犹豫着，恐惧着，一动不动地悬浮在黑暗中。就这样什么都不做，安静待着吧，反正投资者随时可能会抵达。只要他带回了遗传基因，即使环带管理局追问米尔尼的死因，随便他怎么解释，都没有人会吹毛求疵。他并不爱她；他尊重她，但这种敬意，还不足以让他放弃自己的生活抱负，不足以让他忽视派系付出的巨额投资。很久以来，他早已把环带管理局抛到了脑后，刚刚这一番思索，让他清醒了不少。回去后，他必须向上级解释，他为什么会……

正当他胡思乱想个不停，只听呼啾一声响，他的气阀卫士突然泄了气，挪到一旁，三个战士闯了进来。它们并没有怒气冲冲、横冲直撞，而是小心翼翼地缓缓逼近。他明白最好还是不要反抗。其中一个战士张开巨齿，咬住他，抬起他就走。

它把他带到有翼型腔室，进入那条守卫森严的新隧洞。在隧洞尽头，又挖出了一个新的大腔室，几乎填满了一种布满黑斑的白色肉块。在柔软黑斑物体的中央，长着一张嘴巴，耸起两只湿漉漉的、闪闪发光的长柄眼。许多长长的卷须像管道一样，从眼睛上方一道隆起处悬挂下来，不停扭动

Bruce Sterling

着。卷须末端是一个粉色肉块塞。

其中一条卷须扎进了米尔尼的头骨。她的身体悬在半空中，像蜡人一样柔软。她的眼睛睁开着，却没有一点生气。

另一条卷须扎进了一个变异劳役者的大脑。这名劳役者的体表依然是幼虫般的苍白色，它体型萎缩，肢体畸形，口部皱巴巴的，隐隐呈现出人类嘴巴的外形。它嘴巴里还有一截东西，像是人的舌头；两道白色隆起，像是人的牙齿。它没有眼睛。

这个变异体用米尔尼的声音说道："上尉 - 博士阿弗雷尔……"

"伽利娜……"

"我不叫这个名字。你可以称呼我为群。"

阿弗雷尔呕吐起来。腔室中央那团东西是一个巨大的脑袋，它的大脑几乎充满了整个腔室。

它礼貌地等待着，直到阿弗雷尔吐完。

"我发现自己又醒了，"群的话音有点迷离，"我很高兴看到，并没有什么重大紧急事件需要关注。相反，只是一种例行的常见威胁。"它故意停顿了一下。米尔尼的身体在半空中微微颤抖，她的呼吸节律匀称得不正常。它的眼睛忽而睁开，忽又闭上："又遭遇了一个新兴物种。"

"你到底是什么东西？"

"我就是群。也就是说，我是群的一种个体。我是一种工具，有一种对新环境的适应能力；我的专长是智慧。群很少需要我。再次被需要，感觉可真好。"

"你一直都在巢穴里吗？你为什么不和我们会面？我们应该早点儿和你交涉。我们并没有恶意。"

卷须末端的变异体张开湿乎乎的嘴巴，爆发出一声大笑："和你一样，我也喜欢讽刺，你会发现自己掉进了一个巧妙的陷阱，上尉 - 博士。你想让群为你和你的种族而工作。你想培育我们，研究我们，利用我们。这是一个绝妙的计划，但早在你们的种族进化成形之前，我们就已经挫败过这样的妙计了。"

在恐慌的刺激下，阿弗雷尔疯狂地思索着。"你是一个有智慧的物种，"他说，"没理由会伤害我们，让我们好好协商，我们人类可以帮助你。"

"没错，"群表示同意，"你们会很有帮助。你同伴的记忆告诉我，现在，银河系遍布着智慧文明，正处于一个动荡时期。智能是一个很大的麻烦，给我们带来了各种各样的困扰。"

"你到底想说什么？"

"你们是一个新兴种族，非常依仗自己的聪明。"群说，"像其他种族一样，你们不明白，智能其实是一种不利于生存的特质。"

阿弗雷尔抹了抹脸上的汗，说道："我们发展得很好，我们带着和平的意愿来到这里。你却没有派遣使节去拜访我们。"

"我指的就是这一点，"群说，"正是这种扩张、探索、发展的欲望，将使你们灭绝。你们天真地以为，可以无限制地满足自己的好奇心。在你们之前，早已有无数种族因此灭绝。在一千年之内，也许更长一点，你们这个种族就会消失。"

"这么说，你是打算毁灭我们？我警告你，这可没那么容易。"

"你又误解我了。知识就是力量！你以为，就凭你们那脆弱瘦小的身躯，原始的腿脚，可笑的手臂和手掌，几乎没什么沟回的小型原始脑，就能容纳所有力量？当然不能！在知识细分、专业分工的冲击下，你的种族早已分崩离析。人类的原初身体形态正被废弃。你自己的基因就被改良过，上尉 - 博士，但你仍然只是一个粗糙的实验体。一百年后，你将成为一具遗骸。一千年后，你将被遗忘。你的种族，将和成千上万其他种族一样，走上不归路。"

"什么不归路？"

"我不知道。"变异形发出咯咯一笑，"他们已经超越了我的理解范围。

他们都曾经有过一些发现，学到过一些知识，这使他们超越了我的理解，甚至超越了这个宇宙。总之，我不再能感觉到他们的存在。他们悄无声息，已经销声匿迹；无论从何种意义上说，他们似乎都死了，消失了。他们可能变成了神灵，可能变成了幽灵。无论是神灵还是幽灵，我都不希望成为他们的一员。"

"难道弃绝知识，就能让你获得——"

"智能是一把双刃剑，上尉 - 博士。一定程度的智能，能提升种族的生存能力。过剩的智能，则会妨碍种族的存续。生存和智能无法完美融合。两者，并不像你想象的那样，是紧密相连的。"

"但是你，你却是一个理性的物种——"

"如我所说，我只是一个工具。"卷须末端的变异装置发出一声叹息，"当你开始信息素实验时，女王马上就察觉到这种化学物质扰动现象。这触发了她体内的某些遗传模式，使我获得了重生。化学破坏问题，可以通过智能来解决。你看，我就是一个充满智慧的巨脑，经过特别设计，比任何一个新兴种族都要聪明得多。三天之内，我就完全觉醒了。不到五天，我就破解了身体上的这些标记。这些标记是遗传编码，储存着本种族的全部历史。在五天零两小时内，我意识到了目前的问题，并找到了解决方案。现在，在我重生的第六天，我已经开始处理问题。"

"你打算做什么？"

"你们这个种族非常有活力。我预计，你们将在五百年内抵达这个行星系，与我们展开竞争。也许更早。因此，有必要对这样的对手进行彻底研究。我打算邀请你永久加入我们的社群。"

"什么意思？"

"我邀请你成为一个共生生物。一个男性，一个女性，基因经过改良，没有任何缺陷。你们两位就是一对完美的繁殖组合。我不必再去克隆，可以省去很多麻烦。"

"你以为我会背叛自己的种族，把一个奴隶物种交到你手里吗？"

"你的选择很简单，上尉-博士。继续作为一个聪慧的、活着的生物而存在，或者变成一个没有思维的傀儡，就像你的搭档一样。我已经接管了她神经系统的所有功能，我也可以这样对付你。"

"我可以自杀。"

"这样可能会有点麻烦，这将迫使我开发一种克隆技术。尽管我有能力开发这样的技术，但对我来说，技术开发是一个痛苦的过程。我自己就是一个基因工程产物，在我的思维模式里面，内置了一些故障防护开关，防止我为了自己的私欲而接管整个巢穴。这样做，是为了防止群和其他智能种族一样，落入同样的灭绝陷阱。出于同样的原因，我的生命周期也很有限，我只能活一千年。那时，你的种族爆发出的短暂能量应该已经衰退，和平已经恢复。"

"只有一千年吗？"阿弗雷尔面露苦笑，"到时候会怎样？我猜想，既然已经没有利用价值，你会杀光我的后代。"

"不会。我们曾经对其他 15 个种族进行过防御性研究，但并没有灭绝任何一个种族。没有必要这么做，上尉-博士，请仔细看，在你的脑袋上方，飘浮着一个小小的拾荒者，正在吞吃你的呕吐物。5 亿年前，它的祖先曾经威震整个银河系。当它们攻击我们时，我们派遣它们的同类发起反攻，当然，我们改良了基因，让它们变得更聪明、更厉害，当然也对我们更忠诚。我们的巢穴，是它们所知道的唯一世界，它们奋勇战斗，展现出一种我们永远无法匹敌的勇气和创造力。如果你的种族要来剥削我们，我们当然也会这样对付你们。"

"我们人类不一样。"

"当然。"

"这一千年不会改变我们。你将会死去，我们的后代将会接管这个巢穴。无论你的智能多么高超，几代之后，我们就能主宰这个巢穴。黑暗不会有任何影响。"

"当然不会。在这里你不需要眼睛，你并不需要任何东西。"

"你会让我活下去吗？允许我教会他们任何我想教的知识吗？"

"当然会，上尉 - 博士。事实上，我们是在帮你一个忙。一千年后，你的后代，将是唯一残存的地球人。我们会慷慨地与你们分享我们的永生；我们会尽心尽责，保障你们的生存。"

"你错了，群。你并不理解什么是智能，你其实什么都不懂。也许其他种族会变成寄生生物，但我们人类不一样。"

"当然。这么说，你同意了？"

"是的。我接受你的挑战。我将击败你。"

"棒极了。等投资者返回这里时，弹尾们会对他们说，它们已经杀了你，并告诫他们永远不要再来。他们不会再来。下一批抵达这里的，应该是地球人。"

"如果我不能击败你，他们会的。"

"也许。"它又叹了口气，"真高兴我不用吸收你。我肯定会怀念和你的这一番交谈。"

残酷世界 – （1983） -Mondocane

（法国）雅克·巴尔贝里 Jacques Barbéri——著

（美国）布莱恩·埃文森 Brian Evenson——英译

Xpistos——中译

雅克·巴尔贝里（1954— ）是一名法国科幻和奇幻小说作家。他最初受到电影《2001：太空漫游》（*2001: A Space Odyssey*）和菲利普·迪克的小说《帕莫·艾德里奇的三处圣痕》（*The Three Stigmata of Palmer Eldritch*）的启发，在 20 世纪 70 年代初开始写科幻小说。他一边为牙医外科和牙医学的博士学位而努力，一边坚持写作，随后于 1985 年出版了他的第一部短篇科幻小说集《克斯摩克林》（*Kosmokrim*），这本短篇集展现了他对时间、记忆、神话、肉体的变化、现实的感知的迷恋。同时，他还是剧作家，意大利语译者，帕罗奥图市乐团的一名音乐家。

他与安托万·沃洛金、弗兰西斯·贝特洛特、以马内利·茹阿娜以及其他几位作者共同创建了"界限"（Limite）写作小组，致力于创作实验，并与不同小说类型所用的传统手法对抗。他们的第一部作品集《尽管这世界》（*Despite the World*）对 20 世纪 80 年代的法国科幻小说造成了深远的影响。

巴尔贝里出版了十几部小说，但尚无英语作品。已出版的作品包括他最受欢迎的《麻醉》（*Narcose*, 1989），还有一百篇短篇故事。除了新版的"麻醉"三部曲——分别为《麻醉》（*Narcose,* 2008）、《关于犯罪的记忆》（*La Mémoire du crime*, 2009）、《来自半人马小行星带的杀手》（*Le Tueur venu du Centaure*, 2010），独立出版社拉·沃尔特最近还出版了他的两部法语短篇故事集：《与蜘蛛交谈的人》（*L' Homme qui parlait aux araignées*, 2008）和《老鼠的摇篮》（*Le Landeau du rat*, 2011），以及两部小说：《奇美拉的暮年》（*Les Crépuscule des chimères*, 2013）和《宇宙工厂》（*Cosmos Factory*, 2014）。

《残酷世界》首次出版于 1983 年，这是首次翻译成英文并收录在本选集中。该篇是极为出色的超现实科幻小说范例，它承袭了保罗·希尔巴特和阿尔弗雷德·雅里的衣钵，并将其精髓发扬光大。

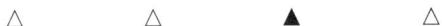

△   △   ▲   △

战争结束，催生了侏儒的巢穴和一批瓶中人。硝烟背后是一个血流不止、千疮百孔的地球。每年岁末，水和砂砾将地表的创痕填满，将城市变成荒漠，将大洲变成岛屿。

曾经的真相无人知晓。军队实力的下滑，无从遏止的仇恨……

人们再次发现自己患上了种种恶疾：癌症、麻风病、糖尿病。他们被一股神秘的力量猛拽着，就像在尘土飞扬的街道上被拖行的狗。他们深吸一口气，冲进诊所和医院大厅，场面混乱不堪。众人在手术室里结束自己的人生轨迹，让自己依附于将死的躯壳之上。巨大的金字塔在世间形成，人们为这些宏伟的建筑垒砌高墙，那些多孔的建筑则爆裂成了碎片。

新的山峦以这种方式在这星球不断变化的地貌中占据一席之地。那些有着卓绝远见的人迅速藏身于深埋地下的核避难掩体里。等所有的入口都被关上，最后一批对防护无比狂热的人就被锁入古旧的掩体中，若有需要，他们还会藏身于废弃核工厂数米厚的混凝土墙后。

对地面上的俘虏而言，曾经最有害的精神疾病之一就是对佩戴防毒面具的偏执。许多人对辐射过度恐惧，坚信自己此后再也不该摘下它们。透过护目镜的镜片，我们如今终于可以观察到血肉有着确凿无疑的腐化痕迹。霉菌如同衣衫般覆盖皮肤，镜片上形成的冷凝物或许不仅仅是它们原来的所有者造成的。

扩张 / 压缩的过程很可能出自安东·瑞文的理论，他指出：在大脑中央沟水平线上的某一点处可以进行感知调节。这个理论提出后不久就被证实了。纽约或者巴黎那样的大都会发现自己变成了小巧的摆设，就像那些凝固在玻璃球中遭受暴风雪肆虐的微型场景。上千位居民被狗和公驴压死了。有些特定的建筑却反其道而行之，变得愈加庞大，里面的人得走上数月才能到达出口，地板上铺着轻纱，他们以卡在其中的糕饼屑为食。货船在手术室里洁净的瓷砖上搁浅。整列火车，不论是车头抑或后面的货车车厢，都在厕所的抽水马桶底部完成了它们的路线。

为了逃离上涌的水面，人和动物们发现他们不得不迫使自己攀上尸体堆成的山。在空气稀薄的高处，他们筋疲力尽，浪涛拍打着成堆的头骨和双腿，还有纠缠的人体躯干，他们被这声音安抚着，陷入了睡眠，在尸体堆里迷失的幸存者发出呻吟，凿刻出入睡者的梦魇。

在攀爬的过程中，有些人与任何攀在山上并可以做爱的男女野蛮地交媾。性高潮似乎蔓延至整座尸山；那些强奸者发现自己体验了短暂而又极致的快感后，与尸山彻底融为一体。

为了试图永远逃离变化无常的地表，最善于发明的人创造出了奇怪的机器。巨大的弹射器发射出许多男女，他们赤裸的身体外包裹着肥大的帆布套服，飘浮在平流层上方。植于皮下的微型反应堆推动那些"炮弹人"飞向恒星。最具冒险精神的人飞过一段平滑的曲线，在自制踏板或者火药驱动的火箭的轮胎后面被压成齑粉。其他人尝试了各种各样的意念移物药剂，有些是从废弃的航空中心中偷出来的，有些则是根据尚且存疑的配方调制的。

他们的细胞开始腐败，身体的骨骼组织被侵蚀，被冻结的躯体摆成 S 形或者 L 形，坐在精致的沙龙安乐椅上，好像正在看能使人排忧解难的

　　　　　　　　　　　　Jacques Barbéri

电视节目，抑或聆听无线电中需要静默沉思的古典作品，对有些人而言，旅行直至如此才算结束。一部分人服用药剂的剂量不足，另一部分则服用了不致害的剂量；在他们倦怠的头脑中，恒星从飞行器机身两侧飞过，陨石与金属相撞；驾驶那些回忆之船的鬼魂船长们勇敢地面对陨石雨和船员的叛乱，不惜一切，试图到达一颗欢迎他们的星球。

调制错误的药剂带来了可谓最不壮观的结果；只有身体的特定部分被心灵致动药剂影响；他们的手臂下落成谜，皮肤四分五裂，内脏支离破碎；动脉流尽了全身的血液，眼球被挤出眼窝，大脑的碎块从鼻腔和耳道里喷涌而出，只余一具干净的空壳；那些旅行者一如既往地平静祥和，像是在观看他们最爱的电视节目，聆听他们最喜欢的歌曲，而他们消失的器官正在遥远的星球上腐烂。

当安东·瑞文被自己的大衣和帽子压死时，必有一刻短暂的休憩，这被一些罕见的倒退所打断。衣服代替了身体；羊毛编织的网络取代了肌肉纤维，丝质衬衫是一件神经织就的挂毯，领巾和领结变为动脉和静脉，手表化为骨骼，手帕嵌入指甲，蕾丝与肺叶组织相融合。身体变得扁平中空，被外在的肌肉压碎。起初服饰被立刻抛弃，铜制的保护设备随后取而代之，因为那是能抵御这逆转的唯一元素。身着铠甲的人们阔步穿过沙漠寻找酒吧，有时在盔甲区停滞不前。那些人成为沉重铜制外壳的囚徒，被沙漠中的动物们生吞活剥。

许多人更喜欢裸着。

谁也无法弄清瓶中人究竟来自何方。最被广泛接受的理论是将他们成长的过程比作那些烈酒瓶中的水果。那些瓶中的水果尚在枝头挂果时就被人放入瓶中，此后就在瓶中慢慢长大。那些孩子亦是如此，他们刚出生就被放进大瓶子里，直至成年，随后被连瓶抛入海中。这是某种惩罚吗？抑或是某种手段，用以逃离被飓风摧毁的岛屿？谁都无法断言。那些瓶子被海水冲上岸，或者撞在礁石上裂成碎片；而里面的人往往早已死去。

对我而言，我觉得这传递了某种消息，或许是基因信息。所有瓶中人都有着一样的脸，那正是安东·瑞文死时的面容。

侏儒巢穴的诞生并无必要。人们找到了那些占据着核避难所的人。避难所大部分都深埋于数百米深的沙子下。其中的女人起初被一阵强烈的倦意击垮，她们发现自己的嗓音逐渐升高，四肢逐渐萎缩，只有头颅没有变化，它可怜地垂在巨大且松弛的躯体上。相反，那些男人的声音逐渐降低，开始在女性身体的皱褶中存活。

但他们只是在外观上逐渐变成动物，大脑功能则丝毫没有减弱。唯有群居的社会本能被加强了。他们带着怀疑和恐惧，精心照料第一批卵。随后孵化出了第一批幼体。他们长着善于挖掘地道的长鼻，在它的帮助下，他们开始挖掘通向地面的路。如今的沙漠成了一片由隧道和繁育室组成的巨大网络。整个群落如今拥有这个星球上最高级、适应性最强的生命形式。这些侏儒考虑到种种因素，更偏好留在地下，除了掠食，很少到地面上来。

奇怪的珊瑚结构开始出现在新成形的海面上。那又是一次无可避免的突变。海底的囚犯们发生的变异会像沙漠中的囚犯们的那样有利吗？

大多数躯体堆成的山是活的。它们通过自身成千上万张嘴进食，这是真正的融合和渗透，自我的联结已如焊接般紧密。它们通过裂殖生殖进行繁育。新生的山甚是美丽。

器官和四肢似乎开始分层了。最近一次繁育隆起了一座相当与众不同的山。它的底部由无数条腿组成，随后是胃，还有一些异常的消化器官，再往上是手臂，接着是与心肺系统一起运作的躯干。那是一支行进中的军队所拥有的跳动声。

靠近山的表面有许多头颅，其上覆盖着如密林般的头发，最后，在这堆肉丘的顶峰是生殖器。肠子在地底完成了自己的消化过程，它的最末几米处被一圈腿遮掩着。

事到如此，我真切地相信，我们在不久的将来就会见到一批新种类的巨人出生。我并不确定自己是否已经知晓他们的相貌。安东·瑞文的死或许会拯救我们所有人。

血音乐 - (1983) -Blood Music

（美国）格雷格·贝尔 Greg Bear——著

敬雁飞——译

格雷格（格雷戈里）·贝尔（1951—　）是备受赞誉的美国作家，以短篇和长篇科幻小说闻名。1967 年，16 岁的贝尔在《著名科幻》（*Famous Science Fiction*）杂志上发表了处女作《毁灭者》（*Destroyers*）。贝尔是著名科幻作家波尔·安德森的女婿，是 20 世纪 80 年代最知名的硬科幻作家之一，创作了《永世》（*Eon*, 1985）和《永恒》（*Eternity*, 1988）。他曾五次获得星云奖、两次获得雨果奖。他的其他小说包括"上帝的锻炉"（Forge of God）系列、"道路"（Way）系列、《天使女王》（*Queen of Angels*），以及两部曲《达尔文电波》（*Darwin's Radio*）与《达尔文的孩子们》（*Darwin's Children*）。最近，他采用电子游戏《光晕》（*Halo*）的世界观，创作了一系列精彩的长篇小说。

写作之外，贝尔的主要活动包括在 1988 年至 1990 年担任美国科幻作家协会会长，参与创办圣迭戈国际动漫展。他早年曾为《银河科幻》与《奇幻与科幻杂志》绘制封面。此外，他还担任科幻小说博物馆的顾问。

贝尔既擅于探索微观世界，又擅于探索宏观世界，令人惊叹。例如《永世》这样的小说，便展示了贝尔在宏大的太空歌剧这一领域的才华，其中就包含了像内部被挖空的小行星这样的点子。但除了描绘宇宙的惊奇，他也同样精于翔实有趣的人物塑造，以及探索关于我们体内生命的科学。最好的例子当属这篇最初于 1983 年发布在《模拟》（*Analog*）杂志上的经典科幻短篇《血音乐》中提到的纳米技术，另外，这篇小说还荣获了雨果和星云双奖。后来，贝尔将其扩写为长篇，并于 1985 年出版。这篇小说中，贝尔利用了将核糖核酸分子转变为活电脑的科技，这一点比故事本身更具突破意义、更令人叹服。但《血音乐》也体现了贝尔和其他许多作家的不同之处：他成功地将最艰深、最难懂的硬科幻元素融入了故事，让主人公们展现出了鲜活真实的复杂性。贝尔显然明白，人类就和物理或者自然科学的其他分支一样难懂。《血音乐》将科学与人性联系在一起，迄今仍是反映人类进化前景的最重要的小说之一。

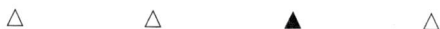

△　　　　△　　　　▲　　　　△

自然界有一个原则，我想从未有任何人指出来过。每个钟头，都有万万亿个微小的生命——细菌、微生物、"微动物"——出生又死去。它们数量上十分庞大，个体渺小的影响力能够聚沙成塔，除此之外就不值一提了。它们没有深刻的感受力，遭不了什么罪。一千亿个这样的生命死去，也远不如一条人命逝去来得重要。

世间万物具有层层等级，小到细菌，大到人类，之间都存在一种"生命力"的相等关系。正如一棵高大的树，所有的分枝汇聚在一起等于底下的主枝，所有的主枝又与粗壮的树干相等。

至少，原则上如此。我想，维吉尔·乌尔曼是头一个违背这个原则的人。

上一次见到维吉尔，已经是两年前的事了。我记忆中的他，和眼前这个晒得棕黑、衣冠楚楚、面带微笑的绅士相去甚远。我们前一天在电话里约了午饭，此刻在弗里敦山医疗中心员工餐厅宽敞的双开门前，我和他相视而立。

"维吉尔？"我问，"天啊，维吉尔！"

"很高兴见到你，爱德华。"他有力地握了握我的手。他瘦了十到十二千克，剩下的肌肉更紧致，比例也更好了。大学时代，维吉尔是个胖乎乎、头发乱糟糟、牙齿参差不齐的优等生，曾用铁丝开门锁，给我们喝会把尿变蓝的潘趣酒，除了和他外表类似的艾琳·特玛根之外，再没有别的女生愿意跟他约会。

"你看起来棒极了。"我说，"是整个夏天都在卡布圣卢卡斯（注：墨西哥最南端的旅游胜地）度假吧？"

我们在柜台前排着队，挑选食物。"我这肤色，"他说着，拿起一盒巧克力牛奶，"是花了三个月在太阳灯底下晒出来的。上次见过你之后，我就把牙齿矫正了。详细的我会再解释，但得找个私密的地方谈。"

我领着他来到了吸烟区，这里有六张桌子，只零零星星坐了三个不吸烟就会死的重度烟民。

"听着，我是真心的，"我们放下餐盘时，我说，"你变了个人，变好看了。"

"我变得比你想象的要多。"他的语气仿佛在讲电影里的不祥台词，还戏剧性地耸了耸眉毛，"盖尔怎么样了？"

盖尔很好，我告诉他，在幼儿园当老师，我们去年结的婚。他把视线移到了食物上——菠萝切片、农家干酪，还有一片香蕉奶油派——再开口时，声音几乎有些沙哑："注意到别的什么没有？"

我聚精会神地眯起眼睛："呃。"

"瞧仔细点。"

"我不确定。好吧，注意到了，你没戴眼镜。戴隐形了吧？"

"不是。我不需要戴眼镜了。"

"还有，你讲究穿衣打扮了。谁替你挑的衣服？但愿她不仅有品位还很性感。"

"不是坎蒂斯——我这么会穿衣打扮，不是坎蒂斯的功劳。"他说，"只是换了份更好的工作，有更多的钱来挥霍了。结果看来，我的着装品位比吃东西的品位要高。"他又像从前的维吉尔那样自嘲似的咧嘴一笑，但笑容最后变成了一种古怪的斜睨，"不管怎么说，她离开我了。我失了业，现在靠存款过日子。"

"等等，"我说，"这信息量有点大。为什么不按顺序一点点讲呢？你先是找到了一份工作。在哪儿？”

“基因创。”他说，“十六个月以前。”

“我从没听说过这家公司。”

“你会听说的。它下个月就上市，股价会立即一飞冲天。他们已经在MAB 的领域取得了突破。就是医学——”

“我知道 MAB 是什么。”我打断了他，“至少理论上知道。医学应用生物芯片。”

“他们实现了那种理论。”

“什么？”这回轮到我耸眉毛了。

“微逻辑电路。将它们注入人体，它们就会去指定的位置建立工作站、解析问题。迈克尔·伯纳德博士也认同了这项技术。”

这可真是令人佩服。伯纳德的声誉无可挑剔。他不仅和基因工程领域的巨头们联系紧密，作为神经外科医生，在退休之前还每年都至少上了一次新闻，登上《时代周刊》《Mega 杂志》《滚石》的封面。

“这事本来该保密的——股票、突破、伯纳德，所有的这些。”维吉尔环顾四周，然后压低嗓门，“可你想怎么做，就他妈的怎么做吧。我已经受够那些浑球了。”

我吹了声口哨：“我会发财的，对吧？”

“如果你想发财的话。或者，你可以多和我聊一会儿，再跑去找你的股票经纪人。”

“没问题。”农家干酪和奶油派他一点儿都没碰，不过，倒是吃了些菠萝切片，喝了巧克力牛奶。“那么，再多跟我讲讲吧。”

“这么说吧，我在医学院接受的是实验室工作的训练。生物化学研究，我也一直对电脑感兴趣。所以我读完最后两年，靠的是——”

“靠的是卖软件包给西屋电器。”

“朋友，你还记得这个，真好。我就是这么跟基因创扯上关系的，当时他们才刚起步。他们有财大气粗的赞助人，拥有我觉得任何人可能用得到的所有实验设备。他们雇用了我，然后我迅速取得了进展。"

"有四个月，我一直在做自己的事。我有了一些突破。"他满不在乎地把手一甩，"然后我就跑偏了，去研究一些离题的东西，而他们认为为时尚早。我坚持这么做，于是他们收回了我的实验室，把它转交给了一个无可救药的低能儿。在他们炒掉我之前，我设法抢救了一部分实验成果。可我还是不够小心……或者说不够明智。所以，它现在在实验室外面了。"

我一向觉得维吉尔是个雄心勃勃、略微有点儿精神失常、不太会察言观色的人。他和权威人物向来就处不好关系。对他而言，科学就像一个你原本不可能拥有，却突然向你张开怀抱的女人，可这时你还远远没有准备好谈一场成熟的恋爱——所以你时时刻刻都在提心吊胆，害怕搞砸这次机会，失去这份意外收获。显然，他已经搞砸了。"在实验室外面？我没听明白。"

"爱德华，我想让你给我做个检查。一次彻底的体检。也许得来个癌症检测。然后我会再解释的。"

"你想来次五千美元的体检？"

"只要是你能做的，超声波、核磁共振、红外热像图，什么都试试。"

"我不知道这些设备我是不是全部能用。我们这儿也是一两个月前才有了核磁共振全身扫描设备。该死，你真会挑最贵的——"

"那就超声波吧。有那个就行了。"

"维吉尔，我是个产科医生，不是什么光鲜亮丽的实验室技术员。妇——产——科，鄙视链的底端。如果你打算变性，我倒也许能帮上忙。"

他身体前倾，手肘几乎快要撞上奶油派，可就在几毫米前险险地猛然挪开了。换作以前的维吉尔，准会直接碰上去。"仔仔细细替我检查一回，你就会……"他眯了眯眼，"总之先替我检查。"

"那我就先给你预约做超声波吧。谁付钱？"

"我有蓝盾保险。"他微微一笑，举起一张医保卡，"我对基因创的人事档案做了些手脚。医疗费只要不超过几十万美元，他们永远不会检查，也不会起疑的。"

他想保密，所以我做了些安排。我亲自替他填了相关的表格。只要按规矩付钱，做大部分检查都不必惊动医院官方。我自己没有收他的费。毕竟，维吉尔让我的尿变蓝过。我们是朋友。

夜深时，他来了。换作平时，那个时间我已经下班了，但那天我待到了很晚，在护士们戏称为"弗兰肯斯坦侧楼"的三层等着他。我在一张橘色的塑料椅上坐了下来。他来时，脸庞在荧光灯下呈橄榄色。

他脱掉衣服，我让他在检查台上躺下。我首先注意到的是，他的脚踝看着有些肿大，摸起来却并不浮肿。我检查了好几次。它们似乎挺健康，只是看着奇怪。"嗯。"我说。

我用探头扫遍了他的全身，尤其是大型机器很难触及的地方，把数据输入了成像系统。然后我把检查台转了半圈，插进了超声波机器的搪瓷孔口——护士们都管它叫嗡嗡洞。

我把从嗡嗡洞传来的数据与通过探头得来的数据整合在一起，然后把维吉尔推了出来，接着打开视频框。图像花了一秒钟才整合成形，呈现出了维吉尔的骨骼形态。我下巴都快惊掉了。

三秒后，图像变成了他的胸腔内器官，然后是肌肉系统，最后是血管系统和皮肤。

"你是多久之前出的事故？"我问道，尽量掩饰声音里的颤抖。

"我没出过事故。"他说，"这是故意的。"

"老天啊，他们为了封口，把你打成了这样？"

"你没明白我的意思，爱德华。再看一眼图像吧。我没有受伤。"

"你瞧，这里变粗了——"我指着他的脚踝，"还有你的肋骨，简直是歪七扭八纵横交错的一团糟。显然是什么时候被打断过。还有——"

"看我的脊柱。"他说。我调出了相应的图像。巴克敏斯特·富勒[1] 啊。我当时就想。这太神奇了。图像上充满了三角形的投影，它们全都彼此相扣，我连开头在哪里都找不到，更别说弄明白这是怎么一回事了。我伸手到处摸，想用手指检查他的脊柱。他抬起双臂，眼睛盯向天花板。

"我摸不到。"我说，"脊柱摸着是光滑的。"我放开他，看向他的胸膛，然后戳了戳肋骨。它们感觉都包裹着一层坚硬而富有弹性的东西。我按得越是用力，它就变得越硬了。接着，我注意到了另一项变化。

"咦，"我说，"你没有乳头。"这位置上只有两个小小的色块，却不见一丁点乳头的痕迹。

"瞧见了吧？"维吉尔说着，把白袍子甩上了肩头，"我从里到外都被改造了。"

后来回忆起那几个钟头时，我觉得自己仿佛是这么说的："跟我讲讲是怎么一回事吧。"我不记得自己实际上说了什么了，这也许是幸事。

他用他标志性的拐弯抹角的方式，跟我讲了事情的来龙去脉。听他讲话，就像在一大堆侧边栏广告和图片弹窗里努力读新闻一样困难。

我简要总结一下。

基因创让他制造生物芯片的原型。这种芯片是蛋白质分子构成的微型电路，其中一些被勾连在了稍长于一微米的硅芯片之上，然后送进小鼠血管中经过化学调整的位置，以监视乃至控制实验室施加给小鼠的病症。

"那挺了不起的。"他说，"我们牺牲小鼠，回收了复杂至极的芯片，然后解析它——我们把硅芯片接入了成像系统。电脑给出了柱状图，还有一张图表，显示着一段约十一厘米长的血管的化学特性……然后结合这两张图，得出一张图像。我们放大观察了这十一厘米的小鼠血管。你肯定没见过那么多科学家上蹿下跳欢呼，彼此拥抱，一桶一桶地大喝酒精饮料。"

---

[1] 巴克敏斯特·富勒（Richard Buckminster Fuller, 1895—1983），美国建筑师，以十分超前的理念闻名于世。

他说的酒精饮料，就是实验室乙醇混上胡椒博士。

最后，他们彻底去除硅芯片，用核蛋白取而代之。他似乎不愿意说得太详细，可我大致听明白了，他们找到了把大分子——像 DNA 那么大，并且更加复杂——做成电化学电脑的方法：用类似核糖体的结构来充当"编码器"和"读取器"，用 RNA 来充当"磁带"。维吉尔可以模仿生殖隔离的机制，对核蛋白进行重组，在关键的位置转化核苷酸对，改变其序列。"基因创想让我换个方向，去做超级基因工程，因为这是接下来全世界的潮流。造出各种各样的生物，其中一些是我们连想都想象不到的。可我有别的点子。"他在耳朵旁边旋弄了几下手指，发出了特雷门琴[1]的声响。"该过把疯狂科学家的瘾了，不是吗？"他大笑，接着抽泣起来，"我把最好的核蛋白注入了细菌，目的是让它们更加容易复制、合成。然后，我开始让它们留在小鼠体内，这样电路就能和细胞互动了。它们采用的是启发式编程，可以自学。细胞将化学编码的信息传给电脑，电脑进行处理、做出决定，这样一来细胞就变智能了。我的意思是，一开始的时候，它就和涡虫一样智能。你想象一下，一个和涡虫一样聪明的大肠杆菌！"

我点点头："我在想象。"

"然后我就当真按自己的想法来做了。我们有设备、有技术，我还了解分子的语言。通过合成核蛋白，我可以造出密度非常高、结构非常复杂的生物芯片，把它们变成微型大脑。我研究了一下理论上自己可以走多远。我继续利用细菌，造出了计算能力相当于麻雀大脑的生物芯片。想象一下我有多高兴！接着，我又找到了把生物芯片的复杂度增加一千倍的方法：利用我们原本很讨厌的一样东西——电路固定元件中的量子间的'对话'。在这么小的尺度上，哪怕最细微的变化也可能毁掉芯片。可我开发了一个

---

[1] 世界上最早发明的电子乐器，也是世界上唯一不用身体接触就能发声的电子乐器。

程序，做到了真正地预测并且利用电子隧道效应 [1]。我加强了芯片的自学性能，利用量子间的互动来增加它们的复杂性。"

"你把我搞糊涂了。"我说。

"我利用了随机性。这些电路可以自我修复、对比记忆、修正错误元素。我只给了它们基本的指示：前进、繁殖和进步。上天有眼，本来再等上一个星期，你就能看到它们发展出社会形态了！这真惊人。它们全凭自己进化，就像小型城市一样。我把它们都销毁了。我觉得如果我继续喂它们，其中一只培养皿会自己长出脚来，跑出细菌培养箱。"

"你开玩笑吧。"我盯着他，"你没开玩笑？"

"老兄，它们知道怎么进步！它们知道自己该往哪个方向前进，只不过它们被困在了细菌的身体里，资源太少，受限太多。"

"它们有多智能了？"

"我没法确定。它们每一百或者两百个细胞聚集成团，每一团都表现得像个自主单位。每一团细胞可能都和猕猴一样聪明。它们还通过菌毛彼此交换信息，传递少量的记忆，互相对比。它们的组织显然和猴子不同。最明显的就是，它们的世界要简单得多。以它们的能力，完全能主宰培养皿。我往其中投放过噬菌体，而噬菌体根本不是它们的对手。它们一有机会就改变、成长。"

"这怎么可能？"

"什么？"他似乎很意外，我竟然听不懂这么浅显的东西。

"把那么多的东西塞进一个那么小的东西里。猕猴的大脑可不是简单的电脑，维吉尔。"

"看来我没说明白。"他气愤地说，"我用的是核蛋白电脑。它们就像

---

[1] 量子力学理论。经典物理学中，物体越过势垒，有一阈值能量，粒子能量小于此能量则不能越过，大于此能量则可以越过。量子力学则认为，即使粒子能量小于阈值能量，很多粒子冲向势垒，一部分粒子会反弹，一些粒子能过去，好像有一个隧道，故名隧道效应。

DNA，但所有的信息都能互动。你知道一个简单的细菌的 DNA 里有多少对核苷酸吗？"

我最后一次上生物化学课已经是很久以前了，我摇了摇头。

"大约两百万对。再加上经过调整的类核糖体结构——大约有一万五千个，每个都含有一分子量即三百万对——还得考虑各种组合与换位。RNA 则像连续循环的纸带一样，被核糖体围绕，后者在它上头嘀嘀嗒嗒地发出指示、制造蛋白链……"他的眼睛发亮，微微湿润，"另外，我可没说每个细胞都各顾各的，它们还会合作。"

"你销毁的培养皿里有多少个细菌？"

"几十亿个吧，我不知道。"他说，"你明白了吧，爱德华。整整好几个星球的大肠杆菌。"

"可基因创那时还没解雇你？"

"没有，原因之一是他们不知道发生了什么。我一直在合成分子，增加它们的体积与复杂程度。细菌的局限性太大、不够用了的时候，我就从自己身上抽血，分离出白细胞，往当中注入新的生物芯片。我观察它们，让它们走迷宫，解决小小的化学问题。它们十分机智。在那么小的尺度上，时间要快得多——信息交换时只需穿过那么短的距离，环境也单纯得多。后来，我忘了给实验室电脑上的文件加密，结果被某些经理发现，猜到了我在做什么。所有人都吓坏了。他们担心，我的所作所为会招来社会监管机构的关照。他们开始销毁我的成果，删除我的程序，还命令我杀掉那些白细胞。上帝啊。"他扯下白袍，开始穿衣服，"我只有一两天的时间。我把最复杂的细胞分离了出来——"

"多复杂？"

"上百细胞聚集成团，细胞团又聚集在一起，像细菌一样。每一团都和四岁小孩一样聪明，也许吧。"他审视着我的表情，"还是怀疑我？要我给你复习一下人类的基因组里有多少核苷酸吗？我为了利用白细胞的能力，量身定做了芯片电脑。有上万个基因，三十亿个核苷酸，爱德华。而且它们又不需要为一具巨大的肉体操心，把大部分时间浪费在这上头。"

"好吧，"我说，"我信了。那后来你怎么做的？"

"我把这些白细胞抽回了针管里，和全血混在一起，然后注入了自己的体内。"他扣上衬衫最上面的纽扣，淡淡一笑，"在这之前，我用上了所有的驱动器给它们编程，在只能使用酶之类物质的条件下，尽可能将它们设定在最高的水平。在那之后，它们就全靠自己了。"

"你给它们的指令是前进、繁殖和进步，对吧？"我问。

"我认为它们发展出了一些特性，是从肠杆菌时期的生物芯片学来的。这些白细胞能通过释放记忆来对话。它们找到了方法，可以吸收其他类型的细胞，在不杀死后者的情况下改变它们。"

"你疯了。"

"你可以看看屏幕！爱德华，自那以后我就没有生过病了。我以前总是感冒的。我感到前所未有的好。"

"它们在你体内。"我说，"找目标，改变它们。"

"而且事到如今，每个细胞团都和你我一样聪明了。"

"你脑子绝对坏掉了。"

他耸耸肩："基因创炒了我。他们觉得，考虑到他们对我的工作成果做了什么，我一定会报复。他们命令我滚出实验室，然后我一直没来得及检查自己体内发生了什么，直到现在，已经有三个月了。"

"所以……"我的大脑飞速运转，"你变瘦了，是因为它们改善了你的脂肪的新陈代谢。你的骨骼变强了，脊椎也完全重塑……"

"虽然睡回了以前的旧床垫，但是我的背也不会疼了。"

"你的心脏看起来不太一样。"

"我不知道心脏是怎么一回事。"他说着，更加仔细地打量起了屏幕上的图像，"至于脂肪——我也想过这个问题。它们可以增加我的棕色脂肪细胞，改进新陈代谢。最近我不像以前那么容易饿了。我没怎么改变饮食习惯——还是想吃过去那些垃圾食品——但不知道为什么，我能做到只吃自己需要的那么多。我认为它们还不明白我的大脑是什么。当然了，它们了解那些腺体上的东西，可它们看不到全局。你明白我的意思吗？它们不知道我在这里。可妈呀，它们确实搞明白了我的生殖器官是干吗用的。"

我扫了图像一眼，然后挪开视线。

"噢，它们看起来是挺普通。"他说着，下流地掂了掂自己的阴囊，然后窃笑，"不然你以为，我是怎么把坎蒂斯那样的大美人搞到手的？她原本只是想和一个搞技术的来个一夜情。我当时外表还过得去，没有晒黑，但挺苗条，穿着也很好。她以前从没和搞技术的上过床。真是好笑，对吧？可我的小小天才们让我坚持了大半夜。我觉得，它们每次都比前一次有进步。当时我感觉自己就跟得了热病一样。"

他的笑意消失了："可接下来的一天夜里，我开始感觉到有东西在皮肤上爬。这着实吓到我了。我觉得事情在渐渐失控。我不知道当它们跨越血脑屏障，发现我的存在——发现大脑真正的用途时，它们会怎么做。所以，我开始反击，想把它们压制住。我分析，它们之所以想进入皮肤，是因为从表面建立电路更加简单。比起穿过或者绕过肌肉、器官、血管，这么做要省事儿多了。皮肤直接多了。所以我买了一盏石英灯。"他注意到我面露迷惑，便解释道："在实验室的时候，我们就是利用紫外线灯照射，来摧毁那些生物芯片里的蛋白质的。我把太阳灯改成了石英灯。这样做就能让它们撤出皮肤，还能给我一个漂亮的肤色。"

"也能给你皮肤癌。"我评论道。

"它们大概会解决这个问题，就跟警察一样。"

"好吧。我替你做了体检，你也讲了个我仍然很难相信的故事……所以你想让我干吗？"

"我没有看上去那么满不在乎，爱德华。我希望在它们发现我的大脑是什么之前，找出控制它们的方法。我的意思是，你想想，它们目前的数量已经有几万亿了，而且每个个体都是智能的存在。它们还在一定程度上合作。我现在可能是地球上最聪明的东西了，而它们甚至还没开始团结一致地行动。我真的不想让它们夺走控制权。"他不快地笑了笑，"不想让它们偷走我的灵魂，你明白吧？想想用什么疗法可以阻挡它们。也许咱们可以饿死这些小家伙。总之想想吧。"他扣上了衬衫，"给你我的电话。"他递给我一张纸条，上面写着他的地址和电话号码。然后他走向键盘，删掉了屏幕上的图片，清除了体检的历史记录。"这事只能你知道，"他说，"绝不能告诉其他人。另外，要快……拜托了。"

维吉尔离开检查室时已是凌晨三点。他允许我抽了一点血液样本，然后和我握了握手——他掌心潮湿，显得很紧张。他还再次提醒我：不要从样本中提取任何东西。

回家之前，我对血液样本做了一系列的测试。结果第二天就出来了。趁着午间休息，我取走检测报告，销毁了所有的样本。我像机器人一样完成了这一切。

我花了五个白天以及五个几乎无眠的夜晚，才接受了自己看到的东西。他的血液还算正常，只不过机器诊断他受了感染，因为白细胞和组织胺的数值都很大。

第五天，我信了。

盖尔比我早到家，但那天轮到我做晚餐。她往家庭电脑里塞了一张学校的光盘，让我看幼儿园孩子们拍的视频。我静静地看着那画面，一言不发地陪她吃着饭。

那天夜里，我做了两个梦，也部分说明我最终接受了现实。在第一个梦里，我见证了超人的母星氪星的毁灭。数十亿的超人在火墙之中声嘶力竭地尖叫。我认为这个毁灭的场景象征着我销毁了维吉尔的血液样本。第二个梦更糟。我梦见纽约城在强奸一个女人。在梦境结尾，她生下了许多小小的胚胎城市，它们全都包裹在透明的胚囊里，因为艰难的分娩过程而浸透了血。

第六天一早，我就给维吉尔打了电话。拨号音响到第四声时，他接了。"结果出来了。"我说，"没得出什么确切的结论。但我想和你谈谈，私下聊。"

"没问题。"他说，"我目前都待在家里。"他的声音有些紧绷，显得很疲惫。

维吉尔的公寓位于湖岸一座光鲜亮丽的高层大楼里。我坐电梯上去时，一路听着广告弹出的叮当声，看着跳跃的全息影像展示着产品和待租的公寓，以及大楼的女房东讨论着本周的社交活动。

维吉尔打开门，示意我进去。他穿着格子纹长袖睡袍和室内用拖鞋，手里攥着一只没点燃的烟斗。他从我身边走开，兀自坐下，什么都没说，指间一直来回扭弄着那只烟斗。

"你的身体出现了感染。"我说。

"噢？"

"通过血液分析我只查出了这么多。我用不了电子显微镜。"

"我不认为那真是感染。"他说，"毕竟，它们是我自己的细胞。很可能是别的问题……是它们存在的迹象、变化的迹象。我们不能指望完全搞懂现在发生的一切。"我脱掉了外套。"听着，"我说，"你现在真的开始让我担心了。"他的表情令我止住了话头。那是一种狂乱的无上幸福的表情。他斜眼望着天花板，嗫着嘴唇。

"你嗑药了吗？"我问。

他摇摇头，然后非常缓慢地，又点了点头。

"我在听。"他说。

"听什么？"

"我不知道。确切地说，不是声音，更像音乐。心脏，所有的血管，血液流过动脉和静脉时发出的摩擦声。活动的声响，血里的音乐。"他忧伤地看着我，"你怎么没上班？"

"今天我休息。盖尔上班。"

"你能留下来吗？"

我耸耸肩："能吧。"我的话里透着疑虑。我环视了公寓一周，搜寻着烟灰缸和吸毒用的纸。

"我没有嗑药，爱德华。"他说，"我也许搞错了，但我觉得有什么大事正在发生。"

我在维吉尔的对面坐下，专注地盯着他。他似乎根本没注意到，一味沉浸在某种内心活动当中。我问他能不能给我一杯咖啡时，他指了指厨房。我烧了一壶水，又从橱柜里取了一罐速溶咖啡。然后我一手端着杯子，回到了座位上。

他的脑袋前后扭动着，双眼大睁。"你向来都知道自己想成为什么样的人，对吧？"他问。

"差不多吧。"

"妇科医生，聪明的决定，从不行差踏错。我就不一样了。我没有目标，也没有方向，就像一张没有路的地图。我压根儿不在乎任何事、任何人，除了我自己。我恨身边的人，我恨科学，它只是个工具。能有今天的成就，我也很吃惊。"

他一下攥紧了椅子的扶手。"哪里不对劲吗？"我问。"它们在和我说话。"他说着，闭上了眼睛。有整整一个小时，他仿佛睡着了。我检查了他的脉搏，发现它强有力而稳定；又摸了摸他的额头——微微有些凉——然后又给自己冲了杯咖啡。我翻着一本杂志，不知该做点什么，这时，他睁开了眼。

"要弄清时间在它们看来是什么样的，很困难。"他说，"它们也许只需要三四天时间，就能搞懂我们的语言，以及基本的人类概念。眼下它们就在钻研这个，钻研我。就在此时此刻。"

"它们是怎么做到的？"

他宣称，现在就有数千个研究者挂在他的神经元上。他没法详细解释。"它们的效率高得要命，你知道。"他说，"只是暂时还没有彻底搞定我。"

"现在我应该送你进医院。"

"其他医生又能干些什么？你到底有没有想出控制它们的办法？我是说，它们毕竟是我自己的细胞。"

"我一直在想。我们可以饿死它们。只要找出它们的新陈代谢机制有什么不同——"

"我没打算除掉它们。"维吉尔说，"它们又没有危害。"

"你怎么知道？"

他摇了摇头，举起一根手指："等等。它们正在尝试弄懂空间是什么，这对它们来说很难。它们只能按照化学物质的浓度来理解距离。对它们来说，空间就像是味道的强度。"

"维吉尔——"

"听我说！动动脑子，爱德华！"他的语气兴奋而平板，"我的体内正在发生一件大事。它们透过体液、穿过细胞膜彼此对话。它们针对需求特制了某种东西——病毒？——来传递存储在核苷酸链当中的数据。我认为它们在把 RNA 当作语言。这说得通，我就是这样给它们编程的。但它们还制造了别的东西，类似质粒的结构。也许这就是为什么你的机器觉得我受了感染——因为它们全在我的血液里说个不停，交换大量的数据。它们在品尝彼此的味道、同伴，有的更强，有的更弱。"

"维吉尔，我还是觉得你该去医院。"

"这是我出风头的机会，爱德华。"他说，"我是它们的宇宙。它们被新发现的格局惊呆了。"说完，他再度沉默。

我蹲在他的椅子旁边，撩起他的袖子。他的胳膊上纵横交错着白色线条。我正准备去打电话，他站起身来，伸了个懒腰。"你有没有意识到，"

他说，"每次我们动一下身体，身上要死多少个细胞？"

"我正要叫救护车呢。"我说。

"不，别叫。"他的语气让我停了下来，"我告诉过你，我没病。这是我出风头的机会。你知道进了医院他们会对我做些什么吗？就像一群穴居人想要修电脑一样。"

"那我还来这儿干吗？"我质问，心里冒起火来，"我什么也做不了！我也是个穴居人。"

"你是我朋友。"维吉尔说着，目不转睛地看着我。我产生了一种错觉，仿佛此刻盯着我的不止维吉尔一个。"我希望你陪着我。"他笑了，"可我其实并不是孤身一人。"

他在公寓里晃荡了两个小时，时而摆弄东西，时而看看窗外，缓慢而有条不紊地给自己做着午餐。"你知道，它们可以真正地感觉到自己的想法。"接近中午时，他这么说，"我的意思是，这些细胞似乎具备自己的意志，相对最近才习得的理性，它们还拥有潜意识。它们听得到体内的分子在折腾，化学物质发出的'声音'。"

一点钟的时候，我给盖尔打了个电话，告诉她我会晚些回家。我紧张得几欲呕吐，却强令声音保持平静："还记得维吉尔·乌尔曼吗？我正在和他聊天。"

"一切都还好吧？"她问。还好吗？当然不好。"挺好。"我说。

"文明！"维吉尔说着，从厨房的墙壁后头探出头来盯着我。我说了声再见，挂了电话。"它们一直在信息的海洋里游弋。"维吉尔说，"就有点像格式塔[1]的那一套。它们存在绝对分明的等级制度。对于不合群的细胞，它们会派出特制的噬菌体去追杀。噬菌体是针对特定的个体或族群量身定做的，从不失手。不合群的细胞会被噬菌体穿刺，向外膨胀开来，爆

---

[1] 格式塔心理学是心理学的一种，强调整体，认为整体大于部分的总和。

裂、溶解。但它们并不只是个独裁政权。我认为比起民主社会，它们拥有更高效的自由。我的意思是，它们个体之间的差异非常大。那说得通吗？它们之间的差异比我们之间的更甚。"

"打住。"我说着，一把抓住他的肩头，"维吉尔，你快把我逼疯了。我再也受不了了。我不明白，我也不确定我相信——"

"即便到了现在？"

"好吧，姑且说你的解读是对的，你跟我说的一切都是真的。那你有没有费点儿神想想后果？这一切意味着什么，又会带来什么？"

他走进厨房，从自来水管接了杯水，然后回来，在我身边坐下了。他的表情已经从孩子气的全神贯注，变成了清醒的忧虑："我从来就不擅长思考这个。"

"你害怕吗？"

"之前害怕。现在，我不确定了。"他摆弄着睡袍的系带，"听着，我不想让你觉得我绕过你，或者不跟你商量就去做了这件事。我昨天去见了迈克尔·伯纳德。他在他的私人诊所给我做了检查，取了样本。他让我停止石英灯治疗。今天早晨他来了电话，就在你之前。他说一切都证实了。他还让我别告诉任何人。"他的表情再次恍惚起来。"细胞的城市。"他继续道，"爱德华，它们在组织里打通了管道，传播信息——"

"别说了！"我吼道，"证实？什么证实了？"

"用伯纳德的话说，我全身都充满了'严重扩大的噬巨细胞'。他也认同我的身体构造出现了变化。"

"他打算怎么做？"

"我不知道。我想他很可能会说服基因创，重启实验室。"

"这就是你想要的吗？"

"不仅是重启实验室。我想给你看看，我停止石英灯治疗之后，身体还在持续变化。"他解开睡袍，任它滑落在地。他全身的皮肤都覆盖着纵横交错的白色线条。在他的背面，这些白线已经开始形成脊状的构造。

"上帝啊！"我说。

"短时间内，除了实验室，其他任何地方都不适合我待。我没法去公共场合了。就像我说的一样，医院也不会知道怎么处理我的情况。"

"你……你可以和它们谈话，叫它们缓一缓。"我说着，很清楚这话听起来有多荒谬。

"没错，我确实可以，但它们未必会听我的。"

"我还以为你是它们的神之类的。"

"挂在我神经元上的那些家伙，并不是什么大人物。它们是研究者，或者至少发挥着类似的作用。它们知道我的存在、知道我是谁，可这不代表它们已经说服了社会的上层。"

"它们在论证这件事？"

"差不多吧。情况没那么糟。如果实验室重开，我就有家了，有了一个工作的地方。"他扫了窗外一眼，仿佛在寻找什么人，"除了它们，我什么也没有了。它们并不害怕，爱德华。我从未感到自己和任何事物这么亲近过。"又一次地，他露出了无上幸福的微笑，"我得对它们负责。我是它们的母亲。"

"你根本不知道它们会做些什么。"

他摇了摇头。

"不，我是认真的。你说它们就像是一个文明——"

"像是一千个文明。"

"好吧，那人人都知道，文明总会搞砸的。战争、环境问题——"

我像试图抓住救命稻草一样，努力抑制着渐渐增长的恐慌。眼下发生的事情过于重大，超出了我的应对能力。维吉尔也是一样。在应对重大问题这一方面，他是我认识的最没见地、最没头脑的人了。

"可承担风险的人只有我一个。"

"你并不确定这一点。天啊,维吉尔,瞧瞧它们都对你做了些什么吧!"

"对我,只是对我!"他说,"其他人不受影响。"

我摇了摇头,举起双手表示认输:"好吧,那伯纳德会让他们重启实验室,你搬进去,变成他们的豚鼠。然后呢?"

"他们会好好待我的。我现在已经不是以前的老好人维吉尔·乌尔曼了。我他妈的是一个星系,一个超级母亲。"

"你是说,超级宿主。"他耸耸肩,表示承认我的说法。我再也无法忍受了。我编了几个站不住脚的理由,借故告辞,然后在公寓大楼的门厅里坐下,试图平复心绪。必须有人跟他谈谈,让他恢复理智。他会听谁的呢?他都去找伯纳德了……

而且看样子,伯纳德似乎不仅相信了他,还非常感兴趣。像伯纳德那种身份、地位的人,若不是觉得有利可图,绝对没有耐心去哄"世界之主维吉尔·乌尔曼"。

我有一种预感,并且决定遵循它行事。我找到了个公共电话,插入信用卡,打给了基因创。

"麻烦转接一下迈克尔·伯纳德博士。"我对接线员说。

"请问您是?"

"这边是他的电话应答服务。我们接到一个紧急电话,而他的传呼机似乎出了故障。"

焦虑的几分钟之后,伯纳德接通了电话。"你究竟是谁?"他问,"我没用电话应答服务。"

"我叫爱德华·米利根,是维吉尔·乌尔曼的朋友。我觉得,我们有些问题得讨论一下。"

我们约好了第二天早晨面谈。

我回到家,试着找些明天不去医院上班的借口。我没法集中精神给人看病,也没法给予患者他们值得拥有的关注。

内疚，愤怒，恐惧。

盖尔就是这么发现的。我戴上一张冷静的面具，然后两人一起做了晚餐。吃过饭之后，我们彼此倚靠，凝望着飘窗外的城市灯光。被最后几缕暮光照得发黄的草坪上，冬季的椋鸟在啄食，当风势渐强、吹得窗户咯咯直响时，它们飞走了。

"有什么不对劲。"盖尔轻声说，"你是打算告诉我呢，还是假装啥事也没有？"

"我这是老毛病了。"我说，"紧张而已。医院工作上的事。"

"噢，天啊。"她说着，坐直了身体，"你要为了那个姓贝克的女人跟我离婚。"贝克女士有三百六十磅重，曾经怀孕五个月后自己才发现。

"不是。"我无精打采地说。

"那我真是放了一万颗心啊。"盖尔说着，轻轻抚摸我的额头，"你知道，这种猜疑快把我逼疯啦。"

"呃，这事我现在还不能说，所以——"我拍了拍她的手。

"这话可真是居高临下，叫人恶心。"她说着，要站起身，"我去泡点茶。你要喝吗？"现在她有点生气了，我反倒为自己没有告诉她而不安起来。为什么不干脆和盘托出呢？我问自己。告诉她有个老朋友准备赌上一切，以身犯险改变一切……

然而我只是收拾了桌子。

那天夜里，我失了眠，坐在床上，将枕头抵着墙壁，俯视着身边的盖尔，试图分清我知道的东西哪些是真、哪些是幻。我是个医生，我告诉自己我是个技术人员，从事科学行业。对于未来的变革，我理应不那么大惊小怪才对。被数万亿个智能生物填满身体，那些智能生物还说着中文一样天书般的语言，那是什么样的感觉？

我在黑暗中咧嘴一笑，同时又几乎哭了出来。维吉尔体内的东西陌生得超乎想象。比我——抑或维吉尔——能够轻易理解的任何事物都要陌生。

也许根本就超出了我们的理解范畴。

维吉尔·乌尔曼正把自己变成一个星系。

可我知道什么是真的。这间卧室，透过薄纱窗帘依稀投射进来的城市灯光，身旁沉睡的盖尔。这非常重要。盖尔在床上，沉睡着。

我又做了那个梦。这回的梦里，那个城市穿过窗户，袭击了盖尔。它是一个体型巨大、长着尖刺、通体发光的劫掠者，咆哮着我听不懂的语言。这种语言由汽车的喇叭声、人群的嘈杂声、建筑工地的噪声组成。我努力击退它，可它还是抓到了她——然后它化作一缕星辰，将光芒挥洒在整个床铺之上、万物之上。我猛地惊醒，然后睁着眼直到黎明。天亮后，我和盖尔一起穿衣服，然后吻了她，品味她那属于人类、未受侵犯的双唇的真实感。

我去见了伯纳德。市中心的一家大医院借给了他一个套房。我坐电梯来到六楼，见识了名气与财富可以意味着什么。套房布置得很有品位，镶木板的墙壁上有精致的绢网印花，还有铬合金与玻璃制的家具、奶油色的地毯、中国式的铜具、艾蒿纹理的橱柜与桌子。

他递给我一杯咖啡，在早餐桌前找了个位置，我则在他的对面坐下，用湿润的掌心捧着杯子。他穿着整洁的灰色西装，长着泛灰色的头发与锐利的轮廓，年纪在六十五岁上下，颇像伦纳德·伯恩斯坦（注：美国著名指挥家、作曲家）。

"咱们共同的熟人，"他说，"乌尔曼先生，他很杰出。此外，我可以毫不犹豫地说，他很勇敢。"

"他是我的朋友。我很担心他。"

伯纳德竖起一根手指："很勇敢——而且是个无可救药的傻瓜。他身上发生的事，本来是绝对不被允许发生的。他那么做可能是迫于形势，但这不构成借口。可话说回来，木已成舟。我想，他已经跟你谈过了。"

我点点头："他想回到基因创。"

"当然了。他的设备都在那儿。我们整理一切的时候，他的家可能也得搬过去。"

"整理——怎么整理？为什么？"我无法清晰地思考，感觉脑袋隐隐作痛。

"对于具备生物基础的小型、超高密度计算元件，我能想出一大堆用途来。基因创的确已经取得了一些技术突破，但不可与这件事相提并论。"

"你——他们——打算怎么做？"

伯纳德微微一笑："这事其实不该由我来说。这会是一场革新，我们会把他安排进一个受控的隔离环境。也许会配给他自己的侧翼，动物实验也是必要的。我们会从零开始，当然。维吉尔的……呃……菌落是不可转移的。它们是以他的白细胞为基础制作的。所以，我们得开发新的菌落，不会引发免疫排斥反应的那种。"

"就像感染？"我问。

"我想，可以用这个比喻。但维吉尔没有出现感染。"

"我的测试显示他受感染了。"

"那很可能是因为在他血液里浮动的一些零散信息。你不这么认为吗？"

"我不知道。"

"听着，等维吉尔安顿下来，我想让你来我们实验室一趟。你的专业知识也许对我们有用。"

我们？他和基因创合作得亲密无间，他能保持客观吗？

"这件事对你有什么好处？"

"爱德华，我一直处于整个行业的最前沿。我没理由不来帮忙。凭借我在大脑与神经功能领域的知识，还有我在神经生理学方面做过的研究——"

"你可以帮基因创挡掉政府的审查。"我说。

"这么说很鲁莽。太鲁莽了，而且不公平。"

"也许吧。不管怎么说，好呀，等维吉尔安顿下来了，我很乐意去实验室瞧瞧。如果您不计较我的鲁莽，还欢迎我去的话。"

伯纳德用锋利的目光看着我。我不会成为他们的一员了：有那么一瞬间，他的想法昭然若揭。"当然了。"他说着，同我一起站起身来。他伸出手臂与我握了手，掌心潮湿。他就和我一样紧张，尽管外表看不出来。

我回了自己的公寓，在那儿待到中午，一边读书，一边尝试厘清头绪。我想做出决断，到底什么才是真、什么才是我需要守护的。任何人能够忍受的变化都是有限度的，革新，可以，但应用得慢慢来，不能强行推进。每个人都有权利保持原样，直到他们决定不再保持。

科学史上最伟大的事……

而伯纳德会强行推进的，基因创会这么做。我承受不了这个念头。"新勒德分子[1]。"我对自己说，真是个肮脏的指控。

我在大楼的安保系统面板上按下维吉尔家的号码时，他几乎是立即就接了起来。"正好，"他说，声音里透着兴奋，"上来吧。我马上进浴室。门没锁。"

我走进他的公寓，穿过大厅，来到浴室。维吉尔正躺在浴缸里，桃粉色的水漫到了脖子处。他暧昧地一笑，用双手溅了溅水花。"看着就像我割腕了一样，不是吗？"他轻声说，"别担心，现在一切都好了。基因创会让我回去的。伯纳德刚才来了电话。"他指了指浴室的电话与对讲机。

我在马桶上坐下，注意到石英灯装置就放在浴室柜的旁边，没有插电源。它的灯泡在水槽台面的边缘列了一排。"你确定你真想那么做？"我说着，肩膀一塌。

"对，我这么觉得。"他说，"他们能更好地照顾我。我打算彻底清理一下，今晚就过去。伯纳德会开着他的加长豪车来接我，气派。从现在起，以后

---

[1] 勒德分子，指19世纪工业革命时期因机器取代人力而失业、厌恶技术革新的工人，后引申为一切厌恶技术变革的人。

每件事都会这么气派。"

浴缸里桃粉色的水不像是肥皂弄出来的。"你在洗泡泡浴？"我问。这时，我突然意识到了什么，顿时感到更加虚弱了。我刚刚产生的疯狂想法其实是那么显而易见又理所当然。

"不是。"维吉尔说。我已经想到了。"不是。"他重复了一遍，"这是从我的皮肤里渗出来的。它们没有把一切都告诉我，但我认为，它们是在往外派侦察员、宇航员。"他看着我，表情不大像是关切，更像是好奇我会有什么反应。确认这一点后，我只觉得胃部肌肉一缩，仿佛马上要被人重击一拳。在此时此刻之前，我甚至从未考虑过这种可能性，或许是因为我一直都把注意力集中在了其他方面。

"这是头一回吗？"我问。

"是的。"他说，然后笑了，"我有点想把那些小爬虫放进下水道，让它们发现一下真实世界的模样。"

"它们会跑得到处都是。"我说。

"那当然了。"

"你……你现在觉得怎么样？"

"我感觉好极了。这水里一定有几十亿个。"他又用双手拍溅了几下水花，"你觉得呢？我应不应该放这些爬虫出去？"

我迅速而艰难地思考着，同时在浴缸旁边跪了下来。我用手指摸索着太阳灯的电线，然后插上电源。他曾经用铁丝开锁，把我的尿变蓝，搞过上千个愚蠢的恶作剧，而且永远长不大，永远无法成熟到理解这一点：他的才华其实已经足以改变世界，他永远也学不会谨慎。

他伸手去够浴缸排水口的塞子："你知道的，爱德华，我——"

他没能完成这个动作。我抄起石英灯，把它扔进了浴缸，接着，在四溅的蒸汽和火花中，我朝后跳开。维吉尔尖叫起来，胡乱踢打，身体抽搐，然后一切归于寂静，只剩下低沉持续的咝咝声，以及从他头发中冒出的黑烟。

我掀开马桶盖，呕吐起来。然后我捏着鼻子，走进了起居室。我双腿几乎失去知觉，猛地坐在了沙发上。

一个小时后，我翻遍了维吉尔的厨房，找到了漂白剂、氨水和一瓶杰克丹尼威士忌。我回到浴室，视线始终避开维吉尔。我先是把酒倒进了水里，然后是漂白剂，最后是氨水。水面开始翻滚，冒出氯气。然后我离开，在身后关上了门。

我到家时，电话响了，我没有接。可能是医院打来的，也可能是伯纳德，还有可能是警察。我可以想象自己不得不向警方解释一切的场景。基因创会从中作梗，而且我再也找不到伯纳德了。我精疲力竭，全身肌肉紧绷，是因为压力，也是因为一种你在干出那种事情之后会感到的情绪。

那种事情——种族灭绝？

这当然显得不真实。我无法相信自己刚刚杀了百万亿个智能生物，扼杀了整个星系。这太可笑了，可我笑不出来。

很容易相信的是，我刚刚杀了一个人，一个朋友。那些烟、熔化的灯柱、垂下来的插座、冒烟的电线。

维吉尔。

我把石英灯扔进了浴缸，和维吉尔泡在一起。

我感到恶心。梦境，强奸盖尔的城市（那他的女朋友，坎蒂斯呢？）。把充满它们的水放进下水道。很多个星系挥洒在我们所有人身上，多么可怕啊。然后，我又想起了潜在的美好可能性——一种新的生命，共生与转变。

我有没有彻底杀光它们？有那么一瞬间，我恐慌起来。我想，明天，我就去给他的公寓消毒。不知为何，我甚至想都没有想伯纳德。

盖尔进门的时候，我正在沙发上睡觉。我昏昏沉沉醒来时，发现她正俯视着我。

"你还好吧？"她问道，在扶手上坐了下来。我点点头。

"晚饭准备吃什么？"我的口齿有些不听使唤，话说出来含混不清。

她摸了摸我的前额。"爱德华，你发烧了。"她说，"烧得很厉害。"我跌跌撞撞地走进浴室，照了照镜子。盖尔就站在我身后。

"怎么一回事？"她问。

我的领口出现了一些线条，绕了脖子一圈。白色线条，宛如高速公路。它们早已进入我的体内，好几天了。

"潮湿的手掌。"我说。多明显啊。

我想我们离死不远了。我先是挣扎，可几分钟后，就虚弱得动弹不得了。不到一小时，盖尔就变得和我一样难受了。

我躺在起居室的地毯上，浑身被汗浸透了。盖尔躺在沙发上，脸庞和滑石粉一样惨白，双眼紧闭，就像殡仪馆里的一具尸体。有那么一会儿，我以为她死了。尽管非常虚弱，我还是狂怒起来——我憎恶，为自己的软弱无能、为自己迟钝到没能领会所有的可能性而无比愧疚。然后，我不在乎了。我虚弱得连眨眼的力气都没了，于是闭眼等待。

我的胳膊与双腿中响起一股节奏。血液每搏动一次，体内就涌起一种声音，如同一千支管弦乐队一样响亮，却没有和谐地表演，而是仿佛同时演奏着整个音乐季的交响乐。血里的音乐。这股声音越来越刺耳，却也越来越协调，声波最终消退成寂静，然后又化作和谐的鼓点。

鼓点似乎融入了我的身体，融入了我自己的心脏。

首先，它们征服了我们的免疫系统。这场战争——一场有数万亿名参战者的战争，其规模在地球上史无前例——持续了大约两天长。

等我的体力恢复到足以走到厨房水龙头跟前的时候，我可以感觉到，它们正在对付我的大脑，试图破解它的密码、找到细胞质里面的神。我喝水喝到想吐，然后又稍稍喝了一些，再接了一杯给盖尔。她小口啜饮着。她的嘴唇开裂了，双眼充血，周围出现了一圈淡黄的斑点，她的皮肤也开始变色。

几分钟后，我们在厨房里无力地进起食来。

Greg Bear

"这到底是怎么回事？"这是她问的头一句话。我连解释的力气都没有了。我剥开一只橘子，分了一些给她。"我们应该打电话叫医生。"她说。可我知道，我们不会这么做。我已经接收到了信息，有一点越来越清楚了：我们感到自己可以自由行事，但这只是错觉。

这些信息一开始很简单。它们自动出现在我的头脑里，与其说是命令，倒不如说是关于命令的记忆。我们不能离开这间公寓——尽管对于控制了我们的那些东西而言，公寓这个概念不受欢迎，而且似乎挺抽象——也不能联络其他人。我们暂时只被允许吃某几样东西、喝自来水。

烧渐渐退了，与此同时，我们身上的转变也迅速而激烈起来。几乎是同时，盖尔和我变得不能动弹了。她坐在桌旁，我则跪在地板上，只能用余光勉强瞥见她。

她的胳膊上长出了明显的脊状物。

它们在维吉尔身上学到了一些东西，对我俩采取了非常不同的策略。我全身瘙痒了整整两个小时——地狱般的两小时——然后它们在我体内取得了突破，找到了我。以它们的时间尺度看来，为这一成果它们耗去了好几个世代，但获得了回报——与这个曾经控制着整个宇宙的巨大而笨拙的智能生物，它们终于可以直接、流畅地沟通了。

它们并不残忍。在意识到我们会因此感到痛苦不适之后，它们开始采取措施，缓解这种不适。它们非常高效。一个小时后，再与它们沟通时，我感到仿佛沉浸在欢愉的海洋中。

第二天的黎明时分，它们再次允许我们活动了，具体说来，是允许我们去洗手间。我们体内总有些废物是它们处理不掉的。我排空了这些废物——尿液呈紫色——盖尔也照样做了。我们在洗手间里徒然地看着彼此。然后，她努力做出一丝微笑。"它们在跟你说话吗？"她问。

我点点头。"那我没疯。"接下来的十二个小时里，它们似乎在某种程度上放松了控制。我怀疑，我体内正在进行另一场战争。盖尔能在有限的幅度内活动了，但仅此而已。

它们再次全面控制住我们的时候，命令我们彼此拥抱，我们毫不迟疑地服从了。"爱德华……"她低唤道。我的名字，就是我最后一次从外界听到的声音。我们站立着，长成了一体。几个小时里，我们的腿部在扩张、延伸。接下来，它们伸到了窗外，好吸收阳光；伸到了厨房，好从水槽吸水。细丝很快就蔓延到房间的各个角落，从墙壁上剥去漆与灰泥，从家具上剥去了织物与填料。

天亮时，转化完成了。

对于我们变成了什么模样，我不再拥有任何清晰的概念。我怀疑我们长得像细胞——庞大、平板、令人哀叹的细胞，浑身刻意呈褶皱状，占据了大半个公寓。大的应该模仿小的。

我们渐渐被体内的智能体吸收，智力每天随之起起落落。每一天，我们的个体意识都在减少。其实，我们就是巨大而笨拙的恐龙。我们的记忆被数十亿个它们的记忆所取代，我们的人格也分散在了经过转变的血液之中。过不了多久，就没有集中的必要了。

水管系统已经遭到入侵，整栋大楼里的人都在经历转变。

在旧的时间框架下的几周之内，我们就会大规模地抵达各个湖泊、河流、海洋。结果根本不是我能猜想的。地球上的每一寸角落都会被智识填满。几年以后，也许更快，它们就会征服它们自己的个体性——它们目前尚存的一点个体性。届时，新的生物便会涌现。它们无限的思考能力将超出我们的想象。

现在，我全部的憎恶与恐惧都消失了。对于它们——我们——我只剩下一个问题。

在别处，这种事已经发生过多少次了？旅行者们从来就不是经由太空造访地球的。没这个必要。

它们早已在沙粒中发现了世界。

Greg Bear

血孩子 - Bloodchild

（美国）奥克塔维娅·巴特勒 Octavia E. Butler —— 著

耿辉 —— 译

奥克塔维娅·巴特勒（1947—2006）是一位标志性美国科幻作家，生前曾多次获得星云奖、雨果奖和轨迹奖，她在 1995 年获得 50 万美元的麦克阿瑟学术奖金，但因中风于 2006 年去世。巴特勒身故后，于 2010 年入选科幻奇幻名人堂，卡尔·布兰登协会也创立奥克塔维娅·巴特勒纪念奖学金，支持参加两个号角科幻写作工坊的非白人学生。奥克塔维娅·巴特勒本人就是在三十五年前从号角科幻写作工坊起步的。

巴特勒的长篇科幻小说包括由《模式之主》（ Patternmaster, 1976 ）、《我意识中的意识》（ Mind of My Mind, 1977 ）、《生还者》（ Survivor, 1978 ）、《野生种子》（ Wild Seed, 1980 ）和《克雷的方舟》（ Clay's Ark, 1984 ）组成的"模式主义"（Patternist）系列，在此期间她还完成了一部独立长篇作品《祖先》（ Kindred, 1979 ）。20 世纪 80 年代和 90 年代，她创作了两个更为出色的长篇系列，分别是《异种生殖》三部曲（ Xenogenesis trilogy ）和未完成的"预言"（ Parable ）系列。巴特勒的写作常常使用陌生疏远的情景和环境来评述种族和性别关系。

巴特勒把自己看作长篇小说家，创作的短篇作品不多，但是《血孩子》是短篇作品中的杰出范本，探讨了她长篇作品中的很多主题，完美融入了向更早期推想小说中简单因果关系发起反击的"科幻现实主义"——恰如小詹姆斯·提普奇的《我醒来发现自己在寒冷的山坡上》之于太空殖民主义和塞缪尔·R. 德拉尼的《没错，还有蛾摩拉》之于宇航员的荣光。

在给短篇集《血孩子和其他故事》（ Bloodchild and Other Stories ）写的评注中，巴特勒告诉读者，《血孩子》不是一个"关于奴隶制的故事"，在她看来反而是一个爱情故事和成长故事。从另一个层面上说，《血孩子》是她的"男性怀孕故事"和"付房租的故事",因为孤立的太空殖民地成员需要跟他们的东道主"以不同寻常的方式住在一起"。她创作这篇作品也是为了克服对胃蝇的恐惧。

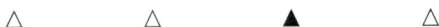

△　　　△　　　▲　　　△

我童年的最后一晚开始于一次家庭拜访。特·加托伊的姐妹给了我们两枚无法孵化的卵,特·加托伊把一枚给了我的母亲、哥哥和姐妹们,她坚持要我独享另一枚。没有关系,这足够让每个人都感到高兴,几乎是每个人。我妈妈不吃,她坐着看我们不顾她的存在,各自在梦中神游。大部分时间她注视着我。

我靠在特·加托伊修长柔软的腹部上,不时地从卵里呷一口,奇怪妈妈为什么拒绝这种无害的快乐。如果她时不时地放纵一次,灰发就会少一些。这些卵能延长寿命,增强生命力。我爸爸活着时就从不拒绝,所以寿命延长了一倍多。在本该朝着生命的终点衰老下去时,他娶了我妈妈并成了四个孩子的父亲。

然而我妈妈在不可避免地走向衰老之前似乎更愿意变老。当特·加托伊的几条肢体把我抱得更紧时,我发现她转身离开了。特·加托伊喜欢我们的体温,无论何时她都尽量利用它。小时候我常待在家里,妈妈经常教导我怎样与特·加托伊相处——如何表示尊重并总是服从她,因为特·加托伊是负责保护区的特里克政府官员,也就是她的种族中直接与人类接触的最重要的人。我妈妈说这种人物选择来到我们家是一种荣誉。撒谎的时候,妈妈是最正式和严肃的。

我不知道她为什么撒谎,甚至撒的什么谎。特·加托伊住在家里是一种荣誉,可这却并不奇怪。在我妈妈的一生中,特·加托伊一直是她的朋友,而且特·加托伊不愿在她认为是第二个家的房子里高高在上。她只是来到这里,爬上她特别的睡椅,并把我叫过去取暖。在我很小的时候,躺在她身上听她一如既往地抱怨我皮包骨的身体,是不可能拘谨起来的。

"好多了，"这一次她边说边用六七条肢体摸索着我，"你终于胖起来了，瘦弱是危险的。"摸索变得微妙，成了一系列爱抚。

"他还是太瘦。"妈妈针锋相对地说。

特·加托伊扬起头，从睡椅上抬起了大约一米长的身体，仿佛坐起来一样。她看着我妈妈，妈妈转过被岁月侵袭、布满皱纹的面庞，避开了她的目光。

"丽安，阿甘剩下的卵我想要你吃一些。"

"卵是给孩子们的。"我妈妈说。

"它们是给全家的，请接受吧。"

我妈妈不情愿地服从。她从我手中接过卵，放到嘴边。已经皱缩的弹性卵壳中只剩下几滴汁液，可是她吸出了汁液咽下去。不一会儿，紧张的皱纹开始从她的脸上消失。

"这感觉真好。"她低语道，"有时候我都忘了这有多么美妙。"

"你应该多吃一些。"特·加托伊说，"为什么你这么急于变老？"

妈妈没有说什么。

"我喜欢能待在这里。"特·加托伊说，"这里因为你成了一个避难所，而你却不关心你自己。"

特·加托伊在外边被人追杀。她的种族中有人想要我们更多的地球人为她们所用，只有特·加托伊和她的政治派别站在我们和那些不理解为什么要有保护区的特里克之间——她们也不明白一个地球人为什么不能以某种对她们有用的方式被获得、交易和征用。或者她们确实理解，但是在极度渴望中毫不在乎。她把我们分配给那些不管不顾的族人，还把我们卖给有钱有势的人以获得她们的政治支持，因此我们成了必需品、身份的象征和无依无靠的人。她监督了许多家庭的结合，终于肃清了为满足急迫的特里克而拆散人类家庭的早期制度残余。我曾同她住在保护区外，曾在一些特里克人看我的样子中觉察出那种不顾一切的渴望。清楚只有她站在我们和那种很容易就能吞掉我们的渴望之间，令人有点感到害怕。我妈妈有时候会看着她对我说："照顾好她。"然后我会记起她也曾生活在保护区外边，也曾见过那种不顾一切的渴望。

现在，特·加托伊用四条肢体把我从她的身边推到地上。"去，阿甘，"她说，"和你姐姐坐在一起享受那迷幻感觉，你吃了这颗卵大部分。丽安，过来为我取暖。"

妈妈出于我无法知晓的原因犹豫了一下。我最早的一个记忆就是我妈妈伸展着身体，横靠在特·加托伊身上，聊着我还听不懂的事，妈妈从地上抱起我并笑着让我骑在了特·加托伊身上，然后享用起她的那一份卵。我很奇怪什么时候和为什么她不再这么做。

此刻她正靠在特·加托伊身上躺着，特·加托伊左边的整个一排肢体围在她身上，松松地抱着她，却很安全。我总觉得像那样躺着很舒服，可是除了我姐姐，家里没有人喜欢这样。他们说这会让人觉得被关在笼子里。

特·加托伊设法像笼子一样罩起母亲，随即又轻轻地摆了一下尾巴，然后说："丽安，卵不太够，轮到你的时候你就应该接受。现在你非常需要它。"

特·加托伊再次摇起尾巴，尾巴抽动得太快了，如果我不是一直盯着就会看不见。她的针刺只是让妈妈裸露的大腿出了一滴血。

妈妈叫出了声音——可能是由于吃惊，被蜇到是不疼的。然后她发出一声叹息，我可以看出她放松了身体。在由特·加托伊的肢体组成的笼子里，她无力地移动到一个更加舒适的位置。"你为什么要这么做？"她用睡意蒙眬的声音问道。

"我不能再眼睁睁看你坐以待毙。"

我妈妈设法微微耸了耸肩。"明天。"她说。

"是的，你明天继续忍受痛苦——如果必要的话。可是现在，就是眼下，躺在这儿为我取暖，让我为你放松一下。"

"你知道，他仍然是我的。"妈妈突然说道，"什么也不能把他从我这里换走。"冷静，她不该放纵自己提起这件事。

"什么也不能。"特·加托伊迎合道。

Octavia E. Butler

"你以为我会为这些卵出卖他？为了延长生命，出卖我儿子？"

"什么也不为。"特·加托伊一边说，一边抚摸着妈妈的肩膀，还摆弄她长长的灰发。

我想要抚慰妈妈，与她分享这样的时光。我知道，如果现在我抚摸她，她就会抓过我的手。由于享用了卵，又被蜇了一下，她不再拘束，微笑起来，也许还会说出长久以来压抑在内心的感受。可是到了明天，她会把这一切记作是一个耻辱。我不想成为记忆中耻辱的一部分，最好的办法就是保持克制，并确信在所有责任、自尊和痛苦的重压之下，她依然爱我。

"华宣，脱去她的鞋，"特·加托伊说，"过会儿我会再蜇她一次，然后她就能睡着。"

我的姐姐照着吩咐去做，她站起来时身体晃得像喝醉了一样。完成之后，她坐在我身边并抓住了我的手。我们一直就是一个整体，她和我。

我妈妈把头枕在了特·加托伊的腹部，并努力从那个不可能的角度向上看她的圆脸庞："你要再蜇我一次？"

"是的，丽安！"

"我会睡到明天中午。"

"好啊，你需要这样。上一次睡眠是什么时候？"

我妈妈默默发出一个厌烦的声音。"在你长大之前，我应该把你踩死。"她嘀咕道。

这是她们之间的老玩笑。她们算是一起长大，然而在我母亲的一生中，特·加托伊从没有小到可以被人类踩死。她的年龄是妈妈现在年龄的三倍，当我妈妈故去时，她依然年轻。但是特·加托伊和我母亲相遇时，她刚刚步入快速发育期——类似特里克的青春期，我妈妈还只是个孩子。可是有那么一段时间，她们以同样的速度成长，彼此成了最要好的朋友。

特·加托伊甚至介绍妈妈认识了父亲。我的父母虽然存在年龄差距，却对对方很满意。在特·加托伊将要介入她的家族事务——政治——时，他们结婚了。她和我妈妈之间相互见面的时间更少，可是在我姐姐出生之前，我妈妈曾经答应，她的一个孩子可以为特·加托伊所用。她得把我们中的一个交出去，她宁愿交给特·加托伊而不是某个陌生的特里克。

时光流转，特·加托伊游历并加强着她的影响。她又回到了我妈妈这里，接管她可能看到的一切作为她努力工作应得的回报。那时候，保护区已经属于她。姐姐立即就对她产生好感并希望被她选中。可是妈妈却用我做出妥协，特·加托伊也喜欢这样的主意，就是选择一个婴儿，观察并参与他成长的每一个阶段。据说，我出生后仅仅三分钟，特·加托伊的多节肢体就第一次像笼子一样罩住我。几天后，我第一次尝到了卵。当人们问我是否曾对特·加托伊感到害怕时，我就把这些经历告诉他们。当特·加托伊向特里克推荐年幼的人类孩子而她们却焦急而又无知地要求一名青少年时，我也会把这些告诉她们。即使是长大后有些害怕和怀疑特里克的哥哥，假如他在足够小的时候被选中，那么也有可能顺利地进入到一个她们的家庭。有时，为了他，我想他应该这样。我注视着他在房间另一侧的地板上伸展着身体，睁着眼睛却目光呆滞，仿佛陷入了由卵所引起的幻梦。不管怎么看待特里克，他从不放弃自己那份卵。

"丽安，你能站起来吗？"特·加托伊突然问道。

"站起来？"我妈妈说，"我想我要睡着了。"

"待会儿再说。外面听起来不对劲。"笼子突然消失了。

"什么？"

"起来，丽安！"

我妈妈听出了她的口气，及时地站了起来才没有被摔在地上。特·加托伊摆动着三米长的身体离开了她的睡椅，以最快的速度朝门外爬去。她有骨头——肋骨、一条长长的脊柱、一块头骨以及每节身体上构成肢体的四组骨头。可是当她这样移动起来，翻身、探身、下落、着地、爬走，看起来像是没有骨头的水生生物——虽然是在空中划过，却又仿佛在水中游弋。我喜欢看着她移动。

尽管站得不是很稳，可我还是同姐姐分开，跟着她出了门。坐下来做梦当然更好，找一个女孩子共同分享幻梦就更了不得。特里克曾经仅仅把我们当作方便她们使用的大型温血动物，回顾那个时期，她们会把我们几个关在一起，有男性也有女性，只喂给我们她们的卵。不管我们怎样努力排斥，她们都确信，以这样的方式会获得我们的后代。我们很幸运，那种情形没有持续很久。如果以那样的方式繁衍几代，我们就跟方便她们使用的大型动物没什么区别。

"让门开着，阿甘。"特·加托伊说，"告诉家里人都别出来。"

"怎么回事？"我问道。

"恩·特里克。"

我退后靠在门上："在这儿？他自己？"

"我认为他要去打电话。"她背着那男人经过我身边，他昏迷着，像一件褶皱的衣服搭在特·加托伊的几条肢体上。他看起来很年轻——也许和我哥哥一般大——却比他应有的体型瘦很多，就是特·加托伊认为很危险的那种瘦弱。

"阿甘，去打电话。"她说着把那个人放在地上，开始脱他的衣服。

我没有动。

过了一会儿，她抬头看了看我，突然的沉默表明她已经很不耐烦。

"叫阿奎去，"我跟她说，"我要留在这儿，也许能帮上忙。"

她的肢体再次动起来。她抬起那个人，从头上扯下了他的衬衫，对我说："你不会愿意看到这些,这会很难受。我无法像他的特里克那样帮他。"

"我知道。可是叫阿奎去吧，他在这儿不会有任何帮助，我至少愿意试试。"

她看着我哥哥——更年长、更高大、更健壮，留下来当然会更有帮助。他已经坐起身，正倚在墙上，盯着地上的人，眼中充满了无法掩饰的恐惧和反感。连特·加托伊都能看得出他将毫无帮助。

"阿奎，你去！"她说。

他没有争辩，只是站了起来，身体轻轻打晃，然后稳定下来，恐惧令他清醒了许多。

"他叫布莱姆·洛马斯，"恩·特里克看了看那个人的臂章，对阿奎说道。我同情地拨弄起自己的臂章。"他需要特·考特吉夫·泰尔。听清了吗？"

"布莱姆·洛马斯。特·考特吉夫·泰尔。"我哥哥说，"我这就去。"他侧身绕过洛马斯跑出了门口。

洛马斯开始恢复知觉。开始他只是呻吟了一声，痉挛似的抓住了特·加托伊的一对肢体。我妹妹也终于从卵产生的幻觉中醒来。她来到跟前看这个人，直到妈妈把她拉走。

特·加托伊脱去了那个人的鞋，然后是他的裤子。整个过程她都留出两条肢体让那个人抓住。除了身体末端的几条，她的所有肢体都同样灵巧。"阿甘，这一次我不想和你争吵。"她说。

我站直了身体说："我该怎么做？"

"去外边宰杀一只至少有你一半这么大的动物。"

"宰杀？可我从没——"

她撞得我飞过了整个房间。不管是否露出毒刺，她的尾巴都是一件有效的武器。

我站起来走进厨房，因为忽视了她的要求而感到愚蠢。也许我可以用一把刀或一把斧子杀死什么。我妈妈养了一些地球动物用来吃肉，还养了数千只本地动物用来获取皮毛。特·加托伊也许更喜欢本地动物，或许一只阿克提就可以。这种动物有一些大小适合，可它们非常喜欢使用牙齿，而且牙齿数量大约是我的三倍。妈妈、华宣和阿奎都能用刀杀死它们。我一只也没有杀过，从没有宰杀过任何动物。我哥哥和姐妹们学做家务的时候，我却花大把时间同特·加托伊在一起。特·加托伊说得没错，我应该

　　　　　　　　　　　　Octavia E. Butler

是去打电话的那个人。至少，那件事我还力所能及。

我来到妈妈存放菜园工具的角柜旁，橱柜的背面有一条从厨房排放脏水的管道——只是现在已经没用了。在我出生之前，父亲重新设计了从地下排放脏水的管道。现在，原来的管道可以转动，有一半可以套在另一截上，这样里边就可以藏一支步枪。这不是我们唯一的枪，可它却是最容易拿到的。我可以用它去杀死一只最大的阿克提，接下来特·加托伊会把它没收。在保护区枪械是非法的。保护区建立以后，很快发生几起骚乱——人类枪击特里克和恩·特里克。这种事发生在家庭开始结合之前，也就是在每个人拥有了维护和平所能保护的个人利益以前。在我或者妈妈的一生中没有人向一个特里克开过枪，可是法律仍然存在——我们被告知这是为了保护自身。然而在特里克进行的复仇暗杀中，有太多灭门事件发生。

我来到外边的笼子旁，打死了我能找出的最大一只阿克提。这是一只用来配种的漂亮雄性。我妈妈看见我把它弄进屋会很生气。然而它大小适合，而且我也很着急。

我把这只阿克提温热修长的躯体搭在肩上——很高兴我所增长的体重来自肌肉——拖进厨房。在那儿，我又藏起了枪。假如特·加托伊看到阿克提的伤口，就会跟我要那支枪，我不得不交给她。于是我让它待在爸爸希望的地方。

我转身要把阿克提交给她，然后又犹豫起来。我花了几秒钟站在关着的门前，奇怪自己为什么会害怕。我知道要发生什么，以前我从没见过，可特·加托伊让我看过图片。她保证，我一到了足以理解这种事儿的年龄，就会让我明白真相。

我还是不想进屋。我妈妈把刀都放在一只刻有花纹的木盒里，我花时间从中选了一把。特·加托伊也许用得着，我这样告诉自己，因为紧裹在阿克提身上的兽皮很坚韧。

"阿甘！"特·加托伊在喊，她的声音因为急迫而有些刺耳。

我咽下口水，没想到连迈步都那么难。我发现自己在颤抖，这令我感到羞愧，也正是这种羞愧驱使着我走进门。

　　在离特·加托伊不远的地方我放下了那只阿克提，并且发现洛马斯又失去了知觉。房间里只有她、洛马斯和我。妈妈和姐妹们可能被赶了出去，这样她们就不会看到。我嫉妒她们。

　　然而特·加托伊抓起阿克提的时候，妈妈又回来了。特·加托伊没注意到我拿来的刀，她从许多条肢体中伸出爪子，把那只阿克提从喉咙一直撕开到肛门。她看着我，黄色的眼中充满专注："按住他的肩膀，阿甘。"

　　我惊恐地看着洛马斯，发觉我根本不想碰他，更不用说按着他了。这不同于杀死一只动物，既不干净利落，又不仁慈怜恤，而且我希望洛马斯不会像阿克提一样丧命。可我最不希望的就是参与到其中。

　　妈妈走过来，"阿甘，你抓住他的右边，"她说，"我抓住左边。"假如洛马斯苏醒过来，还没等明白怎么回事，就会把妈妈甩到一边。妈妈是一个娇小的女人，常常大声惊叹自己是如何生下她所谓的如此"巨大"的孩子。

　　"没关系。"我告诉她，同时抓住了那个人的肩膀，"我能行。"

　　她犹豫着走到我近前。

　　"别担心，"我说，"我不会给你丢脸，你不必在这儿监督。"

　　她不确定地看着我，然后又以一种少有的方式爱抚我的面颊。最后，她走回了卧室。

　　特·加托伊放心地低下头，"谢谢你，阿甘。"她说话的谦恭态度更像是地球人而不是特里克，"那种……她总是为我找出新的让她受苦的方法。"

　　洛马斯开始呻吟并发出窒息的声音。我希望他保持昏迷。特·加托伊把脸靠近他，这样就能让他注视到。

　　"眼下我冒险蜇了你，"特·加托伊告诉洛马斯，"一切都结束时，我会再蜇一下让你睡着，你就不会感到疼痛了。"

　　"求求你，"他恳求道，"请等一等……"

　　　　　　　　　　　　　　　　　　　　Octavia E. Butler

"没时间了，布莱姆。结束后我就会蜇你。特·考特吉夫来到时会给你带一些卵来帮你康复。很快就会过去的。"

"特·考特吉夫！"他喊道，同时用力抵住了我的手。

"他很快就到，布莱姆。"特·加托伊看了我一眼，把爪子轻轻放在他腹部中间偏右的地方，就是最后一根肋骨的下方。他身体右侧有了点动静——很细微，仿佛是随机的脉动在他棕色的皮肤上游移，产生左一个凸起，右一个凹坑。这种情况一直持续，直到我跟上它的节奏并知道下一次脉动会出现在哪里。

洛马斯在特·加托伊的利爪下绷紧了整个身体，可是特·加托伊把自己后半截身体缠住洛马斯双腿的同时，只是把爪子搭在他身上。他也许会挣脱我，却不会挣脱特·加托伊。他的双手用裤子绑住后被特·加托伊放到他的头顶，这样我就能跪在绑着双手的裤子上，把它们固定住。与此同时，他无助地哭起来。特·加托伊卷起他的衬衫，让他咬在嘴里。

然后特·加托伊割开了他的身体。

第一次割下去的时候，他的身体发生了剧烈的痉挛，几乎从我手下挣脱。他发出的声音……我从未听过任何属于人类的器官发出这种声音。特·加托伊把切口延长加深，还不时地停下来舔去血液，不过她似乎没注意到洛马斯的声音。洛马斯的血管在收缩，这是对特·加托伊唾液成分的反应。流血的速度在减慢。

我觉得自己好像是在帮特·加托伊折磨他、毁灭他。我有一种马上要吐的感觉，却不明白为什么没吐出来。很可能我没有办法坚持到最后。

特·加托伊发现了第一只幼虫。它身体肥胖，在血液中呈现出深红色——体内和体外皆是如此。它已经在吃自己的卵壳，可是很明显，还没有开始吃它的宿主。在此阶段，除了它母亲，它会吃下任何人的肉，而且，它还会分泌出令洛马斯虚弱并保持清醒的毒液。最后它才会吃宿主的肉。等到被它咬穿身体，洛马斯不是已经死了就是垂死——但无法向杀死他的生物复仇。在宿主开始变得虚弱和幼虫开始吃他的肉之间总有一段缓冲期。

特·加托伊小心地捡起一只幼虫看了看。洛马斯可怕的呻吟不知为何她丝毫不予理会。

突然，洛马斯失去了知觉。

"好了，"特·加托伊低头看着他，"真希望你们人类能随意昏迷和苏醒。"她没体会到任何痛苦，而她拿着的东西……

在这段生长期，幼虫既没有肢体也没有骨头，大约十五厘米长、两厘米粗，没有视力，沾满黏滑的血液，像一只大个儿的蠕虫。特·加托伊把它放在那只阿克提的腹部，它立即就钻了进去。只要有东西可以吃，它就会待在那儿吃个不停。

经过在洛马斯体内的一番探查，特·加托伊又发现了两只幼虫，其中的一只更小却更具活力。"一只雄性！"特·加托伊高兴地说。它将先于我死去，可能会挨过变态期，还会在它的姐妹们长出肢体之前跟一切保持静止的东西交配。当特·加托伊把它放在阿克提身上时，只有它真的要去咬特·加托伊。

比刚才变得苍白一些的幼虫渐渐钻出了阿克提的肉体。我闭上眼睛，这比看到腐败尸体上布满细小的昆虫幼体还要糟糕，而且它远比任何图片上展示的情形都令人感到恶心。

"噢，还有呢！"特·加托伊说着又扯出了两只又粗又长的幼虫，"你也许得再杀一只动物了，阿甘。你们人类体内真是生长东西的好地方。"

从小到大我一直都在被灌输，特里克和人类所共同承担的——生育过程——是有益和必需的，直到刚才我都相信如此。无论如何，我知道生育会令人痛苦和流血，但是刚刚我所见到的却是另外一回事，更加可怕的一回事。我还没有准备好去见证，也许我永远也不会做好准备。我已经无法摆脱刚才的情形，闭上眼睛也无济于事。

特·加托伊发现一只幼虫还在吃它的卵壳。卵壳残片仍然通过各自管子或钩子之类的东西连在一条血管上。这就是那些幼虫固定自己和维持生命的方式。在破卵而出以前，它们只吸取血液，接着会吃掉紧绷的弹性卵壳，然后它们就会吃宿主。

特·加托伊叼走了卵壳，舔净了血液。难道她喜欢这味道？难道她幼时的嗜好难以改掉——还是丝毫没有消减？

整件事情既不合理又令人感到陌生，可我本不该觉得关于她的事情能够看起来如此陌生。

"我猜还有一只，"她说，"或许两只，一大家子。在使用动物做宿主的时候，发现一两只还活着我们就很高兴了。"她看了我一眼，"到外面把胃里的东西吐干净，阿甘。趁他还没有苏醒，现在就去。"

我跌跌撞撞来到外边，几乎无法走完这几步路。在前门外的树下，我吐得一无所剩。最后，我站在那里抖作一团，泪水流过我的面颊。我不知道为什么要哭，却又无法忍住。为了避免被人看到，我走得离房子更远一些。每次我闭上眼睛，就会看到红色的虫子爬过颜色更深一些的人类的血肉。

有一辆车朝房子驶来。因为人类被禁止使用除了某些农场设备以外的机动车辆，所以我知道一定是洛马斯的特里克和阿奎来了，也许还有一位人类的医生。我用衬衫擦了擦脸，努力控制住自己的感情。

"阿甘，"车子停住的时候阿奎喊道，"怎么回事？"他爬出了低矮浑圆、更便于特里克人出入的车门。另一名地球人爬出另一侧车门，没跟我说一句话就朝屋里走去。他是医生，还带着药物和几枚卵。洛马斯也许会挺过去。

"特·考特吉夫·泰尔？"我说。

特里克驾驶员摆动着身体爬出了她的车辆，然后在我的面前扬起了她的半个身子。她比特·加托伊更加苍白和瘦小——也许她俩诞生于一只动物体内。从人类体内诞生的特里克人总是更健壮，而且数量也更多。

"六只幼虫，"我说，"也许七只，全都活着。至少有一只是雄性。"

"洛马斯呢？"她厉声问道。同时，因为言语中的关切和这个问题本身，我对她有了好感。洛马斯最后清楚表达的内容就是她的名字。

"他还活着。"我说。

她没有再说一句话，而是摆动身体离开这里，向屋里走去。

"她一直很虚弱。"我哥哥一边盯着她离开一边说道，"打电话时，我听见有人告诫她，即使是为了这件事，她的健康状况也不允许她出来。"

我没说什么。以前，我对特里克谦恭礼貌，现在，却不想同她们中的任何一个交谈。我希望阿奎进去看看——不为别的，就是出于好奇。

"终于发现了你不想知道的事情，是吗？"

我看着他。

"别像她那样看着我。"他说，"你不是她，你只是她的工具。"

像她那样看？难道我能模仿她的表情吗？

"你怎么了？呕吐？"他闻到了气味，"那么现在你明白自己要遭受到什么了？"

我从他旁边走开了。孩提时的我们很亲密，我在家时，他会让我跟在他身边，有时特·加托伊带我进城，她也会让我带上哥哥。然而进入青春期以后发生了一些事情，可我从来都不清楚。他开始疏远特·加托伊，然后他开始逃跑——直到他发现无处可逃，在保护区里没有，在外边当然也没有。从那以后，他专注于在家享用自己应得的每一份卵，并以一种只会令我憎恨他的方式照料我——一种明确地表明只要我还身强体壮，他就不会受到特里克人伤害的方式。

"到底怎么了？"他跟在我后边问道。

"我杀了一只阿克提，幼虫吃了它。"

"你不会是因为它们吃了阿克提才跑出房子呕吐的吧？"

"我以前……从没见过一个人被剖开。"这是事实，而且足以让他明白。我没法谈起别的，没法和他谈起。

"哦。"他一边说，一边盯着我，好像还有话要说，可他保持了沉默。

Octavia E. Butler

我们漫无目的地转悠，走向后院，走向笼子，走向田野。

"他说过什么吗？"阿奎问道，"洛马斯，我是指。"

他还能指谁呢？"他提到特·考特吉夫。"

阿奎颤抖着说："假如她那样对我，她也会是我最后召唤的人。"

"你会召唤她。她的刺能减轻你的痛苦，却不会杀死你体内的幼虫。"

"你认为我会在乎它们能否活下来？"

不，他当然不在乎。我呢？

"胡扯！"他深深地吸了一口气，"我见过她们的所作所为。你以为发生在洛马斯身上的事很糟糕？那不算什么。"

我没有争辩。他不知道自己在说什么。

"我看见幼虫吃掉一个人。"他说。

我转过身面对着他："你撒谎！"

"我看见它们吃掉一个人，"他停了一下，"就在小时候，我去了哈特蒙德，在回家路上，就在到这里的半路，我看见一个人和一个特里克，而且那人是个恩·特里克。崎岖不平的地形让我可以藏起来观看从而不被他们发现。特里克不愿剖开那个人取出幼虫，因为她没有喂给幼虫的食物。那个人无法继续忍受，而周围又没有人家，他痛苦不堪地让特里克杀了他，他祈求她这么做。最后，她动手了，爪子一挥就斩断了他的喉咙。我看见那些幼虫咬穿了他的身体并再一次钻了进去，不停地咬。"

他的话使我又想起洛马斯的血肉上布满了蠕动的幼虫。"为什么你不告诉我？"我低声说。

他看起来被吓了一跳，似乎忘了我还在听："我不知道。"

"打那之后不久你就开始逃跑，是吗？"

"是啊。很傻，在保护区逃跑，在笼子里逃跑。"

我摇摇头，说出了在很久之前就该说给他听的话："她不会用你的，阿奎，你不必担心。"

"她会的……如果你出了什么意外的话。"

"不。她会选择华宣。华宣……想要这样。"假如她留下来看到洛马斯，她就不会这么想。

"她们不用女性。"他轻蔑地说。

"有时也用。"我朝他看了一眼，"实际上她们更喜欢用女性。她们相互谈论时你应该在旁边听听。她们说女性身体里有更多的脂肪可以保护幼虫，可她们通常选用男性而留下女性去抚养人类自己的后代。"

"为了准备下一代宿主动物罢了。"他说道，语气由轻蔑变成了痛苦。

"不仅仅是那样的！"我反驳道。不是吗？

"假如她选择我帮她繁殖，我也会这么认为的。"

"事实就是如此！"我像个孩子一样傻傻地争辩。

"当特·加托伊从那人的肚子里取出幼虫时你也是这样想的吗？"

"情况不会严重到那种程度。"

"一定会的。你只是不应该看到，就这么简单。而且应该是洛马斯自己的特里克来操作。她可以把洛马斯蜇得昏过去，整个过程就不会那么痛苦。然而她还是会剖开洛马斯，取出幼虫。哪怕她落下一只幼虫，也会使洛马斯中毒并从体内被咬穿。"

真有一次，妈妈告诉我要尊重阿奎，因为他是我哥哥。可现在我对他恨之入骨，于是我走开了。他正在以他的方式沾沾自喜。我可以揍他一顿，可我认为当他拒绝还手并轻蔑而又可怜地看着我时，我会无法忍受。

他不会让我走远。由于长着两条更长的腿，他在我前面轻松地行走，使我觉得自己像是在跟着他一样。

"对不起。"他说。

我阔步前行，却感到沮丧和愤怒。

"想想看，你的情况也许不会那么差。特·加托伊喜欢你，她会小心的。"

我转回身朝着房子走去，几乎是跑着离开了他。

Octavia E. Butler

"她已经在你体内产卵了吗？"他轻易地赶上来问道，"我是说，你马上就到适合植入的年龄，她到底——"

我打了他。虽然没想到会这么做，可我知道自己要杀了他。要不是他比我高大健壮，我想我已经杀死他了。

他试图抱住我，可是最后不得不向我反击。他只打我一两下，这就足够了。我不记得自己倒下去，可当我醒来时，他已经走了。为了摆脱掉他，这点痛苦是值得的。

我站起身，没精打采地朝房子走去。后院已经黑了，厨房里一个人都没有。我的母亲和姐妹们已经在卧室里睡着——或许是装作睡着。

我一来到厨房就听见了说话声——从隔壁传来的特里克和人类的声音。我听不清他们在说什么——也不想听清。

我坐在妈妈的桌子旁，等待着安静下来。桌子光滑而又陈旧、沉重而又精巧。就在爸爸去世前，他为妈妈做了这张桌子。我记得在制作的过程中，我常常在他旁边碍事，他却从不介意。现在我伏在桌子上，怀念着他。我本来可以和他谈谈。在漫长的一生中，他曾经历过三次、孵化了三次，被剖开又被缝合了三次。他怎么能够做到？怎么能够有人做到？

我起身从藏枪的地方取出了步枪，拿着它再次坐下来。它需要清洁上油了。

我所做的只是把子弹上了膛。

"阿甘？"

在裸露的地板上行走时她发出一阵轻轻的敲击声。每条肢体触碰下边的地板，一个接一个地发出嚓嚓声，一浪接一浪的细微的嚓嚓声。

她来到桌子前，把前半截身体扬起来放在桌子上，然后像波浪一样爬了上来。有时候她移动起来平稳极了，就像流淌的水一样。在桌子中间，她把自己盘成一座小山，然后就盯着我看。

"这一次很糟糕。"她温柔地说，"你不该看见的，事情也不该是这样。"

"我明白。"

"特·考特吉夫——现在的切·考特吉夫——将死于疾病。她不会活下来抚养她的孩子了。但是她的妹妹会抚养他们，会照顾布莱姆·洛马斯。"无法生养的妹妹，每个家庭只有一个可以生育的雌性，一位使家族延续的雌性。那个妹妹欠洛马斯的永远也偿还不清。

"那么他会活下来？"

"是的。"

"我想知道他是否会再来一次。"

"没人会要求他那么做。"

我盯着她的黄眼睛，想知道有多少是我从中看到和理解的、有多少只是我想象的。"没有人曾要求过我们，"我说，"你从没要求过我。"

她轻轻地摇了摇头："你的脸怎么了？"

"没什么，不要紧。"人类的眼睛可能不会在黑暗中注意到这些肿胀。仅有的光来源于那些月亮中的一个，从一扇窗户穿过了整个房间。

"你是用这支步枪杀死阿克提的吗？"

"是的。"

"你想用它来杀死我吗？"

我凝视着月光中她的轮廓——盘绕在一起的优雅的身姿："人类的血液你尝起来如何？"

她保持缄默。

"你们是什么？"我低声说，"对于你们而言，我们又是什么？"

她一动不动，头部位于盘绕的身体之上。"你比别人更了解我，"她轻声说，"你必须做决定。"

"就因为决定，我的脸才成这样。"我对她说。

"什么？"

"阿奎逼我做出决定，结果一团糟。"我轻轻拿起枪，抬起枪管斜抵在我自己的下巴底下，"至少这也是我做出的一个决定。"

"的确如此。"

"求我吧，加托伊。"

"为了我孩子们的性命？"

她该说一些那样的话，她知道如何摆布人类和特里克。可是，这一次却没有。

"我不想成为一只宿主动物，"我说，"即使是你的。"

她花了很长时间才做出回应，"如今我们几乎不使用动物了，"她说，"你是知道的。"

"你们利用我们。"

"是这样，我们等了你们很久，教育你们，还把我们的家庭同你们的相结合。"她不安地躁动着，"你知道，对我们而言，你们不是动物。"

我看着她，一句话也没有说。

"在你们的祖先到达这里的很久以前，我们曾经使用的动物开始在植入受精卵后杀死其中的绝大部分，"她柔声说，"你知道这些事儿，阿甘。由于你们人类的到来，我们重新认识了健康和茁壮成长的意义。你的祖先逃离他们的家园，逃离要杀死和奴役他们的同类——因为我们，他们才活了下来。当他们还在把我们当作虫子来屠杀的时候，我们却把他们当作一个种族，并赋予他们这个保护区。"

我一听到"虫子"这个词就跳了起来。我情不自禁地做出如此举动，她也不可避免地注意到了。

"我明白了。"她平静地说，"你真的宁愿死也不愿养育我的孩子吗，阿甘？"

我没有回答。

"我该去找华宣吗？"

"是的！"华宣想要养育你的后代，让她去做吧。她没见过洛马斯的样子，她会感到自豪……而不是恐惧。

特·加托伊从桌上滑落到地面，几乎令我大吃一惊。

"今晚我会睡在华宣的屋里，"她说，"夜里或者早晨我会找时间告诉她。"

一切进展得太快。为了抚养我长大，姐姐华宣付出的几乎同妈妈一样多。我和她仍然很亲密——这点不像阿奎。她可以在争取特·加托伊的同时依然爱我。

"等等！加托伊！"

她回头看看，然后从地板上抬起了几乎半个身子，转过来面对着我："这些是成年人的事，阿甘，这是我的生活，我的家庭！"

"可她是……我姐姐。"

"我已按你的要求做了，我问过你！"

"但是——"

"对华宣来说会更容易，她一直期待能在自己体内孕育别的生命。"

是人类的生命，人类的婴儿有一天会吮吸她的乳汁而不是她的血液。

我摇了摇头："别去伤害她。"我不是阿奎，尽管我轻而易举就可以成为他，可以让华宣做我的挡箭牌。难道知道了红色虫子将在她的而不是我的血肉里生长，就会让我好受些吗？

"别去伤害华宣。"我重复道。

她注视着我，一动也不动。

我看了看别处，然后又把目光投向了她："让我来。"

我把枪从喉咙处放下，她探身要把它拿走。

"不。"我对她说。

"这是法律规定的。"她说。

"把枪留给家人吧。有一天，他们中的某位会用它救我一命。"

她抓紧了枪管，可我不会松手。我被拉成了比她高出一些的站姿。

"把它留在这儿。"我重复道，"如果我们不是你们的动物，如果这是成年人的事情，那就接受这个风险吧。应对一个合作者是有风险的，加托伊。"

显然，对她而言，放开这支步枪很难。她全身一阵颤抖，随后又发出悲痛的咝咝声。我认识到她害怕了。以她的年纪，她肯定见过枪支对人们产生过怎样的影响。现在她的下一代和这支枪将同在一所房子里。她不知道其他的枪，在这次争端中，它们无关紧要。

"今晚我要植入第一颗卵。"她说着，我把枪放在了一边，"听见了吗，阿甘？"

要不然我凭什么能独自享用一整颗卵，而家里的其他人却要分食一颗卵？为什么我妈妈一直看着我，好像我就要离开她，去一个她无法随之而来的地方？难道特·加托伊以为我还不知道？

"我听见了。"

"就是现在！"我被她催促着走出了厨房，随后我在她前面朝我的卧室走去。在她的声音里，那种突如其来的急迫感听起来很真切。"今晚你本来要对华宣做这一切！"我指责道。

"今晚我必须把卵植入某个人体内。"

我不顾她的催促停了下来，而且还挡住了她的路："你根本不在乎那个人是谁吧？"

她绕过我，滑进了我的卧室。我发现她躺在我们曾一起休息的睡椅上，在华宣的屋子里却没有任何她可以使用的陈设。她可以在地上把卵植入华宣体内。她曾要对华宣下手的想法以一种不同的方式完全搅乱了我的思绪，我突然感到愤怒。

然而我还是脱下衣服，躺在她身边。我知道该做什么、会有什么样的结果。我的一生都在被灌输这些事。我感到了熟悉的刺痛，既让人麻醉，又给人一种温和的快感。然后她的产卵器盲目地试探起来。刺入过程无痛而且容易，她十分轻松地进入我体内。她靠着我，身体像波浪一样慢慢起伏，肌肉推动卵从她的体内进入我的体内。我抓住她的一对肢体，直到我想起洛马斯也曾这样抓着她。然后我松开手，不经意地动了一下，结果弄疼了她。她发出痛苦而又低沉的叫声，我希望立即就被罩在她笼子一样的肢体中。这个想法落空了，我又抓住她，感到莫名地惭愧。

"对不起。"我低声说。

她伸出四条肢体抚摸我的肩膀。

"你在乎吗？"我问道，"你在乎这个人是我吗？"

她沉默良久，终于说："今晚轮到你做出选择，阿甘。我的选择早就做好了。"

"你本来要去华宣那儿吗？"

"是啊，我怎么能把我的孩子交给一个憎恨他们的人来照顾呢？"

"这不是……憎恨。"

"我知道那是什么。"

"我只是害怕。"

沉默。

"我现在仍然害怕。"此时此刻，我能够向她承认这一点。

"可是你还是屈从于我……为了救你的姐姐。"

"是的。"我把前额靠在了她身上。她的身体冰冷光滑，还有一种不踏实的柔软感觉，"也是为了把你留给我自己。"我说。事实如此，我都不理解，可事实就是如此。

她轻轻地"嗯"了一声表示慰藉，"无法相信我竟错误地选择了你。"她说，"我曾认为你长大后也会选择接受我。"

"曾经是，可……"

"洛马斯？"

"是的。"

"我从没听说哪个人见过了出生的过程还能平静地接受它。阿奎曾看过一次，不是吗？"

"是的。"

　　　　　　　　　　　　　　Octavia E. Butler

"人类应被保护起来以防止你们看到这种事情。"

我不喜欢这种腔调——也怀疑实施保护的可能性。"不用保护,"我说,"要向我们展示。在我们还是小孩子时就向我们展示,不止一次地展示。加托伊,没有地球人曾见过一次顺利的出生过程,我们只看到恩·特里克——伴随着痛苦、恐惧,也许还有死亡。"

她低头看着我:"这是私人的事情,一直都是。"

她的语气——和这样一个事实:如果她改变主意,我也许是第一个公开的先例——使我无法再坚持下去,可是我已经把想法植入她的思维。这想法可能会变得更强烈,最终她可能会做出尝试。

"你不会再见到这种事情,"她说,"我不会再让你想着射杀我了。"

随着她的卵进入我体内的少量液体跟一枚无法孵化的卵功效相同,可以完全令我放松,使我能够想起手中的步枪以及我感觉到的恐惧和厌恶、愤怒和绝望。不用回忆我就能想起这些感觉,还能描述出它们。

"我不会射杀你,"我说,"不会是你。"当她还处在我的年龄时,她曾被人从我父亲的血肉中取出来。

"你可能会。"她坚持道。

"我不会杀你。"她站在我们和她自己的种族之间,保护我们,融合我们。

"刚才你真要自杀吗?"

我小心地动了动,感到很不舒服:"我有可能那么做,几乎就要动手了。这就是阿奎所谓的'离开',我怀疑他是否明白。"

"什么?"

我没有回答。

"现在你要活下去。"

"好吧。"听她的话,我妈妈过去常常这么对我说。好吧。

"我健康年轻,"她说,"不会让你像洛马斯那样被撇下不管——成为孤独的恩·特里克。我会照顾你的。"

（美国）帕特·卡蒂甘 Pat Cadigan —— 著

沉默螺旋 —— 译

变奏的作曲家 - （1984）- Variation on a Man

帕特·卡蒂甘（1953— ）这位美国科幻小说家与赛博朋克运动息息相关。她获得过两次阿瑟·C. 克拉克奖，一次雨果奖。从一开始，卡蒂甘就着眼于近景未来，她的故事通常设定在城市中，一般是在加利福尼亚州，故事背景里时常有风灾过境和与世隔绝的大草原。在这样的背景下，她的主人公不太需要为了谋生而四处奔波。她笔下丰富的女性角色频繁出现在由男性主导的场合，有力地改变了大众对赛博朋克的刻板印象。除了撰写赛博朋克小说，卡蒂甘还于 2002 年编纂了合集《终极赛博朋克》。该书力图展现赛博朋克的发展历程，并将当代赛博朋克经典作品收录其中。

卡蒂甘的处女作是《意识操纵者》（*Mindplayers*, 1987）。这是一部模糊了客观现实和主观体验边界的作品。她在第二部长篇小说《合成人》（*Synners*, 1991）中进一步拓展这个主题。《合成人》一书也是作者本人的一次自我突破。这部作品将赛博朋克的部分演绎成更通俗易懂的形式——在语言上犀利深刻、简洁明快而不失准确性——构筑了一个由复杂的人机合作所掌控的世界。该书的故事情节一波三折，是对人机交互的早期探索。故事中，拥有人工智能的电脑病毒使得人性碎片化，并造成了无数人的死亡。

时至今日，人类在网络面前泥足深陷。从这一点看，卡蒂甘的作品似乎颇具先见之明。卡蒂甘的作品更像威廉姆·吉布森而非布鲁斯·斯特林的风格。《合成人》就是个例子。卡蒂甘认为科技突破并不会给城市生活带来显著改变，整个社会系统往往是因为自身的失衡才导致崩溃。

1978 年，卡蒂甘在《沙悠》（*Shayol*）杂志第二期中发表了短篇小说《曝光致死》（*Death from Exposure*），开启了自己的创作生涯。该杂志出版期间（1977—1985）获得了广大读者的认可。1989 年，她将她的许多佳作收录在小说集《模式》（*Patterns*）中。她后期创作的作品则收录在《靠海的家》（*Home by the Sea*, 1992）和《脏活：故事》（*Dirty Work: Stories*, 1993）中。其中大部分收入的作品都发表在《阿西莫夫科幻杂志》（*Asimov's Science Fiction*）和《奥秘》中。

1984 年在《奥秘》上发表的《变奏的作曲家》是卡蒂甘的赛博朋克经典之作。这部作品之后成为她的长篇小说《意识操纵者》的一部分。

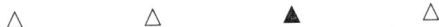

△　　△　　▲　　△

时至今日我仍坚信，尼尔森·尼尔森把格拉德尼的任务交给我是因为珍珠项链事件。

所有的记忆操纵者在他们的职业生涯中都早晚会见到珍珠项链。只是对于情理发掘者而言，这种体验更为鲜活。因为比起官能寄售者和记忆保存者，我们会花费大量时间与客户进行意识对接。

意识操纵者从实体脱离，进入意识状态的工作时间越长，似乎越容易出现珍珠项链的状况。

我是在一次例行的现实黏着中看到珍珠项链的。现实黏着是根据联邦法规对记忆操纵者进行的强制检查。虽然我认为从业者并不会比平常人更容易变成妄想狂，但我还是配合了检查。尽管在意识里打上"已接受政府例行标准化检查"的烙印让人很不适，但你肯定不希望自己的记忆操纵者是个疯子。倘若这个记忆操纵者觉得所有人都必须以水牛为图腾，很难想象他会做出什么奇葩的事情。

尽管尼尔森·尼尔森向我一再保证，政府标准允许一切正常范围内出现的变数，可我还是不那么情愿接受现实黏着检查。我总想向他问明白，为什么他会对政府的标准如此确信。但是规矩就是规矩，不容置喙。我别无选择——要么进行检查，要么丢掉我的记忆操纵部门的工作，被吊销情理发掘者执照。

体检过程其实很简单，只要把脑袋放进部门的测试系统里，让它检测大概十分钟。但这十分钟度日如年。因为你要躺在硬邦邦的床板上，摘下自己的双眼，让检测系统通过视神经与意识对接。在这期间身体的知觉会被完全切断，而你只剩下了自我意识。尼尔森反复告诉我，我应该把这次体检当成一次特殊的深度冥想。按他的说法，如果在冥想中我能保持着自我，肯定不会有不适感。

如果我能保持着自我——那么，我还会变成什么呢？检测系统似乎有意在我脑中生出疑窦，使得一串长长的珍珠项链出现在我的内心世界。这串项链上的每一颗珍珠都是亚历山德拉·维多利亚·哈斯、"A. K. A." 以及"冷面艾莉"等人的生活片段。这些片段之间原本的关联线突然断了。每颗珠子、每种身份在我眼中都变得冰冷陌生。这些陌生人唯一的共同点就是，他们都长着和我一样的面孔。他们是我的过去，可是他们不是我。这串珍珠项链就像是我领衔主演的一出出话剧——毫无关联的场景、似曾相识的剧情——我似乎从未完整地存在过。我感到一阵钻心的剧痛：过去的我，并非现在的我。

我无法追忆自己的过去的喜悦心酸，也不能想象下一刻的自己会是什么模样——因为未来的我就像过去一样，是素不相识的陌生人。

项链散开了，一颗颗珍珠的次序也被打乱了。我扑上前，想将它们聚拢在身边。而它们却烟消云散，我也魂飞魄散。

下一刻，我意识到自己已经恢复了正常。那串珍珠项链已经消失了，我也不再是那些陌生的我。我的身下是硬邦邦的床板，就像踏踏实实的生活。检测系统结束了测试流程的剩余步骤并与我分离。我将眼睛放回眼眶，离开检查室去休息一会儿。

自然，这次危机已经被报告给了尼尔森·尼尔森。他虽然对此心知肚明却绝口不提。不仅如此，他还把我叫到办公室里，给了我一个任务。

Pat Cadigan

"对于艺术家类型的客户，"尼尔森缓缓说道，"你能不能谈谈，作为情理发掘者的首要目标是什么？"我躺在金色的线织躺椅上，尽可能克制因为布料的质感带来的不适。

我左手托着脸颊，开始了思考："帮助他们达到内向和外向思考的平衡，这样他们就——"

"艾莉，"他看了我一眼，"别这样，你在和我说话。"

"帮助他们去除那些无关或肤浅的意识垃圾。"

尼尔森·尼尔森拿手肘撑着桌子，身体向前倾，他的座椅也咯吱作响。他朝我晃了晃手指："永远，永远不要像考试一样应付我的问题。"

"很抱歉。"

他眯起了眼睛。他有一对人造红玉的宝石眼睛，这对眼睛让他看起来像只老迈的兔子。"别太在意。除了开头遣词造句的问题，你说得没错。"这副布满褶皱的苍老面庞露出若有所思的神情，"你是不是觉得在工作之中，情理发掘者的职责不仅在于帮助艺术家开启自己创意的灵感，也在于帮助他们赋予作品以灵魂？"

他不喜欢听教科书式回答，却喜欢这么提问。

"多数情况下，的确如此。"

现在他显得挺满意："这就是我想让你接手格拉德尼这档事的原因。"

"兰德·格拉德尼？那个作曲家吗？我记得他被人抽取了意识。"

"没错，但现在他已经脱离隔离期了。现在，他的新人格也已经进入了成熟期。算他走运，他之前的音像公司给他办理了人格再生的保险。当然，他已经不是原来的那个格拉德尼了，他再也变不回原来的样子了。"

"你们有没有告知他关于以前的事情？"

"哦，是的。我们把所有事情都告诉他了，因为他对自己的过去非常好奇。不仅是他，所有非主动进行意识抽提的人都对自己之前的生活感兴趣。医生们认为，向受害者坦言过去是最好的办法。如果身处医院这种有保障的场合，受害者会更容易接受自己的过去。总之，从情理发掘者的角度看，这次任务的合作对象是没有任何过去的成年人，而任务目标是将他培养成艺术家，目标实现概率相当高。"

不经意间，我又想起自己从前作为官能寄售者的工作。尼尔森曾经答应我，有一天会让我重回原先的岗位。

在尼尔森·尼尔森让我成为情理发掘者之前，我从未觉得将洁癖推销给富翁会如此简单。成为情理发掘者后，我发现富人们总希望自己的生活里出现一些波澜、一些未知的挑战。

我虽然没有开口，但是尼尔森·尼尔森已经知道我会接下这份工作。

尼尔森·尼尔森将关于格拉德尼的概要信息发到我公寓的数据库里。我自己常用的便携式意识对接系统正在检修，所以多费了些周章。我匆匆扫过这些信息——在兰德·格拉德尼的意识被人窃取之前，他是一位天资过人的作曲家。他创作了一系列融入主流文化的作品，广受欢迎。在他的记忆被擦去之时，他正在接近自己事业的转折点。他面前有两条选择，要么将伟大之路进行到底，变得更卓越；要么逐渐故步自封，归于平庸，被世人遗忘。在选择自我改变的七年时间里，他两次挑战了自己职业生涯的巅峰。尼尔森·尼尔森只给了我这些信息，不过我相信他的判断——这些关于格拉德尼前身的资料已经足够我开展自己的工作。

在此之前，现在的格拉德尼已经被隔离观察了整整一个月。虽然格拉德尼仍然处在住院治疗期间，但他的行动依旧受到了限制，因为恢复性记忆清除是一件危险的事情。这就像叠罗汉的时候双手撑在别人肩膀上倒立，稍有不慎就功亏一篑。通常，人格的重建从语言的再学习开始，最初的进程由计算机指导。在达到一定阶段后，客户开始与人进行简单交流。如果人类不适时介入学习过程，客户的思维方式会变得像机器人一样狭隘。这些客户也许在逻辑上毫无破绽，但他们没有提出假说的能力。为了结束自

Pat Cadigan

已灰暗而幽闭的生活，他们最终会选择自杀或者自愿洗脑。这两种选择其实也没什么区别，因为他们大脑的剩余空间已经不够支持第二次记忆擦除——人类的大脑中，环绕在神经纤维上的磷脂鞘经不起反反复复的折腾。

不管怎样，格拉德尼（为方便起见，我们还叫他这个名字）已经迈过了这些再度发育过程中的门槛，再生为人。当然你也可以说这是他第一次降临人世，这完全取决于你评判的角度。不过他再也不是原来那个格拉德尼了——现在的他是从大脑的空白区诞生的全新的人。除了格拉德尼这个令人怀念的名字，他和原先的自己毫无关联。

我没有选择记忆恢复作为职业是因为这个领域太过于错综复杂。然而，这个职业依然令人神往，据说有神秘主义倾向的人会更容易在这个领域取得成功。我对神秘主义并没有什么特殊兴趣，但是我觉得所有的记忆操纵者都有一定程度的神秘主义倾向。因为如果你接受意识是生物躯壳内的灵魂之类的存在，也就多少接受神秘主义观点了。

我决定暂时不想这个问题，先去看格拉德尼的倾向测试。在测试结果中，我发现他的新人格具有相当的音乐天赋。更叫人惊奇的是，这位格拉德尼拥有绝对音准。从前的格拉德尼并没有这种天赋，这令我百思不得其解。难道绝对音准是由记忆抽取过程中脑内化学物质引发的？还是说，这源于截然不同的大脑组织方式？或者说，这是两者共同作用的结果？

无论如何，这没什么值得我操心的。我应该像对待其他客户一样帮助格拉德尼。换而言之，他只是现在的他，没有过去，也没有别的什么因素干扰。

"老实说，"那个有着玛瑙一样眼睛，苹果红色超短发的女人说，"我们是因为你的外号才选的你。被称作'冷面艾莉'的人，肯定有相当强的自控力。"她是笑起来很阳光的林德·杰茜，她结实的身躯罩在一件松松垮垮的灰色老式西装里。她看起来更像是刚刚康复的病人，而不是格拉德尼的主治医师。除了那双玛瑙似的眼睛和一头新潮的发型，她看起来简朴至极。我们身处的这间办公室更是朴实无华——我们面前只有一个奶油色的方盒，连电脑桌都折叠成一个光秃秃的方块。周遭的一切，让我记起在客户们意识中频繁出现的白色房间，他们可不喜欢它。

"当然，"她继续说，"你的自控力在对我们这个男孩的培养过程中非常关键。非自愿性的擦除使得他对外界极度敏感。即便重生工作已经进入后期，他还是极易受到他人影响。你哪怕只是探查他的意识，都会给他留下深刻的印象。而你的任何偏好，都会对他今后的生活造成影响。"

"我做事非常小心。"

"是的，你相当谨慎。"她的目光扫过我身边成堆的器械，又开心地笑了起来，"我们信赖客户独立思考的能力，也确信你有能力克制自己对他的心理影响，不然也不会选择雇用你。"

她这番话再次强调了我拥有情理发掘者的执照这一事实。我问她："你想得到什么样的结果？"

"哦，"她的笑容变得更温暖了，她坐直身子，将自己粗短的双手叠放在肚子上，"我们希望你能帮他学习如何将无序的音符编织成一曲乐章，赋予这些零乱的乐符以生命。"

我眨了眨眼表示同意。

"我们都知道，他拥有音乐方面的禀赋。他对音乐很感兴趣，对乐器也很亲近，并且很可能拥有绝对音准。不过，虽然他身上同时具有这些天赋，但是这些特性似乎无法被整合起来——他难以将所有天赋融会贯通。实际上，在现阶段，这始终是他无法企及的高度。"

"也许他只是需要更多的……"我耸耸肩，"练习和经验？"

"多数情况下是这样，但我了解这位格拉德尼。他所缺乏的不仅仅是训练——有迹象表明，他的内心存在某种障碍，使得他无法走上正轨。目前，我们尚不清楚出现这种障碍的具体原因。因为自从格拉德尼进入人格重生的早期阶段之后，我们就没有再系统地探查他的内心。在格拉德尼还没有记忆的时候，也不会留下记忆的时候，我们曾经剖析过他的内心。现在情况则不同了，格拉德尼的意识已经长出了根系，深深扎根在土壤里。如果现在你想仔细观察这根系的末梢是如何吸收水分和养料的，就只能把它挖出来。可挖出来的话，这棵树就再也活不成了。"她身体朝前倾，双手插进那件大号的老式西装的口袋里，"我们觉得，格拉德尼现在已经做好与他人进行意识对接的准备了。不过比起医生，他可能更需要和情理发掘者进行意识直连。因为我们希望他感觉自己是一个自由人，而不是一位病患。"

"现在距离上次你对他进行心理剖析多久了？"

"上次心理剖析在九个月之前，而现在距离他被意识偷取者剥离意识，已经有一年了。我们希望能在六个月内让格拉德尼出院。当然，这都取决于你和他这次情理发掘的进展情况。"

"你们有没有让他听自己从前的乐曲？从前那个格拉德尼的作品。"

"可以说有，也可以说没有。我们的确给他播放过他自己的曲子，但是他并不知道那是谁创作的。我们给他的不仅包括格拉德尼的唱片，还有其他人的作品。所有的唱片都已经去除了标签和其他可辨识来源的特征，以避免他凭借蛛丝马迹推断出作者是谁。"

"他对于格拉德尼的作品有没有什么特别的反应？"

"并没有什么特殊的反应。他对待所有音乐作品都毕恭毕敬。不过，他凭借自己的了解对所有的曲目进行了分类。在这个过程中，他能以超过百分之九十的准确率辨别出同一个作曲家的所有作品。我猜他也能将某个作曲家的作品根据时间顺序进行排序。他聪明绝顶，可是，"杰茜摊开双手，"他的内在有不协调的地方。"

"他有没有尝试过作曲？"

"哦，他试过。他写了一些简短的旋律，但没让我们听。为此我们不得不在他的声音合成器里安装监听设备。在录音中，他的作品显得很有潜力，在某些地方几乎达到了大师水准。但是，这些作品总是欠缺火候——

不像从前那样炉火纯青。不多说了，我相信待会儿你有机会听到的。"说完，她又瞅了瞅我的装备。

在我看来她太过武断了，她对格拉德尼音乐的评价可能不够中肯。或许，这个格拉德尼选择了与从前不同的音乐之路，而这与杰茜的期待不符。但是，如果对杰茜的情绪指数稍加解读，便可以看出她并非故弄玄虚。她的结论之所以如此肯定，是因为她几乎陪同格拉德尼经历了他重生过程的每一步。这时，我看到杰茜又笑了，不过这次的笑容显得有些客套。我意识到，她已经知道我读取了她的情绪指数。"我什么时候能够见到他？"我问杰茜。

"你现在就可以见他。你们俩见面会非常方便，我们在离他不远的地方给你安排了一个房间。我先把你带去住宿的地方，然后再带你见见我们的男孩。"

他们给我提供的临时房间包含独立卫浴，还安装了临时的送餐电话。尼尔森·尼尔森给我配备的公寓让我对其他住宿条件都挑剔起来。这个临时房间也太简陋了，拿一张医用床来当成家用的床铺。这张床不太宽敞，却硬得像块石板，叫人无话可说。

我懒得将随身物品特意拿出来，所以直接拎着包出了门。出门前，我还在纠结是否应该带上装备找格拉德尼。不过思前想后，我决定空手去见他——倘若格拉德尼看到堆积如山的装备，可能会感觉压力太大而影响与我的配合。我想花点时间先和他接触一下，再进入这个十八个月大的成年人的内心世界。

这个躺在床上的男人曾经有一副养尊处优的高贵容貌，他曾经与其他名人一样容光焕发。可是，几个月的闲置让他逐渐淡忘了这种气质。现在的他，如同一位告别体坛的运动员、一位走下舞台的舞者。不能否认，他依然很有魅力。但他的外表已经发生了变化，他渐渐归于平庸。这种变化对于经历意识重建过程的人相当正常。可能在几个月后，他原来生活中熟识的人也不认识这个格拉德尼了。

看到我们进来，格拉德尼站起身迎接我们。听完杰茜的简要介绍后，他诚惶诚恐地与我握手，就好像我的手是块烧红的烙铁。当杰茜不动声色离开房间，留下我和他两个人的时候，格拉德尼脸上浮现出一丝慌乱。

"所以，你就是我的情理发掘者？"他指着一个配备着桌椅、饮料的休闲区，示意我坐下。他故意显出主人翁的姿态，可我知道，他并不把这里当作自己的家。

"没错，是我。你有什么问题要问吗？"我挑了张椅子，坐了下来。我发现自己身下的这把椅子就像柔软的黏土一样，这应该就是那种能根据坐姿调整形状的新产品。这是时下最舒适的家具，由活体纤维编织而成。但我对这种需要定期喂食、每天浇水，还要保持清洁的椅子没有好感。现在时不时还会听到关于这种椅子的可怕都市传说。比如有人坐上椅子却没办法再站起来，最后只能通过手术将椅子切除。我对医院给格拉德尼这种椅子感到不解，不过转念一想，这种椅子应该也能够缓解他的孤独感。如果这张椅子对我动手动脚，我可就没法保住自己"冷面艾莉"的美名了。所幸身下的椅子保持了固定的形状，让我能够安静地坐着。鉴于它这么听话，我打算再忍忍，暂时不去换其他椅子。我冷不丁发现，格拉德尼似乎正在近距离观察着我。我慌忙端正坐好。身下的座椅则发生形变，支撑住我的手肘。

"我从没坐过这张椅子，"格拉德尼开口说话了，"我不习惯用这种家具，但是看别人坐在上头很有意思。"他转而看着我的脸，"你的眼睛是用什么做的呢？"

"是猫眼石型人造宝石。"

"猫眼石，"他听起来有些嫉妒，"这家医院里的每个人都有人造宝石的眼睛，有些人的眼睛甚至还会流眼泪。杰茜医生说我随时都能安上这样的眼睛。不过我暂时还不太能接受这个。你知道吗，他也有人造宝石的眼睛。"

"你说谁？"

"那个原来的格拉德尼有人造眼球——我可没有宝石眼珠。在他被人窃取记忆之后，医院将他的眼睛换了回来，换成了他本来那对眼睛的复制品，"他笑了笑，"当我得知几乎所有人都换上人造眼睛，我感到难以置信。我是说，我现在的眼睛并没有任何人造的迹象——如果换成人造宝石，我应该也察觉不到任何异样，没错吧？"他的笑容消失了，"所以，每当想到你要通过我的眼睛进入我的大脑，我就感到不自在。我很难想象自己的脑子里不只有我，还有其他人。"他将自己的手放在胸前，若有所思地抚着胸口，"但我的大脑里来过很多访客：为原来的那个格拉德尼服务过的记忆操纵者们，那些夺走他记忆的人，还有那些帮助我恢复意识的医生……当然，现在你也将进入我的大脑。"

"意识直连是种生活方式。它不仅仅在记忆操纵中频频使用，在高等教育中也不可替代。人们还将意识直连应用到了商业领域。人们会买卖交易自己的记忆、神经机能，或者是——"干得不错，"冷面艾莉"！我暗自得意。你终于把话题引到正事上了。

"是的，我当然明白。不过，人们不但会买卖交易，还会互相偷窃！"他不屑地扬起头，"我让医生把真相告诉我了。他们瞒着我的那些事情，我也会自己查清楚。一切问题的根源，都是因为有个仰慕者希望自己能成为格拉德尼，所以窃取了他的意识。为此，他将格拉德尼的意识和自己的相叠加。之后他疯了，因为他试图同时成为两个人。"格拉德尼瑟缩在自己的椅子里。他用右手捂着脑袋，用力挠着自己浓密的棕发。而我静静地看着这一切。"我问他们为什么不把格拉德尼从那个人的脑子里取出来，再将这意识放回这里。他们说一旦意识被植入大脑，他们就无权将它取出。即便他们在那个贼把意识植入之前早就找到他，也没办法将意识放回我的脑中。因为这个大脑——"他指着自己的脑袋，又开始揉搓自己的胸膛，"已

Pat Cadigan

经形成了新的意识。植入原来的记忆会引起太多的混乱。可是这种做法，似乎不太公平。"

"对谁不公平？"

"对格拉德尼来说不公平，"隔着他的 T 恤衫，我能看到他胸口的皮肤开始泛红了，"一旦医生将小偷体内的格拉德尼抹去，他就灰飞烟灭了。而我在这里，坐享其成。这就像主题变奏曲一样，我已经不是原先的那个我了。"他的目光从我身上移开，落在位于我的左肩上方的某个东西上。我转过头，想弄清楚他在看什么。他盯着床边上的声音合成器。这个合成器挺小巧的，不过还是有我的便携系统的两倍大小。我留意到，在合成器的键盘上落着一层薄薄的灰尘。

"你经常用这台合成器吗？"我问格拉德尼。

"时不时会用。"

"我非常想听听你的作品。"

他看起来有些意外："哦，为什么你会想听呢？"

"我想更了解你的音乐风格。"

"这样当你钻进我的大脑之后，就能找到我的音乐盒。你能弄清那里面哪些曲子是我写的、哪些是我抄的，没错吧？"他挥挥手，不再开玩笑，"别在意。我只写了一些很短的旋律，所以我不觉得自己有完整的作品。我自己写的歌，没有一首能与我听到的大师作品相提并论。"

"我还是想听听。"

他犹豫了一会儿："录音也可以吗？我不太喜欢在别人面前演奏。我不是那种演奏家，不太擅长取悦他人。"

"录音也挺好的。"

他站起身，在休闲中心晃悠了一分多钟才决定放哪首曲子。其间，他一直背对着我。

一般而言，从背后读取情绪指数比较困难，不过格拉德尼明显对于要给我听哪首曲子头疼不已。这已经不只是临场紧张或者是羞怯，这是一种抵触情绪。从背后看，格拉德尼那僵硬的肩膀就像在防备有人从身后偷袭一样。

从扬声器里出现了尖锐的爆发音，格拉德尼慌忙扑上前，调整音量。

"设置成重播一次。"我告诉他。

他转过身看着我，无奈地耸耸肩，准备播放音乐。他按下控制台上的一个发光的绿色方钮，回到自己的座位上。"这只是我随手编的曲子，真的。"他嘟囔着，似乎觉得这曲子会惹我生气，而提前向我道歉。

实际上，格拉德尼的作品比他描述的要好很多。这段乐章就像钢琴和单簧管之间的对话一样。这两种乐器的组合虽然相得益彰，却太太具有实验性。他说的没错——这并不是一首完整的曲子，更像是从他以前听过的作品中摘取的片段。我并非音乐方面的权威，但听第二遍也能挑出几个瑕疵。一个出色的作曲家肯定会利用旋律之间的配合，让乐器之间的应答更为流畅。在曲中我似乎听到卡农的成分，但是我也不太确定。或许他在听录音的时候错把巴赫当成格拉德尼了。然而，无论他在编曲上多么努力，乐曲中似乎总缺了什么。

"你是怎么创作出这样的作品的？"在乐曲终了后，我问格拉德尼。

他皱起了眉头。

"你是坐在声音合成器前思前想后，写下浮现在脑中的一段旋律，还是——"

"哦，"他很紧张地笑了，"这是件有趣的事情。因为我是在梦里听到它，然后醒过来将它在合成器上演奏出来，以免自己忘记。在作曲的时候，我先把所有的音符给演奏出来，然后再选择合适的乐器。"

"在你梦中出现的乐章就是钢琴和单簧管的协奏曲吗？"

"我不太记得了。我只记得音乐本身。如果用钢琴和单簧管，应该能表达出这种效果。"

Pat Cadigan

我大约已经猜到他的答案了，但是我还是问了出来："你梦到了什么呢？"

他又开始抚摸自己的胸口："格拉德尼。"

我本想让他给我播放更多未完成的曲目，但他脸上露出更明显的抵触情绪。于是，我让他先去休息一会儿，告诉他不必操之过急。他如释重负，长舒了一口气，叹气的声音我在大厅还能听得见。

回去的路上，我的手机里收到了一条信息。杰茜医生给我发来一封邀请函，她邀请我和格拉德尼的复健医师们共进晚餐。我推掉晚宴，问她能否在格拉德尼不知情的前提下，给我弄到一些他最近创作的作品录音。我还拜托她给我一些格拉德尼早年的作品。她答应了我的请求，并立即送来格拉德尼的系列作品。托她的福，我一直到大半夜还待在录音棚里听曲子。

如果我对音乐有更多了解——熟悉那些乐理，那些数学级数之类的知识——我就能更好地从两个格拉德尼作品中寻找相似处（或者差异性）。我将格拉德尼听过的作曲家的录音一首首耐心听完。如杰茜所言，我们的这位男孩并没有从巴赫或者其他人的作品中窃取只鳞片甲。与此相反，他试图尽可能避免与其他作品扯上关系。这极好地展现了他萌芽的天赋，也是他具有成熟控制力的表现。不过倘若这种控制演变成自我抑制，就适得其反了。格拉德尼从其他作曲家那里借鉴来的，只有技巧性的东西——如果把所有曲目反复听几遍的话，我也能捕捉到那些相似之处。这位作曲家借鉴得最少的恰恰就是格拉德尼原来的作品。这也不奇怪，也许这些曲子在他听来太熟悉了。

我反复听着那段钢琴和单簧管的协奏曲，试图寻找它和格拉德尼其他作品的相似之处——哪怕是几个音阶、一段旋律，或者其他蛛丝马迹。格拉德尼并不能告诉我在那个他听到协奏曲的梦境里，究竟发生了什么——他只知道那个梦是关于格拉德尼的。这让我感到莫名的不安。如果他的作品都是在梦到另一个格拉德尼后写下的，会更让我替他担心。但格拉德尼显然没有告诉我这些。在作品中，钢琴和单簧管的协奏曲明显占据多数，又让我平添忧虑——格拉德尼管这种曲子叫主题变奏曲。这个名字在我脑海里挥之不去。

　　第二天下午，在格拉德尼被送去学习每天的文化课程之后，杰茜领我去他的房间进行前期的布置。这样，待会儿见面的时候，他就不需要把我当成自己的客人，我们在交流的时候也不会太过尴尬。

　　因为格拉德尼在独处的时候喜欢躺在床上，我决定在意识直连期间让他躺在床上。对格拉德尼，在卧姿状态下他的接受程度可能会更高。我将自己带来的装备铺开，把八个形状奇怪的组件装配起来。这些仪器部件总让我想到一堆巨型积木——而我则是个长不大的野孩子，将它们搭建成某种超现实主义的造型。组装好的仪器就像立方主义者搭建的摩天楼。大多数小部件都聚集在最大的那块四足长方体的一侧，所以它看上去似乎随时会倾倒；而实际上，这个仪器比想象中更稳固。等到格拉德尼返回房间，我已经将摆放我们眼睛的水缸摆在了床边，对连接视神经的接头已经进行了预处理；而电脑系统也已经待机，一旦与他的神经连接，就会立刻开始放松程序。

　　看到我的时候，格拉德尼并不显得吃惊。他费力挤出一个微笑，有些腼腆和紧张地说："今天你来找我……是想再多听几首歌，对吧？"

　　"不，今天我不是来听录音的。"我拍拍床，"来这里躺一会儿吧，我们不急着开始。"

　　听到这里，格拉德尼释怀地笑了。他脱下衬衫和皮裤（流行元素总是能叫我大跌眼镜），穿着内衣就重重地倒在床上。

　　我并没有和他玩"你会怎么做"或者"你听到什么"这类热身游戏。我选择和格拉德尼聊聊他的日常生活，因为这样可以让他更放松。比起游

Pat Cadigan

戏，我觉得自己能从简单的对话中更好地了解格拉德尼的意识状态。毕竟他也没有玩游戏的经验，这么做就是在赶鸭子上架。拉家常也许是最合适的方法，能让他放松而不是分心。现在的他像一个局外人，对这个现代社会有着异常犀利的洞察力，我由衷希望这个优点在他融入社会后还能继续发扬。虽然他还没有完全对我敞开心扉——我也没指望这么快就和他坦诚相待——但他遮遮掩掩的谈话方式本身就是一种信号。他似乎什么都不打算说，即便在意识对接的时候也打算守口如瓶。如果我想不出其他办法，就只能跟着他的话题亦步亦趋，到最后对他的内心一无所知。

闲聊过后，他终于慢慢放松下来了。他先去了趟厕所，再吃了片维生素——这些试图拖延时间的做法也都得到了我的同意——适当的拖延其实是人际交流的重要准备步骤。终于，他和我闲扯到街边小吃之类的琐事，放下了警惕心。于是我让他再次躺下，开始进行呼吸训练，缓慢调整他的呼吸频率。

格拉德尼比我很多老客户都要熟练。他很快将呼吸调整均匀，达到生理上的感受状态。时机成熟后，我轻轻将他的眼睛摘下。这时，我只是轻轻按压他的眼皮，那对甜瓜子一样滑溜溜的眼睛就落进我的掌心。在这个过程中，格拉德尼的身体甚至都没有抽搐。医用眼珠总是设计得比较机械化，所以在与视神经分离的时候还会发出轻微的咔嗒声。我将眼球放到药缸左侧，将连接器滑入他软塌塌的眼皮。当与神经对接成功的时候，电线微微一颤。这时，格拉德尼就进入了那个我特意为他挑选的手指绘画练习。对他这个层次的艺术家而言，在意识中练习手指绘画是个不错的选择。我们的绘画系统会提供颜料，而客户只需要随性地涂鸦就好了。

数息之间，我就让自己的呼吸进入放松状态。但我等了足足一分钟，才将自己的眼睛摘下，和他一同连接到系统中。我希望给格拉德尼自我调整的时间。很多人在第一次进入系统的时候，都会感到一种类似失重的空间飘移感。受试者需要大概一分钟来自我调整，不然没法习惯其他人的存在。

为避免给他造成任何心理创伤，我的实体化比通常更加缓慢。在他看来，我的登场就像是另一种色彩的涌现。这些涌现的色彩缓慢转换成另一个意识体。当他认出我的时候，亮光开始闪烁。其中一些光芒是噩梦般的紫色，这是恐惧的颜色。不过他并非害怕我。看到我进入这个空间的时候，他因为感受不到我的实体而感到些许恐慌。但他很快就适应了这种感觉。他似乎因为别的事情而心慌意乱——他的意识里出现了捕兽夹突然咬合、房门砰然关闭的场景。尽管如此，他的欣喜也是可以名状的，因为这是个一切皆有可能的国度。

格拉德尼所描绘的画面开始变得更为连贯，就像一幅巨大的系列画卷在我们头顶展开。其中大多是梦的片段和他阅读的书中的场景；另一些则是他测试自己的绘画能力的即兴创作。为凸显自己的存在，我将身体定型，并随着他的目光移动着位置。现在，画面中出现了我的面孔，紧跟其后的是一些更光怪陆离的人物。从画作中可以看出，格拉德尼认为这个世界上的其他人都是素不相识而千奇百怪的。更奇怪的是，虽然格拉德尼对飞机只有最模糊的概念，但画卷中的陌生人却都出现在一架飞机上。

在他沉浸在那些歇斯底里而千奇百怪的人脸之前，我向格拉德尼表明了自己的存在。渐渐地，我感到格拉德尼的情绪逐渐变得平稳下来——他的能级也下降了。他对这个世界进行了调整，一种如同双星系统一般的平衡被导入世界中。而置身这片无边的虚无，逼真的感觉让人几乎有些眩晕。

这就是我，有太多的虚无亟待填满。他没有意识到自己在说什么，这句话就像那些图画一样，在空间里飘荡。在画面中还出现了一张原来格拉德尼的速写。想到这里，他不禁紧张起来。就在，这无尽虚空的某处——

那张原先格拉德尼的速写消失在我们的视野中。而格拉德尼似乎对这张画意犹未尽，他显得若有所失，不知所措。于是，我主动创造了一幅更简单的新画面供他想象，一台声音合成器。他留意到这台合成器的时候，我便奏响了那首单簧管和小提琴的主题变奏曲。

他迟疑了片刻，便与我一同奏起这首曲子。出乎意料的是，我能从曲中听到与录音不尽相同的地方——有几个音节和润色的地方是新添加的。正当格拉德尼准备融入乐曲之中，向我展现这首乐章的本来面目的时候，乐声却戛然而止。倘若格拉德尼知道如何拒绝与我合奏，他早就这么做了。而现在他似乎找到方法了，于是我们陷入了长久的沉寂中。

我耐心地等待着，尽可能让自己的存在显得不具有威胁性。与此同时，我开始读取他的情绪指数。情绪指数显示，比起图像，格拉德尼对于运动尤为敏感。对格拉德尼而言，身边的一切都是运动。这个世界以运动的方式存在，而这里的运动方式是振动，就像音叉一样振动。在这个世界，格拉德尼自己就是那根让宇宙震颤的音叉。而现在，他不断震颤的原因是恐惧；不仅如此，在高八度的地方，我还能听到格拉德尼不断回响的悔恨。

当格拉德尼的恐惧感减退之后，我又把音乐打开了。这次他没有直接将音乐关上，也没有对原来的曲子做任何更改，他只是尽力退到离声音合成器最远的角落。我聚精会神，放缓了时间的流动感，压缩了自己的空间体积，直到我能滑进音符之间的空隙。在这个层级上，音乐已经不复存在，我只能听到一阵阵轰鸣，而我的意识也在和音符们共鸣。当我进一步集中了自己的注意力，低鸣般的乐声变得更深沉了。在乐曲中，我能感受到某种微弱，但确确实实存在的异物。我必须进入冥想状态，才能弄清它究竟是什么。可我已经接近极限了，如果进入冥想状态，我就不能再感知到外在的世界——也就不能再监控格拉德尼的行为了。在格拉德尼看来，进入冥想状态的我，就像消失在这个世界他无法触及的某个角落一样。换而言之，在他的视角里，我将由真实的自己转而变得意象化。

我从容入定，缓慢进入冥想状态。现在我能够一次只感知一个音符，并让最近的那个音符将我吞没。这是个钢琴的 G 调音符，音高、音准恰到好处。这个 G 调音符的世界是琴弦在空气中的震颤产生的（在格拉德尼眼里，没有完整的钢琴，只有一根根真实的琴弦）。每一次琴弦的震颤都会诞生一个全新的音符世界。在琴弦拨到极致之前，上一个音符就消失了。而在这之中——

他饶有兴致地笑了，抬头看着我。这张面孔和一年半前别无二致，是那样的英姿勃发。

过来，他说。

格拉德尼？

我们是同一个人，他笑得更开心了。好吧，其实多少也有不同。他那张养尊处优的脸显得容光焕发；他细腻的肌肤经过了精心的打理，那大理石一般的下巴也刮得干干净净；他齐肩长发被梳向脑后，显得文雅而成熟。可是现在，只有这张面孔是他最实在的存在，其他部分都只被勾勒出模糊的轮廓。他无色亦无相，从情绪指数中，我没办法读出他的喜怒哀乐。

他把我关在这里，他说。所以我出不去，也没法拿回——

这个音符消散了，我们现在身处另一个音符内。这位格拉德尼现在站在高高的山丘上，头顶是高照的太阳。

——拿回属于我的东西。他环顾身下的一切。远方，乌云出现在天际尽头，点点细雨打湿了地平线。我现在生活在音乐世界里，除非我走出这个世界，否则他永远也不能进来。

这不可能。如果原来的格拉德尼在被窃取记忆后残存着意识，在隔离期间就会被医生发觉。眼前的景象应该只是格拉德尼脑中的幻想，是种幸存者的负疚感。倘若他把音乐当成自己永不涉足的监牢，他这辈子就只能创作出几段不成章节的旋律。

乐曲继续演奏，方才的户外场景从我们眼前消失。现在，我们身处那位格拉德尼的录音棚。他坐在那架钢琴前，抬起头看着我。

你能证明自己是原先的格拉德尼吗？我问他。

你见到的我就是我从前的样子，难道这样还不能证明我的身份吗？

不，这位格拉德尼有绝对音准——这意味着，他能够通过自己的曲子推断自己原先的模样。如果你真的是原本的那位格拉德尼，你一定知道一些只有你自己知道的事情。这种秘密是现在的格拉德尼无从知晓的。

这幻象摊开双手，表示无能为力。他已经详细研究过我了。他们让他接触了之前的影像杂志和新闻录音。

他肯定还有很多不了解的事情，我说。那些私事、那些特别的回忆、特殊的感情经历，快告诉我一些你家人能佐证的事情。

他的脸上挂着轻蔑的表情，可从他身上我却察觉不出任何感情。这足以证明他是一个虚构的幻象。不过，如果我直接将结论丢给格拉德尼，他肯定不会相信我。就算我能够让他的理智相信了我，他心中的疑窦依然不会消散。

给我证据吧，我说。

他站起身，坐在一架钢琴上。你不觉得一个拥有绝对音准的人，能够刺探他脑中另一个人所有隐藏的情感吗?

谈话间，录音棚也消失了。现在，幻象坐在快餐店的一张小餐桌上，而我则站在店门口。我甚至能听见他的手指敲击桌面的声音。

既然如此，只要一个证据就好，告诉我一个他不可能知道的事实吧。

他突然站起身，那些偷取我记忆的人严重损伤了我的完整性，我只知道他知道的东西。

我猜到他会拿这个当挡箭牌，但我不清楚接下来该怎么做。和这个幻象继续纠缠只会加强它的存在感，只是留意到它的存在就能使得他继续存在。直面这个幻象是格拉德尼的任务，不是我的。我的任务在于，带领格拉德尼进入这个音乐世界。

这个音符也消失了，我们进入了一间卧室。格拉德尼斜躺在一张床上，两只胳膊交叠在脑袋下面。他歪倒在床上，他眼中的我也颠倒了。

我只是个空壳，他幸灾乐祸地说，嘴角倒转的微笑显得那么邪魅。我是髓鞘上附着的鬼魂。如果你不伤害他的大脑，是无法将我去除的。

我把脚固定在床下，将自己逐渐恢复为原来的大小。我的脑袋逐渐穿过这个幻境的天花板，再也不用看这个幻象的脸色。我打破这音符的界限，又回到这片虚无的空间中。天空中振动的琴弦后面，逐渐显现出格拉德尼的脸。我的仓促出现吓了他一跳，我也差点因此被逐出他的意识。

你刚刚去哪里了？

你知道我去哪儿了。琴弦在我和他之间振动，我朝他伸出自己的双手。在琴弦再次振动之前，快握住我的手。

不。

为什么不？这是你自己的音乐。

不！

我的余光看着那根钢琴弦——它又要开始奏响了。拜托你了，格拉德尼，别让那根琴弦成为你和你自己的作品之间的障碍。

一想到自己可能会永远失去这些音乐，格拉德尼就抓住了我的手。但片刻之后，他就因为要和幻象见面的惶恐而后悔了。

这样的恐惧让我们的空间剧烈动荡，但钢琴弦还是越来越近。很快，它就会穿过我的腰间，将我的意识一分为二。

我没法把你拖进这个空间，格拉德尼。你必须自己走进这个世界。

我怕！

为什么，你害怕什么，讲清楚！

我害怕是因为——

说出来！

他会抓住我的！

谁？

那个格拉德尼！

你就是格拉德尼！

不，我不是！

那你是谁呢？

我没有得到回应，可那根琴弦几乎碰到我们了。

你是个作曲家吗？

在琴弦切断我双手之前，格拉德尼给了我一个肯定的回答。他从琴弦之下躲了过去，劫后余生的他又惊又喜。得到他的首肯之后，我们俩一同投身到那个音乐世界之中。

在那个幻象的注视下，我们进入这个音乐世界。格拉德尼稳稳地降落在床边。不过，他还紧紧握住我的双手，不肯松开。毫无疑问，他想把我扯到自己和幻象的中间。

数秒后，这间卧室也消失了，我们进入了一辆只有三节车厢的地铁中。行走在车厢中，我只能转而跟在格拉德尼身后，他也只能松开我的手。他一放手，那个幻象就消失了。格拉德尼吃了一惊，我也对此不知所措。格拉德尼伸出手，在前方摸索着，试图从空气中寻找什么。

他不在这里了。艾莉，他在这儿吗？

我没有回答。我还在试图弄清到底发生了什么事情。幻象一般没那么轻易消失的。

艾莉？他双眼紧闭，微微转过身子，朝着我的方向。他的手臂笨拙地四处挥舞，手似乎想抓住什么。他要么在采取高妙的心理战，防止对手偷偷靠近自己的背后；要么装作对发生的事情一无所知。我也看不出他究竟怎么了。从他的举动中，我只能看得到迷惑。

突然，他似乎抓住了什么肉眼不可见的东西。那个幻象被格拉德尼抓住了，现了原形！而他们周围的空气，则因为格拉德尼的惊恐而发出电光火花的噼啪声。

艾莉！我不能松手！

转瞬间，场景从地铁变成了一张漂浮在大海中的木筏。阳光打在波光粼粼的海面上，格拉德尼则始终抓着自己的幻象不松手。现在他已经睁开了眼睛。而这时，一道阴影经过了我们的上方——那是一根高飞的琴弦。

这是个 A 调高音，格拉德尼认出了这个音符，在自言自语。这首曲子要奏完了，我应该怎么办呢？

你在问我吗？这是你自己的音乐。当一曲终了的时候，你会怎么做？

上一刻，我们落在一棵巨树的低枝上；这一秒，我们又返回了那辆地铁里（这是降 B 装饰音，格拉德尼说）；转眼间，我们回到了卧室；没多久，我们就身处离地面几千米的多风的天台。格拉德尼将这首曲子快进到结尾部分了。这些场景混杂在一起，在我们眼前闪现，一页页翻过。格拉德尼一直抓着他的幻象，随着场景的变幻，格拉德尼和他的幻象调整着姿势——他们时而像在摔跤，时而像在翩翩起舞。音乐逐渐加速，慢镜头一般的声波逐渐变成可识别的旋律。周围的图景也已经完全消失了，只剩下两个格拉德尼纠缠在一起，就像跳舞一样。幻象没有抵抗，格拉德尼也对此浑然不觉。这种挣扎逐渐变成了翻滚，一个接着一个的翻滚。我的眼前出现了格拉德尼的医院房间。我看到房间里的格拉德尼站在他的合成器面前，对它怒目而视，就像瞪着自己敌人一样。我看到杰茜医生短暂出现在这场景中，她瞪着玛瑙色的眼睛，盯着他俩从她面前翻滚着经过休闲中心。就是在这个休闲中心，格拉德尼在全息屏幕上研究了原来那个自己的录像带。他俩翻滚的过程，就像格拉德尼的一个朦胧的梦。在梦中，那个原来的格拉德尼提着自己的脑袋，身子只剩下脖子到大腿的部分，朝他扑过来。

做梦的格拉德尼大声叫喊着，向后倒下，又消失了。曲子已经终结了，可是他们还是在翻滚着。不过，新的音乐也随着他们的翻滚继续着。此时，钢琴和单簧管终于开始彼此配合，和谐的声音出现在这个世界里。

一段时间后，翻滚的速度变慢了。当乐声停止的时候，只剩下了一个人影，他也停止了翻滚。这个格拉德尼在虚无之中飘浮着，既兴奋又疲惫。

Pat Cadigan

大功告成了！在他脑子里涌现出新念头之前，我引入了一轮放松练习。当他再次沉浸在心灵指画中，我结束了与他的意识直连，离开了他的意识。

他花了一分多钟才安静下来，而我将手指绘画练习更改成了单纯的抽象画观赏——他受到了太多的刺激，需要一个更为休闲的模式。当他的脉搏降到八十以下，我中断了他与系统之间的连接，将他的双眼放回眼眶中。

再次看到我的时候，他汗流浃背。"不要试着说话。"我一边告诉他，一边将连接器收好，放进仪器最大的部件的抽屉里。

"我能说话。"

"当然没问题，我只是不希望你觉得自己非说不可。"当我将系统收起来的时候，他别过脸去。他的喘息声在空气中显得格外沉重。我告诉他，要先恢复自己的呼吸节奏。通常在意识操纵之后，没什么经验的人总会感觉很尴尬。这些客户对于情理发掘尤其敏感，而这需要时间来适应。

"听我说。"他没有看我。一会儿之后，他开口了："你不知道这是什么感觉。这就像是——"他疲惫地擦着额头的汗水，"我几乎就是他了。我既想得到他，又不想接触他。"他停顿下来，我知道他注意到音乐合成器了，"如果我是他，我会是个有始有终的人。可我是从他脑中凭空诞生的。我不是他，现在的我是我自己想象虚构出来的。"

我张开嘴，本想说点中肯的话来安慰他，可珍珠项链的图景又闪过我的脑海。我并不一直是现在的我。其他人也不是原来的他们。我想告诉他，他已经渡过了难关。我想告诉他，他并不是唯一碰到陌生的自己的人。虽然他的经历更加极端化，但本质是一样的。可我不能这么说。如果告诉他这些他不应该知道的事情，相当于改写了他的人生。

"你不可能拥有其他人的过去，"我尽可能轻声告诉他，"这里没有鬼魂，也没有髓鞘或者其他东西的影响。这里一直都只有你自己。"

"但我可以买到记忆，大家都这样，"他的脸色很难看，"他们甚至会买下整个人的意识。你还记得吗？"

"这个念头让他们发疯，他们试图同时成为两个人。你记得吗？"

我的话让他暂时打住了。"哦，老天，我累了。"一会儿之后，他说。

"你去小睡一会儿吧。如果你之后想找我说说话，我就在大厅里，"

"艾莉——"

我在等待，等他诉说自己的疑惑，等他敞开心扉。可他抬抬手让我离开了。我没等到他的心里话就离开房间了。不过，我好奇他还会生多久的闷气。我们会嫉妒自己天马行空的幻象，因为它们是如此不切实际，它们拥有无限的可能性。可是我确定，在几个疗程过后，他会完全恢复到原来的样子，不多不少。他会再次接受他原本的音乐，因为这些曲子是属于他的东西，是好是坏，都是他自己的。

杰茜医生之后给我打了电话，让我从瞌睡中醒过来。"我们男孩对你大发牢骚，"她说，"我对现在的情况一头雾水。不过我觉得，他也不知道自己的这股无名之火是什么。"从她的话中，我感觉她其实被格拉德尼逗乐了，而不是替他着急。

我累得不想去解释在意识操纵中发生的事情。格拉德尼曾经给自己戴上了枷锁，因此不再走进音乐世界。现在枷锁去掉了，他对自己的行为感到尴尬，仅此而已。"他会习惯的。"我告诉杰茜。

他的生活很快进入了正轨。令我略感吃惊的是，现在格拉德尼能够在没有他人提示的情况下，准确识别自己从前所有的作品了。他俩还真是英雄所见略同啊！我自言自语。

似花过亡城 - (1984) -Passing as a Flower in the City of the Dead

（美国）S. N. 代尔　S. N. Dyer——著

李懿——译

S. N. 代尔原名莎伦·N. 法布尔，是一位美国作家，其最负盛名的作品创作于 20 世纪 70 年代和 80 年代，曾获雨果奖提名。她对多种不同类型的小说均有涉猎，包括悬疑推理。代尔也与多位作家尝试合作，如詹姆斯·吉拉斯、大卫·斯托特、苏珊娜·雅各布森等等。她的出生年份仍是个谜。

她的处女作《校舍大谜案》（ *The Great Dormitory Mystery* ）于 1976 年发表，收录在合集《穿越时空的夏洛克·福尔摩斯》（ *Sherlock Holmes Through Time and Space* ）中。她的小说频繁见于《阿西莫夫科幻杂志》页端，最新作品为《我家猫主子》（ *My Cat*, 2001）。她还著有两部系列小说，均以女性为主角：安·阿托米克和比利·吉恩。她曾四次入围雨果奖最佳同人作者，最近一次提名是在 1997 年。除此之外，法布尔的其他信息鲜为人知。

《似花过亡城》是 20 世纪 80 年代中期人文科幻流派的杰出代表作——也是出自一位被低估作家笔下的沧海遗珠。

△　　　　△　　　　▲　　　　△

亨利讨厌参加酒会。他在手持鸡尾酒的人群中大步穿行，低垂着硕大的脑袋，塌着肩。看见丈夫这副样子，马德琳想笑。这竟是当年那头"阔步旷野的雄狮"？中止治疗白血病几个月后，浑身只剩个骨架子，之前的全身放疗使他头顶光滑得像个新生儿，假如那位嘴上抹蜜的艺术评论家此时见到他，又会作何评价？

潜行的稻草人？马德琳想。

丈夫挤过人群进入室内，离开了她的视野。马德琳放下手中的酒，它愈加增强了防腐储存食物以及头顶遥远的殖民站平顶带给她的持续恶心感。她所处的世界是位于太空中的一个奥尼尔圆筒，从上方能俯视大地上的房屋，而地球与群星掩藏在她脚下。或许在180度之外，也有另一个女人静立在另一场酒会上，望着马德琳旋转掠过。一段涂画成柔和蔚蓝的景象，草木不生。

"我叫鲍勃。你觉得蓝区怎么样？"一名男士对她爽朗一笑。他两手各执一杯酒，灰色卷发经过精心打理，似乎比酒会上的其他人都更显活力。

"首先得习惯……"

"当然。"他声音低沉。马德琳注意到，他一出现，周围的人就自动避让开了。两人独处在中间，与人群隔开明显的界限，就像血琼脂平板上一团溶血性链球菌的菌落。

"我们是贱民，你和我。"说着，他放下一只空纸杯，将手搭在她肩上，轻轻推转她面向点心桌，"摩西分开红海。"他低声道，人群纷纷从他们左右退开，马德琳哈哈大笑。他拿起精美绸花簇拥下的一只醒酒瓶，倒了满满一陶杯。

"把这个喝了。它可以缓解胃部不适，镇静你的大脑。"他以命令口吻说道，"遗忘之水，取自亡灵必须跨渡的冥河。"他夸张地转头环视左右，然后低声对她轻语，"别说出去啊，我受过古典教育。"

"你不怕吗？"她问。

"怕什么？分析动词吗？"

她咯咯笑道："不，我是问你怕不怕我。我是新来的，"她伸手捋过平头短发，"可能会携带新的病菌。"

"我是个非常危险的女人。"她尽力模仿着女魔头的语调补上一句。

鲍勃张口大笑："咱们观察力都不行啊！瞧瞧我！"

她仔细观察，终于发现他的外表何以如此相异、如此充满活力。庭院中熙熙攘攘，而他是所有人当中唯独具有血色的一个。他把手摆在她手边，相比之下，他的肤色多么红润，静脉有如墨蓝的绳索，而她自己透明的静

　　　　　　　　　　　　　　　　　　　　S. N. Dyer

脉却像嵌在尸肉当中。

"我体内没有碳氟人造血。"他说，"我是最后的红血人。至少在蓝区是。"

马德琳点点头："你的免疫系统仍然完好，可以笑傲任何病原体的进攻。"

"对。"他欣然一笑，喝下杯中的酒，"明早我肯定要难受了——我的血全都在。红细胞、白细胞、青色静脉，应有尽有。"

马德琳不禁将他与其他人以及自己对比了一番。苍白的人群全无血色：殖民站里住的要么是白血病患者，要么是自体免疫性疾病患者，要么是器官移植患者。他们全都站在冥河的岸边，靠着牺牲所有血细胞而苟延残喘——阴险的细胞不成比例地繁殖，或攻击自体器官，或排异移植器官；而无辜的血细胞也被殃及，那些负责携带氧气、吞噬入侵微生物、制止出血的细胞，也随之死亡了。

他们活着，被锁在一个全方位密封的无菌锡皮罐子里，在太空中旋转。

对方的话岔断了她的思绪："没错，我就是魔鬼的化身，舞台与银幕上的反派，局外之人。"

"可是为什么……"

"为什么还邀请我是吗？吉塞尔是我部门的同事，就连她也驳不下面子不邀请我，她只是没想到我真会不要脸地来参加。"他的笑容愈加放肆，"我在医院见过你。你在实验室工作吧？来找我吧，呼吸科。"他放下杯子离开，临到门口又转身面对人群叫道："我走了！现在可以随便议论我了！"

"他真是个讨厌鬼，对吧？"吉塞尔来到马德琳身边。她娇小可人，棕发及腰。在蓝区，头发是地位的标志。头发越长，意味着来到蓝区的时间越久，与绝症抗争的时间也就越长。

"他是个大嗓门，但挺有趣的。"

"谁跟他共事谁知道。"

吉塞尔身边的老人愤愤然接腔："蓝星佬，按期来值班，活干完就走，还他妈的一脸优越感。"

他怀疑地盯着马德琳看，让她不禁觉得他在闻她身上有没有绿脓杆菌，或者别的什么东西。她不携带任何菌群——她的汗液、气息，乃至粪便都几乎没有气味。

他在怀疑我，她惊慌地想到。不，他不可能怀疑。虽然她和鲍勃一样是个外人，但她的血有着透明的保护色。

吉塞尔拍拍手："诸位！"

"该死，"老人说，"你非得来这一出不可吗？"

"父亲，您别说得好像这样做不对似的。"

"你就喜欢出风头，肯定是先天遗传，显然跟后天的教养无关。"他怒气冲冲地进了屋。

吉塞尔朝马德琳耸耸肩："父亲有一点保守……各位！大家看过来——还有你，你这花花公子……"宾客们停止了各自的活动，转头看女主人。原本在研究花坛中塑料旱金莲的亨利，则狠狠瞪了马德琳一眼。

"本场酒会上，你们有很多人已经见过了两位新的来客，亨利和马德琳。说来也巧，马德琳是我的亲戚，而且是血亲。"

客人们轻声发笑，令马德琳甚是疑惑。亨利的表情颇不自然，好像被定格在了民族志电影中似的。

"在地球上时，她是我生母的二表姐。大家欢迎两位蓝区的新来客！"

宾客们礼貌地鼓掌，同时仔细打量两位陌生人，像在研究实验室的样本，然后又各自回到之前被打断的活动上。一个胡须编成辫子的年轻人开始向吉塞尔调情，马德琳转身走开，却和表侄女的养父撞了个正着。

"您对我有意见。"

他暴躁地答道："真够厚脸皮的，还硬要正式介绍。"

马德琳叹了口气。没错，她想，文明随着距巴黎的远近而等比例衰退。

S. N. Dyer

但她决定再争取一下，于是又奉上殷勤的笑容。

"吉塞尔真是女大十八变啊——跟她母亲简直一模一样。我移民过来之前，她母亲求我一定要找到她，看看她出落成什么样了——"

"她母亲！生她的那个女人？她想干什么？是谁在六个月的隔离期一直陪伴吉塞尔，冒着生命危险悉心照料？是我们。是谁把她养大，教她做人？是我们，希尔达和我。我们抚育她跨越成长伤痛的整个期间——在这样的地方成长尤其艰辛——整个期间，那个蓝星贱货一直惦记着给她发邮件。"

马德琳强压住心头怒火答道："留在下面的也不容易。吉塞尔的父母——"

"希尔达才是她母亲！我是她父亲！"他突然住了口，摇摇头，"抱歉，你刚来，还不了解。要到蓝区，必须经历死后重生，得染上某种可怕的疾病——比如骨髓瘤，你呢？"

她稍做迟疑："狼疮。"

"你告别家人，写下遗嘱，处置掉所有私人物品，被发射进太空隔离站，独自在小屋子里待 6 个月，等待放疗和化疗杀死体内每一个血细胞以及细菌。然后，当所有病菌检测结果均呈阴性——因为没有了免疫系统，普通感冒就能扫荡整个殖民站——解除了威胁，你获准进入蓝区，秃得像婴儿，在新的世界重生。"

他握起她的左手，举到眼前："你的戒指戴了很多年了。你丈夫现在在哪儿？"

她差点脱口答出来。

他点着头继续道："他留在地球上了吧。你还给他写信吗？别写了。你不可能再回到地球。过去的就让它过去吧。'至死不渝'，蓝区就是一座亡者之城。"

马德琳迟疑地发问："假如我们夫妻一起迁来呢？"

"跟你一起来？"要是体内有血，他此时的脸色当已变作铁青，"痴情狗。跟着爱人下地狱的忠诚伴侣。忠贞不渝的小蛤蟆。别让我见到，我见一个揍一个。"

"恕我驽钝，一个人因为和伴侣衷心恩爱，毅然跟随配偶前来，怎么就惹您怨恨了呢？"

他怒目相向，然后大步走开。

吉塞尔走上前来，伸手搭上马德琳的肩膀，另一只手随意地扶着亨利的小臂："天——父亲这下又在吼什么？"

"痴情狗。"

"又是这个？嗯，我们当然都讨厌痴情狗。"

"为什么？"亨利总是以陈述语气发问。

"因为他们刺激我们回想逝去的过往。我们终身监禁在这里，无法重返地球，不能与亲人重逢。（虽然就我个人而言，并没有这方面的记忆，）但大家在这个问题上战线统一。每次痴情狗一来，就像看笑话似的，扮演几年自我牺牲的圣母，又回到地球上去。父亲总是说，要想好好在这里活下去，唯一的办法就是与过去一刀两断。"

马德琳于是说："所以你不给亲生母亲写信？"

听到这话，吉塞尔翻了个白眼。

"别妄下论断。安妮特挺招人待见的。"亨利说。

吉塞尔收回手，眯起眼睛打量他："你怎么知道？我还以为你俩是在隔离期认识的。"

马德琳忙打圆场："我们早就认识，在艺校的时候。"背得滚瓜烂熟的词句脱口而出，她感到自己的整个过去正渐渐疏离，随着记忆中婚姻、职业、友谊与爱情的尘封而消散——只为了避开事实：她是个痴情狗。

"我和亨利竟然又偶遇了，真巧啊。"

"的确。"吉塞尔表示赞同。

　　　　　　　　　　　　　　　　　S. N. Dyer

亨利睡着了，嘴角轻轻抽动，偶尔发出一声低低的呻唤。马德琳单臂撑身侧卧在旁。几个月过去了，他在她眼里依然陌生，如今秃顶又瘦弱的丈夫，渐渐与她脑海中祖父的形象重合。亨利胸口突出的静脉导管虽然每两月才打开一次输入人造血，却让她联想到祖父身上的中心静脉导管——当时他的外周静脉已无法实施输液。

诊断出淋巴瘤时，她年仅 56 岁的祖父拒绝了标准治疗。

"让他们像对待实验小白鼠一样给我清洁杀菌，把我的血换成奶油，再发射去外太空？拉倒吧。就算是死，我也要死在家人身边。"

他保持了一段时间的良好状态，随后遭到疾病的疯狂报复，健康大幅滑坡。他在美国的专科医院接受了药物化疗、放疗、干扰素治疗、减量手术。马德琳记得他日渐衰弱而消瘦，临终那段日子，疾病与治疗竞相争抢，各有率先夺走他生命之势——而攻伐癌细胞的药物带来的痛苦，也与淋巴瘤大举进攻时产生的疼痛相差无几。

她记起爱尔伯恩医生，她印象中的他总是被同事、患者和医学生包围。当时他站在门外，没意识到自己的声音已穿透了宁静。"这是一次重温医疗史的宝贵机会。"他说，温和的嗓音与他棱角分明的傲慢面容甚是不相称，"我们称其为'暴躁白细胞'，虽然淋巴球只是白细胞的一种。我们得向患者施药，使白细胞计数降至最低，并祈祷它在患者死于感染之前逐渐回升。"

"为什么叫它'暴躁白细胞'？"一个学生问。

"因为白血病患者的白细胞很暴躁，上一秒还一副温良的样子，下一秒就疯狂爆发，每晚随时可能激增，逼得你疯了似的反复检查——你们这些小鬼想象不到那得耗费多少时间。病情不恶化的时候，患者往往需要输血或者血小板——而且静脉全都不顶用。你们看他呕吐、感染、消瘦，觉得照料他很棘手对吧？"他大笑道，"从前，病房里住满了这样的患者。而现在，他们被直接发射进太空，就像原子废料一样。"

"废料。"马德琳喃喃低语，努力入睡。

她梦见医院，空气中弥漫着花束的馨香与衰朽的体味。她的丈夫如床单一般苍白。从前，望着沉睡的亨利总能给她安全感，有她的雄狮在身边，她不会受到任何伤害；此刻，她望着他，期盼他每一下粗重的呼吸，害怕下一声再也不响起。

他尖叫着醒来。

"我在呢。"她说。

他抓紧她："不要离开我。"

"我当然不会的。"

"千万不要离开我。我——我害怕。千万不要。"他哭了起来。

她以前从没见过他哭。"我会永远陪着你。"她满口答应。然后，她清醒了。

她起床煮了咖啡，静静地坐在工作室里发呆。咖啡是人工合成的，味道很淡——真咖啡可能刺激胃酸过多分泌，引发溃疡及出血。没有血小板的居民们视出血为大敌，因此，食物寡淡无味，家具贴了软条，刀口都不开刃。因此，马德琳无法再从事雕塑。

内出血——譬如瘀伤——由肝脏分泌的凝血因子止血，而割伤、擦伤等开放性伤口，则由血小板负责止血。血小板与白细胞及红细胞一本同源，均分化自造血干细胞——而蓝区居民体内的造血干细胞几乎全被清除得一干二净。人工凝血辅助手段无法完全替代血小板，因此，马德琳再也没有机会接触雕刻工具，一如她无法再品尝新鲜水果、培植棕榈盆栽。

她细细打量着工作室，这里和地球老家那间工作室截然不同。从前的工作室北窗朝向私家花园，这里却只有一扇小窗口面朝另一幢淡蓝色建筑。这里也没有处于各阶段的成品或半成品画作——画布一片空白，面对墙壁架立。储物架上她的雕塑就更不用说了——这里只摆了照片，它们太重了，没法从地球搬来。

"他们理解不了你的作品，"亨利以前总是说，"因为他们太蠢。"

她看着颜料柜，上面摆着她到来之后创作的一件半成品雕塑，主体为黏土球，上面探出细小的卷须——既像发散出羽状气体的太阳，又像准备吞噬异物的巨噬细胞。球体表面覆了一层细粉，算是蓝区的灰尘。

　　她不屑地伸出手去。黏土没有生命、没有灵魂，与木料相去甚远。木料自身就包孕着雕塑，她只需循着艺术的踪迹，剔除表层将其释放；而黏土却像整个蓝区一样，乏味平庸，无所谓美丑。这里的人——这里的居民，同样如此……

　　球体从她指间滑落，在地上摔扁了。

　　亨利进门来，揉揉头皮，习惯性地去捋已不复存在的长发："怎么……"

　　"发现了艺术。"她说，"这是一颗蛋。"

　　他加重鼻音，学起那名艺术评论家的声音："蛋，生命与新生的象征。"他的模仿秀却没有逗笑马德琳，他于是转过一张画架，盯了画布一会儿，又把它转回去面对墙壁，开始在房间里踱步。

　　马德琳啜着咖啡："昨晚的酒会真不痛快。"

　　他停下脚步，脸上浮现出诡异的微笑："你表侄女不相信我们住在一起。她说我们不像爱侣，倒像是老夫老妻。"他发出一声粗粝的短笑，又继续踱步。

　　马德琳在医院食堂准备点餐的时候，遇到了正在排队的吉塞尔。餐食状如塑料，令人食欲大减。它们都是从地球运来的，已完全加工好，便于缺乏正常肠道菌群或服药抑制了胃酸分泌的人消化。而且供应的全是病号餐，这简直雪上加霜。

　　马德琳提起吉塞尔的酒会，客套了一番。

　　"你觉得蓝区怎么样？"

　　"这里——很不一样，难以适应，包括工作也是。作为医疗技术人员，我的专长是细菌学和血液学——都没有多少用武之地。我现在的工作是制作玻片标本；迄今为止还没见过一个杆菌或者球菌，总感觉徒劳无获。"

"感谢上帝。"吉塞尔说。

"嗯，至少我还在从事文化工作。"吉塞尔却没有听懂这句玩笑，马德琳便继续道，"亨利比我更惨，他是位画家。"

"他是艺术家？"吉塞尔激动起来，"天知道我们这儿有多缺艺术。他画什么样的画？"

"起初是画风景，不过"——她咽下了那个差点脱口而出的"我们"——"他后来因为要教学、做讲座什么的，不得不搬去城里住。你听说过'微景观画派'吗？亨利就是奠基人之一。在乡下，壮美景色随处可见，举目即是绿树、高山、蓝天……"她不由自主地开启了标准解说模式，几乎是直接背诵自己协助撰写的展览手册。

"那些只是教科书上的概念。"吉塞尔说，"或许……外太空也适用？漆黑的空间深邃美妙，变幻无穷，群星犹如火点……"她把剩下的三明治塞进口中，思绪飞向了别处。

"该画派决定针对城市景观作画。"马德琳梦呓般地继续道，"人行道上的花，蓝天映衬下的树叶……乡间之美无处不在，而探寻城市之美则是一项挑战。不亚于在无菌性脓肿的脓水里寻找细菌。无奈这里没有蓝天、绿树、花朵，亨利找不到灵感，也就无法作画。"

吉塞尔脸上放出光彩："可是蓝区不乏美景啊。"

"噢，你是在这里长大的。"

"不，这个'美'是普遍意义上的美。支撑杆之上的穹顶弧线，头顶遥远屋舍的闪光，观景台下方迷蒙的群星……"

马德琳陷入沉思："你觉得能让别人也发现这样的美吗？比如亨利？"

"我试试吧。"

他们收到一封伯特兰发来的邮件，图片炫目，辞藻华丽。开头的称谓

S. N. Dyer

"我亲爱的亨利、我的美人马德琳"引得亨利醋意大发。

"这家伙图谋不轨。"亨利絮絮叨叨，"猫儿不在家，耗子吵翻天。"

马德琳暂停了邮件的滚动："伯特兰哪有那么坏？"

"那家伙就是踩了狗屎运。之前他还假作低调，但真正原因只是没能决定该把重点放在哪件事上——是窃取我的画派，还是勾引我的老婆。"

马德琳耸耸肩，似笑非笑地又点开邮件："你的画作价格已急剧飙升，我亲爱的亨利，如同火箭直冲向你当前所处的高度。同时，请容我揣测，它已超越了你在地球期间曾梦寐以求的顶峰。"

"臭老鼠。"

"他不过是卖弄文字而已。"

"就连你靓丽娇妻的雕塑作品也广受欢迎，人们竞相追捧。"

"死秃鹫。"亨利愤愤地吼道。

一张新的图片出现。"这是我们最新的展品，马塞尔创作的《斑马线上的花 I》。"它充分诠释了微景观画派的主张——笔触朴实，毫不矫饰的现实主义。

《斑马线上的花 II》。这一张画上，花朵纷飞在疾驰的车辆卷起的气流之中，画面简洁如同漫画。亨利坐得笔直。

《斑马线上的花 III》。三联画的最后一幅，花朵变为了金属，而卡车和摩托则变形成大象、打字机、音符。

"超现实主义！"亨利沉声吼道，一拳捶上主控台。画作的图片开始疾速闪过，一幅比一幅更拙劣，各自对前一幅进行着不知所云的仿拟，糟蹋了亨利的毕生心血。

亨利起身离开房间，低垂着他宽阔的肩膀。马德琳将邮件暂停在最后一幅作品，慢慢地读着标题：

"《未亡时，在自己的坟墓上跳舞》。"

过去的几天，马德琳不常见到亨利。他每天早早出门，跟着吉塞尔或者她的朋友去写生，到傍晚抱着满怀的炭笔画稿回来。家里开始有了学生，学着把粗略的速写变成正式的油画。他们画到深夜，在沙发或地毯上打个盹，醒来再画，困了又就地躺下，直到马德琳起床，出门去实验室的途中顺道把他们送回家。

亨利从人行道上萌发的树苗身上发现了美，马德琳则在显微镜下发现了美。她放弃了自己的艺术研究——总得有人挣钱养家——而赖氏染色血液涂片之美，让她在工作中找到了慰藉。多形核白细胞精致的分叶形态，绝无两两相同；血小板拥有泡沫般的紫色网纹，淋巴细胞质则是柔和的蓝色。当她在实验室观察玻片上标示亨利末日的图记，当她渐次扫描白血病患者的髓细胞，她不禁总想，这些怎么会引起绝症呢？它们太美了。

"发什么愣呢？"

她左右张望。是鲍勃，酒会上认识的那个新朋友。他斜靠在恒温箱边，身穿一套浮夸的西装，口袋里探出一截听诊器。

她放下滴管："我在回忆血液涂片的精美轮廓。你一定会觉得我疯了吧。"

"不会——只是有点神神道道的。我有个病理学老师也酷爱艺术，他一心想当建筑师，结果却成了病理学家。他总爱说'晚期癌症细胞的苏木素-伊红染色图片美得无可比拟'，还给我们看过——我记得是紫红纹理的肺部网状纤维化组织涂片，当时他说：'看啊，如果有哪幅当代艺术作品能与它媲美，就拿来给我开开眼吧。'说实话，我倒没觉得它美到了那种地步。这可不是因为那门课没拿到班上前几名。"

"不，"马德琳说，"审美和成功并没有直接联系。"

"怎么了？"亨利放下画刷问道。如今工作室里摆满了亨利和他新收学生的画，画面取材广泛，有星空、屋舍、躺在人造花丛间的女子、立于

S. N. Dyer

制氧机金属光泽中的佳人。未完成作品随处可见，有的支在画架上，有的挂在墙上，盖住了马德琳雕塑的照片。"都闹一晚上别扭了。"

"你不知道今天是什么日子吗？"

"是咱俩的纪念日。嗯，没法好好庆祝一番了，对吧？他们都不知道我和你是夫妻。"

"但我们可以——"

"咱们不如另选一个纪念日吧，马德琳，找个适合当下生活的日子。有了！就挑医生宣布我得了绝症那天，办一场酒会吧！"他苦笑着转身继续作画。

亨利重拾了对绘画和教学的热情，马德琳也在单位交到了朋友。伴着他们的飞短流长，她为采集各家居民、各地点、各器物的无穷无尽的样本制作着玻片，为营造无菌殖民站的旷日持久之战出一份力。她加入了象棋俱乐部。当一位同事幸运地获批了领养申请，即将离岗去帮助免疫功能不全的三岁新儿子度过可怕的隔离期，马德琳也受邀参加了酒会，向那位同事暂且道别。

她偶尔会在午餐时碰到吉塞尔，两人聊起东家长西家短——甲好像不小心在破窗上割了手指，流血致死？是自杀还是他杀？听说乙新收养的女儿脑部损伤？丙会不会再婚？

然而，或许因为自己幼年时肺炎反复发作导致了肺损伤，与吉塞尔的午餐闲谈最后总会聊到肺功能实验室所检查的一系列顽疾——慢性肺病患者的失能，有抽烟引起的，有放射性纤维化导致的，还有感染性支气管扩张诱发的。

又一场交谈，讲述完又一个因肺疾致残患者的故事之后，吉塞尔换了话题："我今天又收到了你表妹的邮件。"

"安妮特？她最近怎么样？"

"不知道。每次收到邮件，还没焐热就被我删掉了。"

"吉塞尔！你怎么能这样！"

"谁叫那个女人成天在我面前刷存在感！"

"一年才几封邮件，那可称不上是'成天'。"

"她既然把我遗弃到蓝区，何不就断个干净？我又没有求她生我，我不欠她——"

马德琳已经听够了："冷静一下，吉塞尔。你就没动过念头想了解自己的家庭背景吗？你以前有个哥哥，名叫安托万，三个月大时高烧不止，然后是肺炎、脑膜炎、连日腹泻，对免疫球蛋白置换毫无反应，最后没能撑到一岁生日那天。

"遗传学家说，下一个孩子有免疫缺陷的概率只有四分之一。安妮特和皮埃尔想要孩子，于是决定冒险。他们把你当作金珠宝玉一样疼爱，然后，过了三个月，母体抗体逐渐消失，你开始打喷嚏……

"他们没有再要第三个孩子。你不明白吗？让你离开地球，从而能活下去，这正是爱的表现。你母亲爱你，吉塞尔，尽管整整 20 年无法和你见面。"

女孩盯着自己的咖啡杯。

马德琳柔声劝道："下一次收到邮件，请好好看看。"

"啊，两位女士好啊。"

鲍勃坐了下来，吉塞尔哀叫一声。

"两位女士能与最后的红血人共同进餐，幸运至此，夫复何求？"

吉塞尔起身："我得回去工作了。"

鲍勃一直等到她离去："终于是你我独处了。"他嗓门很大，就餐的人听见了，无不震惊转头。

马德琳按捺住笑："终于。"

"我给你带了份礼物。"他把包裹在拭镜纸里的玻片递给她。马德琳打开纸包，对着灯光看了看。

"注意这完美的羽状边缘。"鲍勃说，"20年没制作过涂片了，但我手艺还没生疏。没有什么能难倒最后的红血人。"

"这是——"

"血。当然，是我自己的，正好够做一张赖氏染色涂片，供你回味从前的世界，当人们的动脉里流淌着温热搏动的红血。"

她微笑着揣起玻片："谢谢你，鲍勃。我沉醉于每个鲜艳的红细胞、悦目的白细胞、精致的单核细胞时，一定会想起你。"

他打个哆嗦："你要是发现什么异常——帮帮忙，别告诉我。"

蓝区顶尖及准顶尖人士齐聚一堂，有行政官员、商铺老板、记者。他们一边欣赏画作，一边就着寡淡的红酒讨论政治。

"我们不过是家内销商店，要开要关都是地球人说了算。"

"我说，要是真划不来，他们可不会运行花销这么大的项目。照管卫星、经营工厂有什么不可行的？我们又不是废人……"

马德琳巡视展厅，确保每位来宾都有酒和奶酪。多年的策展经验一朝有了用武之地，她感觉到几分满足。

一位路人突然抓住她的胳膊："你会拉大提琴吗？"

"抱歉。"

"该死，我们差点就能组建一支完整的管弦乐队了，就缺一个大提琴手。"

她立时想建议他雇一个，却也知道少数受雇的地球人受到怎样的排斥和鄙视，便咽下了那句话，邪魅地一笑："早晚会有大提琴手需要肾移植的，只管耐心等待就好。"

她信步展厅，欣赏各幅画作——以殖民站风光为主，另有少量星空美景。亨利的作品自然鹤立鸡群，构图妙意纯熟，笔触洋洋洒洒；而学生作品中可圈可点之处仅在于视角之奇异。来学画的都是像吉塞尔这样自小患有绝症，早早离开地球，在蓝区长大的孩子。其中一名胡子编成辫子的男生，展露出过人的天赋。他的画上各种角度的平面纠缠交错，让马德琳看得头晕，就和她抬头看殖民站另一座圆筒时的感觉一模一样。

她在最后一幅画前停下。矫揉造作的绸花静物写生，吉塞尔绘。它是所有作品中最业余的，马德琳厌恶它的存在。

她听见吉塞尔的笑声。女孩正在接待几位记者，将亨利晦涩的用词转译成艺术宣言。在地球上时，那向来是马德琳的工作；而在这里——马德琳却受困于虚假身份之中。画展如果需要一位女主持，必定非吉塞尔莫属。

一名前卫的年轻艺术家续了杯，指着吉塞尔道："她今晚真叫光彩照人哪。"

"可谓春风得意。"她注意到吉塞尔的父亲逢人就开聊，硬拉着他们欣赏女儿的静物写生。

"我以前也是艺术家。"她说。

"你？"

年轻人显然把她当成了亨利家的老妈子。多形核白细胞的初期形态叫作杆状中性白细胞。马德琳想，多么贴切。

"对。我放弃了自己的事业，以便支持——我的丈夫。但我业余时间仍然从事雕塑，甚至还办过展。"

"雕塑。你是指陶器、塑料之类的？"

"木料。真怀念啊，一把好刀的手感，循着木质纹理找寻天成的形态……"

"嗯，慢慢回味吧。"他说，"我倒挺期望你在蓝区找到一把刀子，一定会把大伙儿吓疯的。"

"真的吗？"她望着他走向展厅中央，刚直的设计风格搭配弧形的边缘棱角，从外部环境层面尽量减少创伤可能。

S. N. Dyer

"啊，刀刃之利，利如童言。"

掌声传来，马德琳看见胡子编成辫子的年轻艺术家向吉塞尔献上一束花，他的卷发使她联想到一簇葡萄球菌。她摇摇头转开视线，一声惊叫又使她猛然回头。

那束塑料花已然落地。吉塞尔紧握着受伤的手，透明的黏稠液体从手上流下，流到地板上。

"啊，糟了，对不起对不起，我不知道怎么会……"那人慌得语无伦次，其他人则吓得呆若木鸡。吉塞尔的父亲揪住年轻人一顿臭骂："你把她害死了！"他嗓音尖厉。

马德琳感觉仿佛身处爱丽丝梦游仙境的场景。她推开人群来到吉塞尔面前，抓起吉塞尔的手，摸到那滑溜溜的液体。她把吉塞尔的手举高，同时按压住小臂动脉。

吉塞尔瞪大了眼睛，浑身发抖，皮肤却未变得苍白，只是加深了无血人本有的病态的蜡黄。"不会有事的。"马德琳说道，眼角余光瞥见了亨利。

他也像吉塞尔那般睁大了双眼，盯着年轻的她，好像也要昏厥过去似的。

马德琳心脏陡然一跳。

"快叫救护车。"她说。

"太荒唐了，每个人反应都那么激烈，你简直要以为她是那个肺都快咳出来的茶花女。不就是割了手指吗？"马德琳望着急救室单人隔间的窗户说道。吉塞尔的中心静脉导管上方悬挂着一升人造血，医生正在缝合她手指的伤口，亨利则握着她的另一只手。

和她交谈的人是鲍勃，他听到外面的喧闹，特地来急救室帮忙。"这里的人经常失血致死。呃，说'失血'不是特别贴切。"

"跟'血亲'差不多。"马德琳说。

"哪个孬种割破了她的循环系统？"

"跟我住一起的那个。"自然而然地把亨利描述成了一个普通无血人。

"哦。"鲍勃将胳膊搭在马德琳肩上，带她上楼到自己的办公室，冲了两杯咖啡。他们默默地品着咖啡。她打量着墙上的装饰，有文凭、证书、裱框的合影。一张照片上，男女十几人身着正装面对镜头，鲍勃却穿着蓝色牛仔裤。另一张照片上，他以蓄须形象出镜，置身于众多白净的脸孔之间。

鲍勃终于打破沉默："我住的地方挺不错，有很多森林美景的海报，床也很大。"

她说："谢谢。我记下了。"

"我可不是在献殷勤什么的。我不能让人逮到，否则，从博伊西到火星该会有多少人心碎。这里只是我的临时居所，你明白吧？"

她点点头："我们也不想惹你女朋友生气。"

"说得好。老天，我真喜欢法国人，理解能力超群。"

"你是个好人，鲍勃。"

"嘿，你觉得最后的红血人还能怎么样？这是要跟我站到同一战线了吗？"

"我还没拿定主意。"

"那你记好，吉塞尔的问题是联合免疫缺陷。"

"那说明什么？"

"说明她只有淋巴细胞存在缺陷。她仍然保留有造血干细胞，可以完美分化出正常的红细胞、血小板、多形核白细胞。"

马德琳放下咖啡："你是说——"

"没错。吉塞尔小时候跟我一样健康，富有血色，长相和外人蓝星佬别无二致。于是她自愿接受化疗，主动移除了造血干细胞，就为了使外表'正常'。"

他站起身，亲吻马德琳的手："当心。吉塞尔虽然年轻，却也果敢坚定。"

344   S. N. Dyer

亨利没事就去医院，在休息厅里睡觉，轻手轻脚在各条走廊间穿行，直到吉塞尔出院，他才回到工作室，在沙发上发呆。只要马德琳从敞开的门外经过，他就腾地跳起来，手握画刷，站在画布面前摆出沉思的姿态，仿佛在思考下一步如何落笔。而画作的进展毫无起色。

最后，一天早上，马德琳上班时，没有一个朋友跟她说话。午餐时分，她刚坐下来，同桌的就立即换到另一张桌子。回到实验室，她发现自己的白大褂被撕得稀烂，储物柜也被人打开，里面的物品全给砸碎了。

"你们为什么这样对我？"她尖声叫道。其他人假装埋头工作，制作玻片标本，或者用显微镜观察。她抓住一名同事的胳膊，把他扭过来面对自己："为什么！"

"痴情狗。"他挣脱开去，嘴里叫着"汪汪"。实验室里的其他人也纷纷学起了狗叫。她逃上公交车，下车后跑完最后的 250 米回到家。前门没锁，亨利的工作室空无一人，但绘画比起早晨已经有了进展。

她走向卧室，猛地打开门。亨利面带歉疚地看着她。吉塞尔坐起来，脸上笑意盈盈，长发衬着象牙黄的皮肤，越显乌黑亮泽。"汪汪。"

"你竟然说出去了！"

"是你表妹上一封邮件里讲的，幸好我听你的劝去看了。她希望我跟你成为好朋友，听你聊聊你和著名画家之间细水长流的平静婚姻。亨利已经承认了。你真不是个藏得住秘密的人，对吧，我的天使？"她靠过去吻他，又回头看马德琳。亨利的表情就像未雕琢的大理石一样木讷。

"你竟然做出这么下三烂的事……"

吉塞尔抢白道："你在这里没有任何权利可言，你这外人。"

"亨利！"

他闭口不应。

"亨利——你也这样对我？好吧，她是年轻、漂亮、又有趣，可是，亨利，这些方面未免太肤浅，就像鱼缸城堡上的闪光一样空洞。"

他终于开口："实验室里冷冻着你的骨髓，你随时可以回地球。我——我是一条鱼，离不开鱼缸，只好在城堡里安居。"

她逃开了。

她身处没有重力的静滞的中央区，手里紧抓着辐条。旁边，一对父女正在玩风筝大战。她望着身下的整个奥尼尔圆筒组件，弧线向上延伸至头顶。假如这里有湖泊、森林、草地，或许将成为一段美丽的风景。而实际却不然——全是闪光的金属和哑光蓝漆。

"进攻呀。"那父亲催促道，"这就对啦！"父女俩咯咯大笑。

马德琳记起那位肿瘤科医生，一个骨架粗大的女人，笑起来眼周全是褶子。"别那么做。"她曾劝道，脸上全无笑意。

"亨利害怕一个人去。"

"算我求你——留在地球上吧。"

"他是我丈夫。"

医生耸耸肩："好吧，你也不是第一个。但你要听我们的安排，首先需要编造一份合适的病历——狼疮，这个借口还没有用过。我们将假称你母亲死于系统性红斑狼疮，而你在病症刚露出苗头之时，便决定提前移民，以免忍受激素副作用之苦。你将接受你丈夫经历过的同样的治疗——杀死体内的所有血细胞，但有一点不同，我们将保存你的骨髓标本，以防你改变主意决定回家。它会一直在冻库里等你。"

"那它会等到天荒地老。"

"天荒地老。"此刻，马德琳喃喃地说出了声。只要推一下高塔，她就将慢慢滑向命运的终点。着地之后，人行道上不会留下一滴红色血痕。

她低头俯视殖民站，视野中的人抽象成了线条。她想象着整个居民群落像菌群在人工培养基上繁衍，而从这么高的地方看下去，它倒更像一具身体、一个活的圆筒，组成它生命的个体小到可以忽略不计。而她自己呢？

S. N. Dyer

外人，传染微粒。

缺乏免疫系统的人们各个联合起来，组成强力的大型免疫屏障排斥她。她该怎么做？是像鲍勃一样留下，在憎恨的围隔中变成一个脓肿，还是向他们认输，从这里飞坠而下……

肌体不能忍受异物入侵，不是你死就是我亡。

她把身外之物全留给亨利和吉塞尔，只带走了珍藏的白兰地——如同拿破仑在寒冬的撤离。她提着瓶子敲门进屋。鲍勃身上只穿了一条牛仔裤，站在房间里凝望红杉林的全息图像。

"给你。"说着，她放下酒瓶。

他头也不回地应道："临别礼物？"

她跨出一步，却没有继续上前："鲍勃，跟我走吧，选择自己的人生。何苦留在这里忍受排挤呢？"

他哈哈大笑，转身面对她。她看见那个纵贯他肚腹的长长的伤疤，创痕不甚考究，源于一场紧急剖腹手术。

他笑意不减："都是醉酒害的。脾脏肿得像个汉堡。"

"切除之后——"

"嗯。肺炎球菌反复感染。"

"抗生素——"

他打断了她："我对硫胺和 β - 内酰胺过敏，其他药物用于长期预防的话，毒性又太大。"

"那——你免疫功能不全，地球环境不适合你，你属于蓝区。"

他又笑了："属于？我是最后的红血人，这里没有容我之地。"

和预期的一样，艺术展上人语嘈杂，杯声清脆。她随着人群离开绘画区，前往展厅中央的雕塑区，在波纹表面球体吞噬小棍的雕塑前停下。两个主体都是用雪松心雕出的，她近来非常喜欢红色系。

一个面色红润的年轻男子细细研看这件作品。"感觉颇有深意。"他说。

"这是一个巨噬细胞，正在吞噬沙门氏菌。"

那人轻声笑道："得了吧，这显然是某种荣格式托喻，表现女性吞食男性之类的寓意。我是摄影师，只要是不比交通信号灯抽象的艺术都难不倒我。你是做什么的呢？"

"我是雕塑师。"她说道，指着底座上自己的名字。

他面不改色地仔细看了看，又猛然转头盯着她朴素无饰的手指：

"你不是结婚了吗？"

她耸耸肩："现在守寡了。再喝点儿？"

S. N. Dyer

新玫瑰旅馆 - （1984）-New Rose Hotel

（加拿大）威廉·吉布森 William Gibson —— 著　李懿 —— 译

威廉·吉布森（1948—　）拥有美加双重国籍，是一位极具影响力的科幻小说家、评论家，人称赛博朋克的"黑暗先知"。书评家一致认为，"赛博空间"（cyberspace）一词由他在 1982 年的短篇《整垮铬萝米》（*Burning Chrome*）中首创，《卫报》则称他"或许是近二十年间最重要的小说家"。他的长篇处女作《神经漫游者》（*Neuromancer*, 1984）对科幻产生了革命性的影响，进一步扩展了他在短篇小说中惯用的主题。《神经漫游者》开篇第一句——"港口上空的天色，如同没有节目时的电视屏幕一般"——令人过目难忘，足可比肩托马斯·品钦《万有引力之虹》（*Gravity's Rainbow*, 1973）的开端"一声尖叫划过天际"。吉布森近年的畅销新作——《图像识别》（*Pattern Recognition*, 2003）《幽灵国度》（*Spook Country*, 2007）、《零记录》（*Zero History*, 2010）、《外设》（*The Peripheral*, 2014）——均设定在超然现实之中，而《外设》特别地带有推理元素。他的新作常以资本主义及计算机科技为背景，寻求信息时代不公正现象的解决之道。

吉布森 6 岁时父亲去世，18 岁时母亲也离他而去。他父亲生前是南卡罗来纳州一家建筑公司的中层管理人员。"他们参与了橡树岭部分原子能设施的修建，而关于橡树岭'安全'问题的忧虑成了家中常备的交流主题。"吉布森在他自传性质的短文《1948 年以来》（*Since 1948*）中如此写道，他在"电视刚刚发明，新款老爷车混搭炫目的火箭飞船风格，玩具充满科幻色彩"的世界里度过了少年时代。

往后，吉布森遇上了"作家巴勒斯——不是埃德加·赖斯·巴勒斯，而是威廉·S. 巴勒斯"，不久又阅读了凯鲁亚克和金斯伯格的著作，用他自己的话来说，两人的作品使他成为"后来反主流文化的零号病人[1]"。

吉布森的短篇小说风格多变,涵盖恐怖、奇幻等类型,更有不少作品兼收并蓄,无法简单进行分类。《新玫瑰旅馆》于1984年发表于《奥秘》杂志,这是一篇经典的赛博朋克小说,在许多方面都比他的标志性作品《整垮铬萝米》更胜一筹。

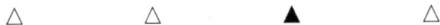

△　　　△　　　▲　　　△

我在这个棺材旅馆里住了七夜,新玫瑰旅馆。桑迪,此刻我多么需要你。有时我恍然与你相遇,记忆在脑海中慢速回放,甜蜜又虐心,如同再度亲历。有时我从包里取出你的小型自动手枪,拇指抚摸过光滑的劣质镀铬层。中国货,点二二口径,与你扩张的瞳孔一般大小,然而你的眼睛已经消失。

福克斯已经死了,桑迪。

福克斯让我忘了你。

我仍记得福克斯倚靠在吧台皮垫上的模样。那是一间昏暗的休息厅,在新加坡明古连街的一家酒店里。他双手比画着,口中高谈阔论,谈及势力范围、钩心斗角、行业的兴衰起伏,以及他在某个智囊团固若金汤的防御中发现的破绽。福克斯是头脑战争中的前锋,公司恩怨的中间人。那些财阀——控制经济命脉的跨国公司——彼此之间明争暗斗,而他就是其中的一个雇佣兵。

我看见福克斯笑容爽朗,他语速极快。他脑袋一甩,将我的冒险贬低为一般商业间谍活动。锋芒,他说,必须找到锋芒。他故意把"锋"字说得很重。锋芒是福克斯尽力争夺的圣物,是人类纯粹天赋的浓缩精华,无

---

[1]　指的是第一个得传染病,并开始散播病毒的患者。

法转移，锁在全世界最抢手的科研员颅骨中。

锋芒无法写到纸上，福克斯说，也无法存进磁盘。

而钱已落入公司叛徒的手里。

福克斯风度翩翩。他额上有一绺不听话的头发，给他平添了几分孩子气，抵消了深色法式西装的严肃。可他走出酒吧的时候，左肩斜的那个角度啊，整个巴黎都找不出一位裁缝能为他掩饰住。这使他的风度大打折扣，看得我心里很不是滋味。他在瑞士联邦政府所在地伯尔尼时，曾有一辆出租车从他身上碾过，没人知道怎样才能让他复原。

我想我选择追随他，就是因为他说他的目标是锋芒。

在寻找锋芒的路上，缘分突然降临，我邂逅了你，桑迪。

新玫瑰旅馆其实是个"棺材架"，位于成田国际机场凋败的外缘地段。在通往机场的主干道一侧，水泥地上架起了一排排一米高、三米长的塑料舱室，活像哥斯拉嘴里过剩的牙齿。每间舱室都装有电视机，高度与天花板齐平。好几天了，我一直在看日本电玩节目和老电影，有时我把你的枪握在手里。

有时我能听见喷气机的声音，它们飞入成田机场上空等待着陆。我闭上眼，想象白色的航迹云逐渐消散，清晰的轮廓变得模糊。

你走进横滨的一家酒吧，与我初次相遇。你是欧亚混血，算半个老外，身穿一件中国制造的服装，山寨自某个东京设计师的作品，显得身段流畅，腰身纤长。你有着欧洲人的深色眼眸、亚洲人的高耸颧骨。我记得后来，在一家酒店客房里，你在床上将手提包翻了个底朝天，扒拉那堆化妆品，还有一卷皱巴巴的新日元、一本用橡皮筋捆扎着的残破地址簿、一张三菱银行卡、一本封面盖了金菊大印的日本护照，以及那把中国产的点二二手枪。

你向我讲述了自己的身世。你父亲曾是东京的一位企业高管，现在却颜面扫地，被财阀之首保坂集团逐出门外。那一夜，你说你母亲是荷兰人，我聆听你用柔声细语为我描绘夏日的阿姆斯特丹，说水坝广场的鸽群就像一张柔软的棕色地毯。

我从没问你父亲到底卷入了何种丑闻。我看着你穿衣服，看着你的黑色直发飞舞，划破空气。

现在，保坂集团盯上了我。

新玫瑰的"棺材"舱室架在回收利用的脚手架上，钢管外镀了一层明亮的搪瓷。爬楼梯时，碎裂的漆片随着我走过小道的脚步纷纷飘落。我沿路用左手挨个点数"棺材"的门，门上贴着多种语言书写的警告：遗失钥匙将处以罚款。

喷气机从成田机场起飞，我闻声扬头。回家的路，遥远得如天边的月。

福克斯很快就看出我们能如何利用你，可他眼光不够犀利，没看出你暗藏野心。话说回来，他从未陪你在镰仓的海滩躺一整晚，从未聆听你倾吐梦魇，从未在星空下细听你虚构的整个童年——一次一个花样，你孩童般的小嘴一张，就揭露一段新鲜的过往。你每回都发誓这次讲的是事实，再不说谎。

这些细节我无所谓。身下的沙子逐渐冰凉，我搂紧了你的腰。

你曾从我身旁离开，跑回那片海滩，说忘了钥匙。结果我发现你的钥匙还插在门上，于是赶紧去追你。你的脚踝浸没在浪花中，光滑的后背僵直，双眼目光涣散。你说不出话来，只是颤抖，失魂落魄，为迷离的未来和美好的过去而颤抖。

桑迪，你把我丢在了这里。

把你所有的东西都留给了我。

这支枪、你的化妆品——塑料盒包装的所有眼影和腮红。那台克雷微型电脑是福克斯送你的礼物，里面有一张你输入的购物清单。有时我把它调出来，看着待购商品——滚过小小的银色屏幕。

冰箱 1 台；发酵器 1 台；孵化器 1 台；配备琼脂槽和透射仪的电泳系

统 1 套；组织植入器 1 台；高效液相色谱仪 1 台；流式细胞仪 1 台；分光光度计 1 个；硼硅酸盐闪烁管 4 罗；微量离心机 1 台；DNA 合成器 1 台，内置微电脑，软件配置齐全。

价格不菲，桑迪，但那时保坂集团为我们埋单。后来你让他们付出了更大的代价，自己却悄然离去。

那张清单是弘志为你列的，也许是在床上。读卖弘志，隶属马斯生物实验室股份有限公司，而保坂集团想得到他。

他是热门人物，锋芒超群。福克斯总爱追着遗传工程师跑，就好比体育迷追逐喜爱的运动明星。福克斯实在太想得到弘志了，他都能尝到自己口中渴望的味道。

你出现之前，他曾三次派我去法兰克福，只为走马观花地调查一下弘志——不在他面前露脸，更不用挤眉弄眼打招呼，只是观望。

种种迹象表明，弘志已经安顿下来，娶了一位德国姑娘，她钟情于传统的罗登呢与鲜栗色的马靴。弘志在城里一片体面的广场边买了一套二手房。他玩起了击剑，放弃了日式剑道。

到处都有马斯公司安全组的人，他们来无影去无踪，密不透风的监视网如同糖浆般浓稠而澄澈。回来后，我告诉福克斯，我们无法接触弘志。

可是，你替我们接触到了他。桑迪，你真是一场及时雨。

保坂集团的接头人就像保护母体的特化细胞，福克斯和我则是有机体诱变剂，是不可信任的密探，在公司之间的暗海上漂浮。

把你安插到维也纳后，我们便联系了保坂集团，开出弘志的价码。那些人连眼皮都没眨一下。洛杉矶酒店套房里一片死寂。他们说需要考虑考虑。

福克斯提到了基因竞赛中保坂集团的头号对手，那个名字就这样脱口而出，打破了禁止使用实际名称的协议。

他们说，得考虑考虑。

福克斯给了他们三天时间。

带你去维也纳之前的那一周，我先带你去了巴塞罗那。我还记得你把头发拢到脑后，塞进灰色贝雷帽里，古老商店的橱窗上映出你承袭自蒙古血统的高颧骨。我们沿着兰布拉大道漫步，走向腓尼基港，路边是铺着玻璃屋顶的市场，售卖从非洲进口的橘子。

老字号里兹大饭店，房间温暖舒适，关上灯，整个欧洲像一床柔软的被子盖在我们身上。我可以在你熟睡时进入你身体，长驱直入。我见你柔软的双唇惊喜地张开成圆圆的 O 形，小脸似要埋入里兹饭店蓬松的白色经典亚麻枕中。我在你体内，想象着新宿车站人潮涌动、灯红酒绿的诡异之夜。你蠕动身体，应着新时代的节拍，如梦似幻，飘飘欲仙。

飞到维也纳后，我把你安置在弘志妻子最爱的酒店。酒店大堂安静厚重，地砖铺得像一块大理石棋盘，黄铜电梯内散发着柠檬油与小雪茄的味道。不难想象弘志之妻在酒店里走动的情景——油亮的马靴映在光可鉴人的大理石上。但是，我们知道她不会来，她没参与这趟旅程。

她去了莱茵兰的矿泉疗养地，而弘志在维也纳开会。马斯公司安全组的人涌入酒店仔细检查，而你躲在他们视线之外。

一小时后，弘志抵达，独自一人。

福克斯曾问我："假设有一个外星人来确认地球的主要智慧生命形式，他只略微看看，就开始选择，你觉得他会选什么？"当时我大概耸了耸肩。

财阀，福克斯说，跨国公司。组成财阀血液的是信息，而非个人。财阀的整体结构独立于构成它的个体。公司本身就是一种生命形式。

"可别又来你那通关于锋芒的长篇大论。"我说。

马斯公司却不是那样。他答道，没有理会我的抱怨。

马斯公司规模小，行动快，冷酷无情，是公司有机体中的返祖现象。马斯是锋芒的集合体。

我记得福克斯曾谈及弘志锋芒的本质。放射性核酸酶、单细胞繁殖抗体、与蛋白质连接有关的什么东西、核苷酸……抢手，福克斯如此评价，抢手的蛋白质，可以高速连接。他说弘志是个鬼才，这样的人总能打破既定范式，颠覆整个科研领域，给知识体系带来整体的暴力修正。基本专利。他说道。这个词代表的那座金山让他不由得喉咙收紧，他似乎已经闻到了那四个字背后百万级的免税之财，正散发着诱人的气味。

保坂集团想得到弘志，但弘志锋芒太露，不免令他们担忧。他们希望让弘志单独工作。

我去了马拉喀什的老城麦地那。我找到一家信息素抽取站，它的前身是个海洛因制毒实验室。我用保坂集团的钱买下了它。

我陪一位汗流浃背的葡萄牙商人走过德吉玛广场的闹市，一路谈论荧光灯和通风样本盒的安装。城墙之外是巍峨的阿特拉斯山脉。德吉玛广场上挤满了玩杂耍的、跳舞的、说书的，小男孩脚踩车床，双腿俱失的乞丐面前摆着木碗，上方播放着法国软件广告，全息图像栩栩如生。

我们信步经过一捆捆原羊毛和一个个装着中国产微晶片的塑料筒。我暗示他，我的雇主计划生产合成 β-内啡肽——总要聊聊他们能懂的东西。

桑迪，有时我会想起你在原宿的日子。我在这间"棺材"里，闭上眼便能看见你——站在各式精品店构成的光芒璀璨的水晶迷宫中，四周弥漫着新衣服的气味。我看见你颧骨高耸的面庞，在摆放巴黎皮制品的铬质货架间流连，有时我牵着你的手。

我们自以为发现了你，桑迪，然而，其实是你主动找上了我们。现在我知道，你一直在找我们，或者说一直在找像我们这样的人。福克斯喜不自胜，为我们的发现开怀大笑：如此美丽的新工具，如手术刀般耀眼。只有这般锋利的你，才能帮助我们刺入马斯生物实验公司那个满腹猜疑的母体，割下弘志这种死心眼的锋芒。

浪迹在新宿的那些夜里，你一定寻觅了许久，只求一条出路。在你口中，你的过去遗落在各处，独独没有新宿，你一定小心地把那些夜晚切除了。

而我自己的记忆，也在几年前失了头绪，不知所终，无迹可寻。我理解福克斯的习惯——他总爱在深夜取出皮夹里的一切，挨张翻看身份证件。他颠来倒去地摆放那些卡片，调挪位置，等待脑海中形成完整的画面。我知道他在找什么。你也同样在纷乱的记忆中寻找真实的童年。

在新玫瑰旅馆，今晚，我替你从那一叠过去中挑出了一张。

我选择了最初的版本——与你共度的第一夜，你在横滨著名酒店的床上背给我听的那段说辞。我选择了你父亲——保坂集团的高管——遭到贬黜的说法。正是保坂集团，多么完美。还有你荷兰裔的母亲，阿姆斯特丹的夏日，下午的水坝广场上，鸽群如柔软的地毯。

我走进希尔顿酒店的空调房，摆脱马拉喀什街头的热浪。我细看你通过福克斯转递的信息，汗湿的衬衣紧贴住我的后腰，触感冰凉。你行事顺利，弘志即将与妻子分别。虽然马斯公司安全组的部署密不透风又无象无形，可你和我们联络起来毫不困难。你介绍弘志去一家绝妙的僻静小馆，喝咖啡、品羊角面包。你最喜欢的那个服务生很和善，一头白发，腿脚有些瘸，他是我们的人。你将情报留在了亚麻餐巾底下。

今天一整天，我望着一架小型直升机在空中划出细密的网格，网格之下就是我的国度，我的流放之地，新玫瑰旅馆。我躲在房门背后，望着它的影子耐心地投在油迹斑斑的混凝土上。好险，离我已经相当近了。

我离开马拉喀什，前往柏林，在一家酒吧跟一个威尔士人碰头，开始安排弘志的失踪计划。

这是一个复杂的把戏，精妙得如维多利亚时代舞台魔术的黄铜机械装置与滑镜，而我们期待的效果再简单不过：弘志走到一辆氢燃料奔驰车背后，凭空消失。十几个密切跟踪他的马斯公司安全人员将像一窝蚂蚁般涌到货车周围，马斯公司安全组的仪器也将聚集到他的消失地点，像环氧树脂一样粘得牢牢的。

柏林的人行动速度向来可期，我甚至能与你共度至少一晚。我没有告诉福克斯，他也许不会赞成。现在我已经忘了那座城镇的名字。上高速路的时候我还记得，而在莱茵地区灰蒙蒙的天空下行驶了一小时之后，躺在你的臂弯中，我又将它遗忘。

天明之前的某时下起了雨。我们的房间有一扇单窗，又高又窄，我站在窗边，望着银针般的雨丝细细密密地扎向河面，聆听你呼吸的声音。河水从低矮的石拱桥下流过，街道上空无一人。欧洲就像一座死气沉沉的博物馆。

我已经替你订好了从奥利到马拉喀什的航班，用你最新的名字。当我走出最后一步棋，让弘志人间蒸发之时，你已经踏上了旅途。

那晚，你把手提包放在深色的旧写字台上，我趁你睡觉时把它翻了个遍。我在柏林为你购买了新身份证，与之冲突的东西统统得丢掉。我拿走了中国产点二二手枪、你的微电脑和银行卡，再从自己包里取出一本新的荷兰护照和用护照姓名开户的瑞士银行卡，把它们藏进你的手包。

我的手擦过一个扁平物件。我将它抽出来，拿在手上。一张磁盘，没贴标签。

它躺在我掌心里，带着一股死意。那是一段尚未生效的编码，正伺机而动。

我站在原地，望着你缓缓呼吸，胸脯上下起伏。你双唇微微张开，丰盈的下唇唇角隐约有瘀青的痕迹。

我把磁盘放回你的手包，躺到你身边。你醒了，翻身靠着我，气息中骚动着新亚洲的每一个激情之夜。未来像澄清的清泉从你身上涌起，冲刷掉我脑中的一切，只剩与你共度的时刻。这便是你的魔力，你生活在历史之外，只属于现在。

你知道怎么带我远离尘世。

那是最后一次。

刮胡子的时候，我听见你把所有化妆品全倒入了我包里。"我现在是荷兰人，"你说，"我得有个全新的形象。"

读卖弘志博士从维也纳失踪了，事发地在辛格街旁侧一条安静的小巷子里，距离他妻子最爱的酒店两个街区。一个晴朗的十月下午，在十几个专业密探的眼皮底下，读卖先生消失了。

他穿过一面镜子，舞台暗藏的魔术装置顺滑运转，送他从另一处离开。

我坐在日内瓦一家酒店的房间内，接到了威尔士人的电话："大功告成，弘志进入了我的兔子洞，正前往马拉喀什。"我给自己倒了一杯，思念着你的美腿。

一天之后，福克斯抵达成田，和我在日航候机大厅的一家寿司店碰头。他刚从一架摩洛哥航空公司的喷气机上下来，面容疲惫，又得意扬扬。

他真不错。这话指的是弘志。我爱死她了。这句指的是你。

我笑了。你曾向我承诺，一个月之后与我在新宿见面。

此时我在新玫瑰旅馆，你那廉价小手枪上镀的铬开始剥落了。这玩意儿工艺拙劣，粗糙的钢铁上压印着模糊的汉字，红色塑料枪柄，两侧各有一条龙，就像儿童玩具。

福克斯在日航候机大厅里吃寿司，为我们的战果而眉飞色舞。他的肩膀一直不舒服，但他说无所谓，现在有钱看更好的医生了，现在什么都买得起。

我不太在乎从保坂集团手里得来的钱，虽然我讲不清个中缘由。倒不是难以置信自己新发了这笔横财，而是在与你共度最后的良宵之后，我开始相信一切都是上天注定的，这是万物的新规则，我们的角色身份决定了我们的价值。

可怜的福克斯。他的蓝色牛津衬衫从未如此整洁，巴黎西服从未如此纯黑华贵。他坐在日航候机大厅里，拿着寿司在一个小方碟里蘸翠绿的山葵。他的生命还剩下不到一周。

现在天黑了，泛光灯高挂在贴瓷的金属杆顶端，将新玫瑰的"棺材架"

彻夜照亮。这里的东西似乎都偏离了最初的用途。什么东西都生产过剩，然后回收另作他用，这些"棺材"也不例外。四十年前，这些塑料舱室曾堆在东京或横滨，为差旅商人提供现代化的快捷住宿。也许你的父亲也曾在里面过夜。后来它们换了簇新的脚手架，摆在银座的玻璃墙高楼外围，里面挤满了一群群建筑工人。

今晚的微风送来了弹珠厅里清脆的撞击声，以及马路对面推车上炖蔬菜的香味。

我正往橘子米酥上涂抹蟹味磷虾酱。飞机的引擎声清晰可闻。

在东京逗留的最后几天，福克斯和我住在凯悦酒店第五十三层相邻的两间套房。我们没有和保坂集团联系。他们付清酬劳，便将我们从公司数据里抹除。

但是，福克斯还不肯罢手。弘志是他的心头肉，福克斯对他产生了一种特别的兴趣，堪称父爱。他喜爱弘志的锋芒。因此，福克斯让我跟麦地那的葡萄牙商人保持联系，而对方也愿意替我们偶尔留意弘志的实验室。

他从德吉玛广场的一个货摊边上给我们打电话，听筒里传来小贩卖力的吆喝声与阿特拉斯排箫的乐声。他告诉我们，有人在调遣安全人员进马拉喀什。福克斯点点头，保坂集团。

十来通电话之后，我觉察到了福克斯的变化，他神情紧张，心不在焉。我经常见他站在窗前，望着五十三层之下的帝国花园，迷失在思绪之中，却不肯透露心事。

某一次通话之后，我要求他把详情告诉我。我们的线人看到有人进了弘志的实验室，他认为可能是莫恩纳——保坂集团的首席基因工程师。

又一次通话之后，他确认那就是莫恩纳。再一次通话后，他确认希达纳也到了马拉喀什——他是保坂集团蛋白质研究组的组长。两年多以来，还从没有人见过他俩离开公司的生态建筑。

此时便真相大白了：保坂集团的首席研究员们正悄悄集结在麦地那，

而黑人执行官李尔斯也乘坐碳纤维翼机潜入了马拉喀什机场。福克斯摇摇头。他是专家，是内行，他认为保坂集团将所有顶级人才聚集到麦地那，绝对是一个重大的决策失误。

见鬼，他说道，给自己倒了一杯黑牌威士忌，现在他们整个生物部的人都在那儿。只消一颗炸弹，他摇摇头，一颗手榴弹，在正确的地点、恰当的时机……

我提醒他，保坂集团的安全部门一定会采取最完备的措施。保坂集团在摩洛哥议会有很多门路，再说了，他们能大规模派出密探向马拉喀什渗透，说明摩洛哥政府已经知情并给予了支持。

"别管了，"我说，"都结束了。你已经把弘志卖给他们了，赶紧忘了他吧。"

"我很了解现状。"他说，"我知道，这种事我以前见过。"

他说，实验室研究中存在一种不可控的变数。他称其为"锋针芒尖"。一位研究员取得突破之后，其他人不一定能重复他的结果。这种情况在弘志身上发生的可能性很大，因为他的研究总是与所在领域的思维模式相悖。通常的解决办法是，将取得突破的研究员空运到企业实验室，行一个按手礼以求福佑，然后再给设备随便做一点调整，实验便可以继续顺利进行。完全不合逻辑，福克斯说，没人知道为什么会这样，但事实就是如此。他不禁莞尔。

他们就是想借此碰运气。他说，那些杂种告诉过我们，他们想孤立弘志，让他远离顶尖的核心研究。一群浑球儿。我敢打赌，保坂集团的科研活动中一直有权力争斗。一定是哪个有权有势的人，把自己偏爱的研究员都弄了过来，让他们成天黏着弘志，静候幸运的降临。等弘志的基因工程研究有了成果，麦地那的那伙人就准备动手了。

他喝干苏格兰威士忌，耸耸肩。

"睡吧。"他说，"你说得对，这一票买卖已经结束了。"于是我便去睡

William Gibson

觉，但后来又被电话吵醒。又是从马拉喀什打来的，一串叽里呱啦的葡萄牙语，声音里透着恐惧，还夹杂着卫星通信的静电噪声。

保坂集团没有冻结我们的账户，而是让它们凭空消失了。我们的黄金成了童话。上一分钟，我们还是世上拥有最多硬通货的百万富翁，下一分钟就成了穷光蛋。我叫醒了福克斯。

是桑迪，他说，她出卖了我们。马斯公司安全组在维也纳策反了她。天啊。

我望着他用瑞士军刀割开破旧的手提箱。里面，他用万能胶粘了三根金条。柔软的条块，每一根都经过鉴定，盖有某个已消失的非洲政府的国库印章。

我早该想到的。他说道，语调平淡。

我说不可能。我想，我提了你的名字。

忘了她吧。他说，保坂集团想要我们的命，他们认为是咱俩出卖了他们。快打电话查查咱们的账户。

我们的存款消失了，他们注销了我们的所有账户。

跑吧！福克斯说。

于是我们拔腿逃跑，经由服务间侧门跑进东京的车流，逃往新宿。那时我才第一次领教了保坂集团的魔爪伸得有多远。

我们吃了不少闭门羹。有些家伙跟我们做了两年生意，一见我们的身影，就哗啦啦地放下了卷帘门。我俩得赶在他们抓起电话通风报信之前逃出生天。地下社会的表面张力增长了两倍，不管跑到哪里，我们都遇上同样紧绷的薄膜，被弹回。我们根本没有机会遁地隐匿。

保坂集团放任我们跑了大半天，随后派人再一次弄断了福克斯的脊梁。

我没有见到他们出手，只是看见了福克斯的坠落。那时我们在银座一家百货商场，打烊前的一个小时，我看见他从珠光宝气的夹层楼面上摔下，划过一道弧线，摔在中庭的新亚洲商品中间。

他们奇迹般地跟丢了我。我没命地奔跑。福克斯带走了金条，而我口袋里仍有一百新日元。我往前跑，一路跑向新玫瑰旅馆。

我大限将至。

跟我来吧，桑迪，到成田国际机场，聆听一路的霓虹嗡鸣。泛光灯在新玫瑰旅馆外闪亮，几只夜蛾懒懒地绕着圈。

有意思的是，桑迪，有时我感觉你并不真实。福克斯曾说，你是灵的外质，是经济极端化召唤出的幽灵——新世纪的幽灵，在世间各家凯悦与希尔顿酒店的千千万万张床上凝聚成形。

此刻，我的手揣在上衣口袋里，握着你的枪。那只手似乎十分遥远，脱离了身体。

我记起那个葡萄牙籍合作伙伴，当时他急得忘了怎么说英语，情急之下用上了四种语言，把我搅得云里雾里。我以为他说的是麦地那起了大火。其实烧坏的不是麦地那，而是保坂集团最优秀研究员的大脑。瘟疫，我的合作伙伴低声说，瘟疫、高热、死亡。

福克斯实在聪明，他在逃亡途中就厘清了来龙去脉，甚至无须我提及在德国时从你包里发现的那张磁盘。

他说，有人篡改了 DNA 合成器的程序。保坂集团买下那东西，就是想一夜之间合成最具锋芒的高分子，利用合成器内置的电脑和预装软件。仪器很贵，桑迪，却不及保坂集团最终为你赔掉的数目。

希望马斯公司给你开了个好价钱。

当时我手握磁盘，望着河面飘雨。我心中知道磁盘肯定有问题，却无法直面此事。我又把那段脑膜炎病毒编码放回你的手提包，躺在你身边。

于是，莫恩纳死了，还有保坂集团的其他研究员，包括弘志在内。希达纳遭受了永久脑损伤。

弘志居然没有考虑过污染问题。他设计的蛋白质是无害的。所以他让合成器独自轰鸣了一整晚，依照马斯生物实验有限公司的规格，制造出了一种病毒。

马斯公司，规模小，行动快，冷酷无情。锋芒的集合体。

机场公路长而笔直，我一直行驶在阴影里。

我朝电话那头的葡萄牙人大吼，让他告诉我那姑娘怎么了，弘志的女人出了什么事。消失了。他说。我耳畔仿佛有维多利亚时代的机械装置在咔嗒作响。

因此，福克斯必须坠楼，怀揣三根可怜的金条，最终折断脊梁。他躺在银座一家百货商场的地板上，那一刻所有顾客无不侧目，之后纷纷尖叫。

可我就是无法恨你，宝贝。

保坂集团的直升机又飞回来了，没开探照灯，而是使用红外线追踪，感知人体热源。一千米之外，它掉头朝我们飞来，飞向新玫瑰旅馆，远处传来沉闷的嗡鸣。在成田机场的灯光映照下，机身的剪影一掠而过。

我心中坦然，宝贝，只希望你能来这里，握住我的手。

罐子 - (1985) -Pots

（美国）C. J. 薛利赫　C. J. Cherryh——著

阿古——译

卡罗琳·贾尼丝·薛利赫（1942—　），是一位颇具影响力的美国科幻作家，住在华盛顿州斯波坎城，获得约翰·霍普金斯大学硕士学位，她的作品深受古希腊古罗马神话的影响。十岁时，在最喜欢的电视剧《闪电侠》停播后，她开始写起了小说，并于1976年荣获约翰·坎贝尔最佳新人奖。她最著名的小说是"联邦 - 联盟未来史"（Alliance-Union Future History）系列，特别是《深潜站》（Downbelow Station, 1981）和《塞梯》（Cyteen, 1988）——都获得了雨果奖。"联邦 - 联盟未来史"系列小说，故事设定在银河系的广阔舞台上，时间跨度是第三和第四千禧年期间，在这期间，信奉商业文化的联盟，拥有巨大的星际贸易飞船，在更残酷无情、信奉扩张主义的联邦核心地带，积极开展跨星际贸易，挣扎求生。薛利赫围绕这个设定，写作了一系列小说，积极深入地探讨了这种复杂的星际政治环境及其对社会经济的影响。

她的第一部小说是《伊芙雷欧之门》（Gate of Ivrel, 1976），是"摩圭因"（Morgaine）系列小说的开篇，之后又陆续出版了《萱》（Shiuan, 1978）、《艾泽拉斯之火》（Fires of Azeroth, 1979）和《流亡之门》（Exile's Gate, 1988）。在这些小说中，星际阴谋不再只耽于离奇的幻想，而被赋予了更多深刻寓意，并有一位浪漫英雄的不懈追求在其间贯穿始终。理性的基底与华丽的文体，达成了一种微妙平衡；在这个系列小说中，薛利赫可说是运用新颖的当代笔调，写出了新一代的星际浪漫史。

薛利赫的首部短篇小说《卡桑德拉》（Cassandra, 1978）获得了雨果奖，曾入选多个年度短篇选集。2004年，她从之前的两个短篇集《夕阳》（Sunfall, 1981）和《可见光》（Visible Light, 1986）中，遴选佳作，并加上其他16个故事，出版

　　　　　　　　　　　　　　　　C. J. Cherryh

了《C. J. 薛利赫短篇小说集》(*The Collected Short Fiction of C. J. Cherryh*, 2004)。

《罐子》首次出版收录于年度短篇选集《战后》(*Afterwar*, 1985)，用相当不寻常的情节，探讨了未来的人类学或考古学。这篇小说，以非常有趣的方式，展示出作者的诸多优点，包括丰富的情节与将科幻小说中的现代创想和传统母题巧妙融合的天赋。

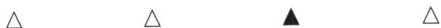

△　　　　△　　　　▲　　　　△

这是一次最艰难的旅行，太空梭在大风肆虐的行星上降落。要穿戴增压服，还要背着笨重的生命维持设备包。德尚从降落平台上走下来，蹒跚地踏上行星表面，他挥手赶开那些蜘蛛形小机器人，它们正忙不迭地献殷勤："公民，这边走，这边走，公民，当心——当心脚下；撕破增压服会危及你的生命。"

低级服务机器人。德尚很讨厌它们。执行部门的主管只派了这些东西外加一辆八轮人工智能运输车来接他，麻烦的是，人工智能运输车选择停在了离发射平台喷射区域五百多步远的地方。他得穿着皱巴巴的、走起路来碍手碍脚的供氧增压服，穿过一个尘土飞扬的洼地，步行很长一段距离。德尚心情抑郁地转过头，向太空梭瞥了一眼，太空梭被置于着陆装置之上，是青铜色的天空下一个尖锐的银色橛形物，如此压抑的天空，令他不禁打了个寒战，他不再坚持，把小小的行李箱丢给那些令他不快的服务机器人，继续蹒跚着走向等候着的人工智能运输车。

"日安。"运输车一边打开车门，一边说着蠢话，"我的载客隔间并非安全环境，您明白吗，德尚阁下？"

"明白，明白。"德尚爬进去，坐在前座上，车子随之轻轻地晃了晃。蜘蛛形机器人们乱成一团，一副昆虫般的呆样，正在不厌其烦地调整着行李箱的放置位置，这里推挪一下，那里拨弄一下，直到结果符合它们机械呆板的模式比较的工作概念。真是让人抓狂。典型的机器人式低效率。德尚在装有压敏传感器的座位上狠狠拍了一下："快点，赶紧发动吧，好吗？"

人工智能运输车向它那些更迟钝的表亲发话了，一声尖叫就把它们吓得四散逃窜。"当心车门，公民。"车门自动降低并锁上了。人工智能启动了吵闹的发动机。"需要我把车窗变暗吗，公民？"

"不，我想看看这地方。"

"深感荣幸，德尚阁下。"

对一辆运输车来说，得到一个公民屈尊回应的确算是一种荣幸了。

到达工作站之前，要在洼地上开很长一段路，路上的尘土变得越来越松软，车子开过，一路卷动起漫漫灰尘。松软的尘土，地上还有风蚀的空洞，让运输车不时起颠簸——（"非常抱歉，公民。你感觉舒适吗？"）

"舒适，非常舒适，你开得非常好。"

"谢谢你，公民。"

终于——终于！——有东西打破了单调的地平线，一片丘陵隆起的曲线，还有一座怪模怪样的山迎面而来，一个巨大的长条形，从模糊逐渐清晰；在那些蜿蜒伸展的褐色丘陵映衬之下，这个平滑的规则山体，简直有辱"山"这个名字。

从远处看，肉眼只会把它当作是一块火山岩或者沉积地层，或者某个不寻常的非要探头而出的倔强岩层，而在这片荒野之上，其他的山体都已经消解，彻底退化成了平淡无奇的平原。但当运输车沿着它的边缘行驶时，发现山体上有接缝，还到处可见凿刻的痕迹，尽管事先知道其来历，但是近距离观察这接缝，这古代的人造遗迹，还是让游历甚广的德尚激动不已。再往前，工作站进入了视野，它背靠着那片苍茫起伏的丘陵，是座落在这棕色的死寂行星之上一排醒目的绿色穹顶建筑。这样的穹顶德尚已经见怪不怪了。德尚在座位上扭转身，头盔上的变形罩抵在双重密封的车窗上，

C. J. Cherryh

目不转睛地盯着那块巨大的凿石看，直到车子把它甩在了后面，扬起的尘土遮挡住视线。

"快到了，阁下。"人工智能说道，带着一如既往的欢快劲儿，"马上就要到工作站了，只要再往上爬一点。我会开得很平缓的。"

运输车驶上斜坡，摇摇晃晃地往上爬去。从前车窗望去，穹顶看上去一下子拉近了很多。车子的马达发着低沉的嗡嗡声。"为您服务我深感荣幸。"

"谢谢。"德尚低声道谢，看见前面又出现了一条步行道，一段铺着塑料网格的上坡路，通向一个空气阀，四周不见欢迎人员的踪影。

运输车停了下来，伴着一阵气动的鸣声，调整停好，立刻，更多的服务机器人，向他聚拢过来。

"感谢您的乘坐，德尚阁下，当心您的头盔，当心您的生命维持管线，下车请您当心脚下，地上的土很滑……"

"谢谢。"有这么一个人工智能同行，可真够省心的。

"感谢您，我的阁下。"车门升起。德尚从座位中奋力挣出，下到积满尘土的地面，小心翼翼不让氧气包碰到车门框，他有点不适应这重力，突如其来的重量让他呼吸一紧。服务机器人跑去拿他的行李箱。德尚气喘吁吁地沿着塑料网格步行道，向那些鲜艳的石灰绿穹顶走去。都是塑料制品。此地如此荒芜，甚至连塑料都生产不了，这些塑料还是用飞船上的备用生物制造的。这里一点活物都没有，死寂得令人发怵；就连引导他在湖床低地降落的信号，也是由机器人发出，紧接着，又是一辆冷冰冰的人工智能运输车来接他。

空气阀打开了，三个穿着增压服的活人出现了。终于，等了那么久之后，有血有肉活生生的地球人向他走来，来欢迎他了。之前，尽管那巨大的凿石山，那些鲜艳的绿色建筑和研究用机器人已经证实了报告的真实性——德尚仍然觉得这地方死气沉沉。他费力向前，握了握那几只伸过来的戴着手套的手，接受了他们的致意，然后继续沿着塑料网格步行道向敞开着的空气阀走去。他的心情仍然低沉。这个地方对他来说仍然有隔阂，就像身处噩梦之中，熟悉的事物被恶意地扭曲了。

自从上次见到这个行星，他已在外航行了一百年，只有在其他行星的同步轨道上稍事停驻时，接收过第三手报告。在这颗行星上一百年的经营，航空港之外，又建立起了研究中心，天空狰狞依旧，研究中心旁边的这座凿石山，当年曾经是一个大湖的堤坝，湖早已消失了。

当然，还得算上在其卫星上的一些发现。一些手工制品、一块画着符号的布。原始，原始得不可想象。预示了日后在这颗枯萎的锈褐色行星上的发现物。

他跟随欢迎人员走进了主穹顶的空气阀，在圆柱形的阀室里等待。终于，指示灯从白色变成橘黄色，内门打开，允许他们进入，他才长舒了一口气。他走进去，脱下头盔，深深吸了一口气，空气却意外地浑浊，令他不快。这个中央穹顶的大厅布置得中规中矩，塑料墙体，管道外露。大厅地板中央的花盆里，一些植物正挣扎求生。花盆前立着一根黑柱，上面挂着一幅再普通不过的抽象画：一块板上画着两个裸体的外星人形象，一个恒星系的星图——画面仿制得很逼真，连划痕和蚀斑也一并复制。要是在别的地方，这抽象画平淡无奇，根本就不起眼。

但这抽象画属于这里，属于这个星球，它含义深刻，是古代人留下的信息。

"德尚阁下。"一个女人的声音从背后传来，他笨拙地转过身，增压服让他行动不便。

是格森博士，这个穿着科学家蓝色制服的年长女人，绝对是她。这罕有的荣幸让他一时不知所措，也将他到目前为止所感到的冷落感一扫而空。她向他伸出手。震惊之下，他也伸出手去，想起自己还戴着手套，他赶紧缩回手，急急忙忙地脱手套。她的举止优雅，他却手忙脚乱，相形见绌，

C. J. Cherryh

他的手触到了——不，是被这位传奇般的智者粗糙的、年老的手掌紧紧握住了。她的手劲柔和，手掌粗粝，她浑身散发着成熟和活力。他一时竟忘了言语，想起来此的目的，他不禁感到一阵深深的挫败感。

"来吧，让他们帮你把增压服脱了，德尚阁下。你旅途劳顿，得好好休息，睡上一觉，喝杯热茶。机器人正把你的行李箱拿到房间去。这里的宿舍称不上奢华，但住着绝对舒服。"

他感觉自己在殷勤的陷阱中越陷越深了。在这样的氛围里，人会丧失所有的方向感，任由自己被温情和欢愉、被盛情难却的心理解除武装。

"我想先去看看那些我为之而来的东西。"德尚拉开更多的拉链，任由那些人帮他把增压服脱掉，并抚平工作服上的皱褶。如此直截了当是不是有点粗鲁，显得过于急促了？"我想我还不能休息，格森博士。在太空梭上我已经休整过了。我希望能早点儿熟悉这边的状况，如果你能派一个工作人员领我参观一下——"

"当然，当然，请跟我来，我带着你四处看看。我会尽我所能给你讲解。我会尽量让你充分了解这里的情况。"

从一开始他就有点不知所措。他以为会是某个高级官员来接见自己，顶多是某个行动主管，从未想过会是格森。他小心翼翼地走在博士后面，这个佝偻的身形在学生和低级工作人员中款款走过，安详而高贵，仿佛正降福于他们——我看到博士了，那些年轻人曾习惯于压低嗓门如此窃窃私语，在飞船上时，在其罕见的唤醒期内，格森有时会心不在焉地在走廊里走动。我看到博士了。

那语气就像是看到了神灵降临。

他们极少去唤醒她，低级研究人员已经足以应付绝大多数行星。德尚是第五任领航执政官，也是在航行中出生的第四任领航执政官，小小的时间膨胀效应影响下，在两千年的航行中，他度过了五十二年的唤醒期——而格森已经度过数十万年的沉睡期。

这位老学者，这个耐心地破译着宇宙中最神秘的古迹的伟大侦探，身体弯驼如弓，皮肤上散布着老年斑，却散发着逼人的高贵气质，令德尚心折不已，同情之心也油然而生。来这个行星让他感觉很受罪，但远比不上格森在此受的罪多，她还要忍受那种内心世界的孤寂，为了避免打搅她的研究工作，飞船上的工作人员被严禁去打扰她。

学生们冲过去为他们开门，身体贴在墙上为他们让道，他们一路往穹顶迷宫中更深的厅室走去。学生们伸手触碰德尚的衣袖，向现任领航执政官致意，尽管心情不佳，他仍然尽量致意答礼。他的心脏怦怦急跳，还不习惯这里的重力。冲击他鼻子的不仅有塑料建筑材料和空气循环机发出的恶臭，密集人口拥挤在一处发出的体臭，空气中还有一股燧石般的苦味，仿佛空中飘浮着静电或者干燥灰尘。他想象着是外面的致命空气泄漏进了穹顶，越想越不安。他深深地感受到这个地方危机四伏，盘算着要尽早离开。

就在他出外航行时，格森在这样的环境里忍受了七年，被唤醒了四次，现在正是第四次唤醒期，到现在已经持续了五年，是她所有的唤醒期中最长的一次。她找到了值得她如此消耗生命的数据，因此她慷慨地燃烧着自己。她相信这是值得的。她相信，这一次值得献出生命去追求。

想到这里，他激动莫名，浑身颤抖不已。他跟随格森走过一道密封门，进入另一个穹顶，眼前的情形让他不禁心惊胆战：只见门两旁排满了架子，每个架子上都摆满了头骨，放眼望去，到处都是黑深深的眼洞、咧开的下巴骨。这些头骨有些是长吻的，有些是短吻的。一些小型的无吻头骨上面有尖牙，看上去很有智慧生物的模样——要是有人看到其全息图，或者见到送上同步轨道实验室的那些标本，第一印象肯定感觉它们像迷你的地球人，像有着成人容貌的婴儿。真正的智人头骨摆放在随后的架子上。一排排的头骨眼洞深陷，颅骨浑圆，扁平的牙齿微微咧开，流露出一种恶毒的笑意，散发着死亡的永恒恐怖——当人们从这个荒芜之地把它们发掘出来

C. J. Cherryh

时，内心最深邃的恐惧感一定被它们激起过。

格森在这里停下脚步，选了一个小型的智人头骨，看起来经过很多修复。德尚至少还能辨别真骨头和粘在上面的塑料骨头。这个头骨比其他的头骨要精致得多，腭骨更小。两颗门牙是修复品，一面的脸骨也是。

"这是个孩子。"格森说道，"我们叫她密西。她埋在丘陵上的一条小溪边，是这个遗址中我们发现的第一具骸骨。她腿骨的大部分已经消失了，但整个骨架还算比较完整。密西单独一人，只有一只小动物蜷缩在她的臂弯里。我们把那只小动物放在密西旁边——没去考虑什么分类。"她又从一堆智人的头骨当中拿起一个经过很多修复的与众不同的头骨，有尖牙，很小巧，"考古学家也有柔情的一面。"

"我……能理解……"盛情难却，身不由己，德尚不情愿地伸出一根手指，摸了摸那个孩子的头骨。

"继续沉睡吧。"格森把两个头骨轻轻地放回架子上，拍了拍手上的灰尘，继续往前走。德尚跟着她，穿过一道很普通的门，走进一间忙乱的屋子，工作台上堆满很多手工制品。

他们的到来让工作人员大吃一惊，他们纷纷停下手头的工作，站起身来。"不，不，继续工作。"格森轻声说道，"我们只是路过，别管我们——这里，看到了吗，德尚阁下？"格森小心翼翼地越过一个研究人员的肩膀，伸手在长桌上拿起一个细长的有棱纹的瓶子，瓶子上有一层因长久掩埋而产生的乳白色氧化膜。"我们发现很多这样的瓶子。大批量生产，工业化制造。不仅仅在这块大陆，同样的瓶子在整个星球的所有遗址上都有发掘，分布在地层的最上层。相同的设计。制造日期在临近大灾变的前夕。我们用这样的小东西来追踪和分析可能存在的全球联盟和全球贸易。"她放下瓶子，拿起另一个几乎完整的容器，但经过很多的修补，"总会找到些罐子，德尚阁下。通过这些瓶瓶罐罐我们在不同的年代里追踪，发现存在很多的层次和结构。这个星球上的联盟和贸易有一段复杂而漫长的历史。"

德尚伸出手，摸了摸容器被腐蚀的深色表层，发现在长期掩埋生成的灰白色垢壳上，有一种蓝色釉光的残痕："这得多久——才能把一样东西腐蚀成这样？"

"这取决于土质，取决于土壤的湿度和酸度。这个是在这里附近发掘的。"格森把瓶子轻轻放回架子上，继续前行，微微弯驼的脆弱身躯缓缓走过堆满古物的过道，"但要历经非常非常久的时间才能破坏到这个程度——几乎所有其他的人造物品都消失了。金属氧化，塑料降解，布料消失得非常快；纸张和木头在干燥的气候下能保存相当久，但最终也会消失。潮湿的空气把雕像的细节都销蚀掉，只有贵金属能够保持完整。土层潜动会压歪石头、压扁金属。我们发现的保存最好的罐子，也都是一堆碎片、一撮残片。尽管这些罐子很脆弱，但它们比纪念碑还要持久，它们和掩埋着它们的泥土一样持久，旱地、沼泽地，甚至海底的海床——那里没有海洋生物来打搅它们。这些瓶子和罐子和那座宏伟的大坝一样值得尊敬。制造者们肯定没想到会出现这样的结果，你说是不是？"

"但是——"德尚的脑中不同的意象纷至沓来，平原上的巨大凿石、淤泥、深藏的秘密。

"但是？"

"你非常有可能遗漏重要的细节。毕竟有一整颗星球有待探索。你很可能因为忽略了某个细节，而导致全盘理解错误。"

"哦，是的，这的确有可能。但是我们在事先预料的地方发掘到东西，这本身就是一个重要线索，德尚阁下，一种证实——我只要考虑先从哪里着手。我们先锁定最有希望的地点——同步轨道卫星拍摄的遥感照片上，某处凹陷或凸起，比起机械的机器探测，人能从这遗址的轮廓中获得一种感知，德尚阁下。"格森漆黑的眼睛一敛，眼角皱起些许细纹，一副深不可测的神情。德尚被格森不可思议的思维方式搞得莫名其妙。如此衰老的一颗头脑到底在想什么？误入歧途了？这位伟大的学者会不会堕入了神秘

C. J. Cherryh

主义的泥沼？如果把这个发现报告上去——应该能够让自己从这里尽早脱身。但是背上诽谤这位伟大学者的罪责……

"这是一种对活生生的人群的感知，德尚阁下。这感知拂过大地，说道——如果回到远古之前，如果我想要建造，如果我想要贸易——我将往何处去？我的邻人们住在哪里？"

德尚轻咳一声，希望话题能够回归实际："机器人的探测，当然，也不无协助之功。"

"探测，德尚阁下，都是不带感情色彩的。机器人的确功能强大，但研究者只在远程指导，对各种线索和大地并无真切感受。但你是在太空中出生的，对此你没有切身感受。"

"我相信你说的话。"德尚诚挚地说道。他能感受到天空的威压，这灰沉沉的可怕天空，这层病恹恹的膈膜，阻隔在他们和月亮群星之间。母星上的人们曾经记得格森、曾经记得她，在其研究领域里她曾经声名显赫。这位年老的科学家声称，她在这样的地景中，可以通过看到机器人摄像头看不到的东西来定位遗址，可以通过思考那些头骨生前承载着的思维……

这生前是多久之前？

"我们寻找土丘。"格森说着，细琐的脚步继续向前，这一区域里正在一丝不苟工作着的学生和工作人员纷纷低头致意，表情羞涩。微细电针正在作业，耐心地剔除着垢壳，让容器的表面重见天日。"他们建造大型建筑、摩天大厦，其中一些一定保持了，哦，上万年不倒；但一旦支撑不住，它们就倒了，它们倒塌成一堆瓦砾；风吹日晒，河流碰到这样的废墟会绕行，于是，风吹来和水漂来的沉积物，会堆积起来。从这点上考虑，其自身的重量会导致堆积物移动和扭曲，增加我们工作的难度。"格森在另一张桌子边又停了下来，上面放着一些立得笔直的全息屏板，她挥了挥手，一幅地景出现了，是倒塌在洼地里的一排弯曲扭转的砖瓦。"看那堵墙，扭来扭去，歪来歪去。他们当初可不是这样造的。重力和土层潜动让它变形。

它一直被掩埋着，直到我们把它发掘出来。不然，风吹雨淋早就把它摧毁了。这一次，如果时间不去再次掩盖它，风雨可不会放过它了。"

"那块巨大的凿石——"德尚挥了挥手，指指想象中那个大坝的方位，马上意识到自己早已失去了方向感，"年代多久了？"

"和它拦起的那个湖一样久远。"

"和那个瀑布也一样久远吗？"

"是的。要知道，就算恒星都熄灭了，这些巨型物体也许仍然会存在。一些大坝、散布在整个星球表面的金字塔——它们存在的年限难以预测。除了那些山，它们将比这个星球上所有其他的地表特征都要持久。"

"没有生命。"

"哦，生命是有的。"

"正在衰退。"

"不，不，没有衰退。"博士挥了挥手，在第二块全息屏板上出现了一个水坑，水中翠绿一片，水草随着水流摇摆着羽毛般的卷须，"月亮的引力使得这行星还不至于一片死寂。这里有水，当然没有大坝以前拦着的水多——那是水草，这小小的水草给这个行星带来了一个希望。那些小生物、飞来爬去的小东西——地衣，还有平地上的那些小生命。"

"但它们无知无觉。"

"不。生命已经演化出新的形式，生命正重新开始。"

"但它们可以获得的能源不多，不是吗？"

"是不太多。这是伯索基博士感兴趣的问题——在这里开启的新一轮生命进化是否有足够的时间来完成，消费曲线累加起来是否会挫败——但生命并不知道这些。我们对污染问题极其关注。但恐怕这是避免不了的。谁知道呢，也许会添加一些有利因素。"格森博士一挥手，又一块全息屏板亮起。一只流线型的六足生物精神抖擞地快速穿过一片枯萎的苔藓，突然又中途停下，疯狂地转动起触角，探测着什么。

C. J. Cherryh

"这颗星球上的居民就是这副尊容。"德尚失望到了极点。

"但这种小生命每进化出一个新的世代，都是一次绝对的成功。上一代的确悲惨地灭绝了，但它们对这悲惨并无意识。意识要，哦，得等五百万年——然后，也许意识会萌芽。如果那时候恒星还没熄灭，但这个恒星系里的恒星早已经过了壮年期。"又一个全息图亮起，是一片沙漠景象，风沙肆虐，和旁边的全息图中水草荡漾的池水对比鲜明。"生命推动生命。你看到的这些水草正忙着推动别的生命出现。它吸收并转化养分，构建起一条生态链，让别的生命可以以此为生，而它自己的种属也能趁机壮大。这就是生命的做法。它无意识地忙忙碌碌，但偶然之间，就为自己铺就了一条跃向宇宙的大道。"

德尚向她投去不安的一瞥。

"哦，确实如此。生物总量，石油存储，亿万年的能量蓄积正等待着意识来支配。意识，只要产生，将支配整个行星，因为意识是更有效率的推动生命的方式。但意识也是危险的，德尚阁下。一种意识就是一台释放所有潜能，独立运算的计算机，只为某一种水草服务。亿万个这样的计算机一起运作，运算得越来越快，不断调节着自身，也影响着生态环境，要是在最初的时候，就发生了一些小小的最不起眼的软件错误,结果会如何呢？"

"你不会相信这样的理论，你不会把我们的理论认识降低到这样的水平。"德尚的信仰被震动了。这个好女人并没有不坚定，是这个伟大的智者动摇了自己的信仰，原来如此——这个伟大和蔼的博士，在其不可思议的耄耋之年，变得愤世嫉俗了，他不得不以区区五十二年的人生经验来反驳她，"可以肯定的是，你肯定找不出这方面的证据，博士，这也可能是一场自然灾害所致。"

"哦，没错，陨石撞击。"博士在第四块屏幕上挥出一系列全息图，还有一个置于天空背景下的陨石坑，陨石坑是如此巨大，行星表面的弧度在图片中都显现出来了。这是这颗行星的主要特征，在太空中也清晰可见。

"但是这个恒星系中,这样的撞击痕迹层出不穷。像这样的多行星的恒星系,在流星穿越银河系的过程中,是极易受到流星的光顾的。看看那些没有大气层的行星体、那些卫星,考虑一下撞上它们并留下陨坑的陨石数量。告诉我,远航者,我说得对吗?"

德尚吸了一口气,被问到自己在行的问题,一阵轻松:"当然,这个恒星系是极易发生这样的事故的。但陨石坑数量如此之多是因为——"

"也许发生撞击的时候,这里仍然是智人的世界。但这致命的一击是落在一个已死的世界上。"

他看着陨石坑残刻的边缘,风沙侵蚀的消融的地壳,整个地貌的苍茫古老:"你说的没错。"

"不同的地层、无数的罐子。具有讽刺意味的是,他们肯定非常惧怕会发生这样的撞击事故。我想他们一定对这样的灾难有所察觉,也许是看到了月亮上的陨坑,也许是他们理解这个恒星系的运行机制,也许是在原始社会目击过这样的撞击,然后牢记在心。从这里诞生的智慧生物,此刻仿佛就浮现在我眼前……是什么在推动它?它又在寻求什么?"

"你又怎么知道?我们只不过是在把我们的想法强加在他们的期望之上——"话刚说到半截,德尚冷静了下来,一阵羞愧和惊慌涌上心头。胆敢冲撞她,这简直是异端的行径。要不是及时刹住,他会说出难以挽回的轻率言语;在晚饭之前,就会传到同步轨道空间站的执政官们耳中,这会对他造成永久的损害。

"我们站在他们的地景之中,把玩着他们的骨头,我们把他们的头骨拿在手中,试图设想他们的世界。这里,我们生活在一个危机四伏的天空之下,我们该怎么做?"

"试着逃离,试着从这个行星逃脱。他们逃脱了,那些太空遗迹——"

"太空考古总是那么轻易。不管是一百万年,还是两百万年,那颗星星仍在闪耀。记录仍然可以解读。最初的那束光线照射之后,亿万年之久,

C. J. Cherryh

这色彩仍然在清晰地照耀。行星的一面被微尘啃噬，另一面却毫发无损，宛若新生。你一直在问我这些废墟的年龄。我们知道，而且打心底里就从来没有怀疑过——他们是在什么时候陷入沉寂的？"

"肯定不是在智人阶段！"

"跟我来，德尚阁下。"格森挥了挥手，熄灭了所有的全息图，继续向前走去，打开了通往另一个厅室的门，"有那么多东西要分类。在那间屋子里有很多工作要做。他们大部分人都是学生，尽其所能地修复、编号、编目。这是图书馆员干的活，只为了知道东西被归档在何处。再花五百年时间，投身于编目分类和修复，也许我们能对他们获得足够多的了解，从而知道他们在想些什么，但是除了月亮上的那些遗物，我们可能永远也发现不了更多他们的书面语言。一种小小的水藻正在重新启动生命进化，这也许不是第一次——有趣的想法。"

"你是说——"一阵嗒嗒嗒的紧步，德尚在空荡荡的狭窄走廊中追上年长的博士，"你是说——在那些智人进化之前——存在其他的灾难、其他的重新启动？"

"哦，好一个之前。让我不禁毛骨悚然，可不是吗？想想这里的生命竟然固执得如此不可思议，降至天空的灾难又是如此的频繁——先是水藻，然后是些爬来爬去的小东西，如此缓慢地爬向生态链的顶点——"

"前一代智人？"

"有趣的问题。但是主宰世界的并不一定得是智人，德尚阁下。只要够坚忍，效率够高。其他的行星不是已经证明了吗？高等智人是稀有的珍宝。有那么多成功的进化到头来都是死胡同。进化出了脚蹼，却没有手；缺少发声器官——除非你相信心灵感应，反正我是不信的。坚决不信，发声器官是必需的。某种远距离交流的手段。光闪、声音，或者别的。否则个体就会孤立无援，一遍又一遍地重复发明和发现，却不能共享知识。哦，即使已经有了意识——即使已经被赐予了如此珍惜的品质——有多少物种因为缺乏某种必要的器官，或者因为某种缺陷，而在文明之前止步，对科技望洋兴叹——"

"更与太空旅行无缘。但他们做到了，他们千里挑一——没有他们——"

"他们没有。嗯。"格森转过身，柔和的眼睛近距离盯着他看，顿时，他感到一种可怕的寂静，坟墓般的寂静，"他们刚度过童年就终结了。不管是怎么发生的。他们终结了。"

他哑口无言。他站在那里，有那么一会儿无法动弹，他的心一落千丈。然后，他眨眨眼，缓过点神来，像个无助迷茫的孩子一样，跟着博士后面继续走。

让我休息，他的脑筋转动着，让我们忘了这个开场白，忘了这一天，让我找个地方，坐下来，喝杯暖茶，驱走这刻骨的寒气，然后我们重新开始。也许我们能通过真凭实据，不带绮思地开始这交谈——

但他不能休息。他害怕在这个地方已经容不得他休息了，一旦他的身体停止运动，天空的重量就会压垮下来，这天空曾经预兆了历史上所有那些失落物种的灭绝。这大地的沧桑会渗进他的骨头里，让他噩梦连连，即使更大尺度的恒星也未曾让他陷入梦魇。

这些年我一直在航行，格森博士，有生之年我探索了一个又一个恒星。时间相对性把我们俩都变成了时间的孤儿。这个星球会让你变成圣人。我，则无人知晓。一百万年还没过掉四分之一——他们就会遗忘。噢，博士，你比我更清楚一个行星是如何迅速衰老的。一百万年还没过掉四分之一——我们就都成了时间的孤儿。我，不停地被克隆。你，陷入了漫长的沉睡，你的几个克隆体承载着未来亿万年的生命期，也在沉睡——噢，博士，我们会再造你。但你已不是原来的你。我也不再是原先的那个德尚，我只是领航执政官五世。

一百万年只过掉四分之一，我们种属的其他人没有超越我们，但愿他们没有，但愿他们没有发明更快的运输方法来发现我们，这群失落了无数

C. J. Cherryh

个世代的先行者，我们将不会知道彼此。格森博士——我们怎么可能知道彼此——也许他们有这个能力，但是他们并未做到。我们本身就是最前沿的探索者，后世的探索者永远不可能追上我们、赶上我们。

一百万年只过掉四分之一，也许某些灾难降临，我们自己的星球会不会也已经变得像这个星球一样，死气沉沉，锈迹斑斑？

我们是克隆体，克隆体的克隆体，基因化石，种属中的异类？

我们和原来的种属，到底是什么关系？我们在寻找他们的古迹，那些宇宙探测器的制造者。

德尚的思维混乱了，尽管他精通时间相对论计算，看惯星际间的浩渺虚空，他努力要厘清思路，他和博士正走过一条过道，不知不觉间，已经落后了博士很多步。他加快脚步，在下一扇门边，赶上了格森。

"博士，"他伸出手拦住她，对自己的问题有点顾虑，顾虑自己的说法会堕入异端，也对她的异端之说心有余悸，"你确定无疑吗？你肯定不是那么确信。他们也可能在发生灾难之时，离开这个星球，一走了之了。"

那双柔和的眼睛再次逼视过来，无比威严："告诉我，告诉我，德尚阁下。在你所有的航行中，在最近一个世纪对附近几个恒星系的探访中，你可曾发现什么痕迹？"

"没有，但他们很可能已经走——"

"没留下任何痕迹，除了在他们的月亮上？"

"也许别的行星上也有，探险队在第四行星上——"

"什么也没发现。"

"你自己也说过，除非你亲自站在那个地景之中，除非你以他们的方式来思考——也许阿索德特博士找错了地方，他没有找到那座正确的山、那块正确的平原——"

"就算那里有远古遗物，数量也极少。我来告诉你我是怎么知道的，来吧，跟我走。"格森挥了挥手，那扇门打开了，通向另一个实验室。

德尚走了进去。他宁愿走出去待在荒芜的行星表面，也不愿穿过这道门，去直面格森许诺给他的答案……但习惯促使他前去面对，习惯、责任，也出于必要。他的人生除了追求这个答案没有其他目的。作为领航执政官，德尚·达斯的第五世克隆体，本来就没有什么目的曾托付给他。他们把最初的德尚送入太空时就是盲目的，第二世克隆体就更迷茫了，时间和一系列的克隆把所有的东西都剥夺了。所以他走了进去，走进一个既不起眼又感觉怪异，绝对称不上正常的地方。不起眼是因为这里和所有的实验室一样单调，灯光明亮，桌子上放满杂物，四下散布着一些研究人员。怪异是因为一边墙壁的架子上堆满了成百上千副头骨和骨殖，像一群沉默的见证者。一张桌子上摆放着一具被框架撑起的组装好的骨架，是一具小动物的骨架，仍然保持着被死亡凝固的奔逃姿势。

他停了脚步，环顾四周，在这些远古头骨的空洞眼窝凝视之下，一时惘然若失。

"让我来介绍一下我的同事们。"格森说着话，德尚似听非听，当格森说出一连串名字时，他只能无助地眨眨眼。动物学家伯索基是其中一个，比大多数人都年轻，第十七世克隆体，在恣意挥霍年岁中燃烧着自己的生命，所有世代的伯索基·南的克隆体都是如此。其他的名字滑过他的耳朵时，更加支离破碎——纯粹的陌生人，航行途中出生的后代。像迷失在那些头骨的凝视中一样，他也迷失在他们的凝视中，那一双双能够从影子和尘土中辨别出真相的眼睛，一对对流露着秘密和异见的眼神。

他们认识他，但他不认识他们，就连伯索基阁下他也不认识。他觉得自己的独孤，自己那无助的宿命感，全都遗落在外面的灰尘和静寂中了。

"卡郭德特。"格森对一个头发花白、驼背的人说道，"卡郭德特，德尚阁下来看你的模型了。"

"啊。"他那双布满皱纹的眼睛不安地眨了眨。

"给他看看，拜托，卡郭德特博士。"

C. J. Cherryh

这个驼背的老人走到桌子边，伸开双手。一幅全息图闪现，德尚不禁眨了眨眼睛，期待着看到一幅可怕的画面和一具复原骨架。不料，一行行文字在空气中掠过，绿色和蓝色。数字点缀其中，越来越多。吃惊之余，他错过了开头，之后的内容也看不出个所以然："我没看清——"

"我们现在用统计资料说话。"格森说道，"我们现在用数据说话，我们用数学公式来表达我们的异见。"

德尚转过头，害怕地瞪着格森："我和异见没什么关系，博士。我只关心真相，我是来寻找真相的。"

"坐下。"博士柔声说道，"坐下，德尚阁下。坐那儿，把那些骨头挪开一点，快点，骨头的主人们不会介意的，坐下来，很好。"

德尚瘫坐在一张板凳上，正对着一张白色的工作桌。他本能地抬起头，眼睛被一块挂在墙上的石头吸引，上面画着一张脸，岁月侵蚀，模糊不堪——

图像和骨头放在一起的做法让他有点着迷。平板上画着的那两个身体、那个雕塑、那一排排头骨。

灭绝。星球遭受陨石打击，生命还挣扎在初级的发展阶段。灭绝。

"啊。"格森叫道。德尚循声看去，看到格森也在仰头望着墙上那幅画。"是的。那幅画。有时候倒下的石头会掩盖并保护一些扁平的东西。我们验证过，真的。但头骨告诉我们的也很多。通过测量和全息图我们能还原他们的肉身。我们能复原他们——栩栩如生。你想看吗？"

德尚的嘴巴动了动。"不。"卑微的回答，胆怯的回答，"以后吧。这只是一处地方的情况。你仍然没能说服我来接受你的论点，博士，我很抱歉。"

"这个地方，就是我们要寻找的那颗星球，一个多层的行星。最表面的一层掩埋着来自同一时期的丰富的古代遗物，属于同一个全球文化圈。然后沉寂了，物种全都灭绝了，被一层又一层荒土所掩盖。百万年的地质记录——"

格森绕过去，坐在桌子对面的椅子上，手肘放在桌子上，一堆骨头隔在他们中间。格森绿色的眼睛在明亮的灯光下漾出睿智的神采，她的嘴巴四周有一圈皱纹，细细的裂纹隐现，像古老陶器的表面："统计数据，德尚阁下，货真价实的统计数据告诉我们，告诉我们手工制品制造中心的位置，告诉我们这些史前遗物的成分和工艺——没有朝向发明高级材料的进步。没有发现任何一种我们已经习以为常的材料，比如可以保持长久不锈蚀的金属——"

"也许他们发明了某些新的工艺，某些可以彻底降解的材料。也许他们的信息存储介质是某种可逐步降解的材料。也许他们是在太空中生产那些材料。"

"科技发展不是一蹴而就的。那些不掺一点水分的数据，淘尽沙尘得来的真实数据，史前遗物的种类和数量，这些数据和罐子——总是些罐子，德尚阁下；还有那些不朽的石头，那些明摆着的陨石坑——那些不可否认的陨石撞击。我们难道不曾为我们自己的星球避免这样的灾难吗？我们难道不曾这样做过吗——哦，就在我们出发的半个世纪之前。"

"我确定你还记得，格森博士。我确信在这点上，你比我有优势。但是——"

"你看到了证据，但你还紧抓着你原来的希望不放。但现在只剩下一个问题——不，两个。是这个文明发射了那些探测器吗——是的。这是他们定居的唯一星球吗？毫无疑问。即使第四行星上有史前遗物，也被风暴冲刷、掩埋，失踪了。"

"但是它们也许仍然在那里。"

"但是数量极少。不存在某种演化序列，德尚阁下。这才是问题的关键。除开这些实物、这些材料，什么也没发现。这不是一个能进行星际远航的文明。他们发射了那些低速无人探测器，上面装着照相机、装着电子眼——但不是为了来看我们，这点我们早就清楚。我们只是打捞到一些漂浮的残骸而已，仅仅是一些冲上海滩的残骸。"

"你是有预谋的！"德尚嘶声叫道，激动得浑身发抖，在这间屋子里，身处一群沉默不语的异端的包围之中，他是孤掌难鸣的虔信者，"格森博士，你身居机要——身负重托，担负重责，我恳请你考虑自己所做所言的影响——"

"你这是在威胁我吗，德尚阁下？你来就是为了这个，来叫我闭嘴吗？"

德尚绝望地看了看四周，看了看这突然静下来的屋子。探针和镊子发出的细密嘀嗒声停息了。所有人的眼睛都望向他们。"拜托。"他重新看向格森，"我来这里是搜集数据；我期待一次简单的会面，几次和工作人员的会谈——慢条斯理地去考虑一些问题——"

"我已经让你失望了。你是在担忧如果执政院和我意见不统一，事态会变得不可收拾。我当然充分意识到自己是在以一个机构的名义行事，德尚阁下。我记得德尚·达斯。我记得那最初五艘飞船的发射。德尚的四世克隆体，我见过三世。更别提那些执政官的不同世代的克隆体了。"

"你不能不把他们当回事儿！即使是你——我会为你辩护，格森博士，对我们耐心一点。"

"不需要你来教我什么是耐心，德尚五世。"

他不由自主地颤抖了一下，即使格森说出这句话的时候，脸上带着轻柔、温和的笑意。"你必须给我事实依据，博士，而不是什么与地景的神秘沟通。执政院已经承认这里正是我们要找的那颗行星。我向你保证，要不是因为这个，他们才不会花费那么多精力在这里建造基地。"

"瞧，阁下，探测器上的动力系统，能量早已耗尽——除了探测一些近在咫尺的东西，它又能干什么别的呢？即使正统派也承认这一点。近在咫尺的不就是他们自己的恒星系吗？瞧，我看过探测器和信息板的原物，亲手摸过。只是很原始的探索工具，设计来穿越他们自己的恒星系——他们自己还没有这个能力在恒星系内载人飞行。"

德尚眨了眨眼睛："但是这么做的目的——"

"啊，目的？"

"你说你能站在地景中，用他们的方式思考。好吧，博士，现在用用这技巧。那些古代人抱有什么目的？为什么他们要在探测器上搭载那块信息板？"

那双睿智的眼睛闪烁了一下，依旧安详，流露出一丝内心的痛苦："这是一条隐晦的信息，德尚阁下。一条发往他们自己黯淡未来的信息，一个没有目的地，四处漂流的信息瓶。没有回应，也不求回应。我们知道它漂流了多久，五百万年。他们是在对全宇宙广播。这个探测器发射之后不久，他们就陷入了沉寂。——那个尘埃湖的灰尘，德尚阁下，已经积淀了八百二十五万年。"

"我不会相信的。"

"八百二十五万年之前，德尚阁下。灾难降临在他们头上，全球性的灾难，就在探测器发射不到一百年，也许甚至不到几十年。也许灾难是从天而降的，但显而易见是原子弹，而且是他们自己扔的。他们还处在一个不稳定的发展阶段。发生在各处大型人口聚集区的破坏是毁灭性的，而且破坏程度相同。破坏都集中在人口密集区域。这就是那些统计数据的含义。原子弹，德尚阁下。"

"我不能接受这个解释！"

"告诉我，远航者——你知道气候如何运作吗？那些陨石撞击所能做的，原子弹爆炸激荡起的浮尘可以做得一样好，更别提单单核辐射就能杀死数百万人——更别提政府中心区域的破坏：我们说的可是全球灾难，浮尘遮断阳光，导致核冬天，光合作用停滞，生机勃勃的海洋和湖泊被扼死，食物链从最底端铲除——"

"你没有证据！"

"灾难的普遍性，人口中心的毁灭。而且，他们可能有能力阻止陨石撞击。在这点上还有争议。但人口中心的同时毁灭意味着原子弹，在我看来是确定无疑的。那些统计数据，那些罐子和确凿无疑的数据，德尚阁下，已经判定了，答案就是这个。没有后裔，没有人从这个行星上逃脱。在陨

C. J. Cherryh

石撞击之前，他们就自我毁灭了。"

德尚低下头，嘴巴靠在交叉握紧的手上，无助地盯着博士："一个谎言。这就是你要说的？我们在追寻一个谎言？"

"就因为这谎言是执政官们犯下的失误，我们就要如此尽心维护？"

德尚竭力撑着手站立起来，站在那里。格森仍然坐着，仰头盯着他看，漆黑的眼睛里有一种令人惊栗的眼神。

"你准备怎么办，领航执政官？让我闭嘴？这个老妇人晚节不保，变成一个麻烦了：唤醒我的克隆体，重新设定她的记忆——执政官们会选择些什么东西来灌输给她呢？"格森挥了挥手，指了指房间里那些工作人员，无数骷髅眼窝中间那十几双活生生的眼睛，"伯索基也有克隆体，我们这些有克隆体的还好办——但他们要怎么对付其他的工作人员？执政院要费多少周折才能让我们所有人都闭嘴？"

德尚环顾四周，身体忍不住微微颤抖。"格森博士——"他把手撑在桌上，看着格森，"你误会我了，你彻底误会我了——执政院确实占据着空间站，但我也有飞船做后盾。我，我和我的船员。我绝对不会命令你们闭嘴。我回到家园——"这个不习惯的词语哽在他的喉咙口。他考虑着，斟酌着，最后不无温情地接受了，"家园，格森博士，我在外面探索了一百多年，回来却发现这样的争论和分歧。"

"异端指控——"

"他们才不敢这样来指控你。"一声苦笑响起，"对你本人，他们并无成见，你是知道的，格森博士。"

"在他们的暴力面前，领航执政官，我也并无还手之力。"

"她有的。"伯索基博士插嘴道。

德尚转过头，飞快打量了一眼伯索基，瞥见了他绿眼睛里的刚强，也瞥见了他手中石块的坚硬。他回转身，两只手放在桌上，放弃了防卫自己后背的想法："格森博士！我请求你！我是你的朋友！"

"如果是为我自己，"格森博士说道，"我绝对不会还手反抗。但是，如你所说——他们对我本人并无成见。所以一定会是全面打击——执政官们必须让所有人都闭嘴，不是吗？这个基地必须连根铲除。也许他们早已调整了一两颗小行星的轨道，正在撞向这里。伪装成一起采矿船造成的事故，也许他们就能叫这个可怜的古老星球永远闭嘴———举毁灭我还有这些遗物。失落的遗物和异乡的亡魂是更安全的崇敬对象，不是吗？"

"这太荒谬了！"

"由于你的飞船出现在这里，他们的主宰权被部分架空，也许他们会变得更冒进。他们有能力制造原子弹，领航执政官。他们可以用射线武器把你的飞船打残。他们可以直截了当把你也列入遇难名单——异端指控。欲加之罪，何患无辞？毕竟——所有执政官都有随时备用的克隆体，那些船长已经习惯了听从执政官们的命令——处在唤醒期的执政官数量又极少——不是吗？如果像我这样的研究机构都可以被威胁——区区一个第五世领航执政官对他们来说又算得了什么？不过是促使他们加快实施毁灭行动而已。"

德尚略显犹豫之色："格森博士——我向你保证——"

"如果你是我的朋友，领航执政官，我希望你能活命。你要明白，那些机器人都是他们的。能量包里的能量足够它们把信息发送给基地人工智能，再从通信中心发送到卫星，卫星转发到空间站和执政院。这间屋子可以避开机器人的刺探。我们已经处理过。它们听不到你。"

"我不能相信这些指控，我不能接受——"

"你难道从来没听说过什么叫谋杀？"

"那么跟我走，跟我上飞船，我们去和他们当面对质——"

"到航空港的运输线是他们控制的，他们不会允许我们离开。人工智能运输车会拒绝运载。那些飞机上都有人工智能模块，我们也许根本就到不了飞机场那里。"

"我的行李箱，格森博士。我的行李箱——我的通信设备！"德尚心沉了下去，想起了那些服务机器人，"被它们拿走了。"

格森被逗乐了，嘴边绽起一个微笑："噢，远航者。这里科学家一大堆，难道我们连这么简单的东西都拼凑不出来？我们有一台接收发报机。这儿，就在这间屋子里。我们先弄坏了接收机，又弄坏了发射机，它们在登记簿上显示是损坏的。在这个可怜的星球上，多上这么点垃圾又何妨？当你回来的时候，领航执政官，我们本打算联系船队，呼叫你。你迅如闪电，一眨眼就来到了我们中间。生于太空的尊贵阁下，你就像那远古的猛禽，猛扑到猎物身上。你的所作所为一定在空间站里激起了一阵慌乱，引发了一连串会议——如果执政官们图谋着的正是我最怀疑的毁灭计划！那就只能恭喜你了。现在既然已经知道我们有一台发报机——而你的太空梭停靠在这个星球上，和这幢建筑物一样易受攻击——你会怎么办？领航执政官，要知道卫星中继系统可是被执政官们控制着的。"

德尚一下子颓坐下来，他紧紧地盯着格森："你从来就没打算要杀我？所有这些——你是在设计拉拢我？"

"我的确抱有这样的期望，没错。我认识你的前代，我也知道你的个人名声——你一年接一年地燃烧着你的岁月，仿佛拥有无尽的生命。这一点可不像你的前代。你是什么样的人，领航执政官？狂热者？偏执狂？在这件事情上你到底站在哪一边？"

"你到底——"他的声音变得沙哑陌生，"你到底要我做什么，格森博士？"

"我要你拯救我们不受执政院的攻击。我要你拯救真相。"

"真相！"德尚绝望地挥舞双手，"我不相信你。我不能相信你，你所说的阴谋和你的研究一样离奇，你还想把我卷入政治斗争。我只想努力找到那些古人留下的足迹——一条线索，一件可以拨开迷雾的遗物——"

"一块新的信息板？"

"你这是在取笑我。随便什么都行，任何指明他们去了哪里的线索。

他们肯定是离开了这个星球，博士。你用那些统计数据根本说服不了我，你的统计数据不能涵盖所有不可预料的因素。"

"所以你会继续寻找——那些你永远也找不到的东西。你会对执政院效忠，他们肯定也会和你合作。他们会批准你的研究，并放弃这个星球……当然是在毁灭打击之后，在实施毁灭我们和所有记录的打击之后。一颗小行星，难道不是那些机器人在追踪记录着小行星的轨道吗？天晓得那颗小行星现在离我们已经有多近！"

"人们会知道这起谋杀！他们掩盖不了！"

"我告诉你，德尚执政官，你站在这个地方，环顾四周，你自己说说看——在这个被陨石撞得坑坑洼洼的荒芜星球上，在这个紊乱不堪，小行星经常出没的恒星系里——一起小行星采矿船输入错误引发的撞击事故，不是比原子弹袭击来得更可信吗？实话告诉你，看到你的太空梭降落时，我们以为你是执政院派来的。你的行李箱里也许藏着一样武器，他们的机器人故意未检测出来。但我相信你，领航执政官。你和我们一样陷在了这里。手头只有一台发报机，卫星中继系统又是被他们控制的。你会怎么办？说服执政院你是支持他们的？说服他们支持你下一步的航行计划——以换得你对他们的支持？也许他们会听你的，让你安全离开。"

"他们会听我的。"德尚说道。他深吸一口气，目光从格森看到其他人，又从其他人看回格森脸上，"我的太空梭由我自己控制。我自己的机器人，格森博士。太空梭和我的飞船保持着通信连接。我只需要那个发报机一用。如果你觉得情况如此危急，可以向我寻求保护。信任我。要么就别信任任何人，我们都待在这里，等着看真相到底是什么。"

格森伸进一个口袋，拿出一块造型奇特的金属构件，微笑，眼睛四周皱起一圈细纹："一把老式钥匙，领航执政官。我们今天说的钥匙，指的是完全不一样的东西，但请记住，我本人就是一件古物。让我们把那些机器人搞个措手不及吧，伯索基。把天线竖起来，打开那个柜子，看看领航执政官和他的太空梭都有些什么能耐。"

"它收到你的呼叫了吗？"伯索基问道，光滑的脸上流露出真切的忧虑，他手里仍然忘我地抓着那块石头，也许是出于对机器人的害怕，也许是打算用它来对付德尚，如果他胆敢耍滑头，"太空梭开动了吗？"

"我向你保证它在开动。"德尚说着，把发报机关掉了。他深深吸了一口气，把眼睛闭上，想象着太空梭升空，一个银色的橄形物张开翅膀，回到太空，要是被攻击就死定了。他们不会攻击的，他们肯定不会攻击的，当他们知道太空梭发射，他们会向我们发出征询，然后我们就会发现这一切只是因误解而引发的可笑错误。"中继太空梭已经升空了，没什么阻止得了它，它的防御措施相当厉害。执政官们可不是一群傻子。公民们，我们用太空梭来探索行星，是计划让它能安全返航的。"他转过头看着格森和其他工作人员，"信息已经发出。我是个谨慎的人——这里有足够的增压服分配给每一个人吗？我建议大家都穿上增压服，以防有什么事故发生。"

"警报。"格森立刻说道，"纽斯，拉响警报。"一个年长的工作人员应声而去。"室内空气失压警报。"格森说道，"这会把那些机器人搞糊涂。所有人穿上增压服，所有机器人出动检查受损点。我同意穿上增压服的建议，都去穿上。"

警报响起，一阵急促的尖锐声在头顶响起。德尚本能地望向白色天花板——黑暗，外面黑暗的苍穹，太空梭正飞升到蓝色的天际。空间站现在肯定知道事情出了大岔子。它会发出征询，征询信息马上就会发送到星球上来——

工作人员已经打开了第二个箱子。他们拉出增压服，不是预料中的一两件，用于紧急撤离这间空压密封室，而是紧紧结成一团的许多件。这个实验室仿佛有着层出不穷的防御措施，一个偷偷装备起来的堡垒，整个基地，工作人员中间弥漫着一种密谋反叛的气氛——每个人都参与其中。

一件增压服向他递来，他眨了眨眼，耳朵被警报声灌得满满的。他看着伯索基的眼睛，正是伯索基把增压服递给他的。不会有呼叫，不会有执政官们发来的征询。他开始明白了，这些人行动迫切，目光炯炯，他们的行为方式——不是出于疯狂，也不是出于阴谋，是出于真相。他们已经把他们相信的真相告诉了他，整个基地都相信的真相，而执政官们把这真相称为异端。

他的心跳重新振作起来。事态再次明朗了。他的手不再慌乱，迅速穿上增压服，拉紧密封处。

"主人工智能在总控室里。"一个年长的工作人员说道，"我有钥匙。"

"他们要干什么？"一个年轻的工作人员吓坏了，问道，"空间站的武器会攻击这里吗？"

"离得太远，他们不可能奇袭。"德尚说道，"射线武器够不到，导弹飞得太慢。"他的心跳越来越稳定。增压服包裹着他，熟悉的感觉又回来了，敌对的星球和武器攻击，这可是他见惯了的场面。他微笑起来，不是那种出于愉悦的微笑，而是咧开嘴，露出一线坚硬的牙齿："还有一件事，年轻的公民，他们拥有的飞船都是运输船和采矿船。我的飞船可都是猎手。我不得不说，我们的飞船装备武器已有两万年之久，我的船员们对摆弄武器都非常在行。如果执政官们攻击太空梭，他们可真是犯了大错。帮个忙，格森博士。"

"我清楚了，非常清楚，年轻的阁下。"格森帮他把衣领处拉紧，"说起摆弄武器，我可比你——"

在远处响起爆炸的闷响。格森抬头望向上方，所有人都停止了动作。管道里的吹气声停息了。

"供氧系统——"伯索基大声叫道，"噢，该死的！"

"我们已经……"德尚冷冷地说道。他不慌不忙，穿着增压服的每一个动作，他都认真细致。着服操练，娴熟，迅速，足为这些年轻人的榜样：小伙子们，领航执政官正在传授他的着服技巧，注意。"我们刚刚已经得到执政院的答复。我们需要进到主人工智能那里，把它关闭。大家不要恐

C. J. Cherryh

慌。此刻我的太空梭已经脱离大气层——"

——凌驾于灰色的层云之上，远离恐怖的行星表面，银色的尖针已经瞄准了执政院的心脏。

警报，警报，警报，警报，警报——太空梭的信号发射不依赖任何卫星，一束高能冲击波会把信息广播出去。行星上研究基地的人员身陷险境。代码，任何一个领航执政官都不希望发送的代码，一串共生链接的数字：叛变：执政官们是叛徒；援助和拯救研究基地——警报，警报，警报——

——愤怒的尖叫，来到这个积满尘埃的星球，这个堆满枯骨的地方，这个搜寻任务终结的地方。

叛变：警报，警报，警报！

德尚不是个暴力的人，他从来不认为自己是暴力的。他是个探索者，有怀疑精神的人。

他不相信什么东西是确定无疑的。他相信这个活了二十五万年的女人，是因为——因为格森是格森。他大叫背叛，散布恐慌，与此同时，他清醒地认识到也许叛徒就在这里，这个目光柔和的女人，这个头骨搜集者。

噢，格森，如果有足够胆量他会这样问她，你们双方到底谁是错的？迫使执政官们犯下暴力攻击的极恶罪责——这就是你希望的？和二十五万年的人生经验对峙——我的五世克隆算得了什么？仅仅是基因上的一致性，没有记忆。我根本看不透你的想法。

你策划多久了？一千年？一万年？

你站在这个地方，那些在你生前就灭绝已久的古人，你是在用他们的方式思考吗？你拿着他们的头骨，用他们的方式思考？这就是八百万年前他们做过的决断吗？这在过去和现在，都是——出于双重的疑惧——一种双方共同犯下的错误吧？

"德尚阁下，"伯索基说道，一只手放在他的肩膀上，"德尚阁下，我们有主钥匙。我们有武器。我们在等你的命令，德尚阁下。"

上面，厮杀已经开始了。

它只是个服务机器人，它根本不知道大难就要临头。不像主管室里的基地人工智能，它可以奋起抵抗，关闭一道又一道门，释放有毒的大气，主管第一个不幸遇难——

"悲剧，悲剧。"伯索基说道，此时他正身处穹顶前的赭色沙地上，站在那个小小的凹瘪残骸旁边。浓烟从穹顶右边被破坏的生命维持工厂那里冒出来，行星的大气在不停地漏进漏出，与主穹顶泄漏的室内空气混合在了一起——人工智能运输车造成的第一次破坏，就是撞穿了塑料墙壁。"微生物都被释放到这个星球上了——一群笨蛋，一群无知的笨蛋！"

德尚才不去担心什么微生物。八轮人工智能运输车，此时正在调整位置，准备再次攻击冻眠装置。他们和余下的科学家特意待在这个放置冻眠装置的气密房间里，期待会有来自太空的救援；人工智能运输车会撞击塑料墙壁，但活体目标把它的注意力从沉睡着的无助克隆体那里引开——格森最年轻的克隆体、伯索基的克隆体，还有许多年长工作人员的克隆体。

引开它的注意力变得越来越难了。

他们已经坚守了一个又一个小时，避开它的冲击、笨拙的反攻，拖着碍手碍脚的增压服撤退。他们尽力给它造成损伤，工作人员也挖空心思想出些办法来阻碍它的进攻……一大团金属线缠在了它的右后轮上，使它行进困难。

"该死！"一个年轻的生物学家叫道，它正向她的位置冲过来。敏捷的年轻人正投身战斗，而年长的领航执政官是这些人中唯一有战斗经验的。

弯腰，闪躲，潜行。"它想把你逼进制氧装置的角落里，年轻人！这边走！"德尚的心跳紧张起来，那个年轻女人身着沉重的增压服，蹒跚着逃奔，快要被运输车赶上了，"噢，该死，它已经锁定她了！伯索基！"

德尚抓起探针绑扎成的矛，小步跑上前："引开它的注意力！"引开

C. J. Cherryh

它的注意力是他们唯一的希望。

它转弯朝向他们，马达一阵轰鸣，金属的车身起伏扭转，八轮强劲驱动，扬起一片沙尘。"快跑，阁下！"伯索基在他身边喘息着说道。它还在转弯——它现在冲着他们来了，斜刺里突然飞来一块石头，想再次引开它的注意力。

它不为所动，继续冲向他们。人工智能，这个八轮驱动、运转灵活的人工智能突然认定，它当前的行为模式已不再奏效，于是调整了程序，拒绝被误导。这个重型车辆追踪着他们每一次转向，不依不饶地追逐着他们。

越来越近。"先攻击传感器！"德尚大叫道，一脚踩在了滑溜的尘土地上，脚下一滑，但他赶紧站稳，抓紧手里的探针长矛，直直地瞄准它前车窗下挂着的阵列传感器。

嘭！灰蒙蒙的天空被一片蓝色代替，他仰面躺倒，背部着地在沙上滑行，滚动着的巨大充气轮胎在他身体两旁腾起沙土。

增压服，他脑中立刻闪过对增压服磨损漏气的担忧，同时他明白过来，他正被拖曳在人工智能运输车的底盘上，探针上传导过来的高压电击，让他身上的每个关节、每个神经元都在抽搐。

然后一切都安静下来，所有的骚动都停止了。他头晕目眩地躺着，直直地向上盯着那一方尘霾密布的蓝色天空，边缘镶着银边。

他们来了，他想。他想起了他最大的克隆体，二十岁，已经被灌输了良好的教育，正在沉睡之中。你真是个英俊的孩子，他无数次对克隆体说。可怜的孩子，执政官的官衔归你了。你的前代是个傻瓜——

一个影子掠过他的脸。是一个戴着面罩的人在俯视他，一样重物压上了他的胸口。

"走开。"他说道。

"他活着！"伯索基叫道，"格森博士，他还活着！"

这颗星球上的伤痕并不比他来时更多——未被云层遮盖的地方，显露出红色和赭色的土地。水藻在海里、潮水坑里、湖里、河里继续奋斗，和穹顶中泄漏出来的外来微生物竞争着。昆虫和蠕虫继续盲目的进化，在这颗贫瘠、陨坑累累的星球上，它们仍然是主导生物。研究站已经修复完毕，再次运作起来。

德尚从他的飞船上凝视着这颗星球：它就像是指挥台旁边的全息显示矩制造出的一个球体投影。只要他挥一挥手，仿佛就能把它从宇宙中抹掉。十艘船体锃亮的驱逐舰，在外面的太空中排开，它们最近刚从深邃的太空中归来，马上又要出发去执行探索任务。像一群滑溜的鱼，刚跃出海面一次，马上又要潜进漆黑的深海。许多恒星曾照耀它们的外壳，但自从从母星出发，这颗恒星临照它们的次数最多。

不啻家园。

空间站也已恢复运作。尸体交付给了恒星，搜寻任务寻找了那么久的这颗恒星。

在前所未有的五位执政官同时遇难的紧急局势下，搜寻任务的大权目前由领航执政官单独执掌。他们的克隆体还没有被激活，多头执政体制还未恢复。"以后再唤醒新的执政官。"德尚下令道，"等我去别的星球探索时。"先等这次的事件成为历史。

趁现在我还能管得住他们，他想道。他往旁边看去，看到了二十岁的德尚六世，这个年轻人也转头来看他，在三十二个唤醒年之前，德尚曾经在镜子里见过这张脸。

"有什么命令，领航执政官？"

"等我们走后，你就唤醒你的兄弟。六世，马上唤醒他。在这次出航的大部分时间里，我都将处于唤醒期。"

"处于唤醒期，长官？"

"是的。有些事我希望你多加思考。将来我会跟你和七世两人详细

C. J. Cherryh

说的。"

"关于执政官们的事吗，长官？"

听到这样的猜测，德尚不禁挑了挑眉毛："你和我已经协调得很好了，六世。你不用等很多年，就可以继承我的职位。错过这次的战斗，你后悔吗？"

"不，领航执政官！我肯定你也没后悔！"

"反应很机敏啊，果然没让我失望。回归你的位置，六世。你非常走运，不用去应付一起新近发生的分裂，也不用仓促承担执政官的官职，去和五个新的执政官打交道。"

德尚往后仰，靠在椅背上，年轻的德尚六世穿过舰桥，坐在船长旁边的一个属员座位上。领航执政官可不仅仅是虚衔首领，他直接领导着搜寻任务的七十艘飞船，所有的船长和船员都听命于他。让这男孩在测绘航线的职位上先练练手。德尚要试试他的能耐。一阵刺痛让他不禁辗侧一下身体。当时身陷车轮中间，电击把他击得身体挺直，但也救了他，不然就不只是骨折一手一脚了。医护人员已经治疗过：手和脚已经痊愈，只是略为包扎加以保护。胸肋也很紧地包扎了起来，这疼痛比别处尤为厉害。

一次雷达扫描果真定位到三颗偏离轨道的小行星，它们正向行星飞来，空间站的电脑并未准确记录其轨道——等到飞船上的人员运行自己的探测程序时才发现，小行星们被重新定向。

杀害下属，破坏基地，引发内讧。执政官们的罪责，极其严重，证据确凿。

"领航执政官，"联络官说道，"格森博士回电。"

再见，他告诉格森。我不接受你的判断，但我将竭尽所能，去追逐我的信念，让所有想加入你的人留在空间站吧。有一些人自愿留下来，我不会公开宣称理解他们的想法。但你也许可以信任他们。你可以放心，执政官们已经得到了教训。我会亲自训诫。只要我还能施加影响力，所有成员的言论自由都将不受压制。我会关照的。睡吧，也许在有生之年，我们能再次相见。

"接通吧。"德尚说道。格森能屈尊作答，令他既欣喜又紧张，他打开通话开关。他先是听到一阵惯常的哔哔吱吱声，这是在交换通信协议，然后才是格森安详的声音："领航执政官。"

"我听到了，博士。"

"谢谢你的表态。我希望你也一切安好。我希望你一切都好。"

那块信息板就挂在他前面，控制台上方。几百万年前，一个渺小的探测器从这个星球发射，装载着原初的那块信息板。两个外星人裸身而立，其中一个一手举起，一系列的图像，部分受损，指引着搜寻船队数个世纪的航行。一个搭载着一份问候的探测器。早已停止运作的照相机，简单的设备。

向你致敬，陌生人。我们来自这个星球，这个恒星系。

看，这手，创造者的器官——这个应该是我们的共同点。

这些图表：我们崇尚知识和文明；我们不惧怕你们，读到这则信息的陌生人，无论你们是谁。

一群智慧的傻子。

很久以前，曾经的一个时代，也有一群傻子出发去寻找他们……穿越茫茫星海。曾经在二十五万年之前，一群傻子迫切需要证据来证明，他们在宇宙不是孤独的。他们发现了一件饱经尘埃冲击的外星远古遗物，它已经在宇宙中孤零零地漂流了漫长的时间。你好，它说。

这遗物的制造者，那些爱好和平的远古外星人，变成了传奇。他们成了向往的目标，成了激发灵感的源泉。

人们对他们充满了偏执的难以抑制的好奇心，这好奇心拯救了这个文明，使人们放弃了战争，远航星海去搜寻。

"我是当真的——我真的希望你能休眠，博士——省下几年的时间，再去教导后世的人们。"

"我最年长的克隆体已经苏醒，我已不再抱长生不朽的妄念。领航执

C. J. Cherryh

政官，我希望花费自己的余年好好教导她。我已经把你的故事告诉她，领航执政官，她希望能见到你。"

"你仍然可以放弃这个行星，跟我们一起上路，博士。"

"去寻找一个神话吗？"

"不是神话。在这点上我们意见分歧。博士，博士，你待在这儿又能做什么呢？即使你是对的又能怎么样？这个星球上的文明已经灭绝。即使我是错的又能怎么样？我永不停止求索，我也永远不知道答案。"

"但是我们知道他们的后裔，领航执政官。我们，我们就是。我们把他们的故事传遍每一个星球——他们已经变成了一个传说。那些远古外星人、那些先驱者，上百个文明接受了这个神话。上百个文明在这样的信念中成长，并让后代继续传承这个故事。如果你发现了他们又怎么样？你能认出他们吗？天知道进化把他们改变成什么模样！也许我们早就已经遇到过他们，就在我们已经寻访过的某个行星上，但是我们没有认出他们来。"

这是反语，小小的幽默。"也许吧。这样的话，"德尚说道，"我们会再次发现回家的路。也许我们就是他们的后裔——经历了八百二十五万年的变迁。"

"哦，你这神话的编撰者，继续写你的诗行吧，远航者。用传说卷起旋涡，把寓言教给各族，用传奇把整个宇宙都点亮。我对你充满信心。你可知道——我来寻找的正是这个行星，但是——旅行之子，你必须拥有更多。对你而言，旅行本身才是探索。再见了，永别了。世间万事都是福祸相依。许多微生物被释放，这里的生态平衡已经被改变。伯索基已经停止悲伤，开始对这个事态有了很不一样的看法。他的水藻也许会进化出新种——基因链上几处蛋白质的变化——谁知道会产生什么样的变种呢？也许这一次，软件真的被改写了。祝你旅行顺利，领航执政官。去别的恒星，在它的照耀之下，寻找你的远古外星人吧。我们会在这里，在这颗恒星之下，等待着他们的后裔归来。"

雪 - （1986）-Snow

（美国）约翰·克劳利 John Crowley ——著

李懿 ——译

约翰·克劳利（1942—　　），美国小说家、编剧、教师，因奇幻小说《他方世界》（*Little, Big*, 1981）而博得大量粉丝长期的追捧。哈罗德·布鲁姆将《他方世界》赞誉为"被遗忘的经典"。从某个方面讲，克劳利的"埃及"（*Egypt*）系列可视为《他方世界》主题的延伸——包括对家族秘史、记忆的作用、玄奥宗教等话题的探讨。除此之外，他还著有《深渊》（*The Deep*, 1975）、《野兽》（*Beasts*, 1976），以及《引擎之夏》（*Engine Summer*, 1979）——该作品曾获 1980 年美国国家图书奖提名。克劳利目前在耶鲁大学写作工坊授课，同时为《哈珀斯》（*Harper's*）杂志撰写月度专栏。他曾获美国艺术暨文学学会颁发的文学奖（1992）、世界奇幻奖终身成就奖（2006）等各类奖项。

此处收录的短篇《雪》，曾入围雨果奖及星云奖。这篇作品同样采用了克劳利笔下惯常的主题：记忆与遗忘。故事中的机械"黄蜂"用于摄下日常影像永久保存，这在当今时代已基本上实现了。

2011 年，在《光速》（*Lightspeed*）杂志刊登的一则访谈中，克劳利曾谈及本篇故事："构思的时候我想到，需要把故事背景放在相当遥远的未来，从而使得'黄蜂'这种装置的存在更具现实可能性，因此，我特意加入货运飞艇和公路封闭等细节，以表明那个世界已经发生了巨大的变化，有别于现世。小说诞生之时，也就是 20 世纪 70 年代，不管对于我还是对于世人的观念来说，'黄蜂'这种东西的出现确实还非常遥远；而各位或许已经知道，在当今科技条件下，'黄蜂'的制造已基本可行。如今，蜂鸟大小的无人机能够进行人脸识别，能盘旋、跟踪、利用传感器采集并传输数据，其进一步的发展就是将体积缩小至昆虫大小。"

克劳利还指出："在科幻小说的创作中，作者常常会构想出一种近未来有望实现的物体，并将它植入遥远未来的非凡世代，或者将自己所处时代的物品移植进幻想的世界：威廉·吉布森所著《神经漫游者》，因为设定在遥远的数字世界，所以用了这样的句子开篇（记忆中貌似是）：'港口上空的天色，如同没有节目时的电视屏幕一般。'然而，现在的电视就已经不是那样了，没有信号的频道呈现为明亮的蓝底——那种乌云密布的比喻，就像我这篇故事里的'雪'一样过时。但是他又怎能料到呢？"

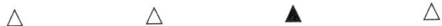

△　　　　△　　　　▲　　　　△

我觉得那业务不可能是乔吉自己办的：尽管她对死亡略有敬畏，却不曾多愁善感。不是她，是她的前夫办的——他非常富有，（据乔吉说）是个终日泪眼汪汪的怪家伙——或者说实际上是为他自己办的，当然啦，因为他是受益人，只可惜安装后不久他就死了，如果"安装"这个词没用错的话。他死后，乔吉处置了从他名下继承来的大部分遗产，折算成钱。反正那场婚姻中她最在意的就是钱。但黄蜂没法真正处理掉，乔吉也就没有管它。

那东西的实际大小，跟体型最大的黄蜂差不多，它和黄蜂一样，精力充沛，喜欢慢吞吞地到处乱跑。当然了，它跟小蜜蜂是同类——我指的不是昆虫，而是微型话筒。它实在是名副其实，世人都能不假思索便吟出这样的断句残章：死啊，你的毒钩在哪里？

乔吉虽然不理会它，它却寸步不离。在它旁边总得小心一些，它会依据乔吉的动作、周围的人数、亮度、她的音调，选择合适的距离跟随左右。随时都有把它关到门内，或是一球拍击中的危险。

它值很多钱（如果算上预付的访问费用和终身保修合同），所以总让人神经紧张，虽然它并不是真的那么脆弱。

它不会随时录像。摄像要求一定的光照，虽然要求不高。黑暗下它自动关机，有时它还会跑丢。有一次，我们好久没看到它在周围飞舞，结果在我打开一扇壁橱门之后，它立马飞了出来，忠心如常，轻声地"嗡嗡"响着，立刻赶去寻找她了。它一定在里面关了好几天。

　　最后，它终于没电了，或者烧坏了。我想，那么小的电路板控制那么多的功能，什么都可能坏掉。最后那段时间里，它成天在卧室天花板上轻轻地撞来撞去，就是不肯下来，好似冬天的苍蝇。后来有一天，女仆把它从写字台下面扫出来时，它只剩一具空壳了。那时它已经为乔吉传输了至少八千小时（八千是保底数量）的影像：她每一天的每时每刻，她的来去，她的言行，鲜活的自己——全都记录在案，存储得满满当当，保存在帕克公祭园。之后，待她离开人世，后人可以到公祭园凭吊，比如说找一个星期天下午，走进她那秀丽园林掩映中（帕克的宣传资料上是这么说的）静谧的个人祭奠室，在那里，你可以运用现代信息储存和访问系统的奇迹，与她单独见面，接触鲜活的她，多面的她，从不改变，从不衰老，常青的影像比记忆中更为栩栩如生（这也是帕克宣传册上说的）。

　　我娶乔吉是为了钱，跟她嫁前夫的理由一样。就是他替她签下了公祭园的协议。我想，她嫁给我是看上了我的相貌，她看男人总是看外貌。而我想写作。我像那些傍大款的女人一样做了一番计算，认定让有钱的太太来扶养我、支持我，能给我更大的自由从事写作并得到"发展"。而我所做的计算，也并不比那些女人精细高明。我扛上一台打字机和一箱各色门类的纸张，从伊维萨岛到格施塔德，到巴厘岛，到伦敦，我在沙滩上敲字，还学会了滑雪。乔吉喜欢看我穿滑雪服的样子。

　　而今容颜既逝，追忆过往，我发现年轻时的自己也算是珍品美男。像我这样的人出现时，基本上都扎在女人堆里，和男人在一起的时间少得可怜；总能立即意识到面前的女人被深深打动，却未能领会真实缘由，也意识不到自己的秀美；以为自己受人倾听、受人理解，自己的灵魂被人看见，其实她们看见的只有大眼睛长睫毛、健壮结实的古铜色手腕，动人地一转戳灭烟头。难以理解。直到那时，我才弄明白为什么长久以来总有人宠我、关心我、倾听我，为什么我之前令人关注，但这种魅力却经年消退。大约在同时，我才意识到自己根本不是个作家。乔吉的投资对她来说没有以前那么合算了，我计算的数额也越发不称心意，直到那时我才开始深爱上乔吉，这是我始料未及的，而她竟然也始料未及地开始爱我，开始需要我，一如她需要任何人。她去世时，我们虽已多年未曾谋面，却从未真正分开。她会在拂晓时分或凌晨四点打来电话，因为她总在各地旅行，却从来记不住地球在旋转，各地会有时差。她行事疯狂、铺张浪费、知足常乐，在她身上找不到一点恶意，也找不到恒心，找不到抱负——她很容易开心，也很容易厌倦，一路行事匆忙，心底却异常宁静。对事物，对日子，对人，她心血来潮地珍惜，又突然不闻不问，乃至遗忘。她纵情享乐，我和她在一起也很享受，那是她的天赋和命运，这种命运并非人人能自如掌控。记得有一次，在纽约一家酒店逗留时，她看着开阔的窗外突降的大雪对我说道："查理，享受会害死我的。"

事实如此。奥地利刚降下一层薄雪，她就一马当先组团去猎雪豹了，那些悄无声息的野兽跑得跟摩托艇一样快。阿尔弗雷德从加州打来电话告知我噩耗，隔得那么远，他口音浓重，又着急要撇清责任，害我一直没听清具体细节。我仍是她的丈夫、她最亲近的人，有资格继承她手中所剩不多的财产，也是帕克公祭园访问业务的受益人。幸运的是，公祭园的服务还包括将她的遗体从格施塔德运回来，安置在她位于公祭园加州分部的祭室。除了签署文件、接收运送乔吉骨灰的货轮抵达凡奈斯港之外，我不需要费心什么事。公祭园的客户代表十分热心，确保让我理解怎样访问乔吉，可我没听。我想，当时我还是个心理稚嫩的小孩，关于死亡的意义、死亡的事实、未亡人的命运、活人面对死亡的境遇，这一切在我看来都很古怪，叫人难堪，毫无用处，而对待死亡的仪式只让我觉得更加古怪、更加难堪、更加无用：我爱的人去世了，因此我要穿上小丑的衣服，倒着说话，购买昂贵的机械来弥补伤痛。于是我回到了洛杉矶。

一年多以后，律师寄来了乔吉保险柜里的部分物品：一些债券之类的东西，还有一个铁盒，盒上镶着天鹅绒，里面装着一把钥匙，两侧齿槽很深，配着光滑的塑料头，像一把豪车的钥匙。

我第一次去公祭园，是出于什么原因？主要是因为我先前忘了这回事：收到寄来的钥匙时的感觉，就像偶然翻到了一堆旧照片。照片新拍时你不曾留意，等到它们泛黄，你才发现它们记录下了过去，却不包含现在，使我满心好奇。

我非常清楚，公祭园的访问业务很可能只是给有钱人开的另一个残酷玩笑，让他们心存幻想，以为真能买到无法买卖的东西，好比三十年前的"人体冷冻"热。我和乔吉在伊维萨岛时，就曾遇到一对与公祭园签约的德国夫妻。他们的黄蜂像圣灵一样成天在头顶盘旋，让他们时时刻刻极为注意自己的形象——似乎随时都在排练那即将储存起来、供子孙后代观看的永恒表演。他们的生活已然被死亡掌控，如同尸身不腐的法老。乔吉曾猜想，他们是否允许黄蜂进入卧室？或者它的存在反而是种激励，让他们更卖力地向未出世的儿孙证明彼此不朽的情爱和令人称羡的精力？

不，不能以那种方式欺生僭死，金字塔、永恒弥撒已然足矣。我找到的将不是起死回生的乔吉，而是我和她共度的八千个小时，真实生活的时间，这些数据存储在那里，比我那错漏百出的记忆整齐有序多了；乔吉没有把黄蜂排斥在她的卧室之外，那是我们的卧室，她从不在任何人面前搔首弄姿，也不会想到特意为它做戏。我也会出现，毫无疑问，被黄蜂不经意间注意到：那几千小时里有几百个小时是属于我的，就是从那时起，我开始关注过去的自己，我成了必须弄清楚的问题，得把相关证据收集起来

John Crowley

掂量掂量。当时我三十八岁。

那年夏天，我找当地一名认识的律师借了张通行许可证（就是HAPpy卡的前身），沿海滨公路驱车来到公祭园，它位于一条美丽的海滨公路尽头，孤独地矗立在大海上方。从外表看去，它像是最有档次、最宁静的那种意大利乡村公墓，低矮的灰泥墙顶上装饰着古瓮，四周植满苍松翠柏，中间是一扇拱门，门上镶了块小小的黄铜匾：请使用钥匙。门开了，迎面出现的不是一方阴暗的墓碑林，而是踏上一条往下的坡廊：公墓外墙只是装饰，真正的内容在地下。寂静，像是那种无名的清幽背景音乐营造出的，无声而孤寂的氛围——所需的技术人员小心地隐藏起来了，或是根本无须出面。当然，访问理念其实本身很简单，至少操作简单。就连我这样的信息技术白痴也看得出来。黄蜂是真正的高精尖产品，但我们扫墓人接触的东西十分普通，就像自制家庭影片或丝带捆扎的旧日信件一样，不足为奇。

入口附近的显示屏告诉我走过哪条走廊能找到乔吉。我用钥匙打开一间小型放映室，里面有一个中等大小的电视显示屏，两把舒适的椅子，黑墙上挂着棕褐色的壁毯，背景音乐甜蜜而忧伤。乔吉的骨灰显然在附近的某处，墙内或地板下，他们没有确切告知其具体存放位置。电视前面的控制面板上有一个钥匙孔和两个条形按钮：访问与复位。

我坐下来，觉得自己很蠢，又有点害怕，他们特意采用肃穆装修和素色物品安抚来人，反而让我更不舒服了。我想象着，在我周围，在其他走廊尽头其他的房间里，还有他人正同逝去的故人神交，而我即将加入他们之列。逝者正在背景音乐的流动中对他们悄声低语，见者伤悲，闻者流泪。我理应也一样，可我什么也听不见。我插入钥匙一转，屏幕亮了起来。微弱的光线更暗了，助兴音乐停止。我按下访问键，显然下一步就该这么做。毫无疑问，很久以前当我在码头接收殓在铝盒里的乔吉下船时，他们已经对我解释过整个操作程序，可我没听。屏幕上的她转身看着我——差不多是直直看向我，我惊得跳起，屏住呼吸——她看的是她的黄蜂。我听到她说的后半句话，看到她做的后半个动作。这是何时？何地？不然就跟其他的一块儿放到同一张卡里，她说着转过头去。有人说了句什么，乔吉应了一声，站起身来，黄蜂的镜头摇摄过去，前前后后地跟着她，像一个用家庭录影机拍摄的业余人士。一间白屋、阳光、藤条筐，这是伊维萨岛。乔吉身穿棉衬衫，前胸敞开，她从桌上拿起一瓶润肤乳，往手心里倒出一些，搽到布满雀斑的锁骨上。那段把什么东西放进卡里的对话继续着，听不明白，然后这个话题搁下了。我看着这个房间，猜测着眼前是哪一年的哪个季节。乔吉脱下衬衫——小而圆润的乳房微微颤动着，大大的乳晕粉粉嫩嫩，四十岁的她胸部和小女孩差不多。她走出房间到阳台上，黄蜂跟出去，被阳光晃成白茫茫一片，赶紧调整。只要你愿意，有人说着，从屏幕前跨过，模糊的一团棕色，没穿衣服。是我。乔吉说，啊，瞧啊，蜂鸟。

她入迷地望着它们，黄蜂悄悄靠近了她的金色短发，同样全神贯注，我看着她专注的眼神。她转头将手肘靠在阳台栏杆上。我不记得这天了。怎么能记得呢？在几百天，几千天之中，那天只是沧海一粟……她眺望着明媚的海面，脸上是沉醉的表情，朱唇微张，心不在焉地撩起护肤乳抹胸。花丛中斑斓一闪，是蜂鸟。

我蓦地心生渴望，渴求更多的过往——不由自主地按下了复位键。伊维萨岛的阳台消失了，屏幕上空无一物，发着光。我又轻按访问按钮。

起初只有黑暗和低语，接着一团深黑色从黄蜂眼前移开，一幕人头攒动的昏暗景象呈现在眼前。画面一跳。又出现了另外的人，或是同样的那些人，派对吗？画面一跳。不知道这是哪里，显然黄蜂在依据光线水平变化自行开机、关机。乔吉一袭黑裙，有人替她点燃了香烟：打火机火光一曳。她说，谢谢。画面一跳。这是一间公寓门厅或者酒店休息室。巴黎？黄蜂忙着寻找她，在人群中来回穿梭；它拍不出电影，没有远景，不会镜头切换——只能亦步亦趋地跟着乔吉，像一个争风吃醋的丈夫，除了她什么都看不见。真令人丧气。我按下复位键。**访问**。某时某地的乔吉在刷牙。

一两次这种莫名其妙的跳跃之后，我明白了，访问是随机的，没有办法查找某年某天的某个场景。公祭园没有提供任何程序，没有，那八千个小时根本没有归档，全都混在一起，好似疯子的记忆，又如一副洗散的纸牌。我之前没有考虑到这一点，还以为会按照时间顺序从头播放到尾。他们为什么要这样搞？

我还明白了些别的。如果访问是完全随机的，如果真的无法控制，那么我刚才看过的景象就几乎永远失去了。它们再次上演的概率应该是八千分之一（会更大吗？会不会大得多？我对概率概念很模糊），可以说，这个键不管再按多少次也调不出来。我失去了那个伊维萨岛的下午，感到一阵悲痛。如今它已两度失去。我在空荡荡的屏幕前坐下，害怕再碰触访问键，害怕我还会失去什么。

我关掉机器（房屋亮度提高，背景音乐又柔声响起），走出门，来到走廊，回到入口处的显示屏前。绿色的名单缓缓滚动，像机场等待出港的航班列表；许多名字旁边没有数字编码，也许表示他们还未入住，仍在等待。D开头的有三个，主管隐藏在他们当中，不留意会把他也当成死者的名字。旁边就是他的房间号码。我找到那间屋，走了进去。主管看上去更像个门卫或者值更的，就是你经常会在门庭冷清的单位看到的，那种打理杂务的半退休人员。他穿着一件僧袍样式的棕色工作服，正在小办公室的一角煮咖啡，除此之外，似乎没有什么需要完成的工作。我进门时，他诧异地抬头看看，脸上的表情活像是上班时间偷懒被抓住了。

"抱歉打扰，"我说，"我觉得好像不太明白这个系统。"

"有问题吗？"他说，"应该不会出问题吧。"他略微睁大眼睛看着我，有点迟迟疑疑的，似乎不太情愿替我解决难题，"设备运转正常吗？"

"怎么说呢，"我答道，"感觉不像那么回事儿。"我把自己对公祭园访问业务的理解描述了一遍。"不应该是那样的吧？"我问，"数据访问完全是随机的……"

他频频点头，仍旧大睁着眼睛，密切注视着我。

"是这样吗？"我问。

"是哪样？"

"随机的吗？"

"哦，是的。对，没错。如果一切正常的话。"

看到他点头表示肯定，我一时想不起什么话来应答。接着我问道："为什么？我是说，为什么根本没有办法去组织材料，或者把访问材料的方式安排得更有条理一些？"我又有了面对乔吉死亡时那种怪异的愚蠢的感觉，像是在争她的财产似的，"随机访问感觉很傻，请原谅我这么说。"

"哦，不，不，不。"他说，"你看过产品资料吗？有没有通读一遍？"

"呃，说实话……"

"跟那上面写的一模一样。"主管道，"我向你保证，假如说真有什么问题的话……"

"我可以坐下吗？"我说着，笑了一下。他好像挺怕我，怕听我抱怨，怕我这个扫墓人，或许会因哀思无处宣泄，冲动起来便忘记他有限的职责范围，怕他自己得想方设法平静。"我敢肯定没有出错。"我说，"只是觉得自己没有领会，我对科技的领会向来很慢。"

"明白，明白，明白。"他懊恼地放开咖啡机，坐到办公桌后面，十指交叉，一副顾问的派头。"人们通过进行访问，能得到许多满足。"他说，"只要摆好心态，甚至可以得到诸多安慰。"他皮笑肉不笑的，真不知道他到底有什么本事，被录用做此工作。"随机的问题，嗒，资料里全都有。出于法律原因——你不是律师吧，不，别误会，别别，绝无冒犯之意。你瞧，这里的材料，嗯，除了用于神交之外，没有别的用意。假设这些材料都编了程序可供搜索，假如对税捐或遗产存在争议，这里就会挤满律师前来取证，完全破坏纪念的意义。"

我还真没想过那一点。正是内置的随机性，才使得亡人的往生免于被人系统地搜索，而且无疑使得从事摄影业的帕克公祭园免于踏入迷局，惹得重重讼务缠身。"要找点什么，得把八千小时看个遍。"我说，"即使找到了，也没法重播，看过便回到原点。"播完之后，那些影像又加入了随机的过往，譬如那个伊维萨岛的下午、那场巴黎的派对，消失了。他笑着点点头。我也笑了，点点头。

　　"说起来，"他道，"随机性这个东西，其实并不在计划之中。它是个副作用，存储过程中产生的副作用。只是偶然。"他扬起的嘴角垂了下来，眉毛严肃地拧在一起。"瞧，我们这里的存储是分子水平。由于空间问题，必须压缩到那么小。我是指那八千小时的保底时间。如果我们用录像带或传统介质，将会占据多大的空间呀？要是访问理念流行起来，需要的空间就更多了。因此我们采用了分子阻阀环道，只有指甲盖大小。这些在宣传资料中都有。"他用奇怪的眼神看着我。我突然有一种强烈的感觉，觉得他在糊弄我、忽悠我，眼前这个身穿工作服的人压根不是专家、不是技术员，他就是个骗子，或者冒充主管的疯子，根本不在这里工作。想到这儿，我脖子上汗毛直竖，不过很快平静了下来。"这就是说，"他还在滔滔不绝，"随机性是分子存储产生的效果，布朗运动。你的行为只要对环道起到了干扰，哪怕只有一微秒，分子也会重新归整。不是我们打乱了顺序，这是分子的自然属性。"

　　我勉强记起，物理课上讲过布朗运动。老师讲过分子的随机运动，还给出了数学描述，就好比一束阳光下尘埃的飘舞，好比玻璃镇纸中村舍上方纷纷扬扬的雪花。"我明白了。"我说，"我想我明白了。"

　　"还有别的问题吗？"他问道，这副口气像是知道我可能会问什么，所以赶紧堵住我的嘴，"你明白这个系统吧，钥匙锁、两个按钮、访问、复位……"

　　"明白。"我说，"现在明白了。"

Snow

"神交，"他说着站起身来，知道我马上就会走，松了口气，"我了解的，得过一段时间才能放松下来，领会神交的理念。"

"是的。"我说，"的确。"

不知道我来这里想得知什么，总之我没有收获。黄蜂对存储毕竟不在行，不行，比我年轻时的记忆好不了多少。它的小眼睛错过了许多日子和星期。它的视力不怎么样，就看见的那些景象而言，它也和我一样，不太会辨别哪些转目即忘、哪些终生难忘。我俩不分上下——差不离。

可是，可是——她站在伊维萨岛，边给前胸涂润肤乳，边对我说，啊，快看，蜂鸟。我已经忘了，但黄蜂还记得。我当时没有珍惜的瞬间，不知道它已然失去；而现在，我又将它收入囊中。

离开公祭园时，太阳正在西沉，光滑如缎的海面涌起轻柔的泡沫，随机拥抱着岩石。

我的一生都在等待，却不知道在等什么，甚至没意识到自己在等待。我仍在等待，消磨时光。其实我等待的早已发生，已成追忆。

乔吉去世快两年了。两年来，我第一次，也是最后一次为她流泪——为她，也为我自己。

当然，我又回来了。托了些人，塞了些钱之后，我也给自己弄了一张HAPpy 卡。像那时的许多人一样，我有些空闲时间，经常在无所事事的下午（周日除外）外出，驶上坑坑洼洼、杂草丛生的公路，开过海岸。公祭园总是开着。我逐渐放松，领会神交的理念。

如今，在那地下度过几百个小时之后；如今，当我早已不再穿过那些门（我想钥匙被我弄丢了，总之我不知哪里能找到），我明白，当时感受到的孤寂是真切的。我觉得周围也有人在观看，隔壁祭室也有人在倾听，其实大多出自我的想象罢了。几乎没什么人在那里。那些坟茔最终被人遗忘，各地的坟墓差不多都是这样。或者是活着的人不太愿意多造访死者——什么人会喜欢死人呢？——或者是到最后，本来有望签约的买主发现了访问理念的缺陷——就跟我一样。

访问。她把衣服从衣橱里一件件拿出来，放在身上比画，研究穿衣镜中的效果，又把它们一一放回去。她做了个鬼脸，那是只有照镜子时才做给自己看的鬼脸，完全颠覆了平时的形象。镜中的乔吉。

复位。

访问。她又在照镜子，真是诡异的巧合。我想黄蜂可能被镜子弄糊涂了。她转身，黄蜂随之调整；有人在睡觉，裹着被子躺在一张酒店大床上，清晨，旁边停着客房送餐车。哦，这是阿尔冈昆，那是我自己。冬天，高窗外雪花飘舞。她在手提包里找出一个小瓶，就着咖啡服下一片药。她手执的不是杯把，就那么端着杯身。我动了动，露出一头乱发。对话——听不清楚。灰色的房屋，白白的雪光，颜色褪淡了些。我现在会伸手抱她吗(我一边看着我俩一边想)？下一个小时，我是不是会抱住她，或者她抱住我，丢开被褥，解开她浅色的睡衣？她走进盥洗间，关上门。黄蜂被关在门外，仍傻傻地拍着，门板映入眼帘。

最后，我按下了**复位**。

但（我总忍不住想）要是我耐心一点,继续等着看下去，会上演什么？

时间，结果，我耗费了太多时间。浪费，毫无意义的浪费——又不是观赏体育比赛。整个下午懒洋洋地坐着，茫茫然看着眼前的视频，体会自己的存在，无论这种做法本身多有意义，机械地重复却没有一点快乐。等待真是折磨。五年间，有自然光或灯光照明的八千个小时里，我们多久交欢一次？会有多少时间花在做爱上？一百个小时？两百个小时？能访问到这种场景的概率不高；这些时间大部分都被黑暗吞没，就算录下来了，也零零碎碎地淹没在数不胜数的购物、阅读、乘飞机、乘车、睡觉、道别之中。全然无望。

访问。她打开一盏床头灯。一个人。她在床头柜上的面巾纸和杂志之间翻找，找到一块表，懒懒地看了它一眼，把正面翻过来，又看了一眼，放下。冷，她钻到毛毯里面，睁着眼睛打着呵欠，然后伸出手摸到电话，手却放在上面没动，想了一会儿。凌晨四点的思索。她收回手，像孩子困倦时那样颤抖了一下，关上灯。噩梦。时间突然跳到清晨，黎明，黄蜂刚才也睡了。她睡得很熟，一动不动，只有头顶的金发露在被子外面——毫无疑问还会这样睡上几个小时，黄蜂留神地注视着她，目不转睛，这岂是哪个偷窥狂能体会到的美景！

复位。

访问。

"声音没有早先听得那么清楚了。"我告诉主管，"画面也比以前模糊。"

"哦，当然了。"主管说，"宣传资料里真的有这些内容。我们必须解释清楚，这可能是个问题。"

"不只是我的显示屏吗？"我问，"我以为可能只是显示屏出了问题。"

"不，不是，不完全是，不是。"他说着，递给我咖啡。几个月过去，我们已经熟稔起来了。我想，虽然他怕我出现，但我不时来这里他应该挺高兴的，至少有活人来这里，至少有人在使用这些服务。"确实会出现一丁点儿的老化。"

"好像一切都开始变灰了。"

他立即表现出强烈兴趣，脸上呈现出认真的神情，没有轻描淡写地搪塞这个问题："嗯嗯，嗯嗯，瞧，处在分子水平上，就会产生老化现象。这是物理问题。随着时间推移，分子会产生小幅的无序运动。所以会有损失——时长上不会损失一分钟，但是会损失一点点清晰度和色彩，不过，最终会逐渐稳定下来。"

"会吗？"

"我们认为会的。当然会，我们保证会。我们预见到了。"

"可你也不确定。"

"嗯，嗯，你瞧，我们这项业务开展的时间还很短，这是个新的理念，必然存在许多未知的情况。"他仍看着我的方向，同时又似乎忘记了我的存在。他累了。最近他似乎自身也褪了色，老化了，清晰度降低。"你的屏幕上可能会开始出现雪花。"他轻声说。

访问，复位，访问。

灰色条石以人字形铺就的灰色广场，灰色棕榈在风中啪啦啦响。一阵严风袭来，她翻起毛衣衣领，眯起眼睛。她在报刊亭买了几本杂志，《时尚》《哈珀斯》《时装》。真冷，她对报亭的女孩说，Frio。年轻的我挽着她的手臂沿着沙滩往回走，我们四周空无一人，岸上挂满了搁浅的海草，被肮脏的海水洗刷。伊维萨岛的冬天。我们说着话，但黄蜂听不见。它耳中充斥着海浪的声音，似乎厌倦了工作，懒懒地落在我们后面。

复位。

访问。阿尔冈昆，极为熟悉的清晨，冬天。她转身离开飘雪的窗户，我躺在床上。看到这里时，我蓦然觉得自己置身于两面镜子之间，镜中是无穷无尽的映像。我看过这段，亲身经历过一次，回忆过一次，我还记得那回忆，现在又看到一次，或者说，这会不会是同那天很相似的另一个清晨？我们在这个地方度过了许多这样的清晨，远远不止一个。可是，不对，她转身离开窗台，拿出药瓶，端起咖啡杯的杯身，我见过这一幕，不是几个月前，而是几周之前，就在这间祭室。我两次访问了同一个场景。

这种概率有多大？我想道，再次访问到同样的这几分钟的概率，能有多大？

裹在被子里的我动了动。

这一次，我凑过脑袋，侧耳倾听我会说什么，像是至少算是一种享受之类的。

享受，她说着大笑起来，满面忧郁的苦笑，好似回潮的音质听上去像鬼魂在尖声细语，查理，享受早晚会害死我。

她服下药丸。黄蜂跟随她去盥洗间，被关在外面。

我为什么要来这里？我想着，心跳缓慢而剧烈。我来这里做什么？为了什么？

复位。

访问。

银色冰封的街道，纽约第五大道。她正坐着计程车开上一段斜坡，在黑黑的车里大吼大叫。别冲我吼，她朝某人喊道。我没见过她母亲，据说很凶悍。她下了车，快步走过下着雨夹雪的街道，手里大包小包的，黄蜂停在她肩上。我真想伸出手去轻按她的肩膀，让她转过身随我离开。她往外走，消失在黑白的车流和人群之中，泛着雪花的迷蒙图像上，分辨不出她的模样。

有什么地方非常不对劲。

乔吉讨厌冬天，我们在一起时，她总是躲着冬天，每年第一个思念别处的太阳的人，大概就是她了。在奥地利住几周挺不错的，玩具般的村庄、砂糖般的雪霜、鲜艳时髦的滑雪者，她害怕冬天倒不是因为这些。哪怕是在炉火温暖的小屋中，她只要脱下衣服就会感到哪儿吹来一股冷风，冻得她鸡皮疙瘩直冒，冷战直打。我们在冬天只能努力保暖，所以乔吉总是躲着它：去安提瓜岛、巴厘岛，在伊维萨岛过两个月，杏树繁花似锦。整个冬季连续不断的，都是平淡无味的人造春天。

黄蜂拍摄她的时候，能有几次下雪？

没几次，屈指可数的几次，我和黄蜂都记下的那几次，我能数得出来。不太多，至少算不上经常。

"有一个问题。"我对主管说。

"清晰度问题吗？"他说，"已经到阈值了，对吧？"

"实际上，"我说，"更糟糕了。"

他坐在办公桌背后，双臂摊开搁在椅背上，脸上浮现出不自然的粉色红晕，像入殓师的妆容。他在喝酒。

"还没到阈值吗，啊？"他说。

"不是那个问题。"我说，"问题是访问，没有你说的那么随机。"

"分子水平。"他说，"这是物理问题。"

"你没明白我的话。它没有以前那么随机了，随机性没以前那么大了，越来越有选择性，快凝滞了。"

"不，不，不，"他出神地说道，"访问是随机的，生命并非总有夏日和欢乐，你明白的，每个人的生命中总有大雨滂沱。"

我急于辩解，结结巴巴地说道："可是，可是……"

"你瞧，"他说，"我一直在考虑，不再搞访问技术了。"他拉开面前办公桌的抽屉，听声音，里面是空的。他茫然地瞪了它一会儿，又关了回去："公祭园对我来说挺不错的，但我就是不习惯这种工作。以前我还以为能在这里施展拳脚，发热发光，你明白吧？嗯，见鬼，哎呀，开心就好了，有什么好在乎的？"

他满腹怨气。那一刻我仿佛听到周围亡灵的声音，舌头似乎尝到地下那沉闷空气的味道。

"回想起来，"他说着，靠回椅背上看着别处，"很多年前，我就干起访问这行了，只是当时不叫这个名字。我那时的工作，在一家影片资料库。它要破产了，那种行业本来就没前途，这个地方也是，我不该那么讲，算了，你也没听见。别的不说，那个仓库很大，铁架子排了几千米长，上面摆满胶卷筒，筒里都是老式的塑料胶卷，你知道吧？各种各样的胶卷。那些电影人，如果想在片子里插入些旧时的老场景，就打电话来要，'帮我找这，帮我找那'。我们什么都有，各种场景，但你知道哪种东西最难找吗？就是日常生活的普通场景，我是指人们平常鸡毛蒜皮的琐事。你知道我们手里的都是些什么吗？台词、演讲，人们做起演说来跟总统一样，一讲几个小时，但没有一个人，那什么来着，啊，洗衣服啦，坐在公园里啦……"

"可能只是入库标准的问题。"我说，"具体不清楚。"

他看了我很久，好像第一次见到我似的。"不管怎样，"最后他说着，又转开头去，"我在那里待了一小段时间，也明白了一些道理。制片人给我打电话说：'替我找这，替我找那。'有个制片人要拍一部关于过去的电影，他想要一些老场景，老的，很久以前的人，在夏天里游玩、吃冰激凌、穿着泳衣游泳、开敞篷车兜风。五十年前的，八十年前的。"

他又拉开空荡荡的抽屉，找到一根牙签，开始剔牙。

"于是我访问最早的材料。演说，没完没了的演说。但基本上到处都有这样的场景——街上的人们，穿着皮草逛商店，车水马龙。好老的人，我是说那时还很年轻的，过去的人，脸涂得雪白，颧骨高高，一眼就认得出来。有一点哀伤。他们奔忙在城市街道上，手扶着帽子。电影里头，那时的城市总是蒙着黑色，街上开着黑色轿车，人们戴着黑色圆顶礼帽。石砌路面，嗯，那不是他们需要的。我为他们找到了夏天，彩色的夏天，可惜是新拍的，他们需要旧的。我又往回找，一直不停地找，真的是不停地找。越往回找，就看到越来越多的颧骨高高的粉白的脸、黑色汽车、黑色石砌街道、雪，根本没有夏天。"

他缓缓起身，找出一个棕色酒瓶和两个咖啡杯，往杯里倒酒，溅得到处都是。"这就是说，不是你接收效果的问题。"他说，"我想，电影老化需要的时间会长一些，但物理定律是不可违抗的。都是物理问题。智者一言足矣。"

酒味很烈，那是逝去的阳光蒸馏出的冰寒。我打算走，离开，不再回顾。我不愿留在这里，眼睁睁看着屏幕上只剩下雪。

"所以我就不再做访问工作了。"主管说，"过去的让过去埋葬，对吧？过去的，让过去埋葬。"

我没有回去，再也没有回去，虽然公路又通了，而我还安顿在离公祭园不远的城镇。"安顿"这个词真好，它表示你回复了平衡和愉快的心境，哪怕这个过程有些可笑，但最终你能够毫无悔恨地明白，过去生命中最美的事情在将来还会上演。我的生命仍有夏天。

　　我认为存在两种不同的记忆，其中一种随着年龄增长越来越模糊，比如绞尽脑汁去回忆第一辆车的外观，或社保号的数字，或高中物理老师的名字和体格——霍尔姆老师，身穿灰色西装，蓄着胡子，瘦骨嶙峋，三十岁左右。而另外一种非但不会变糟糕，甚或会越来越强烈。它好比是梦游一样的，像是你无意中穿过房间的暗门，霍然发现自己踏入的不是门廊，而是一间教室。起初你想不起这是何时何地，突然间看见一个小胡子男人，手里转着玻璃镇纸，笑容满面，玻璃里的小屋舍立在片片飘雪之中。

　　访问乔吉的办法只有一个，那就是每每我坐在门廊上，或推着购物车，或站在洗脸池前时，那种回忆突如其来地降临到我脑海，那么记忆犹新，那么令人惊异，犹如催眠师的响指。或者是你有时也会体验的那种有趣经历——入睡时听到远方的谁轻唤你的名字，声音如此清晰。

（美国）凯伦·乔伊·富勒　Karen Joy Fowler —— 著

阿古 —— 译

凯伦·乔伊·富勒（1950——　）是一位颇有影响力、获奖颇多的美国作家，在类型小说和主流小说两个领域都有建树。与金·斯坦利·罗宾逊等同属人文主义者阵营，也曾参与并襄助女权主义科幻小说的兴起。她在加州大学伯克利分校和加州大学戴维斯分校学习，获得政治学学士学位，并在北亚大学攻读硕士学位。富勒创作过两本畅销小说：《简·奥斯汀书友会》（ *The Jane Austen Book Club*, 2004 ），这部小说被改编成电影；《我们都发狂了 》（ *We Are All Completely Beside Ourselves*, 2013 ）。她获得过数项大奖，包括星云奖和世界奇幻奖，还入围过布克奖和沃里克奖。1991 年，富勒和其他作家共同创立了小詹姆斯·提普奇奖，每年颁发给科幻小说或幻想小说，"扩展或探索我们对性别的理解"。

严格说来，《我们都发狂了》并非科幻小说（尽管如此，此书却入围过星云奖 ），而是在展现一种推理冲动，深入探究了人类感知动物的方式，人类与动物的互动方式。她对类型写作经常抱持一种模棱两可的态度，例如，她的小说《莎拉·卡纳里》（ *Sarah Canary*, 1991 ），可被看作是一部 19 世纪女权主义题材的小说，也可被看作是一个第一次接触故事，尽管接触的可能并不是外星人。

富勒的第一篇科幻短篇《回忆辛德瑞拉》（ *Recalling Cinderella* ）被收入《L. 罗恩·哈伯德的未来作家》（ *L. Ron Hubbard Presents Writers of the Future*, 1985 ）第 1 卷，该书由奥基斯·巴崔斯编辑。随后，她就出版了第一部科幻短篇集《人造物品》（ *Artificial Things*, 1986 ），对科幻领域产生了巨大影响，并于 1987 年荣获约翰·坎贝尔最佳新人奖。之后她又陆续出版了三个短篇集：《周边视觉》（ *Peripheral*

Vision, 1990）、《来自家庭的信件》（*Letters from Home*, 1991）和《黑玻璃：短篇小说》（*Black Glass: Short Fictions*, 1997）。1997 年的《黑玻璃》是旧著再版，从之前两个短篇集中选取篇幅，再添加了一些原始素材，最近也重新发行。她最近的作品《J 没有看到的以及其他故事》（*What J Didn't See and Other Stories*, 2009），赢得了世界奇幻奖。在整个创作生涯中，富勒的短篇小说创作，题材和体裁都非常丰富、多变。有些故事，如《表面价值》（*Face Value*, 1986）或《褪色玫瑰》（*Faded Roses*, 1989），都是纯科幻小说，而有些故事，则以巧妙而独特的方式，进行了模糊处理，转变成了幻想小说或寓言。

关于模棱两可这个话题，富勒在一篇文章中写道："我在故事中展现的模棱两可，并不是一种文学手段，也不是一种后现代手法。而是试着去承认，我们的已知世界，其实淹没在一片未知事物的汪洋大海中，我们可能永远也无法理解这片未知之海。我意在承认，对于我们生活其中的这个世界，我并不怎么理解。"

《湖中积满人造物》，最初发表在《阿西莫夫科幻杂志》上，主题涉及催眠疗法和时间旅行。尽管是她的一篇早期作品，但故事结构复杂，人物性格鲜明，展现了典型的富勒风格。

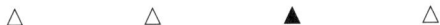

△　　　　△　　　　▲　　　　△

丹尼尔比米兰达预想的要老。当他们在 1970 年分开时，他已经 22 岁了。两年后，他就去世了。但现在，他蹦跳着走向她的样子，非常符合他的开朗性格。他现在的样子是个中年男人，头发灰白，身体仍然很结实，肌肉发达。看到他在笑，她心里很宽慰。"兰迪！"他说着，高兴地大笑起来，"你看上去棒极了。"

米兰达低头看了看，想知道自己此刻是什么模样，或者到底是什么形态。她看到自己的手臂肌肉丰满，皮肤光滑又紧致。这么说，她现在是二十岁。她想，这可真怪。她翻过手掌，仔细看着手掌心。这时，丹尼尔已经走到她面前。天空晴朗，他的脑袋正好挡住太阳，头四周亮起一个光环，面貌却黑乎乎的，看不清。他伸出双臂搂住她。我能感觉到他，她惊讶地想。我能闻到他。她缓缓地呼气吸气。"你好，丹尼尔。"她说。

他轻轻地抱了她一下，然后松开双臂，四处张望。米兰达也向四周看去。此刻，他们正在大学校园里。当然，这可不是她想要选择的场景。这让她感到不安，仿佛她被传送到了过去，并且获得了先见之明，但却仍然无力做出任何改变，只能眼睁睁地看着过去的一切重演，走向不可避免的结局。然而，丹尼尔似乎很高兴。

他向右边指了指，说："那边那条小溪。"突然间她能听到了。"记起来了吗？"她还记得被他搂在身下，躺在溪边的草地上。现在，她把双手搁在他肩膀上，他的衣服粗糙，和他的头发一样，透露出军队的粗犷气息。他指着她身后那幢圆柱形砖头建筑。"这应该是拖曼楼吧。"他说，"天啊，太棒了，兰迪。我全都记得，全都回忆起来了。我在那里上过菲尔丁博士的物理课程，非专业学生的物理选修课。我不太会分析向量，只得了一个C。"他又笑了起来，用胳膊搂住米兰达，"回来真好。"他们向校园内走去，漫无目的地缓缓挪步，有一搭没一搭说着话。米兰达注意到，校园里原本空无一人，可突然间又热闹起来，路上出现了三三两两的学生。女生留着长发，头上扎着束发带；男生留着短直发，手里拿着滑尺。和她记忆中的校园一模一样。"跟我说说，大伙儿都在做什么？"丹尼尔说，"过去多久了？三十年？原原本本和我说说。"

米兰达弯下腰，从草地上摘了一朵小雏菊，她心不在焉地用手指捻着花茎，在拇指上染下了一点绿渍。丹尼尔停下脚步，等在她身旁。"好吧，"米兰达说，"我和大多数都失去了联系。盖尔在《世界报》工作。她为了报道东西德统一，去了德国。我听说她一直住在那里。她一向最关心的就是反核运动。我想，她会一直待在德国的。"

"这么说，她依旧是个激进分子，"丹尼尔说，"可真是个死硬派。"

"玛格丽特在旧金山买下了一家面包店，六十年代怀旧风格。全麦粗粮面包、豆腐布朗尼，烘烤着落基山脉以西最厚重的饼干。我们在使用同一个有线通信网络，所以对她的情况了解得更多。我在电视上观看了她最近一次婚礼的录像。到目前为止，她结了三次婚，每次都遇人不淑。"艾伦呢？"丹尼尔问。

"艾伦，"米兰达重复了一遍，"哦，艾伦在慢跑鞋行业谋得了一个很有前途的职位。他一直在大步前进。"她瞥了一眼丹尼尔的脸。"对不起，"她说，"一提起艾伦，就让我气不打一处来。肯尼迪机场上空一次撞机事故，他父亲不幸遇难。他起诉了航空公司，之后他就再也不用工作了。简而言之，艾伦得了一大笔钱。大概在二十年前，我听说，他要去菲律宾给自己买一个顺从的小新娘。"她看到丹尼尔面露微笑，脸上的皱纹随着笑容更加深了。"哦，你还在为艾伦生我的气，是吗？"她说，"但这不公平。我就和他约会过三次，顶多了。"米兰达摇了摇头，"一个性解放运动的热情参与者，居然变成了一个对女人进行性剥削的无耻之徒。可悲的艾伦。我们只能希望他的小妻子早点儿跟他离婚，趁他还有钱，狠狠敲一笔赡养费。"

丹尼尔向她靠近了一点，他们继续向前走，走过一小片红杉林荫。草地上落满了针叶。"你不必对艾伦那么苛刻，"他说，"我从未在意过他。我一直都知道你爱我。"

"真的吗？"米兰达紧张地问。她低头看向自己的脚，不敢看丹尼尔的脸。天啊，她居然穿着莫卡辛鞋（原为北美印第安人穿的无后跟软皮平底鞋）。她以前穿过莫卡辛鞋吗？"我结婚了，丹尼尔，"她说，"我嫁给了一个数学家。他叫迈克尔。"米兰达撇下手中的雏菊，花瓣依然完好无损。

丹尼尔继续走着，轻松地挥舞着手臂："嗯，你一直都很热爱数学。我可没指望你为我终身不嫁。"

"你真觉得没关系？"

丹尼尔停下脚步，转身看着她。他仍在微笑，虽然这不是她所期望的那种微笑，也不是她所记得的那种轻松愉快的微笑。"兰迪，我知道你结了婚，这并没有关系。"他轻声说着，脸上掠过一丝复杂的表情。"嘿！"他又笑了起来，"我突然记起来，在物理课上，讲过芝诺悖论。你知道什么是芝诺悖论吗？"

"不知道。"米兰达说。

"这是一个非常有争议的观点。芝诺认为，运动是不可能的，因为运动需要一个物体在有限的时间内通过无数个点。"丹尼尔热情洋溢地挥舞着手臂，"仔细想一想，兰迪。你能辩驳吗？你知道吗，为了来这里和你见面，我得跨越多少距离？"

"米兰达，米兰达。"这是她母亲的声音，叫醒她该起床上学了。当然，呼唤她的并不是母亲，而是松井博士，她的声音听起来温和沉厚，但她并没有孩子，年龄也不到 30 岁。米兰达察觉身下活动躺椅的靠背慢慢升了起来。松井博士问："你回来了，情况怎么样？"

米兰达对她说："时间太短了。"她轻轻拉下贴在眼睑上的电极，睁开双眼。松井正坐在她身旁，把手伸进米兰达的头发里，把贴在头皮上的电极取下来。

她承认："也许我们召回得太早了，马修发现有一个波峰涌现，于是我们赶紧拔掉了插头。我们只想要一个快乐结局。这个结局很快乐，对吧？"

"是的。"松井博士的头发偏分，一边垂下，沿着脸庞弯到下巴下面，另一边则梳到脑后，正对着米兰达。米兰达伸手摸了一下博士的头发，又摸了一下自己的头发、自己的脸颊，还有自己的鼻子。触感非常实在而真实，但丹尼尔摸起来也一样真实。"对的，挺快乐，"米兰达缓过神来，又说道，"他很高兴见到我，很高兴能回到校园。但是，安娜，他是那么真实。你说过这会像是一场梦。"

"不，"松井对她说，"我并没有这么说。我说的是，这是关于从未发生过的事情的记忆，换个角度说，就像一个梦。我指的并不是这段经历的

　　　　　　　　　　　　Karen Joy Fowler

体验质量。"她把椅子转向显示器，撕下那一长条打印纸带，伸出手指快速划过纸带上的曲线。这时，技术员马修走到她身后，从她左肩冒出头来，指着曲线说："这里是丹尼尔。这里是我输入的内容。"

松井博士一扭椅子，又转向米兰达。"这是心理地形图，"她说，"也许我能解释得更好。"

米兰达耸起身体往前坐。一个遗漏的电极拉了一下她的头发，她猛地吸了一口气，连忙伸手摘掉了电极。"抱歉。"松井怯怯地说，她把那张纸递给米兰达看，"这簇暗波，是我们从你以前的记忆中记录下来的丹尼尔。快乐的回忆，对吧？在这儿，当你对最初的记忆做出回应时，产生了微弱的回声。你可以把这想象成记忆的平方。这个区域自然就变得很稠密。这里的稠密曲线，还包含了一些与本次疗程无关的附加心理活动。请看开始处的这些尖峰。这显示了心理压力。在其他地方，都没有这样的心理压力复发。从表面上看，这似乎是一次完全成功的疗程。当然，只有你知道这段经历的具体内容。"她抬起一双黑眼睛看着米兰达，眼神热切，又流露出些许同情，"现在，你对他的感觉好些了吗？"

"是的，"米兰达说，"我感觉好多了。"

"太棒了，"松井把纸带递给马修，"把这个归档。"

米兰达犹豫地说："我还有话想对他说，事情还没有圆满解决。"

"会面并不能解决任何问题，"松井说，"只能拓展解决问题的思路。要想真正解决问题，你必须回到现实世界中去。"

"我能再见到他吗？"米兰达问。

松井博士交叉起手指，双手压在胸前，说："再次会面的话，费用当然会便宜一些。既然我们已经有了丹尼尔，只要把他再运行一次就行。但我不太建议这样做。就算再见他一次，也很难得到别的结果。"

米兰达说："求您了，安娜。"她低头看着自己的胳膊，刚才，这上面的肌肉看上去是多么结实。

The Lake Was Full of Artificial Things

"稍微缓一缓，我们得进行几次回访，观察一下你的感受。如果你依然心存遗憾，或者仍然心情低落，干扰了你的处事能力，到时候你可以再申请。"

松井缓缓站起身。米兰达把双腿挪到活动躺椅一侧，也站起身来。马修陪同米兰达，走到办公室门口。他悄悄对她吐露道："接下来我们要接待一个守门员，她抱着球，退进了球门线。她想要删除这个失误，重塑回忆。说实话，这简直就是自我放纵。但是，谁让运动员赚钱多呢？"他为她推开门，手抓着门把手，又问了一句："你真的感觉好多了，对吧？"

"是的。"她附和了一句。

她和丹尼尔在弗兰克肥佬咖啡馆吃午餐。他们点了油炸蛤蜊和扇贝，但食物永远也不会端上来。丹尼尔又变回了20岁，洋溢着青春的光彩。他的头发金黄，他的脸庞光滑细腻。他以前真的有那么漂亮吗？米兰达有点纳闷。

"我非常想喝一罐可乐，"他说，"三十年没喝过了。"

"你在开玩笑吧，"米兰达说，"在天堂里难道就没更好喝的饮料了？"

丹尼尔看上去很困惑。

"跳过这个话题，"她对他说，"我只想知道死亡到底是什么样子。只有你能告诉我。"

"死亡可是机密，"丹尼尔说，"就算知道，也不能透露。"

米兰达拿起叉子，叉子又沉又冷。"这一次，你看起来棒极了，像个天使。上次你看上去那么——"她刚要说老，赶紧改了口，"累。"毕竟，不管他上一回看起来有多老，仍然比她的真实年龄要小。年老年轻，其实是相对的。

"不，我不累，"丹尼尔对她说，"都怪这场战争。"

"战争已经结束了。"米兰达话音刚落，丹尼尔脸上的微笑呆滞了一下。

"结束了？"他问道，"就因为报纸上不再报道了吗？就因为晚间新闻的屏幕角落里不再播报阵亡人数了吗？"

"现在的电视和以前不一样。"米兰达辩解了一句，但丹尼尔仍然在追问。

"东南亚到底发生了什么？你真的知道吗？"丹尼尔摇了摇头，"战争永远不会结束。"他说着，面色阴沉地向前耸起身体，"你真的以为，对我来说，战争已经结束了吗？"

米兰达把叉子拍在桌上，喊道："别说这样的话，不要用这件事来指责我。你完全不必去参军。我当时请求你不要离开。上帝啊，你知道战争究竟是怎么回事。如果你去参军是为了拯救全世界，我虽然不会同意，但我或许可以理解。你明明知道战争的真相，可你还是离开了，我永远不能原谅。"

丹尼尔愤怒地回应道："分辨对错，对你来说可真容易。你根本没遭遇什么危险。你们这些女生，可以平平安安地准时毕业，不用担心延期征兵期限。你也不会在该死的生日那天，被军队抽中，在征兵花名册上排第12名，我如果是你，我也不用在乎这些狗屁。你知道什么叫生日抽签吗？你根本就不知道。"丹尼尔向后一靠，扭头向窗外望去。街道上出现了行人。一个穿红色迷你裙的女人钻进了一辆蓝色的小汽车。然后，丹尼尔又扭过头看着米兰达，他的脑袋显得特别大，她无法躲开他的视线。"你对我说：'去加拿大吧，我也会去。'我有点好奇，你就是在加拿大嫁给了那个数学家吧？我可以想象，那时候，你一定也和你妈妈道过永别了吧。"

"我妈妈已经死了。"米兰达的话音里带着一股哭腔。

"我他妈的也死了。"丹尼尔伸手抓住她的手腕，故意攥得很用力，"但你还活着，不是吗？你可好得很。"

丹尼尔身后响起一个声音："米兰达。米兰达。"

"妈妈。"米兰达喊道。当然，这一次呼唤她的，依然是安娜·松井，松井抓着她的手腕，唤醒了她。米兰达喘着粗气拼命呼吸，松井松开了手。"太可怕了，"米兰达说着，哭了起来，"他指责我……"她一把扯下贴在眼皮上的电极，双眼一下溅出了泪水。她浑身都酸痛。

"他的指责毫无根据，"松井博士话音尖锐，透着失望，"是你自己，一直在纠结过去的问题，在指责自己。我们从你的记忆中创造出了丹尼尔，记得吗？"她把椅子往后挪了挪，转向显示器去查看反馈曲线。马修把纸带递给她，她读了一下，摇了一下头，短短的黑发甩过面颊。她说："不应该发生这样的事，我们只载入了让你感觉快乐的记忆。而且，你擅长操控自己的清醒梦，我本以为不会有什么风险。"她面露歉意，递给米兰达一张纸巾，等米兰达停止哭泣，她又坦白道："马修想早点儿唤醒你，但我不想就这样匆匆结束。"

米兰达说："不行！我们现在不能停止。我还没有答复他的质问。"

"你只需要答复自己。这是你自己的记忆和想象在发出质问。他问的，都是你想问自己的话。"松井博士又看了一下心理反馈地形图。"我不应该同意再次会面。我不应该送你回去。"她看着米兰达，话音和缓了下来，"躺下吧。静静躺着，待会儿心情就会好起来的。"

"再躺 30 年？"米兰达反问。她闭上眼睛，哭泣和电极的牵扯，让她头昏脑涨。她伸手摘掉了一个贴在耳朵旁的电极。"他对我说的一切都是真的。"她波澜不惊地补充了一句。

松井指出："他没有说的很多事情也都是正确的。治疗关注的并不是对错，只是帮你换一个视角去考虑问题。治疗是为了适应——适应一种不可更改的状况，或某种不断变化的真相。"她扯下夹在衣领上的一支圆珠笔，心不在焉把笔芯摁进摁出，"在任何一种情况下，我们都只能控制某些因素，超出我们控制范围的因素，要多得多。在和你类似的案例中，病人在很长一段时间内，都沉浸在一种深深的、病态的内疚之中，因为她几乎只沉迷

Karen Joy Fowler

于自己的行为。她翻来覆去地想：'如果我没有做过，那么就永远不会发生。'你明白我在说什么吗，米兰达？"

"不明白。"

"在这些疗程中，我们试图向你说明，如果你无法控制的某些因素发生了变化，事态将会发生什么变化。在你的案例中，我们让你与丹尼尔保持一种持续的接触。你自己也明白，你对他没有坏心，没有恶意。如果他能再次出现，那么，你上次和他见面时的不愉快对话，就并不重要了。"

米兰达说："他让我嫁给他，他让我等他。我告诉过你。我对他说我正在和艾伦约会。见鬼的艾伦！当我说出这句话时，对我来说，丹尼尔已经消失了。"

"你当然希望自己能改变这一点。但你真正想改变的是他的死亡，但这是你无法控制的。"松井的脸上挤出一个紧张的笑容。

米兰达摇了摇头："你没听明白，安娜。我对你说了事情的经过，但我隐瞒了事情的起因。我假装自己和丹尼尔的政治观点有分歧。我以为，这么一来，我离开他，就是出于良心问题，更能让自己安心。但事实上，我第一次和艾伦约会，是在丹尼尔被军队征召之前。因为我知道接下来会发生什么。我知道他的生活将会变得一团糟。我看到了一条出路。当然，是一条为我准备的出路，不是他的出路。"米兰达不高兴地拨弄起指甲周围松松垮垮的皮肤，追问松井："现在，你怎么看这件事？你对我有什么新看法？"

松井反问："你自己怎么看？"

米兰达脸上露出不豫之色："我知道自己的想法。我已经厌倦了自言自语。作为心理分析师，你就只能做到这个程度吗？那我还不如待在家里，对着镜子说话。"她扯下头皮上其余的电极，坐了起来，喊道："马修，马修！"

马修走到躺椅旁。他看起来很瘦，眼神中流露出关切，表情却很尴尬。

米兰达心想，他可真是个孩子，肯定还不到 25 岁。"你多大了，马修？""她问道。

"27 岁。"

"真是个该去死的好年纪，对吧？"她的双眼紧盯着马修，马修慌张地伸起手，向后抚了一下棕色短发。"我想问问你的看法，马修。一个假想的案例。我相信你会真诚回答。"

马修瞥了一眼松井，她抬了一下手中的笔，示意他但说无妨。于是马修把头转向米兰达。"如果一个女人抛弃了她的爱人，一个她声称要付出真爱的男人，因为他病了，她不想看到他受病痛煎熬的样子。你会怎么想？"

马修回答得很谨慎："我可以理解，她这样做，是出于怯懦，而不是残忍。我认为我们应该宽恕怯懦，包括我们自己的怯懦。"他看着米兰达，面色严肃、真诚。

米兰达说："好吧，马修，谢谢。"她躺回椅子里，出神地听了一会儿机器的嗡嗡声，突然又说道："安娜，他没有按我的预期行事。我的意思是，有时候他符合预期，有时他又出乎我的意料。就连第一次见面，也是这样。"

松井说："请细说一下。"

"第一次他比我预想的要老。就好像他并没死，和我一起变老了。"

"你的愿望被满足了。"

"是的，但我很惊讶。他的话，也很让我惊讶。交谈到最后，他说了一些很奇怪的事情。他引用了芝诺悖论，这个悖论确实存在，但我从没听说过。这听起来，不像是丹尼尔该说的话，倒像是我丈夫迈克尔说的。这种奇怪的话，是从哪儿冒出来的？"

松井说："很可能就是你从迈克尔那儿听来的，你以为自己已经遗忘了，但很明显你还记得。丈夫和情人注定会彼此相似，你不觉得吗？我们经常会在两者之间发现一些重叠部分。在几乎所有的记忆中，我们的父母也会不时浮现。"说到这里，松井博士站了起来，"请下个星期二再来，到时候我们再谈。”

米兰达也站了起来，又说了一句："我想再见他一次。"

"绝对不行。"松井说完，把米兰达刚刚躺坐的活动躺椅的靠背竖了起来。

"我们在哪儿，丹尼尔？"米兰达问道，眼前一片迷蒙，她什么也看不见。

他回答："彭德尔顿训练营地，在海滩上。我早晨常常到这儿来跑步。男人们会带着女朋友上这儿来。当然，我是单独一个人。"

米兰达扭头四顾，雾气依然缭绕。这是一个阴沉沉的清晨。她听到了大海的声音，感到一股咸涩的湿气正攀上自己的头发。她光着脚站在沙滩上，感觉有点冷。"我很抱歉，丹尼尔，我一直想告诉你，我爱你。"

"我知道你爱我。"他伸出胳膊搂住她。她依在他身上。她暗想，我看起来一定和他母亲一样老。事实上，在现实中，她儿子的年纪都比丹尼尔大。她仔细看了看他。他一定是刚到营里报到，脑袋剃得光光的。

丹尼尔说："也许你是对的，也许我不应该离开。我当时对你很生气，所以我什么都不在乎了。我甚至对死亡有一种憧憬，任性得像个小孩子。我会上战场，被杀死，她会后悔的。"

"她后悔了，"米兰达说，"上帝啊，她非常后悔。"她转了一下身，把脸颊贴在他胸前，闻着他的衣服。他一定又开始抽烟了。丹尼尔伸展双臂抱住她。她听到一只海鸥嘎的一声怪叫。

"但真的上了战场，我又不想死了。"丹尼尔的声音有点惊恐，略显沙哑，显得非常陌生，"在战场上，为了活命，我愿意做任何事。"他把脸紧贴在她的脖子上，问道："你有孩子吗？你和迈克尔有孩子吗？"

"有一个儿子。"她说。

"多大了？六岁？"

米兰达不确定杰里米现在有多大。一个人的年龄每年都在变。但惊讶

The Lake Was Full of Artificial Things

427

之余，她脱口而出："当然不是，丹尼尔。他早就成年了。他在经营一家比萨店，你能相信吗？他认为我是个讨厌鬼。"

"我在战争中杀了一个孩子。一个六岁左右的孩子。不是他死，就是我死，于是，我开了枪。"

米兰达退后了几步，想好好看一看他的脸。

他说："他们驱使孩子袭击我们，以为我们不会杀死孩子。我看到这个小男孩向我走来，手藏在背后。我叫他停下。我冲他大喊，叫他停下。我用枪指着他，说我会杀了他。但他一直不停。"

米兰达说："哦，丹尼尔，也许他不会说英语。"

"枪口谁都能懂。是他自己要撞向子弹。"

"他手里拿了什么？"

"什么都没有，"丹尼尔说，"可我怎么知道呢？"

米兰达说："丹尼尔，我不相信。你不会这样做。"她越说越不安，"我记得你不是这样的人，你绝对不是这样的人。"

丹尼尔说："分辨对错，对你来说可真容易。"

我要回去了，米兰达想。在现实中，我到底是在哪里？我一定是和安娜在一起，但她马上想起来，她是在自己的书房里。她努力伸出手，摸向身下的椅子，她向后耸起背，去感受桌子对后背的硌痛。她的双脚离地，悬空在椅子转轮上方，她拼命集中注意力，直到能感觉到自己的双脚。她终于回到了现实，睁开了双眼，发现自己手里仍然握着那支铅笔，她放下铅笔。对她来说，事态似乎已经很清楚了。她走进卧室，来到视频电话前，呼唤松井博士。她等了大约15分钟，安娜才出现在屏幕上。

米兰达说："出问题的是丹尼尔，不是我。总算搞明白了。"

"并没有什么丹尼尔。"松井显然被震惊了，话音里流露出担忧，"丹尼尔只存在于你的头脑和我的磁带中。丹尼尔，是你构想出来的。"

"不对，他又来找我了。就像我们在治疗时一样。感觉非常强烈。你明白吗？这并不是一场梦，"她打断了松井的抗议，"这不是一场梦，因为我根本没有睡着。我正在工作，他突然出现在我身旁。我能感觉到他，我能闻到他的气味。他告诉我一个可怕的故事，他在战争中杀死了一个孩子。这个故事到底是打哪儿冒出来的？在写给死者家属的信中，可没有这样的叙述。"

松井说："在越南发生的悲惨故事成千上万。我也知道一些，越战时，我还没有出生，或者刚刚出生。记得美莱村大屠杀吗？"米兰达盯着屏幕上自己的倒影，那个小小的她正紧紧攥着双手。"你在某个地方听过这个故事。它影响了你对战争的观念。现在你把这个故事和丹尼尔融合在了一起。"松井的话音流露出一种专业人士的威严，"我希望你到诊所来，米兰达，立刻就来。我要对你进行全面检查，对你进行观察。也许住院观察一整夜。我不太喜欢现在这种突发情况。"

"好吧，"米兰达说，"我也不想一个人待着，因为他又要来了。"

松井坚定地说："不，他不会来。"米兰达乘电梯下到车库，打开自行车锁。她并不害怕，转念一想，她又挺纳闷自己为什么不害怕。她不太开心，有点不安，但依然镇定。她把车推到自行车道上。当直升机出现在天空上时，米兰达立刻明白，自己又来到了昔日的越南。一棵香蕉树在她右边缓缓显形。空气中的味道很陌生。有老式柴油机挥发的呛人味道，也有泥土和植物散发的清新气息。远处，生长着一大片绿油油的稻子。但她脚下的这块泥地，却寸草不生。

米兰达从没想过战争会如此安静。然后，她听到了直升机的呼啸声。她听到了丹尼尔的尖叫。他就站在她身旁，旁边是一堆沙袋，他双手端着步枪。一个身形小巧的小男孩，正走进米兰达的视野，他把双手背在身后。米兰达赶紧举起双手。

她喊道："别开枪，丹尼尔，他手上没拿任何东西。"

丹尼尔没有动。战争停止了。"我杀了他，兰迪，"丹尼尔说，"你无法改变这一点。"

米兰达看着那个男孩。他的眼睛是黑色的。一道泥痕，从他的脸颊直抹到肩膀。他光着脚。"我知道，"她说，"我帮不了他。"孩子渐渐消失不见。"我是想帮你。"男孩再次出现在她视野的边缘。他很美，年轻得令人羡慕。他又跨步向他们走来。

"你能帮我吗？"丹尼尔问。

米兰达把手掌按在他的背上。他没有穿衬衫，后背很滑，被汗水濡湿了。她说："我也不知道，如果非要犯下罪行，到底是应该选择怯懦，还是残忍？有人对我说，怯懦可以被原谅，但残忍不能被原谅。"

丹尼尔把步枪扔在泥地上。周围的景色慢慢变了，变成了山地。空气闻起来更干净了，而且很冷。

一只鸟，划出一道美丽的弧线，从他们头顶划过，然后，变成了一个棒球，开始缓慢下降，最后，变成了死亡。她可以预测出它的轨迹。死亡直奔丹尼尔而来，步枪再次出现在他手中。米兰达心里突然涌起一个想头，现在，她终于可以达成夙愿，留在丹尼尔身边，和他一起死了。死亡在天空中移动得如此缓慢。她看到，死亡在空中划过一道又一道虚影，缓缓递进着。她喊道："看啊，丹尼尔，这简直就是颠倒过来的芝诺悖论。有限的点，无限的时间。"做出现在这个决定，到底花了她多长时间？花了一生，她的一生。

丹尼尔没有抬头。他伸出手去摸她的头发，她知道肯定是灰色。24岁的他，伸出年轻的手，抚摸着她的灰发。他说："走吧，你真以为当初我应该让你留下吗？我永远也不该强求你留下。"

米兰达从他身旁退开，她发现自己很高兴。"我一直爱着你。"她又说了一次，仿佛这句话很重要，"再见，丹尼尔。"但他已经把目光移开了。其他士兵在他身边显现，死亡的气息向他们袭来。她心中暗想，但他们不会全部阵亡，有些人会碎成碎片，活下来。有些人会坚强完整地活下来。不是吗？

安杰丽卡·高罗第切尔（1928— ）是一位影响深远的阿根廷作家，著有小说和非小说作品，2011 年，她获得了世界奇幻奖的终身成就奖。起初，她只是个热心读者，后来才从事小说写作，并于 1964 年凭借一部侦探小说获得了自己的第一个文学奖项。1965 年，高罗第切尔的第一本选集为她赢得了另一个奖项——军旅短篇小说奖。她出生在布宜诺斯艾利斯，但却和罗萨里奥联系更加紧密，这里也是她笔下著名人物特拉法尔加·梅德拉诺的家乡。特拉法尔加·梅德拉诺是一位星际商人，出现在她的小说《特拉法尔加》（ *Trafalgar*, 1979 ）里。

尽管在职业生涯的某一节点之后，高罗第切尔决定专注于主流女性文学和评论写作，她的推理小说粉丝群仍然不断扩大。而她的科幻小说——20 多部小说和短篇选集，大部分未被翻译成外语——和豪尔赫·路易斯·博尔赫斯以及伊塔洛·卡尔维诺在小说构架和主题方面都有很多相似之处。比起加夫列尔·加西亚·马尔克斯和马里奥·巴尔加斯·略萨，她又缺少了一些魔幻现实主义色彩。

除了《特拉法尔加》，她以下这些著作也被翻译成英文：《卡尔帕帝国》（ *Kalpa Imperial*，2003 年由厄休拉·勒古恩翻译），收录了所有卡尔帕系列短篇故事；小说《天才》（ *Prodigies*, 1994 ），背景设置在诗人诺瓦利斯故居被改造成公寓以后。杰出的短篇故事里，《紫罗兰的胚芽》（ *The Violet's Embryos*, 2003 ）发表在备受推崇的《拉丁宇宙：拉丁美洲及西班牙科幻小说选集》（ *Cosmos Latinos: An Anthology of Science Fiction from Latin America and Spain*, 2003 ）一书，这篇故事是印证作者一贯风格以及创作手法的典型例子，思索欲望的本质，并在与军事传统男性观念的冲突

紫罗兰独一无二的香味 - （1985 ）-The Unmistakable Smell of Wood Violets

（阿根廷）安杰丽卡·高罗第切尔 Angélica Gorodischer——著

（西班牙）玛丽安·沃马克 Marian Womack——英译　王亦男——中译

中寻找幸福所在。

　　本书这篇再版的故事,《紫罗兰独一无二的香味》最初发表在 1985 年的《弥诺陶洛斯》(*Minotauro*)杂志上,之后于 1991 年被收录进高罗第切尔的反乌托邦作品选集《共和者》(*Las republicas*),这是第一部收录其英文版本作品的选集。《紫罗兰独一无二的香味》是一部女权主义科幻文学佳作,采用热情、大胆、直接的方式,从某种角度来说,其文风和高罗第切尔其他很多被翻译成外语的作品大相径庭。

△　　　　△　　　　▲　　　　△

　　消息不胫而走。更确切地说,消息如同火药燃烧的硝烟一般四处扩散,只不过在文明进程的这个节点,火药已经成为文物,是时间流逝的烟尘,是书写传奇的发明,也是虚无的存在。不过,正是借助新兴文明不可思议的力量,这则消息才能够在顷刻之间几乎遍及全世界。

　　“哦!”女皇发出一声惊叹。

　　作为大俄帝国彬彬有礼、声名显赫的统治者叶卡捷琳娜五世,她深受符合皇室体统的礼仪熏陶,无论何时何地都不能扬起一边眉毛或者抿起嘴唇一角,更不必说,发出这样粗俗不堪的感叹了。然而,这位女皇不仅惊叹一声“哦!”还迅速起身,匆匆穿过整个房间,奔向巨大阳台的玻璃门。她在那里站住。阳台下面,白雪皑皑的圣列宁堡依旧冷漠不仁,一切如故,在寒冬的压迫下,她眯起了眼睛。皇宫里,大臣和参谋们显得情绪激动,焦躁不安。

　　“那么这个地方在哪里?”女皇发问。

　　这就是发生在俄罗斯的片段,一个遥远而特立独行的国家。而大陆中间的国家,才确实是乱作一团。在玻利维亚,在巴拉圭,在马达加斯加,在所有强国以及渴望成为强国的国家,比如上秘鲁、冰岛、摩洛哥,仓促的商谈以尽可能高的级别将双眉紧蹙、高薪聘请的专家聚集起来。最强势的货币也开始波动不定：瓜拉尼（巴拉圭货币单位）汇率抬升，玻利维亚比索却下跌 0.5 个百分点，原本的货币优势在两个小时的漫长时间内小心翼翼地一点点消失，世界上所有首都城市的货币交易所门前都排起了长队。莫瑞里约总统在奥鲁罗宫前发表演讲，并借助这个机会隐晦地向两个秘鲁共和国以及米纳斯吉拉斯分离区域发出警告（也有人称其为一种恐吓）。莫瑞里约将米纳斯吉拉斯的管辖权移交给他的侄子，佩佩·莫瑞里约，此人被证明是一个任何人都可以操纵的木偶，现在，莫瑞里约总统极其后悔自己当初的决定。摩洛哥和冰岛只是轻轻推了一把自己的外交官，以及一系列动作来唤醒他们，在这两个国家印象里，这些外交官从来都是在南部深处抿着石榴汁和杧果汁，身穿黑亮制服的仆人站在一旁举着扇子。

人们认为，这条奇特的信息来自北美的独立州，不会有其他可能性。然而没有人知道，独立州现在重新归于一人控制之下，事实也的确如此：某个叫作杰克·杰克逊·富兰克林的人，曾经在视频里饰演小角色，在 87 岁高龄的时候，他发现了自己作为政治家的特殊爱国使命。凭借自己非比寻常的个人魅力，以及神秘莫测的家族关系网——他是两位曾在全盛时期统治各州总统的后裔，最终成功统一了，至少目前是这样，79 个北部独立州。总而言之，杰克逊·富兰克林先生向世界宣告，这些统一的独立州不允许这种事情发生，这样的事情不会再发生，因为他们绝对不允许。全世界都对此捧腹大笑。

画面再次回到圣列宁堡的皇宫，大臣们在清嗓子，参谋们在咽唾沫，试图证明如果大幅度上下摆动他们"亚当的苹果"，就能够稍微松开点自己拘束的官方制服。

"嗯喀……嗯喀……这地方在南方，遥远的南方，靠向西边，陛下。"

"这是……啊……嗯喀……陛下，这是一小片领土上的一个小国家。"

"这地方据说在阿根廷。"女皇说道，仍然通过窗户向外凝视，却完全没有觉察到夜幕笼罩了积雪覆盖的房顶和波罗的海冰冻的海岸。

"啊，是的，没错，没错，陛下，就是个弹丸之地。"

谢尔盖·瓦西里耶维奇·库斯特卡罗夫，某种意义上扮演顾问的角色，除此之外，还是一位有教养且触觉敏锐的人。他突然插入话题。

"好几个，陛下，是好几个。"

女皇终于转过身来。有谁会在乎，波罗的海的夜晚，屋顶覆盖的积雪、皇宫屋顶，以及他们置身其中的这个城市？女王身上沉重的绸服噼啪作响，上浆的衬裙绣着蕾丝。

"好几个什么？库斯特卡罗夫顾问，好几个什么？和我说话不要用含糊的口吻。"

"我不得不说一句，陛下，我完全没有这个意思——"

"好几个什么？"

女皇目光直直射向他，嘴唇紧紧抿在一起，双手不断晃动，库斯特卡罗夫不由得陷入恐慌，这也在情理之中。

"共……共……共和国，陛下，"他脱口而出，"有好几个。显然，以前就存在，很久很久以前，这曾经是一整片领土，现在分成好几个，好几个共和国，但是他们的居民，那些在这些地方、这些共和国生活的人，称自己为，那个，阿根廷人民。"

女皇转移了视线。库斯特卡罗夫顿时感到松了一口气，于是鼓起勇气继续说下去："一共 7 个共和国，陛下，罗萨里奥、安特多斯里奥斯、拉多克塔、乌那、里亚丘埃洛、叙叙以、拉波德卡。"

女皇坐了下来。

"我们一定得做些什么。"她说。

一片寂静。屋外的雪停了，室内却好像开始下雪。女皇目光望向交通部长。

"这事儿交给你去办。"她说。

库斯特卡罗夫姿势优雅地坐下来。能担任顾问真是太幸运了，尤其是一个没有特别职务的顾问。而另一旁的交通部长，则脸色煞白。

"我认为，陛下……"他鼓起勇气说。

"不要老说什么'认为'！做点什么！"

"是，陛下。"部长边说边鞠躬，然后向门外走去。

"你这是去哪儿？"女皇说道，口形纹丝不动，眼皮也丝毫没有抽动。

"我只是，我只是去，我只是去看看能做点什么，陛下。"

做什么都没用，谢尔盖·瓦西里耶维奇暗自心想，没用的。突然间，他反应过来，自己非但没感到沮丧，相反还一阵窃喜。谁叫站在金字塔顶端的是个女人呢，他思忖。库斯特卡罗夫的结婚对象叫作伊莱娜·沃多斯卡·尤提安斯克，一个名副其实的美人，可能是整个大俄帝国最美貌的女人。他也许被戴了绿帽子，对他来说，查明这一点小事一桩，可是他并不想这么做。他的思绪转了一圈，又回到刚才那句话：谁叫站在金字塔顶端的是个女人呢。他不禁抬头望向女皇，顿时再一次被她的美貌惊呆了。她并没有伊莱娜那么夺目的美貌，但是她高贵而华丽。

在罗萨里奥，没有降雪，不是因为夏天，虽然这里的确现在正值盛夏，而是因为在罗萨里奥，从来不会下雪，也没有那种棕榈树：摩洛哥人知道的话可能会失望到极点，然而他们的外交官在报告里对于罗萨里奥植被只字未提，一部分原因是，罗萨里奥的植被现在几乎已经绝迹，另一部分则是因为外交官的事务范畴理应超脱于这种鸡毛蒜皮的小事。

每个不是外交官的人，也就是说，近乎整个罗萨里奥共和国——近十年来其数量发生了令人眩晕式的增长，现在已经达到将近 20 万——国中的每一个人，都感到精神愉悦、幸福快乐、欢欣鼓舞。他们围绕着她的住所，在她沉睡的时候守护着她，在她门前留下珍贵的进口水果，沿着街道一路跟随着她。某位颇有权势的人允许她乘坐自己的一辆福特 99，全国仅有的五辆车之一，还有一位居住在艾思坡米罗墓地的疯子，从帕拉咸水湖一路扛水上来，特意为她浇种了一朵花，随后他把这朵花献给了她。

"真漂亮，"她说，继续迷迷糊糊地向前走，"我要去的地方也有花朵吗？"

他们向她保证，会有花朵。

她每天都会接受各种训练，因为他们不太确定她到底应该接受什么样的训练。每天破晓她就要起床，绕着独立火山口跑步、跳绳、做体操训练，只吃一点食物。她还要学习如何屏住呼吸，并且数小时静坐或是摆出扭曲的姿势。她也会跳华尔兹。虽然很清楚华尔兹可能派不上用场，她依旧很享受学习的过程。

与此同时，在遥远的地方，"四处扩散的火药硝烟"已然变为一桶炸药，尽管炸药也一样是传说中的物质，早已不再留存于世。每个国家各种信息屏幕，无论低端还是高级的，核心还是次要的，发达国家或不发达国家的，全部闪烁着巨大的标题，披露事件日期，杜撰事件细节，并试图掩饰——尽管并没有多少作用——他们的嫉妒和迷惑。

然而，没有人被蒙骗：

"我们被卑劣地击败了。"玻利维亚国民说。

"有谁会想到这个？"一个在雷克雅未克公共汽车上的男人陷入沉思。

大俄帝国前交通部长卸任，如今在西伯利亚开采石块。库斯特卡罗夫顾问正和女皇同床共枕，这只是一段低俗下流、引起流言蜚语的插曲，和这个故事本身没有任何关系。

"我们不会允许这种事情发生！"杰克逊·富兰克林先生又在咆哮，他神经紧张地拽着自己头顶的假发，"只有我们自己荣耀的历史才配得上这样辉煌的命运！是我们，我们，而不是这个卑鄙的香蕉共和国，来书写这段辉煌！"

杰克逊·富兰克林先生也同样不知道，在罗萨里奥既没有棕榈树也没有香蕉树，不过这倒不怪他们外交官在汇报里的疏忽，问题在于缺乏外交官资源。外交官是个奢侈品，穷困国家是承担不了的，特别贫困的国家经常因为受到侮辱而陷入巨大的痛苦中，于是召集所有骑士指挥官、律师、医生，到最后甚至还有在海外工作的将军，他们通过这种方式来节省租房、煤气水电和工资，更不必说宴请招待开销以及那些放在"棕色信封"里见不得光的钱了。

大字标题继续在各种信息屏幕上闪现："阿根廷宇航员声称要到达宇宙边际。""消息称，飞船能适应长达数世纪的星际旅程。""科学还是灾难？""宇航员不是女性而是变性人。"（标题刊登在《皇家司卡亚日报》上，这本是一家清教徒式的媒体，类似标题刊登的频率却比罗马教廷的《伦巴多观察小报》还要高。）"飞船发射在即。""数世纪第一个星际穿越旅行。""我们不会允许这件事情发生！"〔《波特兰时报》（富兰克林先生的北美独立州之一）〕

她正在跳华尔兹。每天惊醒的时候，心脏都会怦怦直跳。她会变换不同的发型，去跑步，练习蹦跳，喝下过滤的纯净水，只吃几颗橄榄，然后躲开间谍和记者，去看飞船，只是轻轻地触摸，日日如此。机械师们都很喜欢她。

"它会飞起来的，他们会看到，它会飞起来的。"主工程师信誓旦旦地说。

没有人反驳他，没人敢说不。

它会飞起来的，当然会飞起来。一定会在它漫长的旅途中经历很多不可思议的冒险。有多漫长？再也没人知道朗之万方程组是什么，发现他的理论自相矛盾，最后无法自圆其说时，也没人会为此感到震惊，然而，不管旅程需要多长时间，观测者们感受到的也不过是连续几分钟。有些人联想到塞万提斯，这位人类文明早期非常著名的人物——现在人们还在争论他到底是一个物理学家、一个诗人还是一个音乐家——曾经在自己一部失传的作品里提出过类似的理论。

一个秋天的黎明，在五点四十五分的时候，飞船从独立火山口起飞，这里是整个荒芜的罗萨里奥共和国最为荒芜的地带。之所以记录下来精确的时间，是因为共和国内的居民齐心协力定做了一个时钟，他们觉得这样的场合值得拥有（其实，还有一个闹钟，被放置在一处秘密为桑塔丽塔赌场服务的修道院内，这座修道院受某道密令要求，任何东西不能出入，不传递消息，不接受请求，不做解答，什么都不行），不幸的是，他们没有足够的经费。不过后来，有人萌生出绝妙的想法，为他们筹集到了足够的费用。罗萨里奥派出了军队来维持在友好国家自发游行的活动秩序。其实也没多少国家发起游行，为数不多的几个还都是比较穷困的，不过这些国家成功地借助游行获得了资金援助。任何一个有爱国主义情怀，并为亲临荣耀现场而欢呼雀跃的人，满眼看到的都是那些盛装出行的政府官员，还有训练有素的士兵，身穿金红色制服，佩戴闪闪发光的胸甲，手持羽毛头盔，锦带围在腰间，脚踏正步穿越安特多斯里奥斯省会，或拉波德卡位于宏伟安第斯山下的帕德龙吉奥尔葡萄园。

星际飞船一飞冲天，消失在天际，就在罗萨里奥居民面前。他们的心提到了嗓子眼儿，激动得眼前一片蒙眬，刚有时间喘口气，就看到一个小点出现，越来越大，是飞船回来了。飞船着陆时间是六点十一分，在同一个秋天的清晨。记录这一时刻的时钟被保存在罗萨里奥历史博物馆，现在已经不会运转了，不过任何人都可以去博物馆 A 陈列室参观放置在展架上的钟表。在 B 陈列室的另一个展架上展出的，是所谓的卡巴伦西斯铲平斧，砍倒了罗萨里奥所有植物的致命武器，将整个国家变为了荒芜的平地。善与恶的化身，并成一排，肩并着肩。

地球时间 26 分钟，在飞船上却是很多年。很显然，她没有戴手表或带日历：无论哪一样，罗萨里奥共和国都提供不了。但在多年以后，她才知道这些细节。

飞离银河系简直小菜一碟，连续几个跳跃就可以了。每个人都知道这点，只需要按照阿尔伯特·爱因斯坦，这位多才多艺的小提琴艺术大师、科幻电影导演以及时空研究者的指示来操作就行。但是，不同于其历届前身在殖民开拓的伟大时期所做的，这艘星际飞船并没有扬帆到每个角落；相反，这艘飞船径直奔向宇宙边缘。

每个人也同样知道，宇宙本空无一物，甚至连宇宙本身也是如此，当你到达其边缘的时候，并不会感到有分毫变化。飞船从平坠到主线路，载有爱、橡胶外壳、照片、仇恨、新娘礼服还有能量。起初，每一样东西都呈现出细微的变化，随后变化急速加剧；宇宙边缘的每一样东西都更加柔软、模糊，仿佛是由内向外逐渐磨损的线头。

在这历经数年的时间旅程中，她只来得及喘几次气，确切说是一次完整的呼吸和单次吸气。她一路经过了适宜和不适宜居住的地方，那些曾经被认为是存在的世界，实际上却并不存在，或者说从来没有出现过，可能以后也永远不会出现在地理测量绘图表上。还有被放逐的星球，上面沙土沙沙作响、支离破碎的时间、虚无的旋涡、废弃的空间，甚至还没有提到这里的生物和物质，无法用任何语言来描述，以至于人们即使看到也感知不到它们的存在；所有这些，都令她震惊，还有更为强烈的恐惧，以及孤独。她鬓角的头发褪成灰色，肉体丧失了紧致，眼睛和嘴唇周围爬满皱纹，膝盖和关节开始僵直，睡眠比以前减少，并且不得不半闭着眼睛，身体前倾，以便能辨认出控制台上显示的数字。她筋疲力尽，几乎无法再坚持下去。她不再跳华尔兹，而是在一台旧机器里放入一盘老旧的磁带，一边听着音乐，一边头随着管弦乐队节奏微微晃动。

最终她到达了宇宙尽头。一切在这里都到达了终点，非常彻底，连她的疲惫也一并烟消云散，她感到自己年少时期的激情重新涌上身体。很显然，到达宇宙边缘有一些预兆：盐尘暴、异象、细小的白色线条冲击着宇宙的黑寂，还有各种声音波，早已逝去的声音，回声不断，直到彻底消失前仍在传递不祥的信号，各种尘埃敲鼓一样反复击打；但当她触及宇宙尽头时，预兆都让路给空间标识："尽头""你到达了宇宙极限""宇宙综合保险公司，你的公司说别再往前走""宇航员保护区边界"等等，还有一块猩红色的多边形，写着"OMUU"，用在这里表示放弃所有希望，这里就是世界的尽头。

好吧，她现在已经抵达目的地，接下来的事情就是返回去。然而，返回的想法却从未萌生在脑海中。女人是一种贪婪的生物，就像小男孩一样：只要得到满足，之后就想要更多其他东西。就这样，她继续前进。

她跨越极限边缘的时候，爆发出一阵剧烈的震动，之后又归于沉寂、祥和、宁静。所有特有的警告现象，都在讲述事实。仪表指针没有晃动，指示灯没有闪烁，通风设备不再咝咝作响，她的肺泡没有鼓动，椅子没有旋转，各种屏幕一片白色。她站起来，走近舷窗，向外眺望，什么都看不到。这足以符合自己的逻辑判断。

"当然，"她对自己说，"宇宙到尽头就是空无一物。"

她透过舷窗向远一点点观察，以防万一。仍然一片虚无，不过她有了一个想法。

"但是我在这里，"她说，"我和飞船。"

她套上一件宇航服，踏进虚无混沌之中。

当飞船降落在罗萨里奥共和国的独立火山口时，离出发的时间只过去了 26 分钟，舱门打开，她出现在舷梯上，保罗·朗之万的灵魂飘过火山口，几乎笑破了肚皮。唯一听到他声音的人是那个曾经在艾思坡米罗墓地为她种花的疯子，以及一位那时命不久矣的妇女。再也没有其他人通过耳朵或手指或舌头或脚趾，更不会通过眼睛看到他。

她还是离开时的那个女人，完全一样，甚至有点令人们失望，全国所有居民、外交官、间谍还有记者。只有当她走下舷梯，离她更近一些的时候，他们才能看到她眼睛周围一些细微交织的鱼尾纹。除此以外，所有其他上年纪的迹象都消失了，正如她希望的那样，她又可以不知疲倦地跳华尔兹，整日整夜，从黄昏到黎明再到黄昏。

记者们全部伸长了脖子；外交官们一听到她的发言，立马向抬自己的轿夫做出自认为微妙隐秘的各种手势，后者随时准备抬着他们回到居所；间谍们用藏在衬衣纽扣或智齿里的微型相机拍个不停；所有老人把手叠在一起；成年人举起拳头放在胸前；小男孩欢蹦乱跳；年轻姑娘绽开微笑。

然后，她开口告诉大家自己的所见所闻。

"我脱掉了宇航服和头盔，"她说，"沿着一条看不见的道路行走，道路两边可以闻到紫罗兰的香味。"

她并不知道，整个世界都在等待着听她讲述；叶卡捷琳娜五世早上 5 点钟就把谢尔盖·瓦西里耶维奇拽起来陪同她到大厅等待消息；北部一个独立州宣布自己独立，因为总统没有成功制止事态发展，获得荣耀，这个举动在其他 78 个州点燃了反抗的火苗，杰克逊·富兰克林先生被迫离开白宫，假发都没来得及戴，穿着睡衣，冻得瑟瑟发抖，并且怒火冲天；至于玻利维亚、巴拉圭和冰岛则同意两个秘鲁共和国结成新联盟，并制定防御条约应对潜在的宇宙攻击；巴拉圭最高航空工程指挥承诺建造一艘能飞越宇宙极限的飞船，总以为他们可以获得法律豁免以及更高的预算，然而，这个声明却令其货币瓜拉尼好容易上涨的两个百分点又跌了回去，并且在此基础上又下跌了一个百分点；那个唐·斯奇奇诺·吉奥尔，雄伟的安第斯山脚下拉波德卡共和国的新头儿，刚刚从自己最近一次醉酒中清醒过来，就被告知他现在要签署一个对罗萨里奥共和国发动战争的宣言，现在他们已经知道了敌人势力原来如此强大。

"嗯？什么？啊？"唐·斯奇奇诺说。

"我看到了所有事物的虚无状态，"她说，"一切都浸染在灌木紫罗兰那独一无二的香味里。虚无的世界就像是置身于一个在你头顶不断蠕动的胃囊里。虚无状态的人就像是油画的背面，漆黑，戴着眼镜，用绳索释放秩序的美梦和不完美的命运。带强韧翅膀的生灵在虚无状态下变成空中的一道沙沙作响的裂纹。历史的虚无状态是屠杀无辜平民。文字在虚无状态下成了喉咙和手，破坏在穿孔纸上所能触及的任何事物；而音乐的虚无状态，仍然是音乐。还有管辖区、水晶杯、矿层、头发、液体、灯光、钥匙、食物，等等很多的虚无状态。"

当她列完了自己所见的事物名单，福特 99 的主人说他要把这辆车送给她，当天下午，他会派来一个仆人送来一升汽油，这样她就能开车出去兜风。

"谢谢，"她说，"您真是太慷慨了。"

那个疯子抬头望着天空离开了，谁都不知道他在寻找什么。至于那位生命垂危的妇女，喃喃自语应该在星期天吃点什么，她的儿子和媳妇们什么时候来吃午饭。罗萨里奥共和国总统做了一个演讲。

地球上的每一样事物都像之前一般运转，除了一件事，叶卡捷琳娜五世任命库斯特卡罗夫为她的内政部长，这个可怜人吓得心惊肉跳，但是他的妻子伊莱娜却非常欢迎，在她眼里这是一个更新衣柜和情人资源的机会。杰克·杰克逊·富兰克林靠把回忆录售卖给巴拉圭一家最擅长捏造故事的杂志赚了一笔巨款，足够他退休在伊麦利娜度过余生。六艘星际飞船从六个世界大国出发，飞向宇宙边缘，从此杳无踪迹。

她嫁给了一位很不错的人，拥有一间带阳台的小屋、一辆自行车，还有一台收音机，天气好的时候，能接收到安特多斯里奥斯发射的 LLL1 广播信号，这时，她会脚踏白色撒丁鞋跳华尔兹。她第一个儿子出生的那天，一株嫩绿色的幼苗从大咸水湖岸边的土壤里钻了出来。

失落艺术的解读者 - （1986）-Readers of the Lost Art

（加拿大）伊丽莎白·格沃纳尔博格 Elisabeth Vonarburg —— 著

王亦男 —— 译

伊丽莎白·格沃纳尔博格（1947— ）是一位获奖的法裔加拿大教师、编辑、评论家和作家，被很多人视为同时期笔触最为细腻的科幻作家之一。格沃纳尔博格的作品经常和新浪潮以及女权主义科幻的崛起相联系，很显然，她的创作主题和创新式结构体现出了以上两种手法的和谐统一。她的小说和莉娜·克鲁恩还有厄休拉·勒古恩有一些相似之处。格沃纳尔博格是一位深思熟虑的作家，在人物塑造和背景铺垫上精心构思和刻画。她的主题常常具有独特风的社会和环境视野。

凭借短篇和小说，她曾经十多次获得曙光奖，加拿大顶级科幻荣誉。同时，她也曾经七次获得北方奖，并凭借她的小说《在母亲的土地上》（*In the Mothers' Land*, 1992）获得了菲利普·K.迪克奖特别荣誉奖（第二名）。除了小说写作以外，格沃纳尔博格同样以小说编辑和《索拉里斯星》（*Solaris*）杂志编辑身份工作。

格沃纳尔博格第一部科幻小说《涨潮》（*Marée haute*）1978 年刊登在《安魂曲》（*Requiem*）杂志上，其英文版收入马克西姆·贾库波夫斯基编辑的重量级文集《十二星座的二十宫殿》（*Twenty Houses of the Zodiac*, 1979）。她很多短篇小说都被收录在《黑夜的眼睛》（*L'oeil de la nuit*, 1980）、《两面神雅努斯》（*Janus*, 1984）和《流血的石头》（*Blood out of a Stone*, 2009）中。其中一些短篇成为她"母亲的土地"（Mothers' Land）系列的一部分，通过这个作品系列，遥远未来世界、欧洲大陆半颓废的社会突变形态转换逐步显现出来（"变异"）。这个系列在《沉寂的城市》（*Le silence de la cité*, 1981）得到进一步延伸。小说中，年轻的女主人公离开自己位于地下的家，回到地面上，和上面的蛮荒部落一起，开始改造颓败的世界。在《祖国编年史》(*Chroniques du pays des mères,* 1992)一书中，对祖国女权主义统治政权虚伪本质的揭露，在这部传记小说的核心思想中得到深化。还有一部系列合集，《不羁的旅人》(*Les voyageurs malgre eux,* 1992)，某种意义上来说成了她第一本系列合集（同样也是她随后出版的作品），书中精心设计了一位教师兼作家到平行世界旅行的故事。

"泰亚纳艾尔"(Tyranaël)系列——主要序列以《泰亚纳艾尔1：海洋之梦》(*Tyranaël 1: Les reves de la mer,* 1996)开始，以《泰亚纳艾尔5：和太阳一同出发的海洋》(*Tyranaël 5: La mer allee avec le soleil,* 1997)结束，是一个关于行星的故事，背景设在一个同名的生命世界中，但该世界中唯一有感知能力的是围绕陆地的海洋。书中人物众多，均为早期主人公们几度轮回后的化身，他们通过心灵感应以及其他方式逐渐与强大的星球共生。

《失落艺术的解读者》是一部相当大胆、超象征意义的科幻小说，有关仪式和创新。故事既令人恐惧又具有革新意义，第一次以《温柔的地图》(*La carte du tendre*)为标题收录在《钟情：10位魁北克作家的10部创新小说》(*Aimer: 10 nouvelles par 10 auteurs Quebecois,* 1986)上时就获得了极光奖，英文版首次收录在《超正方体》(*Tesseracts 5,* 1996)一书中。

△   △   ▲   △

这件艺术品以块状形态呈现，长度略微大于宽度，在旋转舞台中央的地板上垂直矗立。其深绿的颜色并非只令人联想到石头（也可能是血浆蛋白质），尤其是这块物体在激光照射下闪耀出奇异的乳白色光泽。然而，其粗糙不平的纹理和不规则的形状却告诉观众，正如主持人通过喇叭飘荡在大厅里的声音现在所证实的：艺术品有选择性地出现在拉布拉多闪岩保护壳里。

正当人们在包厢小桌前来回小声议论这种表现形式的时候，艺术表演者走进来，乍看之下，轮廓四周闪耀着光芒。完成表演需要的所有工具大部分是金属的，通过植入在皮肤下的强力磁片和小磁板紧紧贴合在他身体上。艺术表演者没有穿任何衣服，除了这件工具组成的"盔甲"。这些工具形态各异、尺寸不一，却像是经过专门设计，彼此契合，好似某种外骨骼的组成部分，彰显出科技的光辉。他头部紧套一块黑色头罩，脸部自然露在外面，与光滑闪烁的金属器材形成鲜明反差，看上去仿佛是一张简单、抽象的草图——几何平面任意地交会，而不是一张有辨识度的面孔。

一片稀稀拉拉，甚至有些敷衍的掌声之后，整个会场陷入沉寂。每个人都知道，结合艺术品自身明显的选择倾向，最初的方式不会多么精妙：一个直接而纯粹的击打施加在其周围的原始外壳上。艺术表演者围绕块状物体转圈，时而走上近前，时而后退远离，伸手触摸艺术品各个地方，然后后退两步伫立不动，低头观察艺术品。忽然间，他从沉思中苏醒过来，却只从自己的工具盔甲上取出两件稀松平常的工具：一个铁锤和一把凿子。

他需要找到阻力最薄弱的地带，通过简单的加热和加压让艺术品回到封存之前的原始可塑状态，然后再冷却，通过对闪石无限扩散的方向进行定位，变形的石头会提供出片理线索，就像是光照反射在平静的河流表面，经验老到的人眼中会显露出河底的轮廓以及迂回曲折的水流。看来，物质中乳光色的斜长岩成分不会对操作构成干扰。随着艺术表演者准确稳定的第一次敲击，一块碎石从块状艺术品上坠落。他驾轻就熟，我们很快就可以目睹到艺术品的核心部分。

表演大厅里，顶层部分的包厢逐渐坐满，座位前小圆桌上的台灯逐一被点亮，观众佩戴的珠宝首饰隐隐闪烁。买家和交易商在席位上坐定，开始一天忙碌之后的另一种"工作"。女招待们拖着优雅缓慢的步伐，穿行在包厢之间，目光透出伪装的冷漠，犹如在笼子里踱步的美洲豹，佯装从不知道很久以前自己在秘密的丛林小道硬生生被抓了过来。时不时有人举起手，或漫不经心，或急不可待，于是一位"圈养的猎豹"就会走上前去挨着客人坐下，整个晚上都使出浑身解数来讨好对方。

在中央展台上（静谧无息——碎石坠落的地面铺有厚实弹性的地毯），艺术表演者第一阶段的工作已经接近尾声，当整块石头从块状物上方剥落的时候，人们各啬地给予了一点掌声，这意味着揭开块状物内部神秘的第二阶段操作终于来到。随着更深层次的构造显露出来，可以勉强看到一团模糊的物质，发出玻璃一般明亮的光泽。

艺术表演者把凿子和铁锤放回工具收纳箱，这是一个中型尺寸的盒子，这个举动所代表的含义逃不过老练的观众：他经验老到，正打算不借助任何工具，空手破入艺术品内部。一如往常，工具收纳箱的盖子只能从一边打开，放置其中的工具无法再次被取出使用。如果艺术表演者"以身试法"——这简直是不可想象的——他们会立即触电而亡，工具收纳箱隔断的每一件金属工具都携带强大的电流。

艺术品已经完全从岩石覆盖物剥离出来，表演大厅内一片窃窃私语：这是个水晶柱体，浑然散射出的光束，在棱镜作用下，折射出各式各样几何状的彩虹光带，或呈现在表面，或暗含于材质深处。艺术表演者向后移动，再次围绕着艺术品转动，工具盔甲隐隐发出叮当作响的声音（其中，铁锤和凿子的位置已经空出）。他沉思不语，沿着展台边缘踱步。光靠蛮力已经远远不够了。若以粉碎水晶体的方式来发掘艺术品，格调委实粗俗低下，观众会立即表现出不满情绪，重重按下向演剧院经理投诉的按钮。艺术表演者小心翼翼地选出下一个工具，在工具盔甲上留出一个新的空位。这工具，自然是一个探头。

探头能够在第二阶段测量出艺术品的大致厚度，以及外部晶体的结构节点，这些节点仅凭肉眼是看不到的。由于这些数据是在展台上方全息展示的，观众席发出的几声惊叹足以说明他们观看表演的兴趣已经被激发起来。水晶物质的质地十分稠密，由数层同心的不同属性的材质构成，在好几处地方混杂为一体；宏晶块以复杂的方式并列组合，需要逐一分解开来，直到发现某些能够同时释放几种元素的结构节点。大致流程就是这样，不过探头提供的信息并没有给出这样明确的提示。

其中一层包厢，位于表演大厅一半高度，几乎所有的女招待都被叫去服务，只有一位独自留下。她是一位身形颀长的女子，皮肤透白，身穿深红丝线裙，每个动作都会荡起一片亮光闪闪。与之形成鲜明对比的，是她的一头短发，剪成头盔的造型，贴着头皮柔顺地垂下来，没有一点光泽。她的头发漆黑浓密，以至于当她走进阴影中，整个头部都会消失不见，而她的脸庞，涂上了神秘的淡紫和金色彩妆，仿佛是一具飘动的面具。细心的观察者会注意到，每当有客人举起手来（这动作会激活植入在每一位服务员前额的芯片），这位女招待都会畏缩后退，手一旦放下，她又会如释重负（这说明，客人已经指定自己要作陪的对象，其他女招待或是服务生的联网状态就会自动从总网络平台被切断）。

就有这样一位细心的观察者坐在第三层角落的包厢里。他肩膀宽阔，也有可能是他的连身晚礼服盖住了垫肩，不过这不太可能，因为他的身材高大而强壮。宽大低垂的领口露出一处非常清晰的伤疤，似乎一直延伸到他的胸部。他的双手(除了身体以外，唯一被包厢小桌上球形灯照亮的部位)强壮有力、棱角分明；指尖怪异地褪去原有的肤色。至于他的头部，则隐藏在阴影中，唯一能辨认出来的，是圆形脸庞上一头浓密，并且很显然凌乱不羁的头发。最终，这个男人举起手。唯一的那位女招待停下脚步，转向包厢，服从命令向前走去，光影交替中，晃动的脑袋微微低垂下来。

与此同时，越来越多的观众正将注意力从品尝晚餐、商务会谈以及女伴转移到中央舞台正在进行的表演上。波浪一般的掌声接连涌起，伴随啧啧称奇的惊叹声。艺术品周围的结晶体失去了透亮的和彩虹般的光泽，激光光束开始在其表面触发复杂的分子反应。线状结构，形状、颜色渐渐彼此相融，显现出不同的组合形式。这过程暗示着某种规律，某种置换方式，某种序列含义。

艺术表演者已经从他的工具盔甲上解下几个工具，停下动作来研究这新的变化。一会儿工夫，除了两件工具以外，其他工具都被放进那个禁止再次取出的工具收纳箱。留下的是一个小型橡胶头锤子，以及一组指环吸盘，他把吸盘分别套在包括大拇指在内的右手指尖上。他走近棱形水晶，再次停下来，仿佛在等待什么信号。猛然间，他小心翼翼地将套有指环吸盘的手逐一放置在晶体一处突出的部分上，另一只手拿着锤子轻轻敲击似乎是他精确定位的一点。什么都没有发生。带颜色的线条和形状继续在晶体表面颤动起伏。艺术表演者继续等待。他忽然再次行动起来，观众还没能够看清到底是什么触发了他的动作，他却已经在同样的位置完成连续两次敲击，以迅雷不及掩耳之势。

　　一块拳头大小的晶体裂开掉落，被艺术表演者用手指接住，随后，他用另一只手摘掉指环吸盘，拿起小锤子，面部再次转向晶体，全神贯注探查（现在观众开始明白他的用意了）晶体下面神秘流动的蛛丝马迹。唯一显而易见的是，所有线条和形状的颜色变化、成分和频率都是随机的。事实上，正是这些构成了晶体连接节点位置的代码。一个代码，更准确地说，是一段变量的代码——律动有律动的变量，组合有组合的变量，至于掌控一切的规律（或者说是这些规律）全部巧妙地隐藏在这变形的聚合物中，秘而不宣。

　　一些悟出游戏规则的观众转而迅速开始电子竞猜，用自己小桌子上的微型终端来回押注。随着每块晶体碎片从艺术品上移除，人们兴高采烈的嘈杂声不断高涨、回落，再次涨到高峰。极少数客人足够年长，能立即识别出这项娱乐演出的本质——"解读"，一种非常古老的艺术形式，只经历过零星几次复兴——甚至连他们都开始对演出萌生兴趣。这将成为一次铭刻历史的表演。

　　在被呼叫的包厢里，穿深红丝线裙的女招待背朝舞台，虽然椅子柔软的轮廓令人很想放松，她依然笔直地坐在低矮的扶手椅里。她用一只手的指尖捏住倒满饮料的高脚酒杯，几乎没抿几口，嘴唇都没有沾湿；她另一只手，拳头紧攥，放在椅子扶手上。她的客人坐在右边，身体前倾，拉过她握紧的手，放到小桌上为她一根一根温柔地舒展开来。做这个动作的时候，他的头探进球形灯的光晕之中。凌乱不羁的头发下面，他的面貌特征鲜明，但却棱角粗犷，仿佛是一幅没费心思的草图。唯一引人注目的细节特征是他的嘴唇，这厚实、扭曲的嘴唇描着一条怪异的白边——如同经过化妆或染色——还有他的眼睛，呈斜角却很宽大，可能是蓝色，被灯光柔化成浅灰色，黑色的虹膜显得尤其宽大，看上去几乎覆盖了整个双眼。很难赋予这只巨大而僵直的眼睛什么评价。警戒，当然，但是不是也显得好奇、狡黠和友好？男人松开女招待的手指，这些手指再一次在掌心弯曲起来。当然，女人根本没有意识到这点，直到当男人用食指轻轻敲打她握紧的拳头时，她才躲闪着把手藏到桌子下面，然后，一番明显的挣扎之后，手又拿上来紧挨着另一只握着高脚杯的手——现在也由于局促不安而过于用力。男人坐回自己的椅子，脸庞重新埋进阴影里，女招待一定认为他正在欣赏演出，因为她同样把椅子挪向下面的舞台。

艺术表演者已经完成了第一层水晶的分解工作。现在，能够更加直观地看出艺术品的大致外形：这是一块尖端细长、竖直向下的平行六面体，高度远比宽度大得多，并且厚度不均匀；底部狭长，中间变宽，然后在顶端再次变窄。正面三分之一和背面三分之二的位置可以明显看到相同的突起。第二层水晶表面同样呈现出变动的线条和形状。或者至少可以说，毫无疑问遵循同样的规律，虽然很难说明缘由，人们会感觉到这些活动的组合样式并非完全一致——不过也并非完全不同——和之前一层的晶体相比较的话。也许是变化速率提高了？更确切地说，它们之间的变形是相伴共生的；而彼此遵循的律动却略微不同步，而当我们努力同时去感受的时候，有一点是显而易见的，它们聚合成一个有机整体。

艺术表演者看上去有些犹豫不决。橡胶头锤子高悬在不断变动的组合样式上空。然后，非常轻微地，锤子落在一块水晶面上。艺术品的水晶体突然由明变暗。艺术表演者跳到一旁，扔掉锤子，双手捂紧耳朵，脸部静默无声地痛苦扭曲。

水晶体再次恢复明净，观众席爆发出热烈的掌声（连声波频率都随着艺术表演者而增强，其赞不绝口的心理表现得淋漓尽致），线条和颜色继续上演被短暂中断的律动过程。艺术表演者一边摘掉指环吸盘，一边连续点了几次头。随后，他拾起橡胶头锤子，和指环吸盘一并放进工具收纳箱。

观众席上传来了阵阵交头接耳，既惊讶，又为他接下来的动作而兴奋不已——他从工具盔甲上解下几套工具，同样收进工具收纳箱。现在的他展现出令人印象深刻的身影，各式金属工具不规则地在他身上星罗棋布地排列，中间的空隙勉强可以看到几块皮肤。他解下另一套小一号的指环吸盘，逐一套在左手、右手指尖上，接着靠近艺术品，全神贯注地观察不断变化和聚合的线条。然后，他将手指一根根放置在两处远离的节点之上，先是右手，再是左手；手指摆放随意，有些彼此紧凑，有些微微弯曲，还有的伸展摊开，显然是为了对应节点分布的规律，想要制造出希望的效果，这些节点必须在同一时间被触碰到。

有那么一阵，艺术表演者完全伫立不动，他必须等待某个颜色、线条、形状的精确组合，霎时间，只见他微微前倾，迅速推了一下艺术品，然后后退，手里拿着一块刚刚成功分解的晶体。

观众们都向前探着脑袋，以便从刚刚形成的缺口里更清楚地看到艺术品显露出来的部分，或失望，或惊奇，或兴奋。里面漆黑一片，毫无特征，好像一片简单剪裁图样，既没有形状也没有厚度——这也可能只是对广袤宇宙的匆匆一瞥。只有艺术表演者离得足够近，才能窥得全貌，从里面萃取出精华，然而他的行为并没有透露出玄机。他的双手悬停在水晶外罩几毫米上方，等待下一个新组合的出现，暗示另一块晶体即将裂开剥落，而这个过程观众是无法觉察的。

Élisabeth Vonarburg

一场交谈在穿深红丝线裙的女招待和她的客人之间展开，气氛并不融洽。这个女人似乎对男人徐徐抛出的一个个问题缄默不语。也可能这些并不是提问，他们只是在闲聊下方舞台上的艺术表演。男人和女招待似乎都在凝神欣赏。

艺术品几乎全部从水晶外壳里剥离出来了。它周身漆黑——是那种散发古怪亚光、没有厚度感的黑色——其外形现在已然可见一斑：从正面看，是一块细长的钻石，以尖端支撑向上；但从侧面看（可以从缓慢旋转的中央站台看到），它还保留了平行四边形的轮廓，却完全不对称。

借助手指间压力和切力的组合，艺术表演者揭下了最后一块水晶碎片。以艺术品为中心，展台凌乱铺满大小不一的水晶碎块。变形的涟漪还在表面缓缓波动，水晶碎块内部隐约还有律动，也可能已经改变律动方式，尽管已经切断和艺术品之间相连的组织，但是其光彩、其摄人心魄的魅力，仍然完整封存——简直像是感应到眼下观众们正在通信网络传递的种种要求一般：这些碎片会变成什么？是否可能获得？以什么样的价钱？面对这些问题，演剧院经理的回答千篇一律：表演留下的所有材料都是艺术家独有的财产，他会进行妥善处理。

艺术表演者再一次围绕艺术品转圈。他从工具盔甲上取出一个装置(工具现在几乎全部摘除)，从远处扫描黑色块状物。观众们凝视着展台区域上方，读取的数据应该会重新显示在这里。然而，什么都没有。艺术表演者敲击一下微型装置上某个隐藏机关，转到另一处重新进行扫描。全息屏幕仍然一片空白。他几乎是在不住摇晃这个装置，之后停下来，将其放入工具收纳箱，轻轻耸了一下肩膀。他又解下另一部装置，某种尖笔，连着数条电线，管道一样粗细，连通到一个长方形盒子，盒子一边塞满各式各样、不同大小的彩色钥匙。带着明显的迟疑，他走向艺术品，改用笔尖触碰它。

观众席涌起一阵杂乱模糊的惊叹。艺术表演者被甩到地板上，陷入痛苦不堪的抽搐中，毫无疑问，是被高强度电流击中。

然而，几分钟后，他再次挣扎地站起来，把使用过的设备放进工具收纳箱，扣好盖子以后，他纹丝不动地站立片刻，两只手分别置于收纳箱两边，微微前倾，头些许低垂。那些随着站台转动移到艺术表演者正面的观众们会发觉，他双眼紧闭，一层汗水在脸颊和身体上闪光（解下工具后露出的部位）。一阵称心快意的小声交谈——这其中并非没有掺杂某种残忍的喜悦——在观众群里扩散：这件艺术品真是一个绝妙的对手。

穿深红丝线裙的女招待坐在椅子上来回转动，她不再关注表演，也没有望向自己的客人。他时不时和她交谈，身子向她微微前倾，半张脸被球形灯照亮。他一只手握住座椅扶手，柔软的椅垫上出现明显的凹陷，足以表现出他抓住的力道之大。而他的另一只手，搁在小圆桌上，徐缓而优美地转动高脚酒杯，时而把酒杯举到脸旁，如同在品尝花朵的芳香。因为靠近桌子，年轻女人的面孔完全被照亮。她目光直直向前，看不出任何情绪（除了，根据推断，可能不希望被看透的心思）。她眼皮眨也不眨，瞳仁锁定、放大，盈盈闪动，释放出颤动闪烁的泪珠，泪珠沿着右侧脸颊一路滚动到被低胸礼裙展露无遗的锁骨上。男人彬彬有礼地把酒杯放回桌上。他向她更加贴近一些，指尖沿泪水潮湿的痕迹描摹。女人别过头去，向另一边肩头闪躲。男人伸手捧起她的脸———半被他包裹在大手里——面朝自己扭转过来，动作并不粗鲁但却坚定不移。

艺术表演者再次开始行动。他面向黑色块状物体——仿佛它正注视着他——缓慢谨慎地从身上摘除剩余的工具，将它们一一排列在地板上。他双手举至头顶，从头顶解开头罩的搭扣。此时此刻，他全身赤裸，除了性器官上的保护套，以免和身边的工具发生不愉快的"亲密接触"。这是一个高个年轻人，宽阔的肩膀，身材修长。他皮肤浑然光滑，完全没有毛发，通体白皙。他柔顺的头发剪成头盔的形状贴在结实的脸庞上，映衬之下，显得过于黝黑。当他重新来到艺术品附近时，可以看到两者几乎一样高，前者略微矮点（可能正是艺术品毫无立体感的黑色才令其看上去比艺术表

Élisabeth Vonarburg

演者高）。

艺术表演者仿佛在自作镇定（也可能在沉思或只是想利用时间深吸几口气），之后他伸出手臂并且——以艺术品所能承受的最大力度——紧紧拥住它。

黑色默然膨胀，向外扩散，顷刻之间蒙蔽了观众的眼睛。当他们得以重见光明时，艺术表演者和艺术品已然面面相对紧贴在一起，任何东西都无法将他们分开。

包厢里，男人和女人的座椅也彼此紧靠。小桌上两只高脚酒杯之间的，是男人的手，女人的手被握在掌心。女人头靠男人的肩膀，他们一并向楼下的旋转展台投去目光。艺术品现在呈现出一个裸体女性的形状，肌肤金黄，激光灯下泛出金属光泽，和艺术表演者一样，她完全没有体毛，除了中等长度、杂乱无章的头发，也是同样的黄铜色；眉毛斜斜地挂在黑色眼睛上面（这也可能只是灯光的效果）；睫毛浓密。她和艺术表演者高度相仿——尽管没有参照点来估计他们的实际高度，现在黑色的平行六面体已经升华消失。然而，没有多余的时间陷入思索，站台陡然改变了构造，啧啧称奇的惊叹声不绝于耳（几乎所有要求陪酒服务的客人现在都已经成为演出的忠实观众）。

艺术表演者和艺术品，仍然都赤裸着，在旋转展台上悬浮起来。尽管没有可见的分界线表明他们置身于有限的失重空间，不过有件事情已然明晰，观众开始看到的景象并非现场表演，而是全息传送影像，这次播放可能远远晚于真实表演的时间。初刻惊奇之后，观众席爆发出各种干扰表演的躁动——抗议的、赞成的、主张现场表演的和提倡虚拟现实的争论从一个小桌延伸到另一个。只不过，所有这些骚动都很快消散，下面的展示舞台上，失重空间里，表演仍在继续。

第三个探索阶段期间，艺术表演者身上还留有一些工具。他没有使用就将它们一次性取下来。这些工具并不被强制放入收纳箱，仍然可以使用。

由此说来，艺术品还会有第四个探索阶段，现在艺术表演者正在慎重思索。

艺术表演者第一组动作刚一展开，随之而来的流程也就显而易见了，还没看懂的观众们，现在也醒悟过来：表演是事先录制好的。即便如此，还是有人焦虑地颤抖，有人高兴地期盼，精彩的博弈即将上演。

艺术表演者再接再厉，先是摘掉了指甲，开启通往皮肤肌理的"大门"。远程控制钳夹落在手指甲一旁，涂上分子胶的小型指环吸盘以分子形式粘连到指甲表面。凝固一段时间之后，动静骤发，仿佛通过某个系统激活了器械的精确操作。伴随轻微的撕裂声，指甲被摘落，末端指骨在血肉层下清晰可见。另一个小型指环吸盘也贴到每根指头上，宛如一张张小嘴，吸吮指甲周围渗出的血液，同时，注入有麻醉作用的镇痛剂，并灼烧末端血管。艺术品发出的尖叫声被后期剪短了。

当然，指甲从自己指尖被拔掉的时候，艺术表演者没有尖叫。这过程是他来操控的，他的感知也不尽相同——被中断的血液随后再次流入受伤的地方，通过他的心智直接控制来自主恢复。另外，尽管随着表演进程越来越微弱，电子脉冲不断从外部输送到信号接收中心；在精彩的博弈中，速度和精确度才是演出的关键。

艺术品垂直悬浮在他面前，借由磁场来保持稳定。艺术表演者现在制造出一道中等长度的切口，从胸骨延伸到耻骨。麻醉指环吸盘跟随手术刀附近的红外线频频移动。艺术品的尖叫声再次被后期剪掉。

下一个切口必须迅速而利落，这关乎之后的所有操作。艺术表演者的痛感不断骤增（因为电子脉冲强度正以稳定的速度衰减），而随着越来越多的部位被彻底麻痹，艺术品感受到的痛楚却在减弱。艺术表演者准备从她的耻骨下刀。所有观众都拼命伸长脖颈。他是否会尝试从内部进行分解？不，他会保持这最私密的部位完整无缺，而是就着阴唇和肛门边缘留下切口。（这过程稍微花点时间，并且当艺术品是男性的话，会更加危险。阴茎很显然是外部器官，操作是不可避免的，而松弛的表皮会制造麻烦；需要整个牵引设备，并且必须控制得当，以便能飞快落下精确的切口。自我身心控制能轻松解决男性艺术表演者这个身体问题。）

艺术表演者现在去够艺术品的另一顶端。头部有七窍，必须小心翼翼——尤其是眼睛和嘴巴，尽管是不同器官，原因却都显而易见。出于惯例，耳朵将从皮肤上切除；同样，鼻孔也向来随着周边皮肤一起处理。但是眼睛和嘴巴需要特别注意。切割眼皮尤其是个精细活，没有失误的余地。而嘴巴，和女性生殖器官以及两性都有的肛门一样，有两种处理方式：或者简单沿着嘴唇轮廓切开，或者冒风险从内部进行微创手术。没有意外，艺术表演者通常选择第一种方式。

到这个环节为止，整个过程都完美无瑕，艺术表演者可以自信满满地进入下一个阶段。疼痛还没有开始影响他的动作。不过一切并未妥当，除了提取操作本身，还有一些单独的切口，多少有一定重要关联，想得到理想效果的话，皮肤剥离过程中仍然不时需要实施，即使不能谨慎入微，至少也得小心翼翼。

一堆微型仪器在艺术表演者周围悬浮。这些仪器由他远程操作，将用来完成现阶段的皮肤分离；他的视觉中心直接接收图片，由埋入微型手术刀的照相机拍摄传来。

从这时起，他更加迅捷，不过也相当艰难，手术刀要同时从周边移动到中心（从指尖、脚尖脱手套一样剥开皮肤），以及从中心到周边（从中间切口两边掀起皮肤）。观众的押注仍在变化，人们纷纷竞猜他还要制造多少个切口。

男人和女人现在只是时不时扫一眼表演，更多时间则是在交谈，两颗脑袋亲密地靠在一起，呢喃细语不断被温情拥吻所打断。

艺术表演者的身心控制第一次得到放松。血液一滴滴渗出他的切口，沿着皮肤流下来，徐徐前进，并很有规律地和艺术品的血液同时飘起。指环吸盘吸附着他进行清洁和消毒（当然，没有再注入麻醉药）。微型仪器的工作仍在继续，一点没有显露出被干扰的迹象。激光手术刀一寸寸分离出真皮时，无数钳夹掀起艺术品的皮肤，小心翼翼地提至空中（这很重要，五层表皮要被分离得完好无缺，基底层、荆细胞层、颗粒层、透明层、角质层）。皮肤较薄的地方，这些皮层尤其纤弱（手腕、腋窝、乳头……当然，还有下半身，腿弯、腹股沟，并且当艺术品是男性时，还有阴茎，开始会像一只手指一样处理，必须从龟头到根部，通过拍打包皮的方式，然后还要处理阴囊）。

艺术表演者现在显然正在和疼痛做剧烈斗争。吸盘吸附在他身上的次数越来越多，而艺术品的皮肤剥离似乎也越来越缓慢。一旦手指上的皮肤也被揭掉，掀开艺术品手臂和腿部的皮肤轻而易举（对艺术表演者来说唯一的困难，完全在预料之中，就是不断激增的撕心疼痛），但是，分布躯体的微型手术刀，其与神经末端和中枢的连接将会受限。表演进程不再缓慢，而是直接奋勇向前，就像开始时那样（钳夹悬在皮肤上方，微型手术刀在下面），只是交错进行，一道切口在这里，又在远处留下另一道。撕裂一张薄纸的风险每一秒都在攀升，器械排列不再整齐划一之时，压力也愈加随机地施加在皮肤上。艺术表演者会不会丧失意识，或者他是否会竭力坚持到意识的极限边缘？器械的动作和皮肤被剥离的速度现在相当缓慢，几乎难以觉察。甚至可以得出这样的结论，或许再过一阵工夫，整个进程都会画上句号。艺术表演者悬浮在空中，纹丝不动，只有消毒吸盘在他的身体上四处游走，这证明他仍然意识清醒。他是否在休息，趁着麻醉还起点作用，消耗宝贵的剩余分秒？或者，尽管意识犹存，他却缺乏勇气来承认失败？最终，吸盘自己纷纷从他身上脱离开来。他现在已经完全失去意识。他没有完成对艺术品的解读表演。

而艺术品，尽管最初有些疼痛，随着麻醉药力渐进，则完好保留了意识。在艺术表演者一动不动的情况下，她开始接过他的操作。现在，通过控制提取工具，她可以选择停止还是继续最初的工作——如果选择后者，这些出现在失重空间里、一模一样的器械将在艺术表演者的身体上继续表演，并顺从地等待她的指挥。器械停靠在艺术表演者悬浮的身体上。至此，观众席发出一波短暂却满意连连的掌声。艺术品将完成演出，她指引钳夹和微型手术刀在身体上不断移动，不只为了在身体周围建立连接，也为了完成极其高难度的头部剥离。

明显受益于艺术表演者的技艺和速度，艺术品只需要几分钟就可以完成任务（消毒吸盘随着微型手术刀擦过艺术表演者毫无知觉的躯体，匆匆向他注入强有力的恢复混合药剂）。

最后的注射环节，是同时施加在艺术品和艺术表演者身上的（现在是否仍然能正常区分出他们？），其目的在于增强皮肤韧性，从而充分减少收尾阶段的操作风险。几分钟等待增强剂发挥作用之后，艺术品在器械的协助下，把自己从表皮上剥离下来，动作缓慢却不失灵活。皮肤被强力场所牵引，悬浮起来，在激光下，涂染上一层柔和的粉红色调，非但没有松弛，并且尽管躯体刚刚离开，却好像仍然无形依存于活生生的躯体。艺术品在空中游向艺术表演者，后者已然化身成动态解剖模型，肌肉、筋腱、毛细血管都被闪闪发亮的线条精确地描绘出来（坚硬而结实、作为支撑的骨架形状显露出来之后，这些肌理构造被更加清晰地展示出来）。现在她开始把他从皮肤上剥离。顷刻间，两张表皮并排悬浮在失重空间内，犹如准备就绪的轮廓线条。

艺术表演者重新恢复意识。现在全然无法看到他脸上任何表情，但是，从他接连围绕艺术品和自己表皮旋转的举动来看，他对眼下成就的满意彰显无疑。这两张表皮是，有人可能会说，彼此相依相配。他转身接近艺术品，轻轻耳语几句。看上去他们达成某种一致，共同游向他们的表皮。

五楼的一位观众，洞察力比其他观众更强，带头开始鼓掌。其他人几秒钟后也恍然大悟，于是很快，剩下的人也开始鼓掌——很难讲是被感染还是自己灵机一动。在失重空间，艺术品正把自己套进艺术表演者的皮肤里，而艺术表演者（带着某些困难，虽然皮肤尺寸一致，但并非每一处比例都分毫不差）扭动着钻进艺术品的皮肤。

一系列静止的全息影像代替了失重空间的全息影像，精彩博弈的关键阶段进展被一帧帧画面完美复原：交换的表皮逐渐与躯体融合，多余的表皮被吸收，缺失的表皮则再生出来（带着有趣的颜色图案，原本覆盖白色肌肤的区域现在披上一层古铜色的表皮，反之亦然。）。除去各式各样的深色条纹，女人的皮肤洁白无瑕，现在的她一头短发，黑色柔顺。而那个年轻男人则长出一头不羁杂乱的头发，亮铜色与肤色完美地契合，他同样到处布满白色条纹，尤其在躯干、生殖器和指尖等部位。

旋转舞台从视野里彻底消失。掌声又持续几分钟之后，主持人播报出刚才表演的两位艺术家的名字。人群中发出几声惊叹，很多在场观众对于他们的名字都十分熟稔。片刻之后，一些包厢里骚动爆发，人们纷纷猜测，究竟出于什么原因，导致演剧院经理会播放一场，如果记忆没有出错的话，已经是十年前的表演。两位艺术家早已迈上对方的命运旅程，去探索其他更加现代的艺术表现形式。话题讨论就这样持续发酵，但分秒之间，又被另外的关注点所转移。一些观众起身离开演剧院。服务生引导其他刚刚到达的客人进入空置包厢。空闲的女招待再次在观众席中穿梭流连，与此同时，舞台上另一场引人入胜的表演——全息影像还是真实现场，这并不重要——开始吸引观众潜在的注意力。

三层楼的那间包厢里，男人和女人已经准备离开。经过邻桌的客人时，他们被拦住，对方欣喜若狂地吐出几句言语，他们一个微笑不语，一个默然点头，以此作为答复。这对年轻人继续向上面的出口走去。来到大门口的时候，灯光在男人头发上反射出亮铜色的光泽，在女人的丝线礼裙上照亮繁星的闪光；随后，大门在他们身后闭紧，把他们隐藏在几位可能仍在好奇跟随的客人视线之外，不言而喻，他们将永远不再有机会深入探寻到这对神秘男女的身世之谜。

文明世界的赠礼 - （1987） - A Gift from the Culture

（英国）伊恩·M. 班克斯　Iain M. Banks——著

龚诗琦——译

伊恩·班克斯（1950—2013）是一位人气很高的苏格兰作家，涉足主流小说和科幻小说——出版科幻作品时使用笔名"伊恩·M. 班克斯"。他最广为人知的作品是"文明"（Culture）系列小说，该系列包括《想想弗莱巴斯》（*Consider Phlebas*, 1987）、《游戏玩家》（*The Player of Games*, 1988）、《艺术国度》（*The State of the Art*, 1991）、《武器浮生录》（*Use of Weapons*, 1990）和其他作品。他重要的非系列小说，包括令人毛骨悚然的《捕蜂器》（*The Wasp Factory*, 1984）。虽然班克斯的这些小说很少获得重要科幻奖项的提名，但它们均成为这个类型里的经典作品。2008年，伦敦《泰晤士报》将班克斯列为"1945年以来最伟大的50位英国作家"之一。他还写过一本有关威士忌的书，书成后没几年就因癌症去世。在创作这本书的过程中，班克斯驾车环游苏格兰，采样各式美酒，引得世界各地作家羡慕不已。

"文明"系列小说展现了一个恢宏的星际文明，它的300亿居民不仅以星球为家园，还旅居在巨大的星际飞船上，甚至有叫作"轨道人"的太空栖居者。这些栖居者由叫作"智脑"的巨型人工智能管理，本质上来讲，很难将智脑和飞船、居民辨别开来。班克斯创造的世界里有个独特的元素，即它是基于"后紧缩"时代的想象：它不包含——因此没有讲述以下故事——内部或外部的阶层划分，或是阴谋策划，通过控制有限的资源来维持掌控权。因此，在"文明"世界内部，没有国家，没有涉足各个领域的大公司，没有文化飞地来将隐秘的知识传授给它们的居民，以此为优势获取独立，也没有神秘高人。

更引人注目的是，伊恩·M. 班克斯描绘的"文明"居民，就像一群精力充沛的先驱者，住在一个某种程度上可以说是专为他们设计的乌托邦里。他们时常被人见到在监视宇宙，或是乘坐接入庞大网络的巨型 AI 控制的飞船里，探索宇宙。"文明"系列小说因此摆脱了一种预设——在 20 世纪的科幻小说中广泛且心照不宣存在的——一个资源丰富的社会，它的居民自然而然是不思进取的。此处，"后紧缩"时代并不完全意味着"反乌托邦"，并不是堕落或衰退的标志——"在'文明'世界里，任何人可以在任何时间、任何地点，体验任何事情，一切都是自由的。"

然而，这种设定绝不会排除内在冲突或复杂的政治机制——"文明"系列小说通篇点缀着天才般的情节设定和冲突驱动的剧情线。更进一步说，班克斯创造的这个世界允许他去深入讨论 AI 的本质问题、邪恶的本质问题，以及后人类时代交互行为的本质问题。

《文明世界的赠礼》是班克斯这个系列里唯一的短篇小说，可以让读者一窥这套卓越系列的精彩之处。

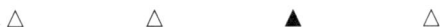

△　　　　△　　　　▲　　　　△

金钱是贫穷的标志。这句"文明"世界的老话我时刻铭记在心，特别是当我被引诱着去做些本不该做的事，同时又有金钱插手其间的时候（什么时候没有呢？）。此刻，它又在我脑海浮现。

我盯着这把枪，握在科鲁兹疤痕累累的大手中显得小巧而精致，第一个钻进头脑里的念头——他们到底他妈的是怎么拿到这种枪的？之后是：金钱是贫穷的标志。这句话不论多应景，也对此刻的境况毫无助益。

我那时正站在莱克西斯低地城里一间黑赌场的外面，湿冷的周末时光进入了下半夜。我看着这把漂亮得似玩具的手枪，与此同时，我欠了很多钱的两个大块头债主要求我去做一些极度危险的勾当，远远不只是违法。我掂量着利害关系，是一逃了之（他们将开枪射我），还是拒绝（他们会痛扁我，可能接下来几星期会产生巨额医药费），或者完成卡杜斯和科鲁兹要我做的事，也许能侥幸不被逮到——毫发无损，无债一身轻——最可能的结果是，我搞砸了，步上通往死亡的慢车道，还得配合安全部门的问询。

卡杜斯和科鲁兹承诺会将所有债务一笔勾销，外加——一旦执行成功——一笔可观的尾款，为了表示友好。

我猜他们并不指望需要付尾款。

所以呢，理智告诉我，应该推开他们设计时髦的手枪，坦然接受一顿理论上疼得要死却不会致死的挨打。妈的，我可以把痛感关掉（有些"文明"的背景确实占优），但医院的账单怎么办？

我已经负债累累了。

"怎么啦，罗毕克？"站在赌场屋檐下的科鲁兹拖长调子，逼近了一步。而我，背靠着温热的墙壁，鼻腔里充满地面潮湿的气息，嘴里一股金属味。卡杜斯和科鲁兹的豪华轿车在路边转悠，我能看见里面的司机，他正透过洞开的窗口望着我们。外面狭窄的巷道上没有一个行人。一辆警用巡逻飞艇掠过头顶，高高在上，警灯穿过雨帘，勾勒出城市上空低垂的乌云。卡杜斯向上扫了一眼，无视这架飞行器。科鲁兹把枪往我怀里一送。我试着后撤躲避。

"拿着枪，罗毕克。"卡杜斯的语气透出厌烦。我舔舔嘴唇，低头看着手枪。

"不行。"我说，双手插在外套口袋里。

"你当然行。"科鲁兹说。

卡杜斯也点头附和："罗毕克，别让自己陷入不利之地，拿好枪。你先碰碰它，看我们的情报是否准确。快点，拿起它。"我死死盯着那把手枪。"拿起枪，罗毕克。记住，枪口瞄向地面，而不是我们；司机手里的激光枪瞄着你呢，他可能会以为你要用枪对付我们……快点，拿起它，碰碰看。"

我身体动不了，脑子也转不动。我只是呆站着，像被催眠了。卡杜斯捏住我的右手腕，把我的手从口袋里抽出来。科鲁兹把枪举到我的鼻尖，卡杜斯把我的手推向手枪。我的手在毫无生命迹象的枪柄周围合拢。

然后枪就活了。几道昏暗的光闪动数下，枪柄上方的小屏幕亮起来，边缘闪烁着，科鲁兹松开手，让我独自拿枪，卡杜斯的笑容不易察觉。

"看吧，并没有那么难，不是吗？"卡杜斯说。我拿起枪，试着想象将它用在这两个男人身上。但不论有没有司机监视着，我都知道自己办不到。

"卡杜斯，"我说，"我办不到。提别的要求吧。我可以做别的任何事，但我不是职业杀手，我不能——"

"你不需要是个行家里手，罗毕克。"卡杜斯轻声说，"你只需要做……他妈的你自己。此外，你只需要瞄准、发射：就跟干你男朋友那样。"他咧开嘴笑，朝科鲁兹眨眼，后者露出白牙。

我摇摇头："这太疯狂了，卡杜斯。只是因为我能激活这东西——"

"没错，这不是很有趣吗？"卡杜斯朝科鲁兹转过头，仰头看着高个男人的脸，灿烂一笑，"这不是很有趣吗？这个罗毕克是个外星人，而且他跟我们长得一样。"

"不光是外星人，还是酷儿。"科鲁兹嘟囔着，脸皱缩成一团，"狗屎。"

"听着，"我盯着手枪说道，"它……这个东西，它……它可能不好用。"我心虚地说。卡杜斯笑了。

"它很好用。一艘飞船可是个大靶子。你瞄不歪。"他又笑了。

"但我想他们有防御——"

"激光枪和动力武器他们可以对付，罗毕克，但这玩意儿不一样。我不清楚技术细节，只知道我们激进的朋友花了大把票子才换回这个东西。我知道这些就够了。"

我们激进的朋友。这话从卡杜斯的嘴里说出来可真有趣，可能他是指"光明路"那伙人。那些他一直都认为不适合与其做生意的人，都是恐怖分子。我可以想象到，他会基于普遍性原则，将他们供给警察，就算他们已经给他大笔钱财也不管用。他是孤注一掷干一票，还是仅仅因为贪婪？他们这儿有个谚语：犯罪低语引诱，钱财催人行动。

"但那飞船上有人，不仅是——"

"你看不见他们。其实吧，他们都是些安保人员、舰队乐手、一些官方走狗和秘密机关的人……你关心他们干吗？"卡杜斯拍拍我被雨水淋湿的肩头，"你能做到。"

我的视线从他灰暗、疲惫的眼睛收回，低头看枪。它静静握在我拳头里，小屏幕发着微光，被我自己的皮肤、自己的触摸出卖了。我又想到那张医院账单，我感觉自己快哭了。但这里的男人都不会哭泣，我能说什么呢？我曾是个女人，我曾是"文明"人。可我抛下了这些，如今我是个男人，生活在自由之城莱克西斯，一个没有免费午餐的地方。

"好吧，"我说，嘴里品尝到一丝苦涩，"我干就是了。"

科鲁兹看起来很失望，卡杜斯点点头："好极了。飞船周九抵达。你知道它的样子吗？"我点了点头。"那么一切会很顺利的。"卡杜斯浅浅一笑，"你从城市的各个角落都能望见它。"他抽出几张钞票，塞进我的外衣口袋，"给自己叫辆车，最近地铁不安全。"他在我脸颊上轻拍几下，手上有昂贵香水的味道，"嘿，罗毕克，开心点，好吗？你即将射下一艘天杀的飞船。这将成为一件壮举。"卡杜斯大笑着看着我，然后又看向科鲁兹，后者也放声大笑，却是出于职业需要。

他们走回轿车里，嗡嗡驰进夜色中，轮胎在积水的街道激起涟漪。我在车后看着水洼飞溅，手枪从手中垂下，像一个犯罪的标志。

"我是一把光能等离子发射器，LPP91 型号，二系列，组装于欧沃乐斯星系团西班萨奇 - 丘菲乐轨道第六制造厂的 A/4882.4 流水线。序列号是3685706。大脑等级 1，AM 电池驱动，电量：无限。一次发射可达的最大功率为 3.1×810 焦耳，充电时间 14 秒。最快射速：260 转 / 秒。只限于通过表皮基因测试的"文明"居民使用。戴手套或是光能防具时，需要按下控制按钮，进入"模式"界面。禁止未经授权强制使用，否则将受到惩戒。技术要求 12% ～75%C。接下来是完整的使用指导。按下控制按钮和屏幕来重放、搜索、暂停或停止⋯⋯

"指导，第一部分：介绍。LPP91 是一种可操作的复杂'和平'武器，它适合于一般用途，不适合用于战争；它的设计和效果参数取决于介绍⋯⋯"

手枪躺在桌上，用尖锐的高音喇叭向我介绍它自己。而我则疲软地瘫在躺椅上，眺望莱克西斯低地城里车水马龙的街道。地下运输车每隔几分钟经过一次，将脆弱的公寓区摇得噼啪响，街道水平线上的交通制造出喧嚣，天际线上富人和警察乘坐的飞行器和巡逻飞艇如织，在所有东西的上方，星际飞船在扬帆起航。

它们的行动都有既定的目的地，而我却感觉自己被困在了交叉路口。

我能看到在城市遥远的另一端，耸立着纤细、闪亮的"提升道"，它直插云霄，连接外太空。舰队上将为什么不去用"提升道"，非得乘自己的飞船从群星返航，弄得兴师动众？可能他认为使用一条受人过分吹捧的升降机不够庄重。狂妄自大的家伙，他们都是一个样。他们都该死（如果你想抱持这种激进的态度的话），但为何非得是我去干掉他们？星际飞船都是天杀的阳具崇拜。

并不是说"提升道"就不像根阴茎，毫无疑问，就算舰队上将是乘管道下来的，卡杜斯和科鲁兹也会让我把它射下来，他妈的见鬼了。我摇了摇头。

我端着狭长的玻璃杯，里面盛满乔尔酒——莱克西斯城里最廉价的烈酒。这是第二杯了，可我还不够尽兴。手枪继续喋喋不休，声音回荡在我们家具稀疏的主卧里。我在等莫斯特，比任何时候更想念他。我看了眼手腕上的通信端，根据显示时间，他随时可能回来。我看向室外湿漉漉的黎明的熹微，这一夜都未合眼。

手枪的声音继续。当然，它用的是马利语，"文明"世界的语言。我差不多有 8 个标准年没听过这种语言，如今听来，我感到既悲哀又愚蠢。

我与生俱来的权利，我的同胞，我的语言。全隔着八年的时光，八年蛮荒之地的生活。我伟大的冒险，我为了投入到活力四射的社会，而对自己呆板无趣的生活的抛弃，我那高贵的手势……算了，现在似乎是个空洞的手势，做出来显得又傻又任性。

我又喝了些涩口的酒。手枪还在唠叨着光束半径、回转样式、反重力模式、瞄准线模式、曲线射击、喷射和刺穿设定……我考虑吸收些让人身心舒缓、酷劲十足的腺体激素，但并没去做；我八年前就发誓再也不用这些改造过的唬人腺体，其间只违反了两次，都因为痛得太厉害了。我要是有足够的勇气，就该把整个腺体移除，回归到它们在人体内正常的状态，我们初始的生物遗传状态……可我并不勇敢。我怕疼，没法像这里那些人一样赤裸裸地面对它，我佩服他们、畏惧他们、依旧无法理解他们，甚至连莫斯特也是。事实是，莫斯特最难捉摸。可能你对一个人彻底理解后，就无法产生爱情吧。

八年的放逐生活，在"文明"世界音信全无，从未耳闻这种微妙、既复杂又简单、听起来像蚕丝一样顺滑的语言；如今我再次听到马利语，却是来自一把枪，告诉我如何开火、去杀戮……什么？上百人？也许上千人，取决于飞船坠毁于何处，是否会爆炸（落后的星际飞船会爆炸吗？我不知道，我对这个领域的知识不了解）。我又喝了一口，摇着头，我办不到。

我是罗毕克·塞恩基，莱克赛尔居民编号……（我总是忘记，我的文件上有）男性，基本种族，三十岁，兼职的自由职业记者（此刻没有工作在身），全职赌徒（输钱是家常便饭，可我自得其乐，或者说，直到昨晚我都很享受）。可我也是，依然是，巴林-乌切莎·罗比奇·莱斯·琴妮儿·丹·福莱希，"文明"世界居民，出生性别，女，种族血统太复杂记不清，68岁标准年龄，一度是"接触"机构的一员。

还是一个叛徒，我选择实践"文明"引以自豪的、赠予自己人民的自由精神，彻底与她断绝来往。她放手让我离开，甚至助我一臂之力。虽说我并不领情。(但仅凭自己，我能伪造文件和办理所有手续吗？不行，但至少，在我熟悉了莱克赛尔的经济共同体之后，在我望着漆黑的独立舱无声地升起，飞回夜空，眼前只剩一艘等待的飞船的那一天过后，我仅有两次求助于"文明"遗留下的改造生物学，一次也没用过它的制造物品。直到现在。手枪还在嘀咕。)我放弃了自认为无聊的天堂，来到一个残忍又贪婪的社会系统，它四处充斥着生命力和事故，一个我以为自己能寻得……什么？我不知道。我离开的时候懵懵懂懂，至今也没想明白。可至少我在这里寻得了莫斯特，而与他在一起，我对生活的探寻就没那么孤单了。

直到昨晚，这种探寻依然显得意义非凡。现在，"乌托邦"送来一个小包裹，里面装着一条看起来随随便便的意外消息——毁灭。

卡杜斯和科鲁兹是从哪儿搞到这玩意儿的？"文明"对自己的武器守卫森严到让你醋意十足，好像提防着所有人，叫人感到尴尬。你买不到"文明"的武器，至少没法向"文明"购买。我猜东西会遗失，在"文明"世界里，东西不小心被放犯错地方的概率很大。我又喝了一口，听着手枪的絮叨，望着水汪汪的雨季天空高悬在屋顶、塔楼、飞行器、飞碟和伟大城市的圆顶上方。可能手枪比其他"文明"世界的物品更容易从他们精心保养的双手里流出来，它们预示着危险，能摆出胁迫的姿态，如果不是他们故意弄丢，你根本没法搞到手。因此它们作为贵重物品，时常不翼而飞。

正因如此，它们内部装有抑制电路，只有来自"文明"世界的人(理智的、无暴力倾向的、毫无贪念的"文明"人，当然，他们只有在自卫的情况下才会用枪，举个例子，如果被哪个野蛮人……哦，自得意满的"文明"世界：它的自负帝国主义倾向)才能启用武器。这把枪是个老古董，并非说它过时("文明"世界并不认同这个概念——它制造的是永不淘汰的物品)，就是式样陈旧；不比一只家养宠物更聪明，如今的现代"文明"武器是有知觉能力的。

Iain M. Banks

"文明"世界可能已经不造手枪了。我见过那种私人用的"防卫贴身无人机",如果这东西通过什么方式落入像卡杜斯和科鲁兹这样的家伙手中,它会马上发求救信号,试图利用自身动力脱身,射伤任何想要使用或捕获它的人,自己杀出一条血路;若它认为有被拆卸或改装的危险,就会启动自毁程序。

我喝了更多的乔尔酒,又看了眼时间,莫斯特还没有来。因为警察突袭检查,俱乐部总是突然打烊。他们不被允许下班后与客人交谈,他总是直接回家……我开始有点慌了,但把这种感觉压制下去。他当然没事。我需要思考其他问题。我要把事情想明白。我喝了更多的乔尔酒。

不,我不能这么干。我离开"文明"世界是因为无聊,但同时也有"接触"机构里传教式的内政干涉主义的原因。在那里工作意味着做一些与我们要阻止的行为毫无二致的事:挑起战争、暗杀……这类事情,全是坏事……我从未直接参与"特殊情况小组"的行动,但我知道内情。("特殊情况小组"又名"肮脏的戏法"。这是"文明"世界生动、独特的委婉叫法。)我拒绝跟这些伪君子共处,选择了这个明目张胆展示自私与贪婪的社会,它不装好人,时刻野心勃勃。

但我在此地也跟原来一样,试着不去伤害别人,试着仅仅是做自己。如果我摧毁了一艘满载乘客的飞船,就算其中有些是这个冷酷无情的社会规则的制定者,我就不再是我了。我不能用这把枪,也不能让卡杜斯和科鲁兹找到我。我也不会回去,向"文明"世界低头。

我将杯子里剩下的乔尔酒一饮而尽。

我得逃离这里。除了莱克西斯,还有其他的城市,其他的星球。我只需要跑路,跑走藏起来。但莫斯特会跟我一道走吗?我又看了看时间,他迟了一个半钟头了,不像他的风格。他为何晚了?我走到窗边,俯瞰下方的街道,搜寻他的身影。

一辆警用自动巡逻车穿越过车流。这是一辆定点巡逻车,警笛没开,机枪收起。它径直朝"异界客社区"驶去，最近那里是警察展示武力的地方。拥挤的人潮中，没有莫斯特曼妙的身影。

总是担心他。担心他被车撞了，担心他在俱乐部（下流，腐蚀社会道德，还搞同性恋，这简直是罪恶滔天，比吃霸王餐还可耻！）里被警方逮捕，还有，当然了，担心他喜欢上了别人。

莫斯特，平安归来，回到我怀里。

在变性手术的尾声，当我发现自己依然被男性吸引时，我感觉自己被欺骗了。那是很久以前，我还快乐地生活在"文明"世界，跟很多人一样，好奇爱上跟自己的初始性别一样的人是什么感觉，但我的生理性别变了，欲望却没跟着改变，这似乎极度不公平。是莫斯特让我觉得自己并没有被欺骗。莫斯特让一切好转了，莫斯特是我的生命之息。

总之，我不愿以女性身份活在这个社会里。

我觉得还得满上一杯。我从桌边走过。

"……将不会影响武器瞄准线的稳定性，但开启或关闭动力时，后坐力会增加——"

"闭嘴！"我冲手枪嚷道，然后笨拙地试着按下"关闭"按钮。我的手撞到短粗的枪管，手枪从桌面滑过，摔到地板上。

"警告！"手枪咆哮着，"用户不准触碰内部元件！任何企图拆卸的尝试都将导致不可挽回的功能失活——"

"闭嘴，你这小杂种。"我说（它真的安静下来）。我把它拾起来，塞进搭在座椅上的一件夹克口袋里。该死的"文明"世界，所有枪支都该死。我又灌了些酒，再次看时间的时候觉得昏昏沉沉。回家吧，请快回家吧……然后，离去，跟我一同离去……

我看着视频里的新闻，同时担心着莫斯特，胃里的一阵阵恐慌和脑子里的眩晕轮番上阵，最后沉沉睡去。新闻里遍布处决恐怖分子的消息，以及宣传在遥远地域跟外星人、异界种族和次人类爆发的小型战役中我方取得的众所周知的胜利。我记得的最后一条新闻，是关于另一颗星球的城市暴乱。里面没有提及人员伤亡，我却记得某个镜头里，一条宽阔的街道上散落着履鞋。新闻的最后，一名受伤的警员在医院接受采访。

我又做了那个反复出现的噩梦，重温三年前的遭遇：我吓坏了，注视着像墙幕一般缓慢移动、如日光将人包围的眩晕毒气里冲出一大队警员，比武装汽车甚至坦克还要可怕。可怕的原因并不是穿护甲的骑兵手里拿着长长的警棍，而是他们高挑的坐骑也全副武装，套上了防毒面具，仿佛来自某个现成的、大规模生产的噩梦中的怪兽，让人不寒而栗。

几小时后，莫斯特回到家，在屏幕前找到我。俱乐部被突击检查，他不允许与我联系。我哭起来，他将我抱住，安抚我重新入梦。

"罗毕克，我不能。瑞圣瑞德准备下个季度开个新秀场，在寻找新面孔。这是个大好机会，可以赚个盆满钵满。这是高地城的交易。我现在分不开身，已经一只脚踏进门了。请你理解。"他从桌子那边探过身来，握住我的手，我甩开了。

"我不能干他们叫我干的事。这里不能待了。我必须离开，别无选择。"我的声音很低落。莫斯特开始收拾餐盘和保鲜盒，摇晃着修长、优雅的脑袋。我没吃下多少，一半是因为宿醉，一半是因为紧张。这是个闷热得让人无精打采的早晨，公寓的空调系统又罢工了。

"他们的要求真的那么过分？"莫斯特把睡袍裹紧了些，端盘子的身手一看就是专家级。我看着他苗条的背影走进厨房里。"我是说，你都不肯告诉我。你不信任我吗？"他的声音在屋里回荡。

"求你了，莫斯特。你不知道比较好。"

"哈哈，"莫斯特笑得很冷漠，那悦耳的声音，此刻刺痛了我，"真他妈戏剧化呀。你在保护我，真他娘勇敢。"

"莫斯特，这事很严肃。这些人想让我去做一些我不愿做的事。如果我不动手，他们就会……至少，他们会弄伤我，伤得很厉害的那种。我不知道他们将怎么对付我。他们……他们可能通过你来伤害我。所以当你回来晚了，我担心得要死，我以为他们把你绑走了。"

"我亲爱的罗毕克小可怜，"莫斯特从厨房探头出来，说道，"我今天过得很糟糕，我猜干最后一单的时候我把一块肌肉拉伤了，突袭检查后，我们可能领不到薪水——就算那群垃圾没有把收银全缴了，斯德莫还是会把这个当借口——而且我的屁股还在疼，有一个变态酷儿肥猪把指头在我里面乱捅。这可没你跟暴徒和小混混打交道的时候浪漫，但对我来说很重要。我要担心的事多了去了。你反应过激了。吃片药或别的什么，再去睡一觉。一切都会好起来。"他朝我眨眨眼，消失了。我听到他在厨房里走动，头顶上传来警笛的嘶叫，楼下的音乐声滤进耳朵里。

我走到厨房门口，莫斯特在将手擦干。"他们叫我射下一艘这个星期九返航的飞船，上面载着舰队上将。"我告诉他。莫斯特呆滞了一秒，然后哧哧笑起来。他向我走来，手搭到我双肩上。

"真的吗？然后呢？顺着'提升道'外壁向上爬，然后乘坐你的魔法自行车飞到太阳上？"他被逗乐了，用宽容的神情看着我笑。我把双手放到他的手上，缓缓把它们从我肩上拿下。

"不，我只需要射下那艘飞船，就是这样。我必须……他们给了我一把枪来完成任务。"我把手枪从夹克里掏出来。他皱起眉，摇了摇头，有一瞬间看起来很困惑，接着又大笑起来。

"用这个吗，我的宝贝？我怀疑你能不能干掉一根自动跳跳棒，就用你那个小……"

"莫斯特，求你了，相信我吧。这东西能办到。我的族人制造了它，那艘飞船……这个国家没有防御这个的设备。"

莫斯特不屑地哼了一声，然后从我这儿夺过手枪，它的灯光熄灭了。"你怎么把它打开的？"他在手里鼓捣着。

"触碰它，但只有我能做到。它能读取我表皮上的基因信息，知道我是'文明'的人。别那样看着我，这是真的。你看。"我操作给他看。手枪重复了它的第一段台词，小屏幕转换成全息屏。我拿着枪，莫斯特仔细研究它。

"要知道，"过了一会儿，他说道，"这可能很值钱。"

"不，这对其他人没有价值。它只能为我服务，你没法绕过它的认证，否则会失活。"

"真是……忠心耿耿啊。"莫斯特说着坐了下来，同时死死盯着我，"在你的'文明'世界里，所有东西肯定都精巧得很。你告诉我那个故事的时候，我并不全信，这你知道吗，我亲爱的？我以为你只是为了引起我的注意。现在，我想我相信了。"

我蹲在他面前，把枪放到桌上，双手抚上他的膝头："那就请相信我，我没法做他们叫我做的事，我现在处于危险中。可能我俩都有危险。我们得远走高飞，马上。今天或明天，赶在他们想到另一种逼迫我的办法之前。"

莫斯特笑着搓揉我的头发："怕得要命，对吧？焦虑到绝望。"他俯下身，亲吻我的额头，"罗毕克，罗毕克，我不能跟你走。如果必须离开，那你走吧，但我不能同行。你不明白这个机会对我来说意味着什么吗？这个机会我等了一辈子，机不可失，时不再来。无论如何，我要留下。你走吧，能走多远走多远，不要告诉我你去了哪里。那样的话，他们就没法利用我了，对不对？等尘埃落定，再通过一个朋友联络。然后从长计议。也许你能回来，也许我没抓住这个机会，我就去找你。没问题的，我们可以想出办法来。"

我让自己的头靠上他的大腿，悲从中来："我不能离开你。"

他抱住我，轻轻摇晃："哦，你可能发现自己很乐意接受这种变动。你去哪儿都会受欢迎，我的美人。可能为了赢回你，我还得杀掉哪个耍刀子的对手。"

"求你了，求你跟我一起走吧。"我埋在他的睡袍里啜泣不已。

"我不能，我的爱人，我真的不能。我会去跟你挥手道别的，但我不能同行。"

我在他怀抱里哭泣。手枪安静地躺在他那边的桌上，被我们的残羹冷炙包围。

我上路了。黎明之前从公寓的消防通道离开，抓着旅行包翻越两堵院墙，然后搭乘一辆出租车，从瑟秋浦西斯大街去往洲际车站……之后我会登上一辆管道火车去布莱密，搭乘那边的"提升道"离开。希望计划中的一切，不管是洲际车站还是火车，都已经各就各位。莫斯特将他自己的积蓄借了我一些，我自己的信用卡里还剩一点高利率的额度，应该够用了。我将通信端留在了公寓。虽然能派上用场，但传闻是真的，警方可以追踪到它们。我不相信卡杜斯和科鲁兹在警方的相关部门里没有安插人。

车站里人头攒动。走在回音阵阵、天顶高高在上的车站大厅里，被人群和各种交易包围着，我觉得相当安全。莫斯特从俱乐部下班后就会来送我，他发誓会确保自己不被跟踪。我时间不多，只能将手枪放在"行李寄存处"，我会把钥匙邮寄给卡杜斯，试着平复一点他的杀戮之心。

行李寄存处前排着一条长龙，我站在几个军舰实习生后面，心急火燎。他们跟我说，延误的原因是搬运工们正在一个包裹、一个包裹，一个箱子、一个箱子地搜查炸弹，这是最近的新规定。我离开队伍去见莫斯特。我必须找别的办法把手枪处理掉，把这该死的东西邮寄了，或者直接扔进垃圾桶。

我在酒吧里等候，小口喝着寡淡的劣质酒。我时不时看一眼手腕，然后觉得好傻。通信端留在公寓了。打电话就用公共电话，看时间就看挂钟，莫斯特迟到了。

酒吧里一块屏幕上正播放着新闻快讯。我觉得自己已经是通缉犯了，自己的脸很可能出现在新闻节目里，接着又把这种荒谬的想法甩开。我观看着今日份的连篇谎话，把思绪从时间上转移开。

Iain M. Banks

他们提到归航的舰队上将，将于两天后到达。我看着屏幕，紧张地笑笑。没错，你们绝不会知道，这个狗杂种就差那么一点点，就会被临空炸个稀巴烂。有那么一刻，我觉得自己是个重要人物，几乎是个英雄了。

然后是一颗重磅炸弹。新闻里随口一提——仿佛只是附加说明，从节目里剪辑出几秒的段落——那个上将带了一位客人回家，来自"文明"世界的大使。我被呛了一口酒。

如果我照办了，那个人才是我真正的目标吗？

"文明"是在干什么？一位大使？"文明"世界对莱克赛尔经济共同体了如指掌，而且还一直在观察、分析，对它的病态一直放任不管。莱克赛尔的居民对"文明"的进步程度和辽阔疆界一无所知，但高层和军方知道得不少。他们掌握的情报会带来稍许（就算他们知道一点，却远远不够）担忧。大使带着什么任务？

准备击落飞船的到底是谁？"光明路"对单个异界客的命运不感兴趣，他们更看重击落一艘星际飞船的宣传效果。但如果枪不是他们给的，而是高层里的某个集团，或者是来自军方的人？莱克赛尔面临种种难题，社会问题、政治问题。可能总统和他的政治党朋们正在考虑向"文明"寻求帮助。代价可能是某些改革、某些贪腐官员发现他们奢华的生活方式将受到致命威胁。

妈的，我不知道。可能击落飞船的计划来自安全部的哪个疯子，或者是军方的人在算旧账，或者是在社会改革的阶梯上妄图一步登天。我还在想着这些可能性，他们传呼我了。

我在座位上僵住了。车站广播系统在呼叫我的名字，叫了三次。一阵电话铃声响起。我告诉自己是莫斯特，打电话告诉我自己弄晚了。他知道我把通信端扔在公寓了，所以不能直接联系我。但知道我正试着悄无声息地离开的前提下，他会在人潮汹涌的车站里高喊我的名字吗？他依然不当一回事？我不想接听那通电话。我连想都不愿想它。

再过十分钟，我的那趟车就要出发了，我拾起自己的包裹。广播系统再次叫了我的名字，这次还提到莫斯特，这让我别无选择。

我来到咨询台。是一通视频电话。

"罗毕克。"卡杜斯叹了口气，摇晃着脑袋。他在某间办公室里，这地方毫无特征，看不出是哪儿。莫斯特站在卡杜斯的座椅后面，脸色苍白，吓坏了。科鲁兹站在莫斯特右手边，冲着他苗条的身板咧嘴而笑。科鲁兹稍微一动，莫斯特就哆嗦一下。我看到他咬着嘴唇。"罗毕克，"卡杜斯再次开口，"你这么快就想走了？我记得咱们有个约会呢，不是吗？"

"没错，"我轻声回答，看着莫斯特的眼睛，"我太傻了。我准备……到附近……溜达几天。莫斯特，我——"屏幕变成灰色。

我在电话亭里缓慢地转过身来，看着我装有手枪的包。我提起包，之前都没意识到它有这么沉重。

我站在公园里，周围是滴水的树木和磨光的石头。步道延伸到泥泞的土地，通向四面八方。泥土闻起来温热而潮湿。我从悬崖的斜坡边朝下望，平静的水面有小船悠闲地泛游其中，湖面将黄昏的光线反射。城市隐没进昏暗的部分，远远看去就像朦胧之光铺展的平台。我听到鸟儿在周遭树林间啾鸣。

"提升道"中，飞行器向上飞升，它们的灯光因此汇聚成一道红色的光束，探入蓝色的夜空。在"提升道"的最高离岸口，就是港口所在地，那里处于 100 千米的高空，尚未入夜，依然笼罩在阳光下。议会厅和内城大广场的上空被激光灯、普通探照灯和化学烟花照得雪亮，特意欢迎凯旋的上将，可能也包括来自"文明"的大使。我还没看到飞船的踪影。

我坐在一段短树桩上，将外套裹紧。手枪被我握在手中，开启、上膛、射程设定好。我试着将事情办得周密、专业，就好像我知道自己都在干什么。我把借来的摩托车藏在悬崖远端的灌木丛里，在下面靠近车来车往的停车场的地方。我可能真的不会被逮到。反正，我是这么告诉自己的，我看着这把手枪。

我曾想用它去救莫斯特，或者用它自杀，我甚至想过把它交给警方（另一种步上死亡慢车道的方法）。我还想着打电话给卡杜斯，告诉他我把它弄丢了、它坏掉了，或者我不能杀"文明"的居民……之类的理由。但到头来，一件也没付诸行动。

如果要救回莫斯特，就必须去做我应承下的事。

城市上空，有什么东西忽明忽暗，是一组金光在不断下降。正中间的灯光比周围的更亮、更大。

我本以为自己早就没了知觉，但此刻我的嘴里涌出辛辣的味道，双手也不住地颤抖。也许击落飞船后，我会变得狂暴不已，顺带袭击"提升道"，使整个管道垮塌下来(它的一部分可能会坠入太空吗？仅仅为了见证一下，我也该这么干)。从这里我能炸毁半个城市（妈的，别忘了曲线射击，从这儿我能炸毁整座城市）；我能把护航舰也射下来，袭击飞机和警用巡逻车；我能给莱克赛尔一个史无前例的痛击，在他们逮到我之前……

飞船出现在城市上空。没有阳光的照射，它们的激光防护镜面外壳看起来暗淡许多。它们的高度还在下降，距地面 5000 米的样子。我又一次检查了手枪。

它不一定奏效，我想。

激光穿过城市上空飞扬的尘垢，在高层的薄云上打下密集的光点。探照灯聚拢的光柱减退为铺展开的光雾，同时烟花绽放开来，闪耀着缓缓划过天际。飞船队伍井然有序地降落，透着威仪之态，迎接欢迎的灯火。我环顾树木葱郁的山脊，周围没有一个人。一阵温暖的清风，将林荫道上交通的喧闹声，吹进我的耳朵。

我举起手枪，瞄准。飞船的方阵在全息投屏上出现，画面明亮如白昼。我调节了一下镜头放大倍数，手指触动控制按钮，手枪立马锁定旗舰飞船，握在手中稳如磐石。一个白色的闪光点标示出飞船的核心部位。

我再次环顾四周，心跳如擂鼓，锁定的手枪控制住了我的手。还是没

A Gift from the Culture

475

人过来阻止我。我的眼睛刺痛。飞船悬浮在内城国家政府大楼上方几百米处。外层的船只停留在那里，中心的飞船，那艘庄严、庞大的旗舰飞船，朝大广场降落，它如一面高擎于空中的镜子，将城市映照得熠熠生辉。手枪在我手中下坠，跟着它的轨迹。

可能"文明"世界的大使不在那该死的船上。这整件事可能是"特殊情况小组"的自导自演，也许"文明"已经准备好干涉了，让我这个异端将事件触发，那些计划部门的智脑一定觉得很有趣。那名"文明"的大使可能仅仅是一颗棋子，只是为了打消我的怀疑……我不知道，我什么也不知道。我漂浮在一片由各种可能性组成的海洋上，抉择让我煎熬。

我扣动扳机。

手枪向后一跳，一团光将我笼罩。一道足可致盲的光线即刻射向万米开外的星际飞船。我脑袋里什么地方发出尖锐的爆裂声，我被从树桩上甩下来。

等我再次坐起来时，飞船已经坠毁。大广场上充斥着火光和浓烟，还有发出诡异的、让人汗毛倒竖的声响的可怕闪光，相比之下，剩余的激光和烟花黯然失色。我站起来，瑟瑟发抖，耳鸣不止，看着自己干下的事。连锁反应接踵而至，仅仅因为等离子束的冲击波，护航舰的自动化装置就受到影响，纷纷冲地面坠落，给天空留下一道道十字光迹。它们搭载的导弹头在林荫大道和内城建筑群间爆炸，火光四溅。旧伤未愈，又添新伤。

第一批爆炸声猛地冲来，在公园里回荡。

警察和护航舰终于开始做出反应。我看到警用巡逻车的探灯在内城里频繁闪烁，护航舰在剧烈燃烧的、火光摇曳的残骸上空缓慢转轨。

我将手枪装兜，顺潮湿的小道向下，冲摩托车跑去，远离悬崖边缘。在眼睛后方，那个刺痛的地方，我依然可以看到那道将我和飞船连线的光的轮廓，真是一道耀眼的光，我想着，差点放声大笑。在头脑那块柔软的黑暗里，存有一道明亮的光。

我绝尘而去，加入所有其他可怜的人，一同逃生。

Iain M. Banks

编者简介 - About the Editors

△ 安·范德米尔

目前担任 Tor.com 网站、Cheeky Frawg Books 公司和 WeirdFictionReview.com 网站的虚构类作品组稿编辑。同时，她曾担任《怪谭》杂志主编五年的时间，在这一时期，她获得一次雨果奖和三次雨果奖提名。除了雪莉·杰克逊奖的多次提名，她还凭借联合主编《怪谭：奇异暗黑故事集》(*The Weird: A Compendium of Strange and Dark Stories*) 获得了一次世界奇幻奖和一次英国奇幻奖。她的其他编辑作品有《最佳美国奇幻》(*Best American Fantasy*)、三本蒸汽朋克选集和一本幽默类图书《幻想动物洁食指南》(*The Kosher Guide to Imaginary Animals*)；她编纂的最新选集有《时间旅行者年鉴》(*The Time Traveler's Almanac*)、《革命姐妹：女性推想小说选集》(*Sisters of the Revolution: A Feminist Speculative Fiction Anthology*)和《动物预言集》(*The Bestiary*，一本原创小说与插画集)。

△ 杰夫·范德米尔

最著名的虚构作品是《纽约时报》畅销书《遗落的南境》三部曲（《湮灭》《当权者》《接纳》）。《娱乐周刊》将这部作品列入了 2014 年十佳小说榜，而《纽约客》更是将作者杰夫誉为"怪谭梭罗"。这部三部曲除美国外已经在三十四个国家出版，影视版权则被派拉蒙电影公司和斯科特·鲁丁制片公司联合购得，目前由娜塔莉·波特曼主演的改编电影《湮灭》已经上映。此外，三部曲的第一部《湮灭》还获得了星云奖和雪莉·杰克逊奖的最佳长篇小说。范德米尔的非虚构作品广泛刊载于《纽约时报》《卫报》《华盛顿邮报》《大西洋月刊》和《洛杉矶时报》。他获得过三次世界奇幻奖。同时，他还编辑或参与编辑了诸多标志性的小说选集，曾经在耶鲁作家大会迈阿密和国际书展上担任讲师，在麻省理工学院、布朗大学和国会图书馆开办讲座。他担当过沃福德学院的一个独特的少年写作营——"共享世界"的联席主理人。他的最新小说是《博尔内》（*Borne*）。

译者简介 - About the Translators

英文译者·································

△ 詹姆斯·沃马克

西班牙语和俄语翻译，译著颇丰，包括弗拉基米尔·马雅科夫斯基、塞尔吉奥·德·莫里诺、罗伯托·阿尔特、西尔维拉·奥坎波和鲍里斯·萨文科夫的作品。他目前生活在西班牙马德里，在一家叫涅夫斯基瞭望社 (Nevsky Prospects) 的西班牙语出版社工作，专注于翻译俄罗斯文学。2012 年，他的诗集《印刷错误》(*Misprint*) 由卡卡奈特出版社（Carcanet Press）出版。

△ 布莱恩·埃文森

著有十几部虚构作品，包括短篇故事集《马儿与风眼的崩溃》(*A Collapse of Horses and Windeye*)、长篇小说《不朽》(*Immobility*)。他的长篇小说《最后的日子》(*Last Days*) 赢得了 2009 年的美国图书馆协会最佳恐怖小说奖，另一部小说《掀开的帘子》(*The Open Curtain*) 进入了爱伦·坡奖和国际恐怖文学协会奖的决选名单。另外，他还出版了获得国际恐怖文学协会的最佳故事集奖的《摇晃的匕首》(*The Wavering Knife*)、《黑暗财产》(*Dark Property*) 和《奥尔特曼的舌头》(*Altmann's Tongue*)。他翻译过克里斯蒂安·加伊、让·弗雷蒙、克拉罗、雅克·茹埃、埃里克·舍维拉尔、安托万·沃楼迪纳、曼努埃拉·德拉热、大卫·B. 和其他作家的作品。此外,他荣获过三次欧·亨利奖和一次美国全国教育协会文学奖。他的作品曾被翻译为法语、意大利语、西班牙语、日语和斯洛文尼亚语。埃文森目前在加利福尼亚州生活和工作,他是加州艺术学院的创意写作教授。

△ 玛丽安·沃马克

翻译、作家和编辑。她将玛丽·雪莱、邓萨尼勋爵、查尔斯·狄更斯和莫里哀的作品译成了西班牙语,还将西班牙语推想小说集《世界顶尖科幻作品集》的第四卷译成了英文。她个人的作品散见于《顶点杂志》(*Apex Magazine*)、《奇异小说评论》(*Weird Fiction Review*)。她的常住地有马德里和剑桥。

中文译者··

△ 敬雁飞

毕业于四川大学语言学及应用语言学专业,曾任《科幻世界·译文版》编辑,长期翻译幻想类作品,代表译作有《死灵之书:H. P. 洛夫克拉夫特全集》中的部分篇目、"星球大战"系列正史小说《星球大战:黑暗门徒》等。

△ 许子颖

英语专业,文学硕士在读,掌握英、日、德三门语言。科幻文学大门口的守望者。喜独居,最大爱好是自言自语。2018 年度的心愿是去动物园看水豚。

△ 刘淑苗

国内翻译公司翻译经理，从事专职英汉翻译四年，持有 CATTI 二级笔译证书，资深幻迷。

△ 梁宇晗

青年科幻文学翻译，代表译作有《发条女孩》《变化的位面》等。

△ 罗妍莉

译者、作者、汽车行业从业者，非典型海外创业者，在太阳系第三行星的繁华与荒芜之间浪迹多年。译作百万余字，自刘宇昆的《思维的形状》与科幻翻译结缘，翻译过多篇星云奖、轨迹奖提名及获奖科幻、奇幻作品。原创科幻小说及游记散见《文艺风赏》《私家地理》和澎湃新闻客户端。

△ 杨文捷

新鲜出炉的应用物理博士、狂热美食爱好者、骨灰级土豆烹饪家。不在实验室或者厨房里倒腾的时候翻译科普、科幻、美剧以及纪录片。

△ 秦鹏

毕业于山东大学，获管理学学士学位，现供职于某大型国企。业余时间从事英汉翻译，曾与《科幻世界》杂志社、果壳网、果壳阅读、新星出版社、北京联合出版公司等机构合作。代表译作有《未来的序曲》《世界重启》《星球大战：帝国反击战》《〈生活大爆炸〉里的科学》。

△ 孟捷

四川外国语大学英语文学学士、四川大学出版硕士，18 年科幻迷。通过科幻与另一半结缘，参与本书翻译时恰在孕期，目前正在安利 4 个月的宝宝看其最爱的科幻画刊，期待全家一起去科幻大会玩。译作散见于《科幻世界·译文版》，另有合译长篇小说《时空折叠》。

△ 胡绍晏

幻想文学作者、译者和评论者，代表译著有《冰与火之歌》系列（与屈畅等合译）、《遗落的南境》系列等。近年来开始创作科幻小说，并在惊奇故事网站（amazingstoriesmag.com）用英语向全世界介绍中国科幻。

△ 北村

药厂质量管理工程师、死宅、幻迷。一直想翻译梶尾真治的小说，奈何沉迷动画，未能动手。直到某一年车祸折了胳膊，躺在病床上，才单手敲出了《玲子的箱宇宙》的译文。后发下宏愿，誓要翻译"爱玛侬"系列。再之后，直到该系列中文版第一卷出版也未能动手……

△ 阿古

非著名野生无证翻译、工科出身，做过工业机器人集成项目管理，对人工智能的进展非常关注。代表译作有格雷格·伊根的短篇小说《学习成为我》和《普朗克深潜》。

△ Xpistos

真名仇俊雄，纯文学、科幻文学和音乐爱好者，正在成为文学翻译和收集一万张唱片的路上跋涉，代表译作是《最后的都铎》。

△ 耿辉

生于 1981 年，职业为设计机车动车组牵引控制算法的工程师，翻译作品广泛发表于《文艺风赏》《科幻世界》《人民文学》和豆瓣阅读等杂志媒体。代表译作为刘宇昆的《奇点遗民》。

△ 沉默螺旋

真名汪杨达，沉迷文学的理工男，读过不少科普和科幻作品，特别喜欢参观博物馆和画廊。曾在厦门大学生命科学学院求学，现就读于墨尔本大学文学院。漫画《达尔文游戏》和《春天不要来》的汉化组成员。参与翻译作品有《雷·布拉德伯里短篇自选集》《时间旅行者年鉴》（暂译名）。

△ 李懿

云吸猫成瘾者，宅家咸鱼一枚，梦想是拥有一只温柔软萌的布偶猫。代表译作有《海伯利安》《寻找杰克》《钢铁心》。

△ 王亦男

性别女，行走在五维世界的中二症重度患者，供职于某电信运营商的法兰西海归，白天保温杯配枸杞苦战PPT，夜晚啤酒配炸鸡埋头看科幻，希望通过自己翻译的文字为更多科幻迷带来酣畅淋漓的阅读体验，代表译作有长篇小说《异度幻影》。

△ 龚诗琦

前健身达人，但目前越来越痴迷于肥宅活动。非英语专业出身，正职兼职却都以英语谋稻粱。白天给外研社打工，晚上给未来局校稿。出道五年有余，翻译不足30万字，业界小透明。

△ 三吉

编辑、翻译，翻译了本书除正文外所有需要翻译的部分。代表译作有《绝迹动物古抄本》、"星球大战"系列正史小说《星球大战：新黎明》等。

致谢 - Acknowledgements

感谢通过分享信息、参与讨论或其他形式帮助我们做成这部选集的每个人。尤其要感谢我的编辑蒂姆·奥康奈尔，以及 Vintage 出版社的其他工作人员。此外，我们还要感谢像马修·切尼和埃里克·沙勒这样的人，他们慷慨地为此书贡献了时间与相关知识。感谢亚当·米尔斯、劳伦斯·施梅尔、维达·克鲁斯、马克西姆·雅库博夫斯基、阿尼尔·梅农、小林吉雄、爱德华·高文、小雅罗斯拉夫·奥尔沙、卡琳·蒂德贝克，他们为本书做了额外的研究。感谢所有读者，这些年来，他们与我们分享了他们最喜欢的故事。

令人伤心的是，常常为我们带来俄罗斯与乌克兰方面的宝贵科幻资讯的好朋友——弗拉基米尔·热涅夫斯基去年去世了，当时他刚刚将他为本书作者简介所翻译的资料和做的研究发给我们不久。弗拉基米尔受到了很多人的爱戴，我们要努力让他的名字不被大家忘记；同时，我们将他视为《100：科幻之书》的守护神。我们要将这部选集献给他，也献给朱迪斯·梅里尔。

我们还要感谢那些孜孜不倦地工作，出于对科幻的深沉的爱意，将一篇篇科幻故事通过杂志和选集带给诸位读者的编辑，无论是在世的还是与世长辞的。不管怎样写感谢名单，都未免有遗漏，但我们尤其要感谢以下各位的帮助与支持：朱迪斯·梅里尔、大卫·G.哈特韦尔、弗伦茨·罗滕施泰纳、达蒙·奈特、唐纳德·A.沃尔海姆、特里·凯尔、格拉妮娅·戴维斯、约翰·约瑟夫·亚当斯、埃伦·达特洛、弗雷德里克·波尔、阿莉莎·克拉斯诺斯腾、格罗夫·康克林、克里斯蒂娜·胡拉多、罗伯特·西尔弗伯格、艾萨克·阿西莫夫、乔纳森·斯特拉恩、哈兰·埃里森、雨果·根斯巴克、迈克尔·摩考克、克里斯廷·凯瑟琳·鲁施、特里·温德林、希拉·威廉姆斯、谢林·R. 托马斯、阿尔贝托·曼古埃尔、加德纳·多佐伊斯和戈登·范戈尔德。

我们对我们的译者表示深深的谢意，在他们的帮助下，我们才得以将新故事或新译本带给大家。感谢丹尼尔·阿波列夫、朱中宜、吉奥·克莱瓦尔、布莱恩·埃文森、萨拉·卡塞姆、拉里·诺伦、詹姆斯·沃马克、玛丽安·沃马克和弗拉基米尔·热涅夫斯基。我们还要感谢其他将英语故事翻译为其他语言的译者以及过去、现在和未来的所有译者——尽管他们常常居于幕后，不为人所知，但他们会继续将一篇篇美妙的小说带给喜欢它的新读者，继续迎接如此有挑战性的任务。

如果没有以下各位的协助、指导、支持和对类型文学的热爱，本书难以面世，所以我们要感谢：贾森·桑福德、约翰·格洛弗、多米尼克·帕里西尼、理查德·斯科特、法比奥·费尔南德斯、梅里利·海费茨、刘宇昆、劳伦·罗戈夫、弗涅·汉森和萨拉·克雷默。我们还要感谢巴德·韦伯斯特多年来帮助我们获取已逝作者的授权。不久前他去世了，我们听到这个消息万分悲痛。此外，与我们阴阳两隔的还有大卫·G.哈特韦尔。我们花了相当长时间探讨和分享我们对小说的爱。他为此慷慨地付出了他的时间，许多人都会深深怀念他。

我们无法在此列出所有人的名字，但是，请大家一定要知道，就算您的名字没有在此出现，我们也同样感激您的付出。

最后，谢谢我们勇敢无畏的代理人——萨利·哈丁，以及库克经纪公司（Cooke Agency）的所有员工。

授权声明 - Permissions Acknowledgements

关于与《科幻百科全书》合作的声明 -
The Encyclopedia of Science Fiction Partnership

　　如《引言》中所述,《科幻百科全书》的创作者约翰·克卢特、大卫·兰福德和彼得·尼科尔斯与我们达成了友好合作，允许我们使用书中作者条目下的简介和文学分析的内容。大多数条目都是由约翰·克卢特撰写的，他还在书中插入了必要的信息，我们为此非常感谢他的帮助。

　　从《科幻百科全书》中摘选的大部分内容都用于以下作者的介绍：保罗·厄恩斯特（彼得·尼科尔斯和约翰·克卢特）；埃德蒙·汉密尔顿、克莱尔·温格·哈里斯（简·多纳沃尔斯）；格温妮丝·琼斯、塔妮丝·李、A. 梅里特（约翰·克卢特和彼得·尼科尔斯）；莱斯利·F. 斯通（约翰·克卢特和彼得·尼科尔斯）和詹姆斯·怀特（大卫·兰福德和约翰·克卢特）。本书中有两位作者的信息几乎是完全使用了《科幻百科全书》中的相关词条，变更极少：韩松（乔纳森·克莱门茨）和筒井康隆（乔纳森·克莱门茨）。

　　我们还从以下作者在《科幻百科全书》中的条目里摘选了部分内容，用于本书相应作者简介的核心内容。括号中写明了参与撰写条目的约翰·克卢特和其他人：J. G. 巴拉德（大卫·普林格尔和约翰·克卢特，摘选了关于他的作品的描述）；伊恩·班克斯（约翰·克卢特和大卫·兰福德，重点摘选了"文明"系列小说的赏析）；格雷格·贝尔（重点摘选了关于《永世》和《血音乐》的赏析）；德米特里·比连金（弗拉基米尔·加科夫）；迈克尔·布鲁姆林（《组织消融》和关于选集《鼠脑》

的探讨）；雷·布拉德伯里（彼得·尼科尔斯）；帕特·卡蒂甘（重点摘选了关于作者作品的一般评论）；安杰丽卡·高罗第切尔（约翰·克卢特和尤兰达·莫利纳·加维兰，摘选了关于其事业和标志性设定的内容）；杰弗里·兰迪斯（格拉哈姆·斯莱特）；查德·奥利弗、蕾切尔·波拉克、罗伯特·里德、金·斯坦利·罗宾逊（重点摘选了关于他的"火星"主题小说的赏析）；约瑟芬·萨克斯顿（约翰·克卢特和彼得·尼科尔斯，摘录了关于其事业的内容）、瓦季姆·谢芙娜（弗拉基米尔·加科夫）；玛格丽特·圣克莱尔、伊丽莎白·格沃纳尔博格（LP 和约翰·克卢特，摘录了关于其事业的内容）；布鲁斯·斯特林（科林·格林兰和约翰·克卢特，重点摘选了关于其在《群》中的世界设定的内容）；F. L. 华莱士；康妮·威利斯（关于"时间旅行"的探讨）。

　　从《科幻百科全书》中摘选的任何文本均代表着其他研究的成果。至于每一篇作者简介中的观点和强调的内容，凡是涉及故事本身的，绝大部分体现了本选集编者的意见。因此，如有任何谬误，皆为选集编者故。

额外致谢 - Additional Thanks

感谢萨拉·克雷默和《纽约经典书籍评论》允许我们使用作者简介资料，允许我们从他们的书中引用以下作者的条目：阿道夫·毕欧伊·卡萨雷斯、塔吉亚娜·托尔斯塔亚。感谢巽孝之帮助我们编辑"荒卷义雄"的条目；除了直接引用巽孝之的成果，条目中的其余内容均来自巽孝之在《荒卷义雄选集》中写的《引言》。最后，我们要感谢亚当·米尔斯在本书内容的相关研究和编纂方面给予的帮助。

100:科幻之书 III 沙王

[美]乔治·R.R.马丁
[加]威廉·吉布森等 著
胡绍晏 耿辉等 译

图书在版编目(CIP)数据

100:科幻之书.III,沙王/(美)乔治·R.R.马丁等
著;胡绍晏等译.—北京:北京联合出版公司,2018.12
ISBN 978-7-5596-2727-8

Ⅰ.①1… Ⅱ.①乔… ②胡… Ⅲ.①科学幻想小说—
小说集—世界—现代 Ⅳ.① I114

中国版本图书馆 CIP 数据核字(2018)第 235549 号

THE BIG BOOK OF SCIENCE FICTION

edited by Ann VanderMeer and
Jeff VanderMeer

北京市版权局著作权合同登记号 图字:01-2018-5139 号

选题策划	联合天际
特约编辑	万 洁 刘 默
责任编辑	徐 樟
装帧设计	@broussaille 私制
封面插画	Breathing

未 读
UnRead
—
文艺家

出　版	北京联合出版公司
	北京市西城区德外大街 83 号楼 9 层 100088
发　行	北京联合天畅文化传播公司
印　刷	三河市冀华印务有限公司
经　销	新华书店
字　数	460 千字
开　本	880 毫米 × 1240 毫米 1/32 16.75 印张
版　次	2018 年 12 月第 1 版　2018 年 12 月第 1 次印刷
ISBN	978-7-5596-2727-8
定　价	79.80 元

关注未读好书

未读 CLUB
会员服务平台